*La Scala*

Edoardo Albinati

# I figli dell'istante

## Amore e ragione

Rizzoli

Pubblicato per

Rizzoli

da Mondadori Libri S.p.A.

Pubblicato in accordo con Grandi & Associati, Milano

ISBN: 978-88-17-17442-8

Prima edizione: marzo 2025

# I figli dell'istante

# *Elegia allo Stivale*

È per il fatto che il suo nome oggi risuona nella bocca di persone indegne di pronunciarlo che qui abbiamo preferito chiamare affettuosamente questo luogo benedetto della Terra col nomignolo derivante dalla sua forma riconoscibile su qualsiasi carta geografica, alla prima occhiata: una silhouette lunga lunga che si biforca e termina in tacco e punta come la calzatura dei cavalieri e dei butteri, dei militari e delle ragazze spavalde. Un singolare destino questo per cui un nome invocato nei secoli viene avvilito sino a diventare quasi impronunciabile: trasmesso da poeti irati e lacrimosi a politicanti furbacchioni. Tutti indistintamente proclamano di amare «'sto Paese» eppure quasi tutti indistintamente lo accusano di ogni vergogna e infamia. Non faremo qui nessuna delle due cose resistendo alla tentazione, il che è anche il modo migliore per comprendere di cosa si sia veramente capaci, capaci cioè di amare, di odiare, di capire, eventualmente di combattere, poiché resistere a una tentazione non è altro che resistere a se stessi. Eh già, in una popolazione che ci si immagina flessibile e adattabile all'infinito, un materiale che puoi martellare a piacimento piegandolo in tutte le fogge, spiccano innumerevoli casi individuali di ostinazione, quasi di ossessione nel restare saldi su un punto, su una linea di condotta o di convinzione anche a costo di finire in galera o sul patibolo. La verità nello Stivale può fare capolino solo attraverso la sensualità, come nella voce di una soprano pettoruta che canta in chiesa la *Petite messe solennelle* di Rossini – la quale a ben vedere non è affatto piccola e per niente solenne: quella sensualità resta la sola garanzia riservataci che tutto ciò che sta accadendo accade concretamente, nel corpo, come i buchi nelle mani di Gesù Cristo dove sono passati i chiodi prima di ficcarsi nel legno. Così è per la carne martoriata dei santi e per quella soda delle attrici prosperose.

Lo Stivale non può fare a meno dei sacrifici per credere, anche alle favole – cioè i racconti più sanguinari di tutti. La crudeltà qui viene quasi sempre stemperata da una certa bonomia, e persino gli assassini compiono atti di buoncuore, specie in seno alla loro famiglia – insomma, nessuno è tutto d'un pezzo, nessuno è un monolite malvagio, l'umanità dello Stivale la si ritrova persino nella disumanità, e proprio per questo l'umanità risulta la più sospetta delle giustificazioni, o delle attenuanti, subito prima dell'intelligenza e della simpatia. Sì, perché, se sei simpatico, da noi, ti si perdona tutto. Un uomo sveglio ha più probabilità qui che altrove di diventare un delinquente, qui dove si apprezza ogni lavoro ben fatto, qualsiasi azione bene eseguita, la precisione tecnica di un orafo, di un ciabattino, di una danzatrice o di un asso del volante o di un liutaio – eh sì, l'arte, è l'arte che conta, il saper fare e far bene, l'orgoglio perfezionista della realizzazione, la piega di una motocicletta in curva o lo spugnato sulle pareti di un salone o l'essenzialità che hanno i gesti di un sicario mentre porta a termine il suo incarico. Non basterebbe un'enciclopedia per collezionare i dettagli delicati di questo caos complessivo. Dalle nostre parti, l'intero non ha mai interessato nessuno, meglio godere e prosperare nei suoi interstizi, che in certi punti hanno l'ampiezza di voragini. Una volta lanciate, le sfide vengono spesso vinte poiché quel che certo non manca è l'intraprendenza e l'inventiva, o quantomeno la faccia tosta, in certi casi la testardaggine esemplare, a volte così ostinata da sconfinare nell'eroismo. Allo stesso modo, una originale mitezza può irrigidirsi sino all'intransigenza fanatica, mentre dal disincanto, quando si rasserena, scaturisce la dolcezza del vivere.

Resterà sempre aperta, sempre aperta, a tutti, la possibilità di convertirsi, di restituire il maltolto o trasformarlo in opere pie, di essere perdonati o dimenticati in fretta, tanto che l'esiguo numero di coloro che alla fine scontano le proprie male azioni ha ragione di lamentarsi della sorte che gli è toccata mentre ha risparmiato tutti gli altri. «È riuscito a farla franca», un'espressione ricorrente. L'alternativa, insomma, è tra un mondo dorato di bugie e un altro di mostri senza cuore. Quel che conta è il risultato, e lo si ottiene, se non con la virtù con l'abilità, se non con l'astuzia con la forza, e se non con la forza con il fascino, che è una forza anch'esso, seppure immateriale, o altrimenti con la bellezza, argomento capace di mettere al tappeto tutti gli altri e vanificare ogni obiezione.

Sì, la bellezza, la musica, il canto a gola spiegata, le forme aeree, i colori, la levigatezza dei nudi e la grazia con cui si inarcano i piedi delle statue, il sorriso dolente ed enigmatico delle madonne di paese avvolte in panni che erano fino a un'ora prima riposti, ben piegati, in un cassetto, e poi angeli – eh sì, gli angeli, ovunque angeli, un brusio fitto come di rondini in un sottotetto, e sfarfallanti tra nuvolette o appollaiati in cima alle absidi, che sbirciano ovunque, dai soffitti ammuffiti dei castelli, nascosti in guardaroba, sul coperchio delle cassepanche e sopra il lettuccio dei bambini febbricitanti. Con le loro piume variopinte decorano l'opera dei potenti e consolano chi soccombe sotto il giogo di quelli. Alati lestofanti! li chiamava quel poeta che si ama senza riserve a diciott'anni. Sarebbero pronti, gli angeli, piuttosto che al soccorso, persino a calpestarci, a scacciarci dalla felicità e se ancora non lo fanno è perché sarebbe un gioco troppo facile per essere divertente.

È l'angelo in fondo una creatura indifferente? Ai dolori, alle passioni non ancora spente? Si mantiene fuori dal tumulto, spettatore neutrale di miserie e appunto per questa sua siderale lontananza, implacabile? La storia patria è una ininterrotta sfilza di città assediate ed espugnate, quindi riconquistate dagli stessi di prima, con gli inevitabili saccheggi e ritorsioni, e poi di nuovo perdute – insomma, un'alternanza di fughe e rappresaglie che fa venire il mal di testa a chi le deve studiare per un esame all'università. L'alleanza con Dio non è stata firmata una volta per tutte, come si sono premuniti di fare altri popoli, il patto aveva troppe deroghe e Dio decisamente non era dalla nostra parte, poiché il nostro Dio, purtroppo, non è soltanto nostro ma è di tutti, di tutti, a cominciare dai nemici e da chi è pronto a offrirgli sacrifici più ricchi per farsi perdonare peccati più gravi. L'alleanza e il venirvi meno, la legge e l'eccezione, l'onesto celare il proprio cuore e il nobile mutamento d'animo, coraggio e sfrontatezza, il sentimento verace e quello perfettamente simulato sono le pietre di cui è lastricata una storia millenaria, mille volte stratificata, come il dolce domenicale che si sbriciola sotto i denti distruggendo in un boccone ore di paziente cesellatura in laboratorio. Che delizia lo spreco!

È appunto lo spreco il segno distintivo dei popoli che abitano lo Stivale, o meglio, vi sono accampati, vi bivaccano, come disse uno scrittore satirico e dunque malinconico, lo spreco da una parte e il diligente risparmio dall'altra, accumulato per essere appunto bruciato tutto insieme, in una botta sola: ma le ceneri e le briciole a fine festa nessuno ha voglia di spazzarle via, e quel residuo diventa velenoso. Il veleno è un protagonista assoluto delle nostre vicende, mescolato ai cibi e alle bevande, o nell'intossicazione intenzionale delle parole, nelle viscere enfiate dall'invidia quando i successi altrui si tramutano nella nostra personale disfatta. Quanti corpi e quante menti, anche delle migliori, le vicende dello Stivale hanno giorno dopo giorno intossicato con la frustrazione e con il risentimento! Quasi tutti i nostri più grandi poeti si sono alimentati del veleno che li ardeva dentro, o del veleno che gli altri gli versavano addosso. Persecutori di se stessi o perseguitati dal mondo. Ma era per una causa più grande che le virtù venivano adoperate e le disgrazie personali sopportate, una causa sempre più elevata, così elevata da ascendere alle sfere celesti e colmare i vuoti spazi del cosmo col furore delle idee e la potenza delle immagini. Rappresentare plasticamente la gioia, la pena, il gioco, il castigo, la profezia, il potere e la bellezza, soprattutto la bellezza, è stata la spinta più forte a penetrare nella roccia dei secoli, laddove si intravedeva una fessura. Ficcato in quei pertugi, qualcuno è rimasto incastrato perdendo la vita, qualcuno è riuscito a passare tra le strettoie e le difficoltà portando in salvo le proprie preziose creazioni e invenzioni da offrire ai familiari, ai concittadini, a quelle stesse autorità che lo avevano perseguitato, e infine al mondo intero – il vero destinatario di quei doni. Sì, è al mondo intero che lo Stivale parla, quando non è impegnato a mugugnare. Lo Stivale si è sparpagliato sulla terra in laboriose comunità, villaggi trapiantati altrove, una radice che alligna ovunque, il fabbro come l'architetto, il minatore e la cantante d'opera – bersagli prima del disprezzo e poi dell'ammirazione. Il mondo da sempre corteggia lo Stivale e poi lo umilia e poi di nuovo lo corteggia – il mondo è esigente, si aspetta grandi cose dallo Stivale, uno scoppiettio di meraviglie, e intanto scherza alle sue spalle dando a intendere che quello sia appunto il Paese dove si viene al mondo per ridere e giocare, e ci si scalda come gatti al sole, dove gli uomini guardano il culo delle donne e le donne se lo rimirano allo specchio, il Paese delle rotondità, degli arrotondamenti, della generosa approssimazione e della vendetta spietata. «Ah, sono sempre i soliti» si pensa di noi, «non cambieranno mai», mentre noi intanto pensiamo lo stesso e questo impedisce a un nuovo pensiero di formarsi, lo strangola al concepimento. «Non cambieranno mai» – mentre tutto ci sta cambiando e ogni generazione stenta a riconoscere la seguente pur non avendo il coraggio di diseredarla, stremata dagli sforzi epici che furono compiuti per il conseguimento del benessere.

Insomma, quanto ci si inganna su di te, o Stivale! Oggetto di vagheggiamento, di curiosità e di viaggi, e di cocenti maledizioni. Ci si inganna a favore o a sfavore, celebrando o accusando o rimpiangendo o disprezzando o innamorandosi di te perdutamente. Per dimostrare il proprio giubilo vengono suonate le campane (o i clacson), ma spesso per errore si festeggia un evento che di lì a poco si rivelerà una disgrazia, e viene celebrato come liberazione il passaggio di consegne da un dittatore a un altro, o il semplice ritorno alla situazione precedente. All'entusiasmo subentra la delusione, il rimpianto, la rassegnazione, quindi l'indifferenza. Essere conquistati, riconquistati e riperduti e riconquistati ancora, contrattati, e venduti, o barattati, oppressi, scacciati, sacrificati, eccitati e arruolati sotto ogni possibile bandiera e persino sotto nessuna bandiera, in milizie armate di roncole e randelli, questo è stato il destino secolare degli abitanti dello Stivale, costretti a inchinarsi a qualche sovrano che nemmeno conosceva la lingua in cui comminare loro sanzioni o elargire elemosine, finito per caso a regnare lì, o là, scontento poiché si augurava una destinazione più prestigiosa, a borbottare col broncio nei giardini di una reggia popolati da statue scolpite per altri, in seguito a un matrimonio non consumato o alla clausola di un trattato di pace firmato mille miglia più a nord. E davanti a lui, i soliti sterminati corridoi di arazzi, e amorini e angeli sfarfallanti. L'appassionante e ingarbugliata storia dello Stivale è stata un ininterrotto Congresso di Vienna, una vita di Torquato Tasso o Sacco e Vanzetti collettiva, con intermezzi di gloria, violenza, dolcezza, perfezionismo e ribellione. Le piaghe nel suo bel corpo, però, non erano mortali. Anche se sono stati quasi sempre i migliori a patire, i peggiori hanno prevalso solo temporaneamente, sottomessi anche loro al capriccio della fortuna. Malgrado la giustizia venga amministrata in televisione, e la morale dibattuta sopra il frigo dei gelati, ciò che ne risulta comunque basta a tenere insieme i cocci della società, come la graniglia nei pavimenti alla veneziana: non è vera coesione, bensì sopportazione, forse acquiescenza, vale a dire il lascito, il residuato cristiano che i laici non hanno saputo raschiar via con tutti i loro ragionevoli argomenti, qualcosa che volta a volta potrà rivelarsi come un vizio oppure una virtù in base alle circostanze. Il suo emblema nel viso della gente è un mite, mesto, malizioso sorriso, un sorriso tutto speciale che non si riscontra in nessun'altra parte del mondo, dove si fondono allegria e malinconia, saggezza, amore e disincanto. Ogni tessera nel caleidoscopio ricade su se stessa, formando una nuova immagine fatta con i pezzi della precedente. Quasi sempre, nello Stivale, l'apparente novità non è altro che recupero o riposizionamento; la gente si stanca di dire bene o male di qualcuno; dopo essersi affaticata a trovare buone ragioni del proprio giudizio, questo gli viene presto a noia ed è sostituito dal suo opposto o da una noncuranza che li cancella entrambi. Per una nazione è un bel problema non avere un centro riconosciuto, dover continuamente ridiscutere i fondamenti stessi della sua esistenza sulla faccia della Terra, per esaltarsi o deprimersi a seconda che vengano riesaminati fatti gloriosi o ingloriosi, meraviglie o infamie – categorie al cui interno c'è solo l'imbarazzo della scelta. Forse per questo, nel dubbio assillante se si tratti di una tragedia o di una farsa, gli abitanti dello Stivale intanto ridono, ah quanto ridono – ridono della vita, ridono per difendersi dalla sua vanità, ridono abitualmente di ogni cosa o persona, sia essa effettivamente risibile o drammatica non importa, poiché anche nella catastrofe il riso resta l'estrema risorsa per sopportare l'insopportabile. Ai loro occhi la vita, il bene più prezioso per conservare il quale si è pronti a qualsiasi compromesso, in realtà non vale quasi nulla – è un soffio, uno scherzo maldestro, un'illusione e fondamentalmente un passatempo. La lontananza sia dagli obiettivi concreti sia da quelli ideali contribuisce a ingrandirli a dismisura, tirar su un muretto in fondo al giardino assume le proporzioni di un'impresa epica, portata a compimento contro tutto e tutti, i vicini di casa, le leggi, lo Stato, e quel muretto abusivo è come la Muraglia Cinese, una barriera difensiva, una battaglia dai risvolti leggendari. È singolare come nelle pagine dei più grandi scrittori vibri all'unisono il registro grave e quello frivolo. Persino nell'annunciare l'apocalisse risuona un accento beffardo, un'incredulità comparativa che misura la forza del destino cinico e baro come tra amici sulla spiaggia ci si tasta scetticamente i bicipiti poco sviluppati, che ci si ripromette un giorno o l'altro di far diventare d'acciaio. Lo stesso tasto premuto sprigiona malinconia e beatitudine, orrore abissale e leggerezza, fiducia e miscredenza: la campana suona dolente eppure festosa, trafigge il cuore solitario e lo consola.

Strano che lo Stivale, un Paese tanto ricco, multiforme e inventivo, risulti spaventosamente carente proprio sul terreno dei principi che ha visto nascere (anzi, potremmo dire, che ha fatto nascere), primo fra tutti il diritto, il più spesso e volentieri calpestato tra i fondamenti della società. Ne consegue un allarme permanente, la sensazione di un imminente agguato o di una trappola, per cui a ciascuno combattuto e offeso da ciascun'altro non resta altra scelta che restringere ogni suo affetto verso se stesso, e tuttalpiù i suoi familiari, assumendo una postura difensiva, preventiva, perché non si sa mai le cose un domani potrebbero girare storte, gli alleati tradire e i protettori tramutarsi all'improvviso in persecutori.

È naturale: chi sospetta che gli altri stiano per violare il patto stabilito si affretta a violarlo lui per primo.

In te, o Stivale, si può persino vivere per qualche mattinata splendente la sensazione di essere innamorati pur non essendolo in realtà di nessuno, cioè, di nessuno in particolare e di niente in generale. Un amore senza ragione, senza speranza, senza tornaconto, sempre un po' di nascosto. Qui tocca maturare in segreto certi propositi, coltivare il pallore della rabbia o mascherarsi sotto l'abbronzatura che fa apparire tutti in buona forma sin quando si dilegua risucchiata nello scolo della doccia.

Per armi, lingua, altare, sangue e memorie dovresti essere unito, o Stivale, ma queste luci non sono mai accese tutte insieme, lampeggiano a intermittenza come lumini di Natale. La realtà la si vorrebbe omogenea, compatta, e invece le tessere colorate di cui è formata saltellano tra le dita e precipitano riconfondendosi nel mucchio, facendo perdere la pazienza, e rovesciare il tavolo da gioco, accusare il destino, insomma, lamentarsi – il passatempo nazionale.

Oltre all'affettuoso nomignolo, lo Stivale avrebbe un altro appellativo, di nobile ascendenza (anche se nell'uso serve a indicare un formaggio a pasta molle): il Bel Paese. Ah, che semplice incantevole definizione: Bel Paese, il Bel Paese dove il sì suona. Il suono di una ricca lingua riassunto in un monosillabo, uscito dalla bocca per affermare, per accettare, per ammettere, condividere, concedersi, confessare (verbi che iniziano per «cum», insieme), la particella che scardina l'indecisione, che apre a nuove fasi della vita, che serve a impegnarsi, a sposarsi, a votare, a comunicare la propria adesione – sì agli altri, al mondo, al destino, sì al cielo quando è sereno o coperto, sì alla neve alla pioggia al sole e a ogni tempo.

Peccato che il dolce suono del sì ci abbia disabituati a dire no, un serio e grande no, un no deciso ma non dilatorio o sbandierato solo per puntiglio. Nel Bel Paese dove il sì suona, suonano ancora più spesso il «forse», «può darsi», «non si sa mai», «dipende», e soprattutto l'umbratile «stiamo a vedere», scettico e possibilista.

L'estremità dei secoli si è fusa insieme, e ogni città visibile si duplica in una sotterranea, altrettanto grande e affollata, con grotte, gallerie, cisterne, templi sepolti, ipogei, catacombe. Quella dei morti più popolosa di quella dei vivi. In attesa del proprio turno per finire lì sotto, ci si consola delle attuali miserie col gaio spettacolo degli arcobaleni, e a garantire una breve pausa dalle afflizioni della vita ci pensano golfi e marine luccicanti sotto la luna, splendide piazze, cancellando ogni colpa con la spensieratezza o con vampe d'orgoglio risvegliato dalle grandiose rovine, mentre le idee amare si confondono con le più dolci sensazioni fino a diventare una cosa sola, una sorgente unica di vita.

Né Nord né Sud ma giusto in mezzo, né Sahara né Circolo Polare: finché i mondi erano tre, lo Stivale godeva di una posizione intermedia favorevole. Ora che si sono ridotti a due si ritrova pericolosamente borderline, una cerniera, o porta girevole, viene continuamente risucchiato su o giù da uno dei due poli, meritandosi le accuse da parte dell'altro, di essere troppo nordico o troppo meridionale, dunque sfacciatamente ricco e severo per i poveri, spendaccione secondo i benestanti. Quant'è difficile coltivare l'arte dello stare in mezzo e tenersi in bilico!

Proprio per questo, per non venire stritolati nella tenaglia tra affettazione da cicisbei e rozzezza da bifolchi, gli abitanti dello Stivale avevano perfezionato nei secoli le quasi-emozioni, le quasi-virtù del Galateo, le piccole perle del saper-vivere, l'arte del dettaglio, la buona creanza; una fiumana d'oro e pietre preziose passava tra le loro mani scrupolose di orefici mentre dalle fabbriche del resto d'Europa non uscivano altro che spingarde e calzerotti di lana. A quelli che storcono il naso di fronte allo sfoggio di esteriorità, mal giudicando tutto ciò che brilla in superficie, occorre rammentare che l'apparenza è soltanto il primo gradino della civiltà, d'accordo, ma senza salire quello non si accede ai livelli superiori, quindi sarà pure il più basso ma resta il più importante.

Essere capaci di sopportazione è una grandiosa virtù quanto una terribile mutilazione morale, conduce alla santità come alla schiavitù. Ma ben più clamorosa è la virtù cristiana ereditata direttamente dall'iniziatore, e cioè la capacità di morire e poi risorgere, e poi morire ancora e ancora risorgere. Risorgimento, sì, questo veramente significa il termine: non un periodo storico bensì la rievocazione di un miracolo.

Respingere gli stranieri fuori dai confini – e al tempo stesso attirarli, sedurli, anche ingannarli. E del resto, senza gli stranieri, cosa ne era e cosa ne sarebbe oggi dello Stivale?

Gli stranieri vi calavano per completare la propria educazione, ritemprare la salute in un clima favorevole, godersi il pittoresco (montagne, orridi, golfi, scogliere, vulcani, campagna selvaggia o rasserenante), assaggiare un po' di dolce vita e scopare a più non posso, scoparsi fanciulle e fanciulli, mozzi temporaneamente senza imbarco, pescatorelli, riccetti vari e donne di strada, con mille volte più agio che nei puritani Paesi d'origine. Chi non ci ha mai messo piede nemmeno per un viaggetto proverà la sensazione di aver sprecato la vita intera. Perché in tutto il mondo si sa che lo Stivale è imparagonabile. Ad attrarre qui era l'illusione che il tempo vi si fosse fermato; il viaggiatore goloso sempre gode dell'arretratezza dei Paesi che visita, la pretende; un'Europa con poco di antico e un'America con nulla esigevano dall'Italia che avesse, possibilmente, poco o nulla di moderno. Ma che peccato, dicevano poi scandalizzati, premendosi il fazzoletto sulla bocca contro i miasmi, che la più bella parte del mondo sia così guasta; e intanto di quel guasto subivano il fascino morboso. Avvicinandosi i tempi attuali, ci si accorse però di una mutazione: perché i valori tradizionali che lo Stivale aveva custodito per secoli li stava poco alla volta distruggendo, mentre quelli moderni stentava ad acquisirli, se non a sprazzi, a chiazze di progresso, col risultato di rendere ancora più stridente il contrasto con l'arretratezza complessiva. Con ciò lo Stivale finiva per risultare manchevole sia nei confronti delle nazioni più progredite che sbandieravano i secondi sia di quelli retrogradi che almeno conservavano intatti i primi. Né aggiornato né primitivo, insomma, e dunque privato dei benefici che tali condizioni opposte garantiscono, e però comunque afflitto dai guai che ne derivano: superstizione, pregiudizi e autoritarismo da una parte, e alienazione, consumismo e anomia dall'altra. Ritrovandosi a non possedere più la freschezza e la semplicità vigorosa dei bei tempi andati ma nemmeno a provare il brivido eccitante dell'innovazione che movimenta quelli a venire.

In questo stallo, il pericolo più grave resta l'assuefazione, il vizio del farci l'abitudine, la rassegnazione come risorsa residuale, a denti stretti, un tener duro che camuffa lo scoraggiamento. Ed ecco dunque che si continua a compiere la scelta indecorosa perché in fondo in fondo:

a) La si è sempre fatta

b) Gli altri pure la fanno

c) Non mi scoprirà mai nessuno se la faccio

d) Persino i migliori tra noi non disdegnano di farla

e) Si prova un sottile godimento nella malefatta, quasi una punta di testardo orgoglio, una paradossale fedeltà all'errore

f) E infine la motivazione più semplice e sconfortante, e cioè che non è di alcuna importanza se questa azione sbagliata e nociva verrà compiuta o non compiuta, non cambia nulla dei destini generali, e dunque a che serve prendersi la pena di rinunciarvi e agire diversamente, tanto vale continuare così, magari ironizzandoci sopra («siamo sempre i soliti, non cambieremo mai», appunto).

Del resto, sta nella proverbiale focosità del carattere nazionale l'origine del suo esatto opposto: insensibilità e disincanto. Dice il poeta che quanto più è di sangue caldo un popolo, e facile a eccitarsi, tanto più si rivelerà freddo e apatico una volta sbollito l'entusiasmo. I sentimenti molto accesi sembrano consumare più rapidamente il combustibile. Ogni tipo di eccesso è pronto a precipitarsi nell'eccesso opposto, prendendo forza e velocità proprio dall'apparente distanza che li separava. Questo è dunque, al tempo stesso, il benedetto Paese dello slancio e del calcolo, dell'euforia e della circospezione, della fede e dello scetticismo. Lo stesso vale nel rapporto con le autorità pubbliche, temute e odiate soprattutto per l'arbitrio con cui esercitano le loro prerogative ma per questa medesima ragione spesso ignorate o schernite; come se le autorità fossero solo maschere, maschere di carnevale di cui i bambini non sanno se ridere o aver paura, temendo di scoprire che una volta sollevata la maschera si riveli un volto sul serio terribile.

Eh sì, fa insieme piangere e ridere nevroticamente che la più bella parte del mondo sia guasta, guasta, che in un così bel corpo siano aperte tanto gravi ferite.

La più profonda e immedicabile è quella del paesaggio.

Ne è stato fatto scempio. Se fino a una certa epoca l'intervento umano lo arricchiva, e l'aspetto rigoglioso e vario delle campagne si doveva al lavoro di generazioni che avevano piantato, irrigato, terrazzato, da vari decenni ogni volta che ci pone mano l'abitante non fa che deturpare, avvelenare, disboscare, impoverire e fare terra bruciata, riempiendo di schifo ogni spazio. La sistemazione è divenuta aggressione. Quasi impossibile volgere lo sguardo intorno senza che venga trafitto da qualche bruttura edilizia, tanto che oramai il godimento della veduta viene annientato dallo strazio che la sfigura.

Ma è questo il guaio: è la ferita stessa che ti fa godere, o Stivale. Piacere e sofferenza sono per te inseparabili, tribolazione e salvezza sono annodati stretti da una religione che anche quando cessasse del tutto di essere insegnata, creduta e professata (e quel giorno sembra vicino) continuerà a modellare il carattere nazionale con il fascino delle sue contraddizioni, dei suoi ammalianti paradossi. Se così stanno le cose, il Bel Paese, con le sue vette luminose e i suoi abissi di infamia rappresenta come nessun altro luogo al mondo l'ottusa vitalità, la fedeltà mimetica alla vita per la vita, il grafico balzano e sussultorio, il cuore che batte e batte e batte senza bisogno di fornire spiegazioni, e continuando, malgrado l'evidente assurdità nel farlo, a battere, a battere, quasi controvoglia, o addirittura per dispetto. Lo Stivale pulsa di questa forza illogica e scombinata. Ecco perché tanti scrittori e artisti e visionari che pullulavano per lo Stivale hanno concepito costruzioni ardite, mondi ordinati, rigorosissime geometrie e prospettive, marchingegni futuribili, astrazioni dettagliate e voli fantastici: era per tirarsi fuori dalle sabbie mobili delle contraddizioni in cui erano immersi. Hanno fallito, e le sabbie mobili li hanno inghiottiti, se le varie autorità della loro epoca non avevano già provveduto a internarli o a bruciarli sul rogo: però si sono lasciati dietro la scia pirotecnica dei loro piani, la traccia dei loro gloriosi tentativi di evasione.

Non si conta il numero di commentatori locali che, sdegnati o impietositi per la bassezza dei loro connazionali, pretendono di rifarli daccapo, riformarli, raddrizzarli, insomma, li vorrebbero diversi da come effettivamente sono. Secondo loro, i suoi abitanti dovrebbero sloggiare in massa dallo Stivale ed essere sostituiti da una popolazione più sobria, onesta ed efficiente. Invero, se scrutinate alla luce del severo principio di utilità, quasi tutte le sue consuetudini sembrano improntate alla dissolutezza, e persino le sue rinomate bellezze artistiche si rivelano nient'altro che un formidabile inganno, un'esca sensuale. Oggi che farsene di tutte quelle chiese affrescate, di quei palazzi smisurati e cadenti, di quella quadreria tanto pletorica che tocca tenerne i tre quarti impilata in magazzino? La bellezza, qui, non si sa più dove metterla. Ma allora perché dai paesi in cui governava la mera utilità calavano tutti qui dove regna l'inutile? Forse principi più profondi e misteriosi contraddicono quelli economici e governano in modo occulto le nostre scelte. Di qui i favori, le raccomandazioni, le elemosine: se non bastano ad affrancare dalla povertà chi li riceve, ravvivano la munificenza di chi li offre, e dunque il suo prestigio. E nello Stivale il potere per questo si ramifica in modo capillare, ovunque viene esercitato con regalie e prebende. È sterminata la schiera dei benefattori, si dà lustro a se stessi ottenendo che la propria cittadina abbia i suoi costosissimi trenta chilometri di autostrada per essere meglio connessa al resto dello Stivale – e dunque, l'uomo politico che intrigherà perché venga costruita sta agendo per suo tornaconto o per quello della comunità che l'ha votato? Un tempo, a teatro, i ricchi sputavano dai palchi sulla testa di quelli giù in platea, oggi il potere si esercita beneficando.

O Stivale, lo sai, i tuoi cittadini li si accusa di essere disincantati e sarcastici, ma anche troppo eccitabili, preda di facili entusiasmi, e dell'alternanza volubile dei due stati. Per aver creduto fin troppo, poi non credono più a nulla; condannati a dimostrare il loro coraggio quasi solo attraverso slanci di eroismo individuale, a vedere il proprio acume diffusamente interpretato come scaltrezza, ad abbandonarsi a impeti lamentosi quanto sterili di autodenigrazione, a obbedire alle autorità più per paura che per convinzione, ad attendere per un numero così spropositato di anni l'esito di un processo fino a scordare perché fosse stato istruito, smarrendo ogni connessione tra il delitto e la pena, e dunque il senso stesso della giustizia.

Hai una religione, anzi, l'avevi, o forse sarebbe meglio dire che era lei ad avere te. Ti possedeva. Di conseguenza, tutti quanti a dire che i tuoi guai o la tua eventuale salvezza dipendono per forza da lì. Il cattolicesimo, va bene. Il papa, la chiesa, certo, certo. Tutta colpa del cattolicesimo, scrivevano i viaggiatori calati dal nord a giudicarci senza appello. La mollezza, l'ambiguità, i peccati facili da commettere e poi da perdonare, la devozione fasulla, la sfrenata corruzione: come negare tutto ciò? «Il clero si nutre dei peccati e delle paure dei fedeli.» Ma ora che di cattolici ferventi e praticanti ce n'è più pochi in giro, non sarà anche tramontata l'intera identità nazionale, che appunto il cattolicesimo aveva contribuito a formare e a viziare? Le sue impronte sono ancora visibili o l'argilla si è seccata e sbriciolata? E il cattolicesimo, quasi estinto come religione, vive sotto altre forme?

Si aggiunga a questo lascito lo splendore e lo sgomento dei monumenti antichi. Suggestionati dalla loro ingombrante presenza, si arriva a dubitare di quale sia in effetti la vera vita e quale la vera morte, e se per caso i ruoli si siano scambiati tra defunti e viventi, rovesciando le gerarchie, e ci si può persino convincere che sia inutile star lì ad affannarsi e tribolare, perché basta uno sguardo agli uccellini del cielo, che non seminano, né mietono, né ammassano nei granai, eppure il Padre celeste li nutre. Uno che sia puro di cuore e fiducioso può credersi uno di quegli uccellini, e sentirsi perciò autorizzato a non muovere più un dito, che intanto Dio provvede, mentre in un altro potrà all'opposto insinuarsi il sospetto atroce che persino quei passeri soffrano indicibilmente del loro essere venuti al mondo.

Quanti dubbi, insomma! E quante smentite clamorose! Aver visto nel passato tanti uomini virtuosi perseguitati può condurre a dubitare della stessa virtù: ma se anche si rivelasse giustamente fondata, la virtù, meglio evitare di praticarla, visto che conduce al fallimento o alla forca. Una persona retta può vacillare, prefigurando che la sua onestà non gli procurerà che un mare di guai. Mentre all'opposto, una lacrimuccia di pentimento sembrerebbe sufficiente a ribaltare un'intera vita di crimini. Al sovvertimento morale concorre una legislazione che premia chi fa la spia in nome dell'utilità della sua delazione, abbonandogli i suoi delitti se vi aggiunge anche quello di tradire.

E dunque, appartenere al popolo dello Stivale significa possedere caratteristiche così speciali e contraddittorie? L'umanità sarebbe incompleta se non ci fossimo noialtri? Cosa ci rende orgogliosi eppure ci opprime chiudendoci nel ghetto di una definizione? Ma prima di tutto, esiste davvero un «ci», esiste questo «noi»? O è solo un'entusiastica invenzione ad affratellarci? D'altronde, gli stessi abitanti dello Stivale sono maestri dell'autoaccusa, amano darsi l'un l'altro in modo sprezzante dell'«italiota», rimproverandosi indolenza, indisciplina, corruttela, dato che del carattere nazionale fanno parte integrante gli interminabili discorsi sul carattere nazionale, e tali discorsi finiscono per illustrare e rispecchiare gli stessi vizi che mettono sotto accusa; salvo poi venire sommersi da brevi mareggiate di orgoglio, magari per quello che lo Stivale era e oggi non è più, per quello che sarà ma non è ancora. Sublimi artisti diventati pazzi, plebe sguaiata, un'aristocrazia debitrice dell'usura, clero corrotto, panorami incomparabili, dolcezza estenuata del vivere, rovine magniloquenti, amoralità esibita o ipocritamente velata, lame pronte a balenare nell'ombra – troppo tardi, troppo tardi per pararsene. La doppiezza costitutiva. Una nazione, si direbbe, insomma, dotata dalla natura e depravata dagli uomini. Nella cui storia le prodezze sono quasi sempre audaci iniziative personali, e della grandezza d'animo espressa nei tempi remoti riaffiorano tracce formidabili, esempi intimorenti e taciturni come i torsi mutilati che riemergono dagli scavi.

Ah, la mancanza di uniformità. Poniamo che uno si ammali e finisca in ospedale, non sa cosa aspettarsi, potrebbe essere trattato come un peso morto, uno scarto umano, e quindi parcheggiato su una barella in corridoio a lamentarsi invano e ad accecarsi col neon del soffitto – oppure ricevere le migliori cure del mondo, ma sul serio, le migliori in assoluto, accompagnate da gesti di gentilezza e slanci di autentica solidarietà. Ma chi può saperlo in anticipo? Chi può garantirlo? Nessuno. «È un terno al lotto» si usa dire, ogni volta un lancio di dadi, la cafonaggine e la brutalità, la malizia e la premura, l'intelligenza e la bontà d'animo puoi trovarle o non trovarle *ovunque*. Persino nelle città i cui abitanti hanno fama di essere scontrosi, trovi qualcuno che ti accompagna un pezzo di strada per essere sicuro che non sbagli nell'imboccare la traversa da lui indicata; e invece dove la gente si dice essere accogliente e calorosa, ti rapinano a cuor leggero. Lo Stivale pratica, come un monaco, esercizi di mortificazione, e come una prostituta vende parti di sé, ma solo parti, intendiamoci, poiché l'intero non lo possiede nessuno, né il monaco né la prostituta.

Scusate, amici, ma non era questa forse un'elegia? Si è fatta troppa confusione? Cioè quella mescolanza di pensieri e sensazioni, quel modo di ragionare frammentato dai sentimenti che le stesse idee suscitano in chi le espone e in chi le ascolta? Di una nazione o di un popolo, insomma, si vorrebbe almeno che abbia qualche buona ragione di stare al mondo, di occupare quella data porzione di crosta terrestre.

Ed ecco dunque la curiosa forma dello Stivale, che scalcia in mezzo al mare, la sua corona di montagne imbiancate, simile a una chioma di vecchia orgogliosa, ancora bella folta, le grandi isole e le piccole, qualcuna fumante, i fiumi che scendono ordinatamente spartiti di qua e di là dalle catene montuose, questa sensazione tattile più ancora che visiva di poter toccare la sua figura singolare, di accarezzarne il profilo, i confini, le asperità, sfiorare vette e valli, così, come una cosa intima, sensuale, materna – anzi no, non proprio materna, piuttosto l'impressione di tenerezza che poteva dare un tempo il contatto con una balia, una giovanissima balia, qualcosa di profumato, semplice e sincero, e al tempo stesso cedevole, indifeso, oscuro. Qualcosa che non si potrà mai trovare in un altro paese. A dar l'idea di una disponibilità amorosa che si apre solo quando si è prossimi allo sfinimento, addirittura quando si è morenti. Esausta, madida di sudore e lacrime, esultante di essere ferita, ferita a morte, sì, di avere in seno una piaga immedicabile che ne accende la bellezza, il desiderio acceso dal languore, sì, dalla mancanza, dalla perdita di forze, dalla perdita di sé, ancora per qualche attimo, sì, ancora, per qualche attimo ancora e poi si vedrà.

Qui tocca maturare in segreto.

*PS I personaggi delle vicende a cui state per assistere sono della medesima pasta con cui è fatta la loro patria, destinata a conservarsi nel tempo per puro miracolo, per grazia ricevuta. Nella città dove hanno sede le massime istituzioni, la più civile e incivile dello Stivale, gli smaliziati carpentieri, di una qualsiasi opera instabile (un giunto, una saldatura, un ponteggio traballante, un governo parlamentare), sono soliti dire che «si regge con lo sputo». Allo stesso modo precario e provvisorio son fatti i protagonisti di questo libro. A tenerli insieme elementi labili: desideri e parole. Come scintille che dal taglio di una smerigliatrice sprizzano in ogni direzione, essi sciamano per le strade dello Stivale inseguendo chi un dovere (scelto o imposto), chi l'amore, chi il lavoro, o la salute, il denaro, la giustizia, la vacanza, la vendetta. L'attenzione del dio impaziente che ne osserva dall'alto le avventure non dura più di un batter d'occhio, sicché loro non hanno nemmeno bisogno di fuggire a nascondersi, per paura o vergogna, come Adamo ed Eva: poiché è lui che li trascura, dopo averli sparpagliati a piene mani in una semina casuale.*

*Ogni evento qui è speciale e al tempo stesso secondario. Maturità per loro vorrebbe dire la fine dei giochi.*

# PRIMA PARTE

# Capitolo I

## *La cartolina*

1.

E venne il giorno in cui per Nico Quell cambiò tutto, di colpo. Si accorse che sino ad allora non aveva fatto che rinviare, rinviare. Rinviare cosa? La partenza per il servizio militare. Eh sì, tra le tante faccende che occupano la mente di un giovane uomo la più remota, senz'altro la più stupida – ma può essere davvero stupida una stella fissa nel firmamento? Che ti guarda dall'alto mentre procedi nel cammino della vita e intanto invisibilmente lo dirige?

Nell'epoca in cui si svolge la nostra storia il servizio di leva (detto anche naja) era ancora obbligatorio. Certo, lo si poteva rimandare con mille e una scuse, la principale delle quali erano gli studi universitari, protratti sino all'inverosimile centellinando gli esami (ne bastava anche uno solo l'anno), oppure tentare di aggirarlo grazie a certificati medici compiacenti, che descrivevano malattie croniche di fantasia, a firma di capitani o tenenti in servizio presso gli ospedali militari ripescati tra gli amici di famiglia o eventualmente corrotti con somme nemmeno così ingenti: conveniva, altroché, rappresentava a conti fatti una sorta di investimento, con un milione di lire ci compravi un anno di vita – di giovinezza, cioè.

L'altra strada era quella di una raccomandazione che venisse da alte sfere, o anche dalle medie e dalle basse, anzi, meglio queste che le prime – un maresciallo è nelle condizioni di brigare in modo più efficace di un ammiraglio o di un sottosegretario, poiché ha sottomano il materiale su cui operare: imboscando documenti e faldoni, sbianchettando nomi dagli elenchi delle classi di leva, che erano allora molto affollate. I personaggi di questa storia appartengono infatti alla generazione dei cosiddetti «baby boomer», come sarebbe presso di noi diventato di moda definirli, non al tempo in cui venivano su ma parecchi anni dopo, e ancora adesso – dato che qui da noi si comincia a chiamare le cose con i termini stranieri quando gli altri hanno oramai smesso di usarli, come vestiti di seconda mano.

Oppure, ancora, a proposito del possibile coscritto, per evitargli la leva si invocava una clausola singolare, dal sapore antiquato e marcatamente patetico, e cioè il fatto di essere «figlio unico di madre vedova»: ma Nico era figlio unico di padre vedovo, ed evidentemente per lo Stato non sono la stessa cosa madre e padre, soprattutto se quest'ultimo è un uomo agiato e potente, com'era l'ambasciatore Quell, che certo non aveva bisogno di essere mantenuto dal figliolo, e se la cavava benissimo per conto suo, campava con le forze che gli venivano dal suo inesauribile egoismo, lo aveva dimostrato a sufficienza dopo l'attentato che lo aveva lasciato invalido a una gamba. Dimentico dei dolori incessanti, quasi che li sprezzasse perché troppo volgari, o perché fosse volgare lamentarsene come fanno tutti, gli bastava appoggiarsi a un bastone, al fido bastone di ciliegio, ecco, era il bastone il suo unico supporto assai più solido e valido e utile di qualsiasi amico o dei figli.

Inoltre Nico non era affatto figlio unico, anche se lui si era sentito, si era creduto tale per la vita intera, o quasi, separato da sua sorella Irene così a lungo da dimenticarsi di averla. Avere una sorella, un dono, e che bel dono! ma te lo devono consegnare quel dono, devi poterci contare, sapere che è tuo, e che tu sei suo, sei anche tu un dono, suo fratello, cioè, il suo speciale dono da amare e proteggere e con cui consolarsi: invece Irene era cresciuta lontana da Nico, era diventata grande, adulta, e solo da pochissimo si era ricongiunta a lui.

Non furono mai così familiari tra loro due perfetti estranei. Non furono mai così estranei due familiari.

E proprio adesso che l'aveva ritrovata, e che il lavoro alla Minaudo sembrava promettere bene, e che il Coboldo aveva di colpo smesso di ostacolarlo in casa editrice, e il libro da scrivere assieme al professor Berio era ben avviato, e approvato, e messo in programma per l'anno venturo, arrivava quest'annuncio: il primo settembre presentarsi all'aeroporto militare di destinazione. Cioè dove? Giù, giù, quasi in fondo allo Stivale. Perché, sarebbe stato meglio altrove, su, nel Nord, restare al Nord? In quella vasta pianura oppure tra le montagne che la recintano, verso il confine orientale, a stretto contatto col nemico? Nico aveva provato un brivido e aveva pensato: no, meglio al Sud. E poi se ha da essere che sia, non importa come e dove. La data indilazionabile si poteva però provare a dilazionarla. Non era davvero quello il momento buono per partire, e mollare tutto, magari tra un anno sarebbe meglio, aveva pensato... solo un anno ancora mi basterebbe a mettere radici più profonde nel lavoro, a conoscere finalmente mia sorella, a frequentare Berio... per parlare con lui... discutere... scrivere assieme a lui... fare l'amore con sua figlia Lenia... se mi vorrà ancora.

2.

Un'ulteriore usanza misteriosa era quella di chiamare «cartolina» la lettera ufficiale di convocazione in caserma, dato che per cartoline normalmente s'intendono quelle che si spediscono dai luoghi di vacanza e durante i viaggi, a parenti e amici, con un'illustrazione spesso ritoccata (il mare dipinto di blu, i prati verdissimi) di accompagnamento a una delle tante varianti dei messaggi canonici «saluti cari» o «hai visto, sì, quanto è bello qui?» e ancora «a presto!».

Niente di affettuoso o allegro si sprigionava invece dalla busta verdastra che Nico ricevette in ufficio. Doveva aver girato parecchio, prima di essere consegnata alla Minaudo, poiché portava altri indirizzi cancellati in sequenza dalla stampigliatura «Destinatario sconosciuto». A consegnargliela personalmente fu un dipendente che Nico aveva fino ad allora frequentato poco o nulla, con cui aveva scambiato sì e no trenta parole, un tipo imperturbabile e gentile di nome Mascheroni, Gene Mascheroni, ma che tutti in casa editrice, Nico non aveva ancora capito perché, chiamavano «l'Infame».

«Ho immaginato che fosse importante, e quindi ho pensato che...» disse l'Infame, «spero non le dispiaccia... era lì in portineria chissà da quanto. In giacenza.» Giacenza: a Mascheroni piaceva usare la terminologia più appropriata.

«No, anzi, grazie... Mascheroni» rispose Nico trattenendosi a fatica dal pronunciare il maligno soprannome che gli era venuto alle labbra. L'Infame sorrise mitemente come se avesse indovinato il perché di quell'esitazione, e inarcando appena le sopracciglia sembrò ammiccare all'intestazione della busta che indicava come mittente, in alto a sinistra, il Ministero della Difesa.

E ora, con chi ne parlo? si chiese Nico una volta compreso appieno il significato della lettera. Quando si hanno novità grosse da condividere, le gerarchie affettive si chiariscono in pochi secondi e magari subiscono un aggiornamento: da chi andrai di corsa o a chi telefonerai per annunciarle? Con chi confidarsi? Tenendo conto che la faccenda non era solo strettamente personale, riguardava anche il lavoro. Dunque, dunque. Vado subito a informare Minaudo? si chiese, dubbioso. Ebbe per un istante una voglia terribile di chiamare Lenia Berio, e di piagnucolare un po' con lei, che lo avrebbe compatito, o consolato, o forse no, forse lo avrebbe preso un po' in giro, perché in fondo cosa c'è di terribile nel partire per un anno militare? non è mica andare in guerra, e Nico aveva la sensazione che sotto sotto lei lo considerasse un ragazzo viziato. Ma io non sono affatto viziato, si disse, anzi, sarò pure di buona famiglia, ma ho fatto una vita… ho fatto una vita… e prima di trovare una parola volgare per chiudere il pensiero e arrabbiarsi o commuoversi, si accorse che quello stesso pensiero dimostrava che Lenia aveva pienamente ragione: sì, era proprio un pensiero da ragazzo viziato. Prima abbandonato dalla madre e poi rimastone orfano, cresciuto in collegio, tenuto a distanza da un padre glaciale e separato a forza dalla sorella, Nico Quell era comunque un ragazzo guastato. Da cosa? Innanzitutto dalle sue stesse qualità.

Ah, suo padre! L'ambasciatore, il perfetto uomo di mondo, il tessitore di trame. Sulle prime Nico escluse di scrivergli per ricevere il suo appoggio o magari un aiuto se non per annullare la partenza, almeno per rinviarla. Si era ripromesso di non aver più niente a che spartire con il vecchio testardo, arido e orgoglioso.

## 3.

Dicevamo che Gene Mascheroni in casa editrice era chiamato pressoché da tutti, e nemmeno tanto di nascosto, «l'infame Mascheroni» o semplicemente «l'Infame». Il primo a non avere scrupoli era Minaudo, senza bisogno di metterci una particolare malizia, gli veniva naturale: «Chiamami un po' l'Infame» diceva a Marta, oppure «che combina l'Infame, batte la fiacca? Non l'ha ancora chiuso il trimestrale?». Strano a dirsi, nessuno era in grado di risalire ai fatti che dovevano avergli procurato quel nomignolo, e tantomeno di trovare buone ragioni per continuare ad usarlo, dato che Gene detto l'Infame, almeno in apparenza, intratteneva rapporti corretti con chiunque in ufficio e, per quanto poco se ne sapesse, anche fuori.

Di estrazione modesta, figlio di immigrati meridionali, e messosi a lavorare il giorno dopo aver conseguito il diploma per mantenere se stesso e la famiglia che contava, sfortunatamente, una madre dai piedi deformi (dire che erano valghi sarebbe rifugiarsi nel gergo medico, no, erano proprio rovesciati all'indentro, come quelli un neonato, con le piante messe di taglio che praticamente non toccavano terra) e un fratello insolito, nato con sei dita in entrambe le mani, il cui ritardo cognitivo era stato diagnosticato a oltre il cinquanta per cento, Mascheroni svolgeva alla Minaudo più ruoli, il più delicato dei quali era di far quadrare i conti. Pur essendo solamente ragioniere, un umile ragioniere come tanti piovuto dalla cintura suburbana, l'Infame possedeva uno straordinario e purissimo talento per i numeri, oltre alla grafia precisa e, si direbbe, persino elegante, con la quale li incolonnava sui registri, quasi fosse la sua paziente manualità a far risultare esatti i calcoli, che alla fine tornavano sempre al centesimo. Come ci riuscisse, con quale metodo, nessuno alla Minaudo era riuscito a capirlo, né era capace di replicare quella specie di miracolo, chi può dire se matematico o magico, e anche per questo il Gene (così chiamato dalle poche persone sensibili che si rifiutavano di adoperare lo spiacevole epiteto) era poco alla volta divenuto indispensabile, imprescindibile per garantire all'azienda conti in salute, e in conclusione, è proprio il caso di dirlo, più decisivo di certi dirigenti di primo livello come lo storico direttore editoriale Enobarbo, o l'intraprendente Amelia Gheno, capo ufficio stampa, o dello stesso Menas che era poi il suo diretto capo nel settore commerciale: di costoro Minaudo poteva trovare un doppione, cioè, poteva cacciarli e assumere qualcun altro al posto loro: l'Infame no, era insostituibile. Come che sia, Minaudo continuava a chiamarlo così, e col passare del tempo lo scherzo (se di uno scherzo si trattava) era diventato realtà quotidiana. A rinforzare il sospetto che Mascheroni nascondesse un'ignominia, e si fosse reso colpevole di qualche tradimento o lo stesse segretamente progettando, era il suo contegno, sempre gentile e disponibile, fino al punto da farlo apparire quasi servile. «Cosa avrà sempre da sorridere, quello?» si domandava retoricamente il Coboldo, che dopo qualche tempo passato a cullarsi nel sogno d'amore per una donna bellissima era tornato ispido e sgradevole nei modi come nell'aspetto fisico. Ciò nondimeno l'Infame sorrideva sinceramente, onestamente, come aveva fatto con Nico consegnandogli la cartolina di precetto. Per coltivare dei secondi fini occorre nasconderli accuratamente dietro i primi: ci vuole dell'astuzia, della malizia, e il Mascheroni sembrava esserne sprovvisto.

4.

Per chi non ne fosse al corrente, chiariamo chi sia la persona a cui si è appena fatto cenno, il Coboldo, o sarebbe forse giusto dire questo personaggio, dato che uno così è raro trovarlo. Ma davvero così raro? Qualcuno al contrario afferma che ogni casa editrice ha il suo Coboldo (o almeno lo aveva ai tempi d'oro), e infatti si è scatenata una caccia a indovinare chi si nasconde dietro questo soprannome, ispirato al folclore germanico, chi tra le persone realmente esistenti è stato preso a modello, e sono stati avanzati vari nomi, tutti famosi consulenti delle case editrici dello Stivale, accomunati da alcune caratteristiche inconfondibili: si tratta infatti di uomini di una certa età, piccoli, brutti e sapientissimi, che hanno letto tutti i libri – ma tutti i libri davvero, persino quelli che ancora devono essere pensati e scritti; di solito hanno un carattere introverso e burbero, sono terribilmente disordinati (pile di dattiloscritti torreggianti sulle loro scrivanie in ufficio, e nessuno osa mettere piede nelle loro residenze private, dove libri e cataloghi e scartafacci hanno sicuramente invaso ogni spazio), e durante le riunioni redazionali rivelano di colpo un enorme ascendente sull'editore, un'influenza decisiva, come poteva averne Richelieu su re Luigi XIII, e questo perché il loro fiuto è pressoché infallibile. Un uomo così era il Coboldo, alla Minaudo, un vero topo di biblioteca cresciuto fino a raggiungere il metro e mezzo e lì fermarsi, era inutile aggiungere centimetri dato che la sua virtù era rinchiusa per intero nel testone. Anaffettivo, irascibile, spinoso, lungimirante, dedito anima e corpo ai libri, un letterato vecchio stampo insomma, il Coboldo era però incappato in un sentimento più forte di qualsiasi altro e a lui totalmente ignoto, mai provato in precedenza, fulminante: si era innamorato di una donna strepitosa, una modella nera, Sheila B., conosciuta grazie a Nico Quell. Nel linguaggio dei rotocalchi d'epoca, quella tra Sheila e il giovane Quell si sarebbe potuta definire «qualcosa di più di una semplice amicizia». Ma poi era arrivato il Coboldo: e la cosa più straordinaria è che Sheila era sembrata ricambiare lo gnomo sapiente. La incuriosiva, ne era attratta, forse davvero lo amava, insieme avevano riformato la classica coppia della Bella e la Bestia, che sembra una favola e invece (come spesso le favole sono) rappresenta un perfetto spaccato di realtà. Va da sé che nella scala degli interessi del Coboldo, Sheila B. aveva scacciato dal primo posto la Minaudo e i libri.

## 5.

La situazione all'interno della casa editrice era piuttosto stabile e al tempo stesso in perenne, invisibile mutazione, come sono tutte le cose, del resto. Le forze in campo o si alleano o si combattono tra loro, ma più spesso ancora si mescolano, e ciò che ne risulta è sempre e comunque una novità. Tito Livio Minaudo, che non aveva mai lasciato trapelare nulla delle sue intenzioni, cioè, le sue intenzioni vere, e si limitava a governare la programmazione dei libri da pubblicare di semestre in semestre, tenendo persino gli autori più fedeli e riconosciuti (quelli di cui si dice che fanno parte di una «scuderia») in uno stato di incertezza tale per cui non erano e non dovevano sentirsi affatto sicuri che la loro prossima fatica sarebbe stata accettata e pubblicata, in tal modo proteggendosi dall'eventualità che questi gli rifilassero lavori mediocri tenuti anni nel cassetto oppure operine occasionali, scritte in fretta nei momenti di scarsa vena e di esigue aspettative commerciali. Minaudo dunque aveva dato qua e là sparsi segnali di insofferenza: si spazientiva più spesso di un tempo, e a quei lampi di irritazione facevano seguito parentesi di disinteresse, neanche brevi, o piuttosto di distrazione. Come se avesse altro in mente. Quando veniva richiamato alla realtà e costretto a tornare a occuparsi della sua «fabbrica» (in questo modo brutale e affettuoso si era sempre compiaciuto di chiamare la casa editrice di sua proprietà), ad esempio per firmare i nuovi contratti, mostrava un certo fastidio. Non nei confronti dei suoi collaboratori, ma dell'attività in quanto tale, cioè, stampare e vendere libri. Proviamo a spiegarci meglio: se prima il suo proverbiale cinismo mercantile vibrava comunque di un accento avventuroso e simpaticamente gaglioffo, da cavaliere d'industria che bada al sodo, e ci tiene a esibire praticità, come se pubblicare libri non sia in fondo tanto diverso che produrre freni a disco o profilati metallici, il che non è affatto vero ma può essere rivendicato con la spavalderia dei capitani dell'industria manifatturiera, i quali se non si vantano di fungere da volano del benessere collettivo di sicuro non se ne vergognano, anzi, ne fanno una più che comprensibile ragione d'orgoglio – ora quel medesimo cinismo dava l'impressione di aver corroso il suo oggetto, di averlo consumato fino a ridurlo a un trastullo insignificante, un ridicolo feticcio. A giudicare dalle smorfie che faceva durante le riunioni, esasperate, tediate, quasi studiate apposta per manifestare prostrazione, a Minaudo oramai i libri, cioè, qualsiasi libro, bello o brutto, raffinato o commerciale, italiano o straniero, sembravano procurargli fastidio. Gli facevano senso, lo annoiavano a morte, o semplicemente lo lasciavano freddo, i libri: quelli che pubblicava lui come quelli che pubblicavano gli altri. In primo luogo i romanzi, e i romanzi di grande successo paradossalmente ancora di più di quelli che restavano invenduti: gli sembravano, come dire, invadenti, chiassosi, molesti, quei bestseller, in cuor suo trovava assurdo non solo che venissero da tanta gente comperati e letti, ma che se ne parlasse in giro con il tono enfatico di chi è stato miracolato – insomma, quell'empito e quell'entusiasmo che Minaudo aveva in verità sempre trovato un po' ridicoli, ma di cui aveva fino ad allora tranquillamente approfittato, quando i libri di successo erano i suoi. Certo, anche prima considerava i lettori un po' come dei gonzi da abbindolare (compresi i cosiddetti «lettori forti» che secondo lui non erano affatto forti ma piuttosto deboli, passivi, permeabili, visto che si lasciavano indurre così facilmente all'acquisto) ma provava un enorme gusto nel farlo: per esempio quando con puntiglio si metteva a ritagliare di persona le recensioni che gli aveva sottoposto Amelia Gheno nella rassegna stampa, in modo da estrarre quelle due o tre frasi a effetto da piazzare sulla quarta delle edizioni economiche, piene di lodi mirabolanti per il libro e per il suo autore, oppure inventandosi lo slogan da mettere sulla fascetta pubblicitaria (ma alla fine era sempre lo stesso, che suonava come «il libro più atteso dell'anno»). Quando Menas gli comunicava il numero di copie vendute a un mese dall'uscita, lui lo raddoppiava o triplicava per ricavarne un box pubblicitario, ma non aveva affatto la sensazione di ingannare qualcuno, perché tanto quella cifra sarebbe stata raggiunta in capo al prossimo mese e dunque si trattava non di una menzogna bensì di una semplice anticipazione di ciò che sarebbe comunque accaduto, e di questa trovata ridacchiava tra sé come un bambino che sta architettando uno scherzo.

Ebbene, questi giochetti non lo divertivano più.

Il mondo dei libri... ah! I libri!

Ma sì, il mondo dei libri era un circuito chiuso, uno stagno dove gracidavano rane e rospi e Minaudo forse era stufo di gonfiarsi e dover gracidare un po' più forte o più a lungo degli altri rospi. Non provava più nemmeno il piacere di sopravanzare i suoi colleghi editori nelle vendite, il che accadeva di rado, forse una volta l'anno, ma in passato gli aveva dato una soddisfazione che egli sapeva dissimulare benissimo, camuffata da indifferenza.

Ora l'indifferenza era autentica.

6.

Ma c'è qualcosa di più profondo nell'improvvisa insofferenza di Minaudo verso l'editoria, qualcosa di più semplice e forse di più intimo: e cioè il bisogno di silenzio. Silenzio, silenzio, per favore, ve ne prego. Si tratta per lui di una sensazione interamente nuova. D'un tratto, come spiegarlo, le parole lo infastidiscono, lo assordano, lo deprimono, tutte le parole, ma proprio tutte, sciocche o intelligenti, vere o false, dette e stampate, e persino quelle solamente pensate: è come se si affannassero a ogni costo a coprire il silenzio, a occuparlo, come se ne avessero paura o forse per prepotenza, e dunque anche le più innocue diventano odiose, i discorsi inopportuni o inefficaci, rumori di fondo. L'uomo Minaudo prova un'esigenza mai provata prima, cioè quella di tacere, possibilmente per giornate intere, ma anche che a tacere una buona volta siano gli altri: i suoi dipendenti, i collaboratori, i fornitori, gli autori, i giornalisti, gli amici, suo figlio Leopoldo (con cui, peraltro, parla poco o niente), il telefono, la radio, la tv, la smettano una buona volta di borbottare, commentare, contraddire, convincere, spiegare, ecco, sì, soprattutto le spiegazioni a Minaudo sono diventate quasi insopportabili, non perché siano sbagliate ma perché sono inutili, cosa ci sarà poi da spiegare, se non abbiamo capito finora certe cose non le capiremo mai – e poi cos'è questo continuo bisogno di giustificarsi, di farsi belli con le parole? Di nascondersi dietro di esse? Così diventano un modo per sfuggire alla verità piuttosto che conoscerla.

Minaudo si riteneva abbastanza navigato per aver compreso due o tre cose della vita, e restava convinto che delle altre fosse superfluo o pretestuoso ragionare – bisognerebbe piuttosto fare, fare qualcosa, invece che parlarne o scriverne, agire, agire, semmai, invece di discutere senza arrivare mai a capirsi davvero. Per una via diversa, lastricata di praticità, che gli altri scambiavano erroneamente per cinismo, era arrivato alle stesse conclusioni che i mistici raggiungono meditando, a una specie di equilibrio interiore che lo metteva in grado di accettare la realtà così com'è, nuda, assoluta, incommentabile: i mistici perché è stato Dio a crearla così, forse anche Minaudo per la medesima ragione, sebbene non ne fosse del tutto consapevole – anzi, a Dio non ci pensava mai: ma era il suo stesso realismo ad averlo condotto lì dove si trovava, al suo desiderio di vuoto e di silenzio, circondato da meri dati di fatto. A muovere le stelle e i pianeti era una forza muta, incurante del linguaggio.

Forse si tratta dell'amore. Sì, come dicono i mistici che ne ardono fino a consumarsi, forse era l'amore questa forza silenziosa al cui confronto il resto appariva vano agli occhi di uno come Minaudo, anche se non avrebbe mai ammesso che è l'amore a rendere superflua ogni altra cosa.

Non a caso l'unica persona che aveva ancora piacere ad ascoltare, e a cui parlare, era Marta, Marta Sesamo, la sua segretaria, in realtà molto più che una figura professionale, anzi, ben al di là di quanto un essere umano possa desiderare da un altro essere umano, e trovarlo, e che in Marta infatti Minaudo aveva trovato: una donna, una donna forte e orgogliosa, un amore, un corpo, una inesauribile fonte di godimento, un'amica, un'alleata, un baluardo, e chissà quante altre cose, che appunto solo Marta sapeva, non lui.

E comunque proprio grazie a questo fuoco sempre acceso, che bruciava senza bisogno di essere alimentato, i due si parlavano pochissimo, dato che si intendevano al volo.

7.

Avesse fatto il ballerino, o il falegname, o l'esploratore polare, Minaudo avrebbe potuto infischiarsene delle parole. E lavorare e vivere e soggiornare a suo piacimento nel beato silenzio. Ma essendo un editore? Cioè il capo di un'azienda che le fabbricava e le vendeva, le parole?

Del suo progressivo distacco si era accorto per primo Enobarbo, il più sensibile. Fiutava l'aria, Gianni Enobarbo, era stata sempre questa la sua principale qualità, l'aveva applicata ai libri appunto perché in quel settore è davvero difficile distinguere con certezza il bello dal brutto, il buono dal cattivo, il remunerativo dal fallimentare, sicché il più delle volte si tira a indovinare: ebbene, Enobarbo ci azzeccava più spesso di chiunque altro. Il fiuto è una dote umana prima che intellettuale, o forse nemmeno umana bensì animale, e permette di non fare troppi calcoli, che sarebbero peraltro vani visto la quantità di fattori che concorreranno a determinare il successo o l'insuccesso di un libro. Enobarbo era arrivato persino a non leggerli affatto, i libri che venivano proposti e discussi in casa editrice, lasciandosi guidare a occhi chiusi dal suo fiuto, come un rabdomante lo è dalla sua bacchetta, per decidere se sostenerli o bocciarli.

Forse fu per questo che Nico, dopo aver passato in rassegna altre possibilità decise di confidarsi con lui.

«Ma lei, Gianni, lo ha fatto, il servizio militare?» gli chiese appena entrato nella stanza.

Enobarbo stava riordinando la sua scrivania che peraltro era già ordinatissima. Allineò le penne scrupolosamente in parallelo a una pila di dattiloscritti: dovevano essere degli inediti, lo si capiva dalle rilegature, ed Enobarbo li aveva accumulati alternando la spirale di plastica ora sulla destra ora sulla sinistra della pila, in modo da non sbilanciarla.

«Ovviamente no, perché me lo chiedi?»

Poi socchiuse gli occhi guardando un punto imprecisato

e accarezzandosi sotto il mento, come se fosse impegnato a immaginare se stesso in divisa, che marciava con un fucile a tracolla insieme ad altri cento soldati, in una piazza d'armi. Lui vecchio e gli altri giovani. La fantasia anacronistica lo divertì.

«Peccato, magari non mi sarebbe dispiaciuto… per qualche settimana o mese, magari… Ah, forse ho capito perché me lo chiedi: tocca a te, Nico, è arrivato il tuo turno, vero?»

Quell annuì e sorrise un po' mestamente, come si conviene a chi si appresta ad affrontare degli incomodi in fin dei conti superabili, come dormire insieme a rumorosi sconosciuti, e ricevere il pasto in una gamella di acciaio tutta rigata. In tempo di pace la patria non richiede molto di più ai suoi figli.

«Apprezzo il fatto che ti ostini a darmi del lei» proseguì il direttore editoriale.

«Be', lo farò fin quando lei mi darà indicazioni diverse.»

«Ecco, vedi? Sai riconoscere le gerarchie e rispettarle» disse Enobarbo che forse voleva fare solo un po' d'ironia ma così coglieva nel vero. «Dunque non ti troverai tanto male quando si tratterà solo di obbedire. Avanti, marsch! Unò-dueee… Unò-dueee… Credere, obbedire, combattere!» aggiunse e scoppiò in una risatina, poi riprese un poco più pensoso. «Temo che noi contemporanei abbiamo un po' troppo screditata l'obbedienza… un concetto complesso, interessante… in certi casi indispensabile… anche se non dovrei certo essere io a rivalutarlo, visto che non ho mai obbedito a nessuno… e non ho mai preteso che qualcuno mi obbedisse, ah ah. Forse per questo sono rimasto senza figli! E meno male, se no, poveri loro… Ma, vedi, Quell, a forza di voler fare sempre tutto di testa mia sono rimasto solo… tanto solo» e qui il vecchio marpione fece il gesto di asciugarsi una lacrima. «Ma almeno ho un lavoro. Un lavoro rispettabile…»

Se non fosse stato in ansia, a Nico questa recita sarebbe piaciuta. La Minaudo era una scuola di vita e di stile, una galleria di personaggi a loro modo esemplari, un corso rapido per imparare come funzionano le cose e come si pongono tra loro le persone. Era come assistere a un torneo di scacchi con i vari pezzi capaci di fare certe mosse e impossibilitati a farne altre: la torre che va dritta per dritta, l'alfiere in diagonale, il cavallo che scarta di lato, e in mezzo ai pezzi pregiati una caotica folla di pigolanti pedoni mandati al massacro e tuttavia in grado, un passettino alla volta, di portare assalti decisivi per la vittoria. Una come Amelia Gheno, la capo ufficio stampa, era senz'altro un cavallo, un cavallo di razza, nervoso, scattante, capace di saltare qualsiasi ostacolo che gli si fosse parato davanti, anche se ancora non aveva dimostrato per intero le sue potenzialità. Alejandro Menas di sicuro era una torre, energico quanto limitato, una forza della natura incanalata nel lavoro e adatta, più che a risolvere i problemi, a spazzarli via dal suo cammino con un'alacrità che nessun'altro possedeva, e però privo di immaginazione, a corto di soluzioni alternative. Se sui binari segnati correva velocissimo, una qualsiasi variazione o un intoppo l'avrebbero fatto deragliare. E poi c'erano il Coboldo, Quadratino, la Marta... gli influenti suggeritori esterni come Cesare Merse... gli autori affermati e quelli emergenti e quelli in declino, tutti che reclamavano attenzione ottenendone in modo assai diseguale.

Tra costoro, Nico era solo un apprendista, e stava appena imparando come ci si orienta.

«È appunto il lavoro a preoccuparmi» si riagganciò Nico al discorso di Enobarbo. Lo guardò dritto negli occhi, sentiva di poter essere sincero. «Se parto ora, lo ritroverò un posto qui, tra un anno?»

«Ah! Pensavo che i tuoi dubbi fossero piuttosto sulla natura di quell'impegno. Confrontarsi con altri ragazzi come te, anzi, proprio per niente come te, molto diversi. Un signorino in mezzo ai figli del popolo, alle loro mutande multicolori, sgomitare ogni mattina per arrivare al cesso prima degli altri, eccetera. In quanto alla Minaudo, la nostra amata casa, oso dire che dovresti stare tranquillo, il padrone ti adora, lo dicono tutti, e per questo ti invidiano a morte, ah ah, per cui credo che sia disposto ad aspettarti, e a sgozzare il vitello grasso al tuo ritorno. Che sarà mai un anno? Qui passa in un baleno: i libri da ombrellone, le novità alla rentrée, le strenne natalizie, la scoperta di qualche autore formidabile, e poi la corsa ai premi letterari… e oplà, siamo daccapo, un altro anno è passato. Io sono stato assunto qui nel millenovecento e sessantaquattro: avevano ammazzato Kennedy qualche mese prima e tutti ancora ne parlavano, per questo ricordo così bene la data. Avevo trent'anni, ed ero giusto a un passo dal diventare per sempre uno di quei letterati che non si sa bene che lavoro faccia, per averne già fatti troppi. Sai cosa voglio dire, no? Gli articoli, le interviste, un paio di traduzioni, i raccontini pubblicati qua e là per far vedere quanto ero bravo, le lezioni private, qualche trasmissione alla radio… insomma, ero un discreto mestierante, avevo già bussato alle case editrici e mi davano da scrivere le schede sui libri che era stato già deciso in partenza di rifiutare, ma così, tanto per esserne sicuri, gli serviva un avallo formale ed era quello che gli fornivo io, cinquecento lire a cartella, che per l'epoca non era niente male. Giudicavo impubblicabile ciò che era in effetti impubblicabile. Non credo di aver mai rispedito al mittente una *Recherche*. Ho persino scritto per un paio di riviste pornografiche, cioè, nemmeno pornografiche, diciamo, quelle con le donne nude sdraiate su una pelliccia: in mezzo ai servizi fotografici e le rubriche di lettere ci ficcavano qualche pezzo più intellettuale che ovviamente non leggeva nessuno, per correre a farsi le seghe sui paginoni. Posso dirtelo Quell: alla resa dei conti, ero disperato. Stavo pensando di suicidarmi, non solo l'ho pensato, ci ho anche provato, sì, un paio di volte, coi sonniferi. Dicono che se prendi i sonniferi invece di buttarti sotto un treno significa che in realtà non vuoi morire sul serio ma solo attirare l'attenzione, mandare un segnale, e forse era così anche per me, ma di chi io volessi attirare l'attenzione non saprei. Questo per dirti che tutti noi pattiniamo sul ghiaccio sottile, in questo tipo di lavoro ci vuole poco per morire ma altrettanto poco per risorgere, perciò non bisogna scoraggiarsi, mai. Mai, capito? Scoraggiarsi non è affatto segno di debolezza, ma di stupidità, e tu non sembri affatto stupido, Quell, e nemmeno io lo sono. Forse un poco lo ero allora, un po' ottuso, ma ho imparato la lezione.»

Enobarbo abbassò la voce a un tono confidenziale.

«Qui c'è qualcuno, o forse più d'uno che vuole farti le scarpe, te ne sarai reso conto, no? Ma è normale, sono le dinamiche di qualsiasi posto di lavoro, di ogni azienda, che è sostanzialmente una gabbia di topi. Se non si mordono tutto il tempo è perché si sa che finirebbe in un bagno di sangue, perirebbero in massa, e non sono stupidi nemmeno i topi. Allora preferiscono aspettare, aspettare che l'intruso ceda, si arrenda, e se ne vada, scappi, insomma si faccia fuori da solo. Per poi occupare alla svelta lo spazio che ha lasciato. La distruzione è quasi sempre autodistruzione, anche quando viene indotta dall'esterno. Siamo specialisti nel sabotare noi stessi per incolpare gli altri, il che però equivale a dargli ragione: chi alla fine si arrende è questo che fa, confessa che gli altri ci hanno visto giusto, lui non si meritava niente, e la giustizia viene ristabilita se è il condannato a togliersi di mezzo con le sue proprie mani. Torna finalmente la pace. Ma non credo tu voglia dare a nessuno questa soddisfazione, vero? Ora andrai per un anno a far finta di prepararti alla guerra, mentre qui la guerra continua sul serio, una guerra senza spargimento di sangue ma dove gli alleati possono essere più temibili dei nemici. Potrebbe persino farti comodo star fuori per un po', che si senta la tua mancanza, che tu venga desiderato e rimpianto. Non so dove Minaudo potrebbe andare a trovare un altro come te, per sostituirti. Si pensa a torto che là fuori sia pieno di ragazzi e ragazze ambiziosi e preparatissimi, che ci sia la fila per entrare a lavorare in una casa editrice, ma non è vero. Noi siamo impuri, ibridi, dovremmo essere degli intellettuali, e non lo siamo, dovremmo essere degli imprenditori e dei mercanti, ma, a parte Minaudo, non siamo nemmeno quello. Tanto varrebbe allora fare il giornalista, o il professore, o l'artista, o il bibliotecario: quelle sono professioni, la nostra no. Tu sei perfetto per l'editoria, Quell, lascia che te lo dica, perfetto, perché si vede e si sente la tua passione forte eppure priva di un oggetto preciso, che è preziosa appunto perché è mobile, è prensile, si sposta di continuo alla ricerca di ciò che è nuovo, ciò che fino a oggi non esisteva, non si sapeva, non si leggeva. O che ci si era scordati. L'editoria si fonda sulla curiosità. Quello che ancora non esiste, o che esiste già ma nessuno se n'era accorto, o che ebbe successo tanti anni fa ma poi cadde nel dimenticatoio: ecco il suo oggetto, quello che va trovato senza sapere cos'è che si cercava. Frugare, stanare, indovinare, scommettere: tu Quell questa smania ce l'hai, ed è bella, ed è forte. Non preoccuparti, dunque, e vai, vai tranquillo a servire la patria. La patria ha bisogno di te!» e nel dir questo puntò dritto l'indice contro Nico, come in quei manifesti per l'arruolamento della Prima guerra mondiale.

Di nuovo Enobarbo sembrava abusare dell'ironia, che può essere divertente, ma non convincente: il suo spirito corrosivo riesce piuttosto a dissuadere, di rado a incoraggiare, e mai a consolare. Se ne rese conto e tornò immediatamente grave, pensoso, usando quella mobilità dell'intelligenza che aveva appena decantato. Si alzò in piedi, dinoccolato ed elegante, scalciando all'indietro la poltrona a rotelle, si diresse verso Nico e gli posò le mani sulle spalle.

«La patria è un affare serio. Molto serio...»

## 8.

Ma Nico aveva bisogno di affetto, non di consigli. Da troppo tempo faceva tutto da solo senza contare sull'aiuto di nessuno. Pensò che lì in casa editrice fosse inutile bussare ad altre porte, che è solo un modo di dire visto che Minaudo imponeva di tenerle aperte per poter sbirciare in ogni momento, facendo una passeggiatina nei corridoi, cosa stessero facendo i suoi dipendenti; e quelli obbedivano al capriccio del capo e ci avevano fatto l'abitudine, come se lavorassero in un open space, tutti tranne Enobarbo, che si era orgogliosamente conquistato il diritto di tenere la porta chiusa. E mettiamoci anche lo strambo figlio dell'editore, Leopoldo, detto Quadratino, il quale si chiudeva a chiave nel suo studio così simile a un'officina, a combinare chissà cosa, mentre i maligni insinuavano che vi venisse chiuso dentro apposta per evitare che andasse a zonzo per la casa editrice.

Dunque Nico pensò di tornare nella sua stanza e chiamare qualcuno al telefono. Voleva sfogarsi ed essere un po' compatito, un pochino, non troppo. Al limite anche scherzare su quel che lo aspettava, che nella sua fantasia si era subito colorato di tinte grottesche piuttosto che drammatiche: la rasatura dei capelli, le marce che fanno venire le vesciche, gli squilli di tromba insopportabilmente acuti... Insomma voleva parlare con qualcuno ma soprattutto ascoltarlo, farsi sussurrare parole dolci o giocose perché lui non aveva molto da dire in proposito.

Gli vennero in mente solo donne.

Irene, sua sorella, difficile da raggiungere, se non nella casa in cui veniva ospitata, ma Nico non aveva voglia di passare per uno dei coniugi Macchi, quegli intriganti, di sicuro avrebbero intercettato il motivo della telefonata, che Nico preferiva, almeno per un altro po', non rendere pubblico. Poi ci sarebbe stata Lenia Berio, una ragazza interessante conosciuta a casa del padre di lei, il professore a cui Nico voleva strappare un libro, o meglio, scriverlo insieme a lui, ma la loro ultima telefonata era stata turbolenta, quasi spiacevole, pesante, e il peso era l'amore che Lenia gli aveva chiaramente manifestato, mettendolo in imbarazzo. Se non è ben ripartito, tra due persone l'amore rappresenta un ostacolo invece che un legame, e a Nico la ragazza piaceva, piaceva molto, lo attraeva in modo, per così dire, ovvio, implicito, e lo faceva sentire pieno di gratitudine, come si accoglie un dono che è piovuto dal cielo. Ma questo non era sufficiente a bilanciare il trasporto di lei.

In quanto a Sheila B., infine, con cui Nico normalmente si trovava a occhi chiusi, su questo specifico tema era un vasto oceano a dividere lo scettico e giovane maschio bianco europeo da una modella afroamericana cresciuta durante i reclutamenti per la guerra in Vietnam: alla notizia della cartolina, probabilmente si sarebbe immaginata che a lui toccasse una specie di addestramento dei marines, e non la farsa della ramazza e delle raccomandazioni presso i marescialli – di fatto due culture intraducibili.

Be', ci sarebbero state altre due ragazze a cui telefonare, all'una o all'altra, o a tutt'e due, due sorelle incantevoli, Alice e la più piccola di cui Nico non sapeva nemmeno il nome ma nella sua mente chiamava Rosa, o la Rosa dei Venti, le quali vivevano anche loro nella città meridionale come Lenia Berio: ma erano bastati pochi dolci baci e languide carezze per acquistare una vera confidenza con loro?

## 9.

No, no, doveva rivolgersi a qualcuno interno alla casa editrice. Guardare in faccia la persona mentre si confidava, leggerne il viso oltre alle parole. Allora, Marta forse no, già una volta si era arrischiato a cercarne l'intimità in modo alquanto goffo, e il legame di lei con Minaudo era troppo stretto, diretto, una specie di telefono senza fili, o di riverbero immediato, come se le loro menti entrassero in risonanza senza bisogno di parlarsi. E a parte il saggio e cinico Enobarbo, i maschi come si è detto non lo ispiravano abbastanza, o addirittura li temeva, a partire dal Coboldo, che Nico era sicuro sarebbe stato spietato con lui e ben contento di levarsi di torno per un anno, o magari per sempre, il suo presunto rivale nell'amore per Sheila B. Forse Quadratino, sì, Quadratino, il povero Leopoldo Minaudo, figlio dell'editore, sarebbe stato ad ascoltarlo: ma quale supporto avrebbe potuto ricevere da quel ragazzone ingenuo ed eccentrico, che sicuramente era stato scartato alla visita di leva a causa della sua evidente stramberia per non usare l'impietoso termine «tara»?

Quindi alla fine scelse Amelia Gheno, o piuttosto, era rimasta solo lei, di cui Nico non sapeva bene cosa gli piacesse di più: la sua franchezza, il cameratismo, il modo diritto in cui si stava aprendo una strada all'interno della casa editrice e fuori di essa, e poi, perché non dirlo?, anche un bacio furtivo e profondo che lei gli aveva dato per puro sfizio durante una festa a casa Macchi, una mossa abbastanza insolita in un'epoca in cui (ancora per poco) si dava per scontato che fossero i maschi a prendere l'iniziativa. Anzi che fosse il loro obbligo. Di quel bacio in corridoio Nico aveva conservato una deliziosa sensazione di passività. E gratuità. Cioè le due cose che egli associava di più all'idea di piacere. Ricevere senza avere richiesto.

Quando lo accolse, Amelia era al telefono, gli fece cenno con un braccio di restare, non andar via, che si sarebbe sbrigata.

«Sì... esce tra un mese... tiratura elevata... no, grazie, interviste meglio di no, non le ama... fotografie sì... riesce bene in foto, ha una bella faccia, sai, di quelle segnate... forse sarebbe giusto che qualcun altro parlasse del libro, non lei... guarda, il tema è forte, il libro, voglio essere onesta, molto onesta, non più di tanto, ma è il tema che attrae, che incuriosisce, questo già lo capisci, ovvio... ho fatto un piccolo sondaggio e la metà delle persone a cui ho chiesto, senza naturalmente dirgli che si trattava di un nostro autore, mi ha risposto che se lo sarebbe letto di corsa, anzi, un'amica mi ha detto che se lo sarebbe "bevuto", un libro così, un altro che l'avrebbe subito regalato a sua moglie. La gelosia, esatto, la gelosia, un cavallo di battaglia, vero? Ma non trattata con i soliti pettegolezzi, piuttosto da un punto di vista biologico, insomma, perché siamo gelosi veramente? Perché c'è chi soffre di gelosia patologica e chi no? Non c'entra nemmeno il carattere, o la mentalità, o la cultura, ma la fisiologia, la chimica, capisci...? L'autrice del resto è una neuropsichiatra. Avrai già letto di lei, no? Serissima, anche se il libro è davvero godibile. E poi giuro, non ti romperò più le scatole... *Uccidere la gelosia*, non lo trovi un titolo azzeccato? Ahahah... eh, sì, meglio uccidere la gelosia che il proprio partner, decisamente...»

Il capo ufficio stampa strizzò l'occhio a Nico e poi gonfiò le guance in modo buffo. Poteva voler dire che stava gonfiando il libro a parole con la redazione cultura di qualche giornale, all'altro capo del telefono, oppure che era stufa di farlo. O voleva soltanto essere simpatica con Nico facendo quella smorfia. Coprì la cornetta con una mano, e muovendo le labbra senza voce, «Sorry, business as usual!» gli comunicò. Quindi riprese a parlare.

«Sì, ci puntiamo, eccome se ci puntiamo... Almeno una ventina di presentazioni in giro per lo Stivale, e a parlare assieme a lei saranno bei nomi. Magari, dai, la pagina intera, se la meriterebbe... Che dici? Possiamo contarci? Ma certo, certo, solo dopo che avrete letto, certo. Tu intanto gettaci uno sguardo, annusalo un po' prima di darlo a qualcuno, te lo assicuro, basta che scorri l'indice, geniale. Fa venire voglia. Rovescia i luoghi comuni, uno per uno.

Una volta solo gli americani erano capaci di scrivere così, di prenderti alla gola, sai...»

Amelia ammiccò inarcando le sopracciglia due o tre volte. Sembrava che faticasse a reprimere una risata. Quell, in attesa, si era appoggiato allo stipite della porta a braccia conserte, e la guardava scuotendo appena la testa.

«Solo ti chiedo una cortesia, ma grande grande grande: fammi sapere prima a chi vorresti assegnare il libro. Io non dirò nulla, non commenterò, non mi opporrò alla tua insindacabile scelta, te lo prometto... ma ti prego fammi sapere chi sarà. Sto chiedendo troppo?»

E a questo punto la Gheno sorrise, come se dall'altra parte del telefono potessero vederla ed essere conquistati da quel sorriso che era in effetti bellissimo, delicato, sorprendente in una cavallona come lei, e che pareva spontaneo. Quindi, con la medesima naturalezza, riuscì ad agganciare all'argomento che le premeva una coda di domande su alcuni conoscenti che lei e l'interlocutore evidentemente avevano in comune. Altri cinque minuti di telefonata. Quando gli aggiornamenti su una mezza dozzina di persone furono terminati, lei riattaccò e lanciò un bacio con le dita a Nico che era rimasto in paziente attesa.

## 10.

Ah, la misteriosa Amelia Gheno. Tutti gli esseri umani sono misteriosi, certo, ma lei di più. Scendere dalle balze e dai laghetti incassati tra cupe montagne a studiare e poi lavorare sodo nella grande città del Nord, coprire quegli ottanta chilometri scarsi che equivalgono alle leggendarie ventimila leghe in quanto a differenza di mentalità, ritmo di vita, sogni, aspettative, le conferivano una grinta speciale, che mascherava ogni altro aspetto della sua esistenza, e della sua vera natura. Insomma è come se indossasse una divisa, anzi, uno di quei costumi attillati da supereroe che ne celano l'identità. A dire il vero lì alla Minaudo praticamente tutti, tranne il proprietario, venivano da fuori: il Coboldo dalle montagne che chiudono la grande pianura del Nord sul versante opposto a quelle della Gheno, Menas, Enobarbo e lo stesso Quell dal centro dello Stivale, e dal Meridione un congruo numero dei quadri intermedi e inferiori, i quali si contraddistinguevano per particolare zelo e devozione. Forse i lavoratori più indefessi erano proprio loro, come se con la solerzia volessero smontare i pregiudizi che li dipingevano scansafatiche. Il coro delle provenienze regionali in un'azienda colora qualsiasi commedia o tragedia dello Stivale con le sue inimitabili cadenze, i suoi gesti, gli equivoci, le gelosie, le vendette, gli amoreggiamenti, l'eroismo minore così capillarmente diffuso in una popolazione mista come la nostra.

A proposito, di Gene Mascheroni, l'Infame, si è detto che era figlio di immigrati dal Sud, anzi, era lui ad averlo detto in giro, però qualcuno si permetteva di dubitarne, ad esempio il Coboldo: un cognome così suonava locale, con un raggio di approssimazione massimo di qualche decina di chilometri...

Ma la Gheno, ah, la Gheno... era davvero speciale. Si capiva che sarebbe arrivata in alto, parecchio in alto, ma in quale effettiva posizione non era affatto chiaro. Dirigere l'ufficio stampa è un incarico delicato, e assolutamente vitale in qualsiasi casa editrice, ma più in alto di tanto non si va, a meno di passare a dirigere un altro ufficio stampa da un editore più grande o più prestigioso, o che paga stipendi più elevati. Ed era evidente che l'ambizione della Gheno sopravanzava tale aspettativa.

Di lì a non molto diverse cose sarebbero cambiate alla Minaudo.

E tutto sarebbe avvenuto mentre Nico era in divisa.

11.

Una sudata laurea sulle opere minori di Wittgenstein veniva sostanzialmente spesa in telefonate. O in fulminee incursioni presso le redazioni dei giornali e delle tv. Sugli interlocutori occorreva esercitare una pressione sufficiente a portare a casa qualche buon risultato senza però eccedere, senza diventare assillanti, importuni. Quel lavoro aveva aspetti psicologici, politici, mondani, e solo in ultima analisi culturali, ma Amelia sapeva ricoprirli tutti, mettendoci le doti che in un esercito hanno gli ufficiali di collegamento. Non ogni trattativa poteva svolgersi alla luce del sole, la discrezione essendo necessaria affinché aumentassero le probabilità di riuscita.

A questo tipo di donna Nico confidò le sue preoccupazioni e i suoi interrogativi.

Diversamente da Enobarbo, la Gheno fu abbastanza pessimista.

«Sai che ti dico? Ti ritrovi in un bel guaio. Qui le cose sono in movimento. La terra trema. Aria di crisi. Minaudo, lo avrai notato anche tu, è stufo. Il Coboldo è fuori di sé. Enobarbo si liscia i baffi e intanto pensa ad altro: a cosa pensa, o a chi pensa, non lo capirà mai nessuno. L'unica persona con la testa sulle spalle rimane Marta, l'unica che sa tutto di tutti è la Marta, ma lei e Minaudo sono una persona sola e agiranno insieme. E poi c'è Menas, ah, certo, Menas, ma quello ha il pallino del lavoro, il lavoro, il lavoro, è talmente immerso nel lavoro da sbrigare che non ha tempo per le strategie. Quando poi stacca, alle otto di sera, giustamente, vuole divagarsi. Divagarsi come gli aggrada! Ah! Ma non commento. In quanto a Quadratino... Quadratino... le parole non si trovano per uno così. Credo che piano piano si sia affezionato alla casa editrice, ma come un cane che riconosce il muro su cui ha pisciato. Alla fine restiamo tu ed io. Ma ecco che te ne parti soldato. Sarebbe più o meno lo stesso per me se rimanessi incinta: verrei fatta fuori da Minaudó in modo tattico, non licenziata in tronco, no, questo non può farlo, bensì estromessa un po' alla volta. Rientrando dalla maternità troverei seduto alla mia scrivania un sostituto, temporaneo naturalmente, ma che nel frattempo si sarebbe fatto notare perché è bravissimo, o bravissima, e sa stare al suo posto, non ficca il naso e non rompe le scatole ai notabili della Minaudo come faccio io, e se da lì a poco gli venisse proposto di prendere il mio posto in via definitiva accetterebbe uno stipendio di un terzo inferiore a quello che prendo io. Nel frattempo tornata a lavorare mi toccherebbe riambientarmi, riattaccare i fili, perderei qualche colpo, mi mostrerei un po' isterica a causa delle notti in bianco per allattare, qualcuno se ne lamenterebbe, e a quel punto Minaudo sarebbe pronto a offrirmi un vantaggioso contratto come consulente esterna, così avrei tutto il tempo che voglio per me e per il pupo. E nel giro di un altro paio d'anni sarei definitivamente fuori.

Con te le cose andranno in modo più veloce e più brusco: sei un consulente esterno, verrai tagliato e basta. È sufficiente non rinnovarti il contratto annuale. E del resto, ammettiamolo, perché mai Minaudo dovrebbe farlo visto che quando sarà in scadenza, tu ti troverai a fare la sentinella in qualche avamposto sperduto, sul cocuzzolo di una montagna o in mezzo a un altopiano di pastori e banditi, e ancora per chissà quanti mesi? Questo non è il momento buono per allontanarsi. La scrivania va presidiata, e circondata di filo spinato per resistere agli assalti. Guarda Nico che lo sanno tutti qui perché Minaudo ti ha preso sotto la sua ala, ma nei confronti di tuo padre lui riterrà di essersi sdebitato abbastanza facendoti lavorare fino adesso. "Da noi si è fatto le ossa" dirà, "ora è tempo che cammini con le sue gambe," sì, certo, con le tue gambe, però fuori di qui. Ce ne sono che sgomitano per prendere il tuo posto. Ad esempio, quella specie di protegé di Merse, come si chiama, Fumo, sì, Mario Fumo, ci metterebbe poco a dimostrarsi più indispensabile di te. Intendiamoci, tu sei bravissimo, Nico, lo diciamo tutti in coro, ma, sarai d'accordo, sei piuttosto ingombrante, per il tuo nome, per il tuo aspetto, eh, be' sì, col tuo pedigree fai sentire a disagio quelli che vengono dal nulla come il Coboldo e persino quel finto raffinato di Enobarbo, che in realtà, se per caso non lo sapevi, viene da una famiglia di saltimbanchi ed è cresciuto in una roulotte, e forse se qualcuno glielo chiedesse, sarebbe capace di mostrarci qualche numero con le clave imparato a otto anni. Il Coboldo si è affrancato dalle sue origini studiando sodo, Menas sgobbando, Enobarbo con qualche lampo di genio, le mostre d'arte, i vestiti cuciti dal sarto e le cravatte di maglia, ma per quanto si sforzi nessuno potrà mai avere la tua classe: e la classe, si sa, suscita odio di classe.»

«Morale della favola?» chiese Nico divertito e insieme un poco spazientito. All'affetto e alla intima comprensione di cui era andato in cerca si vedeva ancora una volta costretto a rinunciare. Invece di calore umano riceveva lezioni di vita. Ma non avrò già imparato abbastanza? si chiese. Amelia lo ricompensò sfoderando nuovamente il suo irresistibile sorriso.

«La morale, Nico, è che la tua sarà una gravidanza lunga dodici mesi, alla fine dei quali, però, non avrai partorito un bel niente. E poi c'è un'altra fondamentale differenza: per voi maschi il servizio militare è obbligatorio, per noi invece avere figli non lo è. E io infatti non ne avrò.»

«Amelia, il tuo ragionamento non fa una piega. Dunque secondo te cosa dovrei fare?»

«Se ci tieni a questo posto? Chiamare papà. Che si inventi lui qualcosa.»

## 12.

Evidentemente Nico non lo chiamò, oppure lo fece ma suo padre, l'ambasciatore Quell, non mosse un dito per aiutarlo, oppure l'ambasciatore ci provò ma con scarsi risultati. Avrebbe dovuto muoversi in due direzioni: evitare la naja a suo figlio, o fare in modo che gli venisse conservato il posto alla Minaudo mentre serviva la patria. La prima opzione fallì; della seconda si verrà a sapere solo andando avanti nella lettura. Però in una cosa la Gheno aveva senz'altro ragione: in casa editrice tirava un'aria particolare, un'aria di cambiamenti. Grandi cambiamenti.

# Capitolo II

## *Sala d'attesa*

1.

Nella sala d'attesa dell'oncologo, Berio trovò una giovane donna. Lei in ritardo sull'orario previsto per l'esame, lui in leggero anticipo. Si sorrisero, a mezza bocca, in modo deliberatamente mesto, come se volessero manifestarsi in via preliminare la loro condizione di malati, e condividerla. Altrimenti, perché trovarsi lì? La donna era giovane e piuttosto graziosa. Che sfortuna, si disse Berio, troppo giovane per la malattia, forse già grave: tuttavia quella presenza lo galvanizzò, riempiendolo di curiosità e aspettative. Malgrado lei fosse lì per avere o discutere un responso di cui ne andava la sua vita, qualcosa dunque di drammatico, Berio non poté fare a meno di pensare di trovarsi in una situazione galante con la sconosciuta, per una specie di automatismo, di cui non si vergognava affatto, anzi, Berio trovava appropriato e in fondo giusto avviare un approccio giocoso, leggero, dunque sorrise di nuovo alla donna in modo più aperto e la guardò meglio, con comodo, incrociate le mani dietro la nuca, desiderando che l'oncologo in ritardo sulla sua agenda di appuntamenti la facesse aspettare un altro po'.

Era sulla trentina, probabilmente alta e dalle gambe lunghe, che teneva accavallate e strette, con le mani ficcate in mezzo, segno evidente di disagio. Aveva addosso abiti che sembravano essere stati scelti perché comodi da togliere e rimettere alla svelta: pantaloni della tuta e una maglia di cotone allentata. Portava i capelli raccolti in una lunga e lenta ciocca ed era struccata, ma nonostante questo, e i segni della malattia o forse ancora più pesanti quelli della cura, che ne avevano appesantito i tratti, specie tra il contorno degli occhi e gli zigomi, il suo viso era senz'altro vivo, e bello di una bellezza insolita. Guardando indisturbato quel viso, poiché la donna, dopo il sorriso di convenevole teneva ora gli occhi bassi, Berio si convinse di conoscerla, e stava per dirglielo, quando venne frenato dalla banalità della frase che stava per pronunciare, «Non ci siamo già visti da qualche parte?» o una equivalente. Ha la metà dei miei anni, si disse, e siamo entrambi qui per ricevere un verdetto. Ci sono buone probabilità che il mio sia infausto. Il suo invece? La sconosciuta poteva essere solo all'inizio, oppure a metà, o forse vicina all'epilogo di quello che viene chiamato, con enfasi impotente, «calvario». Il suo viso sensibile e contratto non sono capace di leggerlo. Di sicuro è abituata a contenere le emozioni, a partire da quelle spiacevoli. Ma quando si impara a reprimere il negativo, anche l'amore, anche la gioia fanno la stessa fine, sprofondano e si consumano nell'interiorità.

La donna controllò l'orologio e poi sollevò il viso restituendo lo sguardo a Berio stavolta senza alcun ritegno, i suoi occhi manifestarono la chiara volontà di tenere l'estraneo fuori dai suoi guai, di qualsiasi gravità fossero. Berio si convinse che lo faceva non per solo per proteggersi, quanto per proteggere lui, poiché non è affatto vero che condividere il dolore con qualcuno lo allevii, è dannatamente ingenuo crederlo, e semmai, quando soffriamo, la nostra gratitudine prende a fluire verso chiunque abbia la delicatezza di risparmiarci ulteriori tristezze. Una donna così giovane, e dagli occhi così vivi e intelligenti, gli avrebbe spezzato il cuore rivelandogli di essere moribonda. Perché nessuno la accompagna a questa visita? Perché è qui da sola? Insomma, una persona con lei, il marito, una sorella, la madre… una cara amica… Forse, pensò Berio, non ha niente di così grave, il suo male è in remissione, la visita è solo di routine, forse non è più malata o non lo è mai stata, oppure si tratta di un controllo o di un sospetto che l'esame rivelerà infondato.

Ma a smentire questa ipotesi, appoggiata sul divanetto accanto a lei, stava una busta di cartone plasticato con la sigla di un noto negozio del centro, gonfia di cartelle mediche e lastre, la documentazione che ogni paziente si porta dietro, di mese in mese più folta e pesante. «È l'attesa, la cosa snervante, non trova?» esordì la sconosciuta, levando Berio dall'imbarazzo di quei pensieri oziosi in cui ci si può avvitare, se non giunge una voce esterna a zittire quelle interiori. Che bella voce, pensò Berio, prima di risponderle. È dolce, profonda, di una persona stanca, sfinita, che forse sapeva com'è giusto vivere, anche se magari non le è riuscito. Dunque, simile a me.

«Certo» si limitò a rispondere.

«È la prima volta che viene da Auriemma?»

«Oh, no» mentì in fretta Berio: mentì per istinto. Bisogna sempre scombinarla un po', riaggiustarla a parole, la propria vita, rimescolarne le carte perché la mano così come è stata servita non va bene; e del resto come si spiega che io non mi sia consultato fin dall'inizio col rinomato professor Auriemma, possibile che io ci arrivi solo ora, quando, con ogni probabilità, non c'è più nulla da fare?

«È un anno che mi segue, il professore… e che io seguo lui.»

«È soddisfatto?»

«Del grande Auriemma difficile non esserlo. Di come vanno le mie cose, mica tanto.»

«Mi dispiace» disse lei, e fece un gesto inatteso, di quelli che fa una persona in piena confidenza, come se fosse sola in camera sua: giunte le mani, che aveva grandi e sottili, e rovesciatele verso l'esterno, allungò in alto le braccia e si stirò, arcuando la schiena con un mugolio. Nel muoversi così, mostrò la gola e quanto fosse ben fatto il suo busto. I capelli le si riversarono sulle spalle, respirò forte, a occhi chiusi. Una volta riassunta la compostezza, «Mi scusi» disse, «sono tutta rotta».

Berio si schermì.

«E quando mi distendo provo un dolore ancora più forte, eppure mi piace, non so come mai, mi piace provocarlo. Cioè, voglio essere io, voglio essere io a deciderlo, a comandarlo... insomma, che non mi arrivino a tradimento.»

«Che cosa, scusi?» chiese Berio, incerto.

«Le fitte. Le fitte di dolore.»

È già a quel punto, dunque. Chissà quando ci arriverò io, perché prima o poi ci arriverò. Presto, credo. Ti raggiungerò presto, amore mio, non hai nemmeno bisogno di aspettarmi!

Berio fu divertito di pensare alla paziente di Auriemma, benché appena conosciuta, in questi termini disinvolti, affettuosi, così divertito che immaginò di usarli sul serio, chiamandola «tesoro», o «bella mia», il che peraltro, visti gli anni di differenza tra loro, avrebbe anche potuto permettersi, cosa c'era di male?

2.

«Sono vigliacche» sorrise Berio.

«Sì.»

«E lei è brava. Coraggiosa.»

«Io? Per niente. Più le cose sono serie, per me, più perdono di significato. Tanto vale giocarci un po'.»

Berio capì perfettamente ciò che intendeva la donna. Sono l'unico sulla Terra, forse, a capirlo.

«Be', sono ammirato. Se lo lasci dire.»

«Ah, l'ammirazione! Si direbbe un sentimento abbastanza fuori moda...»

«Questo è vero. Ma io mi sono formato in anni in cui se non ammiravi qualcosa o qualcuno, non avevi speranze. La vita non aveva senso priva di un modello.»

«È singolare che lei voglia attirare la mia attenzione sulla sua età. Le differenze a un certo punto si annullano.»

«Vuol dire, la distanza tra una persona vecchia e una giovane?»

«Lei non è mica vecchio.»

Oddio, pensò Berio, ma stiamo flirtando… Da non crederci. È una commedia di quelle che fanno sorridere e commuovere. Questa giovane donna che forse è spacciata, e il relitto di uomo che si è deciso solo oggi a ritirare in tribunale la sua sentenza definitiva, stanno flirtando. Anche la parola flirt è fuori moda. Sono nato nel 1918 e ho sessantatré anni. Per un pelo non sono andato in guerra. Lei è sulla trentina, sposata, vedi l'anello. Forse ha un figlio o due, forse non può averli, e non li avrà. E dal medico ci va sola. Chissà perché non se lo toglie, quel maledetto anello. Io non l'ho mai portato, il giorno dopo il matrimonio con Lisetta l'ho tolto, mi dava noia.

«Le piacciono le mie mani?» chiese la paziente di Auriemma. «Vedo che le sta guardando con insistenza.»

«Sì. Sono belle. Affusolate.»

«Lei è un professore? Si esprime in un modo…» e si mise una bella mano sulle labbra. «Affusolate!» ripeté con un risolino.

Quanto sforzo per trovarla, la parola giusta! Eppure era lì, creata apposta per quella mano, che la donna ora esaminava, ruotando il polso, osservandone il palmo e il dorso. *La principessa si era punta con il fuso…* ricordò Berio dalla favola.

«Peccato che le nocche…» e la donna fletté le dita con una leggera smorfia, «… le nocche…», ma non riusciva a terminare la frase, afferrata da un'improvvisa tristezza. Gli occhi le si erano dilatati.

*E cadde addormentata e dormì per cento anni, e poi altri cento…*

«Posso sapere il suo nome?»

«Marianna. Io però non ci tengo a sapere il suo.»

«Va bene, Marianna.» Dopo tanto tempo, Berio riscoprì e assaporò il piacere di essere conciliante, di piegarsi. A tutto. Alla tristezza nobile di quella donna malata, per esempio. Le avrebbe detto o promesso qualsiasi cosa. Gli parve un sentimento nuovo quella disponibilità ma in realtà l'aveva solo dimenticato.

«Vorrebbe, Marianna, che ci rivedessimo, lei ed io? Intendo, non qui.»

«E dove allora, scusi? Rivedersi? Perché?»

«Per... parlare. Ancora.» Stava procedendo in modo automatico. Non sapeva affatto cosa stava dicendo e perché lo diceva, si era come sporto, sporto all'infuori, sporto nel vuoto, per vedere meglio qualcosa di indistinto eppure attraente, senza pensare di correre rischi di alcun tipo o di farli correre alla donna. Cosa voleva vedere? Perché andava a tentoni? E quale rischio avrebbero dovuto correre, in fin dei conti, erano parole semplici, le sue, anche se sganciate dalla realtà. Le parole di un uomo spossato.

«Così, per parlare...»

Era un gioco senza domani, come se uno puntasse gli ultimi soldi su una casella rimasta libera, solo perché è libera, perché non l'ha occupata nessuno, senza aspettarsi altro che perderli per sentirsi a sua volta, finalmente, libero. E così, invece che vergognarsi per la proposta di rivedersi, priva di senso, che aveva avanzato, Berio provò sollievo e orgoglio, l'impressione che la vita scorresse ancora gioiosa e ostinata in lui, senza motivo, libero, ma sì, libero... e immaginò che anche quella donna malata e inanellata, in fondo, lo fosse, se voleva esserlo, se accettava di esserlo. In quel momento si sentirono voci dietro la porta dello studio, questa si aprì, e sulla soglia comparve il paziente la cui visita prolungata aveva causato l'accavallarsi degli appuntamenti. Era commosso e raggiante. Ci tenne a fornire scuse che nessuno gli aveva sollecitato, tanto era pieno di soddisfazione per l'esito del consulto. «È stata una cosa lunga» si giustificò, stringendo al petto come se ne fosse geloso la documentazione col decorso della sua malattia. Dietro di lui, piccola e ingobbita, sua moglie, che piangeva di gratitudine, emettendo una specie di sibilo.

Ma la donna seduta di fronte a Berio, alzandosi dal divanetto, non prestò attenzione a quella scena, se non per prepararsi a entrare, piuttosto guardò Berio con aria stanca e incuriosita, e gli rispose «Quando vuole», tirò fuori dalla borsetta una penna e un foglietto, ci scarabocchiò sopra, lo porse al professore...

«Mi chiami preferibilmente la mattina, o nel primissimo pomeriggio, in ogni caso non dopo le cinque.»

Berio prese il biglietto e lo infilò nel taschino della giacca.

«Sono fiducioso, Marianna» disse.

«Ci conto» rispose lei, e si richiuse alle spalle la porta dello studio.

3.

Quando pochi minuti dopo Nico entrò nella sala d'aspetto, il professor Berio era trasognato. In lui era subentrata una tranquillità insolita, tutto sembrava secondario, qualsiasi cosa potesse accadere, relativa. Mormorò con voce incolore:

«Grazie per il passaggio. Dev'essere stata dura trovare un parcheggio...»

«Sì, ho girato parecchio.»

«Una macchina troppo grande, la mia. E inutile. Per questo non la uso mai. Se le serve, Quell, gliela regalo. Anzi, gliela regalo anche se non le serve.»

«Infatti non mi servirà. Almeno per un anno.»

«Ah già: la patria, il dovere. Quando parte?»

«Domani.»

«Già domani? Quanta fretta!»

Nico cercò di capire l'umore di quell'uomo, cioè la cosa più difficile da capire, dato che quando era calmo sembrava invece stizzito e quando dava l'aria di divertirsi era perché l'angoscia lo stava divorando.

«Dica la verità, Berio: è preoccupato?»

«No. Mi annoiavo. Fino a qualche minuto fa.»

## 4.

Qualcosa di invisibile a occhio nudo, nascosto nelle ossa. Il corpo di Marianna trapassato, esposte le sagome interne che si ignorano fin quando una malattia non le deforma. Gli organi non somigliano affatto a come li si disegna ingenuamente. Non era il corpo di Marianna bensì un fantasma. Berio immaginava il punto di vista del dottore che l'avrebbe visitata. Davanti a lui quel corpo era trasparente. «Vede?» avrebbe detto Auriemma, «vede qui?», indicando i punti cruciali, le zone luminose e le macchie, le ombre.

A Berio parve di intravedere in quelle pallide forme allungate ciò di cui Marianna si era servita per abbracciare appassionatamente sua madre e suo padre quando era bambina, e, da adulta, uomini adulti, le cavità in cui li aveva accolti dentro di sé, ma il congiungimento tra quelle sagome, denudato dalla carne che normalmente le riveste, non aveva più nulla di fisico – ogni pulsazione, ogni desiderio spento, era come una danza di spiriti, e lo stesso Berio si rese conto che lui e Marianna avevano dialogato come fossero impalpabili, sdraiati su nuvole, e non su divani di una sala d'attesa, ben lontani da questo mondo, e la donna malata in realtà lo stesse chiamando, gli stesse parlando da una regione dove la vita era stata, non cancellata, non rifiutata o offesa dal vizio della malattia, bensì superata, la condizione umana scavalcata. Forse si tratta del comune destino, pensò, che cambia le nostre prospettive e le avvicina. Sono una sola cosa, adesso. Quindi noi due siamo una sola cosa. Contro lo schermo luminoso le sezioni di quel corpo femminile ne rivelavano comunque la delicatezza. Era fragile il corpo di Marianna, scavato dai raggi, così come lo era all'esterno.

La sofisticata macchina un certo giorno aveva cessato di funzionare correttamente. Una minima alterazione nelle dosi, nelle procedure, nel ritmo, e una persona è spacciata. Ciò che era intoccabile e sacro ritorna profano nello stretto giro di un'analisi del sangue, o forse è proprio adesso che diventa sacro, dato che le ragioni di quel mutamento restano misteriose. Profonde, e comunque sconosciute. Resta inspiegabile perché accadano a qualcuno e a qualcun altro no. A me no, a te sì. Così, a caso, inutile chiamarlo destino, una parola troppo impegnativa.

Prima di entrare per la visita, Marianna aveva detto:

5.

«Le cose qui si semplificano. Le prospettive e le aspettative diventano una sola. Non è il futuro che si accorcia bensì il passato. Si è vissuto comunque poco, anzi, è come se non si fosse vissuti affatto. Interessante non è l'aver fatto, interessante è poter ancora fare. Oggi, adesso. Sono importanti certe mosse immediate, non so, comprarsi un bel vestito. Un vestito che sia sul serio bello: insomma, non grazioso, non carino, non elegante, ma proprio *bello*. Lei mi capisce, vero? Lo so che mi capisce. Avrei potuto dire un gelato, o un salto allo zoo a vedere la gabbia del gorilla, e lei avrebbe capito lo stesso.»

Berio aveva annuito. Certo, gli occhi aggrottati del gorilla, il suo sguardo serio, consapevole dello spettacolo indecente che ha intorno...

«È semplice» proseguì lei. «È tutto così semplice ora. Uno sa benissimo che qualsiasi cosa possa dire o ascoltare, sono solamente chiacchiere. Tutto, a partire dalle parole, si ridimensiona, e assume l'importanza giusta, quella che ogni cosa si merita, e cioè, nessunissima importanza. Zero.

Il mondo si alleggerisce, e prendere questo come un dramma sarebbe una cosa da sciocchi. Lei è così sciocco da dare peso a questa benedetta leggerezza? Non credo. Lei non è sciocco: questa che riceviamo adesso è solo la conferma di ciò che sapevamo già. Se non ci fossero le cure che ti agganciano al carrozzone della speranza, e servono come sassi nelle tasche per appesantirti, te ne saresti già volato via, una foglia secca in una giornata di vento. Ma le cure ti trattengono. La meta si sposta in avanti, viene fatto balenare un supplemento di vita, viene fatto intravedere, fornito sulla carta, o a mezza bocca, poi ritirato, sottratto, poi di nuovo concesso, e lasciato indovinare, anche senza dire nulla di preciso, perché anche quando non si pronunciano i medici in effetti si pronunciano, si esprimono con il silenzio, con le prognosi riservate, la dicono tutta tacendo. Non c'è niente di così sfiancante come la speranza. Peraltro, tra questi spezzoni è possibile la gioia...»

«La gioia?»

«Mai provata prima una simile.»

«Stavolta, temo di non sapere di cosa si tratta.»

«Lei si sbaglia, oppure mente. Lo sa benissimo.»

«Forse credo di non conoscerla perché le do il nome sbagliato.»

«Ah! Le cambi nome allora. La ribattezzi, quella cosa. La riconosca.»

«È alla nostra portata, Marianna?»

«Alla mia di sicuro. Di sicuro anche alla sua.»

«Non so. Non so dove si trova.»

«Gliel'ho detto. Negli intervalli. Tra un tempo e l'altro. C'è come uno spazio nascosto. Lì finiamo e lì viviamo ancora. È come quando da bambini si tratteneva il fiato per battere un record. È quello il momento: tra l'asfissia e il respiro. Si trova lì, dura poco, una decina di secondi, quindici forse, quell'intervallo. Tocca gli estremi e li congiunge, ma non ne è toccato. Nessun dolore, nessuna preoccupazione, niente destino.»

«Io non credo al destino, Marianna.»
«Oh, se è per questo, nemmeno io!»
«Tranne che nei romanzi, dove è obbligatorio.»
«È inutile, la vita non ha un senso prestabilito. Si spara a casaccio, e poi quello che si è colpito viene chiamato bersaglio.»
«Mi piace parlare con lei. Mi sorprende.»
«A me sorprende che lei mi stia ad ascoltare. E ancora di più che lei mi capisca. Lei mi capisce?»
«Direi di sì.»
«Mi è successo di rado.»
«Anche a me, Marianna.»
«Succederà ancora?»
«Spero proprio di sì.»
«Sono fiduciosa.»

## Capitolo III

### *Leva*

1.

Durante le prime notti in caserma, ma anche in seguito, Nico non riuscì a chiudere occhio. Dai finestroni privi di imposte penetravano le luci bianche dell'aeroporto, e col passare delle ore e l'acuirsi della vista abituatasi al buio, il chiarore del neon illuminava a giorno l'intera camerata con le due file di letti a castello che sembravano vibrare all'unisono col respiro pesante degli avieri addormentati. Qualcuno mugolava o si grattava la faccia, rigirandosi, ma i più stavano immobili la notte intera nella posizione in cui avevano preso sonno. Nico li passava in rassegna, i suoi commilitoni, uno a uno, dall'alto della sua branda che era la più vicina alla finestra, cominciando da quello che dormiva beatamente sotto di lui, Sergio Zanna, a pancia all'aria, con le mani incrociate sul petto come i bassorilievi sul coperchio delle tombe, un diciannovenne con le orecchie a sventola, di cui la rasatura quasi a zero e il cuscino evidenziavano la sporgenza. Un ragazzo, pensava Nico, un ragazzino, e io chissà perché l'ho tirata per le lunghe prima di finire qui, ho rinviato, ho rinviato, con la scusa dell'università e poi del lavoro. Visto che dovevo comunque finirci tanto valeva farlo a diciott'anni. Sono il più vecchio qui dentro.

E infatti avrebbero voluto nominarlo capocamerata per anzianità, ma lui era riuscito per un pelo a evitarlo, altrimenti gli sarebbe toccato dare ordini agli altri diciannove, fare il contrappello e rispondere ai superiori di ogni manchevolezza.

Quanto odiava tutto questo non è possibile riferire.

2.

Il capocamerata scandiva solennemente i nomi degli avieri:

«ARBENISE… BARBUJANI… BRACAGLIA… BULLA…» e uno alla volta rispondevano all'appello, almeno durante i primi giorni, con una voce tremula, strozzata, come se temessero chissà quale punizione, o forse per il terrore che in ogni caso suscitavano i dodici ignoti mesi davanti a loro. Se fossero dovuti partire in guerra forse avrebbero avuto il cuore più leggero, avrebbero provato una autentica paura o un sincero quanto sciocco entusiasmo, invece così… nessun rischio di morire e nemmeno di diventare degli eroi, dunque… a spaventarli erano le ombre, e il ritrovarsi fuori casa per la prima volta in vita loro, fuori casa ma niente affatto liberi, anzi, in una specie di prigione, la caserma.

«CHIRICO… CRETON… CUZZOLINO… DALMASSO… DESIDERI… FOTI…»

Qualcuno già cadeva dal sonno, e non riusciva a tenere gli occhi aperti, stremato non tanto dalla fatica quanto dal suo opposto, l'inazione, che può stancare più di qualsiasi marcia, accompagnata dalla continua e ingiustificata tensione nervosa, quella specie di allarme permanente. Di lì a poco si sarebbe accucciato in branda proteggendosi con le braccia incrociate o sul pube da chissà quale pericolo, o forse sognando di stringere a sé qualcuno.

«GASCONE… GIANNITRAPANI… IEZZO… ISAIA… MANDRAGORA… QUELL…»

Il suono del suo cognome era così alieno che Nico tardava qualche secondo a rispondere «presente!». Stentava a riconoscervisi. Sono io, Quell? Sì, certo, sono io, ma era come se dovesse convincersene in seguito a un ragionamento, e solo a quel punto era in grado di rispondere. Più di un commilitone gli aveva chiesto come mai si chiamasse in quel modo. Da dove veniva? Era straniero? Nico era tentato di rispondere di sì. Ma allora cosa ci stava a fare nelle forze armate italiane?

«SCHETTINO... SPANÒ... VIARENGO... ZANNA.»

3.

E preso da questi e da mille altri pensieri non riusciva ad addormentarsi. Più volte sentiva il sonno arrivare carezzevole e i muscoli finalmente distendersi proprio mentre il cielo stava schiarendo e di lì a poco la tromba avrebbe strepitato la sveglia. Qualche notte era riuscito a dormire a strappi, con continui soprassalti, e a ogni risveglio la camerata gli appariva più profonda e illuminata, e i suoi innocui compagni degli esseri temibili e al tempo stesso da compatire, sconosciuti portatori di segreti e minacce, puerili in tutto quello che facevano e dicevano, gonfi di vita, giovani, troppo giovani, il loro discorrere saturo di cazzate, i loro occhi colmi di ingenue falsità. Volevano fare amicizia, confidarsi. Disperatamente bisognosi di conforto e al tempo stesso aggressivi. Il ragazzino lentigginoso nella branda di sotto, Sergio Zanna, avendo saputo dei suoi studi pretendeva che Nico scrivesse lettere d'amore per la sua ragazza, che poi lui avrebbe ricopiato e firmato, lettere con frasi e immagini a effetto, destinate a colpirla al cuore. Tutto così ingenuo, ma così ingenuo che Nico non aveva avuto anima di sottrarsi al compito. E aveva dato il meglio di sé escogitando metafore di dubbio gusto che però suonavano poetiche, come del resto accade quasi sempre quando si cerca di mettere su carta i sentimenti. Quanto più Nico era dentro di sé freddo e ironico, tanto più scrivendo le lettere per la donna del suo commilitone suonava appassionato, febbricitante d'amore.

Lo scetticismo è un'ottima base di partenza per delirare. E il giovane commilitone (aveva compiuto diciotto anni giusto poche settimane prima) fu felicissimo e orgoglioso di rivolgere alla sua fidanzata parole alate, perché alate quelle parole lo erano davvero, come frecce che volano a colpire il bersaglio. Quale bersaglio? Che domande, il suo cuore.

Ripensandoci Nico nell'insonnia sorrideva, anzi rideva, innanzitutto di se stesso amaramente, mentre gli altri diciannove ragazzi nella camerata proseguivano il loro sonno indisturbato. Si avverte una dolcezza fatidica e dolorosa nel cessare di opporre resistenza alle situazioni assurde, e niente poteva suonare più assurdo per Quell del ritrovarsi in uno stanzone spoglio insieme a diciannove sconosciuti in attesa di uno squillo di tromba, per poi trascorrere la giornata a marciare avanti e indietro, e senza nemmeno la modesta consolazione di bestemmiare sottovoce come gli altri. Nico non conosceva quei modi per sfogarsi, e l'energia repressa, non consumata negli atti ripetitivi e inconcludenti del servizio diurno (spazzare il cortile, marciare inquadrati, sciacquare la gavetta alla fontana, scattare in un'interminabile sequenza di saluti, attenti e riposo, attenti e riposo, attenti, presentat-arm!, senza avere tra le mani in realtà nessuna arma) lo eccitava di giorno, lo tormentava la notte. E i pensieri lo assalivano a sciami, come insetti molesti. Bastavano i quattro o cinque anni che Nico aveva in più per scavare una trincea tra lui e gli altri. Nessuno osava attraversarla. Non erano tanto la sua educazione e il suo censo e la sua eccentrica, inesistente famiglia a renderlo diverso da quei ragazzi che si erano affacciati il primo giorno alla porta carraia della caserma con i borsoni ricolmi di provviste inscatolate dalle mamme in pensiero per loro. Possibile che siano così innocenti, o così stupidi? si domandava Quell, hanno finora vissuto a occhi chiusi, o forse sono io che non conosco tante cose e non le capisco, e sono in fondo un disadattato, incapace di comunicare veramente con nessuno. Legami seri non ne ho mai avuti, né padre, né madre, né sorella, né amici… tranne Nanni, forse… però a distanza anche lui, da lontano. Forse per questo assolveva di buon grado, in modo da vincere l'imbarazzo, e con spirito più paterno che fraterno, il compito di scrivere lettere d'amore alle fidanzate dei suoi commilitoni. «Dimmi com'è, com'è fatta, ho bisogno di qualche dettaglio» chiedeva Nico, e l'interessato con un manifesto imbarazzo forniva dei particolari, «mi vuole un sacco di bene, è timida, ha un cane che si chiama Tex (il nome gliel'ha dato suo fratello), le piace scherzare però si offende facile e diventa una furia» e così via, che si somigliavano un po' tutti ed erano stranamente generici, come se esistesse quasi un modello unico di fidanzata, una specie di fidanzata universale che attraversava fatalmente il cammino di ogni giovane nato nello Stivale. Ma se Nico chiedeva loro una sia pur sommaria descrizione fisica, per arricchire con qualche complimento ben mirato il messaggio da inviare alla fanciulla, parevano all'improvviso impacciati, impermalositi da una gelosia fuori luogo, come se Nico fosse diventato una specie di corteggiatore rivale, e la lettera appassionata portasse davvero la sua firma, per cui la memoria dei ragazzi si faceva corta, reticente, nemmeno il colore degli occhi erano in grado di ricordare, occhi neri o marroni, insomma scuri, ma forse anche un po' verdi, «del solito colore, no?» aveva detto nervosamente Sergio Zanna descrivendo la sua Elisa. Privato di queste indicazioni, Nico aveva allora deciso di rivolgersi a Elisa come se l'amasse davvero, come se fosse lui in persona e non Sergio Zanna a parlarle, appassionandosi poco alla volta al suono delle parole che le dedicava, e mentre lo faceva si accorse che questo gli era già accaduto: in fondo, aveva sempre trattato e comunicato con le donne «come se le amasse», anzi, le aveva amate, si era convinto di amarle davvero proprio perché aveva fatto e detto le cose che dice e fa un innamorato. Bastava quello. Scrivere una lettera, fare una telefonata, dare un bacio, fare l'amore con una donna, dirle «ti amo» come se la si amasse sul serio era ciò che bastava a rendere vero quell'amore. Nulla di diverso da una formula, una formula magica. Giunti a un certo punto di tensione emotiva, bisognava pronunciarla, e l'amore poteva dirsi acceso come il fuoco in un braciere. Nico aveva sempre amato qualcuno come se lo amasse, aveva immaginato e si era convinto di amarlo, e stavolta, scrivendo a Elisa che la tristezza si impadroniva del suo cuore standole lontano, aveva effettivamente sentito la tristezza calare come un'ombra umida sul suo cuore a causa di quella ragazza lontana, Elisa, Elisa, la ragazza dell'ingenuo Zanna, adolescente sconosciuta, di cui Nico si era di colpo innamorato.

Quando rilesse la lettera a voce alta al suo commilitone, l'eco di quell'amore rimbombava dentro di lui così forte che dovette interrompere la lettura, dicendo: «Guarda tu il resto se ti va bene così, altrimenti cambio qualcosa». Ma non ce ne fu bisogno, Zanna ne era entusiasta. In effetti Nico ci aveva messo dentro tutta l'emozione provata nell'abbracciare Sheila, Lenia Berio, la Rosa dei Venti e sua sorella Alice e le altre ragazze che aveva anche solo desiderato, incluse quelle che aveva visto solo per pochi istanti. Ci aveva messo quello slancio, quell'ardore, quell'entusiasmo a cui in mancanza di altre definizioni aveva dato il nome provvisorio, e forse illegittimo, di amore. «È fantastica, Elisa ne sarà felice, chiedimi quello che vuoi e lo farò, puoi contarci» lo aveva ringraziato Zanna, perché la lettera scritta da Nico vibrava di sincera commozione.

## 4.

Nico vegliava anche tutta la notte a pensare, cioè, a ricordare e immaginare. Queste due facoltà le esercitava in modo esasperato, frenetico, più una terza, che era la capacità di connessione. Le immagini si generavano l'una dall'altra, Nico non cessava un solo istante di mettere in collegamento avvenimenti, persone, idee, date, volti, frasi, luoghi, pagine, fantasie, come componendo uno sterminato puzzle a cui si aggiungevano di continuo nuovi pezzi, con il loro profilo bizzarro a cui trovare collocazione, e Nico senza fine li incastrava l'uno nell'altro estendendo le frontiere del suo regno sempre più vasto, spingendosi sempre più lontano. Oltre quell'orizzonte c'erano la quiete e il sonno, ma Nico non riusciva mai a raggiungerli. La partenza per il servizio militare lo aveva messo in uno stato di apprensione, lucidità e delirio senza sosta. Aveva paura? Paura di cosa? Cosa c'era mai di minaccioso e drammatico nel sottoporsi a quella disciplina assurda ma alla fin fine blanda, blanda proprio perché assurda, a cui non credeva nessuno, nemmeno gli istruttori che abbaiavano i loro ordini per pura routine, né i giovani ufficiali così assorbiti nel compito di non sgualcire le loro divise e compilare ordini di servizio da non fare il minimo caso alle infrazioni di un regolamento che sarebbe comunque stato impossibile per chiunque conoscere nel dettaglio, dove persino chinarsi a bere a una fontana o camminare con uno scarpone slacciato prevedeva un'adeguata punizione. Non aveva paura di questo: aveva paura del confronto con gli altri ragazzi. Della convivenza con loro – mangiare, dormire, e più di ogni altra cosa parlare con loro.

Parlare di cosa? Nico non sapeva da dove partire. Si sentiva a suo agio, interessato e vivo e forte e persino allegro quando aveva a che fare con gente più grande, anche molto più vecchia di lui, come l'editore Minaudo o Enobarbo, o la Marta, a cui teneva testa divertendosi, forte della sua precocità intellettuale e dell'energia nervosa che pulsava dentro di lui durante quelle che a tutti gli effetti erano delle sfide, dei duelli; e poi si trovava a suo agio nel conversare con le ragazze, nell'ascoltarle, nel guardarle di sfuggita o attentamente, come se ne condividesse più di chiunque altro i pensieri, i timori, i desideri e i segreti. Spesso, infatti, Nico aveva sognato di *essere* una donna, di essere nato donna e di poter provare quel che prova una donna. Da quando l'aveva di nuovo incontrata, dopo anni di separazione, una quota dei pensieri che lo tenevano sveglio fino agli squilli dell'alba era dedicata a sua sorella Irene, l'ignorata, la sconosciuta, la misteriosa, la gemella nata tre anni dopo di lui, e urgente era il desiderio bizzarro di *scambiarsi* con lei. Avrebbe voluto essere Irene, abitare la mente e il corpo di Irene invece che il suo. Se non per sempre, almeno per un anno, un mese, o un solo giorno, poter essere sua sorella – quella ragazza esile, visionaria, chiaramente desiderosa di vivere, anzi, di più, affamata di vita. Queste erano le persone verso cui Nico si sentiva attratto, che aveva voglia di conoscere, e sentiva simili anche se tanto diverse: uomini navigati e ragazze intrepide.

E invece ritrovarsi in mezzo a centinaia di giovani maschi lo gettava nello sconforto, in uno stato permanente di timore misto a disprezzo. Non gliene importava nulla di sapere qualcosa in più di loro, dei loro problemi, dei loro gusti o dei loro progetti, gli sembravano quasi tutti sciocchi o ingenui o volgari, aggressivi o miti, forse peggio ancora, miti sino alla mollezza. Era insensibile alle loro qualità e infastidito dai loro vizi. Non sentiva il minimo stimolo a fare amicizia, e poi, a partire da cosa, da quali esperienze comuni? Non ne condivideva nessuna. Nico non praticava alcuno sport, né tifava una squadra di calcio, avrebbe avuto difficoltà nel rispondere in modo inequivocabile alla domanda «da dove vieni? e dove vivi?», e alle spalle nessuna famiglia, nessuna casa a cui telefonare o far ritorno, in verità non aveva nemmeno una fidanzata vera e propria come la intendevano e l'avevano i suoi commilitoni, tutti o quasi tutti, e chi non ce l'aveva la stava cercando e l'avrebbe prima o poi trovata. O altrimenti un fidanzato, ma di nascosto. Verso queste abitudini e passioni e problemi, Nico poteva provare simpatia o antipatia a momenti, a seconda dei casi, ma fondamentalmente non ci aveva nulla a che fare. I giovani maschi, una massa compatta e indistinta di maschi sui vent'anni, oltre a timore e diffidenza, e un po' di compatimento, mescolati a una paradossale invidia e a un senso di infelicità per il fatto di non essere uguale a loro, cioè avere una famiglia più o meno numerosa e affezionata, una madre premurosa, degli amici fidati, una città o un paese a cui sentirsi legati, una ragazza la cui foto appiccicare con lo scotch dietro l'anta dell'armadietto, non ispiravano a Nico alcuna curiosità.

Sono un disadattato, ecco tutto, si era dato come spiegazione, e anche per questo, probabilmente, mi occupo di libri.

5.

Come da cornucopie senza fondo, dalle sacche sportive dei commilitoni di Nico continuava a spuntar fuori a getto continuo ogni bendidio: salami, arance, fichi secchi, gelatine di frutta, torroni, barattoli di conserva sott'olio e sott'aceto, mandorle, gomme da masticare, succhi di frutta, biscotti. E poi calzettoni appallottolati in gran quantità, fotografie sfuse o in piccole cornici, costumi da bagno, radioline, statuine della Madonna, spessi berretti di lana malgrado nell'aeroporto, in quella stagione, a quella latitudine, si morisse di caldo. Ce li avevano ficcati le loro mamme soccorrevoli, versando qualche lacrimuccia. Anche se non lo avrebbe mai ammesso, anche se si faceva per principio beffe dello spirito familiare in qualsiasi forma si manifestasse, sotto sotto Nico invidiava quelle attenzioni e avrebbe amato riceverle anche lui, ma sì, gli sarebbe piaciuto nascondere anche lui una piccola scorta di souvenir affettuosi, e poi, a sorpresa, esibirla. E invece niente.

Se si fosse portato dietro anche una sola foto di Sheila B., ritagliata da una pagina di rivista, avrebbe avuto tutta la camerata ai suoi piedi. Si pentì di non averlo fatto, rise di sé, e in seguito provò un po' di vergogna per aver immaginato un simile espediente.

# Capitolo IV

## *L'aeroporto e i cani*

1.

Nell'aeroporto viveva una quantità di cani mostruosi. Le bestie si erano accoppiate tra loro per anni creando delle razze a parte – un po' come in Australia, dove vivono animali mai visti, con code, pance, pellicce, becchi assurdi.

Si sentivano ringhiare dietro gli hangar. Ma se gli avieri cercavano di stanarli circondando l'hangar, i bastardi se la davano a gambe così rapidamente che non si riusciva nemmeno a capire come fossero fatti: palle di pelo ululanti, con le orecchie basse e le zampe che frullavano, tempo cinque secondi erano scomparsi verso gli orizzonti polverosi delle piste di atterraggio. E gli avieri preferivano stare alla larga per non beccarsi un morso, quando uno di quelli gli passava accanto nei zigzag della fuga. Va bene farsi una convalescenza a casa, ma non a causa di quelle zanne gialle, pensavano. E dunque, via libera ai cani, i quali aggiungevano un tocco fremente e malinconico agli squilli di tromba che segnavano le fasi della giornata stracca dell'aviere: la sveglia, il rancio, quasi nulla per il resto delle ore, e prima di dormire, cupissimo, il silenzio. La tromba attaccava, e subito l'ululato dei randagi sorgeva da ogni angolo dell'aeroporto per unirsi a quelle note retoriche e sempre uguali. Voci roche, sguaiate, cavernose, fesse, erano le voci dei cani dell'aeroporto. Cantando la loro nenia, i bastardi riuscivano a far diventare ogni cosa bastarda come loro: già erano bastardi la vita militare e la divisa e i superiori, ma anche bastardi i ragazzi di leva, le loro fidanzate a casa, che senza dubbio li tradivano, bastardi il cielo sconfortatamente azzurro e gli elicotteri e il mar Ionio.

Quando la tromba, una volta lanciato il triplice appello, infine taceva, il mugugno delle bestie proseguiva per un bel pezzo una stralunata e quasi consapevole parodia di marcia militare, ognuno per conto suo ululava ispirato e terrorizzato finché l'abbaio gli moriva in gola. Talvolta se ne trovava uno morto, schiacciato da una jeep nel fare manovra o sbalzato via dai paraurti dei camion che al tramonto gli autieri lanciavano in corse folli e parallele sulle piste, con la scusa di testare i motori: dopo, era difficile distinguere nella poltiglia sanguinolenta qualche tratto della bestia com'era da viva, e il mucchietto veniva lasciato lì a coprirsi di mosche e decomporsi tanto nessuno ci faceva caso, in quegli spazi sterminati, e neanche il vento di levante ce la faceva a portare la puzza fino agli alloggiamenti. L'anima del bastardo saliva in cielo senza un salmo. Non c'era in fondo tutta questa differenza tra i cani dell'aeroporto e gli umani, tra i cani e le reclute, posto che una recluta durante il periodo di addestramento debba essere considerata un essere umano, il che non pare, sia per come viene trattata e a maggior ragione per come personalmente si comporta. Gli avieri erano tutti uguali, tutti uguali e disgraziati, a nessuno importava niente degli altri, e tutti correvano a nascondersi per evitare rogne. Avieri e cani randagi si inguattavano quasi con la stessa rapidità: dopo un paio di settimane Nico era diventato abilissimo a trovare nascondigli e riusciva a metterci un secolo per portare un dispaccio da una baracca a un'altra: fermandosi a fumare con intensità religiosa sotto un deposito di benzina, gironzolando attorno alla palazzina dove stava di bottega il barbiere con la scusa di dargli qualche consegna, e se quello non c'era (e in effetti non c'era mai, Nico l'aveva visto solo il primo giorno quando aveva rapato a macchinetta trecento ragazzi con lo stesso identico gesto dalla nuca alle tempie), sedendosi a leggere un romanzo con la schiena contro il muro, sul retro di qualche palazzina, laddove nessuno poteva vederlo e si dominava un bel panorama di brulla desolazione confinante con il mare color acciaio e disseminato dai puntolini dei cani in movimento, lontani e ostili.

Lì bisognava salvare il salvabile, occultarsi, sparire nelle crepe della terra, e una santa alleanza univa in questo progetto i miserabili e i lavativi, i militi di leva e quelli di carriera. I giovani soldati erano creature biblicamente impure, si lavavano poco e in fretta, marciavano incapaci di distinguere destra e sinistra, vigliaccamente si accodavano ai più smargiassi e sparivano dietro le loro sagome dicendo imbecillità a proposito di qualsiasi cosa: le ragazze, gli ufficiali, le squadre di calcio, la mamma. E si lamentavano proprio come i cani, col muso all'aria uggiolando di tristezza quando calava la sera con le sue nuvolaglie rossastre così diverse da quelle del cielo di casa loro e sbatacchiando le posate dentro la tazza di metallo in attesa del turno di entrare in refettorio, cosa che più d'ogni altra dava sui nervi a Nico, lo scampanio di cucchiai e forchette di latta. Il gregge degli avieri veniva sospinto qua e là per l'aeroporto dalla muta ululante dei graduati. Le file sbilenche si scomponevano e indietreggiavano sotto le bordate di improperi. A ogni colpo di tacco per segnare il passo esplodeva un urlo, e la parola «Passo!» poco alla volta si trasformava in un suono afono, «Pass...! Ass..! Hass...! Huss...! Ahuss...! Ahuss...! Ahussaaaaa!!!».

Mai vista tanta codardia tutta insieme. Neanche in una vera guerra dove ci sarebbero fondati motivi per comportarsi da vigliacchi se ne vede tanta, di vigliaccheria, come durante una normale settimana di addestramento reclute. Vivono tutti con l'anima fra i denti, bastava vedere le facce all'arrivo del pullman in caserma: una volta alzata e riabbassata alle loro spalle la fatidica sbarra d'ingresso, sono tutti stravolti e lividi come se fossero sbarcati nell'Inferno. Con la biancheria nella valigia e un po' di quattrini in tasca e un salame, già non pensano ad altro che a racimolare gettoni per telefonare a casa dove la mamma, strofinando nel grembiule le mani unte di quel salame, passa e ripassa davanti all'apparecchio nella trepida attesa di uno squillo. Tranne che per qualche episodio di spavalderia innata e incorreggibile, volta a compiere imprese il più delle volte balorde, buona parte della truppa diventa in un batter d'occhio servile. Un qualsiasi aviere anziano sbraitando ne mette trenta in ginocchio nell'urina dei lavatoi. Giurano fedeltà baciando con devozione feticci a forma di fallo su cui i congedanti hanno inciso con un temperino il loro numero di corso. Li terrorizza lo scherzo più innocuo, un tubetto di dentifricio spalmato tra le lenzuola, se ne è autore qualche ragazzotto con un paio di mesi di naja in più di loro: ciò basta a farli tremare fino all'alba come foglie e implorare pietà. Uomini grandi e grossi, qualcuno di loro già promesso sposo e in procinto di diventare padre, eccoli colmi di terrore, appollaiarsi come gufi in cima agli armadietti o chini sul cesso cantando «Non son degno di te» con tutta la voce che hanno nel petto.

Lo stesso Nico si accorgeva effettivamente di correre più svelto sotto il fuoco di sbarramento degli insulti dei sottufficiali, i quali, del resto, non avevano tutti i torti a maltrattare l'informe folla di ragazzi sudati la cui personalità resistente come plastilina non aspettava altro che di essere spiaccicata sotto il tacco di una qualsiasi autorità.

Poi per fortuna, sulla paura aveva la meglio un altro sentimento. Fermandosi ad aspirare il fumo arido delle Peer all'ombra dei serbatoi d'acqua, Nico rifiatava, e il ridicolo di quella situazione prendeva corpo fino a stagliarsi sull'orizzonte spelacchiato, come un immenso punto esclamativo da apporre alla lunga e colorita bestemmia che era quel tipo di vita, la vita militare, la servitù della vita militare. Al fumo del tabacco si associava nettezza mentale. L'ululato dei randagi all'improvviso diventava un'eco fedele di qualcosa di stranamente già sentito e a suo modo compiuto, riproduceva con esattezza il significato fino allora nascosto di quella vita. Era l'autentica voce dell'aeroporto, pensava Nico, una canzone grottesca in cui non c'era assolutamente niente da temere. Nico tossiva e rideva della sua paura e dell'angoscia immotivata, che venivano disperse dalle folate di vento appunto come il richiamo delle gole di quegli animali dirazzati. Non c'era alcun torbido segreto da scoprire, questa la verità.

2.

Ma prima che i cani venissero catturati e sterminati, c'era stato modo per Nico di vivere una singolare avventura.

Una sera tra le tante Nico si era avviato da solo verso la libera uscita, sotto un cielo rosso sangue con rovine di nuvole appuntite come piramidi, pensieroso e distratto dall'aria calda che gli faceva il solletico sotto il colletto della camicia. Era la fine di settembre. Calore, noia, in mare piccole onde insistenti, accavallate come fantasie sessuali. Di solito il plotone dei soldati veniva condotto fino alla sbarra da un sottufficiale, al passo, affinché non si sbandasse prima di essere fuori dall'aeroporto, ma siccome Nico detestava marciare inquadrato persino verso la libera uscita, preferiva restare una mezz'oretta di più in caserma e poi avviarsi da solo con le mani in tasca. L'uscita era lontana, in giro non si vedeva anima viva. Malgrado ci fosse ancora luce si andava già accendendo il neon intermittente dei lampioni. Le casematte dell'aeroporto brillavano lontane. Tutto appariva fiocamente luminoso e morbido. Nella mente di Nico i pensieri stentavano a farsi avanti, restando in una sorta di penombra indistinta che è la condizione ideale perché essi maturino o scompaiano senza infastidire. Camminando piano, lasciava che la frustrazione accumulata durante il giorno evaporasse come pioggia da un abito bagnato. Strascinava i piedi, si grattava la testa, affinché i gesti meccanici della vita di caserma venissero scompigliati da altri di segno opposto, sciatti e informi. All'ordine coatto occorreva opporre un disordine altrettanto coatto. Le forme di resistenza a un mondo ostile sono spesso scontate, ma mai del tutto inefficaci; si crea un mondo parallelo di segno opposto, si osservano precetti totalmente contrari a quelli osservati fin lì, per colmare la distanza che ci si illude separi il falso dall'autentico. I pensieri cominciano a somigliare a esorcismi. Le umiliazioni rimpiazzate da sogni di vendetta piacevoli e strampalati. Il che permette di farcela, almeno per un certo periodo di tempo.

Nico aveva smesso di attendersi che qualcosa di importante cambiasse all'improvviso: tutto sarebbe rimasto tale e quale e la macchina avrebbe continuato a macinare i suoi ingredienti, capelli lunghi e biondi che cadevano sul pavimento zozzo e si mescolavano a capelli bruni, montagne di capelli, lacci di anfibi, barzellette, fumo e lettere a casa, una fila di aiuole bruciate dalla salsedine dentro cui non poteva nascere nemmeno un filo d'erba, patriottismo, disfattismo, cartucce, vento nelle bandiere e sudore. Gioventù cresciuta apposta per essere violata. Troppo sciocca e scioccamente uguale a se stessa per non meritare di essere stuprata con l'arma rugginosa di un antico diritto. Nico aveva rinunciato a pensare che tutto questo andasse fatto saltare in aria con una bomba, come invece immaginava ossessivamente durante i primi giorni. L'impersonalità di quel processo lo faceva apparire in un certo modo necessario, simile a una legge di natura, a un lento sverginamento. Esserci dentro sembrava spaventoso, ma dopo qualche tempo diventava solo grottesco come moltissime altre faccende dell'esistenza. La cosa più buffa era senz'altro la marcia, Nico si ritrovava certe volte a osservare dall'esterno un se stesso che ubbidiva, un se stesso che batteva i tacchi, Nico che faceva oscillare le braccia avanti e indietro mentre un graduato gli sbraitava nelle orecchie, e del resto era giusto così, non ci sarebbe stato nessun altro modo per far obbedire i soldati a qualcosa di tanto stupido se non sbraitargli l'ordine nelle orecchie. Su e giù nel piazzale, battendo gli anfibi in cadenza. Quella regolarità, i soldati non erano in grado di rispettarla: alzavano le gambe e le riabbassavano a casaccio, e ognuno andava per conto suo in una specie di corteo funebre jazz.

3.

Dunque Nico camminava solo e lento verso l'uscita dell'aeroporto, nuvoloni di polvere pepata dalle piste di atterraggio gli correvano incontro a bruciargli gli occhi e lui si schermava con le mani.

A un tratto, mezzo accecato dal vento, dalla polvere, dal fumo e dai bagliori dell'incendio che si andava spegnendo nel cielo, si accorse di non essere solo. C'era qualcuno, o qualcosa, vicino a lui, da qualche parte.

Fu un fremito strano, una corrente nervosa, o un odore diverso che si fece pungente. Si guardò intorno in allarme, il cuore aveva preso a battere poco sotto la gola, ma non capì cosa l'avesse impaurito. Sulla distesa brulla dell'aeroporto non c'era nessuno in vista né verso il muro di cinta né verso le piste che il buio aveva accorciato. Riprese a camminare. Ma stavolta udì chiaramente un rumore molto vicino a lui: un breve scalpicciare, uno stridore di unghie sull'asfalto. Strizzò gli occhi e vide davanti a sé tre cani che a loro volta lo fissavano, accucciati. Da dove spuntano? Come ho fatto a non vederli? si chiese Nico, e fece per rimettersi in cammino, ma i cani erano appostati sulla strada e non si mossero. Nico allora tentò di aggirarli, le bestie gli incutevano una certa paura, con gli occhi brillanti e la lingua ciondoloni dalla bocca, ma come lui fece per cambiare strada i tre cani si drizzarono sulle zampe ed emettendo un brontolio andarono a tagliargli il cammino, sicché Nico cominciò veramente a preoccuparsi e più volte si girò a guardare l'unica via d'uscita rimastagli: tornare sui suoi passi. Le bestie presero a ringhiare più forte e Nico strillò per cacciarle. Era sicuro che stessero per attaccarlo, dalla bocca gli erano spuntate fuori le zanne bavose.

Il primo cane, quello più vicino a lui e che più lo minacciava, era un incrocio di razze lungo, sinuoso, praticamente senza orecchie e con un mozzicone di coda. Aveva il mantello di sudicio pelo striato. Dondolava sulle zampe e soffiava dal muso zaffate disgustose. Nico pensò che dovesse essere malato, forse anche zoppo, e che non era poi impossibile sfuggire ai suoi denti guasti, mettendosi a correre, ma il vero problema veniva dal secondo cane che era assai più grosso e minaccioso, e si agitava in modo frenetico. Nico ne fu paralizzato e iniziò a tremare come una foglia. La bestia sfoggiava una dentatura impressionante, le fauci bavose. Sembrava volesse preannunciare il suo prossimo attacco sferzandosi i fianchi con la coda.

Ma questo sarebbe stato ancora sopportabile, Nico avrebbe potuto gridare più forte, non era ancora buio pesto, qualcuno l'avrebbe visto o sentito chiamare aiuto, e quegli animali così com'erano sorti dal nulla sarebbero potuti sparire, fantasmi del crepuscolo in una caserma del Meridione, e Nico non voleva certo rinunciare alla sacrosanta libera uscita; guardava l'orologio e il tempo che girava pensando che forse se ne poteva venir fuori senza danno; la situazione non era del tutto compromessa, e non sarebbe stata comunque così terribile, se non fosse stato per la terza bestia, quella che provocò panico e dolore nel corpo di Nico, come se fosse stato di già azzannato da lei, che era una lupa nera e magra, le mammelle vuote penzolanti dal ventre, e non stava ferma ad attendere ma a lenti passi sospettosi si avvicinava a Nico, come se volesse dimostrare ipocritamente di essere lei a temere la preda, e non l'opposto. Con la sensazione di venire derubato di tutti i suoi averi, poiché anche un'ora sola trascorsa fuori da quella caserma rappresentava per i giovani militari un tesoro inestimabile, Nico perdette ogni speranza di poter raggiungere l'uscita, e si sentiva passo a passo respinto verso i dormitori, dove avrebbe passato una serata desolante, immerso nel bagliore al neon della camerata. Si sarebbe seduto tra i sepolcri delle brandine col materasso ripiegato a cubo, e avrebbe tentato di leggere un romanzo senza capirci nulla, le natiche puncicate dalla rete della branda, dato che i materassi non potevano essere stesi sui letti sino all'ora della ritirata, e lo spirito afflitto dagli scoppi di risate tristi degli avieri in consegna.

Tutto oramai era buio intorno a lui e degli animali non restava che il sordo ringhio e una macchia schiumosa dove le bocche erano spalancate contro di lui. Chiamò ancora qualcuno, poi gli occhi gli si riempirono di lacrime e il cuore venne sopraffatto da un sentimento che non si può spiegare, un sentimento, per così dire, cumulativo, un concentrato di cose andate per il verso sbagliato. All'improvviso si ricordò che era proibito andare da soli in libera uscita e che i militari intenzionati ad approfittare di quel diritto dovevano presentarsi compatti all'ora prestabilita, trascorsa la quale nessuno avrebbe avuto il permesso di varcare la sbarra.

Come mai nei giorni scorsi mi hanno lasciato passare? si chiese allora Nico, e concluse che se per una volta o due gli avieri di vigilanza avevano chiuso un occhio, oggi lo avrebbero respinto a male parole, ricordandogli il fatto di essere una recluta e paragonandolo a un insetto o ad altre cose insignificanti o schifose, degne di essere schiacciate sotto l'anfibio, perché le guardie alla sbarra erano già avanti col servizio di leva ed esibivano la loro anzianità con decorazioni che si erano fabbricate e conferite da soli, stelle sul berretto e nastrini tricolori intorno a una spalla e vari simboli il cui significato Nico aveva ansiosamente imparato a decifrare fin dai primi giorni di quella sciocca scuola di potere che è la naja. E del resto, come si poteva definire un diritto qualcosa che è sottoposto a una continua possibilità di revoca, in ogni momento e per qualsiasi ragione? L'aveva chiarito senza mezzi termini il comandante della caserma nel suo discorso inaugurale.

Alzò il polso ma l'orologio non era più leggibile, e comunque doveva essere troppo tardi per far finta che il suo ritardo fosse dovuto a una casualità. E poi perché si ostinava a voler far le cose in modo diverso da come le facevano gli altri? Cosa c'è di male nell'uscire marciando come tutti? Ci sarebbe voluto un orologio con le lancette fosforescenti, come ne aveva avuto uno Nico quando, da ragazzo, trascorreva lunghe ore della notte sdraiato nel letto a fissare quei segmenti di luce verde.

4.

Non potrò mai superare questi ostacoli da solo, disse tra sé, senza esser certo se le sue parole si riferivano alla presenza dei tre randagi, o a qualcosa di più vasto. Il servizio militare ricominciava da capo quel giorno. Veniva annullato ogni progresso. Ancora paura e viltà, quella poltiglia untuosa che restava in fondo alle scodelle di acciaio e non veniva mai risciacquata, sicché ognuno finiva per rimasticare il cibo del suo predecessore, le sue rancide abitudini, le stesse false idee di vendetta e sopraffazione e insomma quella catena che obbliga a far subire ad altri ciò che si è subito. Le caserme sono fedeli monumenti alla ripetizione: commettendo nuovi torti si dimenticano i vecchi e si chiudono le ferite di chi li aveva subiti, l'umiliato a sua volta umilia, lo sfregiato sfregia, il bastonato bastona, l'inculato incula. Un geloso senso della tradizione impone di non passarla liscia ai nuovi arrivati, affinché capiscano dal primo istante che non è tutto rose e fiori, che le rose hanno le spine, e che se la spina è nel dito, invero il dolore nasce dall'anima. Le caserme son piene di maestri di storia delle angherie: vengono tradizionalmente chiamati «nonni» ma lo stesso varrebbe chiamarli senatori o saggi, custodiscono un focolare di violenza e ogni tanto ci rosolano sopra qualcuno per ravvivare la fiamma col suo grasso. La cerimonia serve a rafforzare i vincoli e sgombra tanti equivoci su cosa voglia dire stare insieme.

Forse per una sua rabdomantica dote, Nico riusciva quasi sempre a sottrarsi alle dure leggi, ai riti idioti, a scivolare via dalle sfide o ad affrontarle per così dire di profilo e mai di petto. Ma stavolta…

I cani ringhiarono. Nico indietreggiò e poco ci mancò che cadesse inciampando sul bordo di una di quelle aiuole che gruppi di avieri zappettavano ogni mattina senza che vi fosse mai cresciuto un dannato fiore. Mentre tentava di mantenere l'equilibrio, una mano già poggiata per terra e i cani che ansimavano a un passo, vide una luce che si avvicinava, il raggio di una torcia dondolante ora in terra ora verso di lui. Rivolse il suo appello alla sagoma che reggeva la torcia: «Aiutami!» e quella fioca figura si fermò di botto illuminando la scena, Nico con una mano e un ginocchio a terra e i tre cani rognosi che tremavano per l'eccitazione. Sembravano inebriati dalla luce al punto da eseguire una specie di danza lungo i contorni del fascio luminoso, ritmata dallo scatto delle fauci come nacchere. Il cane maculato strusciava la pancia contro la terra e apriva oscenamente le cosce, quello più grosso scuoteva la criniera, la lupa scheletrica zampettava avanti e indietro. Si dimenarono per un po'. Ma quando la figura con la torcia elettrica lanciò un fischio, le bestie smisero di contorcersi e in un attimo si dileguarono ululando a gola spiegata, galopparono via nelle tenebre.

## 5.

Il ragazzo che aveva soccorso Nico si chiamava Boccadoro, e d'oro oltre alla bocca aveva anche i capelli e la barba. Era alto e snello, e portava una divisa che Nico non aveva mai visto prima in caserma. Quando si era avvicinato a Nico questi l'aveva accolto con parole di ringraziamento, che gli venivano su a fatica dal petto, e Boccadoro gli aveva offerto da fumare prendendo il pacchetto di sigarette da una delle molte tasche della sua divisa che assomigliava piuttosto a una tuta da operaio, eppure gli stava a pennello, come se fosse stata appositamente tagliata per lui.

«Stai anche tu andando in libera uscita?» aveva chiesto Nico dopo aver tirato le prime boccate calmanti.

«In un certo senso, sì» aveva risposto Boccadoro, «ma non per il cancello principale. Del resto, è tardi, e non ci lascerebbero passare. Conosco quelli che sono di guardia oggi: sarebbe più facile convincerli a spararsi un colpo che a rompere una consegna. Il comandante li ha ripassati ben bene la settimana scorsa quando si è accorto che al cancello c'era un andirivieni a ogni ora del giorno e persino della notte. Si dice che qualcuno abbia fatto entrare delle ragazze e se le sia portate negli alloggiamenti. Immagino sarà la solita leggenda dell'aeroporto. Nessuno le ha viste, quelle ragazze, ma tutti ne parlano e sanno persino dire com'erano vestite, i loro nomi, se avevano le tette piccole o grandi. Eppure, tutti concordano a dire che erano bellissime! Ma se vuoi, posso accompagnarti per un'altra strada. Siamo in pochi a conoscerla.»

«Esiste davvero un'altra uscita?»

«Sì. Abbandonata da anni. Ma so come passare.»

## 6.

Ora comincia un percorso tortuoso che non è facile ricostruire perché era quasi buio e sono passati molti anni da allora. Il viaggio verso l'uscita ha qualcosa di irreale. Nico ricorda che fu denso di emozioni e che passarono per luoghi selvatici. Quando si viene guidati in un luogo scuro e sconosciuto si ha l'impressione di essere presi per mano da una forza superiore, lo stato di abbandono rasenta l'incoscienza. Boccadoro è davanti e cammina con la pila in mano: senza fretta, indirizza il fascio di luce dove vuole che l'altro veda qualcosa.

«Questi grandi edifici sono hangar in disuso. Servivano

al rimessaggio di vecchi modelli di aerei a elica che non si costruiscono più: hanno preferito fare degli hangar nuovi da un'altra parte piuttosto che ripristinare questi. Entriamo. Fa' attenzione a dove metti i piedi.»

Fu come entrare in una grotta: le pareti concave erano coperte di muschio biancastro e stillavano umidità. Anche il pavimento era bagnato, Nico sentiva lo schiocco delle sue scarpe che s'invischiavano e si chiedeva come fosse possibile quel fradiciume in un luogo così assolato.

«È l'umido che sale dal mare. Guarda quell'aeroplano, laggiù, le componenti di metallo tutte incrostate di sale.»

Al centro dell'hangar, sotto il punto da cui pioveva di più dal soffitto, c'era la carcassa di un monoposto a elica. Boccadoro lo illuminò con la pila e Nico vide la lunga ombra scura rianimarsi, prima il muso appuntito e dipinto di un rosso che luccicava, poi la fusoliera e le ali rugginose, poi la coda che esplose alta e dritta nel taglio di luce. Uno degli alettoni si era staccato ed era crollato nella fanghiglia, per finire sepolto dalla piantagione di muffe violacee; l'ala sbragata mostrava le centine, da cui sgusciavano fuori come viscere da un ventre squarciato viluppi di funghi che parvero rabbrividire al tocco della lampada elettrica. Il raggio inquadrò il tricolore crivellato dalla ruggine che occhieggiava al centro della carlinga e poi frugò la carcassa cercando un analogo occhio sul timone della coda. Nico pensò: sono questi i colori della patria, bianco rosso e verde. Scrostati.

Acqua dal soffitto e per terra, tenebra umida che avvolge gli strumenti di guerra dimenticati, l'arma celeste con le ali spezzate, e il rimbombo di ogni parola sotto la volta dell'hangar. Un bizzarro senso di moltiplicazione di ogni cosa.

Il cammino prosegue cauto ma senza soste come nei sogni che rallentano ogni gesto sino a scomporlo, ma non cessano di spingere il sognatore verso l'orlo oltre il quale cadrà. Ora sono, Boccadoro e Nico, su piste di rullaggio in disuso, il vecchio manto di asfalto crepato, e camminano in silenzio lungo quelle prospettive velate di sabbia fine come polvere. È questa la zona morta dell'aeroporto, le luci delle piste in funzione e della torre di controllo appaiono più lontane e fioche di stelle basse sull'orizzonte, sopra di loro il cielo nero è decorato di medaglie biancastre che muovono verso ovest. Boccadoro e Nico sono infinitesimali, insetti sulle strisce d'asfalto. Ma forse è proprio questo che li fa sentire leggeri: adesso sono fantasmi della caserma che vagano nella notte sfuggendo ai radar, sibilando come spifferi attraverso un vetro rotto.

«Qui da vent'anni non atterra più un aereo» mormora Boccadoro. «La sabbia. E gli uccelli. Finivano nelle turbine. Qualche pilota ci lasciò le penne. La chiamavano "la spiaggia" appunto per la sabbia ed i gabbiani. Ci furono le solite inchieste e venne chiusa per motivi di sicurezza. Così poco a poco è andata in malora. Sono arrivati i cani e si sono moltiplicati. Ogni tanto qualcuno crepa di rabbia. Hai mai visto come succede? Quando si ammala, il cane dorme notte e giorno. Dopo un po' comincia a perdere bava dalla bocca, lecca tutto quello che ha intorno. Non riesce più ad abbaiare, la gola gli si è chiusa. Cerca di mordere tutto e tutti, poi gli si paralizzano le gambe di dietro e muore. C'è anche un altro modo, ed è ancora più penoso: i muscoli si allentano, gli penzola la mascella come se fosse slogata, non può più mangiare né bere, e così va avanti due o tre giorni, al massimo. Ne avevo adottato uno qui nell'aeroporto, gli avevo fabbricato una cuccia, ma è morto in quel modo.»

«Come si chiamava?»

«Non ce l'aveva un nome.»

«Come fai a sapere tutte queste cose dell'aeroporto? Sei qui da molto?»

Boccadoro ride smorzando il suono tra le labbra: non dice da quanto tempo sia in servizio lì, lascia capire di essere andato e tornato parecchie volte. In mezzo, ci può essere solo l'intervallo del carcere, il carcere militare, che non viene computato nel servizio di leva: quando uno finisce dentro il tempo si arresta, il numero dei giorni che mancano alla fine resta lo stesso, anche se i mesi passano, fin quando sarà il momento di uscire e tornare in caserma. Allora il tempo tornerà a scorrere, gli orologi a camminare. In questo modo la naja può durare anni. Ma per Boccadoro il tempo non sembra essere un peso. La vita civile non gli interessa, non saprebbe cosa fare: qui invece si trova bene e si sente libero. Ogni tanto viene beccato in flagrante e processato: mancata consegna, insubordinazione, comportamento non regolamentare, e sono altri mesi di carcere, ma al ritorno tutto ricomincia come prima, e i superiori pian piano si sono abituati a lui come a una specie di gatto randagio che si nutre di rifiuti e non disturba affatto lo svolgersi della vita di caserma se ne infrange le regole. Poiché l'infrazione è un fondamento di quella vita. Appunto come i gatti, Boccadoro sa mantenersi pulito nell'immondizia. E riesce a sopravvivere in mezzo a uomini e cani.

«L'aeroporto viene mantenuto attivo quasi solo per l'addestramento delle reclute, le quali, come avrai già capito, sono destinate a non vedere un aeroplano nemmeno col cannocchiale, nei prossimi undici mesi di servizio. Gli aerei sono troppo belli e costosi per essere messi nelle mani di noi militari di leva. Avrai notato che qui t'insegnano solo a marciare e a ramazzare il piazzale. Naturalmente si tratta di un piano ben preciso, per evitare che impariamo qualcosa che un giorno potrebbe diventarci utile, un giorno che ci fosse davvero da fare la guerra, magari per conto nostro. A te, ti hanno già portato a sparare?»

Nico annuì e sorrise ricordando il singolare quarto d'ora trascorso al poligono di tiro: poligono per modo di dire, dato che per formare quella figura geometrica gli mancavano almeno due o tre lati.

7.

In una mattinata di sole, erano stati caricati sui camion e scarrozzati per una ventina di chilometri lungo il mare che scintillava come metallo. Poi erano scesi, gli era stato infilato un elmetto e uno alla volta erano stati avviati sulla spiaggia verso un istruttore che gli metteva in braccio un piccolo mitra sbraitando di fare attenzione, dato che la maggioranza di loro cominciava subito col puntare l'arma verso l'istruttore medesimo o i compagni che malgrado il pericolo di venire falciati si sbellicavano dalle risate. Quindi, sempre con cautela, si doveva togliere la sicura all'arma, inquadrare un tozzo bersaglio bianco e rosso galleggiante in mezzo al mare e sparare alcuni colpi isolati, e poi una raffica fino a esaurimento del caricatore. A quanto era riuscito a vedere Nico dall'interno del gruppo dove ci si prendeva a spintoni per assistere alla sparatoria, non uno dei suoi compagni aveva neanche avvicinato il bersaglio, le pallottole cadevano in acqua sollevando spruzzi come nei film di guerra, e il fragore di ogni scarica veniva portato via dal vento, prima della successiva.

Il mare oggi è meraviglioso, aveva pensato Nico, è vivo, e anch'io sono vivo in questa luce, la sabbia splende, le brevi onde splendono e sembrano illuminate da dentro, dal fondo verde del mare.

Così che quando era giunto il suo turno, Nico era perduto nei suoi pensieri e i compagni l'avevano dovuto spingere verso l'istruttore che urlava, impaziente di mettere fine a quella pagliacciata. Ma per Nico invece era una cosa seria, la prima volta che s'impugna un'arma e si fa fuoco le sensazioni sono indescrivibili, torna un'intera gamma di macchinazioni d'infanzia, torna da chissà dove un'idea fatale di se stessi, tornano le immagini delle lingue di fuoco e poi la sensazione del calcio zigrinato che gratta contro il palmo della mano, e il colpo inevitabile nel petto, torna per un istante il gusto in bocca della morte che si assaggia poche volte nella vita e ogni volta sarà puro e indimenticabile, un sapore come di pepe sciolto nell'orina. Solo quando Nico aveva sentito all'improvviso l'arma balzare contro la spalla si era accorto di aver schiacciato il grilletto, dimenticando di mirare, dimenticando di guardare contro cosa stava sparando, assordato dalla serie di schianti e tramortito dal contraccolpo: fino a quando si era esaurito il caricatore e lui era tornato in sé, nel silenzio frusciante del vento, come qualcuno svegliato da un rumore che quando apre gli occhi è cessato. Cos'era stato? Che delusione. È durato così poco? Ho colpito qualcosa? Ma senza ricevere risposta già veniva risospinto verso il gruppetto di soldati annoiati ed eccitati a seconda se avessero già fatto il loro dovere o se dovessero ancora farlo, come, in altri tempi, studenti in un bordello. Tutti, uno dopo l'altro, avevano puntato la mitraglietta contro il galleggiante dipinto di bianco e di rosso, avevano tirato e l'avevano mancato. E l'istruzione militare si era fermata lì. Il che a Nico non sembrava affatto un male, anzi. Ma secondo Boccadoro c'era sotto qualcosa.

«Hai visto che razza di arma ti danno? Non è un fucile, è un annaffiatoio. Se la fanno sotto all'idea che degli sbarbatelli imparino a maneggiare l'esplosivo o a sbudellare qualcuno con una baionetta. Prova a immaginare un paio di milioni di italiani che sapessero come uccidere a mani nude, che avessero le competenze per far saltare in aria una casa o caricare un lanciagranate o avvelenare il sistema idrico di una città.»

## 8.

Scesero lungo un costone terroso. Anche lì si intravedevano i relitti di attrezzature in disuso, aste da cui penzolavano strappate le maniche a vento, i tozzi anelli neri dei copertoni di camion, e strisce d'asfalto che dopo un tratto scomparivano sotto erba e sabbia. In fondo, il muro di cinta dell'aeroporto, orlato da una siepe di filo spinato. Il muro era interrotto in un punto da quello che pareva un portale di grandi dimensioni, un'ombra ancora più scura nell'oscurità della sera, con accanto un piccolo edificio che doveva essere una garitta, e una torre di guardia. In cima alla torretta splendeva una luce gialla: Boccadoro la vide e s'incamminò decisamente in quella direzione, e Nico dietro, curioso, non badando più a dove metteva i piedi.

Ed ecco, là in fondo, sotto il muro di cinta e al riparo di esso, due figure d'uomini che seduti su delle latte d'olio per motori stavano cucinando qualcosa sopra un fuoco di sterpi che spuntava da un bidone. La fiamma illuminava la loro faccia ridente; ogni tanto dal bidone si sprigionavano scintille.

Dall'odore, stavano arrostendo del pesce.

Quando i due ragazzi si fecero più vicini, Nico non poté fare a meno di stropicciarsi gli occhi per lo stupore.

Erano due militari di mezz'età e a giudicare dai gradi, o meglio, dai brandelli di essi che penzolavano dalle loro spalle Nico avrebbe giurato che si trattava di due marescialli. Ma come erano conciati! Nico non aveva mai visto gente ridotta in quello stato, e meno che mai in quell'aeroporto, dove alle reclute si piantava una grana per un bottone male allacciato. Peggio dei barboni, erano sporchi e unti, le guance e la fronte luccicavano, nelle loro divise si aprivano occhielli da cui sbucavano ciuffi di peli e pezzi di biancheria giallastra: uno si grattava la schiena usando la canna smontata di un fucile, l'altro, nudo dalla cintola in giù se si eccettua un asciugamano rosa avvolto intorno ai fianchi, si dava delle gran manate sulle cosce; per quanto laceri e scapigliati, sembravano di buonumore, aiutati da un bottiglione che alzavano alle stelle alternativamente. Come definire la loro età? Così sciatti e sudici, i capelli ingrommati di sudore e le rughe incipriate di polvere, potevano essere vecchi oppure nascondere sotto le croste un fisico ancora vigoroso, specialmente l'uomo che si percuoteva le cosce da lottatore.

«Sono davvero marescialli quei due?»

Boccadoro annuì: Dell'Aquila era capocuoco e Santopadre maestro di banda: «Ma adesso come vedi sono incaricati di custodire quest'entrata che non viene più usata da vent'anni. Loro vivono qui, nessuno li disturba, nessuno li controlla, si fanno gli affari loro».

Accolsero Boccadoro con una specie di hurrà e lui li ricambiò come si fa tra vecchi amici. Nico rimase un po' discosto: chi erano quei due? Non si stava forse cacciando nei guai andando dietro a Boccadoro? C'era qualcosa di troppo strano in quella situazione e Nico pensò che se anche era tardi per venirne fuori forse si potevano ancora evitare conseguenze spiacevoli. Ci mancava solo questo, di ficcarsi nei guai durante il periodo di addestramento e venire spediti di conseguenza su un'isola o in mezzo alle montagne.

«Vuoi assaggiare del pesce, Boccado'?» disse uno dei due cuochi e fece cenno anche a Nico, che era rimasto in disparte, di farsi avanti.

«Mmm... che abbiamo stasera, di buono...?» chiese Boccadoro.

«Cefali, c'abbiamo, cefali, belli grassi, dalla cloaca dell'aeroporto. Dell'Aquila ne ha presi otto, stamattina. Mordevano l'amo anche senza metterci su niente, vero Della'?»

«Vieni caro, aiutami» disse a Nico quello che aveva l'asciugamani intorno ai fianchi, «e non badare a Santopadre, gli piace esagerare», poi lo condusse dentro il corpo di guardia dove presero i piatti per la cena. Con analoghe installazioni, latte d'olio o casse di vettovagliamento con su stampigliate sigle militari, tutti e quattro si sistemarono intorno al fuoco, e cenarono. Il pesce croccava sotto i denti. I marescialli divorarono la loro porzione in religioso silenzio, facendo gorgogliare la bottiglia capovolta e poi passandola al vicino senza bisogno che gli venisse richiesta. Per terra era pieno di lische. Il fuoco crepitava allegramente nel bidone e l'aria era profumata di pesce arrostito.

Nico si sentì meglio. Il cibo e il vino gli diedero sicurezza. Il timore svanì insieme alla fame. Il cielo si era riempito di stelle che brillavano come fori in un cartone nero dietro cui sia posta una luce. Si accesero delle sigarette, altri puntolini di fuoco, altre scintille che brillarono per un istante, come cade una stella che cade. Il maresciallo più anziano si era fatto pensieroso e si grattava la barba sopra il mento. I suoi occhi illuminati dal riflesso rosso si andavano chiudendo poco a poco sotto l'evidente peso di un ricordo. Allora Boccadoro chiese ai quei due di aprirgli il portone per scendere al mare.

«Volete che vi apra, eh?» chiese l'altro maresciallo. «Volete vedere il mare?»

Boccadoro annuì. Il maresciallo prese in garitta un mazzo con almeno dieci spesse chiavi, s'infilò un cappello allisciandone tra pollice e indice la visiera e cominciò a schiavardare lucchetti e serrature che tenevano chiuso il portone. È davvero uno strano tipo di guardiano, pensò Nico, con quelle pesanti chiavi, il berretto da maresciallo e l'asciugamano rosa alla vita. Le chiavi stridevano e sembrava che non ce la facessero a girare: ma uno dopo l'altro le ganasce e i lucchetti scattano e il portone finalmente è aperto – bisogna però aggrapparsi e tirare forte perché è bloccato dalla sabbia che il vento gli ha accumulato davanti. In fondo a una breve discesa c'è subito l'acqua, nera e schiumosa. Il salmastro e il rumore delle onde arrivano di colpo amplificati. Nino e Boccadoro si sono lasciati scivolare sulla duna e dietro di loro rotolano i due marescialli, finché sono tutti quanti sulla riva e si siedono. L'onda arriva a lambire i loro piedi, è calda, si allunga e poi viene bevuta dalla sabbia.

«E ora raccontate a Nico la vostra storia» dice una voce che è quella di Boccadoro, ma Boccadoro non si vede, dev'essere sdraiato sulla sabbia da qualche parte. Le braccia dietro la testa, mezzo ubriaco, guarda le stelle fiammeggiare in cielo. Nico si stende poco più in là e aspetta fiducioso che i marescialli comincino a raccontare. Fu la voce di Dell'Aquila a rispondere.

«La storia? Sempre la stessa storia? Va bene ragazzi. State a sentire.»

9.

«Il qui presente Santopadre aveva una figlia, si chiamava Aurelia. Io che l'ho vista coi miei occhi posso assicurarvi che era una ragazza bella come il sole, gentile e intelligente. Una delizia del genere umano. Santopadre l'amava con tutto il suo cuore, e io pure le volevo bene, le volevo bene quasi come ad Antonia, la mia Antonia, la mia unica figlia, anche lei una ragazza magnifica e amata da tutti, come vi potrà confermare il qui presente Santopadre. Aurelia e Antonia erano amiche, amiche del cuore, finchè Aurelia si sposò e subito rimase incinta. Santopadre era contento, non vedeva l'ora di diventare nonno, e io ero contento per lui e sognavo lo stesso per Antonia, che a quel tempo era fidanzata, sognavo che si sposasse presto pure lei e facesse un figlio: anzi due, tre, dieci figli! Il destino non ha voluto così. Sin dall'inizio della gravidanza di Aurelia si cominciarono a manifestare delle stranezze invece di ingrassare dimagriva, era sempre triste, si era fatta un viso smunto; spesso lamentava delle perdite come se il bambino non avesse attecchito bene dentro di lei. Fu afferrata dalla paura di perdere il figlio. Non azzardò più un passo da sola, trascorreva la giornata a letto e non si alzava nemmeno per mangiare. I dottori dissero che le ci voleva riposo e moltissima pazienza e consigliarono l'intera famiglia di circondare Aurelia di ogni attenzione: il che tutti fecero con gran cuore, mettendosi al servizio della ragazza e dell'esserino in lei che ancora doveva vedere la luce. Lo stesso qui presente maresciallo Santopadre, caro e nobile amico, impareggiabile collega, si prese un congedo per poter star vicino alla figlia e accudirla come meglio non si poteva. E mia figlia Antonia cominciò a passare più tempo accanto alla sua amica malata che a casa nostra: le leggeva dei libri, la pettinava, ordinava le pantofole di Aurelia in modo che quando lei avesse deciso di alzarsi se le sarebbe trovate sotto i piedi, parallele, anche a luce spenta; e tentò di convincerla a lavorare a maglia insieme a lei qualche golfino per il bimbo e altre cosette di lana. Ma solo al vedere la taglia minuscola dei calzerotti, Aurelia era riafferrata dall'angoscia e occorreva riporre tutto lontano dal suo sguardo perché non s'inquietasse. Via i ferri, via i gomitoli.

«Aurelia si faceva più piccola e fragile man mano che il feto s'ingrandiva dentro di lei: coricata sul letto, stesa su un fianco senza dire una parola, lo sguardo angosciato, quella che era stata una ragazza energica e vivace, ormai ridotta a uno spettro. Ogni volta che la vedevo avevo paura che fosse l'ultima, e il qui presente Santopadre mi confessò che era arrivato a odiare il bambino che aveva fatto ammalare sua figlia e la stava uccidendo dal di dentro. Avrebbe voluto estrarlo con le sue mani dal ventre di Aurelia, pur di salvare lei. Per fortuna, verso il sesto mese le condizioni della ragazza cominciarono a migliorare poco a poco, lei si alzò dal letto sollevata e, al pensiero che stava per concludersi tutto per il meglio, riuscì persino a sorridere. Sembrò che i sacrifici fatti portassero a qualcosa di buono: si vide un po' di luce in fondo alla notte. Quelle premonizioni avevano fatto temere che il figlio nascesse deforme, e invece no! Venne alla luce in una tiepida mattina di fine inverno, era un bambino bellissimo, un maschio! anche se, certo, piccolo e debole per via della gestazione problematica e del cordone ombelicale che aveva attorcigliato intorno al collo. Appena fu portato alla madre si attaccò al seno e cominciò a succhiare con tanta foga che fece gridare lei di dolore e sorridere di compiacimento i nonni. Ad Aurelia il latte non mancava, e tutti furono contenti che il bimbo si dimostrasse così famelico, dato che la fame è la prima forma di attaccamento alla vita, frase che amavano ripetere i dottori del reparto di maternità a ogni occasione. Venne appeso un fiocco azzurro fuori dalla stanza dell'ospedale dove era ricoverata Aurelia col neonato, e una processione di amici e di parenti con mazzi di fiori in mano sfilò sotto quel fiocco commentando sottovoce la forza di volontà della ragazza e la fortuna che aveva benedetto quella famiglia. Dopo qualche giorno Aurelia tornò a casa col bambino e la vita sembrò regolarizzarsi secondo nuovi ritmi. Il bimbo mangiava e dormiva tranquillo, piangeva poco o niente. In casa c'era silenzio durante il giorno e Aurelia poteva riposare indisturbata. Santopadre si recava regolarmente a visitare figlia e nipote portando dentro tovaglioli legati ben stretti qualche piatto caldo preparato da sua moglie, melanzane o pollo arrosto o lasagne, e poi olio, garze, camicine e camicie da notte pulite, e ogni altra cosa di cui potessero avere bisogno. Entrando nella casa della figlia, di cui manteneva le chiavi dall'epoca in cui occorreva esser pronti a un'emergenza, spesso trovò Aurelia seduta su una sedia con lo sguardo fisso nel vuoto e le braccia abbandonate sul ventre che aveva ancora prominente. Allora schioccava le dita e la ragazza si riscuoteva di colpo con un sorriso mite e spaventato. "A che stavi pensando, Aure'?" chiedeva apprensivo Santopadre. "A niente papà, non pensavo a niente" rispondeva la ragazza cercando di mantenere un tono disinvolto, ma pochi minuti più tardi ricadeva nell'abulia: sembrava che un pensiero remoto si impadronisse della sua mente. Forse solo un occhio esperto avrebbe potuto riconoscere nello sguardo della povera Aurelia il significato di quel vuoto. Ma chi poteva capirlo allora? Chi avrebbe sospettato che proprio quando i guai sembravano terminati, il peggio doveva ancora arrivare? Solo quando il bambino nell'altra stanza cominciava a strillare Aurelia si riscuoteva dal torpore e con un balzo correva a prenderlo in braccio e cullarlo. Non voleva sentirlo piangere nemmeno per un secondo, gli infilava in bocca un capezzolo e prendeva a cantargli delle nenie che lo ammutolivano. Malgrado cercasse in tutti i modi di farla tacere, Aurelia non prestava attenzione che alla voce del suo piccolo, non seguiva i discorsi altrui che per poche battute, e tranne quella di suo padre non riceveva volentieri visite, si dimostrava indifferente alle persone e ai loro doni, che riponeva in un cassetto senza nemmeno scartarli. Da mattina a sera restava in camicia da notte e andava ad aprire la porta di casa senza pensare a infilarsi una vestaglia o qualcosa per coprire meglio il suo corpo ancora gonfio.

«Antonia un giorno andò da lei e le chiese se si sentiva bene; Aurelia le rispose di essere solo stanca e di provare una spiacevole sensazione al risveglio, ogni mattina. La luce del giorno era tremenda, lei si sentiva indifesa, scoperta, e in quell'istante la vita si rivelava assurda. Avrebbe voluto chiudere gli occhi e non riaprirli mai più. "Ma poi mi passa, prendo in braccio il bambino e mi passa, lui mi trasmette la forza che non ho" aveva aggiunto Aurelia, ed era appunto andata a prendere il bimbo per allattarlo. Ma mentre lo teneva attaccato al seno, da un momento all'altro si era incantata e aveva preso a fissare un angolo della stanza, allentando la presa; la camicia le si era aperta ed era rimasta così, a torso nudo, col figlio che scivolava giù e un rivolo di latte che le fiottava dal seno inzuppando la camicia, senza che lei facesse nulla per evitarlo, anzi, dando l'impressione di non accorgersene. Antonia aveva fatto giusto in tempo ad afferrare il bambino prima che cadesse a terra. Me l'ha raccontato lei, Antonia, mia figlia...»

10.

Il maresciallo Dell'Aquila s'interruppe a riprendere fiato e bevve rumorosamente dalla bottiglia asciugandosi la bocca con l'unica manica sana della giacca, quindi riprese a raccontare. Gli occhi di Santopadre erano già colmi di lacrime e luccicavano nel buio, quando costui tirò fuori una tromba d'ordinanza e cominciò a suonarla in modo sommesso e triste, contrappuntando il racconto dell'altro maresciallo con una melodia fatta di note lunghe e basse.

«Aurelia divenne di giorno in giorno più malinconica. Fu chiamato un dottore che le ordinò di smettere subito l'allattamento, la causa prima della sua depressione. A questa notizia Aurelia ebbe una crisi di rabbia, ma poi rapidamente si calmò e il dottore andò via dopo averle praticato un'iniezione, promettendo di tornare la sera stessa per un controllo. Aurelia era calma e lucida, cosicchè il qui presente Santopadre ne approfittò per scendere alla farmacia a comprare le medicine prescritte dal dottore.

«Quello che esattamente accadde in assenza del padre non è dato sapere. Si possono fare varie congetture anche se l'epilogo della vicenda è tale da renderle superflue. Certo l'iniezione non sortì l'effetto voluto. Santopadre giura di essere rimasto via al massimo un quarto d'ora, e non c'è ragione di dubitare della sua parola, dunque la decisione di Aurelia dev'essere stata improvvisa. Probabilmente si è avvicinata alla culla e ha guardato il figlio. Ha pensato che non era capace di essere sua madre, o forse non lo ha più riconosciuto come suo figlio, si è messa di colpo a odiarlo per tutti i dolori che aveva dovuto sopportare a causa sua. Allora è andata in cucina, ha scelto il coltello più grosso, gli altri sono stati trovati in bell'ordine sul tavolo... e potete capire da soli... non ci sono parole per raccontarlo... Aurelia... prima in cucina... e poi dal bambino...»

«Oh, no, non è possibile» esclamò Nico anche se da qualche minuto aveva immaginato solo questo.

«La culla era zuppa di sangue quando lui è tornato a casa...»

«Basta! Basta! La smetta!» gridò Nico a Dell'Aquila, pronto a tappargli la bocca con la mano. Dalla tromba di Santopadre uscivano deformati in note tremule i singhiozzi del vecchio maresciallo.

Dell'Aquila chinò la testa. «Avete ragione. La storia si

sa com'è finita. Vi lascio solo immaginare quale fu da quel giorno la vita del qui presente Santopadre: a trovare Aurelia in prigione, e dopo, al cimitero, a trovare il nipotino...»

«E Antonia?» chiese Nico leggermente raddolcito.

«Antonia anche lei ha fatto una brutta fine: dopo quello che è successo alla sua amica non ha più voluto sposarsi, un giorno è andata via di casa e io non l'ho più vista» rispose Dell'Aquila commuovendosi anche lui fino alle lacrime.

«Ma forse un giorno tornerà» disse Nico all'orecchio del maresciallo.

«No, non tornerà, non tornerà! È perduta per sempre, è come se fosse morta, anzi peggio che morta, proprio come Aurelia...!» e piangeva a dirotto, cercando di asciugarsi gli occhi con un lembo dell'asciugamano rosa, il che lo costringeva a fare un goffo inchino, chinando la testa in mezzo alle gambe.

«Vieni, Nico, facciamoci un tuffo» disse Boccadoro. Si levò vestiti e scarpe, ed entrò nell'acqua nera.

# Capitolo V

## *Nanni Zingone e Rita Valtorta*

1.

Il ragazzo aveva avuto un brutto incidente ed era andato in coma. Tre giorni dopo in ospedale era morto. «Andava pure piano» il commento più comune a scuola, tra i professori che scuotevano la testa e pulivano gli occhiali con un fazzoletto, mentre alle sue professoresse era venuto da piangere e qualche compagna aveva avuto un malore, strillando e dimenandosi nel banco. In motorino basta niente, basta che da un'auto parcheggiata si apra all'improvviso la portiera, uno la prende di striscio, cade, batte la testa.

I ragazzi che portavano a spalla la bara avevano la bocca contratta da una smorfia, per metà dovuta allo sforzo di sollevare il feretro e per metà a quello di trattenere le lacrime dietro le lenti nere che li facevano somigliare a poliziotti in borghese. L'idea che dentro quello scatolone ci fosse il corpo del loro amico, lo stesso corpo di quando era vivo, gli stessi capelli lunghi e le stesse gambe arcuate, mentre forse solo la faccia non era più esattamente la stessa (le labbra tumefatte, la fronte ricucita dall'acconciatore delle pompe funebri), quest'idea non li aveva toccati fino a che non ne avevano sentito il peso premere sulle spalle. Specie quando si trattò di scendere la scalinata davanti alla chiesa, troppo ripida, per una cantonata di qualche geometra che aveva calcolato male i dislivelli del terreno, e la bara si sbilanciò in modo pauroso, trattenuta a forza di braccia affinché non cadesse. I ragazzi persero il passo, impacciati dalle giacche e dalla dolorosa emozione – cose che quasi certamente provavano per la prima volta, estranee alla loro vita normale.

Nanni Zingone non aveva mai preso parte al funerale di una persona tanto giovane. L'unico ricordo simile risaliva al giorno delle esequie di Milo, il fratello di sua moglie, ma Milo aveva ventitré anni, era un uomo, qui si piangeva un sedicenne. La sua compagna di classe Ivana Mattetti lo aveva salutato coprendo di baci la bara anche se non erano più fidanzati da qualche mese – lui l'aveva lasciata o lei aveva lasciato lui, oramai cosa importava? E si era rifugiata di corsa tra le braccia delle altre, a inondare di lacrime le loro magliette, finché una di loro, la più vistosa, con occhi bellissimi allungati dalla matita verso le tempie, aveva protestato dandole uno schiaffetto che, nelle sue intenzioni, doveva servire a far rinvenire l'amica dal suo deliquio: «E dai, Ivana, basta, mi stai bagnando tutta!». «Scusami, scusami, scusami Ceci» aveva mormorato Ivana, ma il risultato del rimprovero affettuoso era stato che alla fine piangevano entrambe. Nanni le guardava e intanto cercava di assimilare la loro tristezza, di asciugarla, come si asciugano le lacrime, come la carta assorbente premuta sul foglio quando si scriveva a mano con l'inchiostro. Non dovevano restare macchie d'ansia su di loro, è l'insegnante che deve prenderle su di sé: in sostanza era questa la funzione che Nanni Zingone era convinto di svolgere a scuola, purificare invece che addensare, estrarre invece che accumulare. Le scorie dei pensieri e dei sentimenti provocati dalle sue lezioni di Lettere andavano bruciate dai suoi studenti per far spazio, spazio, ci vuole spazio nella loro testa e nel loro cuore, invece che intasarli di nozioni. Al limite è persino meglio che si dimentichino quello che gli ho insegnato, se questo li fa essere vogliosi e pronti a imparare qualcosa di nuovo. Ogni giorno. Passato e futuro non importano. Specie oggi questo mi appare chiaro, ora, mentre portano via questo ragazzo, che era sveglio, Arnaldo Coiro, me lo ricordo bene, anche se a scuola andava così così, sveglio, ironico, con le sue idee strampalate e il suo desiderio di stupirmi – il massimo che un professore possa attendersi da un alunno. Invece di studiare quel che avevamo fatto in classe, leggeva per conto suo, Coiro, disordinatamente, e quel disordine aveva ispirato in Nanni una singolare tenerezza, per essere lui normalmente uno così severo.

Rintoccarono le campane preregistrate. Nella folla che si era assiepata dietro e ai lati dell'auto delle pompe funebri, con portellone alzato, Zingone avvistò la collega Rita Valtorta. Indossava un vestitino scuro invece della solita tuta da ginnastica. Era qualche settimana che Nanni non la incontrava nei corridoi del liceo, e aveva supposto che la sua supplenza fosse terminata. Mentre pensava questo si era accorto di provare una specie di rimpianto, e di stizza. Perché quel rammarico? Cosa aveva immaginato che potesse succedere tra lui e la Valtorta? Di immaginazione si nutre gran parte dell'esistenza, soprattutto a carattere retrospettivo: ciò che sarebbe potuto accadere occupa una quantità di pensieri smisurata rispetto alla realtà degli avvenimenti, e nella vita di Nanni questa sproporzione era persino più netta.

Come tutti, del resto, Rita sembrava sinceramente commossa, anche se doveva aver visto poche volte Arnaldo, che perdipiù non si degnava nemmeno di cambiarsi per partecipare alle lezioni di ginnastica, e a malapena poteva ricordarsi di lui in quelle classi affollatissime che lei seguiva una volta a settimana. Poche ore, tante classi. Anche lei si avvicinò alla bara di Arnaldo per toccarla, ma la ressa glielo impedì. La bara venne infilata nell'auto e lei si accontentò di accarezzarne il portellone posteriore, poi, alzando la testa, si accorse che Nanni la stava osservando da lontano e lo salutò con un cenno e un sorriso, ben diverso da quelli che aveva riservato agli altri colleghi presenti, come se fino a quel momento lo avesse cercato, e finalmente lo aveva trovato.

2.

Rita Valtorta, laureata all'ISEF, supplente nello stesso liceo dove insegna Nanni, ventiquattrenne. Ha dormito finora con dodici uomini, il primo dei quali quando aveva sedici anni. Dunque la sua vita sessuale ha appena compiuto otto anni. È lei stessa a tenere questi conteggi (ragion per cui vengono riportati qui) e a rifarli daccapo ogni volta che le capita una nuova storia, anche se occasionale.

Quella con Nanni è occasionale? È una storia? È qualcosa? Per adesso no.

Ma una settimana dopo il funerale, al termine di una mattinata stancante di lezioni, Nanni e la Valtorta si ritrovano insieme, e decidono di restarlo anche dopo l'uscita. Rita lo invita a casa sua, ha le idee chiare, in linea di massima, su cosa accadrà da lì a un'ora: finiranno prima a sbaciucchiarsi sul divanoletto piazzato in salotto, che la notte la ragazza spalanca per dormirci e richiude la mattina, poi lei dirà «Non qui» e mano nella mano lo guiderà in una piccola camera, per abbracciarlo accanto al letto a una piazza e mezza di sua madre.

3.

Dunque, in silenzio, salirono per le scale fino al secondo piano di un modesto caseggiato dall'androne quasi interamente invaso da bici incatenate e sacchetti di spazzatura. Dopo che Rita ebbe dato giri di chiave in due diverse serrature, entrarono nel piccolo appartamento buio dove lei abitava con la madre, cassiera di supermercato, e si ritrovarono nel salottino, con un divano, una poltrona di pelle logora sui braccioli e il piccolo apparecchio tv poggiato su un tavolino a tre gambe, da cui penzolavano gli angoli di un centrino ricamato. Rita andò subito a tirar su l'avvolgibile ma poi lo tirò giù di nuovo a metà: troppa luce li avrebbe disturbati. «Accomodati» disse a Nanni, trattandolo come per una visita di cortesia, «e non fare caso al disordine» che peraltro non c'era, bastò levare dai cuscini del divano una rivista di maglia e nasconderla chissà dove; tutto il resto, poche suppellettili, sembrava al suo posto, da sempre. «Vuoi qualcosa da bere?» «No, grazie» le rispose Nanni con un filo di voce e si sfilò il montgomery senza sapere dove metterlo. Si sedette in poltrona col soprabito in grembo. Rita era andata comunque di là, attraverso uno scorrevole, e tornò con un vassoietto di metallo e due bicchieri d'acqua. Nanni bevette il suo fino all'ultima goccia. «Lo vedi che avevi sete? Parlare tutto il tempo, come fate voi professori di lettere, non vi secca la bocca?»

In realtà quello che gli seccava la bocca era l'emozione. Quella ragazza gli piaceva ma a Nanni sembrava di essere tornato indietro, all'adolescenza, quando non si è mai sicuri di quello che si deve fare, che si può fare, che è il momento giusto di fare. E in primo luogo della persona con cui farlo. Rita si sedette sul divano, e fece in modo, tirandolo per una manica del pullover, che Nanni si spostasse accanto a lei. Poi lo baciò sul collo, sotto un orecchio, e più a lungo in bocca. «Hai un buon sapore» disse, e voleva baciarlo di nuovo, ma Nanni arretrò leggermente, prendendola per le spalle. «Sei proprio sicura che tua madre...?»

Lei scoppiò a ridere. «Sicura, sì, sicura. Ha il turno fino alle otto, te l'ho detto. Ma perché, sei preoccupato?» «No, no, piuttosto mi preoccupo per te.» Rita capì che era una bugia e che Nanni faticava a tenere sotto controllo il suo nervosismo. O era eccitazione? Eppure a scuola è così sicuro di sé, così calmo... e ora, qui con me, esita come un ragazzino. E perché parla sottovoce, come se fossimo in chiesa? Forse l'ho messo in imbarazzo in qualche modo. Cosa ci posso fare se mi piace? Come metterlo a suo agio? In fondo, è una cosa semplice, questa. Oppure no? E di nuovo lo baciò in bocca.

«Non è semplice?» gli chiese.
«Cosa?»
«Stare insieme.»
«Sì, lo è.»

Ha ragione lei, è la cosa più semplice del mondo, pensò Nanni.

E in quel momento fu tentato di riversare su di lei il contenuto della riserva di romanticismo che stava andando a male, inutilizzato, in fondo al suo cuore.

4.

Quando Rita si levò i vestiti davanti a lui, e lo fece in modo svelto ed esplicito, lasciandoli cadere per terra, e al tempo stesso pudico, cioè, per mettersi nuda e non per effettuare uno spogliarello, Nanni restò senza fiato, non solo per la bellezza del corpo di lei, a cui per una volta si addiceva il termine «statuario», dato che aveva le gambe, le braccia, il torso, il seno perfettamente formati, bensì per un dettaglio, o un piccolo vezzo che rendeva la nudità integrale di Rita, così atletica e sana, davvero attraente per lui. La bella supplente di educazione fisica indossava come unico ornamento una catenina d'oro intorno alla vita, che disegnava un arco dalla sommità dei fianchi scendendo nel punto più basso tra l'ombelico e il pube. Chissà, si chiese Nanni, se la porta sempre, quella catenina, o se l'ha indossata oggi, per me: se l'è agganciata stamattina, in bagno, intorno ai fianchi, guardandosi allo specchio, con premeditazione, sapendo già che voleva mostrarmela e che l'avrebbe fatto. Rita parve intuire questa interrogazione perché si mise le mani sui fianchi, flettendo una gamba, e la catenina d'oro assecondò obliquamente quel movimento, sottolineando in modo grazioso quanto fosse esposta al giudizio quella parte del corpo che in una donna si presenta, per così dire, senza soluzione di continuità, dove si uniscono i fianchi, la pancia, il sesso, le gambe. Eccomi, sembrava che lei dicesse in quella posa esplicita, ci sono, sono *qui*, sono io questa. Questa, *questa*. Qui. È *questo* che non avevi ancora visto, ma che già conoscevi, Nanni, che immaginavi, è *questa* la cosa a cui pensavi, o no? Era *questa* la cosa che volevi. Eccola. Prenditela.

«Mi piaci… molto» furono le uniche parole che Nanni riuscì a dire prima di abbassare lo sguardo. Rita rimaneva nuda, in piedi, accanto al modesto letto di sua madre, non vicina a lui e nemmeno lontana. Radiosa. Stare nuda, così, era una forma estrema di sincerità, come dirlo meglio, di onestà, da cui Nanni era ammirato, e anche parecchio intimidito. Rita era fiera di mostrarsi a lui. Lo guardava fisso nel viso, senza alcuna malizia, e rispose: «Anche tu a me, molto». Quell'uomo la interessava, le sarebbe piaciuto conoscerlo, conoscerlo davvero, sapere di lui, della sua vita, dei suoi pensieri, delle sue paure e dei suoi desideri, e in quel modo forse ci sarebbe riuscita, spogliandosi e abbracciandolo e sdraiandosi accanto a lui o sotto di lui, avrebbe soddisfatto così la sua curiosità nel modo più diretto, appunto, nel modo più onesto, toccando i punti sensibili di quell'uomo che la incuriosivano, la attraevano e a sua volta la toccavano di più. È anche bello, a suo modo, pensò Rita, mi piace la sua serietà, la sua severità, i suoi momenti, non mascherati, di cupezza, mi piace che non rida, che parli poco, che sia sposato con figli (Rita non sapeva quanti, e che fossero bambine), e abbia qualche anno più di me, ma non molti, né tanti né pochi, mi piace averlo incontrato sul posto di lavoro, e guardato, mi piace che lui mi abbia guardato a lungo, e che si sia chiesto qualcosa di me, sono certa che se lo è chiesto, e ha immaginato qualcosa che ci riguardava, riguardava noi due soli. Ha immaginato il nostro contatto, il nostro incontro. Mi piace che abbia pensato, anche solo per qualche secondo, vagamente, come forse gli accade con altre ragazze e donne, di volermi vedere nuda, e ora ci siamo. Mi piace *questo*, e niente altro.

Un giovane uomo pieno di intensità incubata, sarò io a fargliela esprimere?

Avanzò di un passo e lo abbracciò e gli diede la bocca da baciare e prese una sua mano per mettersela intorno a un seno, inclinando appena la testa, e sentì strusciare la sua barba contro le guance e il collo. Era morbida, non pungeva. «Sei bella» disse lui staccando brevemente la bocca per respirare e parlare, e poi rincollarla a quella di Rita.

5.

Una volta rimosso l'ostacolo degli indumenti, cosa deve succedere? Qual è la prossima mossa? Ovviamente, Nanni sapeva la risposta, sapeva che c'era una risposta anzi che ce n'era più d'una, e tutte conducevano però nel medesimo luogo. Ma lui, voleva davvero arrivare lì? Perché lo voleva? E una volta raggiunta la terra dell'abbondanza, fecondata da qualche giorno di pensieri rarefatti e indecenti, da qualche sguardo fuggevole quanto insistito e da mezzi sorrisi, la terra promessa delle ipotesi erotiche su cui tutti consumano la propria fantasia, vi sarebbe rimasto? Rita gli avrebbe permesso di restarvi, o l'avrebbe poi lasciato solo, alla confluenza delle sue cosce a dimenarsi scompostamente mentre la mente di lei era già altrove, si era rialzata già da quella piazza e mezzo con la spalliera di ottone, pensando di aver compiuto la sua missione, assolto il suo compito, sedurre il giovane professore arcigno e affascinante, sedurlo e crocifiggerlo, sedurlo per seppellirlo subito dopo, senza dargli scampo? Nanni con i tanti libri letti, la bella famiglia, e il carisma che affascinava studentesse e sbarbatelli, tutto questo bagaglio bruciato in una scopata. Irraggiungibile? Intoccabile? Arrogante, quasi? Superiore a tutto e a tutti, Nanni Zingone? Macché! Una bandiera al vento, piuttosto. Uno come chiunque altro, incantato davanti a una ventiquattrenne di bell'aspetto che gli si spoglia davanti.

L'esitazione di Nanni accese in Rita un fuoco insolito. Così incerto gli apparve ancora più attraente. Come se non desse nulla per scontato, e nulla in effetti lo era. Le piacque molto non essere considerata come una storia ovvia, una pratica da sbrigare: era il segno di una delicatezza d'animo che non contrastava affatto con la visibile eccitazione che Nanni aveva rivelato spogliandosi. Il sesso eretto e quella singola riluttanza a salire sopra di lei ed entrarle dentro le fecero venir voglia di abbracciarlo come se lo volesse ringraziare perché le risparmiava la solita spiccia brutalità con cui la trattavano gli altri uomini, credendo così di dimostrarle che loro erano virili e lei «un gran pezzo di fica», come più d'uno dei suoi amanti le aveva detto in un orecchio mentre si accoppiavano. Non che questo le fosse in fondo dispiaciuto, che gli altri maschi ficcassero le mani in lei e afferrassero e premessero e torcessero, quasi fino a farle male: ma la miscela di desiderio e ritrosia che le manifestava Nanni era per lei nuova e provocante, e la spingeva a voler sapere di più, fare di più, ottenere di più, vivere quel contatto sino in fondo. Per cui abbracciandolo, mentre lui le carezzava la schiena e le spalle, non poté fare a meno di afferrare il sesso di Nanni ritto in mezzo a loro e premuto sulla pancia di entrambi, e tenerlo saldamente, come si trattasse di uno scettro. «Oh...» fece Nanni, invaso dal calore. Sentendosi trascinato da quella forza, strinse con una mano una natica di Rita e si riempì l'altra con un suo seno. Erano la prima dura e tesa, il secondo cedevole. Fu sul punto di cadere. Aveva le mani piene e il cuore in subbuglio. La lingua di Rita intanto frugava nella sua bocca ma non in modo frenetico.

È questo... è questo il punto, pensò Nanni senza capire nemmeno lui cosa volesse dire quella frase. Quale punto? Era semplicemente arrivato il momento di fare l'amore con quella ragazza senza indugiare? Di penetrarla, cioè? Era penetrarla lo scopo della macchinazione che aveva preso avvio, forse un mese prima, da quel casuale incontro durante la lezione di ginnastica in cortile, da quel giorno caotico in cui erano mancati alcuni professori e ci si era arrangiati a suddividersi le classi scoperte? Certo, doveva essere quello il momento, quello il punto. Non c'era che da passare all'atto. Rinunciarvi, un delitto contro la logica delle cose. La spinse sopra il letto e Rita ci cadde sopra, o forse fu lei a gettarvisi, semplicemente abbandonandosi all'indietro per forza di gravità. E subito lui le fu sopra, baciandola con foga. E sempre la mano salda di lei lo teneva stretto.

6.

«No, mi dispiace» disse dopo essersi rialzato. «Mi dispiace ma… non posso.»

«Non puoi? Perché?»

«Perché… è meglio di no.»

Si vergognava a dirlo mentre aveva tuttora il sesso ritto, insolente, come a significare che decisione e desiderio andavano in direzioni opposte e che la prima era capace di reprimere il secondo, ma non abbastanza da impedirgli di manifestarsi. Rita si era un poco sollevata puntellandosi sui gomiti, di traverso sul letto di sua madre, con le gambe ancora allargate. Non le richiuse.

«È meglio, credimi.»

«È meglio…?»

«È meglio per tutti e due.»

«Certo, certo.»

È ironica? si domandò Nanni. È arrabbiata? Delusa?

«Forse hai ragione tu, in un certo senso» concluse Rita, ma rimase nella medesima posizione, con le ginocchia piegate e le cosce aperte, pronta ad accogliere sopra di sé e dentro di sé Nanni, i seni che spiovevano di lato, divaricati dalla gravità e dalla loro stessa bellezza, due cose che costituiscono un tutt'uno, le leggi della fisica e quelle estetiche rappresentando un'unica verità in quella ragazza così ben formata. E guardandola mentre gli rispondeva con tale assennatezza, come se fare o non fare l'amore per lei fossero equivalenti, fossero in realtà la stessa cosa, purché vi fosse accordo tra loro, a Nanni parve di leggere sulle sue labbra un sorriso strano, non di contrarietà o di scherno, piuttosto dovuto a una curiosa consapevolezza.

Rita in fondo se lo aspettava, lo aveva messo in conto, quel rifiuto?

Per contrastare e in qualche modo smentire il suo sorriso, Nanni le disse: «Lo sai che comunque mi piaci moltissimo», per quanto poco convinto che un complimento così generico potesse risarcire la ragazza del desiderio incompiuto.

«Sì che lo so. Me ne sono accorta.»

«Ma io non ho mai...», e qui di nuovo lui esitò, perché gli faceva senso usare la parola «tradimento», o «tradire», il verbo declinato alla prima persona, «non ho mai tradito» e il complemento oggetto che avrebbe integrato il senso della frase, «mia moglie.» «Non ho mai tradito mia moglie, nemmeno una volta, in dodici anni» avrebbe dovuto dire in modo esauriente. Ma se pensava al tradire, gli venivano in mente la patria, o l'esercito. O forse l'amicizia, dunque Nico, non Costanza.

«Non voglio sapere niente» disse Rita riempiendo lo spazio di quella esitazione, e levatasi a sedere, riprese come prima il sesso di Nanni, stavolta con entrambe le mani, una intorno e l'altra reggendolo da sotto, e vi avvicinò il viso.

«Lascia almeno che...»

«No, no... no, ti prego» e lui con un gesto brusco la scansò.

## 7.

Ma non era finita lì. Una settimana dopo il loro fallimentare incontro, o incontro incompleto, incrociandolo nel corridoio, mentre Nanni usciva dalla sala professori, Rita gli consegnò una busta. Lo fece di soppiatto, e Nanni se la ritrovò nella tasca della giacca, come se la conservasse lì, in quella tasca, già da prima, già quando era uscito di casa la mattina insieme a Cate e Maria da accompagnare a scuola, per poi proseguire verso il liceo, davanti al cui ingresso, essendo in anticipo sul suo orario di lezione, sospirava in macchina, annebbiato dai pensieri. Rita Valtorta scomparve dietro l'angolo, oltre le aule, per scendere in cortile, Nanni si precipitò verso i bagni degli studenti, i più vicini. Non aveva tempo di chiedere alla bidella la chiave di quello riservato ai docenti, voleva aprire subito quella busta. Quando fu solo tra i separé, davanti al gabinetto che di solito usavano le ragazze, Nanni la strappò, chiedendosi perché le sue mani tremassero, e tirò fuori una polaroid. Doveva risalire a qualche anno prima perché i colori, già innaturali, erano ulteriormente sbiaditi. Sullo sfondo di una spiaggia e di un mare quasi incolori, Rita, in bikini, adolescente. E il bikini al contrario del resto era vivacissimo: le sue strisce rosse e verdi quasi debordavano dal costume. Come Rita era impacciata in quella foto ormai vecchia (si abbracciava per il freddo dopo il bagno), altrettanto lo era Nanni, a cui la foto scottava tra le mani. Perché lei gliel'aveva fatta avere? Che effetto voleva provocare? Perché insiste? Sta insistendo o sono io, pensò Nanni, che non riesco a staccare il mio pensiero da lei? E sfregò l'unghia del pollice sulla polaroid come se volesse grattar via il colore del bikini. Era bella, la ragazzina della foto. E sola, e triste, malgrado stesse ridendo. Nanni fu come spaventato da quella tristezza. Si ricordò di aver stretto il corpo che era ritratto nella foto, completamente nudo, a sé, guardandolo meglio lo vide più esile, meno formato, e senza capire bene perché lo facesse, visto che contrastava con la sensazione piacevole che il ricordo di quell'abbraccio gli procurava, strappò la polaroid, ne sovrappose le due metà e le strappò di nuovo, e poi di nuovo in pezzi più piccoli, che gettò nel gabinetto. Mentre l'acqua dello scarico scrosciava, Nanni era già fuori, nel corridoio sterminato del secondo piano, in preda a quell'inspiegabile agitazione, stupito del cuore che gli era salito in gola fino a levargli il respiro, e si diresse affrettando il passo verso la III B per dettare il tema d'italiano: «Leggendo a scuola poesie come quelle di Guido Cavalcanti o Petrarca, vi avete mai ritrovato qualche sensazione o situazione amorosa da voi già vissuta, o quantomeno immaginata?».

## 8.

Le storie continuano, pensò Rita, anche quando non sono nemmeno iniziate, quando erano solo immaginazione. Chissà cosa ho creduto di fare con Nanni, questo ragazzo serio che gioca a fare l'uomo, sposato, innamorato di un'altra, cosa mi aspettavo da lui? Cosa mi aspetto ancora? Eppure la storia continua, una storia c'è, tra noi, ed è forte, è bellissima, anche se lui non mi vuole oppure mi vuole ma ha paura di volermi, ha paura di me, di un'altra donna, l'ennesima donna. Io arrivo per ultima e pretendo di essere la prima? No, non pretendo niente. Niente. Lui mi piace, ecco tutto, non basta questo? Mi basta questo, che mi piaccia così. Forte, forte. Mi piace persino la sua indecisione, invece di ridere alle sue spalle, per quanto è insicuro e incerto, lo amo per questo. Lo amo? Addirittura! Me ne sono innamorata? Sì, lo so che esagero. Sarà la frustrazione a farmelo credere, visto che, in fondo, mi ha respinta. Io lo volevo, lui no. Non mi ha voluta. Voglio ripeterlo: lo amo! Così se mi convinco di essere innamorata di Nanni, se dico di amarlo, almeno ho una giustificazione, sarò anche ridicola, ma almeno volevo dargli me stessa per amore, aveva un senso, e sarebbe stato bello, ma anche amare qualcuno che non ti vuole è bello, no?

9.

Dunque, ho deciso, io lo amo, io amo Nanni Zingone, tra noi due c'è una storia ed è una storia intensa, anche se non è iniziata e forse nemmeno inizierà. Non è iniziata però continua. Strano, no? Io voglio solo questo: che continui.

## Capitolo VI

### *Imprevisti per Sheila B.*

1.

Con il Coboldo Sheila B. si trovava a meraviglia. Ma lui non se la sentiva di accompagnarla in certe occasioni mondane, per esempio le feste che avevano luogo dopo le sfilate. Sarebbe stato chiedergli troppo. Lo aveva fatto una sola volta e se ne era pentito. Mentre tutti quanti, i bellissimi e le bellissime, ballavano, chiacchieravano, si drogavano, si abbracciavano strillando di entusiasmo esagerato e dandosi pacche cameratesche sulle spalle – le ragazze semplicemente stupende, seminude, alterate, i modelli imprigionati nei loro corpi statuari – il povero Coboldo aveva passato la sera seduto sulle ginocchia di lei, come uno di quei pupazzi che il ventriloquo si tiene in grembo, con la differenza che lui non spiccicava una parola, intimorito, gonfio di amore verso di lei e odio verso tutti gli altri. Quando Sheila gli accarezzava il testone partendo dalla nuca, lui sospirava per il piacere, la vergogna e la stizza mescolate insieme, e avrebbe voluto che quel tempo si prolungasse all'infinito, la mano di lei che sembrava entrargli nella testa e dolcemente scivolare sulle membrane doloranti del suo cervello, e placarne il bruciore; ma al tempo stesso non vedeva l'ora che terminasse quello strazio inutile e chiassoso, per potersene andare via insieme a Sheila. Li guardavano tutti, seduti su quel divano, e gli sorridevano, e il Coboldo non poteva che interpretarlo come un segno di scherno: i colleghi e le colleghe di Sheila stavano divertendosi alle sue spalle, probabilmente ridevano anche di lei o ne avevano compassione, per essersi portata dietro quello sgorbio, o all'idea grottesca che potesse addirittura andarci a letto insieme. Ma, come spesso accade quando ci si sente sotto osservazione, non era affatto così: gli sguardi verso la strana coppia erano amichevoli, affettuosi, e chi voleva bene a Sheila B. era contento che lei avesse trovato quella persona diversa di cui andava in cerca, visto che con i modelli o le modelle o i fotografi o gli attori o gli altri di quell'ambiente non aveva resistito mai più di una settimana.

E Nico? Nico era partito militare, Nico Quell era lontano, nello spazio e nel tempo. Ma come se quel nome all'improvviso piombasse in mezzo a loro, il Coboldo volle smontare dalle nude gambe della ragazza, le si sedette accanto, le prese una mano tra le sue e le chiese:

«Ti manca, Nico Quell?».

«No.»

«Per niente?»

«Non penso mai a lui. Però credo che sia impossibile che io e lui non ci rivediamo. Ci rivedremo, non so quando, ma ci rivedremo. E proprio per questo Nico non mi manca: perché sono sicura che ci rivedremo.»

«Sarà tutto come prima tra di voi?» La voce del Coboldo tradiva ansietà, tremava nel dire «tutto come prima», e in quel tremore si avvertiva il medesimo rimescolarsi di sentimenti e sensazioni provato mentre Sheila gli accarezzava la testa: godimento, irritazione, vergogna, collera, una incolmabile aspirazione alla pienezza, la desolazione di toccarla e un istante dopo averla perduta, quella vaga pienezza d'amore. Sheila B. lo guardò negli occhi. Erano spalancati e spaventati, capaci sia di bontà sia di cattiveria, come se aspettassero un segnale per imboccare una delle due strade. La sincerità funziona così: è sempre buona e sempre crudele.

«Certo, come prima» rispose Sheila B., «tutto come prima.»

Sheila B. non aveva alcuna intenzione di cancellare Nico dal suo cuore, dove ne custodiva sia il ricordo sia il desiderio. Per niente al mondo avrebbe reciso quel legame, non c'era coltello che potesse tagliarlo, forse la morte, ecco, sì, la morte, quella sì, ma non la vita. Nico poteva pure andare sulla Luna ma Sheila non lo avrebbe perduto. Questo era chiaro a lei e lo fu al Coboldo senza bisogno di spiegazioni. «Tutto come prima», era questo il segreto. Forse non si trattava di amore, o di passione, dunque non poteva scemare, la cosa tra Sheila e Nico. Invece, il trasporto dell'omiciattolo verso la modella nera era un fiume in piena, impetuoso, ribollente, che travolgeva ogni limite, e nei suoi occhi bulbosi si poteva cogliere la tempesta di quel sentimento.

Teso e impacciato dall'energia che gli premeva dentro, il Coboldo vomitò la piccola frase che non aveva mai pronunciato in vita sua.

«Ti amo.»

Quindi, sbalordito, la ripeté. «Ti amo, Sheila» e lei gli rispose come lui forse non avrebbe voluto.

«Lo so.»

Fu l'unica volta che uscirono insieme ad altra gente. Altrimenti sempre da soli, in un bar, in un museo, in un parco. Si erano scambiati solo baci, nient'altro. Ciò che è normalmente implicito in un rapporto d'amore non era mai stato concepito né portato a compimento. Cosa aspettavano? Chi era dei due a voler aspettare? E in realtà, stavano davvero aspettando *qualcosa*? Lo desideravano, gli mancava? È inevitabile, quella cosa? Senza la quale, un rapporto amoroso può reggersi, e continuare? Se all'inizio entrambi pensavano che prima o poi quella cosa sarebbe avvenuta, sarebbe «capitata» (e pensandovi in questi termini ne accentuavano l'aspetto eventuale, impersonale, non dipendente da loro due ma da chissà cos'altro), il fatto stesso che col passare del tempo questo evento non venisse mai messo all'ordine del giorno, anzi, sempre meno considerato e previsto, l'aveva fatto poco a poco scivolare sotto l'orizzonte delle cose che devono accadere. Lo stesso si fa con certi utensili o abiti che vengono messi via con la seria intenzione di impiegarli o indossarli, prima o poi, e ci si dimentica di averli. Ci si può scordare del desiderio? Sì, se non lo si soddisfa mai si spegne, e viene sostituito da altro. Nel caso di Sheila e del Coboldo, dall'amore stesso. Che si sarebbe sentito diminuito se vincolato alla necessità di realizzarsi fisicamente. Una prova che non c'era alcun bisogno di superare. Il pegno del loro amore era al riparo da ogni verifica. Conoscevano il corpo l'una dell'altro senza doverlo esplorare e scavare. E il piacere tra loro restava vivo anche se non veniva pungolato.

Immaginiamo che il lettore stenti a crederlo. Ci figuriamo il suo sorriso di sufficienza: la bella e la bestia dovrebbero *per forza* andare a letto insieme, il mostro rivelare la sua potenza erotica, la fanciulla sprofondare nella libidine a causa della quale, segretamente, è stata attratta dal mostro. È l'argomento principale cui ricorre Iago per ingelosire Otello: se Desdemona si è concessa a uno come te vuol dire che è perversa, che è corrotta, sarebbe pronta ad andare *con chiunque*. La coppia formata dalla spettacolare Sheila e dal deforme Coboldo, ammettilo, autore di questo libro, non è credibile, non è plausibile, è solo una bella favola, o piuttosto una fiaba dell'orrore, oppure il frutto della tua personale perversione, che però non vuoi portare fino in fondo perché in realtà ti ripugna l'immagine di quei due avvinghiati l'uno all'altra, l'uno nell'altra, e non saresti capace di descrivere quell'amplesso, che è già di per sé la cosa più difficile da raccontare: a meno che non si tratti di un film pornografico dove un nano malefico possiede una bellissima schiava nera.

Eppure accadde proprio questo. Il legame tra i due rimase alto, forte e puro, privato com'era di sfogo sensuale. Anche la sensualità, intendiamoci, può essere pura, limpida come una lacrima, ed era in effetti quella che Sheila aveva sperimentato con Nico, poiché libera da ogni possibile secondo fine o effetto, decontaminata da scorie sentimentali, strascichi ricattatori, ossessiva ricerca del piacere fine a se stesso, compiacimento. Gratuita, insomma.

Ora quello con il Coboldo rappresentava l'esatto opposto, l'altro aspetto della purezza che consiste nel soddisfarsi in semplicità assoluta, anzi, nel non soddisfarsi affatto e malgrado ciò non avanzare lamentele e ulteriori richieste, godendo modestamente dei propri stessi limiti.

Ma appunto privo di quello sbocco, che è un gioco e un passatempo, come lo definisce uno scrittore americano, sì, un'insostituibile passatempo, per riempire i pomeriggi e le serate di due amanti che non potrebbero vivere solo di fantasticherie e confessioni reciproche, privo di quell'intrattenimento dispendioso e vitale, l'amore tra Sheila e il Coboldo ristagnava in un'atmosfera rarefatta e sublime, e la consapevolezza oramai consolidata che il loro rapporto sarebbe rimasto casto li rendeva orgogliosi e quasi compiaciuti di sé. È sempre un poco arrogante porsi contronatura, un peccato d'orgoglio dimostrarsi autonomi rispetto a ciò da cui gli altri invece dipendono. Parte della felicità che i due si davano nello stare insieme senza starci era originata da tale sacrificio, ma chiamarlo così non sarebbe neanche giusto, dato che quel gradino di intimità era stato saltato accedendo direttamente a quelli ulteriori. La castità protegge dal rischio dei passi indietro, dal riaffondare nei gesti meccanici dell'amplesso, nel suo gorgo ripetitivo, obbligando chi la conserva a guardare avanti e in alto, a essere vigile e disponibile, ma disponibile sul serio, e non solo a venire sbrigativamente spogliato e sdraiato. Così facendo Sheila si era poco a poco staccata dall'abituale promiscuità, e dall'eccitante vizio del legame con Nico, come qualcuno che dopo aver sgobbato per anni senza una sosta si concede finalmente una vacanza, un congedo, e in un certo senso era stato questo il sesso per Sheila, fino ad allora, un'appendice del lavoro, un'attività collaterale, forse della stessa gestualità dell'essere una modella, spogliarsi di continuo e rivestirsi, con abiti spesso succinti, misurare il corpo, esibirlo o nasconderlo, stare così spesso mezza o totalmente nuda, e simulare per professione e per gioco le pose provocanti che si assumono durante un incontro erotico, come esigeva lo stile visivo in voga da parecchi anni e celebrato in quel famoso film dove il fotografo sta a cavalcioni della modella sdraiata sul pavimento con le lunghe braccia abbandonate all'indietro, e scatta a ripetizione, chinandosi su di lei ogni tanto per bisbigliarle in un orecchio qualche complimento o sconcezza. O forse il suo mestiere (che lei del resto stentava a considerare tale) non c'entrava nulla con le scopate casuali, forse era il suo carattere randagio, oppure l'epoca fatta di occasioni da cogliere, o ancora l'abitudine a vivere e agire senza pensarci su troppo, senza secondi fini – ed era proprio questo a rendere Sheila B. così desiderabile, a parte la bellezza abbagliante: il suo magnifico essere disinteressata, in un mondo che pullulava di arrivisti e di scalatrici sociali; il suo modo di condurre il gioco, che consisteva precisamente nel rifiutarsi di condurlo, di dominare gli altri adoperando la stolida forza della seduzione, le sue armi taglienti quanto scontate. «Cedere» e «impadronirsi» erano per Sheila sinonimi, si confondevano tra loro. La partenza di Nico e il sentimento singolare che provava verso il Coboldo fornirono a Sheila l'occasione per mettere a riposo il proprio corpo da quella sterile ginnastica. Non essere costretta a dover provare piacere l'avrebbe tenuta per un po' al riparo dal dispiacere di non provarlo.

Per il Coboldo non si trattava di nient'altro che della continuità con la vita adulta condotta sino ad allora. L'abito sconosciuto del piacere fisico gli restava precluso come moltissime altre esperienze, ma non se ne affliggeva più del fatto di non essere mai stato, poniamo, in Australia, e del pensiero che probabilmente non ci sarebbe andato mai. L'amore rischiarava ogni angolo buio della sua vita, e non gli veniva il minimo sospetto che vi fossero in vista altri premi oltre quello che aveva già vinto. La sua vitalità, la sua indomabile energia, lo avevano proiettato ben oltre i confini dei sensi. Malgrado ciò, anche se non messo alla prova fisicamente, l'amore che provava per Sheila aveva dato al Coboldo per la prima volta in vita sua la consapevolezza di avere un corpo, o piuttosto, di *essere* un corpo. Fino ad allora lo aveva abitato con indifferenza e semmai un pizzico di fastidio, come una camera ammobiliata o un alloggio provvisorio che non si ha alcun interesse a rendere personale. E la sua stessa bruttezza (gli occhi bulbosi, la testa sproporzionatamente grande, le gambette gracili e storte) invece che scoraggiarlo gli aveva dato l'incredibile soddisfazione di essere comunque gradita a una donna favolosa come Sheila. Grazie alle attenzioni di cui lei lo aveva fatto oggetto, gli era parso di essere cresciuto in altezza di almeno una spanna, e che l'azzurro dei suoi occhi da batrace avesse la tonalità del cielo splendente sulla città del Nord, che nelle belle giornate è il più bel cielo dello Stivale (a sentire il suo più nobile concittadino), e gli occhi del Coboldo lo rispecchiavano come l'acqua dei laghi che ne abbelliscono i dintorni; e insomma il suo aspetto sgraziato, in luogo di affliggerlo, ora quasi lo inorgogliva, lo faceva sentire speciale, il che in effetti era. Quando non ha eguali, la bruttezza diventa una paradossale qualità.

E il desiderio? Come per molte ragazze, quello di Sheila conosceva delle pause anche lunghe, in cui languiva o si azzerava del tutto, per poi riaccendersi all'improvviso in modo violento. Solamente con Nico le era accaduto di provarlo quasi a ogni incontro, forse perché lui era l'unico a non far nulla per sollecitarla, cioè, non usava nessuno degli stimoli che ci si immagina debbano risvegliarlo, i complimenti, gli sforzi per impressionarla o divertirla, le maniere suadenti o spicce, e andava verso Sheila con il medesimo semplice trasporto fisico che spingeva lei tra le sue braccia. Con Nico si era sentita libera, ecco tutto, libera persino dal proprio corpo e libera dall'eccitazione che lo attraversava, che insieme a Nico diventava energia pura invece che una smania o un obbligo. Con il Coboldo, tanto più vecchio di lei e di aspetto quasi repellente, era un ulteriore e diversa forma di libertà che lei sperimentava, come se lui non fosse un uomo e lei una donna, bensì due esseri, due entità, due nomi uniti bizzarramente dalle circostanze che avrebbero dovuto tenerli lontani l'uno dall'altra. L'assenza di desiderio sommata al sentimento violento e puro con cui quel pover'uomo l'aveva investita accendevano il loro rapporto di un calore bianco, freddo, delirante.

2.

Quindi vi fu l'ennesima festa, il Coboldo non venne, era inutile che ci venisse, e Sheila di conseguenza ci andò da sola. Era molto più eccitante per lui restarsene chiuso nel suo appartamentino tra pile di libri e immaginarla circondata di persone e attenzioni, piuttosto che accompagnarla creandole disagio. Si trattava di un pensiero giusto e ingiusto, onesto e appunto per questo pericoloso. Non vi è nulla di più magnanimo che lasciar libero il proprio amore di agire come e dove vuole, e in questo il Coboldo, forse per la sua totale inesperienza in campo amoroso, era l'essere più delicato e discreto del mondo, malgrado fosse al tempo stesso troppo intelligente per non capire che un nonnulla poteva mettere a repentaglio il rapporto tra lui e Sheila B., sottile come una tela di ragno che basta un soffio a distruggere. E quel soffio poteva uscire dalla bocca di chiunque.

3.

Questo chiunque si presentò alla festa di Eder da solo, anche lui, come Sheila: un ragazzo alto, magro, capelli neri e barba non rasata, il viso annoiato di chi è troppo pigro per domandarsi il perché si trovi lì. Una volta sfilato il lungo cappotto e fatto un cenno sgarbato a Eder, il visagista, che saltellava entusiasta del suo arrivo, si mise seduto su un divano, con un bicchiere in mano, e non si mosse più, vanificando i tentativi fatti dal padrone di casa di introdurlo agli altri invitati. Questa timidezza e scontrosità piacquero a Sheila. Le donne che vengono attratte da questo tipo di carattere, quando è autentico e non una semplice posa, lo sono perché amano il mistero più dell'evidenza, niente affatto ansiose di intervenire come consolatrici o muse, e di tirar fuori dal buco della solitudine il bel tenebroso che vi langue prigioniero; al contrario, sono affascinate da quel buco come se fosse un regno magnifico e desiderano che il principe continui a dimorarvi indisturbato. Sheila era una delle poche persone contente di conservare intatta la vita altrui, prendendola così com'è, senza esigere modifiche, e quindi lasciandola come l'aveva trovata, poiché è questo a costituirne il fascino: che sia immodificabile. Ad attrarre è l'ombra piuttosto che la luce, e a rischiararla svanirebbe. Sheila dunque si sedette all'angolo opposto del divano dove era il ragazzo sconosciuto, che non parlava, non beveva dal suo bicchiere, non comunicava, e allungò una gamba nella sua direzione, arrivando quasi a toccarlo. Il ragazzo sbuffò ammirandone la lunghezza e il pantalone giallo che la ricopriva. «Non ti do fastidio, vero?» chiese Sheila, e l'altro scosse la testa e si strofinò il dorso della mano sotto il mento.

«È ruvida?»

«Vuoi dire, la barba?»

Sheila annuì convinta.

«È una noia farsela ogni mattina.»

«Ti dispiace farmela sentire?» e accostò una mano alla guancia di lui, che se la lasciò carezzare.

«Mmm.» Sheila chiuse gli occhi per sentire meglio il rumore dello sfregamento. Quel contatto cancellò in lei ogni remora. Era lei a toccare la guancia del ragazzo, a passargli la mano contropelo, eppure le sembrava di essere toccata.

«Mi piace» disse socchiudendo gli occhi. Nico era quasi glabro, rivestito solo di una peluria bionda, e la rada barba grigia del Coboldo spuntava a chiazze sotto gli zigomi e la gola. Le femmine con cui si era strofinata Sheila erano lisce come seta, e i maschi li dimenticava presto, tranne quei due che occupavano la sua mente, o meglio, che l'avevano occupata fino a un istante prima di sfregare con una mano la guancia di Hugo. Lui si chiamava così, un bisillabo.

«Hugo, e poi?»

«Hugo Ball.»

«Mi sembra di aver già sentito questo nome...»

«Infatti non è mio. Ma mi piaceva e l'ho scambiato con quello di prima.»

«Come si cambia un vestito.»

«Proprio così. Lo cambierò di nuovo quando sarò stufo.»

«Ti stanchi presto delle cose? Delle persone?»

Il ragazzo non rispose e si accese una sigaretta senza curarsi di offrirne una a Sheila.

«Scommetto che hai voglia di ballare» disse.

«No, per niente» e allungò la gamba sopra quelle di Hugo. «Sono stanca.»

«Di cosa? Non è neanche mezzanotte.»

Hugo aspirava dalla sigaretta sbattendo spesso gli occhi dalle lunghe ciglia come se il fumo gli desse fastidio.

Sembra un ginnasiale, Sheila pensò, al suo primo pacchetto, che fuma per darsi un tono. E questo che avrebbe potuto irritarla, le piacque.

Ciò che spinge uomini e donne a cercarsi si riduce al piacere della scoperta, al desiderio di esperienza, di farne una nuova o di ripeterla, perché sarà comunque nuova anche quando non lo è. Quel battito di ciglia, un certo timbro di voce, un sorriso o l'esitazione malinconica che lo frena, un gesto bizzarro e caratteristico sono più che sufficienti per essere attratti, e ci si ritrova a percorrere un cammino segnato, come se vi si fosse condotti per mano a occhi chiusi. Quei piccoli gesti, anche quando non possiedono l'esplicitezza di un invito, ne svolgono comunque la funzione.

«Non mi chiedi come mi chiamo?» disse Sheila fingendo di essere risentita per lo scarso interesse che suscitava in lui.

«È importante saperlo?»

«No, non molto.»

«E comunque, quale sarebbe il tuo nome? Sentiamo.»

«Veronica.»

«Veronica, e poi?»

«Lake.»

Hugo mugolò afferrando la gamba di Sheila per spostarla. Gli dava fastidio.

«Che muscoli» commentò sarcastico, sentendo la durezza di quella coscia. «Sei una ballerina?»

«Lo ero. Ho dovuto smettere. Ma i muscoli sono ancora al loro posto.»

Hugo non le chiese la ragione per cui aveva dovuto smettere, nondimeno Sheila si divertì a inventarsela. Doveva essere drammatica, commovente: una carriera spezzata in una frazione di secondo.

«Andavo in moto, era estate, e una macchina parcheggiata ha aperto di colpo uno sportello. L'ho presa, e addio al piede. Si è girato al contrario.»

Hugo fischiettò. Possibile che sia così scostante? si chiese Sheila. Stava per proseguire con la storia della caviglia ma lasciò perdere.

«Cosa vogliamo fare, Hugo?» disse guardandolo negli occhi.

«Chi?»

«Tu ed io.»

«Io sarei già pronto ad andarmene. Non conosco nessuno.»

«Hai conosciuto me.»

«Neanche a te ti conosco, *Veronica*.» Sorrise in modo beffardo. Stirò le braccia in alto. A Sheila non interessava più nulla di quello che stava accadendo o sarebbe accaduto alla festa nelle prossime ore, non riusciva a pensare ad altro che alla ruga verticale che divideva a metà la bella fronte di Hugo, invasa ai lati dalle ciocche di capelli così neri che parevano lampeggiare. La sua mente era improvvisamente vuota e desiderosa di essere riempita da qualcosa di nuovo, che si poteva vedere o immaginare di vedere. Immaginò il torace scavato di Hugo e subito sentì un fuoco arderla come arde una pigna secca gettata in un camino: il fuoco ha già preso bene, non serviva a nulla gettarcela tranne che a vederla fiammeggiare crepitando. Persino la mancanza assoluta di gentilezza da parte del ragazzo in quel preciso istante la accendeva. Non era un desiderio fisico, era curiosità. Una curiosità acuminata, infantile, come quella di una bambina che tempesta di domande il genitore. Sheila lo aveva fatto con suo padre Homer passeggiando sulla spiaggia o in un bosco, inquieta, vorace, e l'uomo, per quanto saggio e buono, non riusciva mai a colmare la voragine spalancata da sua figlia. Sheila si rivolgeva a lui ansiosa di sapere, di avere una risposta e al tempo stesso di avere lui. Domandando qualcosa a qualcuno, è di lui che vogliamo sapere, non della cosa.

I loro nomi, pensò Sheila, tutti e due iniziano con H…

E non importa se Hugo non sia il vero nome, è ancor più suo, visto che se l'è scelto.

Qualsiasi cosa accadesse o non accadesse, quella sera Sheila e Hugo formavano già una coppia, erano una coppia, su quel divano, il ritrarsi di lui provocava lo sporgersi di lei, con quel movimento complementare che caratterizza una coppia di pattinatori nell'esecuzione del loro numero, o come i praticanti di Tai Chi che si esercitano a due in equilibrio di forze e di peso.

Nel vuoto di Hugo, apatico, insensibile, si inseriva il pieno di Sheila, esigente, desiderosa.

«Andiamo via» disse lei e lo tirò per un braccio facendolo alzare.

«Ehi! Piano! Mi hai fatto male» disse lui, massaggiandosi la spalla in modo provocatorio: non si era fatto nulla, questo è ovvio, e Sheila lo trovò adorabile. Era già interamente dalla sua parte, era già sua, era la stessa intelligenza di Sheila a spingerla verso qualsiasi cosa fosse nascosta dietro a quella maschera indolente, anche se si fosse trattato di un errore o di una perdita di tempo, a lei era necessario sapere, e per sapere doveva desiderare. È il desiderio a spingere Ulisse nella grotta del Ciclope quando la mente (di cui Ulisse è unanimamente considerato un campione) consiglierebbe di tenersene alla larga. Di ragazzi come Hugo o migliori di Hugo, più belli, più intraprendenti, simpatici e svegli, Sheila ne aveva avuti a decine, ma erano stati tutti espliciti, a loro volta desiderosi, e quindi riconoscibili attraverso il loro palpabile desiderio. Anche Nico Quell e il Coboldo si erano rivelati a lei senza ritegno. Hugo invece no.

4.

Ma oramai Sheila sentiva di essere dentro un tunnel, e tutto procedeva come in un tunnel, non si può che percorrerlo fino in fondo. Una volta fuori, si vedrà, si capirà, si deciderà qualcosa. Se sarà ancora possibile. Bisogna pensare *dopo*. Se si pensa prima non succede mai nulla. Sheila immaginava che quella notte avrebbe avuto Hugo tra le braccia. E stavolta avrebbe desiderato quello, sul serio, e non solo accettato come una regola fissa del gioco, una mossa scontata, risvegliarsi nel letto di qualcuno o qualcuna senza ricordarne la ragione. Ci era arrivata, appunto, come attraversando un tunnel che sbucava proprio lì, tra quelle lenzuola stropicciate o su quel divano dai cuscini ammaccati, dove le tracce dell'amore il giorno dopo bisogna smacchiarle. Sheila conosceva a menadito il rituale svolgimento di quegli incontri sul divano dove quel che doveva accadere non ci si sognava di posporlo per accomodarsi in un luogo più appropriato, ma si trasformava subito in una lotta goffa, buttando a terra i cuscini per farsi spazio, coi pantaloni alle caviglie e i maglioni rialzati per avere più contatto di pelle nuda, le gambe spalancate e le spinte e i sobbalzi, con le ginocchia puntate, reggendosi per non cadere. A Sheila piaceva il caotico affanno di quella smania, il suo andare e andare senza finalità.

Le cose invece presero una piega diversa.

5.

Hugo non abitava in città ma volle comunque che andassero da lui. Per arrivarci dovettero percorrere vialoni e viadotti con luci al neon sfocate dall'umido e poi imboccare strade deserte, buie. A Sheila non dispiaceva correre con la moto anche se trovava assurdo che non fossero ancora arrivati. Le scappò da ridere pensando che Hugo intendesse approfittare di lei solo per avere un passaggio. Cos'è che si vuole da una bellissima modella? Uno strappo a casa. Be', è possibile, rise tra sé, tutto è possibile. Il mondo maschile, in apparenza elementare rispetto a quello femminile, può risultare ancora più sconcertante. Al di là dei desideri basici come quello di farsi una scopata, e le relative strategie volte a realizzare tale proposito, si spalanca il vuoto. Sheila ci si era tuffata, in quel vuoto, con Nico e con il Coboldo, ci era colata a picco senza arrivare al fondo. Cosa volevano quei due, da lei? Cosa voleva Hugo quella sera? Il desiderio è tanto più potente quando è celato, consiste nel nascondimento la sua forza, ma in questo modo lo si equivoca, supponendo l'esistenza di qualcosa che non c'è, oppure c'è ed è violento, però dissimulato in mille modi. Il non-desiderio è difficile da cogliere camuffato com'è sotto le false spoglie di un desiderio che si cela. Segue la logica del bluff nel poker. Hugo bluffava? O era sincero? Era sincero nel desiderare Sheila o nel non desiderarla? Sheila non lo aveva ancora capito. E in verità non capiva nemmeno se stessa.

Le era accaduto a volte, facendo l'amore con apparente intensità, e dunque gemendo e strepitando come una qualsiasi persona che gode, di provare nello stesso momento una sensazione di segno opposto, e cioè che quello che stava facendo non le dava alcun piacere, non aveva alcun significato, era solo un intrattenimento banale, e il suo prolungarsi, invece che portarla «alle stelle», «in paradiso», le veniva a noia, quasi la stizziva. Era bizzarro che la medesima attività la attraesse e la annoiasse, ma non perché venisse fatta male, in modo goffo o insoddisfacente, non c'entrava nulla l'abilità erotica del partner o il reciproco trasporto, anzi, era nei momenti più accesi che a Sheila accadeva di distrarsi, di recedere verso l'indifferenza o quasi il tedio, e ciò che fino a un istante prima la attirava in quell'incontro, cioè la sua mancanza di uno scopo preciso nel denudarsi e afferrarsi e scuotersi in quel modo, ora rallentava lo slancio, lo congelava in fotogrammi imbarazzanti. I movimenti meccanici, a stantuffo, il cambiare posizione, ansimare, sussurrarsi parole volgari e fantasie insensate, essere leccata, la vibrazione che saliva dalla periferia del corpo verso il centro, sì, potevano costituire un intrattenimento, un intrattenimento anche piacevole, ma quel piacere le diceva molto di più e di diverso che farsi salire un gatto sulla pancia, o sdraiarsi sulla duna dopo un bagno in mare? Vi era o non vi era qualche legame con la persona insieme alla quale si stava godendo?

E godere, cioè, avere un orgasmo e poi averne un secondo, o un terzo, significava qualcosa per Sheila, e per chiunque altro? Il sesso coinvolge e compromette le persone certamente più che farsi una canna insieme o mangiare un pollo arrosto, o almeno dovrebbe. Forse la distrazione di Sheila derivava dal fatto che, in quel campo, pensava di avere sperimentato tutto o quasi quello che c'era da sperimentare.

Sì, ma lo voglio comunque, lo aspetto anche stavolta, pensò, come per convincersi.

Si sbagliava.

## 6.

L'abitazione di Hugo Ball era fredda e lugubre. Appena entrato, senza accendere la luce, a tastoni si mise ad armeggiare con una stufa che si avviò mandando una zaffata di paraffina, e rivelando col suo bagliore rossastro un unico grande ambiente, dove regnava il caos. Indicando un divano ricoperto di stoffe sudice, «Siediti lì» disse a Sheila con la sgradevole intonazione di un ordine. Malgrado tutto suggerisse di non farlo, e piuttosto di fuggire di corsa, proprio come ci era arrivata, da quel luogo malsano, Sheila si buttò sul divano. Era umido, i cuscini sbrindellati. Si guardò intorno, per il poco che riusciva a vedere.

Hugo stava rischiarando un pezzetto alla volta il tetro stanzone alla luce di candele già quasi interamente consumate, con la cera colata sui mobili e per terra: si vedevano un grosso frigo, una cucina economica con lo sportello del forno aperto, pile alte un metro di giornali e riviste, un camino ostruito da di ciocchi bruciati a metà perché inadatti a fare il fuoco. E poi lo spazio era ingombro di sagome a grandezza d'uomo ricoperte di stracci, ai cui piedi si proiettavano lunghe ombre tremolanti. «Cosa sono?» domandò Sheila, «statue?» Hugo non rispose e le passò una bottiglia mezza vuota a cui prima si era attaccato. L'odore e il sapore erano dolciastri ma Sheila egualmente mandò giù un paio di sorsi che le bruciarono nel petto. «Sei un artista?» insistette. Tutto ciò la divertiva, il luogo sinistro, le sagome nascoste, e anche che Hugo tacesse. Lo conosco, questo gioco, ah come la conosco, questa tattica, si disse la ragazza, non spiccicare una parola, fare il misterioso, ma sì, ci sto, al vecchio gioco del silenzio. Subire il fascino tenebroso di Hugo Ball era per Sheila un modo per arrendersi all'ovvietà senza pensarci troppo. Quando lui le diede uno schiaffo, e poi un altro, quasi non sentì dolore. E nemmeno fu sorpresa. Se lo aspettava, o meglio, era questa la cosa imprevedibile che presto o tardi doveva accadere.

7.

Godere, godere, soltanto godere: che cosa ridicola. Sheila non lo aveva mai preteso per sé. E si faceva beffe di chiunque volesse inseguire quel fantasma servendosi di lei per raggiungere lo scopo. Godere attraverso di lei, su di lei, con lei o contro di lei: tutte azioni strumentali, prove di funzionalità, come se i corpi fossero congegni da mettere a punto. Quel che sente Sheila nella stamberga dove Hugo l'ha attirata e imprigionata non è riferibile. Le sue emozioni sono miste, terrore misto a curiosità, sofferenza con aspettativa. Forse il desiderio di annullarsi sta per trovare compimento, e Sheila non cercava altro, l'interessamento per il Coboldo non era che un passo intermedio verso la perdita di sé: non aggiungere alcun peso alla vita, nessun ancoraggio sicuro, in modo da poter precipitare e svanire come una fiamma che affonda nell'oscurità. Sheila B. è la sola a non apprezzare la propria bellezza, dunque a non considerare un peccato mortale perderla. Abituata a donare il suo corpo non sente più il bisogno di averne uno, di conservarlo, di difenderlo.

Hugo ha scoperto le forme coperte di teli: sono dei nudi, acefali, e senza braccia, come reperti archeologici. Figure dai lineamenti poco marcati, nessuna muscolatura o rilievo anatomico. Anche Sheila è nuda tra i manichini d'argilla che popolano il lugubre studio di Hugo. Si potrebbe immaginare che stia posando per lui. Ha i polsi e le caviglie legate con nastro da imballaggio, in modo che le gambe stiano divaricate. Hugo l'ha colpita varie volte ma ora, seduto su una seggiola di paglia, si limita a guardarla, a studiarla, mentre lei trema di freddo più che di paura. È ancora incerta su quello che sta per accaderle ma non vuole sciuparlo con domande, né mostrare spavento – questo, da me, lui, pensa Sheila, non lo avrà mai, nemmeno se dovesse uccidermi. La disgregazione è solo all'inizio, la procedura è alle prime battute, e il desiderio, come sempre, è di saperne di più, fino a un punto di saturazione, cioè di non volerne più sapere nulla. È questa aspettativa a darle i brividi. «Sei coraggiosa» le dice Hugo, che ha sul viso un'espressione totalmente priva di sentimenti, impersonale. Sta sbrigando uno dopo l'altro gli impegni previsti dal rituale, la catena di atti innominabili da compiere sul corpo di lei. «Sei davvero coraggiosa.»

«E tu un vigliacco.»

«Sono cose che capitano. Stasera capitano a te.»

In realtà lo volevo, si domanda Sheila, è questo che volevo? La risposta che le viene alle labbra è no. Difficile dire cosa si voleva esattamente, da una festa, da un incontro, dalla vita nel suo complesso, occorre dunque adeguarsi a ciò che mano mano sta accadendo, come se corrispondesse a un piano preciso che si avvera. Ciò di cui si era in cerca si trova qui, ora. È *questo*, non altro. Era questo che Sheila stava cercando per sé, questa esperienza? Un'esperienza senza ritorno? Uno spavento antico, più antico ancora, precedente a ogni cosa, e dunque significativo. Tremore di verità nascosta. Portare tutto alla luce, tutto, farlo emergere, svegliarsi dal sonno della vita ordinaria. Sheila non aveva finora conosciuto, e riconosciuto, l'impulso ad autodistruggersi che affliggeva alcune sue colleghe: era dormiente dentro di lei, forse lo è in tutti, e sono le eventualità a scatenarlo. Forse era stanca di sé e del suo mondo, che non era suo, o del mondo intero così com'è. Le pratiche brutali di Hugo potevano cambiarlo, il mondo? No, ma avrebbero cambiato lei. Avrebbero reso inservibile la sua bellezza, ed era forse per questo che lei le assecondava. Soffriva molto. Le piaceva soffrire? No, non le piaceva affatto, soffriva e basta, eppure questa sofferenza le dava l'impressione di elevarsi, con uno strappo violento, di allontanarsi, dileguarsi, e ottenere così la liberazione da ogni altro vincolo. Mentre Hugo era freddo, lucido, lei raggiungeva il culmine del trasporto, si accendeva, come se fosse follemente innamorata, ma non di quell'uomo che la stava seviziando, in fondo, un estraneo, un puro esecutore, bensì del Coboldo, e del ragazzo Nico, o forse nemmeno di loro due bensì di un ideale amore irraggiungibile in questo mondo, perfetto, superiore, luminoso, che ogni tanto riusciva a intravedere oltre la sofferenza. Perciò, non gli chiese mai di fermarsi.

## 8.

Alcune percezioni sono possibili solo perché alterate. Senza la febbre, senza la smania, senza il dolore non bucherebbero la pellicola di cui è rivestito, per proteggerlo, l'organo tremante della sensibilità. Fin da ragazza, volendo essere davvero indipendente, e avventurarsi sola in un mondo luccicante e rapace, Sheila si era resa impermeabile a molte sensazioni ed emozioni che altrimenti l'avrebbero ferita. Con la perseveranza un po' fanatica di un'atleta in allenamento, si era addestrata in modo da lasciarsi attraversare solo da vibrazioni positive, cioè, dalla gentilezza, dall'affetto, dalla simpatia, dalla correttezza, negli ultimi tempi dallo slancio galante di Nico Quell e dall'amore puro e inatteso del Coboldo: il resto lo respingeva per non esserne contaminata. L'invidia, il risentimento, l'avidità, il bieco interesse, non la sfioravano nemmeno.

Il ragazzo che si fa chiamare Hugo Ball è un mistico lunatico, forse soltanto un pazzo o un depravato. Usa l'arte come scusa e rifugio, supponendo sia la finalità per impulsi e gesti altrimenti insensati: una nobilitante giustificazione alla propria bassezza d'animo. Nella bellezza del suo viso la luce dello spirito si era spenta da un pezzo, e al suo posto ardeva una fiamma di malvagità sciocca e gratuita. Aveva occhi scuri, obliqui, leggermente iniettati di sangue come se non dormisse da giorni o non avesse mai dormito in vita sua. La sua smania di procurarsi un di più di vitalità finiva per mettere a repentaglio l'esistenza stessa, quel minimo garantito a ciascuno, per quanto insoddisfacente sia. Ma il rischio andava corso. Quel vivere altrimenti superfluo andava a ogni costo accelerato, intensificato.

«Tu non ti chiami Veronica.»

«No.»

«Dimmi come ti chiami.»

«No.»

«Dimmi la verità.»

«Non te la dirò mai.»

«Solo il tuo nome. Poi ti lascio in pace.»

«Non voglio essere lasciata in pace.»

«Allora continuo?»

«Sì. Continua.»

9.

Quella sera Sheila scoprì qualcosa di sé, e le scoperte non sono un'acquisizione, sono una perdita. Ogni nuova conoscenza aumenta la stanchezza. Dopo si è consapevoli ma più deboli, l'esperienza scava, assottiglia, consuma le riserve: una certa energia protettiva Sheila non l'avrebbe più avuta dopo quella sera, nessuno mai torna «quello di prima». Ora sapeva esattamente quello che voleva. Ed era scandaloso che non ci fosse arrivata prima. Adesso capiva perché si era legata al Coboldo, e la ragione autentica per cui quell'essere negato alla vita si fosse furiosamente innamorato di lei. Era tutto chiaro, e lei si sentiva pronta ad amarlo davvero. La brutalità di Hugo l'aveva rimodellata senza però toccare la sua essenza profonda, anzi, portandola alla luce e mostrandola ai suoi stessi occhi per quello che era. Tutte le sue qualità tendevano verso un unico scopo. Sheila era nata per quello.

Era nata per soffrire.

10.

Spremi la tua intelligenza, Sheila, usala, usala fino in fondo, non arrenderti così languidamente alla fatalità, che sai benissimo non esiste, tutto in fondo è costruito, voluto e cercato, e il tuo far accadere le cose ha un senso preciso, non è soltanto un lasciarle accadere, bensì, un *consegnarsi*. Ti stai consegnando a te stessa, non a Hugo, sarebbe questa la risposta?

# Capitolo VII

## *Rivelazione*

1.

Nico si era quasi sempre trovato delle fidanzate non tra le più belle e le più note, le ragazze di cui tutti parlano e che tutti desiderano, intorno alle quali fin dal tempo di scuola fiorisce una leggenda ricca di dettagli amorosi, che più avanti negli anni rifluirà nel cuore della loro vanità e della loro tenerezza, producendo un fiotto di rimpianti e un brancolare tra le foto che le ritraggono con lunghe gonne a fiori, giacche a vento leggere, occhi bistrati, capelli lunghi, pelle tesa, seno non sciupato da maternità. Avendo trascorso buona parte della sua adolescenza in collegio, Nico era rimasto alla larga dalle bellissime della sua generazione, le altere manifestanti dalla pelle profumata di essenze mediorientali. Allora i ragazzi erano confusionari e indecisi, forse lo sono tuttora. Eh sì, sono ingenui ed espliciti, fanno fatica ad adattarsi all'idea che ci si debba esprimere in codice. Perciò non sanno decifrare i segni del fascino, anzi non hanno la più pallida idea di cosa sia in realtà questo influsso. Spesso vengono criticati perché giudicano le loro coetanee solo in base all'avvenenza, e vanno dietro soltanto a quelle carine, ignorando le meno belle, ma il fatto è che quando si ha poca esperienza della straziante complicatezza amorosa, ci si illude che essa si risolva nel rapporto tra due persone che bene o male si attirano, e dunque si calcolano a spanne le forze di quell'attrazione; e dato che non si dispone di parametri più sofisticati, l'aspetto fisico finisce naturalmente per surrogarli; come tutte le cose riguardanti la superficie ha una sua forma di onestà che le cose profonde non riescono ad avere; l'aspetto esteriore non mente, non si può celare né simulare; e infine nessuno può negare che la bellezza sia un valore di gran lunga meno equivoco della popolarità, a cui invece le ragazze sembravano a quel tempo molto sensibili. Conoscevano precisamente il peso e il prestigio dei loro compagni; ne stabilivano, durante i conciliaboli con le amiche, le fluttuazioni, con l'esattezza e la brutalità di agenti di borsa; amavano soltanto coloro che erano amati, a prescindere se questi le riamassero o no; venivano attratte o allontanate secondo leggi meccaniche.

Rispetto alle compagne di scuola, i ragazzi erano più balordi, pratici, superficiali, incontinenti, inconsapevoli di queste leggi o già senza volerlo ribelli a esse, e Nico lo era in misura persino maggiore. Il castello costruito dalle parole di ammirazione non lo catturava. Il codice del corteggiamento, con la sua teoria di schermaglie e frasi a effetto e attese calcolate, se possibile ancora di meno. Non ironizzava, come i suoi coetanei, sulla tendenza delle ragazze carine a scegliere ragazzi più grandi, e a lasciarsi affascinare dai più irruenti e vanagloriosi. Alla palma del più forte preferiva un premio modesto, davanti al quale non fosse necessario inginocchiarsi per ricevere un'investitura cavalleresca. Trovava piacevole ciò che gli veniva concesso senza dover penare o insistere. In seguito, negli anni dell'università, Nico aveva avuto storie d'amore con ragazze non appariscenti o anche decisamente bruttine. Si trovava a suo agio con loro, le amava e loro lo riamavano molto e teneramente, anche quando si trattava di avventure di pochi giorni o poche ore. Con queste ragazze il cerimoniale poteva essere saltato, bruciato dal semplice desiderio di concedersi. Tutto avveniva in modo sciatto e cameratesco. La consapevolezza permetteva un largo raggio di libertà e sprigionava quel tipo di divertimento che non si è in grado di provare quando si ha il cuore devastato da aspirazioni sublimi. Le ragazze bruttine erano commosse dalla serietà di Nico, che invece intimoriva o infastidiva le più graziose. Il suo riserbo, il fatto che non amasse mettersi in mostra e che parlasse poco, i suoi gesti ridotti al minimo necessario le sprofondavano nella concretezza sensuale. Siccome lui era disponibile e faceva loro capire che non si sarebbe comportato diversamente se fossero state bellissime, esse scatenavano la loro vitalità, senza darsi dei limiti. Fantasticare, confessarsi, sfidarsi, stare nudi, fare l'amore per strada: Nico lasciava che si sfogassero. L'ampiezza del suo desiderio spalancava la porta al loro. Così veniva meno la paura di esporsi e di essere considerate eccessive, che è il più diffuso e futile, sebbene non totalmente ingiustificato, timore femminile. L'amore viene paralizzato dal valore che l'io attribuisce a se stesso, dunque chi non presta troppa attenzione a se stesso, e chi non ne ha mai ricevuta troppa dagli altri, può amare in modo davvero illimitato. Inoltre, le ragazze molto belle non di rado schermano dietro lo splendore del viso un corpo che nell'intimità si rivela non senza magagne; o quand'anche fosse perfetto, lo esibiscono in modo compassato, con una specie di rassegnazione o frigido compiacimento, come statue greche annoiate da duemila anni di adorazione.

Soltanto una volta Nico era incappato in una vicenda di cui aveva dovuto vergognarsi, un'estate di vari anni prima su un tratto di costa tirrenica caratterizzata da molti pini e molte zanzare.

2.

Una sera erano usciti lui e un paio di ragazzi locali che curavano le barche dei turisti, badando al rifornimento d'acqua, alla nafta e al rimessaggio invernale, e dopo un vagabondaggio sconclusionato e parecchie birre erano finiti su un molo, proprio sulla punta, sotto il faro che segnalava l'ingresso nel porto, a guardare il mare scuro che cominciava a montare e a coprirsi di schiuma fosforescente. Chiacchieravano bevendo ancora birra. Qui li avevano raggiunti, figure avanzanti nel buio, rumore di zoccoli strascicati sul cemento del molo, cinque persone, cioè un gruppo di quattro ragazze mai viste più un loro amico bagnino che stava facendo la ronda alla ricerca di qualcuno con cui spartire la numerosa compagnia. Alla luce rossastra del faro, le ragazze apparvero molto giovani, brutte e sgraziate; inoltre ridacchiavano senza sosta scambiandosi commenti sottovoce, e questo fece dileguare dopo poche battute i due amici di Nico con la scusa di dover andare a controllare gli ormeggi delle barche, prima che lo scirocco, contro cui il porto era poco riparato, se le portasse via. Rimasero le ragazze, il bagnino stagionale e Nico. Egli aveva notato che mentre le fanciulle pigolavano ce n'era una che rideva a gola aperta, mostrando denti bianchissimi, e questo dettaglio che in un'altra situazione l'avrebbe infastidito, invece in quel momento gli piacque. Non la vedeva bene, e non riusciva a distinguerla precisamente dalle altre, anche perché erano tutte abbronzate e quando tenevano la bocca chiusa, il che in verità accadeva di rado, le loro facce sparivano nel buio.

Decisero di andare in spiaggia a fare il bagno: due ragazze lamentarono di non avere sotto il costume, le altre due, che nemmeno lo avevano, ridacchiarono. La notte era calda e c'era un quarto di luna. Dopo essere stati zitti e pigiati in macchina, ascoltando un nastro, arrivarono sulla spiaggia, si spogliarono ed entrarono in acqua. Il contatto freddo li eccitò. Nico, che avanzava da solo verso il largo, un po' distante dalla fila degli altri, si riavvicinò e tese la mano alla ragazza più vicina, e lei gli diede la sua. Si inoltrarono in mare più decisi di quelli che scherzavano sulla temperatura dell'acqua, che in realtà era calda e brodosa, e sulla presenza di squali, fino a perderli di vista e a non sentire più i loro strilli. Quando ebbero l'acqua al petto, Nico tirò la ragazza contro di sé e lei ridendo lo abbracciò, subito dopo avvitandogli le gambe intorno ai fianchi con un movimento lesto che lo fece vacillare. La ragazza rise di nuovo e Nico vide i suoi denti bianchi brillare nel buio. Cercò subito di entrare dentro di lei e ci riuscì con una strana facilità, che gli comunicò un brivido, ma le onde li sommergevano, passavano ormai sulla loro testa lasciandoli senza fiato, così che senza staccarsi l'uno dall'altra, sputando acqua tra un bacio e l'altro, Nico trasportò la ragazza in una zona di acqua più bassa e poi indietro sulla riva. Era più buia di prima e indistinguibile ovunque si guardasse. Il mare stava montando e copriva ogni altro suono con un risucchio che sembrava prodotto da un'enorme ruota con le pale. Nico barcollò verso l'interno della spiaggia saggiando con i piedi dove fosse la sabbia più calda, dato che non era sicuro di stare risalendo la duna a causa della fitta oscurità. Rimaneva piantato dentro la ragazza e lei agganciata al bacino e al collo di Nico, ansimando e tremando di freddo. Stanco per lo sforzo di sostenerla tra le braccia la scaricò a terra e inevitabilmente cadde assieme a lei, coprendola e schiacciandola. Da quel momento in poi si perdono le possibilità di descrivere quello che accadde e che Nico non ricordò mai con precisione, anche perché fu colto da una specie di mancamento o di torpore che sembrava, però, interessare certe parti del corpo e non altre, sicché gli parve di continuare ad agire meccanicamente spinto dalle forze residue. Uno strano accanimento scagliava lui e la ragazza l'uno contro l'altro. Scavarono buche nella sabbia con il sedere e le ginocchia. Lei non la conosco, pensava Nico, e nemmeno la desidero veramente, perché la sto stringendo così? E perché si agita in questo modo forsennato? Le piace o no quello che stiamo facendo?

Ma la pressione non accennava a diminuire, ed ebbero la sensazione che tutto durasse non per minuti, per ore, la distillazione di un liquore che gocciolava lento attraverso le caverne del corpo. Nico non provava altro che avidità, o meglio sentiva che era la ragazza a essere avida di qualcosa che era seppellito troppo a fondo per farlo schizzare fuori. Si sentiva risoluto come qualcuno a cui è stato chiesto di rovesciare un camion con le mani, e che invece di rifiutarsi smania di farlo.

Non si può dire quanto tempo passarono sulla spiaggia brancolando. La lotta tra le gambe della ragazza, che erano muscolose e lo serravano in una morsa che quasi gli faceva male, quel continuare a colpirsi senza che uno dei due cedesse, gli fece intravedere uno spettro gelido dietro allo spensierato agonismo in cui aveva sempre gettato il suo corpo sapendolo forte e ben preparato. Ma oltre un certo punto la sua forza e la sua frenesia si riducevano a nulla, pur raddoppiate o triplicate, diventavano una vana fatica. Fare l'amore così era come farlo da soli. Sollecitata oltre la sua funzione, come un arbusto piegato fino a terra e poi lasciato libero, la dimensione fisica scattava lanciando ogni sensazione ben al di là del limite entro il quale ha ancora senso parlare di godimento. Oltre la figura dei corpi nudi avvinghiati nella presa, oltre l'onesta lotta per un po' di piacere, prendeva forma un significato su cui Nico si affacciava come se fosse la pagina di un libro aperto sul banco di scuola, ci si chinava sopra, ma la pagina era piena di segni che lui non capiva perché non aveva studiato abbastanza, non si era preparato a fondo, scopriva di essere stato bocciato per anni nella materia in cui era convinto di essere il migliore. Per la prima volta nella sua vita provò una spossatezza senile, divenne vecchio e fragile, i capelli fragili, le vene fragili, i concetti fragili, il sesso fragile, nell'attimo di portare a termine il suo travaglio, e fu toccato da qualcosa di così transitorio da terrorizzarlo, fu una specie di repentina consapevolezza del tempo, ma non dell'ora che trascorre dentro l'orologio inceppato dalla sabbia, bensì del vero tempo, del grande tempo che scende a valanga. Nico capì che malgrado non stesse accadendo niente di particolare, le ferite aperte a casaccio quella sera non si sarebbero cicatrizzate, neanche con le abbondanti dosi di disincanto che sia la ragazza sia lui avrebbero cominciato a versargli sopra il giorno seguente. La fretta scatenata da qualche birra e da un bagno notturno non poteva essere lavata dall'acqua di una doccia; l'esuberanza e l'indulgenza verso di essa potevano semmai spiegare da dove provenisse, ma non il suo scopo. La gioventù aveva da qualche parte una radice però si protendeva verso il nulla.

## 4.

Allora si trattenne e in un barlume vide la forma della ragazza sopra di lui. Si agitava contro il cielo nero. Nico non sopportava più il suo corpo, la ragazza gli pesava sulle arterie delle cosce. L'idea che gli bloccasse il sangue lo rese insofferente, avrebbe fatto qualsiasi gesto per liberarsi, ma non ci riusciva, e la cosa continuò a dargli uno strano senso di fatalità, forse ci sarebbe riuscito con un guizzo delle reni, rovesciando la ragazza, bastava uno scrollone, o forse semplicemente Nico non voleva smettere, era lui a voler approfondire quella sensazione che gli veniva dal bacino dissanguato, come se lo disturbasse l'idea di non conoscere le ultime pagine di quel libro e non poter fare bella figura davanti a chi lo avrebbe interrogato.

Passò ancora del tempo e ci furono rumori, qualcuno senz'altro chiamò. Lo scirocco alzava la sabbia e la faceva volare addosso ai due ragazzi. Doveva non mancare molto all'alba. Il freddo che li teneva avvinti divenne all'improvviso la ragione perché si separassero. Nico, che stava di nuovo sopra la ragazza, aveva la schiena gelata, e si allontanò, spinse via quel corpo molle e insabbiato, si districò a fatica dalle sue braccia. Risalì verso la duna e riconobbe la sagoma dell'automobile. Vi entrò dentro, nudo, e accese i fari per vedere dove erano andati a finire gli altri. Alla luce dei fari la ragazza si era alzata e stava venendo anche lei verso la macchina. Teneva ancora addosso il reggiseno; non se l'era mai sfilato; e da esso si staccavano croste di sabbia umida. Non era la ragazza che rideva sul molo, ma una delle altre tre, o forse invece era proprio lei. Nico la guardò arrancare verso la macchina, e si accorse di vederla davvero per la prima volta, nel fascio giallo degli abbaglianti, si accorse che non era abbronzata ma piuttosto scottata dal sole, la faccia rossa, le pieghe sulla pancia e il seno che ballonzolava. Era stravolta e tutta sporca di sabbia. Anche se doveva avere al massimo diciott'anni, assomigliava a quel vecchio attore napoletano, protagonista di innumerevoli film in bianco e nero, la stessa bocca sottile piegata all'ingiù e il mento appuntito. Lui fece appena in tempo ad aprire lo sportello e si sporse a vomitare.

Si scusò con la ragazza dicendo di aver bevuto troppo (il che era vero), quindi la riportò a casa, o in albergo, o al campeggio, in seguito non avrebbe ricordato precisamente dove. Svuotato, l'inguine appiccicoso.

# Capitolo VIII

## *L'Ignoto*

1.

Giunse il momento di rompere gli indugi. Doveva accadere, prima o poi. Vincendo orgoglio da un lato e timore dall'altro, Nanni Zingone accettò l'invito a leggere qualche sua poesia in pubblico. Forse la parola «pubblico» può suonare pomposa, dato che la serata di letture si sarebbe svolta in un seminterrato di circa quaranta metri quadri, che di giorno prendeva luce da stretti finestrini a vasistas e la sera da un paio di lampade industriali sul soffitto. Qui aveva sede il centro culturale «L'Ignoto», il cui animatore e responsabile unico era una vecchia conoscenza, Guido Cetrangolo, che verso Nanni aveva nutrito una enorme quanto nei fatti poco fondata ammirazione durante gli ultimi anni di liceo, sconfinante in una specie di innamoramento. Succede tra coetanei, questa infatuazione più intellettuale che fisica, più emotiva che sentimentale, per cui uno, senza volerlo o pretenderlo, si ritrova preso a maestro dall'altro, il quale sta ad ascoltarlo come fosse il Vangelo, lo imita, lo cita di continuo coi presenti, come potrebbe fare un discepolo di venti o trent'anni più giovane del suo mentore. Forse perché comunque lusingato dalle attenzioni che gli rivolgeva l'amico, un mese prima dell'esame di maturità Nanni era stato così imprudente da dargli in lettura alcune sue poesie battute a macchina con un nastro a inchiostro blu, che sembrava più adatto del nero a una produzione letteraria o che fortemente si desiderava tale. Erano liriche mediocri, animate da uno slancio autentico che però non riusciva a esprimersi se non attraverso clausole oscure prese in prestito dai libri che in quel momento affascinavano di più gli adolescenti con velleità letterarie: Dylan Thomas, i surrealisti francesi, i beat americani, Majakovskij, sommati a certe inconsapevoli e quasi automatiche cadenze di quell'ermetismo che si era poco a poco depositato sul fondo della loro mente di liceali attraverso gli studi o magari avendole ereditate dai genitori, almeno quelli che, più per decoro che per autentica passione, tenevano in casa una collezione di dischi con incise le sempreverdi liriche italiane da San Francesco a Ungaretti e Montale, e le ascoltavano nel silenzio del salotto dopo cena, al posto delle preghiere, come un rituale laico, interrogandosi poi sul segreto della loro bellezza, o sul significato di quelle più arcane.

Ma i genitori di Nanni non possedevano libri o dischi di poesie né grammofoni, e lui la sua cultura se l'era fabbricata in proprio. E ora con l'invito di Cetrangolo (che Nanni, mentre lo ringraziava al telefono, mentalmente maledisse) doveva dimostrare di non essere soltanto un professore di scuola, un buon professore di liceo, bensì un poeta, un vero poeta, maturato dai tempi delle liriche stampate in inchiostro blu che aveva fatto leggere a Cetrangolo e a pochissimi altri (a sua moglie Costanza, per esempio, no, mai). La cosa buffa è che lui quelle vecchie poesie, trascorso qualche anno (dopo i venticinque, diceva qualcuno, chi continua a scriverne dev'essere un poeta sul serio o un pazzo) le aveva prese dalla cartellina con l'elastico e dopo averle rilette con un certo sconforto misto a divertimento (ricordare il se stesso dei tempi andati gli procurava brividi di tenerezza e disgusto), le aveva appallottolate e usate per accenderci il fuoco nel camino, senza pensarci più o quasi; mentre era stato il fedelissimo Cetrangolo a conservarle, con l'atteggiamento devoto di chi coltiva la religione dell'amicizia, anche delle amicizie che sono finite, anzi specialmente di quelle, che lasciano dietro di sé una scia di reliquie preziose. «Scrivi ancora, vero?» gli aveva domandato al telefono: era forse dalla metà degli anni Settanta che Nanni non si sentiva col suo ex compagno di scuola. «Sono di sicuro testi bellissimi» aveva supposto Cetrangolo (nel linguaggio di allora, infatti, non si usava più dire «poesie» o «racconti», si diceva «testi»), e l'aveva invitato alla serata organizzata da «L'Ignoto». «Avrai dieci minuti tutti per te. Dai, Nanni! Che bello sarà ascoltarti di nuovo!» A seguire vi sarebbe stata una degustazione di vini in un'osteria lì accanto. Perché «L'Ignoto», abbiamo scordato di dirlo, aveva sede una trentina di chilometri fuori città, in quella zona collinare dove si produceva un bianco forte e acetoso, popolare quanto tossico, ancora all'epoca in cui si svolge questa storia venduto a fiaschi, che uno dei nostri maggiori scrittori definì «quer vijacchetto de quattr'anni», perché ne bastava un paio di bicchieri a farti traballare quando ti alzavi dal tavolo.

(Ora i vini di quella zona sono raffinatissimi e vincono premi.)

2.

Ostentando disinteresse e quasi controvoglia, nei giorni precedenti alla serata di poesia, Nanni procedette alla selezione dei «testi» da proporre al «pubblico». E occorre dire che fu un lavoro non facile, ostacolato da molti dubbi e ripensamenti. Dieci minuti, dunque... quante poesie ci vogliono per riempire dieci minuti? E perché uso la parola «riempire» come se si trattasse di farlo passare il più rapidamente possibile, quel tempo, e in modo indolore? E poi dipende da quanto veloce o lento si legge... se si fanno o no le pause. E come andrebbe letta nel modo giusto una poesia, una *mia* poesia?

Nanni si mise alla prova prendendo quella che era quasi sicuro di leggere alla serata di Cetrangolo perché, almeno fino a quando non la lesse ad alta voce, gli era parsa bella, piuttosto bella, o forse non proprio bella ma riuscita, ecco, sì, una poesia che poteva dirsi riuscita, in base a quale criterio non lo sapeva precisamente nemmeno lui, però era senz'altro riuscita, forse si trattava di un giudizio a orecchio, di un certo ritmo che aveva, con le immagini che si susseguivano senza intoppo dal primo all'ultimo verso, e la formula di congedo lasciava il segno, il quale sarà magari un espediente, la chiusa a effetto, ma del resto la poesia contemporanea è così – spesso è così.

*Cosa avresti dato per sognare ogni notte*
*di meno, un po' di meno, fino a rendere la notte*
*uguale al giorno? La fatica dell'immaginazione*
*e quella del ragionamento lietamente scansate*
*come se sull'albero che cresce fuori dalla finestra*
*con l'insolenza di un orfano smanioso di adozione*
*i nidi si fossero costruiti da soli, un filo di paglia*
*alla volta, fino a penzolare sopra il letto*
*avidi, minacciosi... con il loro strepito affamato.*
*E invece tu... tu non sapevi che quello era*
*il giusto indirizzo di casa, e che il mio fantasticare*
*ha una base più solida della tua logica, tanto ampia*
*da ricavarne una professione. Tu non lo sapevi*
*quando hanno tirato a sorte ed è uscito proprio il tuo nome*
*e io ti ho detto: «Vieni con me, almeno per un giorno*
*dimentica alberi, e nidi, e bestie viste in sogno*
*ora ci sono io, e prenderò il loro posto».*

Leggendola in modo spedito, Nanni impiegò, orologio alla mano, un minuto e sei secondi. Rifletté che di questo passo, seppure calcolando un breve intervallo di silenzio tra l'una e l'altra, per «riempire» i dieci minuti che gli venivano concessi avrebbe dovuto leggere almeno altre sette o otto poesie, e questo gli sembrava decisamente troppo: nella sua intera produzione non ne figuravano tante meritevoli. Dunque rilesse *Sognare ogni notte* in maniera più distesa e ci mise diciotto secondi in più: ma così la lettura era diventata fin troppo solenne, e come effetto della cadenza più lenta, anche il tono della sua voce si era abbassato, e incupito, diventando gorgogliante e pericolosamente simile a quello dei fini dicitori, che vogliono far vibrare di emozioni ogni singola parola, onde commuovere gli ascoltatori non tanto per ciò che dice la poesia, ma per la loro bravura nel recitarla. Non restava che rileggerla ancora: stavolta a un passo normale, ma osservando più lunghe pause tra un verso e l'altro, tra una frase e l'altra. Per far questo, però, in modo che avesse senso e che le pause non fossero distribuite a casaccio, Nanni fu costretto a ripassare la poesia solo con gli occhi, in silenzio. E dunque, per la prima volta seriamente, si vide obbligato a ripensare ciò che aveva scritto. Cosa voleva dire esattamente la domanda iniziale? Il destinatario (o la destinataria, cosa che non si chiariva nemmeno a poesia ultimata) era forse qualcuno tormentato da incubi, al punto da desiderare fortemente di «sognare di meno»? Sì, dev'essere così, o comunque va bene così, non cambierei una virgola, si disse Nanni, che già quella poesia l'aveva riscritta almeno una decina di volte, e passò oltre, dove le difficoltà aumentavano. Erano infatti i seguenti sette versi, tenuti insieme in un'unica frase, a dargli da pensare: gli piacevano, sì, filavano, ma cosa significavano in concreto? A parte l'immagine dell'albero «orfano», che ficca attraverso la finestra i suoi rami cresciuti a dismisura, a cosa alludevano? Si trattava di un'asserzione, o di una suggestione, o di un puro avvicendarsi di immagini, ciò che si distendeva tra «La fatica dell'immaginazione» e «lo strepito affamato»? Dopo la prima proposizione nominale, che sembrava introdurre un concetto interessante, e cioè che pensare razionalmente e fantasticare non siano affatto attività contrapposte tra loro e che comunque consumino parecchia energia vitale, insomma, costino molta fatica, al punto che verrebbe voglia di abbandonarle entrambe, di «scansarle lietamente», come se fossero un lavoro e noi troppo pigri o stanchi per svolgerlo, ebbene, per quale ragione questo dolce far nulla si connetteva alla figura dell'albero misterioso spuntato davanti alla finestra, e perché quei nidi sui suoi rami, che si erano «costruiti da soli, un filo di paglia / alla volta»? Nidi, peraltro, che non avevano nulla di tenero, di idilliaco, anzi, risultavano persino sinistri, «minacciosi», come se quelli che ci strepitavano dentro non fossero uccellini ma vampiri assetati di sangue. Del resto, l'immagine dell'albero che protende l'ombra dei suoi rami scossi dal temporale verso la finestra si era già vista chissà quante volte nei film paurosi... con un ragazzino che, paralizzato dal terrore, li guarda dal suo letto, col lenzuolo tirato fino al mento. Ma forse, no, quelli nel nido erano proprio uccellini, spennacchiati, inoffensivi, che strillano per la fame, ed era il loro semplice essere venuti al mondo a costituire la minaccia – innanzitutto per se stessi.

Morale: com'era possibile che Nanni non capisse quello che lui stesso aveva scritto? Smise perciò di interrogarsi e preso fiato rilesse da cima a fondo la poesia, indugiando brevemente alla fine dei tre periodi da cui era composta, e abbassando la voce fin quasi a smorzarla in un sussurro nel discorso diretto che la chiudeva, «Vieni con me, almeno per un giorno...», in modo da dare a quell'invito il massimo di ambiguità possibile. Era una promessa? O era anch'essa una minaccia, quella di prendere il posto che occupavano le creature? Guardò l'orologio: un minuto e dodici secondi. Va bene, dai, sarò un po' corto, dieci minuti sono un tempo infinito, meglio non annoiare. Quel che conta è l'intensità, non la durata.

3.

A salire sulla pedana per il suo turno di lettura fu convocata una poetessa che si chiamava Alice, ma a Nanni ne sfuggì il cognome anche perché Cetrangolo l'aveva bofonchiato in fretta nel microfono, facendolo immediatamente seguire dalla formula rituale «... ma non ha certo bisogno di presentazione». Quindi, mentre lei si alzava dalla prima fila di sedie e si avvicinava con aria assorta al leggio, tirandosi la lunga gonna sulle ginocchia con una mano e stringendo con l'altra quella che Cetrangolo le aveva porto cavallerescamente per aiutarla a salire, Nanni cercò di ricordare se l'avesse già vista e dove. Era una donna sulla cinquantina, dai lunghi capelli corvini, e indossava un abito di seta merlettato sulle maniche, intorno al decolté, e in fondo alla gonna che le ondeggiava e strusciava su stivaletti anch'essi neri e damascati, mandando un rumore simile a quello che producono le ballerine di flamenco quando volteggiano. Essendo molto aderente, questa specie di costume di scena rivelava come il corpo di Alice fosse formato da due parti distinte e, come dire, in dissidio l'una con l'altra: quella superiore, il collo, le spalle, il busto, la vita, era esile e delicata, quasi emaciata, mentre dalla vita in giù la seta si gonfiava intorno a fianchi generosi lasciando immaginare lì sotto due gambe possenti, che avrebbero potuto stritolare in una morsa chi, uomo o donna, avesse trovato il coraggio di avventurarsi in mezzo a esse, mentre parevano sfidare a farlo. Questa doppia natura aveva qualcosa di ferino, che intimidì Nanni, e gli fece pensare che lui, una tempra del genere, non la possedeva, e che Alice doveva essere una poetessa esplicita, passionale, violenta. Se ne convinse ancora di più quando lei, aggiustato alla sua altezza il microfono e cavato fuori un libretto da una piccola borsa a tracolla con la disinvoltura di un pistolero che estrae il revolver di piccolo calibro nascosto dietro la schiena, alzò gli occhi truccati in modo pesante verso il pubblico e lo bersagliò con uno sguardo torvo, e al tempo stesso candido. Madonna, che atteggiamento provocatorio, che fierezza questa qui, pensò Nanni. Una tigre in gabbia. Be', non poteva sbagliarsi di più. Perché quando Alice aprì la plaquette e cominciò a leggere, con una voce di gola, impostata e tremante. venne fuori dalle sue parole un mondo astratto, cerebrale, che polverizzava gli elementi terrestri di cui pure era composto. Ogni tanto dal fluire dei versi si distaccavano qua e là forme e cose consuete, riconoscibili: una brocca, il pane, l'erba… un livido sul braccio… e poi un termometro, la tosse… ma nulla di quello che lei diceva poteva essere ricondotto agli schemi dell'esperienza comune, malgrado il pesante e normalmente molto sensuale accento padano che la poetessa non faceva nulla per mascherare, anzi, rivendicava, allungando a dismisura le vocali e addolcendo le esse e le zeta. Era tutto disincarnato, smaterializzato.

*Il metodo oramai contaminato*
*dalle ciocche umide lo sporgersi*
*sul mutismo inespresso della cenere*
*e dalla scogliera dei capelli*
*inghiottito, giù, più giù, come un sacramento*
*dal fuoco avido e classificatore…*

*Parlami nell'evento del viso*
*casuale rimarrò di perla*
*in un congedo, a raffica*
*la schiena di corteccia*
*per allagarsi subito, all'ora verticale*
*del vaticinio…*

Appena aveva finito di leggere una pagina attaccava subito la seguente, poi la seguente, dando così l'impressione di volerla leggere per intero, la plaquette, con la medesima solennità, e intanto ruotava leggermente su se stessa, prima avanzando una spalla e poi l'altra, come un tempo facevano i bambini mentre recitavano la poesia a memoria, gongolanti perché la sapevano tutta fino in fondo. Anche quelle di Alice del resto erano filastrocche, come quelle che la sua famosa omonima sentiva recitare dagli strambi personaggi incontrati oltre lo specchio.

*scatta tagliente la tagliola*
*di un'Ecuba assonnata*
*nel caos degli atomi rimasti soli*
*e riconosco infine i loro duoli*
*oh beneamata se tu avessi uno sguardo più leggero*
*ti feconderei, senza riguardo a niente*
*senza altari, senza alveari, e tantomeno profezie*

«Ma chi è questa qui? Tu la conosci?» Nanni si riscosse. Era così ingolfato nell'ascolto di Alice da dimenticarsi quasi di chi aveva accanto; che c'era Costanza, quella sera, con lui. L'emozione è come uno scafandro, dentro vi si è rinchiusi. «Sì, sì» le rispose, mentendo, «è una brava. Molto.» «Ah, ti piace? Ti piace davvero?» sussurrò di nuovo Costanza nel suo orecchio. Perché mai Nanni le aveva detto di conoscerla se nemmeno ne sapeva il nome, a parte quell'Alice, che però suonava come un nome di fantasia, inventato, preso da una canzone, o da un cartone animato? Alice guarda i gatti, Alice e Cesare Pavese, Alice e il Cappellaio Matto che, come lei, non si capisce mai di cosa parli. Peraltro non era chiaro se con la sua domanda Costanza si riferisse all'aspetto fisico, oppure si aspettasse un giudizio su di lei come poetessa. Ma sarebbero due richieste tanto diverse? Lo sono e non lo sono. O forse Nanni voleva solo ostentare una conoscenza di cose e persone, ci teneva, puerilmente, ad apparire quello che sa tutto, ha letto già tutto, anche le poesie di Alice Vattelapesca, le sue raccolte di venti liriche l'una. Era o non era un professore, anche se solo un modesto professore di lettere al liceo?

Spacciarsi come uno che conosce bene il dentro pur ostinandosi a restarne fuori: questa in due parole era la sua filosofia di vita, che Costanza non osava mettere in discussione anche se la trovava piuttosto assurda. Sarebbe stata fatica sprecata contrastarla: Nanni era fatto così, e del resto proprio da questo carattere cocciuto e al tempo stesso ambiguo, contraddittorio, lei era stata attratta fin dall'inizio: ci trovava qualcosa di misterioso e di nobile, magari sbagliato ma nobile. E in fondo lo stesso sentimento provava Nanni per lei. Quei due si erano messi insieme e continuavano a stare insieme fondamentalmente perché non si capivano, ecco perché.

*Infila fiori di tosse*
*il giavellotto della voce*

Quando Alice ebbe terminato la sua lettura, e mentre risuonavano come ciak cinematografici gli ultimi applausi convinti, guardò in giro dove vi fossero posti liberi, e venne dritta a sedersi accanto a Nanni. Lui le sorrise per cortesia, non trovando le forze necessarie a congratularsi con lei, ma forse il sorriso bastava, no? Sarebbe stato sincero se l'avesse fatto? Cioè, se le avesse mormorato in un orecchio che le poesie gli erano piaciute? Forse sì o forse no. Era indeciso se gli erano piaciute e ancora più indeciso su cosa andasse detto o taciuto. Per la prima volta, Nanni dovette porsi il problema dei rapporti con quelli che avrebbe potuto, in fin dei conti, definire i suoi colleghi, se mai avesse deciso di continuare a scrivere poesie e persino, una buona volta, a pubblicarle: gli altri poeti, insomma, gli altri che fanno la stessa identica cosa che fai o vorresti fare tu, come i medici si confrontano con altri medici e i giornalisti con altri giornalisti. Alice gli rivolse uno sguardo piuttosto altezzoso, aggrottando la fronte, al quale Nanni reagì con un gesto di implicita sottomissione: «Ti dispiacerebbe farmici dare un'occhiata?» sussurrò indicando il libretto che la poetessa ancora non aveva riposto nella borsa. Voleva mostrarle interesse solo per provare ad addolcire quello sguardo severo, da cui si sentiva, chissà perché, rimproverato, o colto in fallo; in realtà non era veramente interessato a rileggere i versi che aveva appena ascoltato: ma è la sua stessa timidezza a spingere una persona riservata a cercare un contatto goffamente, provando ad aprirsi e a rimediare. La poetessa gli allungò il libretto senza smettere di guardarlo con aria di sfida, ma nel passarglielo indugiò con la mano nella sua, intrecciandovi le dita in una breve carezza.

Imbarazzato al punto da scusarsi lui per quel contatto, Nanni lo prese e si concentrò sulla sua copertina. Titolo: *Battaglia in cielo*, di Alice Gelmini. In mezzo, sotto il nome dell'autrice e sopra quello dell'editore (Il Roveto Ardente) era stampato un disegno filiforme che avrebbe potuto rappresentare un fulmine, o una specie di scala che saliva in cielo come quella del sogno di Giacobbe, ma senza angeli. «Bello, molto *riuscito*...» disse con scarsa convinzione Nanni, e sfiorò il disegno con la punta delle dita per far capire alla poetessa che intendeva riferirsi alla grafica. Poi fece frusciare il libretto fino alle ultime pagine, alla ricerca dell'indice.

Lo scorse in fretta. Le poesie della Gelmini avevano titoli elaborati e affascinanti: *Pattinando sul ghiaccio sottile*, *Sesso senza penetrazione*, *Golfi*, *Ecatombe*, *Opera iniqua*, *Io non mento*, *Placebo*, *Autodifesa*, *La lancia di Longino*, *Tra le mie braccia*, *Sovrapposizioni*, *Le lacrime ubbidienti*.

A Nanni i titoli sembravano suggestivi, anche se privi di qualsiasi correlazione con quanto aveva ascoltato poco prima.

## 4.

«Poeta dell'indicibile e dell'impensabile», così Cetrangolo introdusse un signore dai lisci capelli grigi spartiti in due bande e la camicia di lana beige abbottonata fin sotto al mento, ma senza cravatta, il quale si issò sulla pedana trascinandosi dietro le gambe, come se non riuscisse a piegarle, e postosi accanto a lui con le mani giunte in grembo e un dito ficcato tra le pagine del suo libro, in quella modesta e rassegnata posa attese che il padrone di casa finisse di presentarlo. Forse perché entusiasta del poeta ora alla ribalta, e con ogni probabilità essendo suo seguace o epigono, stavolta Cetrangolo si diffuse sullo stile poetico di cui il pubblico si sarebbe di lì a poco goduto un saggio: un autore che, a incontrarlo in un luogo e in un orario diverso, si sarebbe scambiato facilmente per un impiegato del catasto, o per un navigato insegnante di matematica e fisica, di quelli che quando passeggiano nel corridoio in mezzo ai banchi durante una verifica scritta sbirciano i compiti già mezzo scarabocchiati, e senza dire una parola, solo con un'alzata di ciglia sdegnata, puntano un dito sul foglio per segnalare un errore marchiano allo studente di turno, e così aiutarlo, seppure implicitamente, a correggersi. «Il suo verso erratico è alla ricerca di un altrove» disse Cetrangolo agitando un braccio come per indicare l'oggetto di quella ricerca. Diversi in sala si accorsero che quelle frasi così poco spontanee l'oratore non le improvvisava, ma le stava leggendo da un foglietto che aveva cavato da una tasca e nascosto dietro le ali aperte del leggio. «Fin dalle sue primissime raccolte, vero e riconosciuto maestro di polisemie» disse Cetrangolo, e qualcuno nella sala annuì approvando tale riconoscimento, «ha il coraggio di spingersi oltre l'orizzonte del segno, e ci invita a seguirlo. Ecco, stasera abbiamo l'occasione di farlo.»

Scrosciò un applauso convinto di qualcuno che si trovava alle spalle degli Zingone, accompagnato con un certo ritardo da altri applausi più radi ed esitanti. Magari, per applaudire, pensò Costanza, non sarebbe meglio aspettare che legga? Oppure si tratta di una specie di incoraggiamento? Ma non osava interpretare le usanze di quel tipo di incontro con lo stesso metro che si usa per ogni altra serata o conferenza o spettacolo. Lì le leggi dovevano essere diverse.

Il poeta, che si chiamava Sossio, Sossio Cannistrà, si accingeva a sostituire Guido Cetrangolo davanti al leggio, quando quest'ultimo ebbe un sussulto e di nuovo si impossessò del microfono, come se gli fosse tornata in mente all'improvviso una notizia importante che aveva tralasciato di dare. «Ah, solo questo voglio aggiungere... solo questo...» ma dovette far ricorso al foglietto scritto perché la postilla gli era di nuovo sfuggita di mente. «Polverizza gli schemi consueti... ecco, sì... del soggetto imploso... decostruito e schizoide... mmm... che non pretende di agire il linguaggio ma ne è agito... vediamo un po'...» borbottava Cetrangolo alla ricerca della formula adatta per concludere, mentre accanto a lui il poeta attendeva, imperturbabile, anzi distratto, dando a vedere che la faccenda non lo riguardava, quella serata di letture, scrivere versi, recitare, vivere, respirare, insomma come se le sue stesse poesie non lo riguardassero affatto. «Ah, sì, ecco... Sta qui, sta appunto qui, volevo dire, caro Sossio, il tuo fondamentale contributo alla Polis...» dichiarò finalmente, mentre sulle labbra gli si formava un sorrisetto sarcastico, allusivo «... o forse, chi può dirlo, *alla sua distruzione*... Perché distruggere, lo sappiamo benissimo, in alcuni casi è più decisivo che costruire!»

Costanza iniziava a spazientirsi. Era lì per ascoltare Nanni, degli altri non le importava nulla; anzi, non era nemmeno lì per ascoltarlo, solo per stargli al fianco. Spalleggiarlo. Il luttuoso individuo che con le sue liriche voleva distruggere la Polis, oppure edificarla, a dar retta a Cetrangolo, be', ancora prima di ascoltarlo gli pareva un povero disgraziato allo sbaraglio, ma peggio di lui chi lo prendeva così sul serio. Il soggetto *imploso*... ma per favore! rimuginava Costanza. In particolare era l'enfasi di Cetrangolo a darle i nervi. Possibile che sia così ingarbugliato, così insincero?

Come se volesse rispondere a Costanza e smentire o confermare la sua impressione, con voce monocorde Cannistrà attaccò una litania oscura, magmatica, a suo modo irresistibile, poiché era difficile individuarne gli stacchi, i punti fermi, cioè gli elementi necessari a fissare un qualsiasi significato. Sulla superficie di quel rigagnolo di parole che scorreva lento, anzi quasi pareva immobile tanto era denso e limaccioso, galleggiavano verbi desueti o aulici come «strologare», «spiumarsi», «mappare», «aggrondarsi» oppure sostantivi come «stilla», «faglia», «botro», «squarcio» e «grumo». Di queste ultime parole Cannistrà arrotava e prolungava con soddisfazione le erre: squa*rrr*cio, g*rrr*umo… bot*rrrrrrr*o! Spesso, senza prendere fiato, partiva per una sequela di allitterazioni

*Spossato squalo che t'insabbi*
*E sogni sassate insospettite*

oppure inarcava leggermente il ritmo assumendone uno battagliero, esclamativo

*Con calore di cagna, oh, ma che inutile collage!*

per poi smorzarlo con una specie di risucchio nella gola e far ritorno alla piatta, inesorabile cadenza di prima.

Costanza si chiese che senso avesse, che senso avesse tutto questo. Immaginò, per sottrazione, di essere l'unica persona sana di mente in quella sala. Tutti quanti, incluso Nanni purtroppo, erano evidentemente vittime di un equivoco, o di una specie di incantesimo, come quelli che nelle favole stregano un villaggio facendolo piombare nel sonno. Sveglia, sveglia! le veniva voglia di strillare. Forse avrebbe dovuto alzarsi in piedi e dichiararlo, «Ma che cazzo state dicendo?» anche se in verità non erano affatto le parole declamate l'elemento più irritante della situazione, anzi, quelle forse erano un gioco, un passatempo innocuo, mentre a scandalizzarla era piuttosto l'atmosfera solenne, quasi religiosa, aleggiante intorno a quello che a lei in tutta onestà sembrava solo un mucchio di cazzate. Certo, se avesse saputo che proprio quel Cannistrà lì, quell'ometto dimesso che semmai lei avrebbe immaginato dietro un albero a spiare le coppiette o pronto a spalancare l'impermeabile davanti a qualche ragazzina, ebbene, era uno dei poeti maggiormente considerati e imitati dello Stivale, più che meritevole della eulogia che gli aveva dedicato Guido Cetrangolo in sede di presentazione, forse le sarebbero venuti dei dubbi su se stessa – e cioè che fosse lei, quella sbagliata.

Ma non poteva permetterselo, ne aveva già troppi, di dubbi.

## 5.

Più tardi, terribilmente tardi venne il turno di Nanni: girandosi verso di lui, Cetrangolo gli fece un largo sorriso e un cenno complice ancora prima che avesse terminato la sua lettura il sesto ospite della serata, che era una poetessa impetuosa e scarmigliata, e stava declamando una poesia dedicata a un certo Giomo, come ci aveva tenuto a far sapere precisando che l'informazione fosse indispensabile a comprenderne il senso. Dunque mentre ancora lei stava lanciando gli ultimi anatemi contro questo Giomo («non vale la pena sprecare spilloni / su una bambola con le tue fascinose sembianze / meglio ficcarteli dritti nel cuore / di spugna che ti ritrovi ad avere in mezzo / al petto robustamente rivestito di peli!»), i quali avevano almeno il pregio di essere comprensibili come lo sono quasi sempre i frutti del risentimento, preso dall'emozione Nanni si alzò facendo stridere le gambe della sedia. Nella sinistra stringeva i sette fogli battuti a macchina. Costanza lo trattenne per un polso, perché era troppo presto, ma anche, stringendoglielo forte e poi più dolcemente, per comunicargli un sentimento che forse in quella coppia era stato poco coltivato, la simpatia, sostituita da altri più potenti slanci emotivi e tensioni morali. In quel preciso momento, e forse per la prima volta da quando lo conosceva, Costanza capì Nanni, lo capì sul serio, fino in fondo, capì il suo smarrimento, le sue aspirazioni, la cocciutaggine infantile, quel carattere ombroso insieme detestabile e affascinante, o meglio, capì che cosa avesse amato in quell'uomo nello stesso istante in cui acquisiva la certezza di non amarlo più. Ossia che non le era più possibile amarlo, per le medesime ragioni per cui lo aveva amato. Dunque lo trattenne delicatamente per un polso mentre vedeva l'altro polso tremare per l'agitazione, facendo oscillare i fogli con le poesie battute a macchina, e comprese un'ultima cosa: che quanto meno è giustificata, tanto più un'emozione è violenta. Per questo tirò giù Nanni costringendolo a chinarsi, alla sua altezza, fino a potergli sussurrare in un orecchio: «Aspetta, non andare, aspetta un secondo. Amo le tue poesie, Nanni. Le amo». Non potendo per onestà dirgli che amava lui.

Questa dichiarazione inconsueta non fece che aumentare il frastuono del sangue che Nanni sentiva rombare nelle orecchie. Mentre la donna che ce l'aveva a morte con Giomo, e forse con chiunque altro, scendeva dalla pedana tra gli applausi dei suoi sostenitori, che in sala erano numerosi, lui ci salì con un passo fatale e sonnambolico, come se si recasse al patibolo, senza sentire o vedere quasi nulla intorno a sé per l'emozione. Cetrangolo fu costretto a prenderlo per un braccio e trattenerlo nei pressi del leggio, visto che sbandava, come qualcuno che voglia darsi alla fuga ma non sa bene in quale direzione.

«Ecco, sì, abbiamo con noi un essere schivo e pensante… categoria piuttosto rara ai nostri giorni! Nanni Zingone!» lo annunciò Guido con un inedito stile da presentatore, e l'uditorio reagì in effetti come in uno studio televisivo, applaudendo a comando, sulla fiducia, dato che Nanni non lo conosceva nessuno.

«Posso dire, vero? di conoscere Zingone da molti anni… eh sì, dai tempi del liceo, quando era il più intelligente e il più bello e il più dotato, e tutti noi infatti lo invidiavamo… e scriveva da dio! Ah, come scrivevi, Nanni!»

Nanni tentò di interromperlo. «No, no… Guido, per favore…»

«Quindi ha deciso di darsi per un po' alla macchia» continuò imperterrito Cetrangolo, «anche se nessuno ha mai capito perché...»

«Ma insomma, non è mica vero...»

«... ed è però nel nascondimento che la scrittura si nutre e si ramifica...» e da qui in poi, dopo la parentesi autobiografica, Cetrangolo riprese il tono un po' sacerdotale che evidentemente riteneva fosse il più consono per trattare di poesia, «... poiché è nel buio dell'interiorità che devono riposare i testi che il mondo è impreparato ad accettare. Non sono certo io a dirlo per primo: ciò che si cela allo sguardo è sempre superiore a ciò che appare...», la quale doveva essere una citazione da qualche filosofo o teologo, chissà, Kierkegaard o Meister Eckhart, che Cetrangolo però non ritenne di menzionare.

Alzandosi, Nanni aveva lasciato libera la seggiola tra sua moglie e Alice Gelmini. Costanza si accorse, sbirciandone il profilo immobile e assorto, che la poetessa stava seguendo con grande attenzione il discorso di Cetrangolo, annuendo in modo impercettibile, ma che ancora maggiore interesse riservava a Nanni, anzi, si sarebbe detto che gli occhi le brillavano di piacere nell'osservarlo, lì, sulla pedana, che pativa quasi senza reagire i voli pindarici di Cetrangolo e si capiva chiaramente avrebbe voluto solo leggere il più in fretta possibile le sue poesie per poi squagliarsela. Certo, Nanni era un uomo interessante, bello e nobile, e risaltava ancora di più in mezzo a quella compagnia di relitti umani, pensò Costanza, i quali immaginavano di essersi meritato lo spazio che occupavano su questa Terra con le loro elucubrazioni in versi. Lo era in primo luogo dal punto di vista fisico, e Costanza aveva sempre avuto un'acuta, quasi morbosa sensibilità verso l'aspetto delle persone, la loro bellezza o bruttezza. Quindi lo sguardo un po' inquisitorio un po' lascivo della poetessa posato sul suo compagno, lei lo condivideva e in un certo senso approvava: anzi, si sarebbe quasi offesa se quella donna fosse rimasta impassibile. Nanni non lasciava indifferenti le persone prima ancora di aprire bocca. Anche se probabilmente non lo amava più, Costanza lo trovava tuttora desiderabile. Forse dopo di me si metterà con una così, ah ah, le venne da pensare, immaginando come doveva essere la Gelmini accanto a suo marito, accoppiandoli nella fantasia, e questa fu la prima volta da quando stavano insieme che formulò in concreto la seguente ipotesi: io e lui ci lasceremo.

Ma invece che rattristarsi, le venne da ridere.

Il profilo assorto di Alice Gelmini le fece tornare alla memoria episodi analoghi in cui il desiderio di un'altra donna verso Nanni aveva riacceso, temporaneamente, il suo. Al posto della gelosia, sentimento troppo rozzo e squalificato per una come Costanza, si risvegliava in lei una singolare eccitazione, di colpo si sentiva viva e orgogliosa, si ricordava di essere ancora bella, come se la bellezza di Nanni, quando veniva riconosciuta dagli altri, le si riverberasse addosso, si riflettesse su di lei e in lei, alla maniera di un'immagine che si replica in una galleria di specchi. Sentiva il bisogno di questa triangolazione attraverso gli occhi degli altri, perché quelli suoi e di Nanni stavano diventando ciechi a furia di guardarsi.

Zingone lesse così in fretta e senza fare pause tra le poesie, che gli sarebbe avanzato tempo per almeno un altro paio, ma non ne aveva con sé. Ascoltando quelli che avevano letto prima di lui, aveva notato che teatralmente rallentavano avvicinandosi alla conclusione di ogni poesia, forse per conferirle solennità, perciò lui fece l'esatto opposto, accelerò, come per disfarsi il prima possibile dei suoi scritti e non causare danni ulteriori. Quando ebbe capito che Nanni l'aveva finita lì, perché lo guardava e stava muto, Cetrangolo dalle quinte lanciò un sonoro applauso e la sala dell'«Ignoto» gli venne dietro.

6.

Dal pubblico si levò una voce indignata. «E questa, questa sarebbe poesia?»

A parlare era stato un uomo segaligno dal lungo e stretto naso, e attorno alle tempie una corona vaporosa di capelli grigi. Né Nanni né Cetrangolo trovarono le parole per rispondere a una domanda così perentoria e retorica, sicché lui riprese un discorso che doveva aver già perfezionato nella sua testa. Del resto, costui sembrava volersela prendere non con Zingone segnatamente, per quanto fossero state le sue poesie la goccia che aveva fatto traboccare il vaso della sua pazienza, ma con tutti quelli che avevano letto sino ad allora, e si presume con quanti ancora si apprestavano a farlo. Ora si sappia che nessuna, dico nessuna serata letteraria va mai esente da interventi di questo tipo: di solito avvengono nell'ultimo quarto d'ora, quando si lascia spazio alle domande del pubblico (che non sono quasi mai domande bensì proclami e divagazioni personali), ma talvolta esplodono nel corso dell'evento come pistolettate.

«Mi sembra che stasera abbiamo ascoltato soltanto della prosa, esatto, prosa, anche se spezzettata, frantumata... E dunque, la poesia? Qual è la differenza? I veri poeti, dove sono? Dove sono fuggiti gli dei? Basta mettere un "a capo" qua e là per farli tornare tra noi?»

Ora questo signore si era alzato in piedi e risultava altissimo e sul serio ossuto. Una specie di asceta o di santone. Aveva calzoni e camicia che gli sciacquavano intorno ai lunghi arti, e il dettaglio ricercato di un corto gilet a fiori di varie sete squillanti. Una donna seduta una fila dietro a lui stava per alzarsi e ribattere, ma Cetrangolo dal palco, con un gesto eloquente delle mani, la invitò a soprassedere e a lasciare che costui continuasse. Il discorso sugli dei fuggiti poteva rivelarsi un buono spunto.

«Non c'è nessuna vergogna, né il senso di un'altezza perduta, o di una profanazione, in quanto abbiamo sentito, dunque non può esservi poesia. Almeno la caduta, almeno quello, ammetterla, dichiararla! Esibirla! E invece niente. Da chi sono abitate le vostre parole, io vi chiedo, da chi? Da cosa? Ve lo dico io. Dalla *tecnica*. Dalla letteratura, cioè. Siete dei letterati, soltanto dei letterati, vale a dire la forma più bassa della vita. Non vi è annuncio in ciò che scrivete. Non vi è luce. Ah, la luce, la luce! Un po' di luce, perdio!»

E ripetendo la parola «luce», si avviò lungo la fila delle sedie e uscì, abbandonando con gesto plateale la sede dell'«Ignoto».

7.

Ma la serata doveva riservare un'ulteriore sorpresa, l'esibizione di un uomo biondo con la barba di una settimana, Lodovico Ragghianti, il quale era evidentemente alterato, e almeno un paio di volte parve sul punto di scoppiare in lacrime. Si era portato dietro quattro o cinque libretti che non sapeva dove posare, una volta estratti dalle tasche sformate della giacca di fustagno, e ne sfogliava prima uno poi l'altro, ansimando e scusandosi, avanti e indietro, senza riuscire a trovare la pagina giusta.

«Ecco, è questa… no, no… dovrebbe… un momento, ci siamo… del resto, la memoria… non so voi ma io… tra le tante che uno scrive…»

Il fruscio delle pagine amplificato dal microfono e dalla difettosa acustica della sala formava un rumore di fondo simile a certi effetti elettronici della musica contemporanea, tanto che qualcuno cominciò a pensare che fosse intenzionale e facesse parte della performance.

Quindi vi fu un colpo di teatro. Se spontaneo o preparato non si sa. «Oh! Ci siamo. L'ho beccata» disse infatti l'uomo, «ma… è solo che… è solo che… non posso. Non posso leggerla io. Non ce la faccio. E non sarebbe nemmeno giusto.»

Poi di nuovo con la voce rotta dallo strazio, «Deve farlo lei al posto mio. *Lei*, sì, lei, lei. La poesia è sua, la poesia è per lei...» aggiunse, «anzi, la poesia è lei, mi capite? Lo capisci, Fab? Sei *tu* questa poesia...».

Intervenne Cetrangolo, preoccupato. «Scusa, Lodovico, chi è Fab?»

«Fab? Fab? Oh certo, Fab...» balbettò il poeta. «È mia figlia.»

«Ma si trova qui, stasera?»

«Laggiù, credo... in fondo» disse il poeta mettendo le mani a cannocchiale come per avvistarla. «Fab! Ci sei? Fab!»

All'unanimità, la trentina di presenti girò la testa all'indietro. Costanza, che si era tanto annoiata fino ad allora, lo fece ancora più vivamente. Dov'era questa Fab? Qual era il dramma in corso? (Almeno qualcosa di vivo in quella serata di mummie!)

Divenne subito chiaro di chi si parlava perché tra le persone sedute nell'ultima fila di seggiole soltanto una poteva essere Fab: una ragazza emaciata, forse sedicenne, ben poco somigliante a suo padre tranne che per il fatto di essere bionda anche lei e pallida in modo spettrale. Sentirsi chiamata in causa evidentemente la infastidiva, per cui nascose il viso dietro le mani. Non rispose agli appelli accorati del poeta altro che scuotendo la testa; poi, visto che lui insisteva: «E basta! Cosa vuoi da me? Che c'entro io?».

Cetrangolo immaginò che fosse giusto intromettersi in quella dinamica familiare, altrimenti condannata allo stallo. Lo spirito di Guido era sempre di conciliazione, ovvero, di una conciliazione su un piano superiore a quello delle premesse antitetiche. Non l'accomodamento, dunque, bensì l'elevazione. A cosa servivano in fondo i conflitti? A migliorarsi. Gli sbagli? A emendarsi. Una lunga separazione tra amici? A ritrovarsi.

«Sarebbe bello che tu leggessi, Fab, sul serio, se ne hai voglia» disse Cetrangolo, invitante. «E in questo modo, che il soggetto passivo della poesia ne diventi il soggetto attivo…! Ah, che idea, pensateci: è come se la poesia leggesse se stessa…» disse, e guardò verso un punto imprecisato, meditabondo, dimenticando presto che si stava rivolgendo a una ragazza in carne e ossa per trasformare il momento in una riflessione generale di poetica.

«Non ci penso proprio» fu la secca replica di Fab. Sembrava non aver nessuna voglia di fare teoria. «Ho accettato di accompagnarlo qui perché mi fa pena.»

Ragghianti sorrise amaramente.

«Sapete» confessò il poeta all'uditorio, «io le ho chiesto perdono, tante volte gliel'ho chiesto, ma lei non vuole darmelo. Sono stato davvero pessimo come padre, non ho difficoltà ad ammetterlo. Ma ora le cose sono cambiate, e se tu sei qui con me stasera, vuol dire che sono cambiato, o no? Fab, rispondi almeno a questo!»

«Dieci anni senza farti vedere, e poi pensi di recuperare con una poesia?» lo accontentò Fab. «Vuoi proprio che te lo dica cosa devi farci con la tua poesia?» e fu sul punto di dire una volgarità che tutti comunque intuirono. «E poi basta, piantala una buona volta con quel nomignolo, mi chiamo Fabiana e non ho più tre anni.»

Si alzò in piedi. «Che mi faccio le pere, questo lo hai scritto nella tua poesia?» disse Fabiana. «Se lo hai scritto, allora vengo a leggere, come vuoi tu» e dal fondo della saletta si diresse verso il padre.

## 8.

Quella scritta da Ragghianti era una poesia d'amore, e Fabiana la lesse con odio. Con vero odio, con autentico e puro odio verso chi l'aveva scritta, dunque a suo modo la lesse benissimo, con una chiarezza da cui tutti restarono abbacinati. Fu di gran lunga il momento più emozionante o forse l'unica genuina emozione dell'intera serata, e Nanni e Costanza, lui un po' depresso e lei furibonda, se ne rallegrarono, come se venissero rinvigoriti dall'espressione sincera di quel rancore. C'era qualche speranza, in fondo, entrambi pensarono. La vita di Fabiana ancora pulsava e reagiva. Chissà se le nostre figlie ci odieranno mai così, questa fu la domanda spontanea che si affacciò nelle loro teste stanche. Chissà se una di loro o magari tutt'e tre si ribelleranno e finiranno fuori strada e andranno in pezzi come Fabiana. Ma tale rischio andava accettato.

E se succede, sarà colpa di chi?

Con i suoi fuori programma, la penultima esibizione sforò ben oltre i dieci minuti assegnati, cosa che del resto avevano fatto tutti gli altri poeti eccetto Nanni, per cui Cetrangolo si vide costretto ad accelerare i tempi.

«Mi dispiace ma siamo andati un po' lunghi. La serata è stata così densa, con doni così generosi da parte dei nostri ospiti che ci sarebbe stato impossibile rifiutarli. Chiedo comprensione a tutti. Tra cinque minuti qui ci buttano fuori. E abbiamo la degustazione di vini che ci aspetta!»

L'ultimo che doveva leggere accennò una debole protesta, fece il muso, ma poi si rassegnò e chiuse l'evento con un'intensa poesia dedicata a sua madre.

# Capitolo IX

## *Il giuramento*

1.

Su quattrocento soldati che dovevano prestare giuramento, solo una dozzina non ricevette la visita dei familiari in occasione della cerimonia. Chi aveva parenti troppo poveri per permettersi il viaggio, chi aveva rotto sul serio con i genitori (cosa tutto sommato rara nello Stivale). Tra questi ovviamente vi era Nico. Del resto, quale dei suoi avrebbe dovuto assistere alla parata, emozionandosi e persino commuovendosi? E poi, chi erano «i suoi», cosa aveva Nico che potesse dire effettivamente «suo»? Una famiglia? No. Una casa? No. Un vero amore? Mmm... nemmeno. Un lavoro? Chissà se ce l'ho ancora, ogni tanto lui si chiedeva, rimuginando sulla situazione interna alla Minaudo. Un ideale, una fede politica, un credo religioso, una posizione filosofica? Neanche a parlarne. Peraltro non gli dispiaceva affatto distinguersi, avere un buco sfrangiato al posto dei ricordi familiari, e nessuna aspettativa.

La cerimonia del giuramento, quando il servizio militare era ancora obbligatorio, possedeva qualcosa insieme di solenne e di farsesco. L'ultima guerra era stata combattuta quarant'anni prima e le reclute dello Stivale erano nate in un periodo di pace senza precedenti, tale da diffondere la convinzione che di guerre coi fucili, le cannonate e gli assalti non ce ne sarebbero più state, né adesso né mai. E la prospettiva di quella nucleare, con la cancellazione dell'intera umanità, era talmente apocalittica da vanificare qualsiasi capacità di comprensione e dunque di vera preoccupazione, quantomeno per i ragazzi, che non avrebbero dovuto prendersi la pena di combatterla visto che sarebbero stati inceneriti, insieme agli altri, qualche minuto dopo l'azionamento del famigerato «bottone rosso». In fondo, se dobbiamo morire tutti, chissenefrega. Dunque l'anno di leva aveva ben poco di bellicoso, non richiedeva particolare abnegazione o sprezzo del pericolo, tranne che per alcuni corpi speciali, ad esempio quello dei paracadutisti, dove infatti si arruolava gente affamata di guerra, nostalgica di guerra, vogliosa di battersi, gente che la guerra avrebbe voluto sul serio farla e rimpiangeva di non avere occasione per farla (alcuni se ne procurarono l'occasione per altre vie, la delinquenza o il terrorismo). Per tutti gli altri non era niente più che un anno di rottura di coglioni, scherzi più o meno idioti, cameratismo e notti insonni lontano da casa: cioè quel genere di esperienza che mentre la si compie viene presa a male, sembra squallida e umiliante, e che però nel corso degli anni per un curioso scherzo giocato dalla memoria, la grande incantatrice, parecchi finiranno per ricordare con nostalgia o addirittura con tenerezza e rimpianto: le marce, i turni di guardia, il rancio, le lunghe attese di nulla (caratteristica principale della vita militare, come confessano i suoi stessi cantori), obbedire senza pensare, battere il passo sul posto, le corse al cesso, insomma la vita amarognola e grottesca della «spina» (detto anche «insetto» o «microbo» o «rospo»), ebbene queste cose si arrotonderanno e addolciranno nel ricordo. Il che si può immaginare non sarebbe accaduto a uno come Nico Quell, così lucido, e poco o nulla sentimentale.

Di conseguenza, per la felicità degli albergatori locali, altrimenti rassegnati a entrare nella bassa stagione, giunsero da ogni parte dello Stivale centinaia di famiglie per assistere a quell'evento così privo di qualsiasi significato che la formula con cui culminava, e cioè l'urlo collettivo della truppa «Lo giuro!», molti erano d'accordo nel deformarla gridando «L'ho duro!» – la quale del resto, almeno nello spirito, non era un'affermazione in assoluto estranea alla postura marziale che richiedeva di esibire la propria virilità in ogni occasione: nel combattimento, negli scambi sociali, a letto, da veri uomini tutti di un pezzo. Non solo vennero i genitori, ma volentieri si portarono dietro anche i fratelli e le sorelle delle reclute, e qualche altro membro della parentela, perlopiù nonne e affettuose zie nubili, che ancora a quei tempi potevano essere facili a commuoversi per le gesta dei nipoti maschi, sino a diventare collezioniste dei loro successi, meticolose archiviste delle tappe salienti che segnavano l'ingresso di quelli nella vita adulta, dall'esame per la patente al matrimonio, dal diploma scolastico al primo impiego, mentre oggi questi ruoli familiari non trovano quasi più nessuno che li rivesta con abnegazione, un po' come si sono estinti certi lavori a base manuale: lo spazzacamino, la dattilografa.

Nico si apprestava a passare la serata in solitudine, forse persino rinunciando ad andare in libera uscita e perciò approfittando di un rancio da consumare in una mensa quasi deserta, con l'esclusiva compagnia dei cuochi e degli sguatteri incazzati per la consegna, e quindi godersi in santa pace, cioè senza il consueto accompagnamento di fischi, pernacchie e risate, un film con le sagome dei protagonisti gonfiate dal vento di mare che soffiava dietro lo schermo. Per una singolare scelta di qualche ufficiale cinefilo amante dell'horror, la sera del giuramento, quando si poteva ragionevolmente prevedere che la caserma sarebbe stata quasi vuota, tutti a cena fuori con le famiglie e l'orario di rientro posticipato di un'ora, nell'arena improvvisata con sedie pieghevoli in mezzo a una pista dismessa dell'aeroporto era in programma *Distretto 13. Le brigate della morte*. Nico era tentato di vederselo, ne aveva sentito parlare come di un film paranoico e violento sino all'inverosimile, sino all'insensatezza, alla gratuità pura, cioè la tendenza del cinema da una ventina di anni a quella parte: spostare un po' più in là il limite di ciò che era tollerabile vedere su uno schermo.

Ma la sorte gli riservava un altro genere di serata.

2.

In camerata tutti si stavano cambiando frettolosamente. Nico no, indugiava sdraiato in branda, o meglio, mezzo sdraiato, con le ginocchia raccolte e la schiena poggiata al materasso ancora ripiegato a cubo. A differenza delle altre abitudini e imposizioni militari, stare in divisa non gli dispiaceva per niente, era una semplificazione, un azzeramento, il modo ideale per nascondersi. Indossare i propri panni avrebbe voluto dire rivelarsi, manifestare la propria identità. Foderato, corazzato di ruvida stoffa carta da zucchero, coi calzoni tenuti su da una cinta la cui fibbia portava il simbolo regale dell'aquila, così incongruo alla vita di quei ragazzi zotici e confusi, Nico si sentiva protetto, in pace piuttosto che pronto alla guerra. Mentre gli altri si affrettavano perché smaniosi di raggiungere e abbracciare mamma e papà che li aspettavano alla porta carraia dell'aeroporto, solo un commilitone, Emilio Barbujani, si accorse di quel ragazzo che riposava incastrato contro il cubo, le mani giunte dietro la nuca, fissando aggrottato la rete superiore del letto a castello, come se vi vedesse scritto qualcosa che meritava il suo interesse… una posa, forse, quella di Nico, di simulato disinteresse verso lo scompiglio che lo circondava.

«Ma scusa, non ti cambi? Non esci?» domandò Barbujani riemergendo dal maglioncino a losanghe colorate che la muscolatura del torace deformava.

Nico si limitò a scuotere la testa piegando appena gli angoli della bocca, in un abbozzo di sorriso.

«Non è venuto nessuno della tua famiglia?»

Di nuovo quella specie di sorriso accompagnato da un sommesso mugolio. «Mmm… no.»

«Ho capito» disse Barbujani, e scansando il suo commilitone con colpetti d'anca si sedette sul bordo della branda per allacciarsi le scarpe da ginnastica.

«Perché non vieni con me, allora? I miei sono vecchi ma simpatici» aggiunse per convincerlo, «non ti annoierai, e rimedi anche la cena.» Gli strizzò un occhio, quindi sbuffò d'impazienza. «E poi, lasciatelo dire, è fastidiosa questa tua aria di superiorità, standotene da solo è come se dicessi che non hai bisogno di nulla, che puoi fare tranquillamente a meno di noialtri. Chi ti credi di essere, insomma?» e gli tirò un pugno amichevole su una spalla per scuoterlo dalla sua arrogante impassibilità.

«E dai, non ne ho voglia» replicò Quell. «Che c'entro io con la tua famiglia? Meglio se ve ne state tra di voi, no?»

«Nico, è venuta anche mia sorella. Perciò sbrigati a cambiarti. A meno che tu voglia far colpo su di lei vestito così...»

«Eh, il fascino della divisa...» disse Nico stirandosi con le mani la camicia sul petto. Era il primo movimento che faceva da mezz'ora.

«Spicciati» tagliò corto Barbujani con un tono che non ammetteva obiezioni, e gli diede un ulteriore scrollone cameratesco.

Fu così che, dopo aver marciato in formazione fino all'uscita dall'aeroporto, il che costituiva una parata assai poco marziale dato che le reclute erano in tenuta di fantasia, perlopiù jeans e maglietta, e alcuni di loro battevano il passo con lo schiocco delle ciabatte da mare, tranne Nico che era rimasto in divisa per far prima, appena fuori dalla cancellata il plotone si disperse in un istante e ognuno corse ad abbracciare i propri familiari con uno slancio tale da far credere che tornassero da una lunga campagna militare e non da un mesetto passato lontano da casa. Va detto che i parenti di Emilio furono particolarmente sobri nell'incontrare il figliolo. Suo padre, Arturo Barbujani, che in effetti sembrava un vecchio malgrado non dovesse avere molto più di cinquant'anni, secco come un chiodo anzi come scarnificato, gli diede una pacca sulla spalla con una delle enormi mani nodose, ma leggera, insonora. La madre, che si presentò come Dorina, una donna minuta dai grandi occhi chiari, si limitò a carezzarlo su una guancia con un gesto così delicato che Emilio chiuse gli occhi nel riceverlo e fu piuttosto lui a strofinarsi contro quella mano, come fanno i gatti, mentre l'unica ad attaccarglisi al collo e coprirlo di baci fu la sorella Severa, che gli somigliava, anche lei alta, grande, ben fatta, chiara di carnagione e di capelli, sicché nell'abbracciarsi quei due parevano compagni di squadra che festeggiano una vittoria piuttosto che fratello e sorella.

«Posso presentarvi il mio commilitone?» disse Emilio e fece venire avanti Quell come si introduce un ospite d'onore. «Non vi dispiace se stasera si unisce a noi?» Preferì non spiegare le ragioni di quell'invito a cena, ritenendo che fossero superflue e anche un poco rattristanti: se Nico non aveva nessuno che venisse a trovarlo, ma proprio nessuno, il suo quadro familiare doveva essere giocoforza desolante. A chi piace sul serio restare solo?

«Ma certo, se è un tuo amico è il benvenuto» disse la signora Dorina, e suo marito si mostrò altrettanto accomodante, «Abbiamo prenotato per quattro, basterà stringersi un po'.»

«Davvero, non vorrei disturbare in alcun modo» si schermì Nico per buona educazione, ma intanto con la coda dell'occhio osservava la reazione di Severa, poiché solo su di lei, da quel preciso momento in avanti, si sarebbe concentrata la sua attenzione, come se quella sera non esistesse che lei, non fosse importante nessuna altra persona al mondo che lei. Per il medesimo effetto ottico che nella fotografia si ottiene diminuendo la profondità di campo in modo che un solo soggetto o dettaglio sia messo a fuoco, le figure di Barbujani e dei suoi benevoli genitori da quel momento ai suoi occhi divennero sagome indistinte, e anche le loro voci si smorzarono fino a ridursi a un ronzio. Camminavano, parlavano, gli rivolgevano domande, e Nico era comunque in grado di rispondere loro facendo ricorso a una specie di pilota automatico nella conversazione di cui la sua appartenenza di classe lo aveva fornito, eredità del padre ambasciatore, addestrandolo a cavarsela con qualsiasi estraneo (e per Nico *tutti* erano estranei, senza eccezioni), ma solo Severa era presente, solo lei era viva e reale, quella sera contava solo lei. Questo un minuto dopo averla vista per la prima volta, anzi meno, dieci secondi forse, o un batter d'occhi. Nella landa desolata che era quella fase della sua vita, vasta, sterile e vuota come l'aeroporto spazzato dal vento in cui prestava servizio, Severa, anche per poche ore, anche soltanto a guardarla e sentirla parlare, con quegli scoppi di risa repentini e la precipitazione con cui narrava ironicamente le sue avventure scolastiche (era all'ultimo anno di liceo), bastava perchè Nico sospendesse le sue risoluzioni sull'assurdità dello stare al mondo. Ma sì, valeva la pena vivere, ancora un giorno, grazie a lei, almeno sino all'indomani, passare la notte più oscura, arrivare in fondo vivi. Valeva la pena sopportare il resto, il resto poteva anche sparire. E perciò dentro di sé ringraziò per la sua sfacciata fortuna, ripeté grazie, grazie di questa opportunità che mi viene data, senza sapere chi stesse ringraziando, la buona stella, la recluta Emilio Barbujani, l'angelo che vegliava su di lui e lo prendeva per mano e lo tirava su mentre stava cadendo, salvandolo per un soffio. Quel soffio era Severa. Non era l'angelo, bensì il suo soffio di vita. La novità, la ricompensa inattesa. La donna discesa ad abitare il luogo rumoreggiante e inospitale che chiamiamo Terra. Senza l'invito a cena da parte del suo commilitone, la sera anzi l'intera vita di Nico sarebbe stata piatta, insulsa, miserabile, e la resistenza opposta dall'orgoglio di saper stare da solo e la curiosità provata verso il bizzarro film horror che avrebbero proiettato in caserma, e la sua stessa prensile intelligenza, che da una parte lo faceva soffrire producendo una sterile eccedenza di consapevolezza e però dall'altra gli aveva insegnato a relativizzare tutto, ma davvero tutto, a partire dal bene e dal male, e dalle proprie angosce e dalle proprie paure, be', non sarebbero bastate a esorcizzare lo squallore. Senza appigli a cui aggrapparsi, sarebbe precipitato nel gelido abisso del principio di realtà – dove tutto diventa chiaro, netto, definitivo, spaventoso.

## 3.

Cenarono di fronte al mare, che lì chiamavano «mare piccolo» perché evidentemente doveva essercene da qualche parte uno più grande, a base di pesci fritti, che lasciavano impronte d'unto sui fogli di carta gialla usati per servirli. Severa ne mangiò una quantità, rubandoli dal piatto di portata come farebbe un gatto affamato, Nico quasi non li toccò, sebbene fossero invitanti. I genitori di Barbujani sembravano un poco intimiditi da Quell, lo trattavano con un riguardo che a un ragazzo della sua età di solito non si riserva. A un certo punto alzarono i calici pieni di un vino rosé che sembrava leggero ma non lo era affatto, e fu Severa a proporre il brindisi: «A mio fratello che oggi è diventato un uomo!».

Nico notò che la ragazza, diversamente dagli altri, non tradiva nessun accento regionale. Il papà e la mamma aspiravano la c all'inizio delle parole e pronunciavano la g come i francesi la j, mentre Emilio parlava con una cadenza cantilenante ora beffarda ora aggressiva, accelerando all'improvviso per concludere le frasi; niente di tutto questo in Severa, che aveva anche un timbro di voce diverso, come se l'ambiente in cui era cresciuta, un piccolo paese sulla dorsale appenninica, dove la carne è buona e il vino forte, non l'avesse influenzata neanche un po'. «E poi beviamo alla salute di Nico, che uomo deve esserlo già da un pezzo... » E qui scoppiò a ridere. «Beata me che sono nata femmina!» Nico subito riprese mentalmente quella frase riadattandola, beato *me* che tu sei nata femmina...! Mentre i bicchieri tintinnavano l'uno contro l'altro, a turno, stando bene attenti a non sovrapporre i brindisi, gli occhi di Severa e di Quell si incrociarono come vuole il rituale ma rimasero fissi gli uni negli altri per un tempo più lungo del convenevole, in modo semplice, aperto, esplicito, come doveva infatti essere il carattere della ragazza, a cui Nico si stava adeguando o per meglio dire abbandonando, con un fiotto di piacere a tal punto caldo da farlo, cosa davvero insolita per lui, arrossire. Non vi è infatti nulla di più bello e fatale di questo consegnarsi a un'altra persona in un istante, ed è precisamente quello che Nico si accorse di sperimentare: una resa senza condizioni. Non contava l'età, non contava la condizione sociale o l'esperienza, non contavano la bellezza o la parlantina. Senza alcuna intenzione, senza aver pronunciato nessun incantesimo né fatto nulla di speciale, Severa, diciannove anni ancora da compiere, aveva catturato e imprigionato Quell come un'antica dama un cavaliere. Lo aveva soggiogato, asservito, e il bello è che lui se ne beava. Rapito, sì, «rapito» è forse la parola giusta: pur sapendo che si trattava di un affare da nulla, la semplice fibrillazione tra un battito del cuore e l'altro, un passatempo, il lampo che rischiara l'oscurità per spegnersi in un istante, un gioco di bambini bendati che brancolando si rincorrono euforici – ma insomma, niente più di questo. Nico lo sapeva benissimo. La soave assurdità della situazione gli era perfettamente nota, e infatti dentro di sé ne rideva: era bastato un mese di distacco da una qualsiasi compagnia femminile per farlo cadere in adorazione di una ragazza sveglia piovutagli addosso da un paesino ottocento chilometri più a nord.

## 4.

La luce nel cielo oramai viola non voleva saperne di cedere alla notte, indugiava sull'orizzonte marino appena velato dalla foschia, e così la serata si prolungava oltre l'orario di cena, quando si è finito di mangiare e si parla e si fuma, buttando giù qualche bicchierino che brucia l'esofago e facilita le chiacchiere. Fino ad allora a sentirsi più a suo agio era Emilio Barbujani, il punto di convergenza tra i presenti: genitori, sorella, nuovo amico, la formazione ideale per ricreare il calore di casa. Del resto Emilio si era accorto di come la riluttanza di Nico si fosse dissolta un istante dopo aver incontrato sua sorella, anzi, ancor prima, quando lui l'aveva usata come esca per convincerlo a non restarsene in caserma e a uscire con loro. Poi si era divertito a raccontare a tavola di come Nico, l'intellettuale della camerata, fosse diventato lo scrivano dei commilitoni, quando si trattava di mandare una lettera sospirosa alle fidanzate lontane era lui a provvedere (eh già, gli riusciva facile scrivere frasi insincere, ne era un vero specialista...). «Non potete immaginare quanto siano belle le sue lettere!» disse, ma non era chiaro se fosse serio o ironico. «Piene d'amore, di passione... Cederei persino io a un corteggiamento così romantico...» La signora Dorina, che doveva essere all'antica ma non era affatto scema, aveva ben chiaro che suo figlio stava scherzando, eppure convenzionalmente finse di scandalizzarsi per quella dichiarazione. «Non dirlo nemmeno per ischerzo!» Ma lui insistette: «Dai, mamma, lo sai che pure gli Spartani formavano delle coppie, in battaglia, no? Io e Nico siamo una coppia, diciamo così, a tempo. Una volta che finisce questa porcata di servizio militare, torneremo di corsa dalle nostre ragazze, se ancora ci stanno aspettando, se no vorrà dire che ne troveremo altre».

A questo punto intervenne Severa con una domanda diretta e per varie ragioni imbarazzante. «Ma tu, Nico, ce l'hai una fidanzata?»

Nico esitò a rispondere. Perché me lo chiede? Ci tiene a saperlo? È così scontato che uno come me, uno della mia età, abbia una ragazza? Gli altri ce l'hanno tutti, e io? Cosa debbo rispondere? Che non ce l'ho, oppure ne ho diverse? Che stupida e odiosa risposta sarebbe questa! E però, che stupida parola è «fidanzata»... Cosa vuol dire, oggi? Ma sì, una volta, il fidanzamento, l'anello, il pranzo coi genitori, la promessa... cose che non esistono più. Perché usare ancora le parole che le designavano applicandole a situazioni nuove, solo perché queste ancora non hanno un nome? Cosa sono in effetti per me Sheila B., Lenia Berio, la Rosa dei Venti e sua sorella, come debbo chiamarle queste storie, e cosa sarebbe Severa, se mai finissimo per darci qualche carezza, o un bacio? Mi basterebbe, quel bacio? Sì, certo che mi basterebbe. O forse no. Ma quando, quando? Prima che lei esca dalla mia vita...

5.

Storia, storie. «Avere una storia» con qualcuno era il modo spiccio e generico che si usava in quegli anni per definire un rapporto amoroso quasi sempre breve e occasionale, che qualcuno infatti, con ironia o una certa supponenza, riduceva ulteriormente a «storiella». La generazione precedente aveva usato il termine (da un bel po' caduto in disuso e oggi incomprensibile) di «flirt», o il seducente ed enfatico «avventura», anche quando non presentava nulla di avventuroso. Qualcosa, insomma, che sta tra il corteggiamento per gioco, l'attrazione, la promiscuità, la scopata di una sera, l'euforia passeggera e persino l'innamoramento ai suoi esordi, quando ancora non è chiaro, a chi lo sta vivendo, di cosa diavolo si tratti. Evolverà, si estinguerà? O finisce già il giorno dopo, come una sbornia, con qualche postumo? Quelle di Nico potevano dirsi in effetti «storie» perché mettevano insieme tutti questi aspetti con diverse percentuali dell'uno o dell'altro. Vincere l'attenzione, il sorriso, i pensieri, e infine anche il corpo altrui: ebbene sì, si trattava di una vittoria, ma non sportiva o militare, piuttosto, quella di un premio alla lotteria, una botta di fortuna, qualcosa di casuale e piacevolmente immeritato, e per questo gioioso – o almeno così la vedeva Nico. Che qualcuno ti scelga, e sia proprio la stessa persona che hai scelto tu, almeno per quella sera, non è soltanto un incrocio fortunato ma un indice di vitalità, ossia, il segno che la vita pulsante dentro ogni individuo lo muove in modo ineluttabile verso altre vite, altri individui, a incontrarsi e scontrarsi con loro e rimbalzare verso una nuova direzione come palle su un tavolo da biliardo, in modo al tempo stesso mirato e casuale. Ora la traiettoria obliqua di Severa la stava avvicinando a Nico, più vicina, sempre più vicina, e lui sentiva che il contatto fisico tra di loro era ormai prossimo, gli sembrava di essere già abbracciato a lei. Sarebbe stato possibile o impossibile? Piacevole o deludente?

Mentre queste domande si susseguivano in lui come lampi di un flash, Nico stava tentando di sorridere alla sorella del suo amico, uno di quei sorrisi elusivi che servono a sottrarsi alla questione posta, ma non ci riusciva, e rimaneva serio come seria era in fondo la questione. Quindi decise di rispondere di no, no, niente fidanzata, io.

«Non ti vuole proprio nessuno, eh?» insistette la ragazza.

«Pare di no...»

«O chissà, magari sei tu che fai troppo il difficile, e non trovi mai quella giusta, che ti piace sul serio. Dai, facciamo un gioco, anche voi due partecipate» e si rivolse ai genitori che, si direbbe, grazie al vino, avevano perso una parte della loro compostezza. «Come dovrebbero essere l'uomo o la donna ideali per voi? L'uomo dei vostri sogni? La donna di cui potreste, anzi, vorreste innamorarvi?»

«Insomma, Severa, non mi pare il caso, e poi, io e tuo padre siamo già sposati, dunque...» protestò la madre ma così fiaccamente che gli altri interpretarono la sua presa di posizione come un atto dovuto. Le brillavano gli occhi di un certo divertimento, e insieme di preoccupazione. Forse la proposta di Severa aveva riacceso ricordi e suscitato pensieri spinosi. «Il nostro ospite, vogliamo metterlo in imbarazzo? Sono cose personali, queste...»

«Ma no, signora, si figuri» intervenne Quell, «non mi imbarazza affatto, e poi si tratta di un gioco, no? Ho però qualche difficoltà a rispondere di getto per cui preferirei non essere io il primo a farlo. Perché non cominci tu, piuttosto?» e indicò Emilio.

«Giusto, comincia tu!» esclamò Severa, e aggiunse di essere molto curiosa di capire quale fosse il tipo di ragazza che piaceva a suo fratello, il quale aveva sempre preferito restare vago in proposito, al punto da farle sospettare che non ci fossero affatto le donne al centro del suo interesse. Lui accettò e diede inizio a una confusa descrizione della sua ragazza ideale che non si capiva se fosse alta o bassa, bionda o bruna, allegra o seria o malinconica, calma o nevrotica, intellettuale o pratica. L'unica caratteristica, l'unico punto fermo a cui Barbujani sembrava tenere era che la sua idea platonica di fanciulla dovesse essere sensibile, «molto sensibile».

«E cioè?» gli chiese Severa.

«Deve capire tutto in anticipo, senza bisogno di troppe spiegazioni. Deve essere capace di leggermi nel pensiero.»

«Vorremmo trovarla anche noialtri una persona così!» disse il signor Arturo.

«Perché, non l'hai trovata di già?» scherzò Severa accennando a sua madre. «A lei devi spiegare tutto? Non vi capite al volo, voi due?»

«Dopo tanti anni, quello c'era da capire tra noi lo si è capito. Le cose importanti oramai si possono tacere, e di quelle sciocche che c'importa?»

«Senti un po', ma perché la vuoi tanto sensibile, la tua ragazza?» chiese Severa al fratello. «E cosa intendi esattamente? Intelligente, premurosa? A me, a dir la verità, darebbe piuttosto fastidio che un'altra persona potesse sapere tutto quello che mi passa per la testa...»

«Le cose brutte... anche le cose brutte» mormorò Dorina annuendo.

«Certo, anche quelle brutte...»

Barbujani, che di solito era spigliato, pareva incapace di fornire ulteriori precisazioni e si era stranamente emozionato nell'improvvisare questo ritratto virtuale di «ragazza sensibile», come se non ne avesse mai incontrata una in vita sua e dunque fosse costretto a immaginarla partendo da zero. La sensibilità non sa nemmeno cosa sia e forse è proprio per questo che desidera incontrare chi ne è provvisto, pensò Nico, strano, non lo avrei mai detto tanto incerto e ingenuo, dato che in tutto il resto si dimostra molto sicuro di sé. Ma forse quello è un atteggiamento, e solo adesso è sincero. Sua sorella lo costringe alla sincerità. Se non vi siamo obbligati, tendiamo a tenerci alla larga dalla verità: la aggiriamo finché è possibile. E chissà per quale ragione si ritiene che la sensibilità sia una prerogativa delle ragazze, delle donne, e che noi maschi ne siamo privi. Ah Barbujani, amico mio, sei proprio una mammola, e sogni di incontrare un altro fiorellino come te. Non ti importa se sarà bella o brutta, brillante o riservata, povera o ricca: basta che guardarla negli occhi serva a trovare la soluzione a tutte le questioni, persino a quelle mai poste, alle domande che non hai il coraggio di fare. Non chiedo altro, pensi, non chiedo altro che di essere capito, ma sei tu piuttosto a non capire chi sei e quale sia il tuo vero desiderio, quindi speri che ci sia qualcun altro in grado di dirtelo. Nico era contento di scoprire nel suo compagno questa inaspettata esigenza spirituale, grazie alla sfida avviata per gioco dalla sua ingegnosa sorella, che anche per questo lo attraeva sempre più.

## 6.

Ma la giornata aveva preso una piega imprevista incedendo verso la sera. Dal giuramento solenne di fedeltà alla patria, davanti alla bandiera che garriva ai colpi di vento e alla sciabola sguainata in alto dal comandante come un guizzo di luce, con la promessa dei giovani soldati di essere pronti a qualsiasi cosa per difenderla, l'amata patria, persino a uccidere e lasciarsi uccidere se necessario, be', si era passati ai capricci e ai sogni voluttuosi del cuore, che muore anche lui ma dalla voglia di sciogliersi e annullarsi nell'abbraccio di una persona conosciuta un'ora fa. E non pensa ad altro, non aspira ad altro. La notte sopraggiunta di colpo aveva riempito la marina con un diffuso scintillio, tutto là in fondo a quell'umida vastità ardeva, brillava, compreso il cielo grondante di stelle, mentre la musichetta delle piccole onde che si rincorrevano era cresciuta fino a rendere ogni discorso superfluo, chiedendo, anzi, intimando di fare silenzio per ascoltarla; l'odore di salsedine si era fatto sempre più pungente e gradito, come se facesse parte abituale di una lunga villeggiatura meridionale, di una ben meritata vacanza – mentre, al contrario, di lì a poco Nico e il suo compagno sarebbero dovuti rientrare in caserma e gli altri tornare alla pensioncina nei paraggi della stazione dove avevano preso alloggio, in una stanza con un letto matrimoniale e uno di fortuna, per ripartire all'indomani di buon'ora, avendo davanti tre cambi di treno per complessive nove ore di viaggio.

Dopo aver attirato l'attenzione del cameriere con gesti vistosi, il babbo di Severa ed Emilio ordinò un ultimo litro e poi si incantò a fissare la caraffa che schiumava in superficie con uno sguardo carico di pensieri. «E ora se volete vi dico la mia» come per distrarlo da ricordi malinconici si affrettò ad annunciare Severa. Il profilo del suo tipo ideale combaciava perfettamente al ritratto di suo fratello. Era preciso in ogni dettaglio, a partire da quelli fisici, la forma particolare degli occhi dalle palpebre un poco gonfie che, nel ridere, si restringevano a due fessure oblique, quella del naso e delle mani nodose, il rosso delle guance che sembravano aver appena ricevuto uno schiaffo nel viso per il resto pallido, la capigliatura crespa di quel biondo cenere che non si spegne nemmeno dopo un taglio quasi a zero, e infine la postura ingobbita che in effetti era quella di Barbujani quando camminava con le mani in tasca, non appena cessava l'obbligo a stare eretti col petto in fuori, imposto da sergenti e sottufficiali – così somigliante quel ritratto tanto da dare l'impressione che lei non stesse delineando una figura immaginaria, ma descrivendo quella che si ritrovava dall'altra parte del tavolo. Era una specie di omaggio o di gesto amoroso nei confronti dell'adorato fratello maggiore? O l'orizzonte da lei conosciuto tanto ristretto da non averle mai proposto altri modelli, un po' come accade nella *Tempesta* a Miranda che non crede ai suoi occhi quando sull'isola avvista il giovane Ferdinando, ed è la prima volta, la prima figura umana che non sia quella di suo padre Prospero, o del bestiale Calibano?

Oppure il gioco aveva un risvolto malizioso e lei stava deviando sul fratello l'interesse che in realtà nutriva verso l'amico?

Quale che ne fosse la ragione, a Nico l'atteggiamento della ragazza dava una punta di piacere, o di conforto, sollevandolo dalla bassezza della vita reale. Dopo chissà quanto tempo, sentiva, letteralmente, la muscolatura delle spalle e del collo rilasciarsi, come una corazza le cui cinghie vengono slacciate, mentre in caserma era sempre contratta, ma anche quando lavorava alla Minaudo lo era, in un atteggiamento di vigilanza, in guardia, pronto a difendersi o a colpire. Era il momento buono, addio alla derelizione grottesca della vita militare, addio alla rancida convivenza tra maschi: e benvenuta quella presenza femminile capace di riscattare in un colpo solo, come una fortunata mano di carte ribalta l'intera partita, quel mese di chiassosa, affollata solitudine.

Gli tornò in mente una poesia che aveva letto a diciott'anni, molto divertente, anzi geniale, *Inverno: che fare in campagna?*, nella quale viene raccontata la noia mortale dell'autore mentre fuori sta nevicando, qualcuno in casa gioca a carte a lume di candela o sferruzza la calza, o chiacchiera delle prossime elezioni, la pendola rintocca in modo lugubre, lui ha già provato a leggere un libro o a scribacchiare qualche riga ma niente, il tempo continua a trascinarsi inesorabile, pigro e vuoto… non resta che giocare a dama o a scacchi con qualche zia... finché là fuori, miracolo!, si ode il sonaglio di una slitta, è una famigliola inattesa che arriva in visita, e guarda un po', tra di loro c'è una bella ragazza, o forse addirittura due, due sorelle bionde... e tutto d'improvviso riprende colore, la vita si rianima, ritorna piena, e degna di essere vissuta, giochi, risate, occhiate... finché lui si ritrova quasi per caso con la ragazza più grande, prima sulle scale e poi su un balcone, a prendersi la neve in faccia: e i due si baciano appassionatamente.

*Oh, come arde nel gelo la rosa russa!*

Ecco, lui si sentiva così. Risvegliato, risorto. Aspirando anche lui a una simile conclusione.

Nel cuore di Nico c'è posto, c'è molto posto, sia perché è grande (malgrado non tutti la pensino così, e forse tra loro qualche lettore di questa storia), sia perché è quasi vuoto. Lo spazio occupato dagli affetti familiari e dalle amicizie durature è tanto esiguo che ne avanza moltissimo per gli incontri inattesi come quello di stasera: ecco perché Severa ne ha impegnato subito una bella porzione, che forse lascerà di nuovo libera tra pochi giorni, chi lo sa. Quando sarà terminato il periodo di addestramento, e ognuno partirà verso la propria destinazione per i prossimi undici mesi di naja, Nico e Severa si saranno scambiati i numeri di telefono e gli indirizzi di casa (incerto su quali fornire, non avendo una precisa idea del suo futuro, Nico aveva scarabocchiato su un tovagliolo di carta quelli del lavoro, la casa editrice Minaudo, che forse sarebbero stati ancora validi, mentre Severa ovviamente aveva dato quelli di famiglia), e dunque a Nico sarà possibile scriverle, per tener viva la possibilità di un nuovo incontro, ricevendo poi lettere di risposta scritte su fogli di bloc-notes a quadretti col bordo strappato dalla spirale, in cui lei gli racconta la sua vita quotidiana, il pullman che facendo scricchiolare il sale antigelo nei tornanti la mattina presto la trasporta e la deposita in città, il liceo è lì, i compagni sono di lì, e poi la pallavolo due pomeriggi a settimana più la partita il sabato o la domenica, le serate davanti alla tv coi genitori che già alle nove e mezza stanno russando sepolti nel divano, più qualche sporadica avventura da diciannovenne, una comitiva di paese dove ci si fa le canne contro un muretto oltre il quale ha inizio la campagna. Poi giocoforza, visto che d'incontrarsi non se ne parla, le lettere si diraderanno (non hanno poi molto da dirsi, in fondo) fino a cessare, quelle ricevute Nico le smarrirà, e oggi Nico, che ha sessantotto anni (sì, è ancora vivo, oggi) ha dimenticato come si chiamava quel caro compagno del servizio militare, di cui era stato a un passo dall'innamorarsi, però ricorda bene il nome dell'incantevole sorella di cui era stato, di lei sì, sul serio innamorato: Severa. Bel nome, Severa! Per quanto tempo innamorato, qualche settimana, un mese? O forse solamente quella sera lì, con uno strascico di fantasticherie?

Del resto, ciò che più dava piacere a Nico era il fantasticare l'amore, piuttosto che realizzarlo. E oggi può recuperare intatto il piacere di quell'incontro, che occupa il suo cuore senza rubargli spazio.

«Ho esitato prima di parlare» incominciò Quell, «ma sono costretto a confessarvi che io un ideale di donna, un ideale di persona da amare non ce l'ho. Non saprei come descriverla. Forse si deve al fatto che io, di ideali, non ne ho. Sarà che manco di fantasia, oppure di fede, o di convinzione. Dunque non vado in cerca di nessuno in particolare, anche se naturalmente mi capita di incontrare qualcuno strada facendo, e qualcosa succede anche a me, ma non perché io me lo aspettassi o desiderassi proprio *quello*. Voglio dire che il mio desiderio non ha un oggetto preciso. La parola "ragazze" è generica. Potrei dire che mi piacciono tutte o non me ne piace nessuna, c'è poca differenza, poca verità. Nei miei sogni ad esempio incontro solo persone sconosciute, dalle fisionomie sempre diverse, con cui faccio cose assurde, e quello che accade è casuale, e l'amore anche è casuale, una specie di incidente, traiettorie che si incrociano in un punto, ma che avrebbero potuto viaggiare in parallelo all'infinito senza incontrarsi mai, mai. L'attrazione si accende, si spegne, e sei fortunato quando lo stesso ritmo lo vive qualcuno accanto a te, insieme a te, si accende e poi si spegnerà nel medesimo istante. Ma qui sta il bello dell'incontro, è una sorpresa, una scoperta, una novità inattesa. E non poteva essere altrimenti, nel bene come nel male. La mia ragazza ideale diventa quella che mi piace, che mi sta piacendo qui e ora, quella di cui sono innamorato e finché lo sono. Il mio ideale insomma è concreto, è presente, dev'essere qui, adesso. Altrimenti non esiste.»

Nico abbassò lo sguardo, il suo discorso lo stava portando altrove, lontano, dovevano essere quelle maledette notti insonni in camerata a farlo delirare in questo modo, anche se le cose che stava dicendo erano sincere e forse anche logiche – ma perché esporle davanti a quella famigliola? Solo per dimostrare qualcosa a Severa, o a suo fratello? E cosa, precisamente?

«L'amore esiste solo quando lo si prova, e la conferma sta nell'impossibilità di spiegare cosa sia a chi non l'ha mai provato: se sai già di cosa si tratta non ho bisogno di spiegartelo, se non lo sai è inutile tentare. Appena cessa quello stato di grazia ci si accorge che era un'illusione. Ciò nonostante si continua a desiderarlo... e a illudersi.»

Nico si accorse che i commensali lo stavano guardando stupefatti dal suo fervore, specie Severa che si teneva la faccia tra le mani con i gomiti puntati contro il tavolo, come una bambina che ascolta una favola. «Dunque, il mio ideale coincide con la realtà, con una data realtà. Cioè la presenza di una persona accanto a me, che vuole stare con me, che vuole me e che io voglio. Il mio ideale non supera la realtà, non la trascende, ma la accoglie, la fa sua. È la realtà di una singola persona nell'istante in cui mi piace, voglio dire, mi dà piacere, mi dà piacere parlarci, stringerla, baciarla, ricordarla e desiderarla quando non c'è, desiderare, se è lontana, di averla vicina. Ecco, è questo il mio ideale» concluse quasi commosso, «ma la persona che lo incarna potrebbe essere *chiunque*.»

Dopo queste parole nette quanto enigmatiche Nico sollevò lo sguardo sui suoi commensali. Il signor Barbujani si stava lisciando i baffi come prendendo seriamente in considerazione quanto aveva detto l'amico di suo figlio, per trovarvi un senso, le donne sorridevano, per niente sicure di averci capito qualcosa, ma da questo affascinate. Solo Emilio lo guardava stizzito, le sopracciglia aggrottate e una smorfia di disapprovazione. Magari aveva trovato fuori luogo che Nico facesse quello sfoggio davanti alla sua famiglia, marcando con quell'atteggiamento da filosofo (la «trascendenza», andiamo!) la distanza che separava un giovane educato dal nucleo di provinciali di modesta estrazione. Ma aveva torto: Nico in questo modo esprimeva il massimo rispetto possibile nei loro confronti; usando certe parole non intendeva schiacciarli sotto il macigno della cultura, bensì per un tratto almeno portarne il peso insieme a loro, e condividerne l'esito. Fino a che punto possono essere fraintese le intenzioni! Del resto, lasciando da parte lui e sua sorella che le scuole le avevano fatte o le stavano ancora facendo (Severa pare con risultati lodevoli), i genitori di Barbujani erano assolutamente in grado di star dietro ai ragionamenti di Nico, alle sue elucubrazioni, e del loro rango intellettuale di lì a breve avrebbero dato prova. Non ci sono mai discorsi troppo alti o troppo bassi per nessuno, quando vi è disposizione all'ascolto. E guai a chi pecca di arroganza banalizzando le proprie parole poiché suppone che l'uditorio non abbia sufficienti qualità per comprenderle!

Nico aveva notato che per leggere le portate del menu il signor Arturo puntava il dito su ogni parola, e lo spostava lungo la riga.

«Desiderare, dopo tutto, vuol dire odiare la realtà. Io invece la realtà la amo. La amo così com'è.»

7.

Come idealmente proseguendo il discorso di Nico, prese la parola il signor Arturo, schiarendosi la voce dopo aver scolato il fondo del suo bicchiere ed essersi asciugato le labbra col dorso della mano. Con il suo espressivo mutismo, la moglie pareva incoraggiarlo a parlare e al tempo stesso temere le conseguenze di quel che avrebbe detto.

«Voi ragazzi potreste pensare, essendo due vecchi all'antica e senza grilli per il capo, che mia moglie ed io fossimo fatti l'una per l'altro. Sposati da venticinque anni, felicemente! In questi casi la felicità è quasi un obbligo, la si dà per scontata. Mai uno screzio o un litigio, vero, Dorina? I miei figli qui presenti, caro Nico, potrebbero confermarlo, che andiamo d'amore e d'accordo. E poi a me vostra madre piace ancora moltissimo, mi piacciono i suoi occhi, vedete come sono limpidi? e mi piace che sia piccola di statura così io posso stringerla tutta quanta in un abbraccio, potrei anche sollevarla da terra. Mi piace anche il fatto che, in definitiva, abbia sempre avuto ragione lei quando le nostre opinioni non coincidevano, l'ho potuto verificare dalle conseguenze che hanno avuto le nostre scelte: se negative, era quando il mio punto di vista aveva avuto la meglio sul suo, mentre quelle buone si dovevano sempre alle sue decisioni.»

Qui Arturo guardò fisso i suoi figli, preparandosi a dire quello che non avevano mai saputo e nemmeno immaginato. «Ad esempio, se fosse stato per me, voi due non sareste venuti al mondo. Non sareste nati. E invece siete qui.»

«Questo non è del tutto vero» lo interruppe Dorina, che però si limitò a questa obiezione senza spiegare su cosa fosse fondata. Per cui suo marito riprese a parlare con un tono di voce più basso ed emozionato. «Noi siamo fatti così, io ho la quinta elementare e lei la licenza media, parliamo poco, ma la volta che parliamo è per dire qualcosa. Dunque la storia è questa, se volete ascoltarla, figli miei, è tempo che sappiate, ma anche lei, signor Quell, se crede, potrà giudicarla.»

«Grazie, vada avanti» lo incoraggiò Nico, incuriosito. La sua attenzione era transitata attraverso Barbujani sulla sorella, tramutando l'amicizia verso il primo nell'istantanea infatuazione per la seconda, ma ora si indirizzava ai loro genitori, come se fossero l'origine di tutto. Questo d'altronde sono un padre e una madre.

«L'uomo che vostra madre aveva scelto non sono io. In un certo senso rappresento un ripiego, lo dico con cognizione di causa. Lei» e additò Dorina, «era innamorata di un mio amico, non ne dirò il nome, o invece sì, lo dico, non avrebbe senso tacerlo. Severino si chiamava. Il più bel ragazzo del paese, quello che piaceva di più. Anche perché aveva una voce bellissima, avrebbe potuto fare una carriera di cantante. Lavorava da un salumiere, faceva le consegne. Vostra madre lo sentiva passare sotto la finestra, in bicicletta, varie volte al giorno, e ogni volta si affacciava. Lui la vedeva e le tirava baci, lo faceva così, in allegria, senza pensiero. Però nel cuore di vostra madre ciascuno di quei baci lasciava il segno. In lei nacque un amore per quel ragazzo, bello e gentile. Ora se voi le chiedeste qual è il suo ideale di uomo, e lei fosse sincera, risponderebbe che era lui, Severino. Del resto io non sono né bello né particolarmente gentile.»

«Però alla fine ha sposato te, e non lui…» intervenne Severa, colpita dalla coincidenza di portare lo stesso nome del primo amore di sua madre.

«Ero giovane» Dorina spiegò con una voce stanca, lontana quanto lo erano quegli avvenimenti.

«Ma siete stati fidanzati, tu e questo qui?» chiese Emilio con un certo fastidio. Passare in rassegna le vecchie fiamme di sua madre lo metteva in imbarazzo.

«Non ci fu nulla, tranne quegli sguardi» assicurò il signor Barbujani.

«E tu allora come la conosci questa storia? Te l'ha raccontata lei?» chiese Severa, avida di sapere, al contrario di suo fratello.

«L'ho vista accadere sotto i miei occhi. Anch'io passavo per quella strada, e vedevo lei affacciata alla finestra, che rimaneva lì al davanzale dopo che Severino era passato. Ancora lo si sentiva cantare da lontano, e vostra madre, alla finestra, a sospirare...» e Arturo puntò il pugno sotto il mento, imitando la posa della giovane spasimante, ma non voleva affatto prenderla in giro, anzi, si capiva che aveva provato allora le stesse cose che provava lei. Solo che tutti amavano la persona sbagliata, Arturo già amava Dorina, Dorina amava il garzone di bottega, e questi da parte sua non amava nessuno, limitandosi a raccogliere qualche strizzata d'occhio e qualche bacio qua e là, dalle ragazze del paese, come una specie di tributo.

«Lei mi ignorava, era ovvio» riprese Arturo. «Ma pazientai. La pazienza è la mia sola virtù, e almeno quella mi è servita a qualcosa nella vita. Non potrei risuolare per la quarta volta lo stesso paio di scarpe se non fossi paziente. Certi clienti, affezionati alle loro calzature più che ai loro figli, pretendono da te un miracolo, che le riporti al giorno in cui le hanno comprate, venti o trent'anni prima: sarebbe come chiedere a un medico di resuscitare un morto. Ma il miracolo io lo faccio, ne sono capace, li accontento. Le scarpe tornano nuove, diciamo, come nuove. Le piccole crepe nel cuoio, là dove si piega camminando, non si cancellano, ma si vedono appena. Ho saputo aspettare, io. Aspettare il momento opportuno. Ero sicuro che prima o poi Dorina si sarebbe stancata e avrebbe capito che quella cotta era solo nella sua testa. Però le cose non stavano così, lei era innamorata sul serio...» e guardò sua moglie con tenerezza. Lei continuava a tacere, il suo silenzio la rendeva forte: chi resta zitto e lascia che gli altri parlino al posto suo, conserva intatte le energie. In quel momento erano concentrate nel suo sguardo al tempo stesso malinconico e duro. Non è mica facile accettare che la persona amata ami qualcun altro, preferisca qualcun altro, a meno che amarla voglia dire prendersi tutto di lei, ma proprio tutto, anche gli ostacoli da superare, le cose che la portano via, lontano, ed era stata questa la prova a cui Arturo era stato sottoposto. Eppure i suoi sentimenti non cambiarono.

«Volli diventare ancora più amico di Severino. Per stargli vicino, e assorbire un po' dell'amore che vostra madre gli dedicava, capire cosa l'aveva fatta innamorare e, se possibile, copiare quella cosa, imitarla. Certo non potevo competere con lui sul piano della bellezza o della disinvoltura, ma per il resto mi sentivo di essere come lui o addirittura meglio. Trovai ben presto che aveva un punto debole: l'indecisione. Severino trascurava o rimandava le situazioni in cui bisognava scegliere, sì o no, lo voglio o non lo voglio, lo sono o non lo sono, lo faccio o non lo faccio, limitandosi a prendere quello che gli succedeva per caso. Sembrava non avere desideri particolari. Arrivava fino a un certo punto, poi il suo interesse svaniva. Per esempio, anche se si era accorto delle attenzioni che gli rivolgeva Dorina, e del sentimento che aveva risvegliato in lei, be', si accontentava di piacerle, non voleva impegnarsi. Forse era per questo che cantava così bene, le parole d'amore delle canzoni non lo toccavano, non lo riguardavano personalmente, gli bastava cantarle, non doveva dargli seguito. Una volta finita la canzone finiva tutto. Poi però arrivò un giorno in cui furono gli altri a decidere per lui, quando dovette partire militare, la stessa cosa che è successa a voi...» e fece un cenno a Nico e a Barbujani. «A quello è più difficile sottrarsi, vero? Non si può rimandare. Non si può dire no, un momento, lasciatemi il tempo di pensare. E ora, vuoi raccontare tu, Dorina, il giorno in cui partì?»

La donna fece una smorfia insofferente e levando una mano aperta davanti al viso parve voler allontanare da lei quella incombenza e respingere il ricordo prima che affiorasse dal passato.

«Dai, mamma, racconta» la pregò Severa.

Finalmente lei accettò e prese la parola.

8.

«In paese si era diffusa la notizia della sua partenza. In un paese si sa tutto di tutti. Andava a stare lontano, sul confine. Avevamo metà dell'esercito sui confini, allora, c'era il pericolo di una nuova guerra. Poi non ci fu, ma dovevamo essere pronti. Avrebbe preso la corriera e poi il treno di notte. Io non volevo far vedere che ero disperata. Sì, disperata. Non solo perché se ne andava, ma perché prima che andasse via non eravamo stati capaci di dirci una parola, una parola seria, ci salutavamo, è vero, lui era simpatico con me, mi diceva che ero un fiore, la delizia del genere umano, ma niente di più, sempre un po' per scherzo, per prendermi in giro, o almeno così pareva a me, e io non sapevo cosa fare, allora non c'era un modo per una ragazza di comunicare i propri sentimenti senza essere malgiudicata, avrebbe dovuto farlo lui, era questa la regola, avrebbe dovuto prendere lui l'iniziativa, ma non l'aveva fatto. Forse non gli interessavo, forse aveva un'altra, oppure, come ha detto vostro padre, e ritengo sia questa la cosa più probabile, credo, non aveva voglia di impegnarsi. Severino era magro, con molti capelli neri, gli occhi grandi, le mani bellissime, portava sempre una camicia bianca e i calzoni neri, a suo modo era elegante anche se faceva il garzone di bottega, ma che vuol dire. A me piaceva così. Sì, mi piaceva, lo confesso, e ha ragione papà, lui era il mio ideale. Ancora adesso ne sarei presa, se avessi diciott'anni… o chissà, anche alla mia età, non posso escluderlo. E poi quella voce… l'avrei ascoltata tutto il giorno… cantava con uno strano gorgheggio, alto, quasi sembrava fosse una donna a cantare:

*Stride la vampa, giunge la vittima*
*Nerovestita, discinta e scalza!*

«Ero affascinata da quelle arie. Parlavano di amore e di passione. E cercavo di impararle anch'io, a memoria, quelle frasi romantiche.

*Anela congiungersi*
*al suo il mio petto.*
*Potessi abbracciarlo,*
*tenerlo a me stretto!*
*Baciarlo potessi*
*far pago il desir!*
*Baciarlo e potessi*
*baciata morir...*

«Ma io non volevo morire, volevo baciarlo e vivere felice dopo averlo baciato. Decisi di incontrarlo alla stazione dove partiva la corriera. Lui era lì, in anticipo, nel piazzale ancora vuoto, con una valigia poggiata per terra, era di buonumore e io mi chiesi come fosse possibile. "Ciao, bellezza" mi disse col suo solito fare scherzoso, "cosa fai, parti anche tu soldato? L'esercito ha aperto alle donne? O vai in città a fare compere? Ma è tardi, tra un po' i negozi chiudono... E c'è aria di neve."

"No, sono venuta per te. A dirti addio" gli risposi con la voce che tremava.

"Oh! Addio no, per favore, ci rivedremo quando torno."

"Non so se mi troverai."

"Perché? Vuoi andartene? E dove?"

"No, sarò qui. Ma forse non ci sarò per te."

"Tu per me ci sarai sempre" disse, e questa frase di nuovo io non sapevo se prenderla come una canzonatura o seriamente. "Ti porto con me."

«Nel sentirlo mi spuntarono le lacrime agli occhi. Le ricacciai indietro. Mi porterà con sé. Cosa voleva dire, che avevo un posto, anche se piccolo, nel suo cuore? Possibile che fossi così stupida da crederlo?»

«Un momento, tu non sei per niente stupida» la interruppe Arturo, ritenendosi offeso personalmente da quell'ipotesi. «Non lo eri a diciassette anni e di sicuro non lo sei adesso. Sei più intelligente di me, e di tutti noi.» Mentre diceva questo, poggiò una mano sulla mano che Dorina aveva abbandonato accanto al piatto, come se non fosse sua ma un oggetto inanimato, e la accarezzava, lentamente.

«Io ne dubito» riprese lei. «Non so come si misuri l'intelligenza, di certo l'amore non è il metro più adatto.»

«E invece lo è!» esclamò Severa. Gli altri la guardarono, interessati e perplessi.

«Che ne sai tu?» le chiese Emilio.

«Lo so e basta. Le persone stupide non sono capaci di provare niente. Niente! Sono ignoranti, e se pretendono di giudicare quello che non conoscono sono anche presuntuose. Solo l'intelligenza permette di amare. Gli innamorati hanno capito tutto quello che c'era da capire. E se soffrono, è per questo.»

Nico dentro di sé esultava. Ben detto, pensò, ma che carattere, che slancio, questa ragazza! La adoro. E adoro anche sua madre. E suo padre, e il mio amico. Che serata meravigliosa, mi ripaga di tutto. Potrebbe anche chiudersi qui, in bellezza, con questa discussione sull'amore: rientrare in caserma non mi farebbe alcun male, ho incamerato abbastanza.

«Per me l'intelligenza si misura in ampiezza, non in profondità, e cioè con la capacità di accogliere, invece che respingere...» mormorò tra sé.

Nessuno colse questo commento, e Dorina riprese il suo racconto.

«Allora pretesi da lui una cosa un po' assurda, di cui in seguito mi sono pentita. "Giuramelo" gli chiesi.

"Giurare cosa?"

"Che tornerai da me."

"Ma certo..."

"Tornerai per me? Solo per me?"

"Io... tornerò. Non ho intenzione di intraprendere una carriera militare."

"Tutto qui quello che hai da dirmi?"

“Be’, sì. Cosa altro dovrei dirti?” E attaccò una canzone, come faceva sempre. La sua voce era un filo sottile, una specie di falsetto.

*Ogne suspiro coce*
*Ma tene ’o ffuoco doce…*

«Le canzoni napoletane, se interpretate in modo malizioso, danno l’impressione che tutta quella passione sia in fondo uno scherzo. Diversamente dalle altre volte in cui l’avevo ascoltato, provai una sensazione sgradevole, come se si trattasse di un inganno, di una mossa diversiva, ecco, sì, Severino voleva distrarmi, cambiare argomento, e cantare per lui era una via di fuga, un modo per trarsi d’impaccio. Stava fuggendo, fuggiva da me. Per questo, in fondo, era contento di partire.

*E chi ve po’ scurda’?*

«Mi guardò negli occhi mentre cantava, con un’aria di sfida. Si stava prendendo gioco di me. Possibile che non ci arrivi da sola, Dorina, a capire come stanno le cose? sembrava dire il suo sguardo provocatorio. Come puoi pensare che possa esserci qualcosa tra noi? Se poco prima ero riuscita a frenarmi e a trattenere il pianto, stavolta qualche lacrima mi sfuggì, ma era di rabbia a questo punto. Provai un odio feroce per quel ragazzo che adoravo.

“Te lo ripeto: devi giurarmelo, adesso. E guai a te se non manterrai il tuo giuramento.”

«La corriera intanto stava facendo manovra nel piazzale. Si erano accesi i lampioni, le luci sfocate dall’umidità. Mi sentivo irreale, era tutto irreale, la mia richiesta lo era. Non avevo nessuna ragione di pretendere qualcosa da lui, non mi doveva nulla. Alle spalle di Severino si erano messi in fila altri passeggeri, stavano zitti con le spalle incurvate, aspettando di salire. L’autista scese e aprì il portellone sulla fiancata per imbarcare le valigie.

"In un modo o nell'altro, Dorina, tornerò."
"Me lo giuri?"
"Sì, te lo giuro, te lo giuro. Sono serio" mi assicurò, e poi rise in un modo un po' triste, ma sincero, si mise due dita sulle labbra e le posò sulle mie, per meno di un istante. E in quel momento era bellissimo, forse per via di quella malinconia improvvisa. Io avrei preferito che mi abbracciasse e mi baciasse, ma quel sigillo sulla bocca dovevo farmelo bastare. Era la prima volta che mi toccava. E anche l'ultima. Mentre saliva sulla corriera cominciò a cadere qualche fiocco di neve. Avrebbe nevicato tutta la notte e il giorno dopo.»
«Come, l'ultima? Non è tornato, mamma? Non ha tenuto fede al giuramento?» chiese Severa, eccitata da quel racconto.
La signora Dorina non le rispose. Aveva esaurito il suo compito, il compito aveva esaurito lei. Le confidenze le erano costate un notevole sforzo, voleva tornare al presente. Quindi riprese la parola il signor Arturo e lo fece, curiosamente, per prendere le difese del primo amore di sua moglie.
«Sì, è tornato. È tornato il suo corpo, solo quello.»

## 9.

Ci sono serate indimenticabili nella vita di una persona. Una dozzina, forse, non di più. Nico se la ricorderà a lungo, quella. La ricorda ancora oggi, che ha sessantotto anni, mentre molte che gli erano sembrate uniche le ha dimenticate oppure le può ricostruire usando una notevole dose di fantasia, inventando quasi tutto, mentre ciò che allora disse Arturo si è registrato nella sua memoria parola per parola, e potrebbe raccontarlo ai suoi figli, se ne avesse, o alla moglie, se fosse stato capace di conservarsene almeno una delle tre che ha sposato. Non era fatto per quello evidentemente, non si sfugge alla propria natura, e quella di Nico è destinata a cambiare senza fine l'oggetto delle sue attenzioni, affidandosi alla fortuna, al talento, alla curiosità, agli incontri casuali, per non essere obbligata a soffermarsi su ciò che gli manca, sul proprio vuoto. Sosta solo per un momento sull'orlo del cratere per volgersi subito verso le attrazioni che possono evitargli di fare ancora un piccolo passo e caderci dentro.

«Fu dura per lui, la vita in caserma, molto dura. L'avevano preso di mira» continuò Arturo. «Quello che aveva affascinato le ragazze in paese, lì diventò la sua condanna. È così: un ragazzo bello, ma bello davvero, si smette di considerarlo un uomo. Severino venne messo sotto. Quando scoprirono che cantava bene, lo obbligavano a farlo, a comando. Non riuscì a chiudere occhio nemmeno una notte, lo svegliavano di continuo, e giù scherzi, umiliazioni. Ma questo noi l'abbiamo saputo solo dopo.»

Tacque per qualche secondo, sospirando. Gli altri non fiatavano.

«Finché un bel giorno Severino non ne ha potuto più. Ha caricato il fucile con cui montava la guardia e si è sparato.»

Si era levata una leggera brezza dal mare, alcune nuvole che sostavano all'orizzonte si erano addensate e la luna vi era sparita dietro. Ora faceva quasi freddo.

«Non se lo aspettava nessuno. Per primi quelli che lo avevano perseguitato. Ma non ci fu nessuna inchiesta, o se c'è stata non ha portato a nulla. Lo rimandarono indietro qualche settimana dopo per seppellirlo. In paese aveva solo una zia e uno zio, anziani, e li aiutai, trovai un posto al cimitero, mi occupai io del funerale. Poi ho cercato di stare vicino a vostra madre. Volevo consolarla, solo questo. Lei all'inizio era infastidita dalle mie attenzioni, poi ci si è abituata, e piano piano ha cominciato ad apprezzarle. Siamo entrati in confidenza. Non è certo stato un colpo di fulmine, ma una cosa per gradi. I rapporti non sono tutti uguali, nemmeno l'amore è sempre lo stesso. È stato come imparare una lezione, ripetendola giorno dopo giorno. Un po' alla volta lei mi ha accettato così come sono. Ha dovuto rinunciare a qualcosa dei suoi sogni. Ma adesso posso dire di essere il compagno della sua vita, vero Dorina?»

Lei sorrise a Nico, in modo disarmato, per porgergli le sue scuse di una tale impudenza. Ma quali scuse...! Lui si sentì sciogliere di riconoscenza verso la famiglia che l'aveva adottato.

«Allora è per questo che mi chiamo così!» esclamò Severa.

## 10.

Come si è detto, nei mesi che seguirono il loro incontro, Severa e Nico si scrissero delle lettere. Quelle di lei erano scialbe e sfrontate, ma sincere. Vi si raccontavano con minuzia fatti insignificanti per lo più di vita scolastica, che però mettevano di buonumore per come Severa li raccontava. Lui era contento di riceverle, e aveva anche il suo numero, il telefono di casa, ma non lo compose mai: non avrebbe saputo cosa dirle. Scrivere è un altro paio di maniche, perché è vero che si scrive a un'altra persona ma in verità è con se stessi che si sta parlando, che ci si sta confidando o lamentando, sicché quando prendeva il foglio e lo riempiva con la sua calligrafia ordinatissima, Nico aveva la sensazione di stare replicando quello che aveva fatto su ordinazione nella caserma dell'aeroporto: indirizzarsi a ragazze sconosciute, come lo erano le fidanzate dei suoi commilitoni, raccontando loro aneddoti militari più o meno inventati, e più o meno divertenti, e ogni tanto professandosi pieno di sentimenti come la nostalgia, la speranza, la tristezza, lo scoraggiamento, il desiderio di riabbracciare al più presto la destinataria. La quale veniva sognata ogni notte, ogni notte... strana, no? questa regolarità. In più, di suo, ci metteva un pizzico d'ironia. Che il più delle volte però passava inosservata, non percepita. Il linguaggio dell'amore si sporge spericolatamente sull'orlo del ridicolo, specie quando viene preso sul serio, con le sue espressioni ingenue o altisonanti, comunque mai originali: in definitiva le medesime che si usano per farsene beffe. E con la medesima insincerità, una simulazione emozionata e febbrile, a suo modo autentica, aveva scritto a Severa sperando che quelle parole contribuissero a rivederla da sola, a riaverla vicina per un giorno, da qualche parte nello Stivale.

Parole alate, si diceva un tempo, perché come frecce dovevano volare dritte e precise e colmare la distanza, e colpire al cuore chi le avrebbe ricevute.

# Capitolo X

## *La degenza*

1.

Si possono avere rapporti difficili quanto si vuole con il proprio padre e con la propria madre, e persino interromperli del tutto, ma questo tutto non raggiunge mai la completezza, le fibre di quel legame dopo essere state recise ancora generano dolore, e il dolore è esso stesso un legame, anzi il più resistente, persino più dell'amore. Qualcosa di implacato e non chiarito, e dunque molto forte, ancora legava Lenia Berio a suo padre, che per diverse ragioni avrebbe potuto essere definito il padre più deludente del mondo. Dunque non fu certo la pietà filiale (o non solo quella) a spingerla a soccorrere il genitore malato, bensì una specie di curiosità, di testardaggine, quella che obbliga a insistere nella ricerca del calzino spaiato dopo un lavaggio o nella soluzione di un gioco enigmistico nascosto nelle ultime pagine di una rivista. Se quando era sano Berio non lasciava aperto alcun varco attraverso cui accedere alla sua intimità, ben protetta da una barriera di consumato scetticismo, nell'ora del bisogno forse Lenia ce l'avrebbe fatta a coglierlo indifeso, e capire una volta per sempre cosa diavolo avesse in comune con lui. Perché qualcosa doveva pur esserci: e afferrandolo, finalmente, Lenia avrebbe compreso meglio se stessa. Gli enigmi dunque erano due, non uno solo, o meglio era uno solo ma distribuito tra due persone. Si trattava forse di egoismo? O dell'incapacità di darsi, di abbandonarsi? Era per caso una virtù, o un vizio? Oppure la somiglianza tra loro si limitava all'uso sovrabbondante dell'ironia, all'abitudine di diminuire quasi ogni cosa (in particolare quelle che gli altri affrontano come un dramma) al livello di una sciocchezza qualsiasi da liquidare con un'alzata di spalle? Esattamente il modo in cui Berio si era fino ad allora comportato nei confronti della sua malattia: trattandola come fosse una seccatura di cui non valeva la pena nemmeno parlare. Un argomento noioso e banale, una pratica da sbrigare alla svelta, andasse come doveva andare. Anche Lenia l'aveva presa così, all'inizio. Senza profondità. «Devo curarmi» si era limitato a dirle suo padre al telefono, non scendendo in dettagli, per poi richiamarla un paio di settimane dopo e aggiungere, brusco, ma non per rabbia o disperazione, bensì con un tono quasi annoiato, sbrigativo, «devo operarmi. Tra tre giorni. Ci tenevo a informartene, tutto qui».

Ora, se non è possibile recuperare quello che non c'è mai stato, creare invece qualcosa di nuovo forse si può: non avendo mai avuto una vera confidenza con suo padre, rinunciare in via definitiva a tale pretesa diventava forse l'unico modo per stargli vicino. A partire dal grado zero possono esservi solo acquisizioni: e Lenia pensò che appunto questo doveva fare con suo padre, cancellare il poco che ancora restava tra loro, ripartire dal punto più basso, dal vuoto, dalla superficie liscia e senza appigli dei sentimenti sepolti nel ghiaccio. Dall'incomprensione.

## 2.

Per questo si decise ad andarlo a trovare dopo l'intervento. E stargli vicino, così, senza pretese, cioè, senza pretese di dialogo. Per quanto negligente verso se stesso come verso gli altri, Berio aveva scelto di muoversi e farsi operare laddove vi fossero maggiori probabilità di successo, nel nord dello Stivale, in una di quelle piccole città dove si mangia bene, si vive bene e si muore anche meglio. Lì, nell'ospedale civico, presso il reparto di chirurgia addominale, lavorava una équipe specializzata che si era guadagnata un nome, e Berio, come altri connazionali che vi convenivano da ogni parte dello Stivale, ci era arrivato grazie a una rete di conoscenze. Alcune di esse erano ancora attive da quando aveva deciso di ritirarsi dalla mondanità frequentata nella prima parte della sua vita, ancora egli poteva contare su qualche numero di telefono importante (le cose nello Stivale funzionano così), quei numeri li aveva composti, senza pudori superflui, ottenendo le raccomandazioni salvavita. Si accorciano i tempi, si ottengono informazioni cruciali, può ribaltare il destino un colpo di telefono alla persona giusta: quattro chiacchiere contrappuntate da un «già che ci siamo, non è che mi daresti un consiglio...». Lenia aveva avallato quella linea di condotta. Del resto, ciò su cui non si può esercitare alcuna influenza (come le decisioni di suo padre), si fa prima ad approvarlo senza condizioni. Dopodiché si era messa in viaggio. Durante il lungo itinerario in treno (due cambi, tra cui un regionale gremito dove non si trovava nemmeno uno strapuntino libero) pensava fondamentalmente a tre cose, e a tre persone. Queste erano due ragazzi e un adulto: il primo lo frequentava da poco, metteva i dischi in una radio privata, il secondo lavorava in una casa editrice, il terzo lo avrebbe incontrato prima che facesse sera, suo padre, il professor Berio, ricoverato in ospedale, causa e meta del viaggio. Con tutti e tre aveva legami poco chiari, complicati da sciogliere quanto da irrobustire. Il primo, chiamato Red Deejay (che nome assurdo) la divertiva, era vitale, un po' pazzo, generoso, e non stupido, per quanto Lenia non si trovasse affatto bene con lui quando facevano, di rado, l'amore; il secondo, Nico Quell, era un immenso punto interrogativo ma anche esclamativo, o ancora meglio poteva essere rappresentato dai puntini di sospensione: forse, con lui... io di certo lo amo... ma invece no, nemmeno quello... e lui d'altronde... non è capace, chissà cos'è che vuole... è troppo ambiguo...

ma non con me, con tutti... e poi cosa si aspetta? Cosa nasconde? Cosa diventerà?

Su suo padre Lenia provava a pensare, si sforzava di pensare, ma non le veniva in mente quasi nulla. L'unico concetto che le si formava nella testa ruotava attorno a una parola, «debito»: nel loro rapporto, qualcuno era manchevole, qualcuno doveva qualcosa all'altro, ma chi tra loro due fosse il debitore, non riusciva onestamente a capirlo, ed era inutile rifare per l'ennesima volta i calcoli del dato e del ricevuto. O forse non esisteva alcun debito da saldare, e padre e figlia erano andati tutto sommato in pareggio: ma allora perché lei stava precipitandosi da lui? e con tanta agitazione?

3.

Se i confusi pensieri ispirati da questi tre individui la lasciavano perplessa, visto che non riusciva in alcun modo a completarli e a ricavarne una qualche conclusione o decisione, delle tre cose che le giravano per la testa quasi si vergognava. La prima erano i soldi. Non ne aveva quasi più. Tempo sei mesi e sarebbe andata sotto. Il che derivava dal reddito scarso ricavato dalla sua attività di fotografa, ed ecco qui infatti il secondo tema intorno a cui arrovellarsi, il lavoro. Il suo lavoro, se era un lavoro e non solo una vocazione. Lavorare per mantenersi, lavorare per realizzarsi, due cose che non sembravano poter andare insieme così facilmente, più una terza cosa che si trovava in un punto esterno a lei, e però, per così dire, un'oggettivazione necessaria, assoluta, imprescindibile: lavorare per realizzare non se stessi bensì un'opera. Era l'opera che doveva acquisire la consistenza che il suo autore poteva anche permettersi di non avere; l'opera, cioè qualcosa che una volta fatta non appartiene più alla persona che la fa, anche se deve a lei la sua esistenza. Opera d'arte? Oggetto estetico? Merce culturale? Merce e basta? Lenia non era in grado di attribuire con certezza a una di queste categorie le fotografie che scattava. Certa era invece che occorresse scattarle, quelle foto, era necessario che diventassero reali, che diventassero realtà, a ogni costo, indipendentemente da lei e dal guadagno che ne avrebbe ricavato. Sì, ma perché? Tutti le dicevano che era brava, bravissima, e la incoraggiavano a continuare, ma questo poteva bastarle? Si può vivere senza un riconoscimento economico di ciò per cui si vive? E come definire «lavoro» qualcosa in cambio del quale non si riceve quasi nulla – un salario, un emolumento, un compenso, una giusta mercede? La terza cosa che occupava la sua mente discendeva dalla prime due, e si esauriva in una domanda: se non a essere autosufficiente o a diventare un'artista degna di questo nome, a cosa sono destinati gli sforzi della mia vita?

4.

Quando Lenia si recò a trovare suo padre in ospedale lo trovò di ottimo umore, nonostante l'operazione subita, anzi, grazie a essa. Non perché questa l'avesse liberato definitivamente dal tumore e nemmeno per ottimismo sulle sue aspettative di malato: Berio sembrava sollevato proprio per il fatto di trovarsi in quel letto, sciolto da responsabilità, felicemente passivo, affidato nelle mani dei medici e degli infermieri come un bambino con l'influenza lo è in quelle della sua mamma, dove si trova a meraviglia malgrado la febbre, anzi, come si è detto, grazie a essa. Cosa importa la febbre, se in cambio ricevi tante attenzioni, se non devi pensare a nulla mentre gli altri pensano a te?

Nell'ampio camerone c'erano quattro letti ben distanziati, uno dei quali senza occupante e appena rifatto con lenzuola pulite. Guardando il letto vuoto sotto ai finestroni Lenia indugiò nel pensiero malinconico che chi vi aveva dormito fino al giorno prima fosse morto, quindi in quello rassicurante che il paziente fosse stato dimesso, perché guarito.

Non prese in considerazione una terza ipotesi, abbastanza frequente in verità, e cioè che il malato fosse stato dimesso per potersene andare a morire a casa sua dato che non c'era più niente da fare. Appunto il destino che più avanti sarebbe toccato a suo padre.

Berio occupava il letto opposto a quello vuoto sotto le finestre. Negli altri giacevano altri due signori di età indefinibile, dato che uno teneva sul viso l'avambraccio nudo con la manica del pigiama arrotolata, per pararsi gli occhi dalla luce come sempre eccessiva, e respirava rumorosamente attraverso la bocca corrucciata, mentre la faccia dell'altro era nascosta dietro un settimanale di cruciverba.

«Ciao cara» disse Berio.

«Ciao papà. Ti trovo bene. Non mi hai mai chiamato cara.»

«Qui usa così. Quando l'infermiera arriva col termometro, mi chiede: "Ce la misuriamo la febbre, caro?"»

«Ti danno del tu le infermiere?»

«Sì. Ma non mi infastidisce, anzi.»

Berio sorrideva placidamente. Si tirò su il lenzuolo quasi fino al mento, il che accrebbe il senso di benessere che emanava dal suo viso colorito.

«Hai preso degli antidolorifici?»

Berio scosse la testa.

«Non senti male?»

«Poco, pochissimo, ogni tanto. Posso dirmi fortunato.»

Lenia pensò che non aveva mai visto suo padre in pigiama, neanche una volta in vita sua. Berio ne indossava uno a righe verdi e bordeaux, abbottonato fin sotto il collo e col bavero tirato su. Appariva ben rasato, il che era abbastanza raro, e roseo, raggiante. Lenia ne fu felice e al tempo stesso infastidita.

«Vuoi che ti presenti i miei vicini di letto? O come chiamarli, i miei colleghi, i miei compagni?»

Lenia comprese che quella insolita euforia doveva essere effetto dei farmaci.

«Qui alla mia destra c'è il pastore Ulrich» disse accennando all'uomo col braccio sul viso, che però non diede segno di risposta, continuando a soffiare dalla bocca piegata in una smorfia il suo respiro affannoso e regolare, come se stesse dormendo, e per lui il sonno fosse una fatica.

«... di una certa chiesa protestante, non ho ben capito quale» aggiunse sottovoce Berio. «E da questa parte il signor Duilio.»

Diversamente da Ulrich, l'uomo impegnato nei cruciverba rispose all'appello buttandosi la rivista sulle ginocchia e sorridendo nel modo più largo che gli fosse possibile, senza lasciarsi sfuggire la matita serrata tra i denti.

«Buongiorno signorina» disse Duilio, e dopo il silenzio che seguì, Lenia dovette presentarsi da sola visto che il padre non lo faceva, come se, di colpo, non ne ricordasse il nome. Però si affrettò ad aggiungere: «È mia figlia». Possibile che si senta in dovere di precisarlo, si chiese Lenia, possibile che voglia lasciar intendere al signor Duilio che per lui sarebbe plausibile avere una donna della mia età come amante? Che uomo vanaglorioso! In realtà Berio lo aveva detto con orgoglio: anche quello un sentimento discutibile, ma quale sentimento non lo è?

«Figlia mia» ripeté. La sua soddisfazione aveva qualcosa di infantile e dunque a suo modo sincero. Le cose si erano messe a posto, lui liberato dal tumore, la sua bella figliola che gli badava, un intero ospedale al suo servizio, e questo grazie a una sanità pubblica ben funzionante. Dal piano dei rapporti familiari su su fino all'intero Paese dove viveva, alle sue leggi e alle sue istituzioni, il mondo miracolosamente pareva sorridere a quest'uomo che aveva passato la vita a criticare, a farsi beffe del prossimo e di se stesso, in una parola a essere scontento di tutto.

«Suo padre se l'è vista brutta» disse Duilio, «ma qui i dottori sono dei maghi. A me hanno levato un metro e mezzo di intestino e quasi non me ne sono accorto.» Quindi citò con venerazione il nome del chirurgo che l'aveva operato. «Un mago, lo ripeto, un vero mago.»

Trentacinque o quarant'anni, il naso largo e schiacciato, una radura tra i capelli che dava l'idea di come Duilio avesse cominciato a perderli precocemente. Il suo mestiere: pescivendolo. Quest'ultimo dettaglio non è ininfluente dato che Duilio era solito paragonarne le pratiche a quelle del famoso chirurgo. Lo fece anche con Lenia, in modo comico e ingenuo. «Mi ha aperto la pancia e zac, mi ha svuotato, proprio come faccio io quando pulisco un dentice...»

5.

È calata la sera. Buio fuori dai finestroni, e nella stanza accese solo le luci di cortesia sopra i letti. La cena ospedaliera fatta di quasi nulla, visto che i degenti non potevano mangiare cibi solidi, è stata servita e consumata da un pezzo. L'orario delle visite è scaduto, ma Lenia si era rifugiata in una toilette quando la caposala aveva invitato i visitatori a lasciare il reparto, e poi è rientrata di soppiatto nella stanza di suo padre, dove sono anche Duilio Angelon e Ulrich, il pastore protestante. Non so perché mi fermo ancora, pensava. Vorrei essere fedele a qualcuno, essergli utile. Essere utile a mio padre. Il mio sogno è che lui mi senta necessaria, si accorga che senza di me non può vivere, senza di me non ce la farebbe mai. Mi basterebbe un istante solo di gratitudine, anzi, no, di bisogno, di autentico bisogno. Vorrei che lui avesse bisogno di me, ecco tutto.

Ma rientrando nella stanza Lenia si accorse che suo padre dormiva placidamente, sul fianco destro, il profilo virile disegnato sul cuscino come su una moneta romana. È ancora bello, pensò la figlia, con quel misto di ammirazione e fastidio che segnava i suoi rapporti col padre.

Anche Duilio Angelon dormiva, sognando pesci che nuotavano liberi nel mare prima di finire sotto il suo coltello. Il letto vuoto aveva trovato un nuovo occupante, un ragazzo che gemeva con gli occhi sbarrati per la preoccupazione. Fissava il soffitto appena rischiarato dalle luci di cortesia, e rivolse uno sguardo pietoso a Lenia Berio, girando la testa come se quel piccolo movimento del collo fosse una distrazione da ciò che lo angustiava, su cui aveva assoluto bisogno di tornare a concentrarsi. Fece comunque un cenno con la mano, sollevandola appena, in un modo che si sarebbe potuto interpretare come un invito alla visitatrice ad andarsene, vista l'ora. Lenia prese quel gesto per uno sbrigativo saluto. Non aveva alcuna intenzione di andarsene, sarebbe rimasta nell'ospedale finché non l'avessero scoperta e cacciata, il che le concedeva ancora un'ora lì, forse un paio d'ore, visto che gli infermieri erano presi dal cambio di turno e prima che fosse notte fonda non era previsto che venissero a controllare i malati e le flebo con la loro terapia. Dalle finestre entrava il buio punteggiato di luci fredde della periferia e, lontane, altre luci dei paesi arrampicati sulle colline circostanti. Ancora oltre, le parve di intuire il profilo delle montagne che scintillava, una striscia frastagliata, ma forse si trattava solo di una fantasia. Quelle vette si trovavano lì, strette tra il cielo buio e la terra nera, da sempre.

Camminando senza far rumore Lenia andò alla finestra e cominciò a calare le tapparelle. Altrimenti domani, appena sorge, il sole lo sveglierà, inutilmente presto, pensò Lenia, premurosa per suo padre e lieta che le fosse venuto in mente quello a cui non avevano affatto pensato le infermiere. Negli ospedali nessuno si cura del sonno dei degenti, le esigenze sanitarie hanno il sopravvento, evidentemente ispirate dal principio che il sonno non ne faccia parte, e se il paziente viene svegliato di continuo da luci e rumori, potrà sempre dormire in un altro momento, visto che non ha nulla da fare tranne che starsene sotto le lenzuola tutto il giorno.

6.

Sei mesi prima Lenia aveva abortito. Era incinta di Nico Quell. A lui non aveva detto di esserlo, né l'aveva confidato a nessun altro. Aveva poco senso tenere il figlio di una persona vista sì e no tre volte, ma non era questa la ragione profonda: Lenia non avrebbe proseguito la gravidanza in nessun caso, nemmeno se con Nico, o con chiunque altro, avesse avuto un rapporto stabile e un'ipotesi di futuro comune. Era stato un incidente, quella gravidanza, occorreva rimediare. Sulle prime, a parte il disagio e qualche dolore passeggero, l'operazione non aveva avuto particolari conseguenze su di lei, sulla stabilità del suo corpo e del suo umore. In ospedale c'era andata da sola e da sola era tornata a casa. Magari, sì, un senso di vuoto, ma quello non era comunque infrequente. Solo dopo qualche settimana era iniziato a crescere in lei un sentimento diverso, a montare una rabbia strana, che non aveva un oggetto preciso né una persona contro cui indirizzarla. Non era affatto pentita dell'aborto, anzi: si era convinta che la sua gravidanza portasse fin dall'inizio, dal concepimento casuale, i segni di una fine, qualcosa che è destinato a durare poco o niente; invece che il preludio di una nascita futura fosse l'indizio di un congedo imminente. Precarietà, precarietà e basta, la vita non poteva radicarsi, almeno, non in lei. Infatti, quando le mestruazioni tardavano ad arrivare e si era fatta il test, risultato positivo, aveva per qualche tempo preferito attendere che l'aborto avvenisse in modo spontaneo, si sentiva assolutamente certa di questo; poi, trascorso un mese, si era decisa a ricorrere all'interruzione volontaria, che una legge da poco aveva reso legale. Il referendum indetto per abrogare quella legge era fallito: Lenia non aveva avuto dubbi su come votare, anche se non immaginava certo che di lì a breve proprio da quella nuova legge sarebbe stata tutelata.

Ma tutto ciò aveva ben poco a che fare con la sua rabbia.

Non ce l'aveva affatto con Nico, non ce l'aveva con se stessa, non ce l'aveva con nessuno – piuttosto, contro il principio stesso che trasforma in duraturo qualcosa che invece è transitorio, un impulso, uno slancio, una attrazione. E lega il piacere spontaneo di darsi, e di lasciarsi andare, a un obbligo, siglando una specie di patto esistenziale. Firmato mentre si è alterati, quasi incoscienti. La procreazione, addirittura, che parola solenne, onerosa: come se due esperienze agli opposti estremi, una notte insieme da una parte e una vita intera dall'altra, si fossero fuse per realizzare un inganno perfetto. Che peraltro funzionava in modo casuale: poteva realizzarsi oppure no, rischiavi cento volte e non succedeva niente, mentre bastava una volta sola per cadere nella sua trappola. Ma a cosa serviva opporvisi con i suoi ragionamenti? A nulla. Di questo Lenia era consapevole. Per quanto le sembrasse ingiusto, si trattava di un principio inflessibile e, appunto perché ingiusto, perfetto. Come moltissimi altri meccanismi che regolano la vita.

Quindi quella rabbia indiscriminata giorno dopo giorno era sbollita in lei, facendo spazio a una tristezza altrettanto vaga. Vaga ma forte.

7.

Come se ne avesse intercettato il pensiero, dal letto più vicino alla porta la chiamò con un bisbiglio Ulrich, il pastore.

«Venga qui» sussurrò, e Lenia fu subito accanto all'uomo.

«Me la dà una mano? Devo andare in bagno.»

«Ma può alzarsi? Ne è sicuro?»

«No, non ne sono sicuro, ma lo sto già facendo di nascosto, quando non mi vedono.» Il suo accento tedesco era dolce e dava un tocco ironico, quasi canzonatorio, a quel che diceva, come se si trattasse di una maliziosa imitazione.

Trent'anni più tardi un pontefice si sarebbe espresso nello stesso modo cantilenante.

«Difficile è scendere dal letto, poi camminare ci riesco da solo» e additò la porta semichiusa del bagno e la striscia di luce che ne usciva. «La distanza direi sia percorribile.»

Lenia conosceva la tecnica per far alzare un malato dal letto. Prima di tutto bisogna fargli scendere le gambe. Il pastore Ulrich le aveva magrissime, con gli stinchi di pelle squamosa. Lenia glieli afferrò delicatamente per spostare le ginocchia inspessite dall'artrosi fuori dal bordo del letto. La logora camicia da notte a scacchi da lui indossata si sollevò fin sopra le cosce, che aveva spolpate quasi come gli stinchi. «Brava, quasi ci siamo» la incoraggiò Ulrich, mentre Lenia con la medesima delicatezza gli infilava le pantofole di pannolenci. Fu tentata di accarezzarli, quei piedi ascetici di vecchio religioso. Mio padre mi permetterebbe di farlo? si chiese, rispondendosi di no, e come se fossero quelli di Berio provò addirittura il desiderio di baciarli. Avrebbero ancora camminato? E per andare dove? Sarebbero stati in grado di superare distanze più impegnative di quelle tra un letto e una stanza da bagno? Ulrich irrigidì il braccio libero dalla flebo e Lenia lo tirò su a sedere in un colpo solo afferrandolo alla piega del gomito. «Oplà!» commentò il pastore. «E ora posso fare da me.» Scese dal letto e a passettini, spingendo il treppiede a rotelle e usandolo come appoggio, si diresse traballante verso il bagno, e ci si chiuse dentro.

Quindici minuti dopo, Lenia iniziò a chiedersi cosa stesse succedendo al vecchio. Bussò e chiamò sottovoce.

«Tutto bene? Ha bisogno di qualcosa?»

Nessuna risposta. Lenia voleva andar via prima che entrasse qualche infermiera e la trattasse male.

«Ha bisogno di aiuto? Signore?» e bussò di nuovo.

Silenzio.

Quando aprì la porta trovò padre Ulrich privo di sensi seduto sul gabinetto. Per fortuna la camicia da notte, come una sottana, copriva le sue miserie. Non c'era cattivo odore, segno che era svenuto prima di riuscire a fare i suoi bisogni, forse per lo sforzo. Lenia gli tirò su la testa crollata di lato e gli diede qualche buffetto sulle guance, «Ehi, su...», quindi pensò di chiamare aiuto, ma il pastore aprì quasi subito gli occhi, freddi, celesti, e la guardò dritta in viso, senza vergogna e senza timore, non come un vecchio sofferente che viene soccorso dopo un collasso, ma come un individuo curioso e anche un po' insolente, insomma, quasi con aria di sfida. I suoi occhi parvero a Lenia animati da una bizzarra eccitazione. Subito dopo, però, l'uomo tornò docile e remissivo. Si abbassò la camicia da notte sulle ginocchia, accettò il braccio che Lenia gli offriva per rialzarsi e improvvisamente tornato a essere un vecchietto indifeso, scherzò sul suo incidente. «Il mio tentativo è andato a vuoto, riproverò.»

Ricondotto l'uomo al suo letto, Lenia voleva congedarsi. Berio dormiva senza affanno, Duilio pure, e il nuovo giunto non smetteva di ripetere «ohi ohi ohi», con il ritmo stesso del suo respiro, ma almeno aveva chiuso gli occhi, come se sperasse di riaprirli e scoprire di non essere più lì. Solo da giovani si spera, anzi si pretende, di guarire veramente, di riprendere la vita come se nulla fosse stato. Tornare uguali a prima, anzi, più forti poiché arricchiti di un'esperienza. Gli altri tre uomini ricoverati nel camerone del reparto di chirurgia addominale (Berio sessantatré anni, Ulrich settanta, Duilio quarantasei, ben portati) al contrario, non mettevano nemmeno in conto di poter tornare sani. L'integrità fisica la sentivano per sempre fuori portata. Semmai si auguravano di conservarsi in vita un po' più a lungo, tamponare la falla, limitare i danni. Convivere con il male, non sconfiggerlo. Allontanare la morte di qualche spanna, a questo poteva al massimo aspirare Berio, e a maggior ragione padre Ulrich, il più anziano, ma lo stesso Duilio, che si sarebbe potuto dire con quel vecchio eufemismo «nel fiore degli anni», pure Duilio col suo metro e mezzo di intestino in meno sapeva benissimo che non sarebbe mai tornato «quello di prima».

E se anche fosse scampato alle recidive del suo male, tornando ad affettare trance di tonno, per il resto della vita avrebbe vissuto come un asceta, niente alcol, niente cibi speziati, frugando con attenzione nei piatti di portata per cercarvi il boccone meno dannoso.

«Si fermi un momento ancora, signorina, le dispiace? Vorrei parlare un poco con lei» cantilenò il vecchio tedesco.

«È tardi, non posso stare qui.»

«La autorizzo io.»

Lenia si stupì per l'uso della parola «autorizzare», che però aveva senso detta da lui. Non c'era sedia accanto al suo letto, nessuno veniva a trovarlo, e lei obbedendo a un cenno deciso si sedette in fondo al letto dove c'era spazio a sufficienza poiché il pastore teneva le gambe rannicchiate. «Ho ancora bisogno della sua attenzione.» Poi indicò Berio. «È suo padre, ho capito bene?» Lenia annuì, sospirando come se le pesasse ammettere una colpa al termine di un estenuante interrogatorio. Ma perché, sembrava così inspiegabile, così sorprendente che quell'uomo potesse avere una figlia? «Sì, è mio padre» confermò.

«È fortunato, allora. Diversamente dai vostri preti, noi possiamo sposarci e avere figli. Ma a me non è accaduto, purtroppo...» disse Ulrich strizzando gli occhietti azzurri.

«Mia madre è ebrea» mise in chiaro Lenia, «e mio padre ateo, come del resto anche mia madre. Non mi hanno battezzato né altro. Quindi con la religione ho una confidenza relativa, mi dispiace.»

«È chiaro» sorrise Ulrich. «Volevo solo farle sapere come e con chi condivido emozioni ed esperienze. Con nessuno, cioè. Come potrei chiamare amico o amica chi si rivolge a me affinché lo consigli e lo guidi? Mi confidano i loro tormenti, io non posso confidare a loro i miei, sarebbe peccato. Un peccato di individualismo, intendo. Un amore e una famiglia non me li sono fabbricati, e di quella a cui appartenevo non è rimasto in vita nessuno.» Ulrich parlava a bassa voce con quel suo tono lamentoso e beffardo, come se pregasse pur sapendo inesaudibili le sue richieste a Dio. Certi preti annoiati di dire messa bofonchiano nello stesso modo. «Non ho affatto la stoffa del predicatore, o dello psicologo, e dire che la cura delle anime sarebbe, diciamo così, la mia professione.» Ridacchiò solo col fiato, senza emettere suoni. «La mia missione.» Quindi tacque.

A questo punto Lenia era incuriosita almeno quanto esasperata dalla reticenza del pastore, che non veniva al dunque. Di colpo, però, lo fece. Gli occhietti nel viso vizzo brillarono, come era accaduto prima nel gabinetto.

«Lei ha paura, Lenia?»

«Di cosa, paura?»

«Me lo dica: ha paura?»

Lenia soffocò una risata con la mano sulla bocca. Gli altri ricoverati si agitarono nei loro letti. Duilio schioccò più volte la lingua contro il palato, il ragazzo nuovo giunto riprese a lagnarsi fiocamente, forse per il dolore o per un incubo.

«Io ad esempio» riprese il tedesco, «ho molta paura, moltissima» e poi fissò Lenia dritto negli occhi. «Una paura del diavolo.»

Era impallidito, le braccia avvinghiate intorno al busto.

«Lei sta tremando. Vuole che le prenda un'altra coperta?»

Ulrich scosse la testa. Non era per il freddo che tremava. «Lei non ha paura della morte» disse, «io sì. Ne ho il terrore. Non sfuggirò alla morte» aggiunse con una smorfia, «e a quello che viene dopo.» Lenia era stupita di sentir parlare in questo modo un religioso. Come mai tanta angoscia in uno che dovrebbe aver fiducia nella vita dell'aldilà, la vera vita, la vita eterna, la luce che attende le persone buone... dovrebbe avere quasi fretta di andarci, all'altro mondo. Sollevarsi da questa esistenza miserabile, e andare verso Dio: non è questa la speranza?

«È davvero il caso che io mi muova» fece Lenia, e si avvoltolò meglio intorno al collo la sciarpa, estraendone le ciocche di capelli rimaste imprigionate. Era lei a sentire freddo, la domanda del pastore l'aveva riempita di inquietudine, amplificata dall'ora tarda. Suo padre dormiva con quell'insolito sorriso stampato sul volto, sereno come probabilmente Lenia non l'aveva mai visto.

« La saluto. Buonanotte.»

«No, Lenia, la scongiuro, mi conceda ancora qualche minuto, devo raccontarle una storia, e prometto che lo farò in pochissime parole» sibilò il pastore con la sua vocetta ambigua, «una breve storia, così lei capirà meglio cosa provo, e avrà pietà di me. Mi ascolti.»

8.

«La nostra comunità non è popolosa, una trentina di famiglie, sparse su un territorio vasto e accidentato. Ho passato parecchio tempo in pullman per andare a visitarle, o in macchina, quando qualcuno si prestava a riaccompagnarmi a casa la notte, d'inverno, perché non c'era più una corriera a riportarmi indietro. È gente che ha resistito prima alla conversione, poi alla tentazione di abbandonare la fede senza sostituirla con nient'altro, come invece fanno molti cattolici senza particolari rimpianti. È il destino delle minoranze, di essere cocciute e conservatrici, aggrappate a un credo senza il quale cesserebbero di esistere.

«In una campagna a una trentina di chilometri da qui viveva e tuttora vive una famiglia di singolare composizione. I maschi erano morti, oppure se ne erano andati, o non ne erano mai nati, per cui ad abitare la fattoria rimanevano sei donne distribuite su generazioni diverse: la nonna, Adelaide, le sue due figlie e tre nipotine nate dalla secondogenita, rimasta vedova per un incidente di caccia. La primogenita di Adelaide aveva nome Valedina, era una donna forte e pia, dedita al lavoro e all'impegno verso gli altri, e per altri non si intende solo i membri della sua famiglia o gli abitanti del circondario, bensì tutti gli esseri che ci vivono intorno, le bestie e le piante. Valedina era il miglior veterinario che abbia mai lavorato nella nostra regione, instancabile. Ne ha aiutati a venire al mondo e altrettanti ne ha salvati quando li colpiva uno di quei contagi che spazzano via in una settimana un intero allevamento. La stessa cura riservava verso la selvaggina che si ritrovava con un'ala o una zampa spezzata.

«Probabilmente durante l'intervento in una stalla dove era rimasta bloccata e isolata per oltre quarantotto ore, a causa di un'alluvione, Valedina aveva purtroppo contratto una malattia subdola, insidiosa, trasmessa da una zecca o da un altro parassita. La malattia iniziò a manifestarsi qualche mese dopo, colpendola nei muscoli e nel sistema nervoso. Una volta avviata, la degenerazione fu così rapida che quella povera donna passò in pochi mesi dalla perfetta salute alle grucce per camminare e quindi alla sedia a rotelle. Ma non perse la fede e la speranza. Vorrei dire che la assistevo in questo calvario ma non sarebbe giusto, Valedina restava salda nelle sue convinzioni e nelle sue abitudini, per cui si poteva dire che fosse lei, dalla sua sedia a rotelle, ad assistere e consolare sua madre Adelaide, la sorella minore e le nipoti che erano parecchio abbattute. Le incoraggiava, le aiutava a fare i compiti, asciugava le loro lacrime quando prendevano un brutto voto e non avevano il coraggio di dirlo alla madre.

«Potrei dire che assisteva anche me quando andavo a farle visita. Trovava le parole più opportune per riempire il silenzio, io mi ero ammutolito constatando che, a ogni incontro, Valedina mostrava di essersi aggravata, perdendo l'uso di una parte del corpo ancora valida la volta prima. Lo confesso senza vergogna, mi mancavano le idee per venirle in soccorso, vedendola così ridotta mi si svuotava la testa dalle formule che un pastore dovrebbe saper adoperare in frangenti simili. Malgrado la sua fermezza, era ovvio che la donna avesse bisogno di conforto religioso, poteva andarsene da un giorno all'altro, la progressiva paralisi le avrebbe impedito di respirare, magari in mezzo alla notte a letto, e sarebbe morta soffocata.

«Non riuscivo a pensare ad altro mentre ero davanti a lei, e questo mi levava ogni parola. Non dovrebbe dirlo uno come me, un "pastore d'anime", ci chiamano così, ma mi sentivo perso di fronte a lei e all'inarrestabile cammino che la morte si stava aprendo nel suo corpo, sostituendo la vita nei punti chiave, spegnendola con metodo, come fanno i sacrestani nelle vostre chiese quando smorzano le candele.»

Il pastore Ulrich tacque per un istante e tese le orecchie. Nel corridoio si sentiva dell'agitazione, uno scalpiccio di suole di gomma. Lenia fece per nascondersi dietro la porta del camerone, se qualcuno fosse entrato in quel momento. «Mi dia dell'acqua per favore, non ci arrivo» chiese Ulrich indicando la bottiglia sul comodino e, obbediente, incapace di dirgli di no e andarsene, Lenia gli tornò vicino e gli versò da bere. «Si sieda, la prego, prometto di trattenerla solo qualche minuto ancora.» Era voglioso di completare il suo racconto. Lenia si chiese perché restava ad ascoltarlo. Tuttavia restò. L'ennesimo uomo, il pastore Ulrich, che sceglieva lei per far lezione, per istruirla, ammonirla, affascinarla e spaventarla, salvarla dalla cattiva strada oppure spingercela. Devo essere il soggetto ideale, pensò di sé con una punta di annoiato divertimento, ho l'età giusta, la faccia giusta e mi trovo nella situazione più adatta a ricevere consigli da un maschio maturo che ne ha abbondanti scorte e non sa a chi dispensarli. Evidentemente proietto di me un'immagine indifesa, bisognosa di essere completata grazie all'intervento altrui. Ma forse questo del pastore è solo automatismo professionale: una ragazza sola, di notte, al capezzale del padre malato, come ci si può far sfuggire l'occasione di inquisirla con la scusa di volerla confortare? Ma se questo pastore fosse davvero perspicace potrebbe scoprire che, alla fin fine, non me ne frega nulla di mio padre e che quasi lo detesto. Quante volte ho desiderato che sparisse per sempre? Che trovasse lui la sua pace definitiva e io la mia? Non sarebbe in fondo un affare conveniente per entrambi? Ma forse il pastore non ci arriva e non sarò io a lasciarglielo scoprire.

Preferisco passare per una figlia addolorata e affettuosa che veglia il padre a notte fonda e si assicura riceva i conforti che medici distratti e infermiere poco simpatiche potrebbero fargli mancare, e quindi rivolgere le stesse premure ai suoi compagni di degenza. Dunque ascoltiamo l'ennesima storia edificante, la donna paralizzata, le angosce del pastore. Se il pastore trema, se il pastore teme il trapasso, figuriamoci il sofferente che lo vede avvicinarsi...

«Mi chiamarono una sera dicendomi che eravamo prossimi alla fine. Mi vesto di corsa facendo fatica a trovare gli abiti e le scarpe, di colpo mi sono dimenticato dove tengo le quattro cose che possiedo, rinchiuse in un unico armadio. Durante il tragitto, che dovetti percorrere a bordo di una motocarrozzina con cui era venuta a prendermi la più grande delle nipoti di Valedina, malgrado non avesse l'età per guidare e nemmeno la capacità di farlo, sicché più volte rischiammo di finire nel fosso che costeggia la strada, Valedina purtroppo morì. Quando arrivai alla fattoria non dava segni di vita da mezz'ora. Il medico che l'aveva seguita negli ultimi mesi, in verità limitandosi a registrare le fasi di un peggioramento contro cui non poteva nulla, tardava più di me. Dunque ero il solo, lì, a dover constatare il decesso della donna, le altre stavano in cucina mute e piangevano. L'unica a non piangere era la vecchia di casa, Adelaide, sembrava più contrariata che addolorata, le rughe sulla fronte e i solchi lungo il naso si erano scavati, rendendo il suo aspetto inquietante, quasi sinistro, gli occhi asciutti, il naso adunco, la bocca dagli angoli piegati in basso che ripeteva ogni tanto una frase, "... a trentott'anni però...", con qualche piccola variazione, "... insomma, trentott'anni, una donna...", "... trentotto appena fatti!" e poi un borbottio in dialetto che si sarebbe detto una bestemmia se non fossi più che certo che in quella casa una bestemmia mai si sarebbe potuta udire.

«Valedina era sul letto in camera sua, divenuta camera ardente, le braccia stese lungo i fianchi sopra la coperta, come addormentata. Gli occhi chiusi non si erano ancora affossati nelle orbite. Solo la bocca era piegata, proprio come quella di sua madre, in una smorfia rancorosa. Vi avvicinai una mano e poi la guancia, l'orecchio, per sentire se ne usciva ancora un soffio, uno di quei sussulti incontrollati della materia che prima di raffreddarsi fa scattare per l'ultima volta qualche circuito nervoso. Nulla. "Riposa in pace, Valedina" dissi. Avrei potuto limitarmi a quello, esaurendo così le ragioni del mio essere lì, ma preferii intonare una preghiera che avevo imparato a memoria per il funerale di mia nonna, quando avevo cinque o sei anni e mi era stato affidato il compito di recitarla perché ero il più piccolo della famiglia.

*C'è buio in me. In Te, invece luce.*
*Sono ormai sola. Ma Tu non mi abbandoni.*
*Non ho coraggio. Ma Tu mi sei d'aiuto.*
*Sono irrequieta. In Te si trova pace.*
*L'amarezza è in me. In Te solo pazienza.*
*Non riconosco la Tua via. Ma Tu sai la mia strada.*

«Senza che me ne accorgessi, nella stanza di Valedina erano entrate una alla volta le altre donne di casa, sua madre Adelaide, la sorella minore con le figlie: e ora, in un silenzio rotto solo da qualche singhiozzo, erano ritte alle mie spalle. Nella stanza faceva molto freddo, come se fosse il cadavere ad averlo portato, e il fiato si condensava. Non credo di aver mai partecipato a una veglia funebre tanto sinistra. L'attesa del medico che doveva constatare il decesso si prolungava, non c'era altro da fare che pregare per Valedina, e recitai a voce alta questa invocazione.

*Non tento nemmeno, o mio Signore,*
*di penetrare la tua profondità,*
*in nessun modo metto a confronto con essa*
*il mio intelletto; ma desidero*
*intendere per quel che posso*
*la tua verità, che il mio cuore già ama.*

«Alle mie spalle sentii un brusio. Qualcuno, invece di unirsi alla mia preghiera, protestava. Era la sorella di Valedina, Iride. "Io non riesco ad amare quello che non capisco" si lamentò, "e la morte di mia sorella non la capisco. Non ha senso. Era giovane per morire, e in vita sua aveva fatto solo del bene. Dunque? Questo intelletto di Dio, questa sua verità, questo suo amore, che bisogno hanno di esprimersi così? E se anche arrivassi a comprendere il perché di un destino così ingiusto, come potrei addirittura amare chi l'ha causato?"

"Ma Iride" le risposi, "la preghiera dice proprio questo, non si riesce a penetrare la profondità del destino che Dio ha preparato per ciascuno di noi..."

"E quale sarebbe la logica di questo destino? È solo un capriccio di Dio scegliere uno e farlo morire a trentotto anni? Cos'è, si leva uno sfizio? Ci vuole dimostrare che è lui che comanda?"

"Iride! La tua pena non ti autorizza alla bestemmia..."

«Mentre ero girato verso la donna e le parlavo, vidi sul viso della sua figlia più piccola dipingersi una smorfia, gli occhi sgranati per lo stupore.

"Guardate" disse la bambina, "respira."

«Mi voltai di nuovo. Sopra il viso irrigidito di Valedina aleggiava una quasi impercettibile nuvola di vapore. Pensai che si trattasse di un'illusione ottica e mi sedetti sul letto, le presi le mani, e a quel contatto provai un orrore che non riesco a descrivere, perché erano gelate e rigide, erano le mani di una morta, eppure le sentii tremare. "Che succede?" chiese Adelaide, mentre sua nipote scoppiava a piangere e le altre due iniziavano a strillare tenendosi la faccia con le mani. "Fate silenzio!" ordinai. Le bambine smisero di frignare e cominciarono a sussurrare la preghiera che avevo intonato per la defunta.

*C'è buio in me. In Te, invece luce.*
*Sono ormai sola. Ma Tu non mi abbandoni.*

9.

«Valedina non era morta. Sotto le palpebre serrate i bulbi oculari si muovevano come quelli di una persona che sta sognando. E dalla bocca dischiusa con un sibilo ora entrava e usciva aria. Morte apparente, pensai, anche se risultava incredibile che fosse rimasta mezz'ora o più in quelle condizioni.

«Poco alla volta il colore tornò sulle sue guance, finché Valedina aprì gli occhi. A quel punto dovetti scansarmi perché intorno al letto si erano affollate madre, sorelle e nipoti, volevano abbracciare e carezzare la donna che era tornata tra loro. Mi resi conto di quanto fosse amata Valedina. Dov'era stata quando il suo cuore aveva cessato di battere? Non può saperlo un medico ma nemmeno a un uomo di Dio è dato saperlo. Malgrado il fiume di affetto che le veniva riversato addosso in quel momento, Valedina restava indifferente, guardava verso un angolo della stanza dove non c'era nulla.

«In quel momento entrò il medico. Era preparato a constatare il decesso della paziente, e se la ritrovò viva, e dunque daccapo moribonda. Ordinò allora a tutti di farsi un po' indietro e lasciarla respirare.

«Decisi di fermarmi lì per la notte. Assicurai che ci avrei badato io almeno per qualche ora prima di ricevere il cambio, e che mi sarebbe bastata la sedia accanto al letto.

«Valedina respirava affannosamente, ma questo avveniva già da diverse settimane, come se i suoi polmoni per riempirsi avessero bisogno di uno sforzo di volontà, e lo stesso per svuotarsi. La donna non dormiva, e ogni tanto mi gettava un rapido sguardo, che appariva, come dire, indifferente, completamente privo di qualsiasi interesse a me quanto al resto. Visto che vegliava, "come ti senti, Valedina?" le chiesi, più che altro per segnalarle la mia presenza accanto a lei. Era rientrata nel mondo ma non pareva più intenzionata a farne parte. Immaginai che la paralisi progressiva stesse interessando anche le sue facoltà di pensiero. Ma non era così, con un filo di voce e con un impercettibile gesto mi chiese di farmi più vicino.

"Voglio confessarmi, pastore." Notai che non batteva più le palpebre, gli occhi grigi li teneva sempre aperti, ma erano senza luce, come in un camino le ceneri di un fuoco risalente al giorno prima. Lei era ancora viva ma i suoi occhi no. Se la sua morte era stata apparente, era apparente anche la sua resurrezione. "Ma non so se vorrà starmi a sentire." "Parla, Valedina, sono qui, ti ascolto" le risposi, anche se presso di noi la confessione non è un sacramento. Un sorriso ironico animò per un istante quel viso esangue. Aveva una crosta secca sulle labbra, le chiesi se voleva bere e lei scosse la testa. "Bere...!" disse. "A che serve?" Non capii cosa intendesse. Forse vaneggiava. "Lei non mi crederà, ci scommetto." La rassicurai di nuovo sulla mia disponibilità, qualsiasi cosa intendesse dirmi l'avrei ascoltata, le avrei prestato fede. "La fede!" e rise di nuovo silenziosamente, scoprendo tra le labbra screpolate due file di denti sani, brillanti, non toccati dalla malattia che aveva corrotto il resto del suo corpo. Sebbene fossi concentrato nell'ascolto della moribonda, e spasimassi per ricevere da lei la rivelazione promessa, essendo certo che si trattava di ciò che aveva provato o visto mentre la credevano morta, non potei evitare che mi tornasse in mente uno spaventoso racconto letto quando avevo undici o dodici anni, trafugando il libro dalla biblioteca di mio padre, anche lui pastore, povero ma colto, e severo. Se si fosse accorto che gli avevo sottratto quel libro di nascosto, mi avrebbe frustato. Quel racconto su una chiostra di denti perfetti come quelli di Valedina mi aveva terrorizzato...»

Lenia capì a cosa si stesse riferendo il pastore: *Berenice*, di Edgar Allan Poe, l'aveva letto anche lei, anche lei appena adolescente, e l'aveva trovato non raccapricciante ma disgustoso, il frutto di una mente malata e basta. Ma c'era un altro aspetto per cui di quel racconto aveva un ricordo così vivido: quando era andata da sua madre Lisetta a confessarle quanto quella storia morbosa l'avesse turbata, lei aveva commentato, calma: «È quello che prima o poi tuo padre farà a me». Che cosa? Come? Papà ti caverà i denti per metterli in una scatolina? Questo pensiero ridicolo e orrendo aveva scosso la ragazzina al punto che Lisetta aveva dovuto abbracciarla e spiegarle che scherzava, che stava scherzando, e scusarsi per averla spaventata, quella stupida battuta lei non sapeva bene perché le fosse venuta fuori così: papà è buono, e non è affatto pazzo, si era affrettata a precisare Lisetta per calmare sua figlia.

«Sa, è una storia il cui narratore, del tutto folle, è invaghito morbosamente, quasi ossessionato dal sorriso di sua cugina... dalla sua dentatura perfetta...» aveva cominciato a spiegare con la sua nasale cantilena germanica Ulrich, ma Lenia l'aveva subito interrotto. «Lo conosco, lo conosco bene» e intanto si era girata verso il letto dove dormiva suo padre. Cosa ha fatto mai quell'uomo, si chiedeva, di cosa è stato capace, era malvagio e ora non lo è più, oppure lo è ancora? A queste domande Lenia non sapeva rispondere. Non aveva idea di quel che era nascosto nel cuore di suo padre, il bene o il male o un'altra cosa ancora. Forse c'era amore, forse odio, forse solo stanchezza e distacco, anche nei confronti di sua figlia. «Ora però basta, addio» disse decisa al pastore e gli tese la mano per un congedo, ma lui l'afferrò con entrambe le sue, la strinse forte e la trattenne quasi con violenza. Lenia non riusciva a staccarsi. «Non può andare senza che le dica di cosa *ho paura*. Di cosa *tutti* dovremmo avere paura.»

10.

«Valedina non governava quasi nulla della sua persona, le gambe, le braccia, l'intera parte destra erano inerti, solo la mano sinistra, e il viso e gli occhi e la bocca si muovevano.

Prigioniera del suo corpo. Ma ancora lucida. “Ti ascolto, Valedina, ti ascolto” ripetei più volte, ma lei adesso, come una bambina bizzosa, mi teneva in sospeso. “Glielo posso dire in un orecchio. Si avvicini. Non so se lei sia all’altezza di capirlo.”

«La pazienza e la curiosità sono prerequisiti della mia vocazione: senza di essi, chi sopporterebbe un qualsiasi essere umano?

“Non c’è nulla” disse in fretta.

“Dove?”

“Dall’altra parte.”

“Nulla?”

“C’è qualcosa, ma questo qualcosa è il nulla.”

«Per essere sicuro di aver capito bene, le chiesi di spiegarmi a cosa si riferiva.

“Lei non mi ascolta, Ulrich, è inutile.”

“La sto ascoltando.”

“Allora non mi crede.”

“Le credo, Valedina, le credo, solo che...”

“Allora è semplice. Molto semplice. Il nulla. Nessun suono, nessuna luce, nessuna voce, nessun sentimento. Il nulla, e basta. Sono stata chiara, adesso?” Rabbrividì e subito dopo sorrise in modo stanco e cattivo, sì, era cattivo perché sembrava che quella donna godesse, godesse nell’affermare questo davanti a un uomo religioso come me. Dopo la vita non c’è nulla, e lei ci era stata in quel nulla, poi era tornata indietro per dirlo a me. Fui certo che non l’avrebbe rivelato a nessun altro, di sicuro non ai membri della sua famiglia, loro li avrebbe protetti dalla verità. “Quindi, dato che non c’è nulla, posso tranquillamente mollare. È tutta la vita che aspettavo di poterlo fare.” E lanciò una bestemmia, gratuita, orribile detta da una donna come lei, o almeno, da com’era stata lei fino a poche ore prima. Mi fece accapponare la pelle. Era paralizzata dalla testa ai piedi e senza speranza, e bestemmiava. Contraendo i pochi muscoli che ancora controllava, mi strizzò l’occhio.»

Nel raccontare questo la voce del vecchio tedesco si era fatta querula. Stringeva ancora tra le mani quella di Lenia che aveva rinunciato a liberarsi. Ulrich ora stava piangendo. Aveva chinato la testa sul petto, e, sotto il pigiama sbottonato, qualche lacrima gocciava tra i peli bianchi che sbucavano contorti dalla canottiera. «Non c'è nulla, dopo» ripeteva fiaccato, lagnoso: niente immagini, o suoni, o parole. Niente da toccare, niente da pensare o da vedere, da odorare, niente da amare o da cui fuggire o a cui legarsi. La rivelazione della donna tornata dall'aldilà aveva reso irrilevante la sua vita, aveva privato di senso ogni suo sforzo, la vocazione, gli insegnamenti, tutti i sacrifici e le prediche. «Ecco. È il nulla che ci aspetta, e anch'io ci finirò presto...» singhiozzava. «In fondo, già lo sapevo... l'avevo capito che era così, e non può essere diversamente...»

Il suo sfogo fu di breve durata, si esaurì e terminò di colpo, alla maniera di un provino per ottenere una parte. Forse vergognandosi di essere caduto in quella che in definitiva poteva essere una burla da parte di una donna spacciata, una specie di testamento blasfemo o forse soltanto un segno di demenza terminale, il pastore Ulrich si ricompose in fretta, lasciò andare la mano di Lenia, riabbottonò fin sotto il mento i lembi della camicia da notte celestina, offrì le sue scuse, dichiarò la sua debolezza. «Sì, sono un codardo. Ho paura, ho tanta paura di morire» ammise, e andò frettolosamente verso la conclusione del suo racconto. Dopo essersi confidata con lui, Valedina non aveva più pronunciato una parola, aveva progressivamente perso la residua mobilità delle mani, dei muscoli del viso, della deglutizione e infine di quelli che governano la respirazione. Lo sguardo si era fissato verso un punto qualsiasi.

Era morta, stavolta in modo definitivo, una settimana dopo.

11.

Nell'angolo del camerone, sotto la finestra, il ragazzo aveva ricominciato a gemere. Piagnucolava o forse pregava. Forse aveva dolore, forse, come Ulrich, aveva paura. Sarebbe stato operato la mattina seguente. Povero ragazzo, pensò Lenka, la vita ferve dentro di te, troppa vita, e dovranno estirpartela, come hanno fatto a mio padre. Ma è incurabile, la vita, pare che l'unico modo di guarirla sia sopprimerla.

# Capitolo XI

## *La domanda del professor Pietra*

1.

Qualcosina in più su com'era fatta Lenia Berio la si potrebbe ricavare dal seguente aneddoto, riguardante una fase confusa della sua vita, cioè, confusa né più né meno come lo è ogni fase della vita, e in più, confusa come lo erano praticamente tutti nell'epoca in cui si svolge questa storia: i ventenni, i trentenni, i quarantenni e così via fino ai vecchi. Ma forse no, forse soltanto i vecchi (cioè coloro che erano nati all'inizio del secolo ventesimo) a quell'epoca avevano le idee un po' più chiare degli altri, solo che quella loro chiarezza serviva oramai poco a loro, e i più giovani non sapevano che farne, non la comprendevano, non era comunicabile. Ora la confusione specifica di Lenia l'aveva condotta al più grosso e tipico sbaglio che si possa compiere una volta finita la scuola, e cioè iscriversi all'università – o perché si sceglie la facoltà sbagliata, o perché era meglio non iscriversi affatto, e andare a lavorare, o mettersi ad ascoltare il sussurro ancora impercettibile di una vocazione autentica. Al limite, meglio persino non far nulla.

Ecco qui un breve resoconto di un esame da lei affrontato.

2.

Il carattere ispido e fiero di Lenia Berio si manifesta nel comportamento tenuto durante l'esame di Storia della Filosofia, che doveva essere l'ultimo prima che lei abbandonasse gli studi universitari per dedicarsi interamente alla fotografia.

La prima domanda che le aveva posto Agostino Pietra era stata: «In che rapporto sta la potenza assoluta di Dio con la sua volontà di creare questo e non un altro mondo?».

Allora: in che rapporto sta la potenza di Dio con la sua volontà... di creare questo... e non un altro mondo...

Visto che Lenia non si azzardava a dire una parola, il professor Pietra fece il gesto di soccorrerla. In realtà intendeva aggravarne la posizione: «Intendo, com'è ovvio, la risposta al quesito formulata da Abelardo. Quindi, se lei è in grado di farlo, potrebbe comparare la sua risposta a quelle fornite da Duns Scoto e da Ockham».

Ora, Lenia aveva dimestichezza con i grandi filosofi dell'antichità, per averli studiati come si deve al liceo, grazie a una professoressa implacabile nella sua ansia nevrotica di chiarire alla classe le allegorie ardite di quei primi sapienti e veggenti; e poi, più o meno da Cartesio e Spinoza in avanti, aveva riafferrato il filo di quel ragionare che si sforza, vanamente e comunque in modo grandioso, eroico, di costruire vasti sistemi per spiegare il mondo; purtroppo, tutto ciò che si trova tra queste due epoche, e cioè la filosofia dell'età di mezzo, le era rimasta estranea, o per usare un termine del codice sentimentale e privato, le era risultata «antipatica». Sì, questo benedetto Medioevo, che in fondo era durato mille anni, non una bazzecola, quindi più a lungo delle epoche precedente e seguente rispetto a cui veniva considerato un semplice intervallo, una buia parentesi, nella mente di Lenia come di molti altri si era fissato in un unico fotogramma, dove si ammassavano secoli ripetitivi e immagini stereotipe, donzelle e fate, cavalieri, castelli turriti, servi della gleba, e poi quella teoria di frati diabolicamente intelligenti nell'applicare le loro menti esasperate dalla sottigliezza a problemi insolubili, dentro monasteri isolati dalla neve per mesi. Un pensiero classificatorio che rimuginava senza sosta categorie, e poi categorie, e ulteriori categorie... e questo per non essersi voluti accontentare del Vangelo, del suo limpido scarno messaggio, di cui l'anima forse può nutrirsi, ma non la mente umana, che è insaziabile.

L'aveva studiata apposta per sostenere l'esame, la Scolastica, l'aveva studiata furiosamente e in modo nozionistico sui manuali, accumulando, accumulando, senza imparare sul serio niente. Dunque si scusò col professor Pietra e confessò di non essere in grado di rispondere, quindi accennò all'eventualità di affrontare, più in generale, uno dei filosofi da lui elencati: «Se crede, potrei parlarle di Duns Scoto e dei temi principali che ha trattato, non so, la sua polemica contro il nominalismo, e il limite che egli pone alla ragione umana nel...».

«Alt, alt!» le intimò Pietra mostrandole il palmo aperto, come un poliziotto a un posto di blocco. «Non mi interessa. Mi risparmi per favore le pappardelle del manuale. Non siamo al liceo, questa è l'università, se n'è accorta, signorina? A proposito, su quali testi si è preparata?» Lenia aveva studiato sui tre manuali che aveva conservato dal liceo, mille e trecento pagine già zeppe di sottolineature, tranne che nei capitoli sulla Scolastica, che aveva dovuto affrontare, appunto, partendo da zero. Quando sentì il nome degli autori del manuale, peraltro uno dei più diffusi nei licei dello Stivale, Pietra sbuffò: «Certo, certo, allora si capiscono tante cose» disse, lasciando capire che era ovvio, studiando con quei maestri, ritrovarsi nei guai a un esame appena un po' serio. «Avevo lasciato libertà di scelta, nell'uso dei manuali, ma come sempre la libertà esiste solo per venire abusata... anzi parrebbe essere la sua stessa essenza, l'abuso. Però è colpa mia, in fondo. Non dovrei permettere che ai miei esami si presenti chi non ha seguito il mio corso dalla prima all'ultima lezione.»

«Ma scusi, professore, mica la tratta tutta intera, la Storia della Filosofia, nel suo corso annuale» obiettò Lenia.

«Mi risparmi questa ovvietà, signorina, io sto parlando di metodo. Di *metodo*! Non dei singoli contenuti. Non mi faccia essere banale, la prego, io odio la banalità!» e nel dir questo si rivolse all'uditorio spaurito, quasi scordandosi che si trattava di una sessione d'esame e non di una orazione all'Accademia. «Già si è perso troppo tempo, passiamo oltre, giochiamoci un'altra carta: mi dica, quale differenza sussiste in Kant tra lo schema della realtà riferito alla categoria della qualità e lo schema della effettività riferito alla categoria della modalità?»

Era una domanda piuttosto difficile, ma, assicuratasi di averla compresa bene, nel rispondervi Lenia si destreggiò discretamente, il che la tenne in vita, la fece galleggiare, evitando che colasse a picco. Altrimenti l'esame con Agostino Pietra si sarebbe troncato lì, come era accaduto agli studenti che l'avevano preceduta. Nello spiegarsi, Lenia procedeva con cautela, incolonnando lentamente e legando una a una le frasi del ragionamento come uno che poggia bene il piede su un terreno cedevole prima di metterci il peso del corpo e avanzare con l'altro piede. Pietra la ascoltava attento. La lasciò proseguire senza interromperla per un tempo che parve lunghissimo mentre forse si trattava solo di tre o quattro minuti, poi, all'improvviso, scattò: «Quali sono i motivi che rendono discutibile l'attribuzione a Platone della VII Lettera? Ci pensi su prima di rispondere». E a favore dell'uditorio, socchiudendo gli occhi come se lo stesse leggendo iscritto sulla parete opposta dell'aula, Pietra si mise a citarne a memoria un passo, in modo piano e solenne. Che fosse o meno Platone il suo autore, non ne diminuiva il fascino, anzi, forse, l'enigma che circondava l'autenticità, l'indovinello filologico, finivano per accrescerlo.

«Perciò, chi è serio» scandì Pietra, «si guarda bene dallo scrivere di cose serie, per non esporle all'odio e all'ignoranza degli uomini. Da tutto questo si deve concludere, in una parola, che, quando si legge lo scritto di qualcuno, siano leggi di legislatore o scritti d'altro genere, se l'autore è davvero un uomo, le cose scritte non erano per lui le cose più serie, perché queste egli le serba riposte nella parte più bella che ha.» Ecco, di nuovo stava facendo lezione scordandosi della seduta d'esame. Puro piacere nella sua esibizione, e forse anche un puro spassionato amore verso quel testo mirabile, verso l'intero sacro corpo dei testi filosfici. «La mente» esclamò, «la mente!» Agostino Pietra del resto si era dedicato al pensiero con la medesima arrogante passione che i rocciatori e i guerriglieri mettono nello scalare le montagne o nel combattere per la rivoluzione, vale a dire, mettendo a repentaglio se stessi. E voleva che questo senso del rischio e dell'incertezza si trasmettesse ai suoi studenti; faceva loro del male, li umiliava a bella posta, affinché imparassero che il pensiero non è affatto una consolazione, come sostiene Boezio, bensì un'esperienza ardua e dolorosa.

«Allora, signorina? Non basta mica essere rivestiti da una verniciatura di formule, come gente abbronzata dal sole, per potersi dire filosofi» la incalzò Pietra, di nuovo attingendo a un passo del testo incriminato.

3.

Ora Lenia aveva letto quella lettera, in realtà non in vista dell'esame di Storia della Filosofia, già di per sé così vasto da non permettere alcun approfondimento, bensì perché suo padre le aveva raccomandato di farlo, caldamente, poco prima che lei sostenesse l'esame di maturità; e lei aveva obbedito perché convinta che in questo modo Berio intendesse dirle qualcosa di cui, come accadeva spesso, evitava di parlarle in modo diretto, camuffandolo perciò sotto l'aspetto di una generica raccomandazione culturale; qualcosa cioè che a Berio premeva sul serio dire alla figlia, un messaggio racchiuso nelle parole di Platone e dunque cifrato, un messaggio nel messaggio, insomma. Era stato uno dei rari momenti in cui si era stabilito un vero contatto tra padre e figlia, sia pure attraverso una mediazione culturale, un tema esterno alla loro vita e appunto per questo una via praticabile. Ma di quella famosa lettera Lenia ricordava solo due cose: in primo luogo lo sdegno con cui Platone denunciava le malefatte dei vari regimi che si erano succeduti ad Atene e a Siracusa, l'iniziale ottimismo e le aspettative con cui aveva accolto i mutamenti politici, che l'avevano spinto a sostenerli, quindi il disincanto e quasi la ripugnanza con cui registrava il loro ineluttabile sprofondare nella corruzione. Berio voleva che sua figlia capisse questo, sapesse questo, e cioè che sia la tirannia sia la democrazia possono rovinare la vita dei cittadini? Un governo democratico aveva mandato a morte Socrate. Era questa la verità, era questa la lezione che il vecchio Platone, disilluso, indirizzava agli amici di Dione, e che Berio rivolgeva a sua figlia, di non lasciarsi incantare dalle promesse della politica, poiché il potere in qualsiasi forma si presenti non si può riformare, non si può riscattare? Il potere è comunque malvagio, e dunque sarà meglio, se ci si vuole conservare retti, onesti, tenersene alla larga? Lenia non l'aveva afferrato con certezza, e ora era passato troppo tempo da quella lettura perché lei fosse sicura che Platone intendesse veramente questo.

E poi c'era quell'altro aspetto, più personale, che poteva aver punto Berio come un rimorso, da condividere con sua figlia, in una specie di confessione per interposta persona: laddove Platone (o chiunque sia l'abile e a questo punto, occorre dirlo, altrettanto geniale imitatore) afferma che sarebbe stata una vergogna per lui rivelarsi un uomo buono solo a parole, incapace di tradurre in azione le proprie idee. Era esattamente quello che Berio aveva fatto, o meglio, non fatto e disfatto, in vita sua. Ma allora, ne aveva provato vergogna?

E poi, quei Siracusani incapaci di passare una notte senza banchetti e orge... tutto il tempo a bere e scopare...

Lenia si era persa nella memoria, annebbiando le nozioni scolastiche coi rimpianti personali, un vero guaio se questo accade durante un esame universitario, mentre si viene messi alla prova. Ecco perché, di quella famosa lettera, le sembrava di ricordare poco e al tempo stesso di ricordarne troppo.

«Rompa gli indugi, signorina» se ne uscì di punto in bianco il temuto professor Pietra, «e mi risponda una buona volta: cos'è peggiore per un individuo, essere vittima di torti e ingiustizie o l'esserne causa?»

Solo in quel breve momento nel corso dell'intero esame il professore era parso volerle venire incontro, dato che era abbastanza ovvio, assumendo il punto di vista platonico, quale potesse essere la risposta, obbligata, l'unica confacente a una moralità integra.

«Esserne causa» aveva infatti risposto Lenia, «causare l'ingiustizia è cosa ben peggiore che subirla» rispose lei secondo logica; ma Pietra era tornato subito a essere indisponente, roteando gli occhi e sbuffando, come a dire «Almeno a questo c'è arrivata!», il che provocò tutt'intorno una risacca di risolini servili. Che cazzo c'avrete da ridere, voialtri si chiese Lenia tra i denti, visto che tra poco sarà il vostro turno di essere bocciati? e si girò con un'occhiataccia verso gli altri studenti che in effetti stavano contribuendo con il loro atteggiamento untuoso alla loro stessa prossima umiliazione. Funziona sempre così: leccandola, s'incoraggia la mano che ti ha dato uno schiaffo a dartene altri, e quasi la si giustifica. Pietra, del resto, schifava gli adulatori che era lui stesso a sollecitare.

Bel carattere, quello di Lenia, bello proprio perché normalmente lo si definirebbe brutto: be', è l'unico personaggio di questo libro davvero orgoglioso, ed è un orgoglio per il suo autore averlo portato in scena.

4.

A questo punto lei si alzò per andarsene, «Basta così» disse, cioè la frase che è di solito il docente a pronunciare proclamando quello che nel pugilato sarebbe un KO tecnico, inutile proseguire l'esame per manifesta incapacità, inutile infierire ancora su un indifeso, lo studente «si accomodi» e ci riprovi semmai l'anno venturo.

Invece fu Lenia a dirlo, «Basta così» e si alzò riprendendosi il libretto d'esame e ficcandolo in borsa. «Ma cosa fa, signorina? Come si permette? Sono io che decido quando l'esame è terminato. E lei non è nemmeno dei peggiori, se l'è abbastanza cavata, sinora. Ringraziando Iddio, la sua ignoranza ha qualche lacuna, ah ah! Quindi si rimetta immediatamente seduta, e niente scherzi! Mi risponda a quest'ultima domanda e la mando via con un ventiquattro: mi dica, quali sono le differenze tra la prima e la seconda introduzione alla *Fenomenologia dello spirito* di Hegel?»

Ma Lenia non si era rimessa seduta e si stava facendo largo tra gli altri studenti, sbalorditi, verso l'uscita dell'aula. Si voltò solo un istante verso Pietra. Era seria e nemmeno troppo arrabbiata. Anzi sorrideva. «Io ci sputo, su Hegel» gli disse. Un paio di studenti nascosti alla vista del professore accennarono un rarefatto applauso.

Così era fatta Lenia Berio.

5.

Era fatta di irruenza seguita da ripensamenti. Una perfetta natura di artista a ben vedere, ma solo se i ripensamenti riescono a dare forma allo slancio iniziale invece di distruggerlo. In lei lo studio avrebbe dovuto seguire l'azione, non prepararla, questo era stato l'errore commesso nell'iscriversi all'università. Le fotografie si può anche cominciare a scattarle senza possedere una particolare tecnica: quella la si acquisisce semmai nel fare. Fare, fare, fare: così era diventata una grande fotografa sua madre, Lisetta Spiegel. Non era facile per Lenia seguire le sue orme. L'ombra della madre più grande della sua. Quella del padre era lunga lunga ma sottile, non sarebbe nemmeno servita a ripararcisi sotto. Ah, com'è rischioso scegliere lo stesso mestiere dei genitori, specie in ambito artistico, specie avendo modelli elevati! Per questo ci si trastulla con i diversivi. D'impeto Lenia si era iscritta a Lettere e d'impeto, come abbiamo visto, l'aveva abbandonata. La sua non fu affatto una scelta, e proprio per questo fu la scelta giusta.

6.

Vogliamo fare un passo indietro? Lenia frequenta un liceo nel centro della capitale, viene rimpallata tra i due genitori, ha esperienze di droga non significative. La sua biografia sentimentale si riassume in poche righe, sono sette i ragazzi con cui è stata, il primo dai sedici ai diciassette anni, poi uno durato tre mesi, un altro per la bellezza di due anni e mezzo (e dunque siamo arrivati alla soglia dei vent'anni), quindi, come gli imperatori romani tra la dinastia Giulio-Claudia e quella dei Flavi, abbiamo un caotico e rapidissimo succedersi di tre fidanzati, se vogliamo chiamarli così, visto che durano così poco (e uno di loro viene lasciato nel giro di quattro incontri, uno per conoscersi, uno per scopare, il terzo per scopare di nuovo e capire che è bello ma non ci siamo, l'ultimo per chiudere possibilmente senza strascichi – nonostante lui fosse attraente, ricchissimo e soprattutto innamorato cotto di Lenia fin dal primo giorno – perché, secondo lei, è un po' stupido e la annoia, o meglio, non la interessa, non le interessa nemmeno il suo amore sincero), dopodiché verrà un rapporto durevole ma amaro, contrastato, con un uomo molto più grande di lei che ha già una relazione stabile. E quando la loro storia finisce, ecco che siamo arrivati nei pressi di quella con Nico, che dunque è il numero otto, giusto? Uno più dei Re di Roma, dei nani di Biancaneve, delle note musicali, delle Meraviglie del Mondo – dunque uno di troppo, un numero non proprio fortunato. Terminata la scuola Lenia si era iscritta a Statistica, senza sapere bene perché (forse solo per reazione al padre letterato e alla madre fotografa), quindi era passata a Giurisprudenza, dove non le avevano convalidato i due esami dati a Statistica, quindi, senza aver frequentato alcuna lezione né dato nemmeno un esame di legge, si era iscritta a Lettere. Storia della Musica, Storia del Teatro e dello Spettacolo, Storia delle Tradizioni Popolari erano i tre esami che aveva superato in scioltezza, come si salta un ostacolo alto mezzo metro, anche perché tutti e tre i professori, dopo averle chiesto se per caso fosse la figlia di Berio, avevano iniziato a chiacchierare con lei con un tono quasi confidenziale, invece che porle delle domande, come se l'esame in sé fosse una formalità, un passatempo, il che aveva parecchio indispettito la ragazza che aveva studiato con impegno i loro testi in programma, malgrado le paressero inutilmente contorti, superficiali e ripetitivi. O erano noiosi almanacchi compilatori, oppure cervellotiche teorie scritte coi piedi che gli autori puntellavano con un'immane bibliografia e citazioni in buona parte tratte da loro precedenti lavori. Dopo che queste passeggiate agli esami l'avevano convinta che quelli di Lettere non fossero studi seri, era però andata a sbattere contro un esame invece serissimo, cioè contro Agostino Pietra, di nome e di fatto. Le sue domande volte non a saggiare la preparazione dello studente dove era consistente bensì solo a rivelarne le lacune (e come possono non essercene nella conoscenza?) erano formulate in modo da ricevere per forza risposte balbettanti. Rifiutarsi di proseguire quell'esame serio, troppo serio, così serio da essere ridicolo non per carenza ma per eccesso di serietà, aveva spinto Lenia a lasciare definitivamente gli studi. E di questo al professor Pietra lei era, in fondo, grata.

# Capitolo XII

## *La cascata*

1.

A Nanni Zingone non piaceva la montagna. Pativa il freddo, sia salendo lentamente sia scendendo veloce provava le vertigini, e le distese di neve gli provocavano non un senso di quiete ma di sottile angoscia, quasi di repulsione. Gli sembrava di annusare un po' ovunque un odore acidulo di lana bagnata, calzettoni bagnati, pelo umido che non si asciuga mai. Certo, con uno sforzo estetico arrivava a capire quanto meravigliosi fossero i pinnacoli e i crepacci e le verticali di roccia, il cielo ovattato e bianco oppure blu da far paura, e dunque a comprendere gli appassionati che stravedevano per quella roba – ma non c'era nulla da fare, non era uno di loro, si sentiva fuori posto, inadeguato, reietto e in definitiva anche un po' rompiscatole con la sua riluttanza capace di guastare il traboccante piacere della compagnia, anche perché, non avendo praticato quello sport da bambino, sciava come uno che ha imparato di recente, obbligato a mimare i piegamenti opportuni, e quando si ritrovava in cima a una pista, di fronte al ripido pendio che sprofondava serpeggiante tra le quinte nere di abeti, veniva afferrato da uno strano timore, quello di non essere all'altezza, di non essere capace ad affrontare la discesa e arrivare fino in fondo non solo incolume ma persino felice, un'impresa superiore alle sue forze, un gesto sovrumano, ma ormai era troppo tardi, troppo tardi per tornare alla base della pista, anzi per tornare indietro al momento in cui aveva caricato l'auto con l'equipaggiamento invernale, le catene, gli sci sul tetto, troppo tardi per rimanersene a casa sua, in città, lui era ormai lì, in alto, come il suicida sul cornicione di un palazzo, nell'aria irrespirabile per quanto bruciava in gola, e non vi era altro modo di tornare a valle che buttarsi a capofitto in quell'assurdo stradone gelato. Sì perché Nanni non era capace di andare piano, zigzagando qua e là come fanno tutti in modo più o meno elegante, ma con un sospirone si lanciava giù e prendeva velocità alla stregua di un corpo inanimato, le ginocchia che ballavano sulle cunette e che invece di flettersi per ammortizzarle si irrigidivano, finché assumeva la postura a uovo dei discesisti di libera, una follia per il mediocre sciatore che era.

Non era la paura di farsi male a frenarlo, ma un singolare senso di vacuità. Che in montagna ovviamente si accentuava, si moltiplicava, visto che quei paesaggi tanto suggestivi hanno appunto il vuoto come elemento fondante: gli orridi, il silenzio, l'eco, i cieli abissali, il bianco come sparizione di ogni colore, la pace senza confini, simile a un annullamento. A complemento del vuoto, vi era il suo opposto, la folla: la massa di sciatori brulicante sulle piste e nei rifugi. Tra questi due poli oscillava il suo disagio. In effetti uno come Nanni aveva, più in generale, problemi con il cosiddetto divertimento e i mezzi per conseguirlo, a cominciare dalle vacanze. Si adeguava alle necessità e volontà altrui, di Costanza e delle bambine, o di quegli amici che diventano tali solo perché hanno figli e figlie della stessa età dei tuoi, o in classe con i tuoi, per una specie di arruolamento scolastico parentale. Costoro avevano idee e desideri assai più precisi dei suoi: prendere in affitto una casetta su un'isola non facile da raggiungere ma in compenso quasi deserta, visitare templi in rovina, esplorare spiagge, arrampicarsi, inerpicarsi, battere il retroterra in cerca di aziende agricole o caseifici assolutamente meritevoli di una deviazione anche di ore, sperimentare di persona funivie e ferrate e trenini a cremagliera di cui parlano con entusiasmo le guide, noleggiare canoe.

2.

La madre di Costanza, Giulia Mesones, si era rotta una vertebra lombare scivolando sul tappetino mentre usciva dalla vasca da bagno. Contro la sua volontà, era stata trasportata al pronto soccorso di un ospedale pubblico sporco e affollato, e qui ricoverata: Costanza non aveva voluto ascoltare le sue lamentele dovute non tanto al dolore, che pure doveva essere lancinante, bensì alle condizioni deplorevoli della sua degenza. «È l'orrore, l'orrore puro!» diceva con una voce scandalizzata interrotta dai singulti delle fitte, che si irradiavano come scariche elettriche giù nelle gambe, «Voglio che mi portiate immediatamente alla clinica del Sacro *** o della Santa ***...!» con quel che segue di una qualsiasi delle figure religiose a cui è intitolata buona parte della sanità privata, ma Costanza era stata irremovibile, «Per carità, non facciamo storie, ora stai qui, poi vedremo...» pensando intanto: tu, mamma, ancora credi che nuotiamo nell'oro, ma una settimana nella tua bella ariosa camera del Santo ***, dopo che qualche mago del bisturi avrà messo le mani al tuo fondo schiena per rabberciarlo, ci manderebbe sul lastrico... e poi, scusa, perché mai quella seconda persona plurale, quel "portiate", quando sai bene che sarò io e solo io a occuparmi di te?

In effetti andava sempre così, e pure stavolta, guarda caso, Carla era in viaggio in Anatolia e Fiore già installata da una settimana nella baita dell'Engadina costruita dai suoceri, «a riposarsi» (di cosa, poi?), quindi era ovvio che a soccorrere la madre, vale a dire, a sottoporsi ai suoi cattivi umori e alle sue gratuite malignità, acuite ma in qualche misura giustificate dall'infortunio, non potesse essere che Costanza, Santa Costanza del Sacro Cuore dei Martiri Dolorosi. Un tale automatismo aveva spesso irritato Nanni, primo perché era ingiusto in assoluto, e Nanni, da autentico e dunque inoffensivo democratico, era ancora posseduto da un severissimo quanto infantile culto della giustizia, dell'equità, che lo faceva reagire alla minima questione di principio, in secondo luogo perché ribadiva la gerarchia familiare al cui vertice c'era, appunto, dispotica come una regina orientale, sua suocera, Giulia Mesones, e Costanza sottomessa e pronta a soddisfare i suoi capricci, le sue voglie, le continue emergenze che andavano dalla batteria dell'auto scarica al doversi precipitare in frutteria per accaparrarsi, già a inizio giugno, il primo cestino di lamponi, di cui Giulia andava ghiotta, anzi che erano per lei l'equivalente di un farmaco salvavita.

Fu così che a partire per la montagna con le bambine fu Nanni, da solo. O meglio, non da solo, perché nell'auto che li precedeva viaggiando di conserva sull'autostrada, a un'andatura che a Nanni pareva lenta in modo straziante e dunque pericolosa quanto quella elevata, c'erano i Battaglia, Ruggero Battaglia e Laura Piferali, detta Lauretta, con i loro due figli gemelli che stavano in classe di Caterina e che i genitori simpaticamente usavano chiamare Pif e Pof. Costanza aveva promesso di raggiungerli, in treno, non appena sua madre sarebbe stata in grado di badare a se stessa senza sostegno, cosa che peraltro Giulia Mesones aveva protestato di poter fare benissimo sin dal primo giorno (anche se non era affatto vero, e lei non era affatto sincera nel rivendicarlo) in modo da potersi in seguito lamentare di essere stata abbandonata dalle tre figlie, intendendo però, di nuovo, la sola Costanza, per l'automatismo affettivo di cui si è detto prima. È noto infatti che chi è solito prodigarsi per qualcuno, farsi in quattro per lui o per lei, be', la prima volta che si renderà indisponibile, anche solo per poche ore, anche se per causa di forza maggiore, la prima volta che dirà «non posso» o «no, mi dispiace, questo no», invece che gratitudine per quanto fatto fino a quel momento verrà sommerso di rancore, come fosse uno spergiuro, un opportunista, uno che non esita a violare i patti, anzi, che li ha violati *sempre*. L'affetto e la disponibilità possono viziare infatti chi ne gode al punto da farlo diventare irriconoscente e ansioso di liquidare il debito accumulato approfittando della prima occasione, del minimo pretesto, semplicemente cambiando di segno al dato e all'avuto: gratitudine invertita in risentimento.

A Costanza non rimaneva che rispettare le clausole di quel contratto sentimentale, mai sottoscritto e dunque persino più vincolante di quelli che si depositano dal notaio. E accettava il suo ruolo con un singolare buon grado, forse perché tener dietro alle bizze di sua madre tentando di rimediare ai suoi malanni veri o presunti la faceva sentire superiore: alle sue disimpegnate sorelle, è ovvio, ma anche alla sua stessa madre, che nel farsi aiutare e servire da lei, a conti fatti, finiva per cederle almeno una parte della sua sovranità, per quella dialettica così bene analizzata dal grande pensatore tedesco su cui Lenia Berio voleva sputare. Aiutando sua madre Costanza era convinta di tenerla in pugno, o almeno di aver arginato il suo strapotere.

Rovesciamenti di questo tipo sono all'ordine del giorno.

## 3.

E così Nanni Zingone si ritrova catapultato in una settimana bianca, esperienza temibile per chi non ami particolarmente quel colore. Oramai, però, ha consegnato la domanda di ferie a scuola, l'albergo con mezza pensione inclusa è prenotato e la caparra irrecuperabile, le bambine non vedono l'ora di fare a pallate di neve e costruire con la supervisione del padre quel pupazzo che si trova quasi solo nei disegni e nei cartoni animati, mai nella realtà, con la carota che gli fa da naso e i rami da braccia. Cosa vi può essere di più sano e normale che lasciare la casa, la città, la scuola, per pochi giorni, il recinto all'interno del quale pascola la vita di Nanni Zingone? Forse si tratta di un'occasione buona per sperimentare l'assenza di Costanza, e sciogliere la scontata associazione di lei alle bambine, come se quelle quattro finora avessero formato un blocco unico, da prendere o lasciare tutto insieme.

In fondo i Battaglia erano alla mano, gradevoli, simpatici, o piuttosto, sopportabili. Più vecchi di qualche anno, quel genere di coppia che sta insieme dai tempi del liceo, anzi da più indietro, dalle scuole elementari, da sempre insomma, come se si fossero conosciuti e scelti prima ancora di nascere. Con loro sarebbe stato sufficiente mantenere la conversazione su temi comuni come l'attualità politica e i film visti di recente, sommandovi qualche blanda lamentela sulla scuola frequentata da Pif e Pof e dalle due Zingone più piccole, e accenni a conoscenze comuni, con annessi aneddoti che facessero sorridere o stupissero, del genere «chi l'avrebbe mai detto» ma anche «io l'avevo capito subito che tipo era, fin dall'inizio». Nanni preferiva di gran lunga Lauretta a suo marito Ruggero, che non evadeva quasi mai dalla piattezza degli argomenti, affrontati con il più prevedibile buon senso implicito nei suoi piccoli e trasparenti occhi celesti, dallo sguardo mansueto, quasi che avesse timore di offendere qualcuno o di essere mal considerato; mentre si avvertiva in Lauretta un'intelligenza nervosa che cercava intorno a sé appigli per manifestarsi, fino a sfociare non di rado in scatti di insofferenza verso quel marito prevedibile, che però rientravano subito, tramutandosi in gesti d'affetto quasi materno nei suoi confronti, perché in fondo Ruggero era una persona buona e non meritava in alcun modo di essere maltrattato. Lui faceva l'oculista, lei lavorava in banca anche se non allo sportello, come ci teneva a precisare: forse le era rimasto il rimpianto di non aver seguito la vocazione che le aveva fatto studiare all'università le lingue dell'Estremo Oriente, ma poi era stata abbandonata di punto in bianco con l'ingresso nel mondo del lavoro. Anche per questo le piaceva conversare da sola con Nanni, ritagliandosi uno spazio privato, a proposito di favolosi romanzieri giapponesi come Kawabata o Dazai, e anche a Nanni questo piaceva, gli piaceva condividere con qualcuno l'immensa tristezza sprigionata dalla lettura de *Il sole si spegne*, la composta eppure folle e feroce malinconia di quel libro, che era un po' anche la sua.

4.

Maria Zingone come spesso le succede si sente tagliata fuori dal contesto in cui si ritrova. Messa al mondo dieci anni prima da genitori giovani i cui amici non si sognavano lontanamente di sposarsi e fare figli, o fare figli senza bisogno di sposarsi, oppure aspettavano fiduciosamente di incontrare qualcuno con cui valesse la pena provarci (e ne avrebbero avuto da aspettare!), quando ci si ritrova in gruppo risulta sempre la più grande tra bambine e bambini: coetanei nel giro familiare non ne ha. Ed essendo per la sua età molto matura, i giochi, i discorsi, i litigi, il modo di correre e strillare delle sue sorelle Caterina e Agnese (a cui adesso si sono aggiunti Pif e Pof, i due piccoli Battaglia) non solo non le interessano, non la riguardano più, ma la infastidiscono. C'è un abisso tra una bambina di dieci e una di sei o di quattro, l'età delle sue sorelle. Sulle prime all'inizio della settimana bianca si è atteggiata a loro guida o governante, trattandole insieme a Pif e Pof con condiscendenza, dando loro consigli o ordini come farebbe un'istitutrice un po' pedante, aiutando i più piccoli a mangiare, a vestirsi, rimproverandoli quando fanno chiasso, insomma, giocando a fare l'adulta premurosa e però severa, ma gli è che quel ruolo richiede infinita pazienza e sangue freddo, essere obbediti dà scarsa soddisfazione mentre essere disobbediti (caso assai più frequente) innervosisce parecchio, e del resto ogni tanto a Maria viene da pensare questo: insomma, sono anch'io una bambina, dopotutto! Ho soltanto dieci anni! Mi meriterei ancora quelle coccole, anche a me dovrebbero promettere caramelle come premio per farmi stare buona, e consolarmi se piango, e aiutarmi a infilare gli scarponi negli attacchi. Invece ci si aspetta che sia io a badare ai piccoli, che sia responsabile, calma, tranquilla, e non dia mai problemi, perché ormai sono grande, non posso farli, io, i capricci...

In verità Maria era sul serio calma, tranquilla, responsabile. Ma è questo fardello del suo carattere a pesarle. Il fardello delle sue virtù che le tocca trascinare come un tesoro pesante.

Suo padre se n'è accorto e si è identificato nella sua figlia più grande, quasi commuovendosi per lei, la capisce benissimo, perché anche Nanni ha parecchie difficoltà a rapportarsi agli altri, le ha sperimentate sin da quando aveva l'età di Maria: gli altri, gli altri, questo inspiegabile enigma, ora attraenti ora minacciosi, non poter fare a meno di loro e al tempo stesso aver voglia di fuggirne il più lontano possibile, voglia di nascondersi al loro sguardo, amarli e odiarli ma soprattutto temerli, desiderare spasmodicamente un segno di amore e di amicizia da parte loro, ma prima ancora, di comprensione. Essere circondato dall'assedio degli altri, senza capire se ti vogliono distruggere o soccorrere – o, peggio ancora, se ne fregano di te, non gli cambia una virgola se esisti o no. Dunque Nanni capisce il disagio di Maria ma appunto perché lo vive egli stesso non può in alcun modo offrirle aiuto: comprensione sì, partecipazione sì, soluzioni no, ed è il medesimo sentimento che Nanni si ritrova a vivere in quasi tutti i rapporti umani. Intelligenza accompagnata da impotenza. Con i suoi studenti, ad esempio, i suoi cari studenti, a cui è affezionato: arriva a capirli e a condividerne tristezze e angosce, ma non saprebbe immaginare come alleviarle. L'unica strada che è in grado di indicare, perché sta tentando anche lui faticosamente di percorrerla (cioè lo studio, l'arte, il pensiero, la passione per la letteratura), a Nanni è chiaro che potrebbero imboccarla solo alcuni tra loro, un gruppetto, cinque o sei nella sua classe, o in tutta la scuola, forse, e chissà con quali risultati, mentre per gli altri, che pure egli ama, e comprende forse anche meglio dei primi, e per cui patisce silenziosamente e si commuove, non saprebbe proprio cosa fare. Come intercettarne davvero le esigenze e dar loro una risposta. Una via d'uscita. Dunque continua a fare quello che solo è capace di fare, cioè, di far bene: appassionanti lezioni di italiano, e basta. Non gli si chieda altro, per favore. Le persone sensibili come Nanni hanno spesso questo limite pratico, che alla fine rischia di farle sembrare persino egoiste, o poco generose: reagiscono alle sollecitazioni emotive paralizzandosi.

Ma intendiamoci, anche Maria dal canto suo ha un po' capito com'è fatto il suo strano padre, dato che è fatto in modo così simile a lei. Si è accorta ad esempio della sua timidezza, della goffaggine o scontrosità che possono essere il risvolto della mitezza, se uno viene colto alla sprovvista e pur di dire o fare qualcosa, dice o fa una cosa inopportuna. Ora, lì in montagna, con i Battaglia e con i loro due figli, Nanni sta cercando con tutte le sue forze di riuscire disponibile e simpatico, ride più del solito, racconta aneddoti e ascolta e commenta quelli di Ruggero, meno o per niente interessanti, chiede di continuo a Pif e Pof come va, se si stanno divertendo lì in montagna, si informa della scuola di sci che i due bambini, alle prime armi, frequentano, e se stiano facendo progressi. «Lo spazzaneve, lo avete imparato? Sembra facile, ma non lo è. Quindi, bravi!»

Lo ha notato per esempio da come Nanni si rivolge a Ruggero e da come sta a sentirlo: la gentilezza forzata, l'arrendevolezza innaturale con cui accetta le sue proposte, specie quelle gastronomiche («Non è l'ora di una bella cioccolata calda? E che ne dite se ci facessimo una bella scorta di castagnaccio? Ma tu, Nanni, preferisci quello duro? Io quello un po' più morbido... sai, i denti... e forse piace di più alle bambine»), mentre lei si accorge dallo sguardo di suo padre che è distratto, che non gli importa nulla del castagnaccio e dei dolci e sta pensando ad altro, forse a Costanza che è rimasta a casa, in città, a cosa starà facendo adesso, che sono le cinque del pomeriggio ed è ormai notte, o forse a qualche libro nuovo da leggere o a una poesia da scrivere. Sì perché Maria è al corrente che suo papà scrive poesie, lui gliene ha fatte leggere un paio, di nascosto, senza dirlo alla madre, come se fosse un segreto tra loro due o un motivo, questo di scrivere poesie, chissà perché, di vergogna, e a Maria sono piaciute anche se non è sicura di averle capite fino in fondo, e glielo ha confessato, ma Nanni l'ha rassicurata, «Non è così importante capire, anzi, è quasi meglio se non si capiscono la prima volta, le poesie, così dovrai rileggerle e rileggerle ancora... Lo sai, ci sono poeti che ho letto tante volte e ancora mi sfuggono, vuoi sentire un esempio?

*Con tutti gli occhi vede la creatura*
*l'aperto. Soltanto i nostri occhi sono*
*rivolti indietro e messi intorno ad essa*
*come trappole, intorno al suo libero fine.*
*Quello che c'è fuori, noi lo sappiamo solo*
*dal viso dell'animale; noi già voltiamo*
*il bambino e lo costringiamo a vedere all'indietro*
*la forma, non l'aperto, che è così profondo*
*nel volto dell'animale. Libero da morte.*

«Vedi Maria? L'ho imparato a memoria, questo brano, a forza di rileggerlo, ma ancora non l'ho fatto mio. Non lo comprendo. Comprendere qualcosa vuol dire consumarlo e alla fine non ne resta niente. Cosa vuol dire che l'animale è libero da morte? *Frei von Tod*... libero da morte. Vuol dire che è immortale, che non morirà mai? Non è possibile, tutti gli esseri viventi muoiono. Eppure... forse essere liberi non vuol dire essere esentati dal destino, significa un'altra cosa... Forse l'animale è libero perché non pensa, e dunque non pensa alla morte, o forse pensa in un modo diverso dal nostro, a un mondo diverso, dove non si concepisce il destino, e non c'è spazio per i legami, per i vincoli, per la fine... il tramonto l'animale lo ha alle spalle, non davanti agli occhi, e dunque cammina libero...»

Maria si beveva le parole di suo padre. Bere, non è mica un modo di dire, è la parola giusta. Anche se lui, rivolgendosi alla figlia, stava forse ormai parlando da solo, rimuginando, cosa che del resto gli accadeva anche con i suoi studenti, davanti ai quali recitava i suoi monologhi. Altro che lezioni erano le sue, si trattava di fughe in avanti, di assoli intellettuali vorticosi: e come sua moglie, all'epoca in cui si erano conosciuti, sua figlia Maria e altri ascoltatori (quasi sempre ascoltatrici, perché oltretutto Nanni era sul serio bello, un bell'uomo anche se tanto complicato e ispido, e il suo impaccio gli aggiungeva fascino) ne erano infastiditi o rapiti, e spesso le due cose insieme, con una sensazione mista, la stessa che si proverebbe a esser presi per mano e condotti, senza aver dato prima il proprio consenso, anzi, con una certa brutalità, in un luogo sconosciuto, pieno di meraviglie e di pericoli, come potrebbe essere un bosco quando sta calando il buio, o l'acqua liscia e scura di un bagno notturno, senza luna, che provoca brividi di piacere e sgomento. «Starei ad ascoltarlo per ore» diceva qualcuno, «Ma di che parla? Non viene mai al punto...», qualcun altro.

«Quando ho conosciuto tua madre, le recitai questi versi per incantarla, e lei restò perplessa, ma si capiva che ne era affascinata...»

Strano a dirsi, Nanni non considerava affatto assurdo parlare a una bambina di dieci anni in questo modo, di questi argomenti, anzi, è con qualcuno di trenta che avrebbe considerato tempo perso provarci, e infatti nemmeno ci provava: liceali di sedici anni e bambine di dieci gli apparivano gli unici interlocutori validi, interessanti, il che vuol dire interessati. Ancora aperti, disponibili, cioè. Gli adulti di sua conoscenza mediamente erano troppo sciocchi e troppo intellettuali per trattare di temi intellettuali, saturi come erano di frasi fatte, di giudizi già formati (e perlopiù malformati), colmi di generico sentito dire e di convinzioni, magari non erronee ma inutili, fuorvianti, e impegnati nella conversazione quasi solo a difendersi, a parare i colpi, a mostrarsi intelligenti – piuttosto che ad accettare la verità, la semplicità, la bellezza, anche senza capirle. Non pretendendo cioè di afferrarle e sciuparle con le tenaglie della comprensione.

«E poi, cosa sarà mai, l'Aperto?»

Ecco, a Maria l'Aperto sembrava di conoscerlo, di sapere cos'era anche senza saperlo esattamente. Lo aveva sentito a modo suo in alcuni momenti di smarrimento e solitudine: all'improvviso aveva visto il mondo intero, la vita, non la sua vita ma quella di tutti, delle sue sorelle e dei suoi genitori – aprirsi distendersi, come raggi di luce che si sprigionano da un punto e vanno in ogni direzione senza incontrare alcun ostacolo, all'infinito, raggi colorati e sonori...

Solo che, a differenza di quanto diceva la poesia imparata a memoria da suo padre, lo aveva sentito in modo doloroso. Era troppo, troppo ampio, per lei, l'Aperto. E la faceva soffrire.

5.

Un giorno, facendo la fila per salire sulla seggiovia, che porta in cima a una pista lunga e ripida, si ritrovano in quattro, dato che Pif e Pof e le due piccole Zingone sono state affidate a un maestro per un paio d'ore, a sciare più a valle su un pendio innocuamente dolce: eccoli davanti all'impianto, i coniugi Battaglia, Nanni e Maria. Ma per la legge che governa le file caotiche e informali, con l'avanzamento di persone affiancate e sovrapposizioni e incastri tra gli sci, a ritrovarsi pronti per essere imbarcati sono Ruggero Battaglia e Maria, la quale si volta verso suo padre, rimasto qualche metro indietro, insieme a Lauretta, con aria interrogativa e un po' sgomenta. «Andate, andate avanti!» le sorride Nanni dondolando in aria una racchetta, e Maria procede, aiutata da Ruggero ad accomodarsi accanto a lui sul sedile che, invertita la direzione con una giravolta, le piomba alle spalle e se la porta via.

Lauretta e Nanni si ritrovano dunque seduti una accanto all'altro.

«A proposito, Nanni, hai letto *Trentatré svenimenti*?»

«No, di chi è?»

«Kazama Yukio.»

«Non lo conosco. Ma l'ho sentito nominare.»

«Bellissimo. Mi sarebbe piaciuto tradurlo io.»

«Sai così bene il giapponese?»

«No, infatti non ne sarei capace. Cioè... potrei provare, questo sì, mi piacerebbe. Provarci.»

«E perché? Non ti basta leggerlo?»

Lauretta sorrise. Teneva gli occhiali da neve con le lenti gialle sollevati sulla fronte e le piccole rughe ai lati degli occhi non la sciupavano.

«A me non basta mai nulla.»

Una risposta categorica, pensò Nanni, ma coraggiosa, fiera.

«Sei sempre insoddisfatta?»

«Quasi sempre. Però cerco di non farlo pesare a chi sta vicino a me.»

Nanni era stupito dell'improvvisa confidenza da parte di una persona che in fondo conosceva appena, presente nella sua vita quasi per sbaglio, per una coincidenza, la scuola condivisa dai figli, alla cui uscita aveva incontrato Lauretta due o tre volte, e si erano salutati, niente di più. Pensò che la gente ha tanta voglia di confidarsi, di confessarsi, e solo lui faceva eccezione a questa regola, restando chiuso e riservato.

«Certo» proseguì Nanni per completare il ragionamento di Lauretta, «altrimenti sembra che sei insoddisfatto di loro, che ti stai lamentando per come sono, o per quello che fanno o non fanno.»

«Lamentarsi è un modo di comunicare» disse lei, «forse un po' scontato, ma serve a dare lo spunto per qualsiasi conversazione» e gli sorrise in modo ironico, mostrando, con una punta di malizia, il suo bisogno di complicità. Ma non ce l'hai con tuo marito? pensò allora Nanni, possibile che in queste coppie che stanno insieme da secoli vi sia così poco scambio? E che dunque vada cercata altrove, la sintonia? Io, invece, con Costanza... Io sì che...

Ma non era affatto sicuro della risposta da darsi.

«Al tempo stesso, però, bisogna avere chiari i propri limiti» riprese Lauretta. «Tu li conosci, i tuoi limiti, Nanni? E sei disposto a rispettarli?»

«Io...»

Allo scavallamento di un pilone il sedile subì una scossa e oscillò, prima di ripartire, un po' di neve che copriva gli ingranaggi si sfaldò e cadde nel vuoto silenziosamente, bianco su bianco. Il che sarebbe accaduto un'altra dozzina di volte prima di arrivare in cima all'impianto. Tutt'intorno si sentiva solo il ronzio vibrante dei cavi di trascinamento e la pista da sci che in quel punto scendeva parallela alla seggiovia era curiosamente deserta, nemmeno uno sciatore in vista, e molto ripida, ghiacciata. Invece di rispondere a quelle domande un poco imbarazzanti, Nanni cercò con lo sguardo il sedile dove, precedendoli, trenta metri più in alto, Maria stava salendo accanto a Ruggero. Come se avesse avvertito il peso dello sguardo del padre sulle sue spalle, la bambina si voltò e gli fece un cenno di saluto alzando in aria le racchette, poi, come se questo segnale non bastasse, si levò il cappuccio di lana col pompon e lo agitò all'indietro. Quel gesto festoso contrastava col suo viso che pareva pieno d'ansia, sicché invece che un saluto sembrava una richiesta di soccorso. Con sollievo, Nanni vide che Ruggero per precauzione metteva un braccio sulle spalle della bambina, e la raddrizzava, forse preoccupato che lei, agitandosi così, potesse divincolarsi dalla sbarra di sicurezza che la bloccava e cadere, per cui la costringeva a guardare avanti e non dietro.

«È un bravo padre, Ruggero» disse Lauretta, pur non avendo notato la premura usata nei confronti di Maria. «Non solo con i nostri figli, ma con tutti. I bambini gli piacciono, si trova a suo agio con loro, forse più che con gli adulti.»

«Be', lo capisco. Talvolta sono più interessanti di quanto lo siamo noi adulti.»

«Tu sei un po' misantropo, vero, Nanni? Ma non preoccuparti, non è un difetto, per me, anzi. Pensa che l'autore di *Trentatré svenimenti*, quel libro di cui ti parlavo, Kazama Yukio, è stato un anno intero senza parlare con nessuno. Senza pronunciare una sola parola.»

«Evidentemente se ne può fare a meno.»

E rimasero in silenzio fino all'arrivo della seggiovia.

Intanto, nel sedile davanti al loro...

«Tu che in che classe stai, Maria?»

«In quinta.»

«Quindi quest'anno hai l'esame...»

«Sì.»

«E come vai a scuola?»

«Abbastanza bene.»

«Ti piace?»

«No.»

«Per niente?»

«Per niente.»

«E perché?»

«Perché mi annoio.»

«E i compagni? Ci sarà qualcuno con cui ti piace stare...»

«Certo che c'è, ma non capisco perché dobbiamo stare tutto il giorno chiusi lì.»

«Be', per imparare... per imparare qualcosa di utile.»

«Scusa ma a te, Ruggero, piaceva andare a scuola?»

«Sì che mi piaceva... a parte i brutti voti.»

«Andavi male?»

«Male, sì. Mi hanno bocciato due volte, ma ero un anno avanti e un altro anno l'ho recuperato.»

«Sei sincero?»

Battaglia non si aspettava una domanda del genere da una bambina di dieci anni, che lo guardava fisso negli occhi.

«Sì che lo sono, Maria. Non mi piace dire bugie, anzi, a dire il vero, non ci riesco proprio.»

«Neanche a me piace. Anche se qualche volta sono costretta a dirle.»

«A chi?»

«A mia madre.»

«Fammi un esempio.»

«Le ho detto che ero contenta di partire per la montagna.»

«E non è vero?»

«No. E mi dispiace che lei sia rimasta a casa.»

«Ma guarda, starà benissimo da sola. Ogni tanto bisogna staccare dai figli.»

«Appunto. Penso che lei starebbe meglio senza di noi e senza papà. E magari in questi giorni se ne accorge e poi non ci vuole più tra i piedi.»

«Ehi! Ma che dici, Maria? Si tratta solo di una settimana! Cosa vuoi che succeda? Tua mamma farà i salti di gioia quando tornate, puoi starne sicura. Ma intanto si gode un po' di libertà...! Come facciamo anche noi qui...»

«Libertà...!»

Abbassando lo sguardo, Maria pronunciò quella parola con una certa ironia, mista ad amarezza. Ruggero si chiese a che cosa in realtà stesse pensando la bambina con quella sua aria così seria e dolente.

«Se io fossi libera davvero... chissà cosa farei.»

«Ma scusa, sciare? Non ti dà un senso di libertà? A me la neve, e questo silenzio... e il vento sulla faccia quando uno scende...»

Sul viso di Battaglia si allargò un sorriso beato, ingenuo, splendente, perché era un uomo a cui risultava difficile mascherare od opporsi alle proprie emozioni, belle o brutte che fossero, che affioravano nelle sue espressioni così simili a quelle dei personaggi in un cartone animato (entusiasmo, stupore, paura, rabbia), e a rallegrarsi gli bastava elencare gli elementi costitutivi della vacanza in montagna, tutti a lui egualmente graditi: avrebbe potuto completarne la lista aggiungendovi le risate alle spalle di qualcuno che è scivolato su una lastra di ghiaccio, e il fuoco scoppiettante nel camino e le frittelle di mele con la panna e la cioccolata calda, o le nuvole di vapore davanti alla bocca o i paletti colorati delle gare di slalom… e poi la famiglia, sì, la famiglia una buona volta riunita, giorno e notte, senza il lavoro o la scuola a sparpagliarne i membri in luoghi e orari diversi.

«Senti come si respira? Come si respira bene qui, che aria?…» e Ruggero inalò forte su per il naso il gelo frizzante che calava dall'alto della scura montagna. La boccata di ossigeno lo fece tossire, ma tossiva quasi con soddisfazione. «È come se le cose… come se fossero più distanti, le cose… e non ci stessero addosso, ma ci lasciassero più liberi… liberi di respirare.»

Maria lo guardò sorpresa e ne ebbe pietà. Gli adulti mediamente le facevano pietà con i loro discorsi e i loro desideri banali. Quell'amico dei suoi genitori le stava simpatico tanto era sciocco. Lei aveva altro da pensare che alle merende al sacco sulla neve. Sospirò mentre nella mente cullava l'immagine a lei più cara, quella di Guido Inghirami, il suo compagno di classe tanto delicato e bello, ma anche, purtroppo, cattivo, poiché la faceva aspettare e soffrire, lontano, indifferente, lui nel banco in prima fila e lei nell'ultima.

Gli adulti erano stupidi, secondo Maria, tutti tranne sua madre e suo padre, che però a Maria apparivano terribilmente stupidi, persino più degli altri, quando alzavano la voce e si mettevano a litigare. Quasi sempre per motivi stupidi.

Le zie sono stupide (intendeva le sorelle di sua madre, Fiore e Carla) e nonna è ottusa, anche se sembra intelligente. Ma non lo è, è solo testarda.

Cosa c'è di più meraviglioso dei suoi occhi anche se sono sempre distratti, pensava Maria del suo compagno Guido, le ciglia lunghe, i capelli spettinati sulla fronte? E anche se non mi cerca mai, se non si gira mai verso di me, io so che lo fa apposta, perché se i nostri sguardi s'incrociassero anche per sbaglio e per un istante, sarebbe catturato, imprigionato, e dovrebbe seguirmi, dovrebbe starmi vicino. Guido e Maria, Maria Zingone e Guido Inghirami. Insieme. E prima o poi si girerà senza paura che la maestra dica qualcosa.

Solo una volta il piccolo Inghirami aveva spontaneamente rivolto la parola a Maria, ed era stato durante una gita fuori città con la scuola, a visitare un'azienda agricola, in pullman. Le aveva chiesto se per favore poteva andare a sedersi da un'altra parte quando lei, fiduciosa, e piena fino alla gola di emozione, stava per accomodarsi nel sedile accanto a quello di Guido, in terzultima fila. «E perché?» le aveva chiesto la bambina con la voce che le si mozzava. «Qui deve sedersi Pesce» aveva risposto Guido ansioso, e intanto alzava e agitava un braccio per essere notato da un ragazzino un po' più grande e alto degli altri che avanzava puntellandosi a gomiti larghi nel corridoio centrale del pullman. Una volta giunto alla loro altezza, e non considerando in alcun modo la presenza di Maria, mentre lei si scansava in fretta per fargli posto, Pesce si era tuffato sul sedile che gli spettava, quasi schiacciandola prima che facesse in tempo ad alzarsi, per abbracciare il compagno, come se non lo vedesse da tempo. Si vedeva che Inghirami era entusiasta ma quasi spaventato da quell'abbraccio, e a Maria si era limitato a dire «Scusa ma oramai avevamo deciso così». La cosa strana è che Maria aveva conservato di quel suo tentativo frustrato e della giornata a conti fatti avvilente, un buon ricordo, un ricordo cioè dolce, struggente, a suo modo positivo, perché in fin dei conti Guido le aveva finalmente rivolto la parola, e superata la spaventosa infelicità che aveva provato nell'essere mandata via, in pratica scacciata, da Guido e dal suo amico del cuore Pesce (uno di quelli che vengono chiamati solo col cognome e mai col nome proprio, non solo a scuola ma per tutta la vita), la bambina si era parecchio rincuorata, e nel suo petto aveva trovato posto oltre all'amore bruciante per

Inghirami un sentimento mai provato prima di dedizione, quasi uno spirito di sacrificio, lei cioè si era sentita pronta ad affrontare d'ora in avanti qualsiasi difficoltà e frustrazione, come se avesse scoperto dentro di lei uno spazio illimitato dove accumulare ogni esperienza e ogni novità, comprese quelle che fanno soffrire, si era insomma sentita forte come mai prima, e ostinata, e testarda, e giusta, all'altezza di tutto quello che le poteva accadere, dato che era stata capace per la prima volta di farsi piacere il dolore lancinante che aveva provato, di godere della propria umiliazione e di farsene scudo, il che di solito si apprende, faticosamente, solo nell'età adulta. Infatti, ingoiate le lacrime di delusione, le era rimasto stampato sul viso un mezzo sorriso trasognato, mentre visitavano le stalle coi vitellini appena nati e, nei campi, i filari di pomodori mezzi maturi, di cui non le importava nulla.

6.

Ma non è affatto vero che l'infanzia sia felice e piena di illusioni come ripetono da secoli filosofi e poeti che si sentono esiliati nell'età adulta del disincanto e dell'aridità: anzi essa si inaugura con una serie infinita di frustrazioni e rabbia e dolori, fisici e mentali, appena intervallati da qualche risata folle, dalle carezze, dai baci dolcissimi quando sono materni, salivosi invece quelli a labbra sporte di qualche anziano parente. Si parla spesso a sproposito del gioco tra bambini come di una pazza ininterrotta festosità, un innocente sfogo vitale: quando, a dire il vero, non basterà il resto della vita per scordare l'amarezza al fischio finale, la conclusione brusca, la bandiera strappata di mano che corre via irrecuperabile verso la schiera dei nemici, la slealtà subita e praticata, lo sguardo ironico di un padre insoddisfatto di non avere messo al mondo un campioncino, arrivare quando tutto è già finito, la goffaggine nello slancio, le penitenze da scontare quando perdi, la palla che non centra i birilli al baraccone nemmeno dopo dieci tentativi, avanti un altro. Per non dire delle torture inflitte a bambole, rospi, soldatini.

Maria disprezza l'infanzia e ridicolizza l'età adulta. Quando a casa entra in camera sua e allineati sullo scaffale sopra il letto passa in rassegna i piccoli manufatti scolastici di quando stava nelle prime classi delle elementari, le viene da ridere per quanto sono buffi e rozzi. Non vede l'ora che sua madre li spazzi via, li getti definitivamente nel bidone dell'immondizia invece di conservarli come reliquie significative a ricordo di chissà cosa: un carrettino di cartapesta dipinta, dalle ruote storte, una mela glassata come quella che la strega dà a Biancaneve, una sbilenca capanna di Natale ricoperta di porporina argento e oro che si è in parte scollata dal tetto e dalle pareti, per non parlare di un paio di suoi disegni incorniciati a vista inchiodati alla porta, i quali rischiano di cadere ogni volta che la si chiude. Era stata quella l'infanzia? E perché mai l'età adulta adora quel passato?

7.

Lauretta: Sono sicura che tu mi puoi capire, Nanni, capire almeno che le mie non sono solo velleità, o desideri frustrati.

Nanni: Certo che ti capisco, ma non è che io…

Lauretta: Non devi spiegarmi niente. Lo so che tu e io coltiviamo due vite parallele: da una parte abbiamo messo il lavoro, la famiglia, i doveri, la realtà, dall'altra parte, nella seconda vita, quella più segreta ma al tempo stesso più autentica, c'è l'arte.

Nanni: Non credo sinceramente che vi sia questa contrapposizione, non così netta, almeno per me.

Lauretta: Eppure tu scrivi, giusto? Scrivi per sentirti libero. Per liberarti dai vincoli della vita quotidiana.

Nanni: Non mi sento affatto libero quando scrivo. E poi

non sono uno scrittore, scrivo quando capita. Se fosse soltanto quella la mia vita...

Lauretta: Però è importante, no? Io senza i libri, dubito che sopravviverei.

Nanni: I libri servono a poco. Anzi a niente.

Lauretta: Proprio tu lo dici!

Nanni: Sì, lo dico, perché è così.

Lauretta: E allora perché leggi? Perché scrivi?

Nanni: Ho scritto solo qualche poesia. E non è detto che continuerò.

Lauretta: L'arte è un universo parallelo. Insisto. Io vivo qui ma anche lì.

Nanni: Io soltanto qui. Si può far finta di evadere, ma non ci si riesce, e forse nemmeno si deve. Gli artisti non evadono, non evadono mai, nemmeno mentre stanno sognando nel loro letto. Sono immersi in questo mondo, non lo sfuggono, ma lo rendono visibile. Cioè, lo mostrano, lo additano. Pensa alla pittura: a come rivela le cose. Ebbene quelle cose le avevamo già lì sotto i nostri occhi, ma non le vedevamo finché non le hanno dipinte. Gli artisti inventano la realtà che già c'è, non un'altra.

Lauretta: Quindi non ci sarebbe un'altra strada, un'altra vita? Ti credevo più profondo, Nanni. Pensavo che nascondessi qualcosa.

Nanni: Un segreto?

Lauretta: Un'alternativa.

Nanni: Mi spiace deluderti Laura ma io sono esattamente quel che vedi.

Lauretta: Io vedo un uomo a cui sta stretta questa vita. Come sta stretta a me.

Nanni: Cosa vorresti invece per te?

Lauretta: Più naturalezza. Più sincerità. Meno cautela. Più poesia.

Nanni: Ah, la poesia! Chissà cosa intendi con questa parola. Chi pensa che la poesia sia più autentica di tutto il resto, si sbaglia. In fin dei conti, si tratta di un artificio.

Lauretta: Ah sì? Anche la poesia d'amore?

Nanni: Quella più di tutto. Lo stesso sentimento dell'amore è in grande parte un artificio, una costruzione. Bella, e sicuramente necessaria, ma per nulla naturale. E infatti in natura l'amore non esiste. Siamo noi che lo abbiamo creato per rendere sopportabile la monotonia della vita, per giustificare i nostri sbagli e le nostre follie, per abbellire le necessità fisiologiche e addolcire con il godimento quello che rischierebbe di essere soltanto pena o ridicolo. La sofferenza amorosa ce la facciamo piacere perché ha un che di nobile e avventuroso paragonata a quella della fame o delle malattie.

Lauretta: Ma come sei romantico…

Nanni: Perché no? Forse lo sono davvero. Il romanticismo rivela l'inganno dell'amore, che però, una volta smascherato, si scopre ancora più potente, appunto perché ingiustificato, assurdo, e perciò imbattibile. Ciò che non si spiega avrà sempre la meglio su ciò che è ragionevole. E la poesia d'amore non racconta altro che questo, da qualche migliaio di anni: chi la scrive ha capito benissimo di essere caduto in una trappola, ma non può farci nulla, è più forte di lui quell'inganno. Quando lo combatte, sa in partenza di perdere, e dunque è costretto a celebrare il vincitore anche se è stato sleale e ingiusto. È proprio denunciando le illusioni sentimentali che il romanticismo ne rivela la grandezza. O piuttosto, la tirannia. Il romanticismo Lauretta non è sdolcinato, è crudele.

Lauretta: Non so, a me tu sembri una persona dolce, Nanni. Mi sbaglio? È il tuo modo di ragionare che ti rende severo.

Nanni: Non pretendo di avere ragione, cerco di essere oggettivo.

Lauretta: Il risultato è lo stesso.

Nanni: Forse è così, ma guarda che io non voglio mica convincerti. Io non desidero convincere nessuno. Nemmeno i miei studenti a scuola.

Lauretta: Io non ti conosco abbastanza, eppure, basta sentirti parlare… Forse non te ne accorgi, ma tratti un po' tutti come fossimo tuoi studenti.

Nanni: Dici?

Lauretta: Però le tue lezioni sono belle.

8.

Con la inedita confidenza che si era stabilita tra loro, e a causa del notevole affiatamento tra i bambini (non considerando Maria) e Ruggero Battaglia, che era diventato in pochi giorni la loro guida e il loro intrattenitore, tra Nanni e Lauretta si instaurò una insolita e in fondo piacevole confidenza, durante i non rari momenti in cui si trovavano separati dal gruppo. Anche Nanni, che all'inizio era piuttosto imbarazzato, cominciò a provare piacere nel chiacchierare con lei, nel punzecchiarla per gioco, nel confrontare i suoi gusti con quelli di Lauretta, che spesso si rivelavano distanti o addirittura opposti, causando le ironie scherzose di lui, ma qualche volta, a sorpresa, coincidevano, nel qual caso a entrambi accadeva di provare un calore strano, un diffuso senso di benessere, che li faceva sorridere e distendeva le loro fronti altrimenti corrucciate. Ad accomunarli erano le solenni bocciature che entrambi facevano di alcuni fenomeni tipici di quell'epoca, e in questo Lauretta poteva essere persino più tagliente e categorica di Nanni, più radicale.

È bella, lei, mi piace? pensava lui. Piccola, bionda, leggermente sovrappeso, ma si muove in modo elastico… e poi mi piace che si confidi con me…

«Sono stanca di essere incatenata e trascinata in avanti da questa idea insana, che poi non è nemmeno un'idea ma solo un'impressione, un'illusione, non mi convince per niente che abbiamo alle spalle un passato e davanti un futuro, il passato dietro di noi e il futuro davanti, come se invece di vivere stessimo camminando per una strada lunghissima, così lunga che ci vogliono tutti questi anni a percorrerla. Secondo me è un inganno, è un gioco prospettico che vi sia una direzione dove andare, un senso preciso in cui procedere. In realtà io sto vivendo soltanto ora, qui. È solamente questa la vita, la vita è oggi e basta, il tempo non esiste altro che come peso da portare, avanti, avanti su una strada immaginaria, caricandosi ogni giorno di altre parole, memorie, conoscenze, esperienze, valutazioni, speranze, che ti dirò la verità, Nanni, io non ho più voglia di sentirmi addosso. Chissà se tu potrai capirmi in questa che ti sembrerà una mia allucinazione, ma ti assicuro, per me è così. Non so perché, ma sento che devo essere sincera con te. *Sincera.* Ecco tutto, in due parole: io non voglio ricordare nulla né aspettarmi nulla. A che serve storcere il collo e guardare indietro, o strizzare gli occhi per avvistare quel che ancora deve succedere? Io so solo come sono *adesso*, cosa voglio *adesso.* Anzi non so nemmeno questo, vivo e basta. Non voglio desiderare, ma essere protetta dal desiderio, risparmiata dal desiderio, sciolta da questa smania. Invidio la statua pacificata che riposa sopra un sarcofago a braccia incrociate, che del corpo che una volta era conserva solo l'immagine, ma ora è di pietra e non sente, non soffre, non si illude. Quegli occhi bianchi, le dita affusolate sul petto. Ecco, mi domando, si può raggiungere quello stato senza dover prima, per forza, morire?»

Nanni guardò quella donna improvvisamente colma di passione, intelligente, un poco o molto disperata, o forse solo lucida, e le rispose sottovoce: «Temo di no». In quel momento Pif e Pof uscirono di corsa dalla stanza accanto e sbatterono la porta: uno gridava e l'altro piangeva.

*Questo vuol dire «destino»:*
*esser di fronte e null'altro, e sempre di fronte.*

9.

Oggi nel cielo coperto di nuvole il sole appare e scompare, i bambini non hanno voglia di sciare, gli adulti nemmeno. Per fortuna c'è l'inarrestabile Ruggero Battaglia che propone allora una gita sull'altro versante della montagna, non dovrebbe essere troppo faticosa, un paio d'ore di cammino, e dicono che vi sia una bellissima cascata che «precipita per tre salti prima di incanalarsi dentro una gola così stretta che l'acqua sembra sparire sotto terra» (Battaglia ha tratto questa descrizione da una guida sulle più belle cascate dello Stivale, lui ha una collezione di guide di ogni tipo e quasi su ogni Paese del mondo, il novanta per cento dei quali non visiterà mai). Ma Lauretta è stanca e un poco raffreddata, e Nanni oggi è di pessimo umore: dopo quattro giorni a prodigarsi come padre, amico e sciatore della domenica, la malinconia che giace nel fondo del suo carattere è riemersa e si è impadronita di lui.

Quando si sente così, si raggela. Agli altri sembra scontroso, ma non si tratta di quello: la sua è una specie di morte apparente, come quella di certi insetti che per difesa si paralizzano. Non parla più, non fa più nulla, risucchiato nel nulla. La sera stessa o il giorno dopo gli passerà.

«Ma vado io coi bambini e voi restate, senza problemi» insiste Ruggero, come sempre propositivo, spalmando di marmellata di lamponi una fetta di pane tanto spessa che sarà poi difficile addentarla. «E Maria che è già grande mi farà da spalla, non è vero, Maria?» e le strizza un occhio. Nanni tace come se avesse esaurito la scorta di parole che si era portato dietro dalla città. Sua figlia è un poco interdetta, quel ruolo di «grande» la infastidisce, come abbiamo detto, ma al tempo stesso la lusinga, e stavolta basta la parola «cascata» a darle un brivido di eccitazione, perché si prefigura qualcosa di maestoso e pauroso come le immagini viste in tv. Ha letto un libro dove un cane e un orso legati insieme precipitano nella voragine ribollente con tutta la loro canoa. Ma non affogavano e la loro avventura continuava. «Se te la senti...» si limita a dire Lauretta, e tira su il collo del maglione, sformandolo, fino a coprire il labbro inferiore. Non ha toccato nulla della colazione tranne del tè bollente con due cucchiai di miele, è pallida, sciupata, e quel pallore le fa risaltare di più la cicatrice che ha in mezzo alla fronte da quando era bambina e che ancora oggi, mentre parla, quasi automaticamente scosta una ciocca di capelli per coprire. Ora invece ce li ha legati con un elastico, e ne tormenta la coda. «Ma se vedi che il tempo si mette al brutto, mi raccomando, fate dietrofront e tornate di corsa.» Ruggero sbircia fuori dalla finestra della pensione, mettendosi una mano a visiera sulla fronte come farebbe un guardiacaccia: «A me sembra bellissimo, e non fa neanche troppo freddo. Che ne dite, bambini, vi va?».

I gemelli Pif e Pof saltellano in ginocchio sulle sedie, entusiasti. Adorano il loro padre, e già si stanno immaginando il culmine della gita, cioè quando, davanti alla rumorosa cascata, che copre le loro voci con lo scroscio, verranno finalmente tirati fuori dal suo zaino cioccolata e panini avvolti nella stagnola. Sono come due animaletti, Pif e Pof, due scoiattoli forse, vivacissimi, paurosi, strepitanti, sempre affamati, sempre sul chi vive. Si meritano fino in fondo quei nomignoli da cartone animato. E poi, qualsiasi cosa venga loro richiesto di fare, e al termine di ogni corsa o salto o bisticcio, dopo essersi lavati le mani o messi il pigiama, sono soliti esclamare «Oplà!», all'unisono.

«Un momento... non sarà mica ghiacciata, la cascata?» dice Maria, ma senza rivolgere il suo ragionevole dubbio verso nessuno degli adulti in particolare. Lo avanza e basta, così, sottovoce, guardando a terra. Come se fosse un'ovvietà, eppure andava detta. L'errore da lei commesso è assai comune, cioè quello di pensare che basti l'evidenza di un argomento a convincere qualcuno. La semplice constatazione. «Perché sennò, se è ghiacciata, diventa inutile arrivare fin laggiù...» mormora. E infatti, come spesso accade, la cosa più sensata non viene raccolta da nessuno, e si perde tra i discorsi degli altri, le risate, i preparativi impazienti, i gridolini di giubilo dei gemelli sovreccitati. Come non detto. Forse perché Maria ha parlato troppo piano, forse perché s'immagina che, comunque, sta ai genitori decidere e dare il permesso. In realtà l'unico che le ha prestato ascolto è proprio Battaglia, il promotore dell'iniziativa, quello che dovrebbe essere infastidito dalla sua obiezione, e che invece la rilancia subito come un'eventualità positiva, e le sussurra in un orecchio: «Ma se è gelata è ancora più bella! Dai Maria! Pensa a quei ghiaccioli sospesi per aria, che spettacolo...!».

10.

Ruggero aveva ingenuamente o magari saggiamente immaginato che chiacchierare con Nanni a Lauretta avrebbe fatto bene, le avrebbe almeno un poco lasciato sfogare le frustrazioni quanto le ambizioni intellettuali, per venire incontro alle quali egli non si sentiva, in tutta onestà, attrezzato, e che in ogni caso non lo turbavano o infastidivano affatto, come succede talvolta tra coniugi che hanno differenti attitudini; anzi, era ben felice che sua moglie coltivasse i suoi interessi, e non sentiva alcun obbligo a parteciparvi, il che può essere molto sano in un matrimonio almeno fin quando non sfocia nel disinteresse reciproco. La discrezione purtroppo confina con l'indifferenza, e a forza di rispettare la riservatezza delle sue inclinazioni la persona che ti vive accanto diventa uno sconosciuto, se non lo è sempre stato, come, in definitiva, era per Ruggero Battaglia la donna che aveva voluto sposare, Lauretta Piferali, dal cui cognome egli aveva simpaticamente tratto gli appellativi Pif e Pof.

Quindi si avviarono alla gita Battaglia e i cinque piccoli, prendendo la corriera che li avrebbe condotti in meno di mezz'ora oltre il passo, sull'altro lato della montagna. Lungo la strada sgombrata dagli spazzaneve, l'adulto, assai di buonumore, non ha fatto che additare loro le meraviglie del paesaggio: «Mi raccomando, ricordatevi di tutto questo, quando torneremo in città! Fate scorta di neve, nelle vostre testoline...». «Ma no, papà, che dici, la neve dentro la testa...!» protesta Pif scuotendo i capelli, battendo i denti, e infilandosi le dita nelle orecchie, rimproverato subito da Pof, che dei due gemelli è quello che ci tiene a sembrare più maturo e ragionevole, «Guarda che è un modo di dire!». Cate e Agnese se la ridono, e anche Maria sembra per il momento divertirsi di tutte quelle sciocchezze. «Ehi! Avete visto, là? Là, dietro quegli alberi, guardate, presto!» esclama Ruggero con una faccia sinceramente sorpresa, la bocca spalancata, e stavolta sono le tre Zingone a saltare in ginocchio sul sedile e appiccicare il naso al finestrino, gridando: «Cosa? Dove?».

Ma la corriera passa oltre facendo scricchiolare e schizzare la neve sul bordo destro della strada con le sue gomme chiodate. Anche se sta andando piuttosto piano, su per i tornanti, la corriera pare sfrecciare nel bosco, anzi, sono le lunghe e nere ombre degli alberi che le corrono incontro e poi scivolano via.

«Ah, peccato, troppo tardi...»

«Ma cos'era?»

«Un animale?»

«Era un... era un...» e Ruggero prolunga apposta quella esitazione per solleticare la curiosità del suo uditorio.

«Uuunnn...??» implora Maria, invano, anche a nome degli altri.

Ma invece di rispondere, ecco di nuovo Battaglia scattare.

«Eccone un altro! Sbucato dalla neve! Là, là... lo vedete?» e indica un certo punto sul fianco della montagna. «È vicinissimo, accidenti!»

«Ma dove? Dove sta?»

11.

Tra tutti i passeggeri della corriera scendono solo loro, a una fermata intermedia segnata da un palo privo di indicazioni (se si eccettuano due bande rosse dipinte in obliquo), e da lì si inoltrano nel bosco. Il sentiero che va seguito per raggiungere la cascata è sgombro dalla neve e ben segnato tra gli alberi, ora si tratta di farsi al massimo un'oretta di cammino, e l'umore che circola nel gruppo è allegro, Battaglia tiene per mano le due piccole Zingone, davanti a sé in avanscoperta manda Pif e Pof raccomandandogli di stare vicini e di non buttarsi nella neve. Chiude il corteo Maria nella cui testa tenuta bassa circola un unico pensiero: saprà sciare Guido Inghirami? Gli piace la montagna, o no? O ci va solo perché ce lo portano i suoi genitori? Lei non vorrebbe proprio che Guido fosse uno di quei campioncini che fanno le gare e le vincono, e diventano arroganti per questo, o non pensano ad altro che ad allenarsi. Lei davvero non ama lo sport e gli sportivi, non capisce il fanatismo dei maschi, sembra non abbiano in testa altro che mettere sotto qualcuno, di batterlo, di mostrare quanto sono forti, come se fosse sempre tutto una competizione, una battaglia, anche se alla fine cos'è che si vince? riflette Maria. Tutta quella agitazione, quella rabbia, e poi...

Chissà perché sentono così forte il bisogno di sfogarsi. Ma Guido è diverso. Ha qualcosa... qualcosa di unico. Peccato non ne voglia sapere di me. Cosa potrei inventarmi per risvegliare il suo interesse?

Alle sue sorelle Caterina e Agnese sembra un po' strano camminare tenute per mano da un uomo che non è loro padre, ma essendo Ruggero così simpatico obbediscono volentieri, perfino Agnese che di solito è testarda e ribelle. Anzi è proprio il fatto di avere a che fare con un estraneo a incuriosirle e soggiogarle, la novità, eh sì, la novità è sempre un'attrattiva, e infatti le due bambine camminano con la testa girata verso di lui, guardando in alto, in attesa di una sua iniziativa per intrattenerle. Sicché lui comincia a cantare.

«La sapete, questa, ci scommetto» e attacca una canzone che le bambine in realtà non conoscono, ma che ascoltano affascinate, anche perché Battaglia ha una bella voce vibrante, che risuona tra gli alberi, spezzando il silenzio mortale del bosco innevato. Parla di un generale e della guerra che sta oramai finendo, dei nemici scappati chissà dove, di un treno che riporta finalmente a casa, parla di funghi e di infermiere. Le bambine ne sono rapite, incantate, mentre Pif e Pof quella canzone devono averla ascoltata infinite volte, a casa, dal giradischi, o in macchina, e quando nell'intervallo tra una strofa e l'altra il padre accenna una lenta cantilena di quattro note, scuotendo a destra e sinistra il pompon dei cappucci di lana si uniscono a lui in un coretto un po' lamentoso: «Na-na-na-naaaa... Na-na-na-naaaa...».

«Dai, anche voialtre, insieme a noi...» esorta Ruggero, «na-na-na-naaaaa... è facile, no? Na-na-na-naaaaa...» Le due piccole Zingone tutte contente si uniscono ai Battaglia in quella specie di nenia che ricorda quella degli zampognari a Natale. In coda al gruppo Maria, che invece conosce parola per parola quella canzone, tiene le labbra chiuse respirando col naso come i grandi raccomandano quando fa freddo, ma ripete mentalmente la strofa che termina così: «Quando i bambini piangono... e a dormire... non ci vogliono andaaare...», e intanto pensa che lei invece non piange, non vuole piangere, non piangerà mai.

Mai, mai. Nemmeno quando verrà ferita.

## 12.

Sbucato dal bosco, il sentiero conduceva in una grande radura innevata e da lì in leggero pendio dentro una valletta tagliata in diagonale da un ruscello che scorreva libero dal ghiaccio. A scavalcarlo uno stretto ponte di legno annerito dalle intemperie. Ruggero disse che andava attraversato con prudenza, facendo bene attenzione a non scivolare, e formò una specie di cordata, pregando Maria di passare davanti a tutti. In fila indiana, tenendosi mano nella mano, imboccarono il ponticello: dopo Maria venivano i gemelli Battaglia, quindi Agnese, e in fondo Caterina che sembrava non poco allarmata, ed esitava. «Attente a dove mettete i piedi! E non chiudete gli occhi, anche se vi fa un po' paura!» Per la prima volta quel giorno Battaglia avvertì una punta di apprensione, un piccolo morso alla sicurezza di sé, e gli venne il dubbio che portarsi dietro, da solo, cinque bambini, di cui tre non suoi e una così piccola (Agnese aveva solo quattro anni) poteva essere stato un azzardo, ma subito lo ricacciò indietro, nel fondo della sua coscienza, con la spinta degli argomenti a favore: la passeggiata si stava rivelando piuttosto agevole, l'obiettivo finale meritava quello sforzo, i bambini fino a quel momento obbedienti e allegri (a parte la pensierosa figlia maggiore degli Zingone, ma quella si sa che era fatta così), e il tempo non minacciava brutte sorprese anche se, una volta scavalcato il passo, sull'altro lato della montagna il cielo era diverso, più denso, come dire, più carico, le nuvole avevano cambiato forma e si erano messe a rincorrersi veloci. Tra meno di mezz'ora ci siamo, pensò. La mente funziona così: seleziona gli argomenti a favore delle sue decisioni e scarta quelli contrari. Tra non molto sarebbero stati davanti alla fantastica tripla cascata e Pif e Pof non avrebbero mai scordato quella visione. In quanto alle figlie di Nanni, Battaglia non era in grado di prevederne le reazioni, sembravano tutt'e tre bizzarre e ipersensibili, ma quando decidi di andare in vacanza con le famiglie dei compagni di scuola può capitarti di tutto, il materiale umano di cui sono formate è il più vario, e per fortuna Ruggero aveva di buono questo, che era una persona tollerante, gioviale, amichevole, insomma l'esatto contrario di Nanni (sempre un po' accigliato, esclusivo, respingente) e la coscienza di essere così gli scaldava il cuore rendendolo ancora più volenteroso e disponibile. Non sentiva il bisogno di capire qualcuno per volergli bene. E già alle tre bambine, di cui appena ricordava i nomi, sentiva di volergliene. Inoltre, anche se non l'avrebbe mai ammesso, gli piaceva comandare. Eh sì, decidere, fare il capo, comandare con benevolenza – grazie al convincimento, cioè.

Si stupì un poco di non aver sino ad allora incontrato altri gitanti lungo il sentiero. Forse qualcuno sarebbe sopravvenuto più tardi. E pensare che la cascata era una ben nota attrattiva locale!

Le nuvole, smettendo la loro corsa, avevano intasato il cielo. Si era perciò diffusa sul paesaggio una luce bianchissima con riflessi argentati che quasi accecava. In mezzo ai campi gonfi di neve tagliavano dritto steccati che forse servivano a delimitare, in estate, le zone di pascolo. Lungo uno di questi sorgeva una piccola baita dal tetto molto spiovente, di legno quasi nero, che però anch'essa splendeva come un oggetto riflettente per via della luminosità innaturale. Pareva bagnata di luce. Caterina chiese all'adulto se ci abitava qualcuno, in quella casa. Battaglia improvvisò.

«Una volta ci abitava una strega...»

I bambini drizzarono le orecchie.

«Ci abitava un tempo... ma ora è morta» si affrettò a precisare, forse non era il caso di continuare a sollecitarli con nuove sorprese. Agnese infatti si era arrestata di colpo e lo aveva guardato con qualcosa di strano negli occhi. Uno scintillio consapevole di quello di cui si stava parlando. «Ne sei sicuro?» aveva chiesto, e non ricevendo una risposta immediata aveva replicato la domanda col tono ultimativo tipico dei bambini ancora piccoli, che non tollerano di essere ingannati: «È morta davvero? E quanto tempo fa? E come si chiamava?». Anche Pif e Pof volevano saperne di più, e la passeggiata che già procedeva lentamente si era bloccata, con i bambini accalcati intorno alla loro guida. Agnese continuava a incalzare il povero Ruggero.

«Come si chiamava, questa strega?»

«Ma no, dai, stavo scherzando... le streghe lo sapete benissimo, mica esistono...»

«Il suo nome, dimmi il suo nome!» insisteva la bambina.

«Sì che esistono, papà» obiettò uno a scelta tra Pif e Pof, e fece un elenco delle loro comparizioni nelle favole.

«No, che non esistono» intervenne Maria in soccorso del grande. «Solo nelle favole, appunto.»

«Esistono, esistono...» disse Agnese con una voce di colpo gelida e impersonale. Guardava la casetta che luccicava nera in mezzo alla distesa di neve. Quella macchia scura nel bianco pareva sul punto di staccarsi da dove si trovava e scivolare verso di loro, venendogli addosso. «Io sì che lo so» aggiunse, parlando tra sé.

«Va be', andiamo avanti adesso» decise di tagliare corto Ruggero, tradendo un po' di nervosismo, «se camminate vi racconto tutto.» E così riuscì a riprendere il controllo su quattro bambini su cinque, visto che Agnese da quel momento in poi non lo ascoltò più. Marciava in silenzio digrignando i denti.

## 13.

Dalla valletta con la piccola baita, attraverso una strettoia fiancheggiata da cumuli di neve ci si inerpicava dentro una gola incassata tra due pareti rocciose, distanti tra loro una dozzina di metri. D'estate doveva essere suggestivo passarci in mezzo calpestando un prato fiorito di mughetti e genziane, ma ora che le rocce nere vi incombevano lugubri, come se stessero per chiudersi l'una sull'altra e inghiottire i passanti, seminava inquietudine se non paura. Appena vi mise piede, il gruppo venne investito dal vento contrario che ci si incanalava sibilando. I gemelli chinarono la testa per proteggersi e a uno di loro volò via il cappello. «Non vi preoccupate, è solo qui che soffia» disse Ruggero, e raccolto il berretto afferrò Pof per le spalle e glielo calzò fin quasi a coprirgli gli occhi. In realtà anche più avanti, usciti dalla gola, il vento si faceva sentire, tagliente, freddo. Invece di cessare era aumentato in modo fastidioso. Inoltre, mentre nella prima parte del percorso il sentiero era segnato da chiare indicazioni sui tronchi degli alberi, e individuabile a prima vista perché sgombro di neve, al di là della strettoia rocciosa si allargava un pianoro dove la neve si era depositata e sciolta in modo irregolare confondendo le piste. Qual era quella giusta? Frugando nella memoria e lavorando di fantasia per connettere qualche sparso dato storico, Ruggero aveva fin lì intrattenuto i bambini con una spiegazione di chi fossero le streghe per davvero, e di come secoli prima fossero state cacciate e bruciate senza pietà, e senza ragione. Aveva di colpo cambiato registro, perché gli sembrava giusto dopo tanto scherzare, e indovinelli e filastrocche e leggende, somministrare ai figlioli e alle loro tre amichette una piccola dose di ragionevole verità, mica si può sempre raccontargli le favole, bisogna ogni tanto anche essere un po' seri, no? Ma era poi quella la verità, sulle streghe? Ne era così convinto, Battaglia? Che fossero donne innocenti perseguitate solo perché raccoglievano erbe medicinali, e punite da uomini gelosi del loro rapporto viscerale con la Natura? Mentre parlava per infondere sicurezza ai bambini infreddoliti e preoccupati di incontrare qualche strega, lì, tra le montagne, Ruggero mano mano perdeva la sua. E cominciava a essere impensierito sull'esito della gita. Erano partiti oramai due ore prima da casa, in giro non si vedeva un'anima viva, il sentiero verso la cascata era adesso meno chiaramente tracciato, e se per caso avevano sbagliato strada non sarebbe stato così semplice ritornare su quella giusta.

Inoltre il tempo si stava guastando, a dispetto dei bollettini consultati la mattina. Ma non voleva in alcun modo che trapelasse la sua preoccupazione.

A parte il calpestio degli scarponcini ora regnava il silenzio. Ruggero aveva esaurito la scorta di spiegazioni e racconti. Pif cominciò a lamentarsi dicendo che era stanco. «Muoviti, su, lumaca» lo esortò Battaglia cercando di restaurare il buonumore col tono scanzonato usato sino ad allora, «ci manca poco ormai.»

«Ma ho le vesciche, papà.»

«Le vesciche? Non ci credo.»

«Mi fanno male i piedi e ho freddo alle mani.»

«Mettiti i guanti, allora.»

«Non li ho portati.»

«Non te li ha dati tua madre?»

L'espressione «tua madre» invece che «mamma» tradiva la lieve ansia mista a irritazione da parte di Ruggero.

«Non importa, tieni, ti do i miei.»

«Ma mi stanno grandi papà, guarda!»

«Mettiteli e basta. Non voglio discutere.»

Maria allora raccolse un bastone pensando che potesse tornare utile, più avanti, per il ritorno. Lo piantò in un cumulo di neve appena fuori dal sentiero.

14.

Lauretta: Forse ti sembrerà una lamentela da adolescente frustrata, ma ti dico la verità: io, Nanni, non mi sento capita dagli altri. Da nessuno, ma proprio da nessuno.

Nanni: Ti senti così, ma bisognerebbe vedere se lo sei davvero, incompresa. Potresti essere tu a non capire che in realtà gli altri ti capiscono, ti capiscono benissimo, però tu non lo accetti, sarebbe per te una diminuzione. Sentirsi incompresi dà un'aria più nobile, più interessante a chiunque, e mi permetto di dire questo solo perché io, a mia volta, mi sento incompreso. Un genio incompreso. Un martire incompreso. Un amante incompreso. Ma inizio a dubitare che sia vero.

Lauretta: Hai ragione, Nanni. Con te non c'è scampo, sei sempre così severo, anche con te stesso… perché non ti lasci andare un po'? Non con me, voglio dire, non lo pretendo:

con te stesso. Il fatto di non sentirmi capita è un'ovvietà se la riferisco alle persone che mi conoscono solo in superficie. Parlo invece delle persone più care, quelle con cui vivo oppure ho vissuto. Non mi capiva mia madre, per non parlare di mio padre, non mi capivano le mie amiche di un tempo e non mi capiscono quelle che frequento ora, ovviamente non capisce un bel niente di me Ruggero, povero Ruggero! E ho l'impressione che quando saranno cresciuti, ora è troppo presto per pretenderlo, nemmeno i miei figli mi capiranno. Proprio le persone che mi sono più vicine non sanno niente di me... di come sono e cosa penso e cosa voglio.

Nanni: Può essere un vantaggio, Laura.

Lauretta: Nessuno mi chiama Laura, solo tu. Mi chiamano tutti Lauretta.

Nanni: Se non vieni capita resti imprevedibile e nessuno sarà in grado di aspettarsi le mosse che farai.

Lauretta: Non ci avevo pensato.

Nanni: È affascinante l'incomprensione. Sono affascinanti i margini di mistero, intorno a una persona o a un avvenimento. Ciò che ancora non si sa si desidera saperlo, e dunque si desidera l'oggetto che origina tale desiderio.

Lauretta: Attento, Nanni, attento. Stai facendo filosofia.

Nanni: Può darsi. Avrei dovuto studiare quello e non le belle lettere. Chissà perché ho immaginato di preferire la poesia alla saggistica e ai trattati filosofici, voglio dire quegli intrepidi tentativi di spiegare il mondo dal principio alla fine. Mi illudevo che i romanzi lo spiegassero anche meglio. Quando poi mi sono accorto che non era affatto così, era troppo tardi, ero oramai un fottuto letterato, anzi, un modesto professore di scuola capace solo di ripetere i mantra Dante-Petrarca-Boccaccio e Foscolo-Leopardi-Manzoni, allo sfinimento...

Lauretta: Però, se sai di cosa sto parlando, perché la vivi tu stesso, avrai provato quella strana sensazione di freddo del sentirsi soli. Soli. Soli anche in mezzo alla gente. Soli anche in famiglia.

Nanni: Sì, l'ho provata. La conosco.

Lauretta: Ma al tempo stesso ci permette di essere liberi, perché la solitudine vuol dire anche libertà. Ora la gente è molto più libera di come era venti o trent'anni fa, ma penso anche che siamo più liberi oggi di quelli che verranno domani, cioè, abbiamo più libertà di quanta ne potranno avere dopo di noi. Non saprei da dove mi viene questa convinzione, eppure sento che sarà così, anzi, ne sono sicura. Ci sarà maggiore controllo, dopo di noi, lo stesso livello di controllo che c'era una volta o forse ancora più elevato: più divieti, proibizioni, paure, ostacoli, cose che è meglio non dire e non fare, sorveglianza e sospetto. La libertà degli individui ha probabilmente raggiunto il suo punto più alto, non può crescere ancora, quindi per forza di cose declinerà, lasciando dietro di sé la solitudine che ha prodotto, come la scia che si allunga dietro una nave...

Nanni: Perché mi stai dicendo questo, Laura? Sembra la profezia di un visionario.

Lauretta: Di un pazzo, vuoi dire?

Nanni: No, al contrario, è lucida, realistica.

Lauretta: Eh, ma la lucidità può fare impazzire. È orribile, la lucidità. Io faccio di tutto per sfuggirla. Pensa cosa vorrebbe dire essere immersi nella realtà senza poterne uscire mai, essendo costretti a guardare il mondo così com'è.

Nanni: Santo dio. Un incubo.

Lauretta: Una condanna a morte. È la ragione per cui leggiamo libri o guardiamo film, no? per uscire di galera, la galera della vita, almeno un paio d'ore. Tu non lo fai per questo? Non vuoi vivere qualche avventura fuori dalla realtà? Io da bambina leggevo i libri con questo scopo, ed è lo stesso anche ora che sono grande: evadere dal mondo, o almeno dal mio mondo.

Nanni: Ti sta stretto?

Lauretta: A te Nanni non sta stretto il tuo?

Nanni: Il mio? Il mio mondo? Non saprei, non ne conosco un altro, e, ti dico la verità, non sono nemmeno così ansioso di conoscerlo. Dovrei far fruttare quello che trovo nel mio giardino, voglio dire, nel mio raggio d'azione. Già sarebbe molto, moltissimo.

Lauretta: E ci riesci?

Nanni: A momenti.

Lauretta: Che bello... che sei capace di trovare le pepite d'oro nel tuo giardino. Ci vogliono occhi acuti ed evidentemente tu li hai.

Nanni: Non lo so. Forse Costanza non mi capisce fino in fondo e io non capisco fino in fondo lei, ma alla lunga questo non mi sembra un fattore così importante e nemmeno negativo. Trovo che l'incomprensione all'interno di una coppia sia un luogo comune e quindi una bugia, adoperata come copertura e spiegazione per ogni tipo di infelicità, anche quella che preesiste al matrimonio e che durerebbe dopo che il matrimonio venisse sciolto. Chi si sente infelice quasi sempre si convince che la causa della sua insoddisfazione sia il proprio coniuge. Per cui immagina che mollando la moglie o il marito i suoi problemi esistenziali sarebbero di colpo risolti. Una soluzione furba e al tempo stesso terribilmente ingenua. Cioè, il problema viene espulso da sé dando forma a una figura speculare e antagonista, a cui viene accollata la responsabilità di ogni male: ecco perché la persona che ti sta più vicino può diventare un avversario, addirittura il tuo peggior nemico. Non sopportando l'idea di essere tu la principale causa dei tuoi guai, ne incolpi qualcun altro, cioè chi? Chi hai accanto tutto il santo giorno. Semplice no? Però è abbastanza raro che le cose stiano davvero in questi termini. Almeno per quanto mi riguarda.

Lauretta: Ma dimmi, tu Costanza la ami? Sii sincero.

Nanni: Io? Certo che la amo, altrimenti che ci starei a fare con lei?

Lauretta: Per amore delle tue figlie, ad esempio.

Nanni: No, e non credo basterebbe. Le bambine non rappresentano né sostituiscono il legame. Sono il prodotto del legame tra Costanza e me.

15.

In quello stesso momento, sull'altro versante della montagna sta nevicando. Alla caduta dei primi fiocchi il gruppo guidato da Ruggero si arresta, più che altro per la sorpresa.

Le bambine hanno l'impressione di vedere, oltre la cortina di neve che vortica senza mai posarsi, una specie di lampo con diversi colori sovrapposti, un arcobaleno che si sfrangia dando origine a tanti prismi colorati, simili a quelli di un caleidoscopio quando se ne gira la rotella, che ricadono l'uno sull'altro, e così la luce che ne scaturisce aumenta improvvisamente di intensità, diventando quasi insostenibile, tanto che devono ripararsi gli occhi con le mani. Ma poco più tardi questo singolare fenomeno di rifrazione cessa e dall'alto cala come una saracinesca una nebbia scura. Sembra di sentirla che si schianta sopra il bosco, sbarrando il cielo. E la neve inizia a cadere con maggiore intensità, i suoi fiocchi paiono provenire da ogni direzione, dall'alto, dal basso, e in orizzontale, come se al tempo stesso piovessero dal cielo e si staccassero da terra.

«Alt!» intima Battaglia. E qui fa una cosa di cui, in seguito, ripensandoci, dovrebbe un poco vergognarsi, se non la cancellerà dalla memoria come sarebbe in fondo preferibile: chiama Maria vicino e sottovoce, si consulta con lei. «Che dici, Maria, torniamo indietro?» come se stesse trattando con l'altro capofamiglia presente nel gruppo, e non con una bambina di dieci anni. E però Maria non è particolarmente stupita della richiesta, magari la ritiene anche giusta, e legittima, abituata com'è ai rapporti paritari a cui l'hanno educata i suoi genitori. «Se continua a nevicare così... e poi, guarda, i bambini sembrano già stanchi» sussurra Ruggero, e con queste parole e in questo preciso frangente Maria abbandona, per sempre, l'infanzia, promossa sul campo al rango dell'adulto. «Io andrei avanti, ancora un po', e vediamo» dice lei, prima così scettica e ora invece fiduciosa, non avrebbe senso mollare proprio adesso che manca poco. Se non si raggiunge un obiettivo, tutto quello che è stato fatto per riuscirci non ha più il minimo valore, sarebbe una sconfitta, un disonore rinunciare, e Maria non può fare a meno di immaginare se stessa come un'eroina che vince la sfida, lasciando a Ruggero il ruolo della persona debole e mediocre. Chi se ne importa del rischio? pensa. Quale sarebbe il rischio, poi?

Non tollera delusioni, Maria, per cui si può facilmente prevedere che soffrirà parecchio in vita sua.

Anche se nevica abbastanza forte e tira un vento antipatico, Battaglia a quelle parole un po' si rassicura, si sente protetto e autorizzato dall'opinione espressa dalla bambina: suonerà assurdo, ma ora, dovesse mai succedere qualcosa, potrà sempre dire, se non agli altri a se stesso, «non è stata colpa mia, io volevo tornare…». E dunque, assumendo di nuovo il suo solito tono euforico, «Forza ragazzi, marsch!» esclama, e la comitiva riprende il cammino.

Poco più avanti finalmente incrociano delle persone, sono tre ombre curvate in avanti che sbucano all'ultimo momento dallo sfarfallio della neve, e quasi ci vanno a sbattere contro. Sollevato, Ruggero chiede loro se manca ancora molto per la cascata, ma i tre uomini barbuti, stranieri, riescono a comunicare solo con gesti e qualche parola brusca, smozzicata, e sguardi quasi ostili, di rimprovero. Scuotono la testa, per poi riavviarsi in fretta. Maria vorrebbe chiedere loro se almeno è bella, la cascata, come dicono tutti, lei ha studiato inglese e anche un po' di tedesco, a scuola, e ascoltando lezioni registrate su nastro, nei lunghi pomeriggi con niente da fare, ma non si sbriga a porre la sua domanda che quelli già se ne sono andati per i fatti loro, scomparendo nel turbine bianco com'erano apparsi. Ruggero sarebbe tentato di gridargli dietro una parolaccia, per come sono stati scortesi, ma poi si trattiene, ci rinuncia, troppo tardi, e a che servirebbe? si chiede per giustificare la sua acquiescenza.

Ora la neve che gli soffia in faccia impedisce non solo di

vedere, ma anche di respirare. Pif e Pof gemono mentre cercano di difendersi dalla sferza del vento, le piccole Zingone stanno zitte e strusciano i piedi continuando a camminare forse perché non osano andare contro alle decisioni prese, o per mostrarsi più forti e meno lamentose dei maschi. Maria non parla più con le sorelle ma tra sé. Del resto, anche se arrivassero in pochi minuti al traguardo della loro gita oramai non ci sarebbe un bel nulla da vedere, con quella bufera. «Basta così» si arrende Ruggero Battaglia, «è inutile, torniamo», e fa fare dietrofont ai due suoi figli. «Anche voialtre, su, svelte, andiamo.» Ma prima di obbedirgli, Caterina e Agnese guardano la sorella grande, e lei affronta l'amico dei suoi genitori: «E la cascata? Tutta questa strada abbiamo fatto per niente?».

## 16.

A quel punto la pazienza e la buona volontà di Battaglia si spezzarono e fu come se lui non le avesse mai possedute. Da sotto lo strato di abitudini civili che rivestivano quell'uomo mansueto e affettuoso, come bestie dal letargo della tana riemersero il rancore rugginoso e la volgarità che riposano nel fondo buio di tutti gli abitanti della città meridionale. Tutti quanti, nessuno escluso, nemmeno i papi o i filosofi o gli imperatori. Secoli di miscredenza e scurrilità possono essere repressi ma non cancellati, come l'infanzia non viene mai interamente cancellata dall'età matura.

«Porcaccia Eva!» sbottò. «Che cazzo vuoi che me ne freghi, di quella cascata di merda!»

«Ma insomma, Ruggero...» mormorò Maria sbalordita.

«Insomma un beneamato pisello! Non voglio sentire storie, capito, ragazzina? Muoviti!»

E Battaglia costringe tutti a voltarsi e tornare indietro, immaginando che almeno ora il vento li colpirà di spalle, e gli risparmierà la tortura della neve in faccia. E in parte è così, anche se continuano a vedere ben poco oltre la nube di condensa ghiacciata che gli esce dalla bocca. Il bianco della neve è reso opaco dalla totale mancanza di luce e invece del consueto silenzio, i fiocchi cadono con un frastuono come di vetro infranto.

Sicché Battaglia fu irresistibilmente obbligato a consultarsi di nuovo con Maria, gli serviva il parere di lei, la sua viva voce per rassicurarsi, senza di che si sentiva perso, come in effetti era. Con un certo sforzo cercò di tornare gentile. «Siamo passati di qui, vero, Maria?» le chiese con una voce appena tremolante, indicando qualcosa di indistinto davanti a loro, forse simile a un canalone fiancheggiato da due alte ombre più scure, o una radura in mezzo a un bosco. Maria strizzò gli occhi e annuì. «Cosa? Cos'hai detto?» gridò l'adulto, sconfortato. «Non ho detto niente!» Ma un centinaio di metri più in là, o forse meno, forse nemmeno la metà, perché facevano una tale fatica ad avanzare che era pressoché impossibile calcolare la strada fatta, Maria ritrovò sulla sua sinistra il bastone che aveva piantato nella neve all'andata, e lo afferrò, stringendolo forte nella piccola mano gelata. Era il segno che stavano percorrendo il sentiero giusto per tornare verso casa, ma non avvertì Ruggero di questo, come se provasse gusto nel saperlo disorientato.

La neve in brevissimo tempo si è depositata al punto da rendere incerto il cammino e sdrucciolоso il pendio che digrada a valle sempre più ripido. Pif inciampa e scivola di lato sfuggendo alla stretta di mano di suo padre, che deve faticare non poco per recuperarlo, soffocando un'imprecazione.

Un momento, pensa Maria. Se prima siamo passati di qua, e mi sembra fosse in discesa, ora tornando indietro dovremmo salire, o no? Invece stiamo continuando a scendere. Questo vuol dire che abbiamo sbagliato strada, di sicuro non è quella che abbiamo percorso all'andata. Cerca di farlo notare a Battaglia, che però è così affranto da non riuscire a darle ascolto, e sembra non in grado di capire quel che gli sta dicendo la bambina. «Cosa? Quale salita?» biascica. «Dove?» Ciò che faceva più paura della bufera è che essa appariva del tutto indifferente alla loro angoscia, li copriva di neve e di ghiaccio come farebbe un meccanismo inanimato, il che aumentava a dismisura il loro sentirsi soli, irrimediabilmente soli in quel mondo ostile, che non voleva saperne nulla di loro, che li ignorava mentre li stava tormentando, e non ascoltava le loro grida coprendole col frastuono del vento.

17.

Il sentiero che li aveva condotti sin lì, ora, a percorrerlo al contrario, non sembrava più lo stesso, aveva perso i margini che lo contraddistinguevano. Pareva non portare in nessun luogo, anche perché, in quella fantasmagoria bianca, non esisteva più un luogo definito verso cui dirigersi, la nebbia aveva ricongiunto l'alto e il basso confondendo la neve col cielo, e la stessa cosa era avvenuta alle loro spalle, il paesaggio era scomparso, cancellato. Ora a colpirli sulle mani e sul viso non erano i soliti fiocchi di neve ben formati che cadono lenti, bensì minuscole e fitte scaglie ghiacciate che pungevano come aghi. Ruggero era costretto a tenere gli occhi bene aperti, terrorizzato all'idea di perdersi qualche bambino in quella foschia gelida e buia, e di continuo chiamava i loro nomi, anzi li gridava, e il suo grido convulso era sempre più impaurito, fino a mozzargli-si in gola, sopraffatto dal ruggito del vento. A strillare così la bocca gli si riempiva subito di ghiaccio che scricchiolava tra i denti. Se metteva una mano a visiera sulla fronte per avere una tregua e controllare dove fossero finiti gli altri, assicurandosi che nessuno fosse rimasto indietro, doveva per forza di cose mollare una delle manine dei suoi figli o delle tre Zingone, almeno per un istante, e dopo non riusciva a riafferrarla perché subito accecato da una folata di nevischio. Sicché con il fiato residuo chiamava tutti a raccolta, disperatamente, con una voce che si era trasformata in una specie di ululato, e invece di infondere coraggio metteva paura. Aveva grazie a Dio rinunciato ai nomignoli dei suoi bambini, e «Guglielmo!» gridava, «Ettore!», che suonavano ben più drammatici di Pif e Pof, come fossero i compagni di cordata di una missione polare, e con la loro solennità davano a intendere che la vicenda potesse avere un esito drammatico. La tormenta era bianca ma produceva oscurità, una assenza raccapricciante di colori e di forme. Ogni tanto qualcosa si riusciva a distinguere attraverso il turbine di nevischio, e incombeva su di loro, qualche abete all'improvviso vicino e minaccioso coi suoi rami protesi o la forma incerta di rocce erte su cui la neve non aveva fatto presa, per scomparire nel nulla un istante dopo. Erano gli stessi alberi, le stesse rocce che avevano visto all'andata? Sul medesimo sentiero? Da cosa riconoscerli? Battaglia non ne era affatto sicuro, non era sicuro di niente. Anche la sua memoria visiva cancellata. Per un momento ebbe accanto a sé un'ombra, anzi due, quasi accucciate per non essere portate via dalla bufera, era Maria che stava trascinandosi dietro la sorella Caterina tenendola agganciata per un gomito, come fosse un corpo rigido e morto, e intanto remava nella neve col suo bastone, per cui le urlò: «Siamo passati di qui, prima, vero?», una domanda priva di senso che fece capire alla bambina come lui avesse completamente perso il controllo della situazione. In Maria si creò il dubbio se questo significasse che a questo punto erano spacciati, o al contrario fosse meglio così, dato che fino ad allora Ruggero aveva inanellato solo passi falsi.

Il bastone che si era fabbricata, ora lei ha tanto freddo alle mani che non saprebbe dire se lo stia stringendo ancora o l'abbia abbandonato perché invece di aiutarla la ostacolava. La puntura sul viso degli aculei di neve faceva veramente male. I fiocchi come piccole frecce appuntite sembravano non posarsi mai rimessi in circolo dal vento.

Senza aver avvistato l'ostacolo e quasi picchiandoci contro, si ritrovano il cammino all'improvviso sbarrato da una parete di assi di legno e subito vi si addossano cercando riparo. Caterina si rivolge lamentosamente alla sorella maggiore: «È... è la capanna della strega, questa...?» ma lei non sa cosa risponderle: se era proprio quella, avvistata all'andata, c'era da aver paura, se non era quella, vuol dire che si erano persi. Scansando gli orli sovrapposti del maglione e della giacca a vento, Maria tenta di sbirciare l'orologio che le è risalito dal polso sull'avambraccio poiché il cinturino a maglie le sta largo. È un regalo di sua nonna per la comunione che *non* ha fatto l'anno prima, consegnatole quasi controvoglia con la raccomandazione: «Ora però mettilo via, lo porterai quando sarai più grande», sottintendendo che lei, ancora piccola, avrebbe rischiato di rovinarlo o farselo rubare, quel prezioso orologio dalla lucida cassa d'acciaio, ma la bambina ha voluto indossarlo subito e non lo sfila mai dal polso, mai una volta, tanto che, con la scusa di non averne più voglia perché ormai sa nuotare benissimo, ha persino smesso di andare in piscina per non doverselo togliere. Ma per quanto provi a scavare sotto il polsino con la punta umida dei guanti da sci, non raggiunge l'orologio.

Ora non vede altro intorno a sé che la cortina di nebbia e polvere di neve, Caterina accucciata che si stringe alle sue gambe cercando protezione dal flagello del vento, e non sente quasi più nulla sul viso intirizzito. Tanto vale chiudere gli occhi per non sentire la trafittura dei fiocchi ghiacciati. E nel far questo viene invasa da un insolito tepore che Maria non capisce da dove possa essere originato, anche perché il gelo si è impossessato del suo cervello, e dunque capirci qualcosa, orientarsi, decidere, sperare in una soluzione non le è più possibile. Però quella strana sorgente di calore la rianima almeno un poco proprio nel momento in cui sente che sta per abbandonarsi, smettendo di opporsi al destino che li aspetta alla fine di quell'assurdo pomeriggio, di quell'assurda passeggiata verso la cascata. Non ci siamo arrivati, pensa mettendo insieme le ultime parole di senso compiuto che riesce a connettere l'una con l'altra, e non ce la faremo mai a tornare indietro. Ma non importa, quel che conta è restare insieme, ed essere trovati insieme, se mai qualcuno ci troverà, domattina, sepolti dalla neve, perché stasera è impossibile che vengano al soccorso, troppo tardi, è già quasi buio, o forse il buio è dovuto solo alla neve che precipita oscurando il cielo, questa specie di tenebra luminosa, che acceca e mozza il fiato. In realtà, non vede nulla perché sta tenendo gli occhi chiusi.

Quindi, dallo sfondo rossastro delle palpebre emerge una figura che Maria conosce bene. Forse è il pensiero di lei che lo ha formato oppure lo ha richiamato dalla lontananza dove si trovava, Maria non osa farne il nome per non distrarla dall'operazione in cui è affaccendata, curva sul camino di casa, con dentro il fuoco acceso, che la figura un poco curva sta alimentando con piccoli pezzetti di legno, estraendoli da un grosso cesto di vimini e gettandoli con calma uno dopo l'altro tra le fiamme, che li divorano in pochi secondi e sembrano chiederne ancora, torcendosi dal desiderio e allungando la lingua, come farebbe un cane affamato a cui si gettano piccole porzioni di carne e non un pasto completo. È lei, è sua madre Costanza, che mette legna nel camino. Sì, è Costanza, Maria la vede incredibilmente vicina anche se non può toccarla, nemmeno se allunga le mani verso di lei. Ed è proprio da lì, da quel piccolo camino di mattoni, che parte il calore avvertito da Maria al suo interno, all'interno del suo petto, mentre la testa e tutto ciò che di lei è esposto al vento e alla neve sono oramai anestetizzati. Gli unici sensi che ancora trasmettono qualcosa alla bambina sono quelli interni: la vista, il tatto, l'udito non mandano più alcun segnale, le punture d'ago della tormenta hanno prodotto una narcosi, sulle prime dolorosa quindi dolce. Ma i mattoni di cui è fatto il camino la riscaldano, emanano una vampata che fa ondeggiare l'aria, e le pare di vederli addirittura rosseggiare a intermittenza, come se stessero diventando poco a poco incandescenti, tanto che le guance di sua madre sono oramai paonazze e lei è costretta a sfilarsi dalla testa il grosso pullover con le trecce, restando con una leggerissima camicetta scollata che a Maria piaceva molto, al punto che un giorno aveva chiesto: «Appena sarò alta come te, me la presterai, mamma?», e adesso le mette addosso una grande voglia, una smania di crescere, di essere adulta, di essere lei a badare a quel camino, da cui suo padre aveva intimato a loro tre, Maria, Caterina, Agnese, di tenersi alla larga, sempre, per non scottarsi. Che paura, le ustioni, la pelle che si solleva formando bolle, le bolle che scoppiano...

Ma questo non accadrà, non può accadere, state sicuri, ci penso io, dice fra sé Maria, mormorando tra le labbra che si trovano dentro di lei invece che quelle della bocca, da tempo insensibili. Ora però sua madre ha finito la legna da gettare in quel fuoco famelico, il fuoco che scalda la loro famiglia nelle notti d'inverno e anche a primavera, sul far della sera, quando nella città meridionale, contrariamente alle leggende che la vogliono sempre sciroccosa e sbracciata come se si trovasse sul mappamondo all'altezza dei tropici, soffia spesso una brezza aspra e tagliente, e dunque Costanza comincia a bruciare i mobili di casa. Uno dopo l'altro.

«Cosa fai, mamma?» le domanda la bambina assiderata, che non sente più le dita dei piedi e delle mani eppure è invasa dal calore dell'incendio domestico, compresso e concentrato nella palla di fuoco che arde nel camino, «perché ora bruci le nostre cose? Cosa resterà della nostra casa, se tu dai fuoco a tutto?» Ma la madre non la ascolta, non può sentirla, dev'essere sorda, come fosse sonnambula, e continua senza battere ciglio a infilare nel camino i tavoli, la libreria, le sedie, e anche una pesante credenza regalata dalla nonna Giulia, che, non si capisce come, con i suoi sportelli massicci e gli scaffali di noce scuro carichi di piatti e bicchieri, Costanza solleva agevolmente e getta nella bocca del camino che non sarà grande nemmeno un quarto della credenza, nondimeno la inghiotte e la incenerisce avvolgendola con le sue fiamme avide e allegre. «Riscaldo la casa» risponde tranquilla Costanza alle parole di sua figlia che finalmente sono diventate udibili, e intanto, col viso scalmanato e i capelli in disordine, sta buttando nel fuoco le sedie del tavolo in cucina dove di solito fanno tutti colazione prima di andare a scuola, Maria per prima con Nanni, e poi le altre due che verranno accompagnate un po' più tardi da Costanza. «Ti piace questo bel teporino, vero?» «Sì tanto, mamma...» e Maria adesso partecipa alla scena, entra anche lei nel quadro che prima osservava dall'esterno, «voglio aiutarti», come talvolta è solita fare durante le pulizie di casa, per sentirsi dire che è brava, e porta anche lei una pila di biancheria, le coperte dei lettini e i pupazzi preferiti delle sorelle che ci stavano seduti sopra, un orsacchiotto e una scimmia, e i suoi giocattoli, li offre a Costanza che brucia tutto in pochi istanti, quindi entra nella camera dei genitori per prelevare altre cose da ardere, incoraggiata dalla madre, «Presto, Maria, fai presto, qui si muore di freddo, portami altra roba!» e lei si sbriga a svuotare la piccola scrivania disordinata con su le carte di Nanni, libri, bollette, fotocopie, le arraffa in una sola bracciata e le porge a sua madre che le getta nel fuoco. «Ancora, Maria, portamene ancora, altrimenti lo sai che moriremo...»

Ma le due sono presto circondate dagli altri membri della famiglia. Saranno arrabbiati? si chiede Maria in pensiero, poi si accorge che le stanno sorridendo e la sensazione di benessere in lei aumenta fino a diventare una specie di beato torpore, di sonnolenza piacevole, e le viene voglia di dormire, lì dove si trova, in piedi, senza nemmeno spogliarsi e sdraiarsi, vestita da sci, le si chiudono gli occhi, finché è suo padre a pregarla con una voce dolcissima: «Non addormentarti, Maria... non addormentarti adesso, resisti!», e la bambina si sforza di tenere aperti gli occhi, e proseguire quella visione così dolce, perché in effetti lei gli occhi li ha chiusi da tempo sotto la sferza della tempesta di neve. «Non dormire!» la implora Nanni, «non dormire!» le ripete Flemish, la ragazza olandese che vive con loro, «se no ti perderai la sorpresa più bella...! tra poco arriva... arriva...», e Maria fa dunque uno sforzo enorme per non cedere al sonno che si è impadronito di lei, «brucia anche tu qualcosa per scaldarti!», ma lei ha la sensazione di non avere più nulla di prezioso da buttare nel camino, non ho niente di mio, i miei vestiti non sono miei, le mie scarpe non sono mie, il mio nome non è mio, il mio corpo nemmeno è mio, me l'hanno dato mamma e papà... e nel frattempo gli altri portano qualcosa da gettare nel camino affinché della loro casa non resti più nulla, della loro famiglia non resti più nulla, ma almeno, col fuoco, si saranno scaldati e saranno una buona volta felici, e calmi, e pieni d'amore.

Per ultima arrivava Agnese, la più piccola, scalza e in camicia da notte, che reggeva in mano solo un fiammifero, ma quando lo gettò nel camino prese fuoco mandando un bagliore accecante e proiettando un calore fortissimo per la stanza. Tutti perciò se ne rallegravano e le facevano festa. Povera Agnese! pensò Maria, che malgrado sentisse il calduccio del fuoco e della casa e della famiglia, e vedesse nitidamente tutto questo intorno a sé, e gli sembrasse quasi di poterlo toccare, non aveva perso la consapevolezza di trovarsi in cima a una montagna nel bel mezzo di una tormenta di neve, e di essere sul punto di morire assiderata assieme alle sue sorelle per colpa di quell'incosciente amico dei suoi genitori, che non avrebbe rivisto mai più. E poi non era nemmeno colpa sua, voleva solo portarci a fare una gita... Povera Agnese! ripeté il pensiero di Maria che oramai era indipendente dalla sua volontà, dato che la bocca di Maria, le labbra di Maria, erano completamente paralizzate per il gelo, povera Agnese, povera bambina, credi che basti un fiammifero a salvarci?

Agnese intanto si era addossata alla parete della capanna dove abitava la strega, premendo la faccia contro il legno. Continuava a digrignare i denti, come faceva quando era arrabbiata, mandando un sordo brontolio.

Allora Maria aprì gli occhi e guardò Ruggero. Si era totalmente disinteressato alle bambine, come se le desse per perse o come se non fossero mai partire con lui per la gita. A mani nude, si stringeva i gemelli contro le cosce e si chinava ogni tanto per dirgli qualcosa all'orecchio, forse incoraggiamenti, o le ultime preghiere, e intanto Pif e Pof piangevano sibilando, ma il sibilo dei loro lamenti si confondeva con quello assai più forte delle raffiche di vento. Le loro tute blu, che nei giorni precedenti li facevano sembrare due simpatici nani da giardino, erano ormai bianche per la crosta di neve e ghiaccio. Ruggero sollevò la testa e i suoi occhi per un istante si incrociarono con quelli di Maria. Non vi era più terrore nel suo viso e nemmeno vergogna. Lo sguardo della bambina lo avrebbe pietrificato, se non fosse che lui era già ormai grigio e insensibile come un sasso, e il suo viso prima animato e allegro ora aveva l'espressione rigida che hanno le figure dell'Isola di Pasqua. In quello stesso momento accadde un fatto strano: mentre tutti gli altri la tenevano china, Agnese alzò la testa e si strofinò la faccia chiazzata di neve, rivelando uno strano sorriso, un po' ebete e un po' spavaldo, poi girò l'angolo e si allontanò dalla baita, camminando svelta controvento. Battaglia a quel punto cercò di richiamarla indietro ma gli mancò la voce, voleva gridare «Ferma!» però non riusciva a proseguire oltre la lettera F, come se fosse diventato all'improvviso balbuziente, e già la piccola figura di Agnese stava sparendo nello spolverio di neve e ghiaccio. Maria invece non si agitò affatto, tirò su Caterina che stava accucciata ai suoi piedi e afferratala saldamente per una mano si incamminò nella stessa direzione che aveva preso la sorellina. Entrambe scomparvero in pochi istanti. Stavolta la voce di Ruggero sboccò come una specie di ruggito singhiozzante: «Cosa state facendo? Dove... dove andate? Tornate... qui! Subito!».

Ma non venne ascoltato e fu costretto a inseguirle, trascinandosi dietro Pif e Pof come due pesi morti. Agnese marciava senza fermarsi, a piccoli passi veloci, con dietro gli altri che arrancavano. Sembrava vedere con chiarezza qualcosa che non si vedeva, una traccia segnata nella confusione: in fin dei conti si trattava di fare l'opposto di quanto avevano fatto all'andata, una semplice inversione, riavvolgere il nastro fino al punto di partenza. Nessuno, e tantomeno Ruggero, osò più dire una parola o lamentarsi, avanzando a testa china, finché il vento poco alla volta si placò e la caduta della neve iniziò a diradarsi, i suoi fiocchi a rimpicciolirsi, quindi cessò.

*Qui tutto è distanza*
*E là è respiro.*

Camminarono sempre più spediti, e di lì a poco si ritrovarono sulla carrabile, giusto all'altezza del palo da dove erano partiti per l'escursione. Non faceva più neanche tanto freddo, anche se continuarono a battere i denti a lungo, Battaglia persino più forte dei bambini. L'unica che non sembrava toccata era Agnese, la loro guida.

Ficcate nel cielo a tratti rasserenato e sgombro, le punte aguzze delle montagne ora erano rosa, mentre il resto verso la base era blu scuro. In realtà la nevicata furiosa era durata nemmeno un'ora, per Ruggero e i bambini si era fatta notte prima, nella tenebra bianca della tormenta di neve e ghiaccio. Adesso il sole stava tramontando tranquillo e la valle si richiudeva su se stessa.

18.

«Vuoi ascoltare una mia poesia?» chiese Nanni a Lauretta, e lei gli sorrise alla maniera di qualcuno che sta per ricevere un regalo ma è un poco preoccupato che non gli piaccia.

«Le sai a memoria, le tue poesie?»

«No, soltanto questa.»

*Cosa avresti dato per sognare ogni notte*
*di meno, un po' di meno, fino a rendere la notte*
*uguale al giorno?*

«Bella! E poi?»

«Il resto mi dispiace ma non me lo ricordo.»

# Capitolo XIII

## *Agnese e il Mago*

1.

Negli ultimi tempi il comportamento di Agnese Zingone si era fatto sempre più strambo, e preoccupante. Sua madre Costanza iniziava a pensare che si trattasse di un vero e proprio disturbo. La bambina soffriva di crisi rabbiose incontenibili, causate da episodi di nessuna importanza. Quando invece si trovava ad affrontare situazioni drammatiche o buffe, quando c'era da ridere o da piangere insomma, il più delle volte rimaneva fredda, impassibile. Non si riusciva a distrarla dalla sua occupazione, qualunque essa fosse, che la assorbiva completamente. E se ci si provava, ecco lo scoppio di rabbia, il digrignare dei denti, lo scalciare fino a riempire di lividi chi si era provato a calmarla: i suoi genitori, oppure Flemish, la ragazza alla pari che viveva con loro e che pure era placida e robusta, e sulle bambine aveva molto ascendente. Un giorno Caterina era inciampata e caduta giù dalle scale, procurandosi un taglio sulla fronte, e Agnese, che era seduta mezzo metro più in là, aveva continuato a giocare indisturbata, come se non fosse accaduto nulla, malgrado le urla della sorella. Stava trafficando con una casetta le cui finestre chiudeva accuratamente una a una dopo averci ficcato dentro gli omini e le bamboline e i piccoli animali di plastica o di gomma che affollano gli scaffali nelle camere dei bambini, sorprese trovate dentro gli ovetti di cioccolata o residui di costruzioni più complesse, minuscoli pupazzi vestiti da operai con l'elmetto o cavalieri o ballerine o principesse, puffi, orsetti, ippopotami, fantasmi (ma non paurosi, divertenti), personaggi vari dei cartoni animati. Mentre eseguiva questa operazione, Agnese mormorava una specie di cantilena formata da parole incomprensibili, che probabilmente si era inventata lei, perché non si capiva da chi e dove avesse potuto mai sentirle. Dal suo tono solenne e minaccioso, sembrava una maledizione. Ma potevano anche essere preghiere. Aveva tappato porte e finestre della casetta in modo che i suoi abitanti ammassati lì dentro non potessero uscire. Una specie di prigione.

2.

Nanni non era in allarme, o non lo lasciava vedere. Secondo lui si trattava di carattere, solo di carattere. «È fatta così. Sono tutte diverse le nostre bambine. E Agnese è *questa.*» Una famiglia mette insieme le persone più disparate, non solo i genitori, com'è ovvio che sia, ma anche i loro figli. Ci può essere più differenza tra due consanguinei di quanta ve ne sia all'interno di un intero popolo: due fratelli o due sorelle possono situarsi agli estremi opposti, per inclinazioni, comportamento, capacità, convinzioni, e talvolta persino nell'aspetto fisico. Ora le tre piccole Zingone si somigliavano abbastanza, anche perché, a parte un poco Maria, per i colori più scuri dei capelli e della carnagione, che nei complimenti rituali venivano fatti risalire a Nanni tanto per riconoscergli una piccola quota del lascito genetico (cosa che in verità a lui importava ben poco), tutt'e tre avevano preso dalla madre, o per meglio dire dai Mesones, quella famiglia fatta con lo stampino. E però non esistevano tre personalità tanto diverse tra loro: Maria pensosa, sognatrice, Caterina iperattiva, Agnese furiosa o quasi abulica.

A Nanni questa cosa, in fondo, piaceva. I confini del mondo da lui abitato erano piuttosto angusti, comprendevano in definitiva la sua famiglia, intesa in senso stretto oppure allargato, includendo dunque le altre tre Mesones (la vecchia Giulia e le due cognate, Carla e Fiore), e poi gli studenti delle sue classi al liceo, qualche collega, una dozzina di amici, che però, tranne Nico Quell, erano tutti amici di sua moglie. E pur essendo leggere e scrivere la sua passione, dell'ambiente letterario non conosceva praticamente nessuno.

Con la famiglia di origine non aveva quasi rapporti, se si eccettuano quelli con lo zio Fernando, il fratello di suo madre; dunque nel suo circoscritto orizzonte esistenziale era ben felice che fosse presente la massima varietà umana. A cominciare dal suo rapporto con Costanza. L'evidente diversità di lei, che era stata la fonte di tante incomprensioni, e che invece di ridursi col passare del tempo e la nascita delle figlie si era approfondita fino a scavare un abisso tra loro, che nel linguaggio di moda fino a pochi anni prima si sarebbe chiamato «incomunicabilità», lui si ostinava a considerarla una risorsa, un elemento di attrazione. Ancora si intestardiva a volere «capire» il suo coniuge, cosa a cui lei aveva evidentemente e con un certo sollievo rinunciato, e il non riuscirci invece di frustrarlo gli forniva nuovi stimoli, come un matematico che immagini di essere a un solo passo dalla dimostrazione di un teorema irrisolto da secoli.

## 3.

Costanza era in fondo una persona pratica, che andava per tentativi. Non aveva mai avuto le idee chiare, su nessun argomento, al contrario di Nanni che era parecchio rigido nelle sue convinzioni, ma questo aveva come risvolto positivo il fatto di non escludere mai a priori alcuna soluzione ai problemi che si presentavano sul cammino della vita. L'incertezza, invece che da freno, agiva su di lei come una spinta potente a decidere, presto, senza troppe discussioni preliminari, e poi si vedrà se la scelta era giusta, inutile barcamenarsi. Se un brigante ti si para davanti in un viottolo di campagna, per rapinarti, potresti scappare nel bosco a nasconderti, implorare pietà, mostrare le tasche vuote, rassegnare l'anima a Dio: ma se hai una pistola alla cintola e buona mira, la estrai e gli spari in mezzo alla fronte. Può darsi che sia la scelta sbagliata, e che finirà male per te e non per lui, ma Costanza ragionava così: scegliendo di non ragionare, agendo con risolutezza e basta. Aveva sposato Nanni, aveva messo al mondo le bambine, aveva lasciato gli studi, aveva occasionalmente tradito Nanni, eppure rimaneva con lui, e non immaginava altra vita se non accanto a lui, e presto si sarebbe buttata in un lavoro qualsiasi, pur di lasciare casa qualche ora al giorno, tutto grazie a una furia cieca proveniente da un luogo che una volta si sarebbe detto forse «cuore» o «viscere» ma che lei avrebbe trovato un po' ridicolo chiamare così. Quando si vive insieme ad altri occorre per forza contrattare su ciò che va fatto e non fatto: Costanza invece preferiva arrendersi subito, o altrimenti sopraffare, imporsi senza discutere, e ancora più spesso agire di testa sua, magari di nascosto, di nascosto a Nanni e a chiunque altro, come ad esempio sua madre Giulia (quella specie di despota), prima che potesse avanzare obiezioni o frapporre ostacoli.

Forse fu per questo che i problemi di Agnese pensò di non aver nessuna voglia di risolverli con la trafila classica delle visite dal pediatra, dei consulti psicologici, quella catena di rimandi ulteriori a diagnosi controverse e terapie infruttuose. Intuiva che quando un genitore porta suo figlio dallo psicologo, in realtà sta portando se stesso, le sue ansie e le sue magagne prima ancora di quelle del bambino a cui le ha trasmesse, e Costanza non aveva il minimo desiderio di essere scrutata e di conseguenza giudicata. Voleva sapere più in fretta, andare al punto, al sodo; senza interrogarsi sulla correttezza del metodo, se si fosse rivelato efficace. La scorciatoia le venne in mente ricordandosi di un bizzarro soggetto incontrato tempo prima a casa di sua cugina Ada, che abitava in campagna, nell'annesso di un piccolo convento abbandonato.

Era un mago, e si faceva chiamare Orion. Un mago, sì, per quello che vale oggi questo appellativo che ha attraversato i secoli mutando di significato, e di ruolo – ma innanzitutto un tipo singolare, ispirato, che sembrava davvero in grado di vedere attraverso le persone, di leggere nella loro mente. Il suo vero nome, persino più bizzarro: Evandro Schiaparelli. Tramite Ada, Costanza lo rintracciò.

Per nessuna ragione al mondo avrebbe detto a Nanni che portava la sua bambina da uno stregone. Mentì senza difficoltà. Gli disse che andavano dall'otorino.

## 4.

Lo studio di Orion era angusto, poco illuminato e alquanto disadorno, in apparenza senza alcuna finestra; del resto lui lo occupava solo alcune ore al giorno e nemmeno tutti i giorni della settimana, poiché non sarebbe stato in grado di pagarsi l'affitto da solo.

Vi era un tavolino con sopra una vecchia lampada di vetro verde opaco, due sedie, a una parete l'immagine probabilmente tratta da un manuale medico arabo, dove si vèdeva un dente molare nella cui cavità interna si contorcevano creature fantastiche colorate di rosso, giallo e verde, intente a divorare la polpa e i nervi. Al centro della parete opposta, in una cornice color bronzo, era appeso un complicato schema di forme geometriche a incastro l'una nell'altra, dai bordi decorati in caratteri gotici: al centro una stella, circondata da un eptagono, a sua volta iscritto in una figura i cui sette lati si intrecciavano passando ora sopra ora sotto l'altro, con le punte che insistevano sull'angolo interno di un ulteriore eptagono ancora più grande. A racchiudere il tutto era un cerchio istoriato di lettere dall'aspetto medievaleggiante senza soluzione di continuità, tranne che per una croce in alto, all'ora zero del quadrante. Se si riporta con tale abbondanza di particolari l'aspetto di quel cerchio magico è perché, entrando con la madre nello studio di Orion, Agnese ne fu attratta in maniera esclusiva, tanto che non riusciva quasi a staccarne gli occhi. Il mago le aveva fatte accomodare sulle due seggiole mentre lui rimaneva in piedi, malgrado gli inviti di Costanza, che si disse pronta a tenere la bambina sulle ginocchia per far sedere lui. Si guardava in giro alla ricerca di qualche attrezzo tipico della pratica magica, ma nello studiolo di Schiaparelli non se ne vedevano. E intanto completamente disinteressata a tutto il resto, Agnese stava studiando il cerchio e i suoi simboli, e inclinava la testa come se fosse capace di decifrare le lettere scritte alla rovescia, anche se non aveva ancora imparato a leggere: perché al contrario delle sorelle più grandi che erano state precocissime, in particolare Maria, grazie alla dedizione che aveva messo Nanni nell'insegnar loro l'alfabeto assai prima che andassero a scuola, Agnese era stata piuttosto lenta in tutto quanto, camminare e parlare. Eppure mentre scrutava le iscrizioni del cerchio magico muoveva le labbra come se le stesse leggendo, o addirittura come se le conoscesse già, quella scritta.

Schiaparelli era contento e insieme sorpreso che Costanza avesse deciso di ricorrere a lui. Ricordava di averla incontrata una volta sola, tempo prima, appunto, da Ada e Bruno, di cui il mago era ospite, nella brulla campagna dove quei due progettavano di fondare una fattoria modello, basata su un rapporto più sano e originario tra uomo e natura.

Ma più di ogni altra cosa lo incuriosiva il perché Costanza si fosse portata dietro la bambina. Non gli era mai accaduto in precedenza di operare in presenza di qualcuno che nemmeno era in età di andare a scuola. Ma forse Costanza, si immaginò, l'aveva con sé solo perché non aveva saputo a chi lasciarla.

«Come posso esserti utile?» esordì timidamente. I numerosi ponfi di cui aveva cosparsa la faccia si fecero ancora più rossi. Eppure si sentiva nel pieno delle sue forze e delle sue capacità, prontissimo cioè ad aiutare, a rivelare, a prevedere, a guidare, a debellare guai e scacciare malefici, e persino a rincuorare anime afflitte – gli scopi per cui in perfetta buona fede si era messo a fare il mago. Scopi benefici, insomma. Per questo, nelle occasioni in cui i suoi clienti avevano richiesto da lui azioni vendicative si era rifiutato. Non sono pochi quelli che ricorrono a prestazioni magiche per danneggiare i loro nemici e rivali.

Invece di rispondergli, Costanza gli chiese del suo lavoro.

«È molto che lo fai?»

«Una decina d'anni. Ma solo negli ultimi quattro o cinque ho cominciato a farmi pagare.»

«Ma come hai imparato?»

«Studiando. Quasi sempre da solo. Ma si devono possedere certi requisiti preliminari.»

«Quali?»

«Essere aperti. Aperti davvero. C'è bisogno di spiegare cosa intendo?»

«No, forse capisco quel che vuoi dire. Essere ricettivi.»

«Giusto. E forse avere un po' di coraggio.»

«E tu le hai, immagino, queste qualità.»

Orion arrossì di nuovo. Era come se Costanza lo stesse sottoponendo a un esame.

«Perché parli di coraggio?»

«Perché nel toccare certe cose ti poni a rischio. Quasi tutti ne stanno alla larga. Preferiscono non sapere. E poi un bel giorno vengono da me perché all'improvviso muoiono dalla voglia di sapere proprio quella cosa da cui erano scappati a gambe levate fino al giorno prima. Insomma, la conoscenza delle cose personali come di quelle altrui può essere dolorosa. E non è dato saperlo in anticipo. Quando ti ci trovi è troppo tardi per tornare indietro. E in ogni caso non bisognerebbe mai tornare indietro, e nemmeno fermarsi. Raggiunto quel punto occorre andare oltre. E per questo ci vuole sangue freddo. Come quello di un rettile.»

Qui Orion aveva parlato per scherzo, con la smania che hanno le persone timide di mostrarsi spiritose; ma come spesso accade allo scherzo corrispondeva la più intima verità.

«Non vedo qui nessuno degli attrezzi di un mago...»

«Vuoi dire, la palla di vetro? O la bacchetta?» Orion sogghignò in un modo tale che la sua faccia da quel sorriso venne sfigurata, come l'avesse tagliata un colpo di coltello. «Non ce li ho. Sai, gli oggetti di per sé non hanno alcun potere. Si tratta piuttosto di disposizione, ma non soltanto mia, in primo luogo da parte di chi viene da me. Non basta avere curiosità o bisogno di aiuto, bisogna pretendere la verità, desiderarla sopra ogni cosa. Ci crederesti? Quasi sempre quello che rivelo ai miei clienti, al termine delle mie modeste pratiche divinatorie, loro lo sapevano già, o meglio, lo intuivano ma continuavano a ignorarlo e negarlo. A negare l'evidenza. L'evidenza è la cosa più difficile da sopportare. L'evidenza della morte, e questo è comprensibile. O della sfortuna, o della cattiveria. Prima di tutto della propria, della cattiveria nascosta in ciascuno di noi. Si tratta di cose che possono appartenere indifferentemente al passato o al futuro, ma che si trovano lì, vicine, alla portata, basterebbe allungare una mano per coglierle, ma loro vogliono che sia la mia mano ad afferrarle, come se, facendolo io al posto loro, venissero sollevati da ogni responsabilità. Doveva andare così, e basta, cosa potevo farci, è destino, pensano. Me lo ha detto il profeta, il mago – che poi sarei io. Si fidano ciecamente, perché la cecità li rassicura, capisci? è come un mantello protettivo. Non immagini quante persone si rivolgono a me per sapere se il loro partner non li ama più, se li tradisce. In realtà, lo sanno già per conto loro che le cose stanno così, ma più che una conferma pretendono da me sai cosa? Una rivelazione. Preferiscono che sia io ad alzare il velo, che non è però sulla situazione, no, loro la conoscono per filo e per segno la situazione, nei minimi dettagli, è il velo, sì, è il velo, la cosa di cui hanno più paura.»

Quindi aprì una scatola e ne trasse fuori un piattino

d'argento. «Ecco, conservo solo questo, ci sono affezionato. Ma non mi serve un granché.» Ci alitò sopra e lo strofinò col polsino della camicia. «È l'unica cosa preziosa che possiedo.»

5.

Orion aveva l'impressione di conoscere già quella bambina. O meglio di sapere il perché ora si trovasse lì, nel suo studio. Le cose che devono ancora accadere sono, in qualche modo e magari in una diversa forma, sotto un altro aspetto, già accadute, sono accadute da sempre, ed è per questo che le pratiche magiche possono talvolta avere successo: si tratta fondamentalmente di ripetizioni, echi del passato, onde concentriche, configurazioni di un futuro che è già scritto, basta saperlo leggere e quello arriverà, succederà, poiché era già presente, qui, ora. La magia è una scienza non esatta, però è una scienza: questa convinzione aveva spinto Orion a studiarla e praticarla.

Quindi si intrattenne con la bambina, desiderando di conquistarsene la fiducia, sebbene non ve ne fosse alcun bisogno, perché lei appariva a suo agio e consapevole, assai più della madre, della ragione per cui si trovava lì. Orion giunse al punto di tentare di lusingarla con quel genere di complimenti che gli adulti riservano ai bambini, commentando ogni loro gesto come se fosse una specie di miracolo, un'incredibile conquista.

«Sai che parli proprio bene, Agnese, per essere così piccola?»

Non era affatto vero, ma Agnese ribatté su un altro punto.

«Io non sono piccola.»

«Hai ragione, scusami, sei grande.»

«Io non sono grande. I grandi hanno paura.»

«Ah sì? E di cosa hanno paura?»

«Dei pericoli.»

«E quali sarebbero i pericoli di cui aver paura?»
«Non so… hanno paura di tutto.»
«E tu no?»
«Io no. Mamma invece sì. Papà invece sì. Nonna Giulia più di loro. E anche tu hai paura.»
«Io? Be', Agnese, non sarò molto coraggioso… però è difficile che mi spaventi sul serio.»
«Perché non hai ancora visto quando mi arrabbio.»
Ed emise un suono a denti stretti, come quello di una caldaia dalla cui valvola schizza fuori vapore.
«Ma tu non mi farai arrabbiare, vero? Sei buono, tu. Come ti chiami?»
«Orion.»
«Che nome strano.»
«Ti piace?»
«Abbastanza.»
«Adesso Orion vorrebbe farti un piccolo segno sulla fronte, ti dispiace, Agnese?»
«No che non mi dispiace. Che segno è?»
«Una piccola croce» disse Orion, e allungò una mano col pollice teso verso la testa di Agnese, che però la allontanò di scatto.
«Ho cambiato idea, preferisco di no.»
Schiaparelli era in effetti stupito della proprietà di linguaggio dimostrata da Agnese. Non parlava come una bambina della sua età. O forse sì? Rinunciò a segnarla.
«Dimmi, quanti anni hai, Agnese?»
Normalmente i bambini sono orgogliosi di rivendicare la loro età con gli estranei, annunciandola con voce squillante o mostrando le dita di una mano, ma lei rispose che non lo sapeva.
«Quattro, cinque, sei?» insistette il mago. Come molti adulti che non hanno figli (ma anche come molti che ce li hanno) non era in grado di indovinare l'età di un bambino. A Orion i bambini sembravano tutti uguali, quando ad esempio li vedeva al parco o all'uscita di una scuola: una

marmaglia chiassosa di creature alte un metro che non stanno un minuto ferme né zitte. E l'ipotesi che un giorno avrebbe potuto contribuire a metterne al mondo una, non si sa se di più lo terrorizzava o gli faceva senso. Ma per fortuna, pensò, la cosa è fuori discussione, visto che non troverò mai una donna disposta a mettere su casa con me. E anche questa, in definitiva, era da considerare una fortuna.

Però Agnese, la piccola Agnese Zingone, era diversa, aveva qualcosa... qualcosa che al tempo stesso lo attirava, lo conquistava e lo metteva in allarme: un'energia segreta, un fuoco nascosto, e lui doveva scoprire da dove veniva, cioè, cosa fosse a bruciare in lei.

Come un'infestazione di insetti, al cui nido non è facile risalire.

Per pura cocciutaggine, Agnese ripeté di non conoscere la sua età.

«E le tue sorelle più grandi invece, quanti anni hanno? Lo sai?»

«Maria dieci, Caterina sette.»

«Senti, ma cosa ti succede quando ti arrabbi? Sai spiegarmelo? Oppure me lo fai vedere?»

La bambina lo guardò da sotto in su, con un certo sospetto e uno sbuffo annoiato, come se Orion dovesse già conoscerla, l'ovvia risposta.

«Mi succede questo.»

E arrovesciò gli occhi finché l'iride e la pupilla scomparvero, e i suoi occhi rimasero completamente bianchi.

Il mago non poté controllare uno scatto all'indietro, impressionato.

«Non... non fare così. Può essere dannoso. Guardami. Guardami di nuovo.»

Come sono capaci di fare i camaleonti e certi altri animali, gli occhi di Agnese ruotarono di nuovo e la bambina tornò a fissare il mago con uno sguardo tranquillo. Era consapevole di quello che aveva fatto?

## 6.

Oltre che ai suoi strumenti tipici, Orion aveva rinunciato ormai da tempo a manipolare la materia come prescrivono i classici trattati di magia: niente talismani, dunque, o oggetti fatati, carte divinatorie, lampade o prismi, e niente pozioni e fumigazioni, sangue di gatto nero, ali di pipistrello e unghie di monaco scalzo: solo gesti e parole, nient'altro. Lo spiegò così a Costanza.

«Credo che i singoli suoni di cui sono composte le parole possano esercitare un effetto persino più potente del significato di quelle stesse parole. Sommuovono la materia, la modificano profondamente. Le formule da pronunciare possono essere di senso compiuto oppure no, e le parole connesse tra loro da qualche legame grammaticale ma anche sciolte da ogni vincolo, come in una poesia surrealista, o intervallate da suoni e rumori, come in una futurista.»

Quasi volesse anticipare le possibili obiezioni, si affrettò a proseguire e a concludere, con un certo affanno, che mostrava però con quanta passione avesse condotto le sue ricerche. «Sì, Costanza, spesso mi servo di formule che ho tratto dalla letteratura, degli ultimi cento anni specialmente, piuttosto che dai libri di magia. Mi sembra che abbiano una certa efficacia. Mi sono convinto che la poesia moderna abbia senso solo se intesa così, come una pratica magica, e che dunque non bisognerebbe leggerla se non ad alta voce, e osservando bene quel che accade, dopo, quale effetto ha provocato. Se non possedesse un valore operativo, sarebbe quasi tutta da buttare. Farfugliamenti senza senso, in apparenza, se non che celano una funzione più profonda. Sta a noi riconoscerla e utilizzarla. Si tratta in definitiva di preghiere, e le preghiere in definitiva cosa sono, se non formule magiche? Inginocchiarsi, cos'è, se non il predisporsi alla magia?»

Costanza annuì, sconcertata. Provava verso Orion stupore, ma anche, malgrado tutto, un'irresistibile fiducia.

«Però forse di una cosa avremo bisogno, la prossima volta. Dimmi, Agnese ce li ha dei gessetti colorati?» chiese Orion.

«Come? Gessetti?»

«Sì, quelli grossi, per disegnare in terra.»

Costanza cercò di rammentare dove fosse finita una certa scatola comperata a una vendita di beneficenza a scuola, coi colori fondamentali, il rosso, il giallo, il blu, già un po' consumati. Doveva trovarsi in fondo a qualche cesto di giocattoli. Ma sì, certo, un giorno ci avevano disegnato sul vialetto di cemento davanti casa. Maria aveva scritto una lunga frase e poi c'era tornata sopra decorando le lettere e dotandole di occhi, bocca, braccia, ali e zampe, finchè avevano assunto ciascuna una personalità precisa: lettere timide, altre sbruffone o minacciose, una A dai lunghi capelli che rideva, la D panciona, la Q con una sigaretta tra le labbra. Caterina aveva disegnato animali con un numero spropositato di zampe, e di tentacoli, corna, zanne e criniere. Quelli di Agnese erano garbugli senza senso ma pieni di furia, come se usasse il gesso per scavare invece che per colorare. Lo strofinava in tondo cento volte e l'avrebbe ridotto a un mozzicone se non si fosse stufata prima. Strano che non avesse scelto i soliti colori vivaci, bensì i gessetti che erano ancora sani, il marrone e il nero, sicché i suoi grovigli alla fine sembravano formicai aperti nel cemento.

Se li ricordava bene, Costanza, quei disegni, anche perché, una volta rientrato a casa, Nanni li aveva trovati molto belli, specialmente le scritte animate di Maria, e aveva riempito di complimenti le bambine, senza però mettersi lì, seduto per terra insieme a loro, a farne degli altri. Ma il giorno dopo quelle sghembe opere d'arte erano sparite, perché lui la mattina presto, prima di recarsi a scuola, aveva lavato il vialetto con il tubo dell'acqua e le aveva cancellate.

Uno di quei fatti da nulla che potrebbero dire qualcosa a chi avesse la pazienza di decifrarli.

La frase scritta da Maria doveva essere particolare,

quando l'aveva letta Costanza aveva infatti cercato di imprimersela nella memoria, ma come moltissime delle cose che dicevano o facevano le sue figlie, e di cui lì per lì si era ripromessa «questa dovrei scrivermela», venivano quasi immediatamente scordate, sommerse da una nuova ondata di cose buffe o commoventi o fastidiose, curiose storpiature e inattese saggezze – insomma, il classico repertorio dei detti infantili.

«Penso di sì, dovremmo averli, dei gessi per colorare» ipotizzò Costanza. «Altrimenti, se serve, posso comperarli...»

«No, devono essere della bambina. Oggetti personali. O almeno, deve averli già usati lei, con le sue mani, averli toccati e fatti suoi. Se non li trovi e hai bisogno di comperarli, faglieli adoperare, almeno una volta prima di tornare da me. E sennò porta una qualsiasi penna o matita che Agnese usa per scarabocchiare. Può essere importante...»

Intervenne allora Agnese: «Non preoccuparti, ci penso io. Mamma ha altre cose in testa».

## 7.

Agnese era nata prematura, di sette mesi. Eppure, come se avessero esaurito le scorte di apprensione e sollecitudine allevando sua sorella Caterina, che durante i primi due anni di vita vomitava praticamente tutto quel che mangiava, i genitori non si diedero molto pensiero per la nuova arrivata. Se il salto nell'ignoto per Costanza e Nanni era stato avere la prima figlia, e un'enorme differenza nel loro treno di vita si era di nuovo creata con la nascita della seconda (chiunque abbia dei figli capirà il perché senza che si debba spiegarlo, e lo intuiscono anche quelli che per le medesime ragioni evitano di averli), nel momento in cui venne al mondo Agnese gli argini erano definitivamente rotti, la vita che conducevano non assomigliava più in nulla a quella di due innamorati, o, comunque, di due persone libere e indipendenti, la baraonda familiare era tale da poter accogliere nuovi membri senza che si notassero grandi trasformazioni o si infrangessero abitudini che non fossero già state spazzate via da tempo. Cambiava il numero ma non la sostanza. Prima che iniziassero a manifestarsi i problemi di cui si è detto all'inizio di questo capitolo, Agnese sembrava davvero una bambina facile, era spesso di buonumore, mangiava e dormiva, non si ammalava quasi mai o, nel caso, si rimetteva in pochi giorni. Nanni non aveva mai dovuto passare notti in bianco accanto al suo lettino, tentando con qualsiasi mezzo di abbassarle la temperatura, come gli era toccato con le prime due, specialmente Maria, alla quale venivano le convulsioni anche con poche linee di febbre. Perdipiù Agnese era molto, molto graziosa, tanto da attirare i commenti di chiunque la incontrasse per strada, che non poteva trattenersi dal notare quanto fosse bella, e dolce, e sbarazzina, e un po' birbona, e via con i complimenti e i vezzeggiativi, le guance rosse, gli occhi ridarelli, la treccia che le ballava sulla schiena… faccetta furba, principessina, fiorellino, tutta-la-mamma, da-mettere-in-cornice. Divenne popolarissima all'asilo, la cocca delle maestre, mentre le mamme dei compagni se la contendevano per portarsela a casa nel doposcuola. Parlava poco ma sorrideva molto. E il fatto di non doversi preoccupare per lei aveva migliorato i rapporti tra i suoi genitori, aveva concesso loro un po' di tregua, cioè quello di cui sopra ogni cosa Costanza sentiva il bisogno.

Ma come spesso succede, i vantaggi iniziali si scontano in seguito. Appena fu un po' più grande, Agnese si rivelò testarda. Anzi, irriducibile. Dell'esiguo linguaggio che aveva appreso si serviva quasi solo al negativo. Iniziò a dire di no praticamente a tutto: proposte, offerte, avvertimenti, intimazioni. E lo diceva sempre sorridendo, per cui sembrava prendersi gioco dell'interlocutore, ma in modo soave e dunque non punibile. Infatti i consueti appellativi «bambolina» o «zucchero», vennero sostituiti da «faccia da schiaffi» e «impunita», che nella città meridionale dove vivevano gli Zingone, e forse solo lì, è un termine rivestito di una particolare coloritura benevolente, come dire, di indulgenza, designando un piccolo furfante che riesce comunque a farla franca con le risorse della furbizia o della simpatia, insomma, è quasi una qualità e non un difetto. «Che impunita!» diceva di lei con un moto di stizza Giulia Mesones: ma nemmeno la burbera nonna riusciva a smuovere Agnese quando questa si impuntava. «Questa tua figlia è sul serio diabolica» aveva detto una volta Giulia a Costanza, senza immaginare quanto il suo commento acido si avvicinasse alla verità.

8.

Orion si preparò con scrupolo alla nuova seduta, a suo parere decisiva, con Agnese: restò digiuno fin dalla sera prima, come si fa in vista di un'operazione chirurgica o per prendere la comunione, non toccò alcol, nemmeno una birretta, per l'intera settimana che precedette l'incontro, ed è forse inutile precisare che si mantenne casto dato che non toccava una donna o un uomo da tempo immemorabile, né si lasciava toccare, al punto che in lui quel desiderio si era praticamente estinto. Non è che starò diventando un asceta? si era infatti chiesto, con una punta di ironia su se stesso, perché Orion era tutt'altro che un fanatico, e qui stava il suo bello, il motivo singolare della simpatia che aveva provato Costanza incontrando quel tipo dall'aspetto bizzarro e sgradevole che suscitava comunemente la voglia di stargli alla larga. A Costanza le persone simpatiche, ovvero quelle che tutti trovano molto simpatiche, di solito stavano antipatiche. Preferiva di gran lunga la franchezza alla seduzione, che quasi sempre si serve dell'inganno, ma sì, quella specie di incantesimo capace di prendere al laccio le persone, per poi imprigionarle, mentre Costanza amava restare autonoma, e visto che questo è impossibile, meglio scappar via, sottrarsi alla stretta.

Perciò aveva dato il suo assenso alla insolita richiesta di Orion, che per il prossimo incontro le aveva chiesto di accompagnare la bambina, lasciarli soli, e venire a riprendersela un'ora dopo.

«Se siamo in tre ci sono troppe interferenze. La stanza è piccola, il campo delle forze è opaco. È come se la tua presenza rivestisse Agnese con una corteccia spessa, robusta, quasi una corazza, che mi impedisce di vedere e di capire bene. Lei è già chiusa di suo, e insieme a te diventa impenetrabile. Siete tutt'e due molto forti, la bambina più ancora di te, lo sento. Troppo forti per me solo. Sarebbe come voler scavalcare la Muraglia Cinese. Ti fidi a lasciarmela per un'ora?»

«Se lei non fa storie...»

Quel giorno Agnese si presentò puntuale, aveva un vestitino giallo e i sandali. In mano la scatola dei famosi gessetti. Costanza si era solo affacciata alla porta dello studio per un cenno di saluto, poi la bambina e il mago erano rimasti soli. La luce lì dentro era tenuta ancora più bassa del solito e faceva piuttosto caldo. Agnese non sembrava affatto preoccupata o inquieta di essere affidata a quello strano personaggio. Lui le parlava in tono amichevole, e la invitava a tirare dei gran respiri, lenti e profondi, insieme a lui, per prepararsi. A cosa?

«Sono pronta, io» gli disse. «Sono sempre pronta» e gli sorrise nel solito modo incantevole.

Orion ne fu compiaciuto, si era reso conto fin dal precedente contatto delle facoltà della bambina, ma prima di parlarne con la madre voleva saggiarle, per vedere fin dove potevano spingersi, o meglio, fin dove poteva spingersi lui grazie a quella bambina speciale. Si procede sempre per tentativi, spostando il limite un poco più in là, più in là, fino a un punto oltre il quale si rischia che non vi sia più ritorno. E appunto per questo, lo si oltrepassa. Orion non si sarebbe mai più accontentato di bordeggiare a poche miglia dalla costa, voleva puntare dritto verso il mare aperto e navigarlo, correrne i rischi, per poi approdare in qualche terra ignota. Altrimenti perché dedicarsi al soprannaturale? Per trovare qualcosa, non è necessario e non è possibile sapere in anticipo cosa sia, lo si può solo immaginare, e incamminarsi per la strada che forse vi conduce.

Sistemò le sedie una accanto all'altra. Poi pregò Agnese di tirare fuori un gesso dalla scatola e tracciare per terra un cerchio che girasse intorno a loro. Lei ubbidì volentieri. Scelse un gesso rosso. Orion non rimase affatto stupito quando si accorse che la bambina stava disegnando una circonferenza perfetta.

## 9.

«Ecco, adesso, Agnese, immagina che in questo cerchio ci siamo racchiusi non solo tu ed io, ma tutto il mondo, e quindi insieme a noi ci sono anche tua madre e tuo padre, le tue sorelle, tutti quanti, insomma. E però non ci si sta stretti, qui dentro, vero? C'è spazio, c'è spazio anche per i nostri pensieri e per le nostre fantasie. Ci sono le persone che vengono a visitarti la notte, mentre dormi, magari per farti una carezza, e quelle che ti immagini e che vorresti un giorno incontrare.»

Non appena il cerchio fu completato, Orion cominciò a sudare, a sudare dalla fronte, dal petto, dalle mani, e questo era il segnale che il rito stava procedendo per il verso giusto, o piuttosto, che procedeva, che avanzava, giusto o sbagliato che fosse, verso quale esito lui non era in grado di prevederlo, ma qualcosa stava per avvenire sul serio.

Le formule che permettono il passaggio verso questo mondo di ciò che proviene da un altro mondo erano entrate in azione. Egli notò un singolare fenomeno e per osservarlo meglio abbassò ulteriormente le luci dello studio.

Intorno al piccolo corpo di Agnese si andava formando una specie di luminescenza azzurrognola, che ondeggiava e vibrava come la luce di un apparecchio televisivo lasciato acceso in una stanza buia.

«Senti qualcosa di strano?» le chiese.

La bambina aprì le labbra ma da esse non uscì alcun suono. Aveva gli occhi chiusi, anzi, li teneva serrati come quando ci si vuole difendere da una improvvisa luce accecante.

«Vedi qualcosa? Dimmi Agnese, vedi qualcosa?»

Lei scosse la testa. Poi sillabò lentamente una frase misteriosa.

«Marita... pades... kofinas...»

«Che cosa? Dillo ancora.»

«Marita pades... kofinas.»

«E poi? Continua, ti prego.»

«Artau de asua.»

«Marita pades kofinas... artau de asua...» ripeté il mago, trasognato.

10.

Per un po' non accadde né fu detto altro, finché dalla bocca della bambina uscì una specie di filamento luminoso. Si contorceva e vibrava, si allungò fino alla parete e vi disegnò un rettangolo. Era alto un paio di metri e largo forse uno: sembrava l'intelaiatura di una porta, con gli stipiti e il montante fatti di una sottile lama di luce.

Poi la porta sulla parete parve aprirsi, poco alla volta, su di un vano oscuro e fumoso. Stagliate contro il buio, in basso, Orion vide apparire due piccole forme scintillanti, che gradualmente si fecero nette e distinte.

Erano due piedi nudi, bianchissimi, aggraziati, le dita sottili strette alla base da cerchietti dorati simili a fedi nuziali.

Orion li riconobbe: e l'emozione da cui fu invaso lo fece tremare di gioia e di paura.

Anni prima, recitando una complicata sequenza di formule, gli erano comparsi davanti, più di una volta, quei piedini, e l'avevano conquistato con la loro bellezza, ma invano egli aveva cercato di completare la figura a cui appartenevano, continuando a salmodiare le sue formule: lo spirito non gli si era mai mostrato per intero. Aveva moltiplicato i suoi esperimenti e i suoi studi per trovare la procedura adatta, ma i suoi tentativi erano andati a vuoto. Pochi minuti dopo essere apparse, muovendo appena le dita in un gesto di impazienza o di congedo, le soavi estremità della creatura si dissolvevano nel nulla. Malgrado il ripetuto fallimento, si era convinto che quello spirito fosse destinato a lui, solo a lui, legato da una sorta di pegno, come una sposa promessa, una sposa celeste, anche perché era oramai chiaro che uno come Orion non avrebbe mai trovato una compagna in questo mondo. Solo dalle alte sfere poteva scendere qualcuno a incontrarlo e amarlo…

«Lasciati vedere da me! Lasciati ammirare!» implorò Orion, con una voce che sgorgava direttamente dal cuore, scordandosi per un momento di seguire il protocollo dell'evocazione.

Ma il suo grido amoroso non sortì alcun effetto, com'era del resto prevedibile. L'immagine dei piedi miracolosi rimase identica a se stessa, anche se sembrò splendere di una luce più viva.

Orion capì che doveva procedere con cautela, gli appelli spontanei sarebbero rimasti inascoltati.

«Appari a me in tutta la tua bellezza, e in tutta la tua potenza, ma senza arrecare danni!» disse con la massima solennità di cui era capace.

Ma anche stavolta le formule già utilizzate si dimostrarono insufficienti. Occorreva sillabare parole diverse, parole incatenate tra loro, dire nomi, i santi nomi, emettere suoni appropriati, per liberare la strada dagli ostacoli che ancora la ingombravano. Perché l'evento si verificasse, occorreva desiderare ancora più fortemente che si verificasse, e credere con maggiore forza che si sarebbe verificato. Immaginazione, desiderio, fede: senza un desiderio bruciante e senza una fiducia illimitata, nulla mai accade, in questo mondo e in quell'altro. Affinché accada occorre immaginare, desiderare, credere. E ci voleva solennità, molta solennità, nel recitare le nuove formule, nuove quanto tremendamente antiche, e preziose, e sacre, e intoccabili, e paurose: il povero Orion non era affatto certo di esserne capace, di possederla sul serio, la solennità necessaria a renderle efficaci. Comparato a ciò che stava sperimentando adesso, ciò che aveva fatto fino a quel giorno nel suo modesto lavoro di mago era solo un gioco, un'insulsa serie di scherzi. E però le parole misteriose che fino ad allora aveva scandito con apprensione stavano in effetti causando un mutamento, non tanto in Agnese, quanto in lui, prima di tutto in lui. Pronunciandole, infatti, sentiva ardere ancora più forte un desiderio che non avrebbe provato così bruciante se non le avesse pronunciate.

«Oh, cuore mio! Magnifico spirito! Che la mia impurità possa essere compensata dalla mia dedizione. Solo per questo davanti a te taccio delle mie imperfezioni, che potrebbero disgustarti. Del resto, non ti chiedo di entrare nel mio mondo, ma, mostrandoti per intero, di aiutarmi a uscire dal mio, superando le barriere di fuoco, attraversando gli abissi, per congiungermi con te. Io sono troppo ottusamente chiuso nel mio essere, fa' in modo che ne esca, fa' che mi liberi dalla mia ottusità, e che guarisca dalla malattia del quotidiano. Poni fine alla mia tristezza. Accanto a te. Sì, accanto a te. Credo con tutto me stesso che solo accanto a te verrò a sapere e a essere cosa veramente io sono e so. E grazie a te potrò infine abbandonare l'isola sperduta nel mare di amarezza dove sono naufragato venendo al mondo, tanto tempo fa. So di essere da sempre tuo, e che tu sei destinato a me, o spirito, o mio sposo celeste.»

Poco alla volta l'incantesimo stava prendendo la forma di una preghiera, anzi, di una canzone, anzi, di una serenata amorosa.

11.

Orion era già esausto, aveva dato fondo alla scorta di energie fisiche e mentali, i nervi troppo tesi stavano per cedere. Ma il suo desiderio era ancora più forte e violento, si era mutato in una necessità. Ormai faceva quello sforzo per se stesso e non per Agnese. Era diventata lei il medium tra Orion e il mondo dell'invisibile in cui fino a quel giorno il mago era penetrato solo per qualche millimetro. L'immagine stagliata nella porta oscillava sul punto di svanire, com'era puntualmente accaduto le volte precedenti. Tentò un ultimo appello.

«Oh angeli, astri, anime, demoni, eroi!»

Quindi tacque aspettando qualche segnale.

«Angeli, astri, anime elette e anime dannate, larve e spettri, ascoltatemi!»

Ancora silenzio. I talloni della visione si staccarono leggermente da terra come se lo spirito si stesse levando in punta di piedi, il blu delle vene appena disegnato sulla pelle bianca, le caviglie sottili e meravigliose. Intanto, il viso di Agnese si era fatto più adulto, trasfigurato, ora sembrava quasi la donna che sarebbe diventata molti anni dopo, la copia di sua madre Costanza ma più bella, i tratti del volto perfezionati.

Finché una vocetta rispose a quelle invocazioni: «Ma insomma cosa vuoi, Orion?».

E poi un'altra, cupa, tenebrosa: «Perché ti agiti tanto?».

«Non ti è piaciuto fin qui giocare a questo gioco?»

Seguì un silenzio più denso di qualsiasi discorso.

«Provaci ancora una volta, Schiaparelli!» quindi una risata singhiozzante che terminò con un verso osceno.

«Per quanto mi riguarda, se ne può anche andare all'inferno...»

«Inutile. L'inferno è vuoto. L'hanno svuotato. Sono venuti qui. *Tutti*. A noi piace lo spettacolo.»

Quindi qualche bestemmia.

«Mamma! Papà! Dove siete andati? Salvatemi! Ho fastidio, qui sotto. Mi prude.»

«Grattati allora. A sangue!»

«Oh, miseria! Afflizione! Incubo! Agonia!»

A parlare erano state diverse voci dissonanti tra loro, una squillante l'altra rauca, una minacciosa e l'altra irridente. Provenivano dalle pareti della stanza.

«Andiamo, Orion, cos'è che vuoi?»

Il mago prese coraggio.

«Voglio che convinciate questo spirito a manifestarsi per intero, non solamente i suoi bellissimi piedini. La sua avvenenza ha da essere pari alla sua ritrosia, ma io so che è destinato a me.»

«Vuoi che ti aiutiamo? *Sicuro?*»

Quest'ultima era la voce di Agnese, ma come moltiplicata per dieci o per cento. La bambina aveva aperto gli occhi e si era levata in piedi, saltando giù dalla sedia, e ora sembrava cresciuta, alta il doppio di prima, e stesse ancora crescendo in altezza, mentre la sua voce si faceva assordante. Ovvio che si trattasse solo di un'allucinazione.

«Ne sei sicuro, Evandro? Dillo: è proprio *questo* che vuoi?»

Stavolta Orion provò una fitta di terrore nel sentire quella voce, anzi, quel coro di voci, e nel vedere la piccola Zingone che oramai era alta come lui e stampava dietro di sé una tetra, lunga, incombente ombra, a causa dello splendore emanato dalla porta magica aperta nel muro. Ma l'amore così a lungo covato verso lo spirito che vi si affacciava, ancora per quattro quinti invisibile, e la speranza di congiungersi finalmente a esso, e l'esaltazione causata da quel fenomeno grandioso che di colpo cancellava anni di letture della mano a trepide donnette, e pendolini e mappe astrali e tarocchi interpretati a casaccio e fandonie volte tuttalpiù a distogliere dei poveri idioti dal proposito di buttarsi dalla finestra – o meglio, che non le cancellava, non liquidava quelle mezze menzogne camuffate da profezie, bensì le riscattava, le autenticava, le rendeva utili e vere, rendendo perciò lo stesso Orion un essere meritevole di vivere la sua vita grama e di praticare la sua magia – queste esaltanti sensazioni lo spinsero a rispondere: «Sì! Sì! È *questo* che voglio, con tutto me stesso!».

L'onda di entusiasmo del momento gli fece scordare la formula cautelativa che immancabilmente doveva chiudere ogni evocazione: «... purché ciò non arrechi alcun danno».

«Accontentalo, allora, visto che lo desidera con tutto il cuore! Mostrati come sei davvero!» cantò all'unisono il coretto di voci.

Con un braccio lungo un metro e mezzo, Agnese indicò la porta magica, collegata a lei da una rete di filamenti azzurrognoli. Sopra e intorno ai piedini luminosi, simili alle forme che i bambini stampano sulla sabbia del bagnasciuga, e altrettanto labili, poiché basta un'ondata a dissolverle, apparvero, lampeggiarono qualche istante e subito sparirono alcune immagini incorporee: una lunga spada serpeggiante, una corona piena di punte, un falco o forse un gufo, una falce, un'oca, quindi altre figure che si contorcevano e cambiavano aspetto prima di riaffondare nel buio della porta. Una di queste sembrava una fanciulla ignuda che salta e corre, per poi incurvarsi e camminare a quattro zampe come una bestia. Orion avrebbe voluto soffermarsi su ciascuna di esse e interpretarne il messaggio, che doveva essere decisivo, erano segnali precisi quelli, ma ogni volta che era sul punto di afferrare il loro significato, quelli erano spariti.

Quindi dai piedini celestiali iniziarono a salire vorticando due colonne di corpuscoli luminosi, e poco a poco apparvero le gambe dello spirito che erano nerborute rispetto all'esilità delle caviglie su cui pesavano, e anche deformi, perché diversamente dalle umane, le sue ginocchia aguzze erano piegate all'indietro come quelle posteriori di una capra o un cane. E con la stessa fittezza del manto di un animale, a partire da metà coscia in su la figura, man mano che prendeva corpo davanti al mago e alla bambina, si andava ricoprendo di un vello scuro e riccio, sul ventre, e fino alle ascelle.

Non era precisamente quello che Orion si aspettava.

«Fermo! Non questo!» disse con una voce per nulla sicura di essere obbedita. Quindi preso da uno sconforto per lui assolutamente nuovo, pronunciò una formula di scongiuro che aveva tratto dal ricettario di magia ermetica, volta a interrompere e annullare l'evocazione di uno spirito prima che questo prendesse corpo. Per rafforzarne l'effetto, dopo averla recitata in latino, la ripeté in ebraico, in caldeo, in arabo, e in varie altre lingue, sperando che almeno una di queste ricevesse ascolto. Ma era troppo tardi: il fenomeno non poteva essere arrestato né invertito, come in un qualsiasi processo chimico la reazione stava avendo luogo, e non si sarebbe fermata fino al suo completamento.

La creatura proiettata fuori da Agnese era venuta alla luce per intero. Ed era orribile.

Aveva alla lontana la forma di un uomo, o più probabilmente di una donna, ma, a parte i piedi angelici, da *Mille e una notte*, e dunque anche loro innaturali, per il resto era la negazione di tutto ciò che potrebbe dirsi umano. Agnese sorrideva beatamente alla creatura uscita da lei, dalla sua mente, ma come se vedesse altro da quello che ci vedeva il mago: il quale aveva i capelli dritti in testa, il fiato mozzo, e una smorfia di orrore e disgusto dipinta sul viso.

## 12.

Com'era l'apparizione? Parlare del suo volto non si può, anche perché ai lati della testa calva e unta ne sporgevano altri due, che però, invece che umani, parevano musi di animale, forse di orso o di cane, pelosi e frementi. Ora che la sua figura era intera, si poteva notare che anche sulle ginocchia e dai gomiti spuntavano dei piccoli visi nerissimi e lucidi, d'ebano, con occhietti rossi e aguzzi dentini che mostravano digrignandoli e sghignazzando senza sosta, come se il massimo del divertimento lo trovassero nell'incutere terrore. Ma a far paura e al tempo stesso a ispirare pietà era specialmente il viso di mezzo. I suoi enormi occhi erano gonfi di lacrime, la testa calva incisa da profonde rughe di contrizione, e i denti sporgenti e malformati come quelli di un cinghiale sembravano essergli spuntati per una punizione divina, dandogli un dolore indicibile. Guardando Orion, e continuando a versare lacrime, la creatura pareva supplicarlo: «Ti prego, ti prego, strappameli con le tenaglie!».

Orion non osava posare gli occhi sul viso di quell'essere devastato dalla sofferenza, non tanto per la sua bruttezza, ma per la paura, anzi per la certezza di trovarvi rispecchiato il proprio dolore. Ora capisco, ecco cosa vuol dire trovare un'anima gemella! realizzò all'improvviso Orion, ed è una condanna, non un premio!

Una volta ripresosi un poco dallo spavento, cercò comunque un contatto con l'essere che gli era stato destinato. «Chiunque tu sia» gli disse, «sappi che anch'io, come te, soffro, in questa vita.»

Le lacrime che scendevano su quelle guance irsute raddoppiarono. Ma la voce che uscì dalla sua bocca mostruosa era delicata, femminile.

«Lo so, io ti conosco, Orion, ti conosco da prima che tu nascessi. Ma tu non soffri nemmeno la millesima parte di quel che soffro io. La mia anima è stata scelta per assorbire tutto il veleno del mondo, perciò ho mani e piedi così belli, e una voce così dolce, mentre il resto è spaventoso: per ingannare meglio, per illudere, per sedurre uno come te, così ingenuo. Ma sono stato io il primo a credere alle illusioni sul destino. I miei pensieri un tempo erano colmi di bellezza e bontà, e come tutti desideravo amore e comprensione, desideravo averli e darli, da te e a te. E ora che hai scoperto la verità, che entrambi l'abbiamo scoperta, trova il coraggio di guardarmi. Evandro, guardami, guardami bene!»

Sentendosi chiamare per nome, sebbene sgomento e senza forze, il mago alzò lo sguardo.

La creatura digrignava e arrotava l'uno sull'altro i denti ricurvi come se questo la aiutasse in qualche modo a sopportare il peso della pena che doveva durare da tempo immemorabile.

«Oh, Evandro, l'orrore che leggo nei tuoi occhi non è nulla comparato a quello che provo per me stesso. Ma tu hai un potere che forse non sai di avere, grazie al quale presto queste brucianti pene cesseranno.»

«Le tue... ma anche le mie?» chiese Orion. «Dimmelo, dunque! Anche le mie pene cesseranno?» ripeté con un tono che rivelava quanto la sua disperazione fosse profonda.

Ed ecco che, solo per un momento, l'apparizione si staccò dalla parete su cui si era spalancata la porta infernale; fino a quel momento si sarebbe detta a due dimensioni, ma acquistò profondità quando, uscendo dal muro, la sua mano sinistra si allungò fino ad afferrare il mago per un braccio, tentando di tirarlo e stringerlo a sé. Orion urlò per la paura e per il dolore, dato che la mano, anch'essa invero bianca e sottile come i piedini della creatura che l'avevano fatto innamorare, scottava come ferro arroventato su un braciere. Forse la sua intenzione non era di aggredirlo, forse voleva abbracciarlo, o chiedeva soccorso, ma il mago strillava e puntava i piedi, cercando di non uscire dal cerchio che Agnese aveva disegnato per terra.

«Ascoltami, allora!» gridò l'essere mostruoso, mollando all'improvviso la presa. «Ascoltami, Schiaparelli. Questa bambina era il tramite per manifestarmi a te. Solo per questo l'ho usata. Liberando me libererai anche lei. Quindi te stesso. Qual è la ragione per cui sono certo che tu possa intervenire a mio favore? Il fatto che sia così simile a me. Tu mi comprendi, perché sei uguale a me: un reietto, uno scarto della vita. Non sei padrone di nulla, come non lo sono io. Dei nostri poteri, che ad alcuni potranno sembrare formidabili, non sappiamo che farcene. Siamo due schiavi, e sulla nostra schiena portiamo il fardello di chissà quanti altri esseri. Ma presto se tu mi aiuti le mie pene saranno estinte, quindi sarà tuo compito trovare qualcuno che estingua le tue.»

«Anche le mie sofferenze troveranno una fine? Giuramelo» implorò il mago.

«Anche le tue, certo, e quelle di tutti. Sappi che sono stato io a sceglierti, sono io che ti ho chiamato, con la voce e con gli occhi di questa bambina. A mia volta, mille anni fa, venni scelto, non so perché, affinché rappresentassi l'infelicità, come durante la preparazione di uno spettacolo vengono distribuiti i ruoli agli attori che lo metteranno in scena. Il mio viso stupendo si mutò nell'attuale, i miei occhi si iniettarono di sangue, nelle mie giunture si aprirono delle bocche che da allora non cessano di strepitare e maledire. Ciò che muta si dissolve, ma io purtroppo non muto, ancora esisto, anche se ignoro a chi la mia dolorosa esistenza debba servire di insegnamento. Forse a nessuno, e dunque questa mia infelicità è tanto più crudele in quanto è gratuita. Non serve a niente.»

«Cosa vuoi, dunque?»

«Cessare di esistere. Questo solo io voglio» disse la creatura.

«Non capisco. Cosa dici?»

«Levami la vita, ti prego. Tu puoi farlo. Ti prego, fa che io smetta di soffrire. Uccidimi.»

## 13.

Orion non si riprese da quel giorno. Sul braccio dove l'entità l'aveva afferrato, restarono le tracce di un'ustione, lunghi segni violacei che erano in sovrannumero rispetto alle dita umane. Le piaghe non guarirono mai completamente. Ma non è nel corpo, già abbastanza martoriato, del mago, che durarono le conseguenze di quell'incontro straordinario, bensì nel suo spirito, anch'esso a dire il vero un campo di battaglia ben prima della seduta con Agnese Zingone. Come si è detto, non recuperò mai un minimo equilibrio. Era colto da terrori improvvisi e immotivati; divenne incapace di parlare senza che tra una frase e l'altra si inserisse, contro la sua volontà, una specie di risatina isterica, dovuta alla tensione nervosa che non riusciva mai a scaricarsi, e che prima di spegnersi si trasformava in un singulto penoso; ma soprattutto provava una tale ripugnanza a esercitare la sua professione di veggente che iniziò deliberatamente a rovesciare apposta le poche cose sensate che aveva da dire ai suoi clienti, come se volesse provocarli e invitarli a smascherarlo, «Ma sì, questo mago è solo un imbroglione, un venditore di fumo» pareva che li incoraggiasse a pensare. Sbagliava persino l'oroscopo più elementare, confondendo le caratteristiche dei segni zodiacali che conosce chiunque abbia sbirciato anche una volta sola l'apposita rubrica in fondo a qualche rivista, di quelle che si sfogliano dal parrucchiere. E infatti la sua clientela si diradò fino a scomparire; e una volta, da una donna che si era sentita presa in giro (Orion le aveva predetto la nascita di tre gemelli, a quarantotto anni!) ricevette la lezione definitiva: quella si ripresentò allo studio accompagnata dal marito, che lo pestò ben bene.

La cocente delusione amorosa fece il resto per distruggerlo.

Si convinse di aver smarrito le proprie facoltà mentali. Delle poche cose imparate a scuola, dov'era stato uno studente solitario e svogliato, due volte ripetente, gli tornò in mente una specie di filastrocca.

*Credete a chi n'ha fatto esperimento*
*che questo è 'l duol che tutti gli altri passa.*

Non esiste dolore più forte e profondo della pena amorosa. Ah quant'erano vere, quant'erano crudeli quelle parole, ora sì che le capiva.

E quanto è amaro perdere chi si era creduto di amare!

E tutto per un paio di piedini fatati, che smania, che illusione!

Orion alla fine si era piegato alla richiesta dello spirito, che implorava di essere soppresso. Mentre recitava una formula potente come un veleno, fu la volta del mago di versare lacrime. Provava più dolore lui della creatura che stava uccidendo. Sentendola agire poco alla volta su di sé, lo spirito per un istante sorrise, le sue zanne parvero accorciarsi e rientrare nella bocca che si era distesa in una smorfia non più di dolore, ma di sollievo, e dagli occhi iniettati di sangue le lacrime smisero di colare. Quindi si disgregò. La sua immagine poco alla volta si cancellò. Era finito nel nulla. Smise di vivere come un fuoco che si spegne. Si fece aiutare dalla morte. Malgrado l'orrore, Orion pianse amaramente la sua scomparsa. Sapeva che sarebbe rimasto per sempre solo.

Agnese invece uscì da quella drammatica seduta non molto cambiata, solo un poco più calma, più serena.

## 14.

Circa una settimana dopo l'ultima, drammatica seduta dal mago, la bambina volle saperne di più. «Mamma, ma chi era quel signore da cui mi hai portato? E perché ci siamo andati?»

«È uno che vede cose che noi non vediamo. In questo modo, aiuta le persone. Le guida.»

«E a me, mi ha aiutato?»

«Dimmelo tu, Agnese.»

Lo spirito che aveva abbandonato la bambina le aveva lasciato comunque la sua forza.

«Come ti senti?»

«Bene, mamma. Potrei spostare una montagna.»

«Addirittura!» Costanza sorrise, ma quella battuta confermava la particolarità della sua bambina, c'era qualcosa di strano, di unico in lei.

«E perché mai vorresti spostarla?»

«Per vedere la cosa che si nasconde *dietro*.»

E Agnese si fece seria.

# SECONDA PARTE

# Capitolo XIV

## *Veglia d'armi*

1.

Nico non può sapere che, terminato l'addestramento, sulla scelta della destinazione dove trascorrerà i restanti undici mesi di leva ha pesato l'intervento di suo padre, l'ambasciatore Quell. Freddo e calcolatore, elegante in modo impeccabile quanto impersonale, secondo alcuni totalmente disumano come del resto poco umano è il suo profilo scarnificato col ciuffo bianco sulla fronte altissima e il naso a becco, che ricorda quello di un rapace, mentre gira intorno lo sguardo fiero e mai sazio. Visto dall'esterno, costui potrebbe essere accusato di non muovere un dito per aiutare i suoi figli, Nico e Irene, anzi, di averli sempre trascurati o abbandonati, ma non è affatto vero: da autentico diplomatico egli preferisce agire con discrezione, all'insaputa di chi godrà i vantaggi o subirà le conseguenze del suo intervento, magari a distanza di qualche mese o anno da quando si è verificato, puntualmente. Le telefonate necessarie non le ha fatte lui di persona, figuriamoci: ad alzare la cornetta ci ha pensato il suo segretario personale, come ulteriore filtro (invece che indebolirsi, il potere si amplifica passando attraverso la quantità di diaframmi che ne misurano il rango, aumentando la distanza, come i portoni d'infilata che conducono alla stanza di un re o di un imperatore), ma è bastato che dall'altra parte del filo risuonasse il nome illustre dell'ambasciatore per far sì che un sottufficiale uscisse alla svelta da una porta del Ministero della Difesa con un foglietto in mano, scivolasse nel corridoio piastrellato di marmo per andare a bussare a un altro ufficio tre porte più in là, con una specie di segnale convenuto, due colpetti in rapida sequenza, pausa, un terzo colpo più deciso, affinché Nico si ritrovasse a servire nella più importante caserma della capitale, un posto tranquillo e ambitissimo, di soli uffici, dove imboscarsi, invece di essere sbattuto in qualche base sperduta o aeroporto in culo al Nordest, al Nordovest, al Sud o nelle isole, dove finiscono quelli privi di raccomandazioni. Perché suo padre ha fatto questo? Intendeva favorirlo, o proteggerlo? Proteggerlo da cosa? È preoccupato, l'ambasciatore, teme qualcosa per suo figlio? O ha voluto solo mettere alla prova il suo potere, e accertarsi che i suoi meccanismi fossero ben oliati, come quando, durante un'esercitazione, si fa scattare un piano di emergenza solo per verificare la prontezza dei tempi di reazione?

No, niente di tutto questo. E men che mai una mozione degli affetti. Si tratta piuttosto di un automatismo. L'ambasciatore non può fare a meno di mettersi in moto non appena ve ne siano le condizioni, ama correggere le traiettorie, riequilibrare le sorti, influenzare il destino altrui, sia che si tratti dei suoi figli come degli interessi della nazione o dell'Europa o piuttosto dell'intero pianeta. Senza alcun bisogno di ponderarlo a lungo, anzi agendo di puro istinto, tutto quello che crede sia in suo potere di fare lo fa, poiché è certo a priori che si tratti di iniziative giuste, o piuttosto, equanimi. Il vecchio Quell è convinto di essere un campione di equanimità ed equilibrio, lo sente, lo avverte come una missione in un mondo dove tutti gli altri, a suo vedere, sono pazzi furiosi o imbecilli o subdoli profittatori, le cui iniziative scriteriate occorre dunque tamponare, moderare, fin dove gli è possibile. Incapace di provare sentimenti come la tenerezza o il rimpianto nei confronti dei suoi figli, quei due sconosciuti, non può però tollerare che la loro esistenza sia interamente sottratta al suo controllo, per quanto esercitato dalla massima distanza possibile, per così dire, come un apparecchio telecomandato: quindi ne raddrizza il corso con interventi mirati di cui loro devono però restare all'oscuro. Nico probabilmente pensava di lavorare alla Minaudo per i suoi innegabili meriti, ma è stato in realtà suo padre a caldeggiarlo presso l'editore, almeno per un anno di prova; e appena uscita dal collegio svizzero Irene ora è ospite di amici nella città del Nord, che hanno il compito di tenere d'occhio i suoi comportamenti strambi.

Fatto sta che Nico è ben contento della nuova destinazione. Il comando presso cui presta servizio è un lungo edificio la cui facciata concava in mattoni occupa un'intera strada: dietro le lunghissime file di finestre è pieno di uffici dove perlopiù si lavorano pratiche: battere a macchina su uno spessore di quattro o cinque fogli alternati alla carta carbone, stampigliare violentemente bolli con l'aquila ad ali spalancate che è simbolo dell'arma, stilare minuziosi rapporti e imbustarli pur sapendo che nessuno dei destinatari sarà interessato a leggerli. Basterebbe un paio di ore di lavoro la mattina per sbrigarle, queste pratiche, sicché procedono tutti al rallentatore, come palombari in fondo al mare, in modo da diluire il compito e allungarlo fino all'ora di recarsi in mensa. Dopodiché se ne vanno a casa, perché tra gli ufficiali e gli avieri, nove su dieci sono locali e una casa ce l'hanno, genitori che li aspettano, gli ufficiali di carriera persino una moglie e una famiglia: stanchi morti proprio per aver combinato poco. L'improduttività affatica più di ogni cosa. Nico è nel numero ristretto di quelli che dormono in caserma, e però, trascorse le prime settimane di fastidio perché i cosiddetti «nonni» pretendevano di farlo marciare ogni notte a piedi nudi sul pavimento umido di urina delle latrine, trattamento riservato a lui e una mezza dozzina di reclute, la cosa in fondo non gli dispiace. Quando rimette piede in caserma la sera, davvero è come se tornasse a casa, alla casa che non ha, e dunque la caserma può benissimo farne le funzioni, e quei disgraziati dei nonni assumere il ruolo provvisorio di fratelli, al tempo stesso maggiori e minori.

Sono perlopiù isolani e prima ancora che aprano bocca lo si capisce dai cognomi che finiscono in u: Orru, Mattu, Offeddu, e poi Atzeni, Pintus, Murgia. La ragione perché si ritrovano lì è sempre la stessa. Si tratta di disertori, una parola grossa in tempo di guerra, mentre in tempo di pace la diserzione funziona così: prendi una licenza per tornare a casa, sull'isola, e al termine dei tre giorni (o cinque giorni, tenendo conto delle difficoltà per arrivarci, tra treni e navi e corriere) proprio non ce la fai ad andartene, non ti ripresenti in caserma, al contrappello risulti assente, passa al massimo un giorno e parte appunto la denuncia per diserzione, dalla caserma di servizio arriva al comando centrale dove è assegnato Nico, e da lì a quello dei carabinieri. Questi telegrafano alla stazione del paesino dove abita il disertore e i carabinieri locali lo vanno a pescare: quasi sempre lo trovano a casa sua, a letto, in pigiama, non ha minimamente pensato di darsi alla macchia com'è la tradizione dei banditi locali, macché, è stupito, non capisce, nasconde la faccia col cuscino, magari scoppia a piangere per la tristezza o per la rabbia mentre lo portano via, un po' come Pinocchio, in mezzo ai militi. Quindi ha luogo il processo per direttissima, che dura sì e no mezz'ora, e il carcere militare in una fortezza borbonica da cui si vedrebbe il mare se la cella non prendesse luce dalle bocche di lupo poste troppo in alto: Orru dovrebbe farsi un anno o due di galera, ma sei mesi dopo è fuori, per modo di dire, poiché viene riassegnato in qualche caserma dove farà lo sguattero e monterà di guardia un giorno sì uno no mentre i raccomandati escono alle due per tornare a casa da mamma e papà: e la beffa è che il suo servizio di leva ripartirà esattamente dal giorno in cui è stato interrotto dalla diserzione, i mesi passati in galera non vengono mica conteggiati, sarebbe troppo facile, sennò avrebbe quasi finito… (ma questo l'abbiamo già raccontato a proposito dell'aviere Boccadoro).

Ora nel giro di qualche settimana Nico ha sufficientemente familiarizzato coi disertori affinché lo lascino campare, gli permettano almeno di dormire in pace. Basta coi rituali di iniziazione a base di urlacci ed escrementi. Ecco, forse non sarà capace di stringere solide amicizie, o duraturi sodalizi umani, Nico, ma scendere a patti sì, gli viene istintivo. Diminuire le tensioni mostrando che non giovano a nessuno, questa la strada di ogni trattativa. Non potendo distruggere gli ostacoli, aggirarli. In questa città pigra e cinica, chi è intenzionato a raggiungere un accordo esordisce con un «Famo a capisse» – espressione poco elegante, ma in effetti sta tutto lì il segreto della convivenza, nel provare a capirsi. Magari continuare pure a detestarsi, però capirsi. Serve sempre, capirsi. E lui quei piccoletti dalla fronte bassa e i grandi occhi bistrati, luccicanti e un po' folli, li capisce benissimo. Li ha perdonati in fretta per averlo umiliato durante le prime notti in caserma, o meglio, non li ha affatto perdonati, ma, appunto, è quasi subito sceso a patti con l'esperienza sciocca quanto sgradevole di essere stato sottomesso alla ripicca di quei prepotenti, che per rivalsa lo hanno obbligato a spogliarsi nudo e a baciare un arnese di legno, una specie di bastone pieno di tacche colorate, il loro feticcio, giurando di esservi fedele. Quella cerimonia bislacca, ripetuta per varie notti di seguito, e che durava anche un paio d'ore, be', a lui già sembra una cosa lontana, accaduta a un altro, oppure fatta propria, accantonata e classificata tra «le cose della vita» che non lo riguardano più, pur di passare ad altro. Questo perché comprende perfettamente la frustrazione di quei disgraziati privi di qualsiasi potere, se non quello di far marciare qualche figlio di papà nelle pozzanghere delle latrine, tra le strisce di linoleum scollate, approfittando dell'occasione propizia, visto che a breve le gerarchie verranno ristabilite e il rapporto tra dominanti e dominati tornerà uguale a prima. È l'unica chance che hanno i reietti di mettere sotto i pallidi figli delle famiglie abbienti. Li capisce benissimo, Nico, ed è questa da sempre la sua principale dote e da sempre il suo problema: capire, capire tutto e tutti, capire troppo, e dunque giustificare. Capire vuole dire alla fine accettare, contemplare, scambiarsi di ruolo dopodiché astrarsi, sollevarsi sopra la realtà contingente invece di restarvi ancorati, vuol dire rinunciare alle rimostranze per guardare avanti, o comunque altrove, e su questa base Nico e i forzati della caserma si sono intesi. Fare la lagna non serve, o meglio, la si può fare una volta e poi basta. Tra di loro non vi era nessuno di particolarmente sadico, e non insistettero con i soprusi, o gli venne a noia infliggerli a uno così. E Nico venne accettato.

Considerando il mucchio di soperchierie e assurdità a cui gli toccava assistere da quando era partito militare, un giorno gli venne un'idea. Era rischiosa ma divertente. Valeva la pena, forse, metterla in pratica. Una specie di risarcimento. Non aveva nulla della rivendicazione politica, in sé, piuttosto un piccolo risvolto anarcoide. L'ufficio a cui era stato assegnato perché sapeva battere a macchina, usando solo due dita ma alla svelta, era appunto quello dove arrivavano da ogni parte dello Stivale le segnalazioni del mancato rientro di un aviere in caserma. Il lavoro era semplice e meccanico: occorreva compilare una specie di modulo di accompagnamento, cioè la vera e propria denuncia, timbrarlo, farlo firmare a un certo tenente maggiore, poi incartare il tutto e portarlo di persona al comando dei carabinieri che distava cinquecento metri dalla caserma, svoltando un paio di volte in quel quartiere costruito a scacchiera, di grandi viali alberati e palazzoni dal disegno monocorde. Data la lentezza della posta e la vicinanza fisica dei carabinieri, la busta era preferibile consegnarla a mano, un compito gradito perché permetteva al corriere di turno di farsi tre quarti d'ora di passeggiata fuori dalla caserma, magari sostando a fumarsi una sigaretta lungo il muro di cinta di un liceo e dare una sbirciata, attraverso aperture decorative, alle ragazze in tuta che giocavano a pallavolo nel cortile. Vista l'importanza e l'ufficialità del compito, Nico era riuscito a convincere il tenente che a portare quella busta gialla dovessero essere in due, il corriere e un suo accompagnatore, e il superiore aveva curiosamente accondisceso forse per levarsi entrambi dai piedi nell'ufficetto di pochi metri quadri; eccone un altro, il tenente ancora giovane però già brizzolato, che li capiva, capiva tutto, capiva benissimo la noia di quelle giornate dato che per lui sarebbero andate avanti sempre identiche non uno, ma ancora trent'anni – a meno che, chissà, scoppiasse qualche guerra, a rompere la monotonia. «Andate fuori dalle scatole, voi due» gli aveva detto il tenente Proietto e loro avevano afferrato la busta sulla scrivania e accennato un saluto sfiorando con due dita il sopracciglio destro.

Il compagno di Nico era un tipetto pauroso di nome Valerio Muratori, con i capelli rossi già parecchio ricresciuti dal primo taglio e le lentiggini, che certi giorni si notavano di più sulla sua faccia esangue. Era uno di quelli che era stato più bersagliato dagli scherzi in camerata, spinti oltre il confine del sopruso, le prime notti, e ne era rimasto segnato, specie da quella volta che i nonni lo avevano chiuso nell'armadietto e non avevano riaperto se non all'alba. Piccolo e magro, nell'armadietto c'era entrato facilmente, e docilmente, preso, più che dal terrore, dal fascino del potere che i nonni emanavano come divinità indie, piumate, sanguinarie – ma mai avrebbe pensato che ce l'avrebbero tenuto tutta la notte. Tutta la notte chiuso lì dentro, prima zitto e buono, poi a implorare che lo liberassero, quindi a piangere, con brevi singulti soffocati. Alla fine senza più forze aveva preso sonno in quella scomoda posizione, sicché quando avevano aperto lo sportello, che si era ormai fatto giorno, tra tante risate, era cascato fuori battendo una gran capocciata in terra, dove aveva continuato a dormire, esanime.

## 2.

Appena usciti si diressero subito verso il bel liceo classico a pochi passi dalla caserma, e si misero a sbirciare dalle finestrelle nel muro di cinta scrostato quello che succedeva lì dentro. Normalmente lo facevano con grandi sospironi di invidia, come se loro fossero due vecchi e spiassero la bella spensierata gioventù con pensierini languidi o concupiscenti: bastava quella balorda divisa azzurrina e i capelli tagliati corti a scaraventarli anni luce lontani da liceali che avevano solo qualche anno meno di loro. Malgrado fossero assolutamente privi di spirito militaresco, sentivano loro per primi quanto fosse marcata la differenza con gli altri ragazzi: però, rispetto al tempo in cui i soldati si sentivano parte onorata della società e in un certo senso superiori a essa, e l'uomo in divisa guardava il borghese con un certo disprezzo o compatimento, adesso accadeva l'esatto contrario. Quando Nico verrà congedato al termine dell'anno di leva, al momento di riconsegnare la divisa gli verrà chiesto se vuole tenersi qualcosa, bastava pagare poche lire, specialmente gli anfibi che sono scarponcini robusti e da lì a poco diventeranno persino alla moda: ma lui restituirà tutto quanto, anzi, lo butterà alla rinfusa sul bancone del magazzino, come ci si libera di panni infetti per bruciarli, dicendo al furiere che gli aveva proposto il riscatto: «Guarda, non ci sputo sopra solo perché non mi pare giusto che ti ci sporchi le mani».

E ora, dunque, davanti a quella scuola si sentivano come mendicanti, o schiavi fuggitivi – e la divisa il loro marchio.

Ma oggi c'è qualcosa di diverso, un'aria sospesa. La scuola non sembra essere né chiusa né aperta, sopra il portone penzola un lenzuolo con scritto sopra il nome del liceo seguito da grandi lettere maiuscole e un trattino tra le sillabe, OC-CU-PA-TO, come uno slogan scandito in una manifestazione. Il portone è aperto ma ostruito, tranne che per uno stretto passaggio laterale, da alcune file di banchi accatastati, e sotto la scalinata che conduce all'ingresso sono disposte una ventina di sedie a semicerchio, con sopra ragazzi e ragazze ognuno in una posa diversa, chi seduto a cosce larghe con la spalliera rivolta in avanti, chi sulla spalliera, un po' in bilico, chi sdraiato su tre seggiole accostate con lo sguardo rivolto al cielo, però alzandosi spesso, scambiandosi di posto o gesticolando, specie le ragazze, che hanno tutte i capelli lunghi, neri o castani, e da lontano sembrano tutte carine e però nervose, non stanno mai ferme, frugano nelle borse, fumano, levano un braccio o scuotono la testa perché non sembrano convinte di quanto va dicendo l'oratore in piedi al centro del semicerchio, un tipo dalla chioma crespa con un pullover rosso sotto la giacchetta, che anche lui agita parecchio le mani mentre parla.

«Non riesco a sentire, cosa stanno facendo?» chiese Valerio.

«Immagino una lezione autogestita.»

«E cioè?»

«Una lezione tenuta dagli studenti invece che dai professori» spiegò pazientemente Nico, che non smetteva di stupirsi dell'ingenuità del suo commilitone. «Ma scusa tu non l'hai mai fatta, un'occupazione?»

«No. Io stavo al professionale, non ci saltava nemmeno in mente, figurati. Queste cose al mio paese non ci sono mai arrivate.»

Valerio veniva da una zona dello Stivale dove una volta si diceva che nemmeno Cristo avesse avuto il coraggio di spingersi.

«Ho il diploma di odontotecnico. Lì le lezioni non ce le potevamo mica far da soli. E tu, Nico, l'hai mai occupata la tua scuola?»

«Io? Io, Vale, stavo in collegio. In un certo senso sono sempre stato in collegio, tutta la mia vita, e anche adesso. Per questo in fondo la vita di caserma ha per me ben poco di nuovo, è come se la conoscessi già...»

«Guarda quella!» esclamò Muratori risucchiando l'aria, scosso da un improvviso entusiasmo che lo accese in viso, «guarda quanto è carina, madonna santa, se è carina...!» e accennò a una ragazza che, forse stufa di stare ad ascoltare il tipo dall'aria saccente, si era alzata e si sgranchiva le gambe aggirandosi alle spalle degli uditori.

«Dai, vieni qui... vieni qui, bella, avvicinati» pregò sottovoce Valerio, giungendo le mani. «Fammi questo regalo, non rimanere lì... che ci stai a fare, vieni dalle nostre parti.» E in effetti come obbedendo a quel desiderio la ragazza si stava staccando dal gruppo degli occupanti, e camminando sovrappensiero, senza una direzione precisa, veniva verso il muro di cinta.

«Ma lascia perdere...» sussurrò Nico prendendo per la nuca l'altro aviere, in modo rude e affettuoso, come si fa coi gatti.

Valerio non lo stette a sentire «Ehi, pst, scusa...» chiamò la ragazza attraverso l'ovale del muro di cinta. Lei alzò la testa, si guardò intorno e avvistò i due avieri, la loro testa che spuntava oltre quella specie di oblò, poi si puntò un dito sul petto per assicurarsi che si stessero rivolgendo a lei.

«Sì, sì, tu, proprio tu, vieni...»

Era decisamente graziosa. Alta, i lunghi capelli lisci legati, ma non stretti, da un elastico poco sopra le spalle, indossava un abbondante pullover viola, pantaloni di fustagno color camoscio e scarpe da ginnastica slacciate. A tracolla portava una bisaccia di cuoio scolorito. Arrivò sorridendo vicino all'apertura del muro di cinta, e doveva essere in effetti molto alta, o il dislivello del cortile del liceo rispetto al marciapiedi esterno notevole, perché una volta aggrappatasi con entrambe le mani alla croce di ferro che sbarrava l'ovale, guardò dall'alto in basso i due ragazzi in divisa, che ci arrivavano appena in punta di piedi.

«Siete a spasso?»

«Siamo in missione» scherzò Vale.

«Quale missione?»

«Top secret.»

«Che strani i vostri cappelli. Li avete tutti così?»

Vale annuì accennando un abbozzo di saluto militare. Nico si strappò dalla testa la bustina, che in effetti poteva sembrare un po' ridicola.

«Me la fai provare?» gli chiese la ragazza.

Ecco, ci risiamo, non so resistere, cedo di schianto, pensò

Nico, come se la ragazza gli avesse chiesto l'anima e non soltanto il copricapo. Glielo passò attraverso il pertugio e lei se lo mise, un po' di traverso. Inutile dire che a lei stava benissimo.

«Posso tenerlo?»

«Ehm… temo di no, ho solo quello.»

«Se rientriamo a capo scoperto, ci appioppano una bella punizione» spiegò Valerio. «Vedi, guarda la mia bustina, ci ha scritto il nome dentro» e si scoprì, mostrando la testa di ricci rossi non regolamentari. Il suo cognome l'aveva stampato usando l'etichettatrice dell'ufficio: MURATORI.

«Peccato!» disse lei, e restituì la bustina attraverso le sbarre, tenendola con due dita come la moneta di un'elemosina. Nico notò i numerosi anelli sulla mano della ragazza e si chiese se fossero di bigiotteria. Avevano forme curiose e grossi castoni, con pietre trasparenti di vari colori; uno si arrotolava attorno al pollice come il serpente attorno all'Albero della Conoscenza. La ragazza si accorse dell'attenzione e non ritirò subito la mano, ma la lasciò ondeggiare all'altezza del viso dei due avieri, leggermente flessa, come quando ci si aspetta che venga baciata.

«Ti piacciono eh? Gli anelli, dico.»

«Be' sì, molto.»

«Anche a me» si affrettò ad aggiungere Valerio, «si vede che sono preziosi…»

«Per niente, invece. Li fa mia sorella. Diciamo che sono preziosi se ti piacciono.»

Pur di non riconoscere il suo abbaglio, Valerio ne approfittò. «Allora per me sono molto preziosi.»

«Se ti interessa, posso dirti dove puoi comprarne uno. Così, per fare un regalo.»

«A chi?»

«Che ne so, alla tua ragazza.»

«No, no, niente ragazza…» si schermì Valerio mentre le lentiggini sulle guance si infiammavano di imbarazzo. «Eh, magari...» e questa aggiunta fece ridere la bella studentessa, ma era un riso di compatimento piuttosto che di simpatia.

«Come ti chiami?» chiese Nico, per spezzare quello stallo.

«Chiara.»

«Chiara e poi?»

«Chiara e basta. Voi due, invece?»

«Valerio.»

«Nico.»

«Oh! Nico e Valerio, che carini, insieme. Ora però torno dai compagni.»

«No, un momento, aspetta. Che state facendo lì?»

Chiara sbadigliò e frugò nella bisaccia alla ricerca di sigarette e accendino, ma Valerio estrasse in modo fulmineo il pacchetto dal taschino della giacca, e scuotendolo per farne fuoriuscire un paio, glielo porse.

La ragazza accolse l'offerta con una piccola smorfia di sufficienza. «Grazie ma non fanno per me.»

«Troppo forti, eh?»

«Al contrario, non sanno di niente» e si accese una spessa sigaretta senza filtro, levandosi poi un pezzetto di tabacco che le era rimasto sulla punta della lingua.

«Dai, Vale, è ora che andiamo» disse Nico mettendo una mano sulla spalla di Muratori.

«No, un momento, voglio sapere cosa stanno facendo invece delle solite lezioni» e chiese a Chiara di spiegarglielo.

«C'è quel tipo là, lo vedi?» e indicò il conferenziere col maglione rosso sotto la giacca. In quel momento stava lasciando spazio a delle domande, che forse però erano contestazioni. Tra gli ascoltatori c'erano infatti un paio di ragazze scarmigliate, che si erano alzate in piedi e gli stavano rinfacciando qualcosa a voce alta. «È uno dell'università, che parla dei movimenti studenteschi.»

«Cioè? Cosa dice?»

«Dice che sono il sale della società. Senza i movimenti giovanili, la società starebbe ferma, immobile, appunto. Sarebbe una minestra sciapa.»

«Tutto qui?»

«Non sono riuscita a capire di più.»

«E tu sei d'accordo?»

«Io non sono quasi mai d'accordo, per principio, su nulla, e con nessuno.»

Nico apprezzò la risposta e pensò che, in fondo, non doveva esserci poi questa grande differenza tra il tipo che era venuto a far lezione, invitato dagli studenti, e un qualsiasi passabile professore di lettere, com'era il suo amico Nanni, ad esempio, che avrebbe potuto fare benissimo lo stesso: dunque, non doveva essere quella la vera ragione per occupare la scuola. Lui non si era mai occupato di politica, neanche per un minuto o un pensiero – e di quei tempi tra i suoi coetanei era una bella eccezione.

«Ma quanti giorni sono che occupate?» riprese Muratori, sinceramente interessato.

«Oggi è il terzo.»

«La notte dormite lì?»

«Ovvio, se no che occupazione sarebbe?»

«E quanto contate di andare avanti?»

Chiara sorrise mostrando un'insolente fessura tra gli incisivi di sopra, poi fece uno sbuffo, sia che non sapesse cosa rispondere di preciso sia che la domanda la trovasse sciocca.

«Dipende. Finché ci sgomberano, direi. O quando cominciamo ad annoiarci.»

«Noi comunque stiamo in caserma qui a due passi. Magari ci si rivede uno di questi giorni» buttò lì Muratori, usando un tono troppo umile e speranzoso per poter risultare convincente.

Di nuovo un sorriso della ragazza che sapeva un po' di scherno. «Chi lo sa» rispose sibillina, «chi può dirlo» ripeté. «Ma insomma, voi ce l'avete, un'arma, no? La sapete usare? E cos'è, un fucile, una pistola? Qualcosa con cui sparare, insomma.»

«Più o meno sì, dovremmo esserne capaci» disse Nico.

«Non è che abbiamo tutto questo addestramento...»

si lamentò Muratori. «Il fucile ce lo danno solo quando montiamo di guardia. E non è un fucile, ma un mitra.» Mimò il movimento di imbracciare l'arma e di esibirla nel presentat-arm.

«E avete mai sparato? Avete sparato a qualcuno?»

I due ragazzi si guardarono stupiti. Bisognava prendere sul serio quella domanda?

«Be', no, a una persona non abbiamo mai sparato. Perché mai avremmo dovuto farlo?» chiese Muratori, che voleva in ogni caso chiarire.

«Perché era un nemico. Altrimenti a cosa serve avere un fucile e imparare a usarlo, per andarci a caccia?»

«Io non ho nemici» affermò Valerio sicuro di quello che diceva.

«Io invece sì» disse lei, e spense la sua sigaretta contro le sbarre.

Nico preferiva assistere a questo ultimo scambio invece che parteciparvi. Vediamo dove si andrà a parare, pensò.

«Il nemico non dev'essere per forza un soldato di un Paese straniero. Quella è una contrapposizione inventata da chi governa, per distrarci da quella vera. E voi ne siete il perfetto esempio, con la divisa che portate» affermò Chiara con un'improvvisa e quasi brutale sicurezza. «In realtà, a rendere miserabile l'esistenza di un gran numero di persone sono proprio le persone che vivono tra di loro, nello stesso Paese, nella stessa città. Non ci avete mai pensato? Anche se si proteggono dietro muri e cancelli, e dentro le loro macchine blindate, e nei palazzi delle istituzioni, gli sfruttatori stanno in mezzo agli sfruttati, gli oppressori mescolati agli oppressi. Con la scusa della democrazia e della pace. Non c'è neanche bisogno di fare grandi ricerche per individuarli, basta prendere un giornale e guardare le foto in prima pagina, o leggere i titoli, i nomi stanno tutti lì. Le liste sono già bell'e pronte. Non è difficile capirlo, quali sono i nemici.»

«Insomma, vuoi dire gli uomini del potere?» Augurandosi in cuor suo fosse adeguata, e bene accolta, Valerio usò probabilmente per la prima volta in vita sua l'espressione «uomini del potere», contro cui si era soliti sfogare la rabbia accumulata e lanciare accuse senza bisogno di ulteriori precisazioni.

Di nuovo quello sguardo e quel sorriso quasi di commiserazione da parte della ragazza nei confronti di Valerio e della sua innocente domanda. Nico non può che rilevare come quel lieve accento di disprezzo, e la sfrontata sicurezza del suo discorso nel porsi come un'evidenza priva di alternative, non fa che accrescere la sua già notevole bellezza, esattamente come il trucco pesante intorno a suoi occhi, che brillano attraversati da lampi di arroganza. Non è che si senta superiore: lei è *di fatto* superiore. Dunque inevitabile che abbia la meglio: è bella, sveglia, disinibita, feroce. Si stringe nel suo grosso pullover viola piuttosto soddisfatta del silenzio che ha creato con la sua perorazione.

Dal gruppo degli occupanti la stanno chiamando. «Che te la sei svignata?» strilla una di loro. Chiara invia un bacio con la punta delle dita e fa segno che sta per tornare.

«Comunque noi per di qui passiamo spesso, dunque...» insiste Valerio, che con la pazienza di un mulo abbassa la testa e continua a spingere malgrado le nerbate prese in pieno muso, «... può darsi che ci rivediamo, Chiara, no?»

«Può darsi» dice lei, «dopo che avrete finito di servire la patria» facendo l'occhiolino. Si tratta dell'ennesima ironia, e la porta lasciata aperta servirà solo ad accrescere la frustrazione quando Vale realizzerà che non c'era nessuna porta, c'era soltanto il muro. Non sono i discorsi fatti in precedenza ma questo riflesso istintivo e gratuito di malizia a riscuotere Nico dal suo (abituale, peraltro) ruolo di osservatore.

Mentre lei è già di spalle, lui la chiama di nuovo.

«Scusa, Chiara, un'ultima cosa... se non ti spiace.»

3.

«Adoro il tuo modo di ragionare, Chiara. E la tua consapevolezza. C'è un gran bisogno oggi di raddrizzare i torti che ci circondano. Tutti infatti vorrebbero punire qualcun altro, tutti sono convinti che occorrerebbe dare una lezione a qualcuno: e a chi si ostina a non capire, persino qualcosa di più di una lezione. Potrebbe essere persino giusto che a vendicarsi sia qualcuno che non ha subito nessun torto, se si convince a farlo nel nome di quelli che lo hanno subito. Non serve un coinvolgimento personale quando si ha una buona ragione collettiva. Così, alla fine, dovrebbe essere restaurato un certo equilibrio, almeno in teoria. Il male finalmente distribuito in modo uniforme, spalmato su tutti. Uno potrebbe pensare che sia il reddito a dover essere redistribuito: no, è il male, in parti uguali, sofferenza per tutti, questo l'obiettivo. Nessuno avrebbe il coraggio di lamentarsi di questo tipo di uguaglianza, altrimenti verrebbe punito all'istante. Non è una ragione tanto diversa da quella per cui ci hanno reclutato, e ci obbligano a indossare la divisa, cioè per difenderci dai nemici. Non è quello che dici anche tu, in fondo? Ma poi si scopre che la difesa è inutile perché il male era già penetrato, era già dentro, aveva preso il pieno controllo, ormai a combattere contro il nemico era il nemico stesso. Come quel personaggio della mitologia, ne hai mai sentito parlare? mi pare si chiamasse Erittone, così affamato che divorava ogni cosa intorno a sé, e che a forza di divorare tutto ha finito per mangiare anche se stesso. Quello che tu chiami nemico siamo noi, non sono altri. Sei tu il tuo nemico, Chiara. Lo so che per te risulta difficile odiare o disprezzare una ragazza strepitosa come tu in effetti sei, però sono sicuro che, sotto sotto, anche tu ti detesti, almeno un po'. Sai una cosa? Noi per primi ci facciamo schifo con addosso questa divisa, non sai con quanta pena la portiamo, ma tu con il tuo disprezzo ci hai quasi convinti a indossarla con orgoglio. E dubito che ti potrai sentire ancora più fica di quello che già sei se tra poco, quando ritorni tra i tuoi compagni, parlerai di noi come di due scemi, due poveracci. Ripensaci un secondo: potevi anche accettarla, la sigaretta di Valerio, no? non ti avrebbe mica contaminato, e fumartela con noi. E anche la sua proposta di rivederti, in fondo, cosa aveva di così grottesco? Fai uno sforzo di immaginazione. Una volta spogliato dalla divisa, Vale è un ragazzo davvero simpatico, pieno di risorse, te lo posso assicurare, e pure bellino, se hai occhio per riconoscere una bellezza che non sia vistosa come la tua. Io, ad esempio, ce l'ho, quest'occhio, e l'ho allenato, lo alleno ogni giorno. Sto imparando piano piano a prendere quello che c'è di bello intorno a me e a lasciar andare quello che ho di brutto dentro di me – che è parecchia roba, te lo assicuro. Non sai quanta merda ho dentro, non sai quanta ne produco ogni giorno, oh no, Chiara, non te lo immagini nemmeno. Ma provo a smaltirla. Forse anche tu sei uguale, e sai benissimo di essere piena di merda, però la lasci dove sta, tanto da fuori non si vede, e ti dedichi piuttosto a emettere giudizi sul mondo. Che non sono mica sbagliati, figuriamoci, i tuoi giudizi, la merda in effetti è ovunque, l'ingiustizia pure, la gente che meriterebbe di sparire dalla faccia della terra talmente tanta che se cominciasse a succedere, non so quanta ne resterebbe in circolazione... Ora però non ti trattengo, torna pure a dibattere con i tuoi compagni, mentre noi in caserma ramazziamo le foglie per evitare che intasino i tombini. Proprio come il tuo liceo, la naja è solo una fase della vita, assurda come un'altra, da percorrere senza fare troppe storie, poi ne arriverà una forse migliore Ti assicuro che risorgeremo anche noi un giorno dalle nostre spoglie mortali e allora saremo così splendenti e principeschi da meritarci che tu ci prenda in considerazione, almeno per un caffè insieme. E tu ti sarai dimenticata di averci già incontrati e snobbati, ma noi saremo così signorili da non fartelo pesare, anche perché non voglio precludermi l'idea e non voglio precluderla al mio caro compagno, già come vedi mezzo innamorato di te, che tu quel giorno vorrai manifestargli la tenerezza di cui sei indubbiamente capace, e che oggi hai deciso di mascherare dietro la tua stronzaggine – la quale, appunto, non è altro che una maschera. Una maschera molto, ma molto attraente.»

4.

Poi se n'erano andati. Per il resto del cammino Nico rimase zitto. Nemmeno Valerio disse una parola, turbato dall'aggressività del discorso con cui Nico aveva liquidato la ragazza. Chissà cosa aveva voluto dire, e perché: di solito era così tranquillo, riservato, e invece... ora appariva teso e insofferente. A nemmeno cento passi dalla destinazione si arrestò.

«Senti, ho deciso, Vale, io questo dispaccio non lo consegno.»

«Ma che dici, Nico?»

«Non mi va che questo Delogu finisca sotto processo. Non c'è una sola ragione perché si faccia la galera. Se resta a casa sua, cosa cambia?»

«Non cambia niente, d'accordo, ma noi che c'entriamo, scusa? Non siamo mica noi ad arrestarlo, saranno i carabinieri.»

«Sì, ma se oggi la denuncia non parte, non gli succede niente. E siamo noi a farla partire, se la consegniamo. Quindi non la consegniamo. Guarda un po'.»

Si fermò e sventolò la busta sotto il naso di Valerio reggendola per il bordo superiore con entrambe le mani, come se si apprestasse a stracciarla.

«Fermo, oh!» strillò Valerio, «non ho voglia di finire nei guai...!»

«Ma quali guai? A quelli, gliene frega così poco che nemmeno ci danno una ricevuta, quando la consegniamo. Vedrai che non se ne accorge nessuno.»

«Ma quanto vuoi che duri questo trucco? Una settimana? Due settimane? Poi dalla caserma si informeranno, vorranno sapere che fine ha fatto il disertore...»

«Appunto, e dovrà ripartire tutto da capo. Ci vorrà un mese, forse di più, lo sai come vanno a rilento queste cose. E dove arriverà la nuova segnalazione? Sempre al nostro ufficio. È normale che qualche scartoffia vada smarrita, no? Intanto Delogu se ne rimane a casa sua...»

Anche se il discorso di Nico aveva una sua logica, Valerio non se ne dava ragione. Aveva paura di finirci lui a processo, al tribunale militare, invece dell'isolano disertore.

«Ma come può pensare di farla franca, quello là?»

«Non importa. Secondo me non pensa nulla. Magari ai suoi genitori ha detto di essere stato congedato. Del resto gli mancavano solo due mesi per finire.»

«Appunto! E non ce la faceva a resistere altri due mesi? Bel coglione, il tuo Delogu!»

«Probabilmente lo è, un coglione, ma questo non cambia niente. Noi intanto infiliamo un sassolino nell'ingranaggio. Che poi è lo stesso in cui ci troviamo noi.»

«Un sassolino... nell'ingranaggio? Quale ingranaggio? E perché mai? Se poi ci beccano? Nico, non ne vale la pena. In fondo chi lo conosce a questo... a questo Delogu? Dai, su, Nico, molliamo 'sta busta alla svelta e torniamo in caserma, Proietto si starà già chiedendo che fine abbiamo fatto, è quasi un'ora che siamo via.»

Quell scoppiò a ridere. «Proietto? Guarda che Proietto se ne frega. È peggio di noi, anzi, no, è *come* noi. Credi che gliene importi qualcosa di quello che facciamo o che non facciamo? Lui deve solo timbrare il cartellino e portare a casa lo stipendio. È strano, che fino adesso io non abbia ancora incontrato qualcuno che abbia un briciolo di spirito militare, qua dentro. Dico, uno che sia uno. È come stare in un ministero: impiegati che tirano la carretta e si imboscano alla minima occasione. Ed è per tenere in piedi e onorare questo baraccone, che uno dovrebbe finire in galera? Dove starebbe la colpa, o il danno? A me non va di contribuire a questo sistema di cose.»

«E così pensi di abbatterlo? Buttando nel cestino un rapporto? È un gesto isolato, che non cambia nulla. E può sembrare che tu lo faccia per salvare il culo a quel tale Delogu, ma in realtà di lui te ne frega poco o nulla, vero, Nico? Lo fai per provare qualche brivido.»

«Certo, è così, a me di Delogu non mi importa un accidente, il singolo caso conta poco, ma non è affatto come credi, anche io sono convinto di contare poco, o forse niente, però ho la possibilità concreta di mettere un bastone tra le ruote di questa macchina assurda. Il mio bastoncino. E visto che posso farlo, lo faccio.» E riafferrata la busta la stracciò in due, e poi in quattro pezzi, lentamente.

«Nooo!» esclamò Muratori, poi, preso atto che era troppo tardi per rimediare, «e adesso?»

5.

Aveva ragione Nico. Nessuno si accorse mai di nulla. Dalle nostre parti, il ritardo nell'applicazione della legge, giusta o sbagliata che sia, viene considerato un fatto fisiologico. Le regole lampeggiano a intermittenza come lampadine che stanno per fulminarsi: a momenti accecano chi le guarda, a momenti gli permettono di eclissarsi nell'oscurità. Chi viene beccato avrà motivo di lamentarsi della sua sfortuna più che l'obbligo di riconoscere la propria colpa. Tanto, un po' a casaccio, prima o poi qualcosa arriva, ma l'effetto è così ritardato che nel frattempo ci si è quasi scordati della causa, oramai troppo remota. Come se venissimo castigati oggi per la marmellata che abbiamo rubato da bambini: la giustificazione è che, nel frattempo, avremo di sicuro commesso qualche altro guaio per cui comunque la punizione è meritata.

Dopo quel giorno, Nico ripeté almeno una decina di volte il gesto libertario e sciocco di cestinare le denunce per diserzione, ma dovette farlo da solo: Muratori si rifiutava fermamente di accompagnarlo, avanzando la scusa del lavoro che aveva ancora da sbrigare. E quando invece era Muratori a uscire di caserma, si può stare certi che la consegna venne effettuata a regola d'arte. Se il tenente Proietto si accorse di qualcosa, fece finta di nulla, lasciò correre, esattamente il comportamento che Quell aveva pronosticato. Ma l'effetto, l'effetto sul piano pratico della sua disobbedienza, quale fu? Qualche settimana di libertà in più del ricercato, e in un paio di casi la sua resipiscenza, che dopo pochi giorni lo aveva convinto a rientrare in caserma di sua spontanea volontà, attenuante della quale, al processo, si volle tener conto per comminargli una pena più lieve. Tutto qui, ma bastava a dare un briciolo di senso a quelle giornate per il resto monotone, a quell'anno di vita perso per strada. L'unica altra variante era montare di guardia.

## 6.

Toccava ogni dieci giorni, quindi tre volte al mese. La scheda con i turni e i nomi dei precettati veniva affissa all'ingresso del comando. Capitava anche di dover montare di guardia presso un'altra caserma, distante nemmeno un chilometro da quella dove era assegnato Nico, e quel breve tragitto veniva percorso su un automezzo militare – non sarebbe stata una buona idea avere nove giovanotti armati a passeggio in mezzo alla gente. Tre erano i punti della caserma dove si montava di sentinella: la porta carraia, l'armeria, e la cassaforte che si trovava in un ambiente attiguo agli uffici. Quest'ultima postazione era la più desiderata dagli avieri che dovevano montare ma anche la più assurda: perché la sentinella, vestita e armata di tutto punto, con le giberne allacciate e il mitra in mano, si ritrovava al riparo, certo, e quindi al calduccio rispetto a chi montava alla porta carraia, però da solo in una stanza spoglia illuminata al neon, davanti a un massiccio e tetro parallelepipedo di ferro, la cassaforte, e il senso di irrealtà finiva per avere la meglio, specie durante i turni di notte. Nico era contento di montare lì di sentinella, perché non passava mai nessuno a fare un'ispezione, né il capoposto né qualche ufficiale fresco di nomina ancora scrupoloso, desideroso di mettersi in mostra comminando note disciplinari, perché la sentinella non aveva rispettato le consegne, non aveva intimato l'alt in modo corretto, scordandosene le formule o recitandole nell'ordine sbagliato, imbracciava l'arma in modo non regolamentare, era a testa scoperta o con la bustina di traverso – insomma, di ragioni per prendersi un richiamo ce n'erano a decine, ma lì nella stanza della cassaforte normalmente uno stava tranquillo, poteva trascorrere le sue due ore di guardia in perfetta solitudine, e da quando l'aveva capito Nico era solito nascondere un libro sotto la giubba, non distinguibile dal gonfiore delle giberne con dentro i due caricatori del mitra, e iniziato il turno lo tirava fuori e si metteva a leggerlo, dimenticandosi di dove si trovava grazie a quel passatempo. Così vinceva la noia e il sonno, fin quando venivano a dargli il cambio.

Le ventiquattro ore di guardia avevano inizio alle due di pomeriggio, quindi se si aveva assegnato il primo turno si montava dalle due alle quattro, dalle otto alle dieci di sera, poi di nuovo dalle due di notte alle quattro e infine a metà mattina dalle otto alle dieci – la fascia di massima irrequietezza, proprio perché l'ultima, al termine della quale occorreva aspettare altre quattro ore in branda sfogliando giornalini porno prima di staccare e andare a restituire armi e munizioni. Forse il peggior turno era però il secondo, smontavi a mezzanotte, ti buttavi in branda tutto vestito e con le scarpe ai piedi con la ferma intenzione di prendere subito sonno, ma era difficile, anzi impossibile, per cui ti rotolavi cambiando posizione con quelle cinghie che tiravano e la coperta ruvida come carta vetrata fin sotto il naso, ma appena avevi rilassato i muscoli e ti eri assopito, con l'impressione che fossero passati solo pochi minuti di sonno e un languido sogno aveva preso avvio, una mano già ti scuoteva bruscamente perché erano le quattro meno cinque e toccava di nuovo a te.

7.

Nico dormì un'oretta nervosa, poi si svegliò per un'esplosione improvvisa di rumore e di luce. Il capoposto infatti aveva fatto irruzione nell'umida stanzetta coi letti a castello e aveva acceso il neon sul soffitto. Sbraitava simpaticamente, mescolando imprecazioni e invettive contro la vita militare. Siccome non poteva dormire lui, gli dava un tantinello noia che dormissero gli altri. E quindi si sentiva in diritto di guastare il sonno altrui: non era in fondo quello il succo della vita militare – distruggere qualcosa?

Quando i tre del nuovo turno, con gli occhi gonfi di sonno, uscirono dal posto di guardia strascicando i piedi, bisognò attendere che facessero ritorno i tre che avevano appena smontato, e una volta che questi si furono sistemati nelle brande cigolanti, Nico era oramai sveglio, e i suoi occhi abituati alla semioscurità. Inutile provare a riprender sonno. Afferrò uno dei giornaletti che si era portato in cima al letto a castello, prendendoli dalla pila che formava la biblioteca minima del posto di guardia, e si mise a sfogliarlo alla scarsa luce che filtrava dall'esterno. Era un fumetto dalle pretese sexy e horror, in cui prevaleva la seconda opzione, disegnato con una certa cura, specie nel far risaltare i corpi formosi e discinti delle ragazze, che nella storia erano due campeggiatrici, una bionda e una bruna. Avevano avuto la cattiva idea di piantare la tenda in un luogo isolato tra alberi scheletrici, dopo di che si erano abbandonate a effusioni tra loro, accompagnate da gemiti di piacere e inviti a non fermarsi sul più bello, «Sì, ancora, così», «Mi fai impazzire!», «Che buon sapore che hai...». Ma tutte prese dal loro amplesso non si accorgevano che là fuori si trovava una presenza mostruosa, che stava dando loro la caccia, forse attratta dal loro odore o dai loro mugolii. Era una specie di umanoide dai vestiti stracciati, alto due metri, muscolosissimo; lacerava la stoffa della tenda con i suoi artigli e afferrava una delle due ragazze, poi cominciava a divorarla a morsi. Lei strillava invano. L'altra, la bruna, completamente nuda, riusciva a divincolarsi e a fuggire nel buio. Poi, come afferrata da un rimorso, tornava sui suoi passi ma solo per assistere alla scena, nascosta dietro un cespuglio: le parti più appetitose della campeggiatrice bionda erano oramai state spolpate dal mostro, e la bruna commentava inorridita: «Sta gustando le carni della mia amica!». Nico non poté che sorridere per una frase così letteraria, e oltretutto pleonastica, «gustando le carni», ah ah, le carni, addirittura... e posò il giornaletto per prenderne un altro. Nella cameretta angusta del posto di guardia, tre metri per quattro ingombrati dai letti a castello, gli altri avieri ronfavano sprigionando una sensazione di sporco e di calore, come potrebbe emanarne una stalla, e Quell era sveglio più che mai, allertato da una effervescente quanto sterile lucidità di pensiero. Ora si rigirava tra le mani un fumetto dove uno scienziato, ovviamente pazzo, dalla lunga criniera bianca modellata su quella di Einstein, aveva inventato una macchina per resuscitare dal cimitero una schiera di belle ragazze, ovviamente ignude, e accoppiarsi con loro. Sfogliò il giornalino senza soffermarsi e verso la fine dell'episodio credette di capire che lo scienziato era diventato definitivamente pazzo a forza di scopare e vide che le ragazze resuscitate, vestite da infermiere con divise mozzafiato, lo chiudevano in manicomio, ben contente di liberarsene. La solita miscela di sesso e comicità di quart'ordine. Zero stimoli.

Eh sì, i soldati andavano pungolati perché non dormissero in piedi. Nei tanti momenti di attesa e di ozio non compariva neanche l'ombra di un pensiero nuovo, piuttosto, una consapevolezza integrale di sé, cioè, sentire il proprio corpo, percepirlo, dalla punta dei piedi alla punta dei capelli, come un organismo altamente evoluto, perfetto eppure perfettamente inutile, e quindi l'essere vivi come una totale barzelletta, uno scherzo di natura. Io sono vivo, io vivo, pensava Nico, ma perché, a quale scopo? Cosa ci faccio qui, ma in ogni caso, cosa farei in qualsiasi altro punto del mondo? Sarei comunque fuori tempo, fuori posto. Fuori posto anche mentre lo sto occupando, il mio posto. Il mio posto nella vita. Ah ah, la mia vita… che faccenda irrilevante. Per non parlare della vita degli altri. Mise di nuovo mano alla pila di giornaletti.

Nel terzo tascabile, disegnato in bianco e nero, due archeologhe bellocce srotolavano le bende di una mummia. Questa dopo tre o quattromila anni di sepoltura si rivelava molto eccitata, e le archeologhe ne approfittavano con esclamazioni di stupore e i soliti gridolini. La cavalcavano a turno. Nico pensò che era arrivato nemmeno alla metà del suo anno di leva, e che le cose presumibilmente sarebbero andate avanti così. Godimento nullo o piantato a forza in interstizi stretti, senza mai sfogarsi davvero, e con qualcosa di grottesco. Riderne era giusto però non dava sollievo. Ecco, pensò, si potrebbe trascinare la vita anche in salita, con pena e fatica, purché questo sforzo conducesse da qualche parte: ma se alla fine non porta a nulla, scivolare agevolmente in discesa sarebbe ancor peggio, un'accelerazione verso il baratro. Diceva questo tra sé e sé forse per consolarsi di tutta quella assurdità: dosi troppo elevate di situazioni prive di senso, ostacoli derisori, azioni obbligate senza un vero perché, favoriscono una specie di accettazione passiva, scettica, sorda dello stato delle cose, come uno rintronato dalla musica a volume esageratamente alto alla fine non sente più nulla, non distingue nulla, per lui diventa tutto uguale, un rimbombo e nient'altro. Sono arrivato a quel punto? si chiese Nico: ma già il fatto che la sua domanda avesse ben poco di drammatico lasciava capire che non era sofferenza, la sua, macché, non soffriva troppo, anzi, non soffriva affatto, era stufo e basta. Inghiottiva il pasto senza masticare. Contemplava senza apprendere. Incamerava nozioni superflue sull'umanità, la sua e quella degli altri. Per qualche tempo aveva creduto che quelle che riceveva fossero succose lezioni sul potere: che cos'è il potere, chi lo amministra e come, in quali occasioni anche minime lo applica, in che modo si riesca a resistervi, e soprattutto resistere alla tentazione di esercitarlo non appena si smette di subirlo. A conti fatti, pensava di meritare il trattamento ricevuto, anche il più indecoroso e mortificante, come controparte inevitabile dei privilegi di cui aveva fino ad allora goduto. Spalare la merda dovrebbe restaurare un certo equilibrio, aveva detto a Chiara, la bella liceale. Ma oramai si era accorto che non imparava più nulla di nuovo, nulla, nulla. La piattezza nello scorrere del tempo. Purché venisse introdotta una variazione di stato, una qualsiasi, sarebbe stato pronto ad accettare dei peggioramenti. Spararsi a un piede per errore, ammalarsi di colite o di scabbia: cosa sarebbe intervenuto a spezzare quell'incolonnamento di giornate incolori?

Guardò l'orologio: era quasi l'una, ce ne mancava ancora una al momento di montare di nuovo. Afferrò una rivista pornografica, o meglio, quello che ne rimaneva, perché era come se i precedenti lettori l'avessero sbranata. Ne era rimasta solo la parte più scritta: quella con le foto doveva essere stata staccata dalla cucitura e utilizzata al cesso. Nella rubrica delle lettere era pubblicata la confessione di una casalinga che si era ritrovata da sola in casa con l'idraulico, e quando quello aveva allungato le mani per svestirla dell'accappatoio gli aveva ceduto senza pensarci due volte. Seguivano i particolari, insistiti, dell'accoppiamento, molto movimentato. E poi la domanda finale che lei poneva al responsabile della rubrica delle lettere: devo richiamarlo, lo stesso idraulico, anche se non c'è niente di rotto in casa, o è meglio aver chiuso con lui dopo quell'avventura? E chiamare semmai un altro idraulico? La storia si capiva lontano un miglio che era inventata di sana pianta, e Nico ipotizzò che il suo autore fosse qualche studente universitario bisognoso di soldi, oppure una signora esperta, forse una professoressa di lettere e filosofia, visto il tipo di scrittura scolastica ma accurata, la quale arrotondava così lo stipendio, sbizzarrendo la fantasia e adeguandola al canone dell'immaginario maschile. La casalinga vogliosa, l'idraulico superdotato… certo, certo. Uno schema consolidato, che per due paginette grondanti libidine andava pure bene.

Però, in fin dei conti, pensò Nico, non è che i dattiloscritti che riceviamo in casa editrice siano poi tanto diversi. Vengono ricalcati i vecchi modelli confessionali, il mio cuore messo a nudo, desideri deviati. Il tema portante è sempre e comunque quello dell'insoddisfazione: i protagonisti di questi romanzi sono generalmente insoddisfatti della vita, insoddisfatti dell'amore, del lavoro che hanno e di quello che non hanno, della città dove abitano e della società ingiusta, rapace, conformista, si lamentano, quanto si lamentano, gli manca sempre qualcosa, regna la frustrazione, non si trova neanche a pagarlo un eroe o un'eroina che alla fine vinca, che alla fine ottenga il premio di cui andava in cerca, uccida il mostro, si vendichi facendo fuori i cattivi. Macché! Almeno, in queste storielle pornografiche alla fine scopano, almeno quello! Anzi, non solo alla fine ma tutto il tempo. Non sarà gran cosa, però, narrativamente, è comunque un compimento. E come ai protagonisti di quei romanzi su cui Nico scriveva dettagliate schede di lettura, destinati in novantanove casi su cento a restare nel cassetto malgrado la furia e le speranze di chi li aveva scritti nei ritagli di tempo dal lavoro, con dedizione assoluta, quasi religiosa, bene, esattamente come a quei personaggi anche a Nico sfuggiva una cosa: il compimento. Non sapeva cosa fosse: nello studio, nel lavoro, nell'amore, non aveva mai portato a termine una sola benedetta impresa, tutto incompleto, transitorio, istantaneo, fugace, lasciato a metà, incominciato e abbandonato, solo accennato, accarezzato, sfiorato…

Persino nelle ore di solitudine integrale e di vuoto come erano quelle trascorse montando di guardia, benché vi si dedicasse con particolare intensità e quasi accanimento, i suoi pensieri non arrivavano a perfezionarsi: un istante prima di completare il proprio disegno, prima di acquisire una vera forma e dunque un significato, essi si dileguavano all'arrivo dell'aviere pronto a dargli il cambio. Non ne restava traccia, nemmeno l'ombra o il profilo o l'argomento – erano, come dire, evaporati. Anche per questo preferiva leggere; leggere lo esentava dal pensare, cioè, dal pensare a vuoto, e i vecchi romanzi si occupavano loro di escogitare una conclusione al termine di tante peripezie, erano loro a terminare il discorso, con la chiusura fatale della copertina una volta letta l'ultima pagina – l'unica azione che a Nico attualmente desse un effettivo piacere. Qualcosa che davvero finisce. Con un taglio netto, impietoso. Non una parola sprecata in più, bensì la fine, la fine. Con questo spirito nel corso dell'anno di leva avrebbe letto *Moll Flanders*, *Le relazioni pericolose*, *Memorie di un cacciatore*, *I racconti di Sebastopoli*, *Ethan Frome*, *Cime tempestose*, *L'angelo suggellato*, il *Manoscritto trovato a Saragozza*: avrebbe scaldato quei volumi ficcandoli sotto la giubba e le giberne, un contatto insolito con un libro. Era come cullarli, nasconderli aveva qualcosa di eccitante, leggerli un culto proibito, come far parte di una setta – gli adoratori della dea Kali.

Si era anche chiesto perché non vi fosse tra quelli un solo romanzo italiano, almeno per ora. Si rispose che nella sua lingua avrebbe letto volentieri della poesia, o qualche libro di viaggio o trattato, ma non a quell'ora della notte, no, ci voleva della prosa narrativa per star svegli, per passare il tempo, per girare le pagine una dopo l'altra.

(Come uno di quei dattiloscritti imbustati con tante vane speranze, forse anche il romanzo che state leggendo sarebbe meglio restasse inedito: tra i suoi protagonisti, ce n'è almeno uno che otterrà quello che vuole, che vincerà la sua battaglia, o se la perderà, sarà almeno in modo eroico?)

8.

La notte era perfettamente silenziosa. Gli ultimi centauri avevano smesso di gareggiare sul rettifilo degli stradoni che costeggiavano le caserme, illuminati dalla luna quasi piena più che dagli scialbi lampioni, tirando fino all'esasperazione le marce delle loro moto isteriche. Senza bisogno di sollecitazioni burbere da parte del capoposto, Nico smontò dalla branda, si aggiustò la divisa, prese l'arma dalla rastrelliera a parete, e prima di avviarsi verso la postazione che gli era toccata, si assicurò tastando la giubba di avere con sé almeno una bustina di cordiale. Venivano distribuiti, quei sacchettini di plastica trasparente, con un po' di roba giallognola che vi sciacquava dentro, nell'eventualità che facesse freddo là fuori, e succhiare il liquore dopo aver morsicato un angolo della confezione fosse l'estremo rimedio per scaldarsi. Non bastava certo a ubriacarsi, ma a darsi una piccola botta sì, cinque minuti di beata insensibilità se non altro. Quell si incamminò con altri due commilitoni che marciavano senza dire una parola, incarogniti, poi le loro strade si separarono, uno si diresse verso la porta carraia, un altro scese nel seminterrato dove si trovava l'armeria. Nico salì al primo piano dell'edificio che alloggiava gli uffici e la stanza con la cassaforte. Lì trovò un aviere che batteva i piedi alternatamente come se sentisse freddo, ma lo faceva per insofferenza. Invece di scambiarsi i segnali convenuti e le formule di rito per il cambio della guarda, i due si fissarono per un istante, fecero una smorfia d'intesa, poi l'altro se ne andò sbadigliando, con il mitra a tracolla puntato verso terra, alla maniera di uno che abbia deciso di arrendersi al nemico. Nico prese posto al centro della stanza, di fronte alla massiccia cassaforte che sembrava fuoriuscita dal pavimento di graniglia come un fenomeno geologico, il getto di un'antica effusione vulcanica. Era alta una spanna meno di lui e larga e profonda più di un metro, brunita dal tempo e da una sottile pellicola color ruggine, con una massiccia maniglia a croce sul davanti e i fori dentellati di un paio di serrature che andavano azionate contemporaneamente adoperando grosse chiavi. Nico ignorava chi le custodisse, quelle chiavi, e non gli era mai successo di vedere aprire o chiudere il forziere. Eppure lì dentro dovevano esserci contanti e documenti.

Ora iniziava il conto alla rovescia. Mancavano un'ora e cinquanta minuti. Si trattenne da tirare immediatamente fuori il libro da sotto le giberne. Era un breve romanzo, *Adolphe*, non poteva consumarlo subito. Ne aveva contato le pagine, centoventi, andava un po' centellinato. Prese a camminare avanti e indietro. Nel lato più lungo la stanza misurava otto passi. Si mise a contare per multipli di otto, cercando di stare attento a mettere un piede davanti all'altro, come fanno le modelle quando sfilano, ma arrivato intorno ai quattrocento passi ne fu stufo, ed erano trascorsi sì e no cinque minuti. Passò quindi a un altro esercizio mentale: enumerare con calma le persone a cui voleva o aveva voluto bene, e quelle che invece detestava. Nel primo gruppo mise, malgrado lo avesse abbandonato da piccolo, sua madre, e sua sorella Irene, che conosceva così poco. Poi Sheila B. e Lenia Berio, ma con due differenti sensazioni: con la prima aveva l'impressione di aver già sperimentato tutto quello che poteva sprigionarsi dal loro rapporto, mentre con la seconda lo spazio dei sentimenti e delle esperienze possibili era in gran parte inesplorato. Comunque le amava tutt'e due, sì, tutt'e due, vivamente: amava Sheila e amava Lenia. È mai possibile amare due donne? Perché no, è possibile. Cosa poi significhi amare, non lo so, e adesso non ho voglia di chiedermelo.

Quindi, con una certa sorpresa (finché non ci si pensa appositamente, e intensamente, non si può essere sicuri di quello che davvero si prova verso una certa persona), dopo le quattro donne sunnominate, il primo nome che gli venne alla mente fu quello del dirigente editoriale che alla Minaudo tutti chiamavano il Coboldo. Strano, perché costui avrebbe potuto essere considerato il nemico numero uno di Quell, ogni volta che poteva gli aveva messo i bastoni tra le ruote, al lavoro, ne aveva ferocemente smontato e quasi ridicolizzato le proposte durante le riunioni editoriali, e infine era riuscito a dirottare su di sé le attenzioni di Sheila B., lei una bellezza spaziale lui uno sgorbio, un omuncolo, tanto da essersi meritato quel soprannome tratto dal folclore nordico. Malgrado ciò, verso costui Quell aveva poco alla volta iniziato a nutrire un misto di ammirazione, tenerezza e riconoscenza. Forse perché era il solo alla Minaudo che diceva a viso aperto quello che pensava, a costo di suonare sgradevole, forse per la sua sterminata cultura alla quale ogni minuto assommava aggiornamenti puntuali, forse perché Nico si sentiva debitore per le critiche impietose mossegli dal Coboldo, che gli avevano insegnato da subito a industriarsi per guadagnare il consenso verso le proprie idee e iniziative (un comitato editoriale ha parecchi punti in comune con una tribuna politica, dove gli argomenti trionfano o vengono bocciati anche grazie al carisma e al coraggio di chi li espone), e forse non da ultimo perché l'aspetto fisico del Coboldo, così disgraziato – capoccione, occhi bulbosi – gli ricordava sul serio un personaggio di fantasia, uno gnomo di quelli che saltellano nelle favole, e a Nico questo aspetto fiabesco dava comunque un brivido di allegria. La bruttezza estrema rasenta la meraviglia, e allo stesso modo di Sheila, probabilmente, anche Quell ne era rimasto affascinato, ci si era affezionato. Era comunque qualcosa di straordinario. Se aveva un solo desiderio nel ritornare sul posto di lavoro, alla Minaudo, una volta terminato l'anno di leva, era per rivedere il Coboldo, prima di tutto, sentirlo parlare, predicare, arrabbiarsi, farsi beffe di qualcuno con la sua convulsa risata demolitrice che somigliava alla tosse: ka, ka, ka. Sì, sembrerà assurdo, ma lui lo metto tra le persone a cui voglio bene, pensò.

E poi l'amico del cuore, Nanni, forse l'unico nei confronti del quale Nico nutriva qualcosa che si potrebbe definire benevolenza. Di Nanni gli piaceva tutto, ma proprio tutto, gli piaceva lui, anche fisicamente, perché Nanni era bello e virile, gli piaceva la sua timidezza, il modo di parlare e ragionare, gli piaceva il suo modo di vivere appartato e farsi i fatti suoi, il non voler mai apparire diverso o migliore di quello che era, la sua modesta quanto appassionata professione di insegnante, gli piacevano le sue tre fantastiche bambine e più di ogni altra cosa a Nico piaceva la moglie di Nanni, Costanza, così altera e speciale. Gliela invidiava e gliela avrebbe persino contesa, in una ipotetica vita parallela. E le sorelle di Costanza, vogliamo parlarne? Fiore e Carla... certo, Carla, l'avventurosa Carla... Ai suoi occhi, l'amico Nanni era circondato da una sorta di aureola, era un giusto, un santo laico, un poeta romantico immolatosi sull'altare della vita retta. Poi elencò altre persone più lontane nel tempo o nello spazio, e si accorse che quasi tutte erano donne, anche perché erano donne quelle che di più avevano amato lui, e quando si riceve è quasi impossibile non dare. Tra le persone frequentate nell'ultimo anno, dunque, Marta Sesamo, la beneamata segretaria di Minaudo, e poi Severa, la sorella del suo compagno Barbujani: tutta gente che gli aveva regalato il suo lato vitale e più benigno. Non era sicuro se includere tra queste anche Amelia Gheno, la volitiva e ambiziosa capo ufficio stampa della Minaudo: gli aveva dimostrato simpatia, si era schierata dalla sua parte nelle discussioni, lo aveva appoggiato, lo aveva pure baciato, con inatteso trasporto: ma Nico non era in grado di capire se si trattasse di mosse disinteressate o frutto di calcolo, perché parte di un piano. Quale piano? Fino a che punto l'affetto spontaneo si riesce a distinguere dalla spontanea affermazione di sé? Il calore e la dolcezza potrebbero anche essere l'esca di una trappola, come lo è il liquido profumato nella corolla delle piante carnivore. Un prodotto naturale. Amelia Gheno, da che parte stai?

Quindi venne il turno di suo padre, l'ambasciatore Quell: e sul principio Nico pensò che avrebbe potuto figurare in entrambe le categorie, tra le persone care e tra quelle detestate, al medesimo titolo, poi però immaginò il genitore in bilico sul filo delle due, da vero equilibrista che era, in una specie di limbo, tra gli ingiudicabili. Forse semplicemente Nico non provava più nulla nei suoi confronti, come se non ci avesse mai avuto nulla a che fare. E questo per un figlio maschio nei confronti di un padre, buono o cattivo che sia, è comunque un accettabile risultato, un compromesso decente: un'amnistia, la cancellazione dei pregressi, in modo che la fedina penale di entrambi torni pulita.

Se c'era stata una guerra tra loro, si era conclusa per esaurimento dei contendenti, i confini rimasti immutati.

Assai più difficile fu compilare la lista dell'odio. Sarebbe stato meglio stilare quella della disistima o del disprezzo, ma persino la gente di cui Nico aveva un'opinione cattiva o pessima, be', non riusciva a odiarla, nemmeno accumulando le ragioni valide per farlo. Era troppo superficiale o troppo sicuro di sé per odiare veramente con tutto il suo cuore qualcuno. Forse non aveva subito torti a sufficienza, o non erano stati gravi abbastanza, forse non invidiava nessuno al punto di augurargli il male o volergliene procurare di persona. Gli mancava il desiderio ovvero la necessità di vendicarsi. Più che a dei singoli individui, il suo rancore si indirizzava genericamente contro categorie o tipi umani, questi sì, in astratto, li odiava, li odiava profondamente, i fanfaroni, i furbi, le anime belle, le persone crudeli e i vigliacchi, i prevaricatori, le spie, i finti ingenui, i chiacchieroni, come altrettanto era capace di odiare fenomeni diffusi quali l'ipocrisia e l'imbecillità: e però non gli veniva in mente nessuno di sua conoscenza che li incarnasse al punto da meritarsi odio. Certo ce n'erano diversi da cui tenersi in guardia: per esempio la coppia presso cui ora si trovava ospite sua sorella Irene, Igor e Vera Macchi, quei due avevano qualcosa di indicibilmente infido, e losco, e così pure Eugenio Mascheroni, il contabile della Minaudo, che sotto la sua indefessa cortesia doveva covare qualcosa di molto brutto, tanto da essersi meritato l'appellativo di «Infame» – eh già, l'infame Mascheroni. Mentre iniziava a girare su se stesso, in una specie di danza sul posto come quella di certi mistici orientali (un ennesimo espediente per far passare il tempo della guardia), gli scappò da ridere pensando a quel nomignolo, che magari era calunnioso, immeritato… quando all'improvviso gli venne un'illuminazione, e cioè che la sgradevole nomea di Mascheroni potesse considerarsi congrua non per qualcosa che costui aveva fatto, ma per qualcosa che ancora egli doveva fare… ma certo… che fosse insomma non un retaggio del passato, bensì una profezia. L'infamia non lo precede, no, lo attende al varco. L'ordine dei fattori è invertito ma il risultato sarà lo stesso. Questo vorrebbe dire che corriamo incontro al destino già marchiati dai suoi segni. E se fosse così, a me, cosa mi aspetta? Quando diventerò davvero e per sempre, io, quello che già adesso sono? E che le mie azioni acquisteranno il loro autentico significato? Potrebbe essere una scoperta clamorosa. A essere sincero, io non so niente di me stesso. Mi sembra di vivere istante per istante, e prima e dopo semplicemente non esistere. Dovrei distanziarmi per vedermi meglio, dall'esterno, ma non ne sono capace, o non voglio. Cos'è che voglio, allora? Possibile che io sia così ignorante, o così stupido?

La folla di domande si era ammassata all'ingresso della sua mente, ingorgandola.

Da un momento all'altro, il tempo smise di passare. Era fermo. Anche l'orologio al polso si era fermato. Le due e venti ma poteva essere più tardi. Nico smise di volteggiare e si arrestò. Ora bisognava provare in un altro modo, con un altro mezzo, a riavviare il tempo. Cavò da una tasca un accendino di plastica. Anche se non fumava ne aveva sempre dietro uno. Lo fece scattare. Girò la rotellina in modo che la fiamma fosse al massimo, e continuò a tenere il pulsante premuto finché l'accendino iniziò a scaldarsi e a scottargli la mano. Resistette al bruciore arretrando il pollice ed esercitando pressione solo con l'unghia. La plastica cominciava piano piano a squagliarsi, l'oggetto a deformarsi. Il pulsante del gas si era bloccato, fuso col resto. Allora Nico poggiò dritto per terra l'accendino che fiammeggiava. Il fuoco si levò sempre più forte, ora era alto una spanna, e stava consumando il serbatoio. L'accendino si era trasformato in una piccola torcia crepitante, sprazzi del suo bagliore si riflettevano sul bronzo della cassaforte. Ricordava, in piccolo, le fontanelle di fuoco che si accendono a capodanno per lo stupore dei bambini.

Nico ne era come ipnotizzato. Gli rivolse una preghiera, breve, come si fa in chiesa accendendo un cero, per invocare una grazia: «Fa' che io impari ad amare più intensamente la vita in ogni suo aspetto. E in ogni persona che si consuma vivendo senza risparmio».

Quindi la fiamma si torse, e dopo aver oscillato come se qualcuno vi stesse soffiando sopra, si fece poco alla volta meno vivida e guizzante, rimpicciolì, si ripiegò, divenne bluastra e alla fine si spense, con un sibilo pietoso, lasciando per terra una piccola pozza di plastica liquefatta e un frammento annerito di metallo. Lo spettacolo era durato sì e no tre minuti. Bisognava inventarsi altro.

## 9.

Erano forse le tre meno venti quando Nico avvertì dei rumori provenire dall'esterno, uno scalpiccio affrettato e voci che arrivavano attutite, di più di una persona che si stesse avvicinando di corsa. Cazzo, un'ispezione, tra poco piomberà qui qualche ufficiale. Nascose svelto il romanzo di Constant sotto la giubba e aggiustò il fucile in modo da imbracciarlo come da regolamento. Girava voce che i superiori, quando erano di cattivo umore, fossero soliti tirare un brutto scherzo ai sottoposti, in particolare a quelli arrivati da poco: gli ingiungevano di consegnare l'arma, senza fare storie, e se la recluta di turno, intimorita, obbediva («gli ordini non si discutono», del resto), subito lo riempivano di insulti e gli promettevano che avrebbe passato bei guai. «L'arma non si abbandona mai, mai, mai! Non la si dà per nessuna ragione a nessuno! A *nessuno*, lo capisci, pezzo di idiota?»

Era arrivato a leggere una pagina di *Adolphe* dove stava scritto: «Tormentato da una vaga emozione, io mi dicevo "voglio essere amato" e mi guardavo intorno; ma non trovavo persona che mi ispirasse amore o mi paresse capace di provarne». Poi si era interrotto in tutta fretta.

Eppure non si vide un'anima, mentre là fuori il trambusto continuava e le voci si facevano concitate. La cosa singolare è che si avvicinavano e poi si allontanavano. Nico pensò che forse era meglio mollare la postazione e andare a controllare cosa diavolo stava succedendo, poi immaginò che anche quello fosse un trucco per coglierlo in fallo. Se si fosse allontanato anche solo un minuto poteva prendersi una denuncia per violata consegna, rischiava brutto, un anno di galera. Quindi rimase al suo posto, in allarme. In questi casi, si chiese, quale sarebbe il dovere di un buon soldato? La domanda poteva suonare retorica, ma non lo era affatto. Ci sono occasioni in cui occorre decidere alla svelta a quale legge obbedire, perché di leggi ce ne sono tante, stratificate l'una sull'altra – se obbedisci a una violi le altre, per forza. Magari là fuori c'era qualcuno in pericolo, e restandosene lì, sarebbe omissione di soccorso. Alla fine, più che al senso del dovere, Nico non resistette alla curiosità, e scesa a perdifiato una rampa di scale uscì all'aperto.

Il cortile della caserma era ampio, buio e deserto. Gli parve che fossero spente anche le luci dei pochi lampioni e il neon sopra l'ingresso che conduceva al seminterrato dell'armeria. La porta a doppia anta era spalancata, i rumori provenivano da lì. Nico chiamò ad alta voce il capoposto, e gli altri due che in quel momento dovevano essere di sentinella nel suo stesso turno, all'armeria e alla porta carraia, ma nessuno gli rispose. «Cozzolino! Guenza! Oh! Capoposto!!!» Niente, silenzio. Bisognava far presto, qualcosa di strano e grave era nell'aria. Si accorse di sudare mentre correva verso l'armeria, un umore freddo gli bagnava la schiena. Afferrò il mitra che lo intralciava ballandogli prima su un fianco poi sulla pancia, e si accorse di aver infilato l'indice nella guardia del grilletto, un gesto istintivo quanto inutile dato che l'arma era scarica. I caricatori sigillati dentro le giberne (guai ad aprirli senza un valido motivo!) andavano riconsegnati intatti a fine turno. Per cui il mitra imbracciato così era solo un pesante giocattolo di legno e metallo.

Ma prima di precipitarsi nell'armeria, in fondo ai pochi scalini, fu preso da un'improvvisa cautela, si arrestò, e preferì spiare di nascosto, protetto dallo stipite della porta, quello che stava succedendo là dentro.

Aveva fatto bene a essere prudente.

Dentro l'armeria c'erano tre uomini che la stavano saccheggiando. Con metodo. Passamontagna in testa e le mani guantate, due di loro si passavano fucili e scatole di munizioni da sopra il banco, poi li ficcavano dentro un paio di grosse borse a terra, mentre il terzo sorvegliava l'operazione imbracciando una mitraglietta. L'aviere che aveva montato la guardia, Cozzolino Alfredo, ventenne, era girato di spalle nell'angolo tra due pareti, a testa china, come un bambino messo in castigo. Dovevano averlo disarmato. Nico si accorse che le gambe gli tremavano. Tremavano visibilmente quelle del suo commilitone, ma anche le sue erano come attraversate da una specie di scarica elettrica. È questa la paura? si chiese. Cosa debbo fare, adesso? Intervenire, fermarli? E in che modo? Come hanno fatto ad arrivare sin qui? Strinse nervosamente l'impugnatura del fucile e contrasse l'indice sul grilletto. L'aveva premuto per sparare quella sola volta, durante l'addestramento, nell'aeroporto del Sud: una raffica contro un bidone galleggiante in mare, mancando il bersaglio di un paio di metri, poi basta. Però qualcosa dovrò pur fare. Così, per principio. Se non muovo un dito me ne pentirò, prima o poi. Me ne vergognerò tutta la vita. Fare qualcosa, sì, ma cosa? Minacciarli col mio fucile scarico? E loro, come reagiranno? Non si aspettano resistenza, da noi.

Dunque, meglio lasciarli fare. Che si prendano pure i nostri vecchi fucili. Vale la pena rischiare la pelle per questo? E nel nome di cosa, della patria? Non siamo mica in guerra. O forse sì, lo siamo. Aveva il cuore in gola e respirava a fatica. Che vergogna, però, non fare nulla. Una vergogna. Avrebbe potuto sbucare dal suo nascondiglio e sorprendere quello con la mitraglietta, stordirlo con il calcio del moschetto, prendergli l'arma, quella sì, carica, di sicuro. Ma preferì trattenersi e ragionare. Doveva ragionare. Fare l'eroe aveva poco senso, e poi lui non era affatto un eroe, dunque? Meglio chiamare i soccorsi. Subito. Poi, con una certa sorpresa, mise a fuoco meglio la persona con l'arma spianata, che gli dava le spalle, la osservò più attentamente: con addosso una specie di tuta sportiva nera, scarponcini anch'essi neri e il passamontagna, era piccola, le spalle strette e fianchi più rotondi. Ecco, infatti: non era un uomo, era una donna. Eh sì, una donna. Questo gli diede da pensare. Ma non aveva altro tempo da perdere. Occorreva dare l'allarme. Attento a non fare il minimo rumore rinculò, percorrendo le scale all'indietro, senza voltarsi, poi fuggì verso l'entrata della caserma, dove si trovava il corpo di guardia e altri sette avieri come lui, più il capoposto. A chiedere rinforzi.

10.

Ma lì la situazione era più o meno la stessa, persino più grottesca. Il corpo di guardia era presidiato da un paio di uomini armati di *machine pistol*, con gli avieri schierati contro le pareti, a braccia levate in segno di resa. Uno di loro, invece della giubba, indossava una giacca del pigiama sopra i pantaloni militari. Un altro, che al momento dell'assalto montava di sentinella alla porta carraia, cioè il Guenza che Nico aveva chiamato invano dal piazzale, doveva essersi spaventato a morte perché i suoi calzoni erano bagnati intorno alla chiusura lampo, e la macchia scura si allungava giù alle ginocchia. La rastrelliera con le armi era stata svuotata. Il telefono strappato dal muro penzolava tristemente appeso a un ciuffo di fili. Due avieri non erano nemmeno scesi dalla branda in alto dei letti a castello: uno stava sdraiato con la coperta tirata fino al mento, e gli occhi sbarrati, l'altro mezzo ritto si puntellava sui gomiti, assistendo alla scena come si trattasse di un film visto in tv dal divano di casa, e lui, perplesso, dovesse decidere se continuare la visione o spegnere e rimettersi a dormire. A parte quello paralizzato sotto la coperta, e l'altro che si era pisciato addosso, l'atmosfera generale era più di stupore che di paura. Gli assaltatori evidentemente non ce l'avevano coi militari, tutte reclute, purché questi non si mettessero in testa strane idee. In certo modo, quell'assalto stava dando un senso all'ennesima nottata stracca e insulsa, forse all'intero anno passato in divisa: anche se a conti fatti, venire sgominati senza colpo ferire da un gruppo con la metà degli effettivi non era certo qualcosa di cui vantarsi per dei militari, sia pure di leva. Se in vita loro non sarebbero mai andati in guerra, ecco che la guerra veniva a trovarli, senza preavviso, a stanarli dal loro letargo. Una guerra interna, strisciante, combattuta da pochi ma con accanimento, e parecchi caduti.

«Eccone un altro» disse uno degli armati, alto e smilzo, quando vide entrare Nico, «con lui dovremmo essere al completo» e gli puntò addosso la pistola, usandola poi per fargli cenno di accomodarsi in fila accanto agli altri prigionieri. «Tanto non credo che vorrai usarlo, vero?» aggiunse, alludendo al moschetto automatico che Nico brandiva appoggiato su un fianco. Quindi si fece una mezza risata nel passamontagna.

«Se fossi in te, lo metterei giù» gli intimò l'altro uomo, che invece era tarchiato, con le spalle spioventi e praticamente senza collo. «Rischi di farti male» aggiunse, con un rauco accento regionale che rendeva minacciosa la sua ironia.

«È scarico» precisò Nico e all'improvviso si sentì più calmo, quasi rilassato. Oramai le cose erano andate come erano andate.

«Abbassalo comunque, e poi dallo a me, ci pensiamo noi, al tuo fucile.» Nico puntò l'arma verso terra, sfilò la tracolla e porse l'arma all'uomo, il quale la soppesò con la sinistra, lanciandola in aria e riafferrandola al volo. «Oh, sì, il moschetto automatico! È un modello superato, d'accordo, ma ancora il suo lavoro lo sa fare. Noi non si butta via nulla, capito, ragazzi?»

Guenza annuì, vergognoso, gli altri non reagirono.

«Cos'è, siete sordi, avete capito o no?»

«Abbiamo capito, abbiamo capito» rispose Nico, freddamente. Osservò la corta pistola mitragliatrice che l'uomo impugnava con noncuranza nella destra: e in particolare il profilo sinuoso del breve calcio ribaltato sopra la canna, e il caricatore ricurvo. L'aveva vista solo in fotografia, quella sì che era micidiale. Premendo il grilletto anche per mezzo secondo poteva ferire e uccidere più di una persona. Negli ultimi anni era successo varie volte. A cadere sotto le raffiche erano perlopiù poliziotti, guardie del corpo, o magistrati, giornalisti, agenti carcerari, dirigenti, avversari politici, ma anche gente qualsiasi. Nico non ebbe più dubbi sulla natura di quell'assalto.

«Uffa, non ne posso più. Non respiro» disse l'uomo tozzo e si sfilò il passamontagna.

L'altro protestò. «Cosa ti salta in mente, sei impazzito?»

«Ma che vuoi che mi freghi, arrivati a questo punto... si gioca a carte scoperte. Vero, ragazzi? Scommetto che mi avete riconosciuto, o no?»

Gli avieri scossero la testa. Quello che stava in cima al letto a castello rintanato sotto la coperta sporse la testa incuriosito. «Ricordatevela bene la mia faccia, per quando vi chiederanno l'identikit e vi faranno vedere le schedature» continuò l'uomo. «Tanto la mia foto ce l'hanno, hai voglia, con un circoletto rosso intorno. Sono di casa, io, in questura. E in galera. Posso dire di averne girate, eh, di galere!»

Si accarezzò i baffi giallastri che gli spiovevano sui denti, anch'essi gialli. Era basso e robusto, il dolcevita slabbrato ne accentuava la pancia sporgente, a stento contenuta da un cinturone con una borchia a forma di serpente che si morde la coda.

«Ma non mi ci hanno tenuto a lungo. Un proscioglimento, pensate che ingenui, quei giudici, e poi due evasioni. Oh, mica una, due! E dalla massima sicurezza, poi!»

«Andiamo, Elio, piantala di fare il gradasso» disse il suo compagno che cominciava a innervosirsi. «Non siamo qui per ascoltare le tue bravate.»

«Bravo tu, piuttosto, che mi chiami per nome. Grazie, Lo Presto, grazie! Ti rendo la cortesia. È come averci messo la firma, sotto questo esproprio.» Era chiaro che l'uomo ci stava prendendo gusto, il suo era una specie di spettacolino, a beneficio delle reclute imbambolate, o forse si trattava di una lezione. «Ma come ho già detto, non mi importa un fico secco. O la va o la spacca, tanto è uguale. Siamo arrivati al punto che non ha senso giocare in difesa. È inutile quando stai perdendo. Attaccare! Attaccare, bisogna! Sempre all'attacco.»

«Noi non stiamo perdendo, Elio, che cavolo dici?» protestò l'altro.

«Scusate» interloquì Nico, «possiamo sapere perché siete qui? Cos'è, una rapina?» Voleva sentirsi dire quello che già aveva intuito.

«Shh » fece l'uomo magro. «Niente domande.»

«Ma perché?» intervenne Elio. «Hanno diritto di saperlo. Quello che facciamo lo facciamo perché lo sappiano tutti. Siamo clandestini ma le nostre azioni sono pubbliche. In ogni caso lo leggeranno domani sul giornale. Senza bisogno di rivendicazioni. Io amo le cose semplici. I messaggi chiari. Le chiacchiere fumose le lascio agli intellettuali come te, Lo Presto. Prendere o lasciare, tacere o parlare, starsene con le mani in mano ad aspettare che arrivi Gesù bambino, oppure agire. O si sceglie una cosa oppure l'altra, e io allora dico: agire. Agire sempre. Agire comunque. Meglio abortire che essere sterili. A voi, qui, vi hanno insegnato a tenere in mano un fucile, giusto? Perché allora non ne approfittate per combinare qualcosa? È arrivata l'ora di muoversi, o no? E dunque» continuò rivolgendosi a Nico, col tipo di cortesia affettata e un po' ironica che le persone umili sono solite usare nei confronti di quelle di riguardo, «parla pure, cos'è che ti interessa? Vuoi sapere la sigla della nostra organizzazione?»

«Tanto per cominciare.»

«Be', prova a indovinare tu. È di tre lettere.»

«Un momento, un momento» intervenne l'altro, «ti sbagli Elio, sono quattro lettere, non tre.»

«Cazzo dici, Lo Presto? Tre lettere, F...»

«Elio! Sveglia! Abbiamo cambiato un mese fa!»

«Come cambiato? Cosa cambiato?»

Adesso lo smilzo era veramente fuori di sé.

«Abbiamo aggiunto una lettera all'inizio, come fai a non saperlo, Elio! Una N. Una N! E ora sono quattro, le lettere, quattro!»

«E cosa vuol dire la N? Che è 'sta storia?»

«Nuove, vuol dire, porca malora! Nuove! Nuove Formazioni... eccetera.»

«Be', non cambia niente, per me sono sempre quelle vecchie. Quelle vecchie si sono fatte onore, quelle nuove staremo a vedere. Quindi, per quanto mi riguarda, invece che una N ci aggiungerei una V all'inizio, va bene? Vecchie Formazioni Comuniste Combattenti! Suona anche meglio. L'importante è che, vecchie o nuove, restino comuniste.»

«Questo sempre» ammise lo smilzo, e si ammutolì.

«Insomma avete capito chi siamo, no? O devo farvi un po' di storia?»

Siccome il capoposto taceva, intimorito all'idea di dire qualche stupidaggine, come un alunno impreparato davanti al professore che gli ha fatto una domanda un po' difficile, Nico decise di rispondere a nome suo e di tutti, e disse di sì.

«Be', siamo venuti qui da voi a fare rifornimento. Come dal benzinaio, no? Eravamo quasi a secco. Per cui ci accontentiamo dei vostri fucili. E delle munizioni. Strano che non ci sia nemmeno un vostro ufficiale stanotte in caserma, perché una Beretta ci avrebbe fatto comodo. Anche un vecchio modello.»

Lo Presto gli fece eco.

«Uh, una Beretta... magari.»

«Ti piacerebbe, eh, Lo Presto? Una italiana.»

«Sì, italiana, italiana. Non tedesca. O cecoslovacca, come questa qui.» E scosse la pistola che aveva in mano, come aspettandosi che ne uscisse qualche rumore. Quindi fece scattare avanti e indietro il carrello, e lentamente abbassò il cane con il pollice. «Non so, la sento fredda.»

«Le pistole *sono* fredde, Lo Presto. Si scaldano solo dopo che hai sparato.»

«Uff, Elio, lo sai benissimo quello che voglio dire. Non mi piace che usiamo le stesse armi che usavano i nazisti. Mentre un'italiana... leggera, ben bilanciata. Facile da smontare... da pulire. Una bella italiana. Non me ne separerei mai.»

«Che romantico!»

«Be', sì. E ne sarei anche geloso.»

«Ti toccherà prenderla a qualche poliziotto.»

«Se me la consegna senza farsi uccidere, sì.»

«E se invece non la molla, che fai? Non gli spari?»

«No. Basta, basta morti. Ne abbiamo fatti troppi.»

11.

Nico pensò che fosse di nuovo il momento di intervenire.

«E la cassaforte? Quella non vi interessa?» chiese.

«No. Ci vorrebbe troppo tempo ad aprirla» rispose in fretta Lo Presto.

Alla proposta di Nico, il capoposto sgranò gli occhi. «Ma che stai dalla loro parte, tu?»

«Io non sono dalla parte di nessuno» rispose Nico.

«Ti farò rapporto» minacciò il capoposto.

«Rapporto?!» esclamò Elio. «Ah ah, ti ho capito, a te, ti

piace comandare...» Si avvicinò al capoposto, che teneva le mani giunte dietro la nuca, e gli diede un buffetto sulla guancia con la canna dell'arma.

«Mmm, devi essere uno di quei fanatici che non vedono l'ora di morire, uno fissato con l'onore, e con la bella morte, dico bene? Un camerata insomma. Normalmente ti darei la soddisfazione che cerchi, farei di te un martire, a voi piacciono i martiri, giusto? E io ne ho già stesi un paio di esaltati come te, ma stasera non è il caso. No, no, niente sangue, stasera, un lavoro pulito. Contento Lo Presto? niente morti. Quindi tu ora ti rimetti buono buono coi tuoi amici, lì, contro il muro, e te la caverai con un po' di mal di testa. E poi avrai qualcosa da raccontare ai giornalisti. Però, oh, mi raccomando, quando parli di noi, racconta quanto siamo decisi, quanto siamo spietati, ah ah. Certo, se ci fosse stato tra di voi qualche ufficiale, sarebbe stato diverso, il trattamento, non gliela facevamo passare liscia, a un capitano, ma invece siete tutti pivelli, e anche qualche figlio di papà, si vede. Comunque, ha ragione Lo Presto per una volta, niente cassaforte, non abbiamo né i mezzi né il tempo per aprirla. Ma dimmi un po'» chiese a Nico, «secondo te ci riusciremmo a portarla via?»

Nico scosse la testa. Perché gli aveva detto della cassaforte? Intendeva sul serio collaborare con gli assalitori, si schierava con loro? Cercava in qualche modo di distrarli e prendere tempo in attesa di soccorsi? Quanto avrebbero tardato ancora ad arrivare? Fuori dalla caserma doveva essere parcheggiata una macchina col palo, in attesa, o piuttosto un furgone, e prima o poi qualcuno l'avrebbe notato – alle tre di notte, un furgone fermo a motore acceso, davanti a una caserma...

Lo Presto fremeva di impazienza. Sbirciò l'orologio appeso al muro. «Ma quanto ci mettono?» esclamò, riferendosi ai compagni che stavano svaligiando l'armeria.

«Calma, calma, che arrivano. Abbiamo ancora tempo.»

«Massimo tra cinque minuti dobbiamo essere fuori.»

«Tranquillo, Lo Presto, tranquillo. La prossima volta ci resti tu, in macchina, ad aspettare.» Poi, come se volesse chiarire un concetto: «Io nemmeno ho paura della morte, anzi, sapete cosa vi dico? Mi piace un sacco, la morte. La amo. E quando c'è bisogno, la provoco, senza problemi. La morte degli altri mi fa rimescolare il sangue, la mia non mi spaventa affatto, anzi, mi eccita pure quella. Bum, ed è finita. Bum! Finita proprio. Bum, bum! Un attimo ci sei e l'attimo dopo non ci sei più. Una malattia, quella no davvero, non la sopporterei. Secondo me, la vita non ha mica tutto 'sto valore, e perché mai dovrebbe avercelo? Tanto prima o poi bisogna andarsene. Che importa se adesso o tra vent'anni? Perché fare la lagna? Altri vent'anni e nessuno più si ricorderà di me. Dunque certe cose le fai perché si devono fare, e chi se ne importa se qualcuno ci rimetterà la pelle. L'importante è crederci».

Si rivolse a Nico.

«Tu non credi a niente, ci scommetto.»

Quell scosse la testa. «No, a niente. Non credo a niente e a nessuno.»

«Ah! Interessante. E vuoi spiegarmi perché non credi a niente?»

«Perché se hai bisogno di credere in qualcosa, allora vuol dire che questa cosa è falsa, oppure esiste solo nella tua testa e non nella realtà, altrimenti non avresti bisogno di una fede. Che due più due fa quattro non ho nessun bisogno di *crederlo*, è così e basta. Non serve nessuna fede particolare per dire che il fuoco brucia. Dunque si può credere solo a qualcosa che non sta né in cielo né in terra.»

«Sarà come dici, caro mio, io alla rivoluzione ci credo. Ci credo sul serio. La stiamo preparando, la rivoluzione. La stiamo già facendo. Non si è ancora vista una cosa così grande, ma la vedremo, presto. La vedrai anche tu. Deve succedere. È inevitabile.»

«Rubando vecchie armi in una caserma?»

«Sì, anche così. Ci sono vari modi per arrivarci. Tanti momenti diversi. E diverse strategie.»

«E quale sarebbe la vostra?»

«In questa fase? Resistere. Resistere alla repressione. Tenere la posizione. Rispondere colpo su colpo.»

Fu allora che in Nico sorse un'improvvisa quanto imprevista ammirazione verso la ferma, incrollabile stupidità di quegli uomini. Cioè, non erano poi così stupide le loro idee, anzi, per certi versi erano giuste, o giustificabili: stupida era piuttosto la loro fiducia che queste si sarebbero affermate, si sarebbero realizzate, e che sarebbero stati loro a realizzarle. Come? Facendo rapine, sequestri, e ogni tanto ammazzando qualcuno.

«E dopo» chiese Nico, affascinato da quegli uomini ciechi e senza speranza, che però, proprio perché accecati, continuavano a sperare, «che farete?»

«Faremo piazza pulita.»

Chi si sente messo in un angolo, chi si ritrova senza via d'uscita, reagisce con atti inconsulti. Diventa pericoloso perché non ha più nulla da difendere, nulla da perdere. Essendo già perduto, cosa gli può succedere di peggio?

«Piazza pulita...» mormorò Nico tra sé.

In quel momento sopraggiunsero i tre che avevano svaligiato l'armeria, più Cozzolino, che camminava con le mani intrecciate dietro la nuca. Sorrise sollevato nel vedere i compagni, sia pure nelle sue medesime condizioni.

«Ehi! Per quale ragione ti sei levato il passamontagna?» chiese la donna a Elio, con un tono freddo e brusco che fece capire ai presenti come fosse lei, e non lui, il capo della banda. La conferma venne dal silenzio imbarazzato di costui, che non osò replicare con la solita sbruffoneria. «Anche se oramai è tardi, rimettitelo!», e lui obbedì, goffamente. «E adesso, leviamo il disturbo. Tu, prendi questa, e vieni con noi» intimò la donna a Nico e gli passò una delle borse col bottino.

Per un istante Nico pensò di rifiutarsi. Se non si fosse

rifiutato, gli altri, e in primo luogo il capoposto, che sembrava già maldisposto nei suoi confronti, avrebbero potuto sospettarlo o persino accusarlo di complicità. Ma cosa avrebbe potuto fare, di diverso? La donna doveva puntargli contro un'arma a riprova che egli era effettivamente costretto a ubbidire?

Come se avesse letto questo nel suo indugio, la donna gli mostrò la mitraglietta. Un argomento inoppugnabile. Adesso, rifiutarsi di obbedire avrebbe assunto un altro significato: sarebbe stato coraggio, o puro puntiglio, fine a se stesso. Era Nico una persona coraggiosa? Lui per primo non lo sapeva, non poteva saperlo: non era mai stato messo alla prova, di sicuro non in questo modo. «Be'?» lo pungolò la donna, «allora?» La sua voce aveva qualcosa di ironico e dunque di seducente. Nico seppe che quell'istante straordinario non l'avrebbe mai dimenticato in vita sua. Fu come essere visitato da una rivelazione. L'illegalità getta luce come un lampo, come una droga. Tutto il resto arretra e scompare, si sottrae al giudizio. Abbandonarsi al corso inarrestabile degli eventi, lasciare che si susseguano, stare a guardare dove ti portano, essere agiti come un meccanismo, una ruota dentata che gira, una volta messa in movimento, e gira, non si ferma, non può fermarsi, non vuole, non dipende da lei. Sopravviene un senso di fatalità superiore a qualsiasi ragionamento, unito al desiderio che cessi ogni conflitto, ogni tensione, e quel che ha da accadere semplicemente accada. Rinculando da se stesso, l'attore diventa spettatore curioso e disinteressato degli avvenimenti che lo riguardano. Non si ha più scelta. Si viene scelti e basta. Sarebbe sciocco puntare i piedi per l'ennesima volta, per affermare o dimostrare chissà cosa. A questo punto Nico avrebbe potuto rispondere sì o no indifferentemente, quello che sarebbe venuto in seguito non lo toccava più di tanto. Estraneo anche a se stesso. Emozioni di colpo azzerate, un puro spettacolo. Presa la borsa, che era pesantissima e tintinnava, si avviò insieme al gruppo degli incappucciati. Sulla porta la donna si rivolse ai restanti: «Niente scherzi, voi. Aspettate cinque minuti prima di uscire. Ne lascio uno qui fuori a controllarvi». Non era vero, naturalmente, ma tutti restarono con le mani alzate per un po', finché il capoposto ordinò di abbassarle.

## 12.

Nello stradone che costeggiava la caserma era parcheggiato un furgone con le insegne di una ditta termoidraulica stampate sulla fiancata. Dentro non c'era nessuno. Tranne Lo Presto che si sistemò al volante, gli altri salirono a bordo dal portellone sul retro. L'ultima a montare fu la donna. Una ciocca di capelli le era scivolata fuori dal passamontagna sotto la nuca. Era bionda. Strappò il borsone dalle mani di Nico e lo buttò tra i piedi dei suoi compagni accucciati sugli strapuntini. «E a te, serve un passaggio?» gli chiese. Di nuovo quell'inflessione sprezzante e ironica, accentuata da un leggero accento del Nord. Prima di chiudere il portellone esitò un istante come se attendesse sul serio un sì o un no. Nico fece in tempo a risponderle: «Magari la prossima volta» restituendo l'ironia.

Si accorse di essere leggero e spensierato come non era da tempo. Qualcosa dentro di lui esultava. Tutto così forte, casuale, irreale, memorabile, e al tempo stesso vero.

## Capitolo XV

### *Effetto paradosso*

1.

Il segnale della recidiva non fu fisico bensì intellettuale. Da questo sintomo Berio si accorse che la malattia era ripartita. La sua mente non riusciva più a far presa sulle cose, a considerare l'esistenza materiale degli oggetti. Il pentolino del latte, i libri da sfogliare, il denaro in tasca o sul tavolo, non li vedeva, non li percepiva più, tutta occupata da una specie di confuso e ronzante rimuginio su un tema inafferrabile. I contorni del mondo circostante svanivano un po' alla volta, e non per un problema di vista, quando lui si provava a immaginare una sua prossima sparizione: dato che presto non vi avrebbe più occupato alcun posto, che importanza potevano avere ai suoi occhi le case, le strade, le stanze, e poi gli armadi, le scarpe e il lucido per scarpe e le spazzole per spalmarcelo sopra, le carte sparpagliate sulla scrivania, i solleciti di pagamento, le medicine – e poi il martello, i cacciavite piatti e a stella, e gli svariati utensili rinchiusi nell'apposita cassetta in cima al ripostiglio? Le cose si affollavano intorno a lui spogliate di qualsiasi interesse, avevano perso la loro forma, il loro peso, il loro impiego, persino il loro nome. Faticava a distinguere un barattolo di marmellata da uno di colla – materie appiccicose. Si ritrovò più volte sulla porta di casa a frugarsi in tasca alla ricerca delle chiavi che stringeva nella stessa mano con cui le stava cercando. O a chiedersi, ansioso, in quale verso occorresse girarle per aprire o chiudere – lo stesso mazzo di chiavi che sempre più spesso lasciava appeso nella serratura una volta chiusasi la porta alle spalle. Ma le chiavi non fanno testo, le persone sbadate (e Berio lo era sempre stato, anche quand'era sano e lucido) se le scordano ovunque; mentre il fatto che lui, appena uscito, e già in fondo alle scale, dovesse risalire e rientrare in casa anche tre o quattro volte perché vi aveva lasciato la borsa o il sacchetto di spazzatura, be', era davvero seccante, e l'irritazione che ne ricavava non si spegneva a breve. Dove ho la testa? si chiedeva senza trovare risposta, anche perché l'unica risposta plausibile, anzi certa, evitava accuratamente di darsela. Ma l'inconveniente più fastidioso e causa di allarme, il sintomo del progressivo allontanamento dalla realtà era il continuo urtare e rovesciare le cose con una goffaggine che non gli era propria, o lasciarsele sfuggire di mano, la penna, le carte del solitario, le pasticche da prendere che finivano tra le doghe del parquet o si nascondevano sotto il comodino. Non era più nemmeno in grado di cambiare una lampadina senza che quella nuova gli cadesse sul pavimento, oppure, quando le aveva in mano entrambe, la sana e quella fulminata, non fosse più in grado di ricordare se quella da sostituire fosse nella mano destra o in quella sinistra, e di conseguenza rimanesse a lungo in cima alla scala, dubbioso, scuotendole accanto all'orecchio.

All'inizio credette di essere afflitto da qualche degenerazione di tipo neurologico, non coordinava più i movimenti del corpo, il collegamento tra la mente e i muscoli doveva essersi sfilacciato; quindi si rese conto, con un orrore e una ripugnanza persino più profondi, che il problema non era affatto fisico: semplicemente, gli oggetti che lo circondavano, persino quelli più cari e familiari, si stavano poco alla volta eclissando, precipitavano fuori dal cerchio sempre più ristretto della sua attenzione, della sua vigilanza, del suo amore. Era la quotidianità, e dunque la vita, a cancellarsi giorno dopo giorno, era la realtà a smaterializzarsi – quel bicchiere di vino inutile berlo, quel libro inutile leggerlo, le sue pagine diventate bianche, il bicchiere sul tavolo scomparso, scomparso anche il tavolo, per cui vi dava contro dolorose ginocchiate nell'alzarsi, e il vassoio gli sfuggiva di mano, anch'esso divenuto inconsistente mentre lo stava riportando in cucina, e dal suo piano fattosi scivoloso piombavano a terra piatti e posate.

Vivere, essere ancora vivo, non lo interessava più.

2.

Berio è oramai allo stadio terminale. Ha subito un tracollo che lo ha reso irriconoscibile, venti chili sotto peso e i capelli bianchi e radi, lunghi, sudici, che gli stanno incollati sulla fronte e ritti sulla sommità del cranio, premuti dal cuscino. Ha piaghe sulla schiena e minuscole ferite sui polpastrelli di mani e piedi. Muco rappreso al bordo degli occhi. Non può leggere né scrivere. Riesce a mantenere l'attenzione per pochi minuti. I medicinali prescrittigli per ritardarne la morte hanno provocato una catena di effetti collaterali che a loro volta debbono essere curati con altri medicinali, tra cui alcuni psicofarmaci, opportunamente dosati per mantenere un equilibrio che ogni giorno si rivela più precario. Non dorme più e nemmeno si può dire che egli sia del tutto sveglio. È pervaso da una febbrile eccitazione che lo scuote ma che non gli fornisce sufficienti energie a compiere le azioni minime come scendere le gambe dal letto, deglutire, orinare. Però ha dei momenti di grande loquacità, senza più nulla che lo freni. Sono soprattutto quelli ad avere prostrato sua figlia, portandola oltre il limite della sopportazione.

L'infermiera che normalmente lo assiste, avvicendandosi con Lenia, ha avuto un imprevisto familiare e dovrà assentarsi per un paio di giorni. La ragazza non sa come affrontare questa emergenza, e i soldi per pagare un'altra infermiera cominciano a scarseggiare. Da sola non ce la fa. Ma tra le varie soluzioni possibili lei ricorre alla più insolita, in un certo senso quella che le costa di più, o magari che desidera di più: chiedere aiuto a Nico.

Si sono parlati al telefono, si sono anche visti un pomeriggio, da quando lui sta prestando servizio nella città dove vivono i Berio (il padre, ancora per poco), in un affollato bar del centro, come se si incontrassero la prima volta, appuntamento al buio, che incontro assurdo, uno che s'informava dell'altro gentilmente, come stai, cosa fai – per il resto parlando del più e del meno. Lenia ne è uscita sconfortata, Nico solo deluso. Eppure è a lui che la ragazza si rivolge per aiuto. Per Quell è un gioco da ragazzi chiedere e ottenere al volo una h48; oramai è pratico della vita di caserma, lavorare nell'ufficio di Proietto da quel punto di vista è una benedizione, potrebbe quasi scriversela da solo e firmarla, la licenza, coi bolli e tutto. Ce li ha lui nel cassetto, i bolli. E si diverte a farli tuonare quando stampiglia i moduli, con sarcastica violenza, e Valerio Muratori sobbalza dall'altra parte della scrivania.

«Potresti anche fermarti la notte?» le ha chiesto Lenia.

«Ma certo, certo, anche la notte.» Poi ha aggiunto, come suo solito, per smorzare l'implicazione sentimentale del suo assenso: «Sempre meglio che in caserma, no?».

Dormirà su un soppalco in salotto, dove si trova un divanetto allungabile.

Questa prospettiva segretamente lo eccita. Vedere il salotto foderato di libri dall'alto, essere nella stessa casa insieme a una ragazza che ha desiderato e forse anche amato, e al suo padre moribondo. In un raggio di pochi passi. Un raggio concentrato. Registrarne mentalmente per l'ultima volta le parole destinate al libro che avrebbero dovuto scrivere insieme e non scriveranno mai. Ma lui non ragiona più, delira. Il connubio amore e morte, più letterario di così, più fradicio e corrotto di così. Un po' se ne vergogna, Nico, ma questo non serve a frenarne la gioia, sì, la gioia che gli balza dentro – una gioia luttuosa.

3.

«Tu, Nico, mi conosci solo come un uomo di parole. Non abbiamo fatto nulla insieme io e te, mai usciti da questa casa. Nemmeno per una passeggiata. Solo un filo di parole ci unisce. Le mie parole. Hai sempre parlato poco, tu, lasciavi che andassi avanti io da solo. Furbo. Non credere che non l'abbia capito. Come si fa con i vecchi. Però non ho vergogna di mostrarmi a te in questo stato. Dovrei vergognarmi? Ti faccio schifo? Dimmelo. Anzi no, non dirmelo, stammi solo vicino. Raccontami i tuoi progressi, le tue avventure. È come se fossero le mie. Ma tu non hai mai avuto niente che non abbia avuto anch'io. In ogni campo dove hai messo piede io c'ero già stato. Anche per questo ti invidio, per tutte le cose che ancora non sai. *E altro è da veder ch'ora non vedi*........
..........................................................................................
.............................. Ah, i bei tempi andati. Anche se suona volgare dire io, una volta.... Ero di gran lunga il più intelligente di tutti. Li sovrastavo e loro erano umiliati e covavano la vendetta che è giunta, ora, in questo modo squallido, che non darà soddisfazione a nessuno. Attento, Nico, a non perdere la tua capacità di disprezzo! Anche se questo ti costerà molto, capisci, in termini di soldi e non solo. Se non accetti di essere pagato, vedrai, te la faranno pagare. Io mi vergogno di tutto quello che ho fatto e ho scritto, e almeno di questo sono orgoglioso, di vergognarmi. Ma più ancora sono orgoglioso di quel che ho evitato di fare.......
..........................................................................................
..........................................................................................
Non avrei potuto sprecare la vita in modo migliore. Non pensare al rottame che sono adesso: il primo a essere disgustato da questa carcassa sono io. Se mi aiuti a passare questa notte ti rivelerò delle cose che non ho mai detto a nessuno. Qualcosa deve accadere presto. Non so cosa sia ma prego perché non avvenga. Mi farà del male? Molto male? Sarà

penoso? Ho paura. Vorrei un bacio, un bacio, ora, subito, ma temo che un bacio non basti. Il rapporto anale è completezza tra chi si ama perché include il dolore. All'inizio ti fa un male cane ma lo vuoi, e spingi per averlo tutto e provarlo, il dolore. Solo i rapporti privi di scopo sono degni di essere consumati, e tu stando vicino a me ti sei purificato. Non sei più quel funzionario editoriale che pensava di mettere a segno un colpo e diventare il cocco del capo, scrivendo un libro con me. Quando sei entrato qui la prima volta, quanto ti ho odiato! Com'eri cauto e altero! Un messo imperiale. Ti avrei riaccompagnato subito alla porta, ma non mi andava di cominciare con una seduta brutale, non avresti capito, e ti saresti spiegato l'inconveniente con il mio brutto carattere. Il tuo ambiente di lavoro abbonda di furbi e di veggenti. Si esalta una virtù da cani, il fiuto. Sì, il fiuto. I libri vengono annusati. Se emanano profumo di successo..........................................................................
..............................................................................................
............................... Ora potrai tenermi compagnia finché muoio. Forse riuscirò a crepare senza troppi lamenti e buffonerie e ultime parole famose. Dove sono le rivelazioni della morte? Avvicinandomi pensavo di avere questo privilegio, e invece, le cose si sono rimpicciolite. Ora potrei davvero stare zitto. Non mi hanno mai chiesto silenzio, mi hanno sempre chiesto parole. Io gli facevo vedere che mi facevano schifo e loro erano entusiasti del mio schifo. Ero perfetto, a loro servivo per poter dire che avevano preso l'uccello che non si lasciava catturare, la piuma d'oro. Questo sì che è lusso, farsi servire da un uomo libero. Il vero ricco è colui che compra un quadro per poter dire non mi serve, non mi piace, è brutto, però è mio. L'ho levato al mondo. Domattina, quando andrai via di qui, ti farai una doccia per levarti di dosso il contatto con me. Sarò morto domattina? Sarò già risorto? Ah, sì, respiro un po' meglio. Il dolore diminuisce. Fiammeggerò come una stella stanotte prima di spegnermi. Sarai costretto a chiudere gli occhi. Lenia resterà sveglia più a lungo, resisterà alla luce del dolore. Passando del tempo

accanto a un morente, cominciate a muovervi nello stesso modo. Vi grattate dove mi gratto io. Mentre mi infilano l'ago nel braccio fate una buffa smorfia. Respirate a bocca aperta, con la lingua di fuori, coprite con la vostra tosse la mia. Siete dei dilettanti. L'infermiera invece fa solo quel che deve. Mi sarebbe piaciuto, almeno una volta nella vita, come lei, compiere semplicemente il mio dovere, cioè, una cosa che era assolutamente necessario che io facessi. Grattare la ruggine con una spazzola di ferro, spegnere un fuoco pericoloso, schiacciare la testa di una serpe che si stava arrampicando sulla culla....................................................................................................
.............................................................................................................
............ Le infermiere sono macchine magnifiche e mi piacciono le loro carezze fredde, l'odore di disinfettante, le mosse ritmate, le lunghe pause in cui non fanno e non dicono nulla perché non ce n'è bisogno. Stanno lì a sfogliare riviste. Io le guardo, mi fisso sulle loro ginocchia irruvidite. Cullo teneramente il mio desiderio come se fosse l'ultimo pezzo del mio corpo sano e vivo..........................................................
.............................................................................................................
...................................................... Neanche sul letto di morte si ferma questo, fino all'ultima contrazione della carne. Ridicolo, vero? Ecco, ora il dolore ha girato un angolo del corpo, si è nascosto dietro l'osso, da lì non arrivano i suoi segnali. Completata l'orbita tra una decina di minuti risbucherà dall'altra parte della scapola. E sorgerà infuocato. Questa regolarità mi sorprende. Non smetto di calcolare le piccolissime variazioni di tempo, di intensità. Ne ricavo un'immensa mole di dati, ma ormai non faccio in tempo a processarla che il ciclo del sollievo e della sofferenza si è già compiuto di nuovo. Cancello tutto, ricomincio daccapo le operazioni e l'attesa. Ma cosa sto aspettando, se la cosa è già qui? È già arrivata. È presente in questa stanza. Vengo ingannato dalla diminuzione del dolore. Credo di star meglio. Ci credete anche voi. Un miglioramento insperato. Respiro a fondo. Forse domani riuscirò ad alzarmi col tuo

aiuto e farò quattro passi per la stanza. Berrò un po' di brodo. Proverò di nuovo gusto sulla lingua. Eh, sì, la guarigione dev'essere vicina. Gli esami erano sbagliati. I medici spalancheranno gli occhi: un caso su mille, diranno. Fibra robusta, eccetera.»

4.

«Ma c'è un miracolo ben più grande della guarigione. Sai qual è? Non lo capisci, Nico? Il ritorno di mia figlia. L'invenzione di questo rapporto finale. Lenia è diventata mia figlia nell'ultimo mese. Mi tocca morire per saperlo. Debbo ridurmi in questo stato per sapere tante altre cose. Verso la fine c'è da scommettere che mi cacherò addosso. Ehi, Nico, che ne dici? Ti piace l'idea di pulirmi come un bebè? Non ti dispiace. No, non è possibile, non ci credo. Sei un vero ipocrita. Ma l'ipocrisia è la tua forza. Alcuni giovani vogliono spaccare il mondo. Tu invece lo tratti con diplomazia. Tolleri ogni cosa, incluso me. Sei realista. Non ti scandalizzi mai. Non ti offendi nemmeno se ti dico che con tutto il tuo realismo non riuscirai a pulire neanche un po' della merda che ho sparso io. Nemmeno della mia morte approfitti veramente. Sì, guarda che lo so benissimo, stai qui a prendere appunti, e intanto pensi, oh che stupenda occasione, roba da non perdersi, Berio che muore, studiarlo, stargli accanto, è una lezione da raccogliere, potrò dire: gli sono stato vicino fino all'ultimo, e ripeterai per filo e per segno le mie sciocchezze, che avranno assunto un sapore definitivo. "Si confidava con me" dichiarerai. Mi impaglierai e mi appenderai al muro nel tuo ufficio, tra le prove di copertina dei libri....................................................................................
.................................................................................. L'oggetto più prezioso che possedevo da ragazzo era uno zampetto di coniglio. Lo adoravo, quell'affarino peloso e secco. Lo accarezzavo in fondo alla tasca dei calzoni e lo baciavo. Bene, ti permetto di usarmi come amuleto o portachiavi. La mia

persona, la mia opera e il mio patrimonio, tre entità modeste, sono pronte a subire lo smembramento. Quando sono lucido mi fa ridere l'idea di esplodere in una galassia di aneddoti e vivere in eterno, come le barzellette, come le favole. Fai tu, non me ne importa. La lezione non dovrà servire a nulla. Piangere, questa semmai una cosa giusta. Sì, vorrei essere pianto, da tanta gente in mezzo alla strada, che soffre per la mia mancanza. Un fiume di lacrime scorre dagli occhi di chi manco mi conosceva. Berio, chi, il professor Berio? È morto? Concitazione, emozione. La città è bagnata di lacrime come se avessero lavato le strade. Tu piangerai per me, Nico? Forse avrai pietà di te stesso, ti commuoverai all'idea di essere stato al capezzale di un morente, legato nello stesso sacco con il morto, e penserai: quanto è toccante quel che m'è capitato, povero me.»

5.

«Nico, io mi specchio in te e mi compiaccio. Tu sei la mia gioia, semplice come la carnagione di una ragazza, inclusi i vizi che alla tua età sono più candidi delle candide virtù. Tu, Nico, sei il ritratto idealizzato del giovane che aveva tutte le strade aperte davanti a sé e una dopo l'altra, quasi seguendo una procedura, come il custode di uno stabilimento nel suo giro serale, le chiude. È quel che ho fatto io. Scoprii la via al successo, ne disegnai la mappa più dettagliata, quindi mi rifiutai di percorrerla, se non sulla carta. Il potere, noialtri letterati ci illudiamo di possederlo ed esercitarlo, mentre tuttalpiù ne comprendiamo la grammatica, i meccanismi, e ci inebriamo di questa coscienza, inalando il profumo dell'azione perfetta. È il massimo che possiamo fare. È normale allora che qualcuno, incapace di agire in prima persona, decida di mettere le sue scoperte al servizio di chi conta sul serio, cioè di chi ha i soldi, le armi, il potere e le sue varie appendici, le fabbriche, i giornali, i partiti, i palazzi. Sol-

tanto ora capisco di averlo fatto anch'io, di avere venduto me stesso ancora più sistematicamente proprio quando mi rifiutavo di farlo. Non era una svendita, piuttosto uno scambio sottobanco. Rubavo le loro donne ed ero convinto che questo bastasse a farmi odiare. Ma quelle donne erano messe lì apposta, contentini, pasti prepagati. Non si scherza con la mondanità, né la si può sabotare sul serio, perché alla fine della corsa, disseminata dalle briciole di soddisfazioni intermedie come scopare e un po' di quattrini, buttati lì per distrarti come le mele d'oro di Atalanta, be', il potere è rimasto immutato e terribile. Cioè, terribilmente monotono. Mi lasciavano divertire, prevedendo che non avrei turbato la loro noia. Ma sì, se la ridevano delle mie avventure come di ogni falso movimento sociale: tra le caste c'è sempre un giovanotto che si aggira senza aver capito bene le regole del gioco e bussa a tutte le porte, credendo di essere il benvenuto a qualsiasi ora. Hanno lasciato che mi sfogassi senza far danno ad altri che a me stesso. Ogni mia azione, anche la più strana, divenne stranamente comprensibile a chiunque. Fui iscritto, depennato e poi riscritto varie volte negli elenchi degli inviti. Avevo un'anima, no? e le anime bisogna strizzarle, piano piano. Perché mai gli altri avrebbero dovuto capire di me ciò che nemmeno io capivo? Che tirassero a indovinare, piuttosto. La mia vita è esemplare. Se solo fossi capace di resistere fino all'ultimo alla tentazione di imporgli un senso! La morte non dovrà fare alcuno sforzo, non cancellare né redimere un equivoco. Prenderebbe il cuore in un pugno, lo stringerebbe bruciandolo, e basta. L'onesto muscolo smette di sobbalzare. Ed è finita..........................................................................................
............................................... La notte scorsa ho pensato che stesse accadendo. Ero solo nel letto e felice. Il cuore ha taciuto. Il petto si è fermato. Morivo! Andavo verso l'alto, proprio come uno si immagina, cominciavo a staccarmi e a volare, una parte di me si era separata dal resto e si era arrampicata prima sul soffitto, poi sul tetto, poi sulla cupola

più alta della città, poi su una nuvola, da dove si può sfiorare il sole, che da vicino si guarda e si tocca senza accecarsi o bruciare. Oh, ti assicuro che era così, credimi, ho usato parole esatte. Morivo, ero libero, ero diverso da come tutti mi avevano conosciuto, ero alla fine niente, un puro niente che danzava, continuavo a morire anche dopo che ero morto, come se lo scioglimento non fosse ancora compiuto, e la seta scivolava frusciando sulla seta, disfacevo il nodo, in un lungo tremolio di luce, e tutto questo, il peso, la radice, il vincolo di sangue, non era mai esistito, morivo così, in una gloria tranquilla, modesta, insignificante, né umana né divina, morivo senza pensarci come non si pensa di vivere quando si è vivi, e la sola differenza è che io la sapevo, tutta la differenza, io ora sapevo cosa vuol dire la morte, la provavo, ero fatto salvo dalle conclusioni. Se volessi potrei dirti di più, raccontarti qualche particolare. Ma non voglio. Non è che non posso, proprio non voglio. Poi mi sono svegliato e mi sono accorto che non respiravo più, stavo soffocando, non entrava aria nella mia bocca e le fitte mi spaccavano i polmoni. L'aria usciva ma non entrava. Continuava a uscire. Chi c'era con me? L'infermiera. Mi rendevo conto che c'era lei, la grassona, brava donna, seduta accanto a me che mi teneva ferme le braccia, me le bloccava sul letto, una presa di ferro, così non solo non respiravo ma nemmeno riuscivo a muovermi. E tu dove stavi? Dove cazzo te n'eri andato? E dov'era Lenia? Lo dico per voi, eh, vi stavate perdendo la scena fondamentale. Tu passi qui tutta la giornata ma te ne vai sul più bello. Te ne andrai quando morirò davvero, dirai che ti si spezzava il cuore a restare. Infatti quella volta non sono morto, era un blocco di catarro, l'ho sputato addosso all'infermiera, sulla sua pettorina, non ha fatto una piega, brava, professionale, abituata alle sozzure........................................................................
..................................................................................................................
.................... Tocca qui, la mia barba è sporca, cresce più svelta di prima, sembra nutrita dalla schiuma della malattia,

bianca ma sporca, proprio il contrario di una candida barba di vecchio. Non diventerò mai vecchio..................................
..............................................................................................
..................... E mi dispiace un po', se fossi durato ancora una decina di anni senza muovere un dito, sarebbe di nuovo venuto il mio turno, il mondo delle lettere mi avrebbe dato ragione, avrebbero scoperto che la sapevo più lunga di tutti, mi avrebbero portato rispetto, avrebbero scritto che avevo attraversato il secolo, i suoi sconvolgimenti eccetera. Testimone di un'epoca. Quando alla buon'ora sei vecchio, molti di quelli che ti hanno sputato addosso lungo la carriera sono morti, altri hanno cambiato parere e quando ti avvistano, curvo ma vivo, vorrebbero abbracciarti le ginocchia, ora sei un rettile raro e prezioso, ti mettono sotto vetro per studiarti, organizzano convegni in tuo onore, si sbalordiscono se ancora sei capace di mettere due frasi in croce e racconti una storiella vecchia di cinquant'anni, si inteneriscono della tua santa balbuzie. Dove entri zoppicando il parterre tace, quindi scoppia l'applauso commosso. Ce l'hai fatta, Berio. Il tuo albero non venne tagliato perché era storto, non ci si poteva ricavare nulla, e adesso vengono ad ammirare quei rami favolosi, i curiosi godono la tua decrepita ombra, si prova qualcosa di speciale a starti accanto, a toccarti, a parlare con il vegliardo, il quale riceve gli omaggi con serenità, oramai è al di là di ogni interesse, è andato oltre qualsiasi calcolo del dato e dell'avuto, le telefonate, le lettere, i premi, i titoli, le visite, gli articoli su di lui, le monografie, lo lasciano così indifferente, ma così indifferente che egli segretamente ne gode. Gode della propria indifferenza. Gode del trionfo del tempo su tutto. In quel momento egli è il tempo trionfante, lo incarna, quello spettro, più simile alla morte di ogni altra cosa vivente, eppure ben vivo. Molti giovani intanto sono stati ammazzati, la gioventù li ha travolti e uccisi, mentre la vecchiaia curava il suo vecchio pulcino, lo ha covato gelosamente e tuttora lo mantiene. I fotografi riempiono di sali d'argento i reticoli di rughe e ne ricava-

no bellissimi ritratti della lotta tra il bianco e il nero........
...................................................................................
.......... E invece niente...................................................
............. Non diventerò mai vecchio davvero.................
...................................................................................
..................... Nico, in verità, tu sei la persona meno poetica che io abbia mai conosciuto, sei integro, solido, sul tuo terreno potrebbero costruire una cattedrale. Sei superiore alla fatica. I dubbi e i tormenti li usi come manubri per irrobustire la muscolatura, quindi li posi a terra, non li lasci cadere dall'alto o li scagli via, li posi. Bruci utilmente solo per scaldare. Io appartengo a un'altra epoca, l'epoca dell'ansia. Ai miei tempi poesia significava allergia alla vita, angoscia, scarto, disadattamento, ciò che non siamo e non vogliamo, o non siamo capaci di essere. Tu invece, Nico, sei un uomo nuovo. Passi attraverso la merda e resti calmo. Non hai qualità che ti ostacolino e ti impediscano di vivere. E ciò non vuol dire che tu sia privo di qualità, anzi, le hai tutte, trabocchi di qualità, le quali hanno però perduto il loro tratto segregante, sacrificale, morboso, che facevano di un uomo sensibile un infelice a vita, quindi un poeta potenziale, secondo la vecchia scuola. La tua pienezza non si cambia improvvisamente di segno, rovesciando il dono, facendolo marcire in una maledizione. Bravo. Sono orgoglioso di essere tuo amico. Ma tu vuoi ancora essere mio amico? Lo vuoi?.................................................................................
..................................................................................
........................................................ Oppure cosa, mio discepolo? Assistente? Confessore? Eventualmente portaborse? Amante attribuito dalle malelingue? Figlio mancato? Cosa volevi da me e cosa hai avuto? Il libro non l'abbiamo scritto, torni a mani vuote, il tuo editore strillerà sapendo che non ne esiste nemmeno un capitolo, neanche una mezza pagina, o magari si sentirà sollevato, il buon Minaudo, una rogna in meno da sbrigare, un insuccesso in meno. E tu sarai licenziato, anzi no, verrai retrocesso nei corridoi tenebrosi dei

redattori di enciclopedie, confinato tra muraglie di bozze. Hai avuto mia figlia, questo è vero, ma potevi averla comunque. Vi sareste conosciuti a una festa, ballando. Del resto mia figlia non era mia. Non l'hai tolta a me. Anzi me l'hai ridata........................................................................................

..........................................................................................

............................ Chi erano i miei amici, quelli a cui stringevo calorosamente la mano che mi aveva colpito in un occhio? Ogni giorno vissuto ha prodotto un sentimento particolare di furore e distanza, e la distanza lo ha annullato. Stare assieme a te, parlare con te per un pomeriggio, di ogni cosa, senza scopo e senza limiti, saltando il pranzo, dimenticando la cena, appassionarmi alle mie parole come se fossero vere. C'è qualcosa nascosto in fondo alla mia vita che sparirà insieme a essa. Forse si tratta della sua futilità.»

6.

«Non mettere da parte una briciola di me stesso fino a una certa età fu una posa, dopodiché diventò necessario, inevitabile, passati i quarant'anni non potevo che continuare a perdere, perdere qualsiasi potere, abbandonando in fretta ogni oggetto su cui mi capitava di mettere le mani, aprendo le dita, mollando la presa, non mettendo più una parola per iscritto. Naturalmente, era orgoglio anche questo. Al mondo, non c'era una sola cosa che m'importasse e io non contavo più nulla per nessuno. Al mio posto si aggirava un fantasma sempre esposto alle correnti, circolava una scusa poco plausibile per le mie assenze. La gente prima si divertiva con la sua trasparenza, gli passava attraverso, poi smise di prestargli attenzione, come si fa con una radio rimasta accesa in cucina, si sentono parole ma non si sta lì a collegarle, è un ronzio tutto ciò che rimane. Chissà se nel fiume della mia superfluità si è bagnato qualcuno, si è ristorato. Non mi intendere male, Nico: in quel periodo non

ero affatto scomparso dalla circolazione, anzi, non sono mai andato tanto spesso a feste, cocktail, soirée, spettacoli, presentazioni di libri e inaugurazioni di mostre, dove lo spettro si aggirava ridendo e bevendo e conoscendo nuove donne da ascoltare in scioltezza, oppure con una speciale, leggera gravità che mi ero inventato io, sprofondandomi nelle loro scollature, in quegli abissi di pelle lentigginosa, i miei occhi alle prese con le estremità del loro corpo, la punta dei seni, i confini delle spalle scoperte, i lobi delle orecchie e il loro sottile disegno che diventa rosso per il freddo della strada: ero così luminoso e disinteressato e privo di pudore con loro, fissato sul loro corpo, che le donne non dovevano fare nessuno sforzo con me. Ero puro e onesto. Saltavo i passaggi. Non volevo altro, non cercavo altro, il fantasma si sdraiava sopra una ragazza e già era di nuovo in piedi, via, fuori dal gioco infernale delle richieste e dei ruoli. Un delicatissimo congegno. Concentravo il mio peso umano in quei pochi centimetri. Non era nemmeno carne, dopo tutto: ma la ripetizione astratta di un gesto. La ripetizione affina, semplifica. Il corpo c'entrava solo in parte, anche se per anni non si è sentito ripetere altro che quella parola d'ordine: il corpo, il corpo! Ci si immaginava che, essendone la fonte, dovesse essere anche la soluzione di tutti i problemi. Che ingenuità! Ecco cos'è invece il corpo, vedi? un sacco che si riempie e si svuota, e si scuote, qui, nel letto. Ora sì che parla il corpo, e io lo debbo ascoltare, sono costretto ai suoi rumori osceni, me ne sto dentro un sarcofago gorgogliante, tra tubature otturate, o forse il sarcofago è dentro di me, una tomba scavata al mio interno. ..................................................................................
............................................ Ma a quel tempo la sostanza della vita era un fuoco fatuo, mi stringeva assieme a un altro essere, in un cerchio azzurro di luce. La fiamma bruciava me e la ragazza di turno in pochi istanti. Dopo eravamo cenere, ed era assurdo rimanere insieme. Gli uomini che si dedicano soltanto ad amare le donne vengono messi da parte dagli altri uomini, e quindi presto anche dalle donne. La società,

che sembra ammirare i conquistatori, invidiandone i successi, poi se ne fa beffe e questo è anche il modo in cui si vendica di loro, del loro fascino, applicato a uno sciocco passatempo. Solo chi è fallito in ogni iniziativa seria può dedicarsi ad amare le donne anima e corpo, perdendosi in questa inchiesta che non va mai in porto e ricomincia ogni volta dallo stesso identico punto. E io ero fallito in pieno, eccetto che in quell'opera perennemente incompiuta di conoscenza. Forse anch'io in qualche modo volevo vendicarmi. Il mio rifiuto non poteva esprimersi in forme severe e rigorose, ma doveva restare lieve, esteriore, in una parola frivolo. Ci tenevo in special modo che gli altri pensassero che non valevo nulla o che mi ero buttato via, e che se non scrivevo, se non pubblicavo più una riga, era perché non avevo niente da dire. Feci il possibile per confermare quest'immagine; più essa si rafforzava, più diventavo libero. Affrancato da fiducia e aspettative altrui. Era una libertà negativa, l'unica possibile per chi si è già compromesso abbastanza e deve congedarsi da quello che ha, strappando la rete di vincoli che ha contratto, distruggendo e godendo della distruzione, la sola cosa rimastagli. Sarebbe stato troppo facile cambiare vita, non ci vuole poi molto a diventare un altro, basta lasciarsi crescere la barba oppure radersi il cranio a zero, fare e dire l'opposto di quello che si faceva e diceva prima. La simmetria è, in fondo, una forma di conservazione. Semplice come l'inversione di due cavi elettrici...........................................................................................
............................................................................ La sofferenza mi è estranea per principio. Anche adesso, che è tremenda, non so cosa farci con la mia sofferenza, ignoro il modo d'impiegarla, ho imparato poco dal dolore, dalla sua lezione monotona. È male e basta. Ho l'impressione di respirare sott'acqua: ci riesco, ma mi costa un'immensa fatica ogni volta che inghiotto. Eppure non soffoco, non muoio. Non sarà il dolore a farmi morire, anzi, la sua compagnia mi tiene desto e in guardia, finché ci sarà lui ci sarò anch'io. Siamo due evasi legati da una catena. Sai, questo male è davvero strano. Un

rasoio mi taglia in due ma quando provo a toccarlo è senza filo. Com'è possibile essere fatti a pezzi da un'arma così stupida? La stupidità ha la meglio su tutto. Non sa, non capisce e non spiega, ed è così che vince. Forse all'ultimo minuto mi arrenderò e sarò libero da ogni presunzione, sarò stupido anch'io. Ma ancora quel momento non è arrivato.................
......................................................................................................
........................................ La mia mente rigurgita di storie. Incontrai una ragazza con il viso bianco come la neve e le maniche del pullover che le coprivano le dita. Allora l'opera di nullificazione intrapresa dalla mia coscienza era a metà strada, molte cose ancora le rispettavo come tali. Credo che lei non avesse la più pallida idea di quel che volevo e perché mi comportavo in modo così fatuo, anzi, a dire il vero, non ebbe il tempo di porsi queste domande perché aveva bevuto e fumato tanta di quell'erba che la dovettero mettere a letto, in una stanzetta dell'appartamento, io li aiutai e dissi agli altri di andar via, di tornare alla festa che avrei badato io a lei, che non sporcasse le lenzuola vomitando, poi quando furono usciti chiusi la porta a chiave, la spogliai e le salii sopra. Respirava pesantemente mentre me la sbattevo. Era la figlia di un mio amico. È rimasta incinta e ha avuto un bambino, forse mio, di quella notte, è possibile. Fui proprio io a riportarla a casa, più tardi, premuroso. Mi comportai da persona ordinaria, quale sono, che cancella un'esperienza dopo averla consumata, e non ci pensai più sopra. Mi è tornata in mente solo adesso. Dunque la Lenia che ami non è la mia sola figlia, chissà se altri angioletti portano gli occhi del professor Berio. Che pensiero esaltante lasciare degli orfani. Renderanno giusto ciò che ho sbagliato.»

## 7.

Nico fu ben felice che Lenia non fosse in casa in quel momento. Era uscita a comprare altre inutili medicine. Meno male. La rivelazione di Berio era oscena, tutto ciò che quell'uomo andava confessando, blaterando, insinuando, delirando era osceno, Nico di sicuro non l'avrebbe messo per iscritto, mai e poi mai, e non perché fosse sbagliato farlo, semplicemente perché non ne aveva il coraggio. Non aveva il coraggio necessario a offendere, e quindi a sopportarne le conseguenze. Ci sarebbe voluto qualcun altro al posto suo, uno più cinico e semplice e diretto di lui, disposto a ferire e uccidere a casaccio, come la faina in un pollaio – un artista, magari. La sfacciata verità di Berio era intollerabile, ossessiva, maniacale, martellante, solo l'arte talvolta riesce a esserlo altrettanto, ad affrontare il sacrificio della propria umanità – ma Quell, appunto, non era un artista. Infatti, da quella tempesta oscena di parole, il suo istinto verso Lenia era di proteggerla, di nasconderle la perversione paterna, facendole da schermo. Alla figlia, Berio non avrebbe detto quel che aveva detto a lui. O forse sì, chi poteva garantirlo, il malato oramai era fuori controllo, fuori di sé, dunque, anche con Lenia... Una volta rimosso lo scudo di Nico... una volta messo a nudo, torturato, incrudelito, Berio cosa avrebbe potuto dirle? Le ultime parole del condannato a morte.

8.

«Malgrado ancora non sapessi di essere malato, mi ha preso una strana fretta. Ho ricominciato a cercare e a prendere. Strappavo pezzi di vita dal corpo degli altri. Guardandomi allo specchio qualche volta ho visto che i miei occhi splendevano. Bruciavano in mezzo alla faccia incartapecorita. Non ho mai avuto tanti successi. Il vecchio fabbro. Non si direbbe, vero? Ma i giovani uomini ragionano male, non comprendendo che è solo una questione di probabilità, anche il calcolo infinitesimale delle attrazioni, e il vecchio ormai si è moltiplicato, gioca su innumerevoli tavoli con innumerevoli mani, può porgere una o più facce del poliedro, inclusa quella leggendaria e mite del disinteresse, poiché lo

si crede innocuo, disinnescato, le donne non pretendono acrobazie erotiche da lui, che può andare sul velluto, lavorare di fioretto, rosicchiare tutto il formaggio, baciare, toccare, commuovere, stupire, punire, ingannare, essere candidamente violento. E accontentarsi della grazia di Dio..........
........................................................................................
........................... Tanto tra poco sarò morto. Stavo per dirti a quante l'ho messo nel culo. Quante se lo sono preso. Sì, così. Non interrompermi, non dire niente, e per favore non compatirmi. Dunque evita di annuire o di scuotere la testa. Il sesso conta relativamente, e comunque, non sei stato con una donna o con un uomo fin quando non gliel'hai messo dietro. Dopodiché si comincia a capire qualcosa. Vai alla radice, chiudi la pratica. È chiaro, questo? Ti faccio ridere? Ti sembro un vecchio maiale, un fissato? Ho pietà di te se lo pensi. Se pensi che io non ti stia dicendo la più pura verità. Chiedi la stessa cosa a chiunque altro, e avrà paura di dirti quel che ti ho detto io. E sai perché? Perché ha ancora da vivere e deve stare zitto per non bruciarsi le occasioni. È troppo presto per vendicarsi e lui non è pronto a usare la verità che serve a vendicarsi. Solo la verità è capace di lavare le offese, di ripulire il mondo dalle incrostazioni. Però attento, ogni frase che pronunci taglia via un pezzo di te. È un'automutilazione, la verità. Via le dita, le gambe, le braccia, la luce degli occhi, via ogni decoro, ogni rispetto, alla fine resta un moncherino parlante e poi solo una voce. Una cicala il giorno prima di cadere stecchita, una larva secca di cicala che canta tutto il caldo che si è goduta........................................................................................
.............................................................................. Ognuno ha un fiore sconosciuto al resto degli uomini. Il mio ora è accartocciato. Prima era bellissimo. Ho cercato tutta la mia vita di preservarlo. Come? Con l'irriverenza, il cinismo, la ricerca della verità, inesausta e negligente, cioè condotta in modo tale che la verità venisse a galla da sola, come un pensiero puro e non sollecitato. Venisse attraverso di me, lungo il mio corpo e la mia vita casuale, e subito accantonata

al suo apparire, immediatamente tradita affinché restasse intatta. Rovesciai i miei desideri come calzini. Li purificai. Rinunciai a dirottarli altrove e li chiamai con l'unico nome che meritano. Odiai quando sentivo di odiare e chiamai ciò che provavo odio, odio, e non, come dicono tutti, sete di giustizia. Mantenni freschi, bagnandoli di indifferenza e amoralità, i sentimenti che suscitavo negli altri, e imparai a sospenderne all'infinito le conseguenze come se non riguardassero me. La mia rosa fioriva rigogliosa e incompresa. La mia arrendevolezza fu mille volte equivocata, i miei rifiuti scambiati per alterigia, addirittura per malvagità, come se colui che rinuncia agli scambi mondani costringesse gli altri a compiere al posto suo la porzione di male che gli era stata assegnata. Per non essere cattivo io, rendevo cattivo il prossimo. Non è cattivo comunque chi causa amarezza? Ma io ero cattivo in modo nuovo, diverso, poiché spezzavo la logica di ogni azione, buona o maligna, privandola della sua intenzione, per cui anche quando l'azione era volta al bene non la si poteva considerare buona, bensì frutto di casualità. Nessuno tra le macchinette umane poteva capire perché facevo una cosa invece di un'altra, perché dicevo sì oppure no, e a chi lo dicevo. Si scatenò l'interpretazione selvaggia del mio modo di vivere. Normalmente la molla veniva identificata nel mio egoismo. Ma può l'egoismo andare contro l'ego? Io non avevo fatto altro tutta la vita che disfarmi con le mie mani. Segare il ramo su cui ero seduto. Il che non può spiegarsi con la mia scarsa intelligenza o con la mia nevrosi: non sono stupido e nemmeno nevrotico. E tantomeno ingenuo. Sapevo quel che facevo. Volevo bere il calice e lo bevetti.......................................................................................

........................................................................................ Anche con te, Nico, ho fatto il contrario di quel che dovevo. Ho subito cercato di estirpare la tua ammirazione. Se mi sei ancora legato, se stai ancora a sentirmi, vuol dire che sei fatuo e disperato come me. Apri gli occhi, Nico! Scova il buco nello spacco tra le natiche, e spingi. Spingi forte. Si apre. È

un anello elastico e si contrae. Tra una contrazione e l'altra, quando si ammorbidisce in una pausa della lotta, spingi. Non ti curare delle proteste: si rovesceranno in richieste. Forza l'anello, allentalo, non mollare, insisti, oltre la sua stretta diventa facile, basta entrare un pezzetto, far capolino, oltre quel punto non si ritorna indietro, siamo fatti per oltrepassarlo, le colonne d'Ercole, il limite e il decoro, uomini e donne lo vogliono, sono pronti a morire per quello. Vogliamo morire in nome di qualcosa che sia oltre la legge ordinaria, qualcosa che ci domini. Vogliamo morire. Una cosa dura ficcata dentro una cosa morbida. La costrizione del destino. Scivola dentro. Ora. Ora ci sei. Hai ottenuto ciò che volevi. Lo volevi? Cos'era? Una cosa buia, un budello. E se non hai voglia di farlo tu ad altri, lascia che qualcun altro lo faccia a te. Lascia che te lo mettano dentro, cedi una buona volta, allenta, abbassa le difese, la sensazione è la stessa...............................................................................................
............................................................... Chi è che piange di là? Lenia piange? Dille di non piangere. Il dolore si sopporta, sempre. Persino la gioia crea dolore, è inevitabile, come strappare fili d'erba di un prato correndo. Non abbiamo mai fatto una passeggiata insieme io e Lenia: peccato, è tardi, ora voglio dormire. La stanchezza è uno stato di grazia. Sai una cosa, Nico? Sei troppo giovane. Mi dai fastidio. Vattene. Liberami. Lenia piange per te, non per me. Consolala. Siete commossi l'uno dell'altro. Io non c'entro. Sono l'oggetto perduto da entrambi Servo da connessione con la prossima scena. L'amore crolla alla minima scossa, come cenere da una sigaretta. Siete così sicuri di amarvi? E di cosa siete sicuri se non siete sicuri nemmeno di quello? Io non ho idea di cosa significhi, per questo ve lo chiedo. Avessi saputo cosa voleva dire amare, sarei stato sveglio tutta la notte a ripeterlo come un pappagallo. Invece sono freddo, Nico, e brucio del mio freddo interiore come di un terribile peccato. Ardo, soffoco, scioccamente sentimentale in questa mia mancanza d'amore. La passione che mi strangola non è spenta ancora. L'amore è un racconto

puro e limpido di cui non sono mai stato capace. Io mi arrovello, sprizzo scintille, ma non so distendermi. Sono e resto un critico, anche sul letto di contenzione, una mente spastica che scatta a vuoto. Sono un critico, un osservatore della propria sparizione, la morte ridotta a uno spremersi le meningi. Sono assediato da libri che raccontano quello che mi sta accadendo mille volte meglio di quanto sappia fare io. Una pagina di quei romanzi eclissa tutti i miei ragionamenti. Non spiega la morte, non la analizza: ma lascia che accada, l'accompagna..................................................................................................
........................................................................................ Ho alitato sulla vita e l'ho sfregata, come una domestica che lucida l'argenteria di casa, orgogliosa di roba che non è sua. Le cose rubate mi appresto a restituirle. Non rimarrà nulla di me e del mio fiato, che pure fu caldo, anzi, ardente. Il critico si attacca avidamente ai testi che esamina, li culla con tenerezza materna: e con la stessa tenerezza io amo la vita di cui non sono autore. La vita degli altri e questa mia, di cui sono stato curioso. Mai un vero padrone proverà lo stesso trasporto. La mia anima ora è candida. Il mio corpo è candido. I miei sudici peccati sono stati rimessi..........................................................................
........................................................... Tu, Nico, tu mi hai perdonato, ascoltandomi. Mi hai graziato col tuo ascolto. A lungo ho pensato che avrei dovuto dirti qualcosa di importante, e mi sforzavo di trovare questa dichiarazione decisiva, la creavo dentro di me, la covavo, era l'essenza del mio discorso, il sugo delle meditazioni tenute ben lontane dalla carta per non sporcarle, abituandomi a vivere in un silenzio davvero religioso, dove la verità era sicuramente rispettata. Là non c'erano parole a circondarla e tradirla. Ma ora debbo dirti questa cosa che ho rimandato tutta la vita. Sono costretto a farlo adesso, stasera, prima che torni il dolore a creare diversioni. Debbo approfittare dei pochi minuti che mi restano per fare testamento e stendere il mio manifesto. Alcuni – punti – essenziali. Anche chi non mi ha conosciuto saprà come la pensavo. E chi mi ha conosciuto è ora che cambi

idea. Chissà perché, se mi interessa tanto l'opinione che gli altri hanno di me, chissà perché ho fatto il possibile per depistarla..........................................................................

........................................................................ Vedi, Nico? Ho in braccio una piccola chitarra e la suono, ha un suono allegro la mia chitarrina, basta accarezzare le corde, e io ora sono allegro e spiritoso. La banda si diverte. La senti la mia chitarra, Nico? Vuoi suonarla anche tu? No. Non puoi. È mia. È la mia piccola chitarra. È solo mia! Nico, Nico Quell: che tu sia benedetto. Per la vita!»

9.

Oramai in uno stato di semi incoscienza, Berio chiede a Nico di aiutarlo a pisciare, Nico gli infila sotto il lenzuolo l'orinatoio che ha trovato sotto il letto ma non basta, bruscamente Berio gli fa capire che deve aiutarlo sul serio. «No, non così! Andiamo, su! Me la sto facendo addosso.» Gli deve prendere il pene e infilarlo nell'imboccatura del pappagallo, l'orinatoio di tipo ospedaliero. «Da solo non ci va mica...»

Nico sentì di essere vicino, per la prima volta dopo la morte di sua madre, a qualcosa di irreparabile, qualcosa che non ammette repliche. Bisognava solo obbedire. Scollò il pene che il sudore appiccicava alla coscia, lo tastò delicatamente per restituirgli un minimo di forma, lo allungò a sufficienza affinché non scivolasse fuori dall'imboccatura del pappagallo al minimo movimento. Tra pollice e indice piano piano lo tirò dentro l'imbuto di plastica intanto che spingeva l'orinale contro il ventre di Berio, un poco sotto di esso, in modo che l'orina vi colasse senza il pericolo di rifluire fuori.

«Un getto miserabile. Macché getto. Uno sgocciolamento...»

Ora giaceva su un fianco, godendosi il sollievo di aver pisciato. «Non c'è nulla di più vecchio del sesso di un uomo vecchio» disse.

Più tardi Nico avrebbe preso i seguenti appunti:

*I genitali dell'anziano sono una cosa misera, un fagotto irto di peli contorti, bianchi, lunghi. Carne a cui la mancanza di scopo ha tolto persino la forma.*

*I testicoli vagavano dentro il sacco dello scroto: il pene si era ritratto tra le sue stesse pieghe.*

*Il sesso di un giovane riscatta la propria forma incerta con un'emanazione di innocente potenza. Può far ridere ma fino a un certo punto. Il sesso di un vecchio è il volto di un clown struccato: la menzogna non si può più arrestare facendo leva su qualche menzogna più grande. L'oscenità di una vita che si spegne sta in quelle palle pendule. La fine è oscena comunque e quelle palle la annunciano.*

*Cade ogni pudore residuo.*

10.

Nel pomeriggio sembrò che le cose andassero un po' meglio per Berio. Era di nuovo lucido. Entrò Lenia.

«Papà, digli delle lettere. Io non ce la faccio. Spiegaglielo tu.»

«Quali lettere?»

«Papà vuole che io ti consegni delle lettere. Eccole.»

Era una cassetta che doveva aver contenuto bottiglie di cognac, omaggi natalizi di qualità, a giudicare dalla confezione. Nico fece scattare le serrature e dentro la cassa vide tre pacchi di lettere, ne prese uno, ogni lettera era conservata nella sua busta che aveva il lato superiore tagliato con cura. Sfogliando il mazzo, lesse i nomi e gli indirizzi dei mittenti, che spesso erano sovrascritti a mano sullo stemma di case editrici e di istituti universitari. Qualcuno aveva pudicamente cancellato emblemi e titoli con un tratto di penna che non nascondeva niente: al contrario, quelle cancellature sembravano un espediente cortese per sottolineare il rango dello scrivente. Erano tutti nomi molto noti, infatti.

«È soltanto una scelta» mormorò Berio, «le altre le ho distrutte.»

Distrutte? pensò Nico e fu percorso da un brivido. Come poteva Berio aver distrutto quel patrimonio di relazioni umane e intellettuali?

«Bruciate, una per una. Ci ho messo una giornata intera, rischiando di soffocare. Non dicevano niente d'importante. In ognuna di quelle lì, invece, c'è una perla preziosa.»

Berio scoppiò a ridere in modo penoso ed esaurì subito il fiato.

«Voglio bere qualcosa. Qualcosa di buono» mormorò.

Ma in casa c'era solo una birra già aperta, probabilmente dall'infermiera, che dopo essersene bevuta una metà aveva infilato un cucchiaino nel collo della bottiglia per ritrovarsela al prossimo pasto ancora un po' gasata. Mentre scrutava china nel frigo, Lenia pensò che avrebbe potuto scendere e cercare una bottiglia buona in qualche negozio ma a quell'ora era tutto chiuso, e forse non avrebbe fatto in tempo a tornare. Dunque prese la bottiglia piena a metà e la portò al padre. Era gelata e imperlata. Nico la prese e la accostò alle labbra del morente, poi alzò la mano quasi insensibile di Berio e ne strinse le dita intorno alla bottiglia in modo che fosse lui a inclinarla e a far defluire la birra in bocca. La mano ebbe un sobbalzo improvviso e Berio si bagnò le guance e il mento, ma non protestò, anzi sollevò più alta la bottiglia piegando la testa all'indietro e mandò giù il resto a lunghe sorsate rumorose.

Ora le sue dita erano fredde e Nico non sapeva se era già la morte o solo il fatto di aver impugnato la bottiglia di birra.

# Capitolo XVI

## *Spiaggia libera*

1.

Le bambine si presero tutt'e tre, a distanza di qualche giorno l'una dall'altra, la tosse convulsa. La casa echeggiò per un paio di settimane di colpi secchi seguiti da un rantolo per inghiottire l'aria. Niente di gravissimo, intendiamoci, semmai angosciante; gli antibiotici fecero effetto, prima Agnese e poi Maria guarirono, mentre Caterina continuava a tossire senza sosta, soprattutto la notte, e gli sciroppi e i vaporizzatori per umidificare la stanza parevano servire a poco. Le facevano male il petto e la schiena per gli spasmi, e spesso dopo un attacco prolungato le usciva il sangue dal naso. Più di una volta vomitò, dopo una serie di colpi di tosse simili a ululati, sempre più violenti, come se le stesse uscendo l'anima. E questo fece riaffiorare nei genitori lo spavento vissuto nel primo anno di vita della bambina, quando rigettava tutto il latte appena succhiato.

Anche se sfinita, Cate non si lamentava.

«Non ti sembra strano?» diceva Nanni che era molto inquieto, e passava la notte in bianco. «Mai una volta che pianga. Giuro che se tossisce ancora...»

Costanza per carattere era meno ansiosa di Nanni. Più che la pazienza o la fiducia, la assisteva il fatalismo. Le malattie devono avere il loro corso, pensava. I bambini sono forti, più forti di noi, e anche più coraggiosi. Il tempo è il loro alleato, per i grandi il nemico.

«Le passerà.»

Con parecchio ritardo, anche Cate ne uscì, per quanto sciupata, smunta. I suoi occhi azzurri di solito scintillanti avevano intorno cerchi scuri e le guance coperte di lentiggini si erano scavate. Zigomi sporgenti, capelli dritti in testa. Inoltre durante la malattia le era caduto un dente davanti, il che dava al suo aspetto malridotto un tocco comico.

La convalescenza è un periodo di incerta valutazione, un tempo ovattato: non è più malattia ma non ancora salute, difficile stabilire giorno dopo giorno in quale punto intermedio tra l'una e l'altra ci si trovi. Poiché quello di perfetta salute è un concetto limite, il cammino per recuperarla potrebbe, in teoria, allungarsi all'infinito: onde evitare questo, si fissa in modo ultimativo una data, che per un bambino è quella del ritorno a scuola.

Prima che tale giorno giungesse, Nanni decise che la bambina non doveva più star chiusa in casa, aveva bisogno di aria, di sole, di muoversi, e si propose, nel suo giorno libero dall'insegnamento, di fare con lei una gita al mare. Si fermò un istante prima di citare le note proprietà dello iodio nel favorire la respirazione, allarmato dalla frequenza con cui, negli ultimi tempi, si era ritrovato ad attingere al vasto repertorio dei luoghi comuni. Sono sempre in agguato, le frasi fatte.

«Che ne dici se mi porto anche le altre due?»

«Hanno già perso troppi giorni di scuola» osservò Costanza, «non è il caso.»

«Un giorno in più o in meno, cosa cambia? La scuola non serve a niente, fattelo dire da uno che ci lavora.»

Questo aveva tutto l'aspetto del solito paradosso che Nanni, a un certo punto, metteva in campo nelle sue discussioni con Costanza, e che potevano divertirla o darle i nervi a seconda dei momenti. Però, in effetti, un paio di anni prima, questa tesi radicale aveva avuto una singolare conferma: Maria, la più grande, era stata a casa quasi due mesi con la mononucleosi, e quando era tornata a scuola, ebbene, aveva ripreso senza alcuna difficoltà, come se niente fosse. In precedenza né Nanni né Costanza avevano mai sentito il bisogno di andare a colloquio con le insegnanti delle figlie, dato che le bambine non avevano mai dato problemi di cui preoccuparsi, ma stavolta sì, era il caso di farlo, per verificare le conseguenze della lunga assenza sul profitto scolastico di Maria. Ci era andato, abbastanza riluttante e imbarazzato, Nanni. Ma la maestra, una corpulenta, ridanciana, sincera e affezionata maestra elementare, lo aveva rassicurato, e si era battuta il petto con ironica contrizione: «Guardi, signor Zingone, sua figlia si è reinserita a meraviglia. È come se non avesse perso una sola ora di lezione. Certo, questo si deve al fatto che Maria è una bambina intelligente, e molto brava, per cui è in grado di recuperare alla svelta quel che facciamo in classe. Però sa cosa le dico? Ho avuto l'impressione che in definitiva, almeno per una ragazzina sveglia come lei, venire a scuola o non venirci sia quasi la stessa cosa. Ma allora, se è così, noi insegnanti che ci stiamo a fare?» ed era scoppiata a ridere. Forse non ha tutti i torti, aveva pensato Nanni, a una certa età uno potrebbe imparare di più e meglio e più in fretta standosene a casa, a scuola ci si va per socializzare coi compagni, e per permettere ai genitori di lavorare. Serve a tenere i bambini e i ragazzi fuori casa per un pezzo della giornata, insomma. Ma quando aveva riferito questo a Costanza, invece che essere contenta per Maria, lei si era innervosita.

«Non è consolante» aveva detto, «svegliarsi presto, uscire che è ancora buio, stare seduti dietro a un banco a storcersi la schiena per ore… e tutto questo non servirebbe a niente? È impossibile, non ci credo. Se pure la scuola è inutile, cosa resta di buono?»

Già, cosa resta? Lo stesso Nanni, ostinatamente affezionato al suo lavoro, certi giorni aveva la sensazione di perdere il suo tempo, a scuola, e di far perdere quello ancora più prezioso dei suoi studenti, in certe ore morte, quando fuori il cielo era livido e bisognava accendere le luci per vederci, e i libri, a cominciare da quello che teneva aperto sulla cattedra, scompaginato dall'uso, frusciavano avanti e indietro alla ricerca di una frase che non fosse congelata dai secoli trascorsi dopo che il suo autore l'aveva concepita e scritta, in una lingua morta, a sua volta immerso nella solitudine e nell'accidia; qualche strofa straziante e disillusa, perché l'amore non c'è più e la patria è lontana e gli uomini si ostinano ciecamente a non capire, a non vedere; oppure quando, al contrario, al di là dei finestroni maculati di pioggia sabbiosa esplodeva la repentina energia della primavera, come se là fuori si trovasse la vera vita luminosa, con le sue pulsazioni incontrollabili, e la classe fosse ridotta a una prigione trasparente, un carcere di ragionevoli menzogne volte a far quadrare il senso delle cose, a imporre leggi a un mondo disordinato e riottoso, le leggi della chimica, della fisica, della grammatica, della metrica, dell'algebra, del diritto, della prospettiva, un castello torreggiante di leggi che con la sua ombra poco alla volta oscurava il cervello dei ragazzi, fino a occuparlo per intero, e saturarlo. In quei momenti aveva sentito Nanni che quel suo mestiere era la negazione stessa della vita. E la scuola un ostacolo.

«Quindi tu va' pure con Caterina, ma che non si stanchi» si raccomandò Costanza

«Certo, certo.»

«E non farle prendere troppo sole.»

«Ah sì? E perché?»

«Il sole fa male.»

«Dici? Anche a maggio?»

«Soprattutto a maggio, direi. E con quello che ha avuto lei, ancora di più.»

«Va bene. Hai ragione. Staremo attenti.»

Nanni amava essere arrendevole almeno quanto impuntarsi, non era capace di vie di mezzo, o l'una cosa o l'altra. Il sole traditore, che colpisce alle spalle, lo aveva lì per lì impressionato come un effettivo pericolo, e si era subito figurato l'attraversamento di un deserto, i superstiti di un esercito sconfitto che si trascinavano nella sabbia pullulante di serpenti, esaurita l'acqua potabile, gonfi di veleno – una lugubre e potente immagine letteraria che veniva da chissà quale poema, poiché a ogni minima sollecitazione della vita reale Nanni reagiva connettendola alle letture fatte, o ad antichi sogni e visioni infantili, sempre con la medesima emozione e intensità, come se non vi fosse alcuna differenza tra parole e fatti, tra le esperienze vissute e quelle immaginate: le une riverberavano sulle altre, e la spiaggia suburbana dove lui e sua figlia erano diretti immediatamente diventava quella dove naufraghi stremati s'inginocchiano facendosi il segno della croce.

«Sì, sì, ci proteggeremo» assicurò.

2.

Caterina non stava nella pelle all'idea della gita. Quale gioia è più intensa di quella provata da un bambino a cui un genitore decide di dedicarsi per una giornata intera, in modo esclusivo, senza fratelli o sorelle o faccende di lavoro o le solite incombenze che lo distraggano, un padre tutto per me, *mio* padre, solo *mio*, amore e attenzione da non dividere con nessuno, poter finalmente parlare con lui e farsi raccontare storie e farsi spiegare cose senza che ci metta bocca qualcun altro, senza che nessuno si metta in mezzo, niente bisticci e gelosie: esiste al mondo un privilegio più speciale di questo?

L'attenzione è il regalo più prezioso che si possa ricevere.

«Papà, ti amo. Sei un genio.»

Lui la fece sedere davanti, in barba alle regole.

Lungo la strada, che era trafficata come al solito, Caterina bersagliò Nanni con raffiche di domande. Voleva sapere come si chiamano le ossa del corpo, perché mamma e papà non erano sposati, se la musica è meglio suonarla o ascoltarla, quante uova la settimana può fare una gallina, da dove vengono le nuvole, a chi Nanni voleva più bene, cosa si prova quando si muore.

Riguardo all'ultima questione Nanni pensò occorresse dare una risposta sensata e non una di quelle formule melense e consolatorie che di solito si propongono ai bambini. E fece ricorso a un'argomentazione classica.

«Vedi, la morte è una cosa strana, uno ne ha paura, vorrebbe restare vivo il più a lungo possibile, ma quando arriva e uno alla fine muore, non sente più niente, e quindi smette di aver paura e, se era malato, di soffrire. Finisce tutto con la morte.»

«Tutto tutto?»

«Be', il mondo continua a esistere, ma non esiste più la singola persona.»

«Cioè? È andata a stare da qualche altra parte? O proprio non c'è più?»

«Eh, questo non è sicuro. Bisognerebbe che qualcuno dopo che è morto tornasse indietro a raccontare cosa ha trovato. Io personalmente tendo a pensare che non ci sia niente, che la nostra vita sia questa, e basta. Però magari le cose non stanno così, chi lo sa?»

Caterina parve stupita che suo padre non avesse una risposta chiara e pronta come invece aveva dato alle altre domande. Possibile che nutrisse dei dubbi? Lui, l'uomo più sapiente del mondo?

«Tu papà hai paura di morire?» gli chiese.

«Io? No, non tanta. Diciamo che non ci penso.»

«A me hanno detto che dopo che uno è morto, va in cielo. E ci guarda dall'alto.»

«Chi te l'ha detto?»

«La mamma di Beatrice Lunardon.»

«E chi sarebbe Beatrice Lunardon?»

«Una che fa piscina con me.»

«Ah. A proposito, hai imparato a nuotare bene?»

«Abbastanza bene. Ora metto la testa sott'acqua e respiro.»

«Respiri sott'acqua? Ma che sei, un pesce?»

Cate scosse la testa. Ah, papà era tanto intelligente ma certe volte proprio non capiva, o forse faceva finta di non capire e scherzava. Ma perché scherzava, cosa c'era da scherzare?

«Tiro fuori la testa e poi la rimetto sotto, così» e gli mostrò il movimento del collo accennando qualche bracciata. «Così se devo morire almeno non morirò affogata.»

Nanni si rabbuiò. «Scusa, ma cos'è adesso questa storia di morire?»

«Guarda papà che non succede solo ai vecchi, anche ai bambini può succedere.» Caterina non sembrava affatto turbata dall'argomento, lo stava trattando con calma, quasi con distacco, era semmai Nanni a restarne interdetto. «Si può morire in qualsiasi momento, anche di notte, quando meno te lo aspetti, lo sai, papà? Io per esempio sono guarita dalla tosse, ma alla fine, se non mi passava, sarei morta.»

«Non lo dire neanche per scherzo. Una volta forse era così, oggi ci sono le medicine per curarsi. Ma dove le hai sentite queste cose, chi te ne ha parlato?»

«La mamma di Beatrice Lunardon.»

«Ah, sempre lei. Mi sa che ci devo parlare, con questa signora. La prossima volta in piscina ti ci accompagno io.»

Caterina tacque per un po'. Nella macchina era calato il silenzio e Nanni ne era dispiaciuto. Si sentiva a disagio. Forse era stato brusco. In questi casi non è facile capire quale sia il modo giusto di comportarsi, per un genitore. Caterina sembrava pensare ad altro ma non era così. Il filo logico non si interrompe mai nei bambini. Per questo sono ingenui i tentativi di distrarli. Erano oramai arrivati al limitare della pineta che costeggia il mare, e vi si erano inoltrati.

«Hai visto come sono alti gli alberi, qui?»

«Sì, sono altissimi.»

«Come dei giganti.»

Nanni abbassò i finestrini dell'auto.

«E già l'aria è diversa, senti? Si capisce che il mare è vicino.»

Caterina continuava a guardare fisso davanti a sé con un mezzo sorriso. Vispa, felice, concentrata. Preso da un moto di inspiegabile commozione, e ammirazione verso la biondina che gli sedeva accanto, quell'essere pullulante di vita, in lei la vita come la febbre alta, Nanni staccò la destra dal volante e le scompigliò affettuosamente i capelli, avanti e indietro, ma subito quelli tornavano dritti in testa. Amava toccare le sue figlie, misurare il contorno del loro corpo, come per constatarne la presenza, e il senso di averle messe al mondo, qualcosa di fisico e rassicurante che si trasmette solo attraverso le mani. Accarezzando i bambini, gli adulti più che dar loro piacere, se lo procurano.

«Il papà di Beatrice Lunardon è caduto dalla scala mentre stava cambiando una lampadina» riprese tranquillamente Caterina. «E si è rotto il collo.»

«Santo iddio!»

Nanni ritirò subito la mano dalla testa della figlia e la posò di nuovo sul volante.

«Ma che sfortuna...»

«No, la mamma di Beatrice dice che non è stata sfortuna. Dice che è stato il destino.»

3.

La linea gialla della duna oscillava ora più in alto ora a filo con la litoranea. In cima era decorata da ciuffi e pennacchi di sterpaglia incolore, che strisciavano sulla sabbia piegati dal vento. Ogni due o trecento metri, la recinzione di rete metallica era slabbrata da smagliature che bastavano a passarci attraverso accucciati. È quel che fecero Nanni e Caterina, lui con un po' più di difficoltà perché era alto e un po' goffo, e doveva tirarsi dietro la borsa con asciugamani e cambi.

Ogni volta è una sorpresa: il mare si spalanca con una vastità inattesa, onde scomposte, orizzonte tondeggiante.

La spiaggia è ampia e decolorata, la gente dispersa. Presi dall'entusiasmo Nanni e Cate scendono a rompicollo dalla duna verso la riva, ma una volta lì tornano indietro perché sul bagnasciuga tira vento, fa un pochino freddo, meglio ritirarsi dove la sabbia è tiepida. Lì stendono i teli e si spogliano. Cate osserva suo padre con molta curiosità, la schiena, il petto, la barba, i piedi.

«Hai dei piedi lunghi» dice, «con i peli sopra.»

Se c'è una cosa nel suo fisico di cui Nanni va orgoglioso sono i piedi: classici, arcuati, snelli, con una forma aggraziata delle unghie. Le sue figlie hanno preso dalla madre che invece li ha piuttosto larghi e spessi, con le dita grassottelle. Nanni afferra i mignoli dei piedi di Cate, li tira e li scuote, poi inizia a raccontare una storia, piuttosto strampalata, con colpi di scena a profusione, in cui le dita, animate come esseri umani, sono due famiglie che litigano tra loro. Piede contro piede, quindi vengono coinvolte anche le mani e diventa mani contro piedi, più o meno. A dire il vero, Caterina è abbastanza cresciuta da non avere più molta fiducia né aspettative nei confronti di favole del genere, che sarebbero adatte a sua sorella piccola, Agnese, o forse nemmeno più a lei, però ascolta attentamente per dare soddisfazione al padre. Il quale prima le strapazza un po' i piedini, mimando la lotta all'ultimo sangue tra le dita, poi decreta l'avvenuta pace, festeggia la riconciliazione e gliele bacia una per una. Cate può tirare un sospiro di sollievo. Ha addosso un costumino intero appartenuto a Maria, che le sta largo, le bretelle lente, con la scollatura ornata da piccole *ruche* simili a violette appassite, mentre il resto è di un rosa sconfortante. Chissà perché il vestiario per le bambine deve essere sempre così vezzoso, lezioso, si domanda Nanni, queste cosettine piene di balze e svolazzi, o pupazzetti allegri, come decorazioni di uova di Pasqua – forse che l'infanzia ha bisogno di essere addolcita, abbellita, per suscitare tenerezza? Cate il costume se l'era già infilato a casa, sotto maglietta e calzoncini, per essere pronta, strappandolo dal cassetto dove stava appallottolato insieme ad altri accessori balneari, inclusa una maschera, che lei si era voluta portare dietro a ogni costo. «Lasciala» le aveva detto il padre, «non so se riusciremo a fare il bagno, l'acqua sarà gelata, e poi non c'è niente da vedere», per via dell'acqua torbida; eppure l'aveva avuta vinta lei, e infatti non vede l'ora di indossarla, come un cavaliere che si abbassa la celata. La sua battaglia sarà col mare. «Facciamo il bagno?» implora.

«Tra un po', tesoro, tra un po'.»

Caterina conosce bene questa abitudine del padre a procrastinare, mentre lei il piacere lo vorrebbe subito, qui, vorrebbe afferrarlo con le sue mani magre ma forti, e stritolarlo. Il piacere non può attendere. La curiosità va sfamata. Quanta pazienza devono avere i bambini con i loro genitori! Nanni in realtà è spaventato da ogni novità, resiste, punta i piedi alle richieste, se fosse per lui non deciderebbe mai nulla, e già l'iniziativa di portare Cate al mare la vive come una lodevole impresa – ma ora non esageriamo, abbiamo tutto il tempo per tuffarci, la giornata è lunga. Caterina invece è vorace. Ha fretta di fare, di vivere. Il futuro per lei non esiste, e nemmeno ovviamente il passato. Si è incollata la maschera sul viso, premendo forte, finché ha sentito la pelle sulle tempie tirare. «Dai, papà, buttiamoci» e sta già correndo verso l'acqua. Nanni non può che obbedire. Ma appena entrano di un metro, il gelo li attanaglia ai polpacci. Cate grida per l'eccitazione. E poi tossisce. Era da qualche giorno che non lo faceva. «Usciamo, dai, è troppo fredda, ti fa male» ordina Nanni, e la prende per un braccio, ma Caterina si impunta, e il padre non riesce a smuoverla. Per quanto bizzarra e imprevedibile, Caterina normalmente è una bambina obbediente, non fa mai capricci, non pianta grane per un nonnulla, ma stavolta sì, «Non è fredda! Non è fredda per niente!» strilla, resiste, riuscendo persino a divincolarsi e ad avanzare di qualche metro finché l'acqua marrone le arriva alla vita.

«Caterina! Hai sentito cosa ti ho detto?!»

«No, non l'ho sentito» risponde lei singhiozzando perché

il gelo le mozza il fiato, poi si tuffa. Schizza fuori un po' più in là con un grido di dolore e di giubilo, ma si lascia subito ricadere con la testa sotto. Adesso Nanni è davvero arrabbiato e a grandi falcate la raggiunge, anche se le onde melmose gli impediscono di individuarla subito, si sta nascondendo sott'acqua, e come ci riesca non si sa dato che è davvero gelata, ma appena lei emerge per prendere aria il padre la acchiappa per la vita e la tira fuori di peso. Lei scalcia e protesta. «Ma cosa diavolo... Caterina! Basta!!». Nanni la afferra più forte fino quasi a farle male e reggendola come un pacco contro il suo fianco la sta riportando a riva, mentre quella continua a dimenarsi, quando sente una scalfittura sotto un piede, forse ha pestato un sasso o un pezzo di vetro. Ma è talmente arrabbiato da non farci caso. A riva scarica la bambina e cerca di guardarsi sotto la pianta del piede ma non vede nulla, se lo sciacqua dalla sabbia e di nuovo non vede niente di particolare, c'è solo un punto rosso, anzi due, ravvicinati, che gli fanno sempre più male. «Subito ad asciugarsi!» strilla, poi bruscamente prende Cate per un polso e la trascina zoppicando dove hanno lasciato la loro roba. Le strofina l'asciugamano sulla testa, la faccia e le spalle con una foga vendicativa, e intanto la sommerge di rimproveri, che lui sa essere sterili, glieli fa come compensazione, come sfogo, solo perché è irritato. È lamentosa, la sua ramanzina. Intanto il dolore dal piede si propaga fino al ginocchio. E Caterina piange.

4.

Lei si era calmata e chiese scusa. Sembrava sinceramente pentita. E non tossì più. Ma Nanni non riesce a prestarle ascolto, tutto preso dal dolore che aveva raggiunto e preso nella sua morsa l'inguine. Ora faceva molto più caldo e il vento era quasi cessato. La spiaggia si era popolata, per modo di dire, come può esserlo in una giornata infrasettimanale di metà maggio. Gente che non lavora, o lavora di notte, con attività lecite e illecite, quelli perennemente abbronzati, qualche nudista lontano, appena sotto la duna, pronto a risalirla, individui solitari con buffi cappelli e coppiette che passeggiano. Ombrelloni rari, con sotto marito e moglie bene attrezzati, il tavolinetto, la borsa frigo, le sediole pieghevoli, riviste da sfogliare, occhiali con le lenti scure sovrapponibili. Caterina era l'unica bambina per chilometri. Il solo antidoto efficace contro il veleno sarebbe il calore, concentrato intorno alla puntura, ma la sabbia non scottava come in piena estate. Nanni ci aveva comunque ficcato il piede ma il beneficio era stato quasi nullo. Se si calpesta il pesce sepolto nella sabbia mettendoci su il peso (come aveva fatto Nanni con la figlia in braccio) gli aculei si ficcano per intero nella carne e il veleno schizza su dalla ghiandola compressa. Che dolore! Forte quanto stupido. Inesorabile come gli eventi casuali sanno essere. Nanni era indeciso se restare o scappare via, tornare in città, ma decise di attendere. Tutta quella strada per restare neanche un'ora? Tra un po' passerà, deve passare. Gli girava la testa. Cate intanto rimestava la sabbia tra le gambe, incerta sul da farsi, mortificata.

«Sei ancora arrabbiato con me?»

«No, no...» mugolò Nanni. Non riuscì a impedire che gli uscissero le lacrime dagli occhi.

«Ma cos'hai, papà?»

«Niente. Mi ha pizzicato una tracina.»

«Cos'è una tracina?»

«Un pesce che si nasconde nella sabbia, e al posto della pinna c'ha delle spine velenose.»

Stava per dire «un pesce del cazzo» ma riuscì a evitarlo. Già le parolacce le sue figlie le ascoltavano ovunque, meglio non aggiungerne altre, questa la linea di condotta che avevano stabilito con Costanza, anche se lei spesso la violava.

«Ahi. Ti fa molto male?»

«Abbastanza.»

In realtà aveva voglia di urlare. E non solo per il male, per la frustrazione. Una benedetta occasione che siamo Cate ed io, da soli, una giornata bella come questa, il primo bagno dell'anno... e cazzo! mi devo beccare una tracina un minuto dopo aver messo piede in acqua...! Allora sono meglio le piscine! Gli tornò in mente di aver letto sul giornale, qualche giorno prima, un brillante e apocalittico elzeviro di Cesare Merse, il quale voleva dimostrare che la gente non fa più il bagno nel mare perché il mare (che dovrebbe rappresentare l'autenticità, la naturalezza) non interessa più a nessuno, mentre la gente preferisce le piscine (cioè l'inautenticità, l'artificio) e bla, bla, bla...

A parte il fatto che non era vero, leggendolo Nanni aveva avuto l'impressione che l'autore l'avesse scritto solo per mostrare quanto fosse acuto, e far sfoggio d'intelligenza, insomma, senza curarsi affatto se le sue tesi corrispondessero o meno alla realtà. Così del resto erano quasi sempre i commenti degli intellettuali ai fatti di cronaca o di costume: ingegnosi e infondati.

Stavolta fu Caterina a voler baciare il piede ferito del padre, e lui acconsentì, pulendolo come poteva dalla sabbia. In realtà, nemmeno di ferita si trattava, ma di due insignificanti punti rossi nella parte carnosa sotto l'alluce. Possibile che da quei piccoli buchi fosse entrato tanto male?

Il bacio di Caterina produsse qualche effetto: il piede Nanni non lo sentiva più, come fosse anestetizzato. Ma il resto della gamba doleva specialmente nella parte interna, e una punta dolorosa come quella di una freccia spingeva nell'inguine.

Si sentì la testa vuota. All'improvviso senza più forze. «Devo distendermi un po'. Da brava, Cate, mettiti la crema, mettitela da sola, almeno sul naso, è nella borsa, io...» e non gli riuscì di terminare la frase, due mani invisibili poggiate sulle sue spalle lo costrinsero a coricarsi all'indietro. L'ultima sensazione fu data dall'avambraccio che calava di traverso sugli occhi, pesante come una maschera di piombo, a cui seguì un nero, come quello delle dissolvenze che in un film segnano il passaggio tra una scena e la seguente.

5.

Ghirigori luminosi sullo sfondo nero. Rosso. Palpebre che sbattono. Il tondo accecante del sole. Nessun suono. Dove essere stati, dove essere? Dove. E con chi. E ora un sibilo, qualcosa a cui aggrapparsi, sottile, troppo sottile. La forma delle nuvole. Non hanno forma. Ma sono nuvole? Dev'essere l'altezza, la lontananza, la profondità. Ancora più in alto, in alto, forse lì. Era questo, era lì? Si è disperso nel vento. E poi qualche rumore, lontano, dalla parte opposta del mondo: una ripetizione, dolce e noiosa. Le onde.

6.

Quando riprese i sensi, ebbe la sensazione che il sole avesse una diversa posizione, e la spiaggia cambiato colore. La sabbia scintillava. Il mare non era più marroncino ma verde. Tutto il resto grigio-perla. Il dolore alla gamba sordo, spuntato. Si era diffuso ovunque perdendo intensità. Nanni si levò sui gomiti guardando fisso davanti a sé, insicuro persino di quello che vedeva. Bagnanti sulla riva. Gesticolavano. Forse erano sordomuti. Litigavano o scherzavano.

In un istante era trascorsa la vita.

Accanto a lui Caterina non c'era.

Si alzò in piedi, barcollando, e si guardò intorno. Sua figlia non si vedeva. Forse si era nascosta dietro la duna, pensò, è andata lì a cercare qualche piuma di uccello, i bastoncini, le cose da nulla che ai bambini piace raccogliere e poi buttar via. Zoppicando risalì la spiaggia fino ad arrivare tra gli avvallamenti a ridosso della recinzione, oltre i quali correva la strada asfaltata. Un panorama punteggiato di cespugli e rifiuti. Non c'era neanche lì. La chiamò senza molta speranza, cominciò a correre tornando verso la riva.

In acqua in quel momento non c'era nessuno, tranne un paio di persone lontane, che sembravano lottare, aggrappate, ma si trattava di adulti, maschi, quello sopra si issò coi piedi sulle spalle dell'altro e quindi si tuffò. Il suo urlo e il tonfo nell'acqua si sentirono nitidamente alla distanza. Nanni venne preso da un'inquietudine mai provata prima, che saliva, saliva. Vado a destra o a sinistra? si chiese, e si ritrovò a correre sul bagnasciuga a scatti, prima in una direzione poi subito nell'altra, piroettando su se stesso. Dove può essere andata? Avvistò due ragazze sdraiate sotto una tenda di fortuna, annodata su lunghi rami e gonfia di vento, si avvicinò di corsa ma loro stavano riposando a faccia in giù, tenendosi per la mano. Le svegliò. «Avete visto una bambina?» Era una domanda assurda. Loro girarono appena la testa bofonchiando, una chiese come si chiamava la bambina. «Caterina.» «No, non mi sembra, Caterina, direi di no...» mentre l'altra ridacchiava. Dovevano aver fumato. Corse via. No, no. Non ci credo. Non è possibile.

Nella caligine addensata in fondo al litorale si intravedeva qualcosa come una torre, o un fortino, o forse era uno stabilimento balneare dove terminava la spiaggia libera, distante un paio di chilometri. Si avviò di corsa in quella direzione, col cuore in gola. Non sapeva cosa pensare, era sopraffatto da un sentimento funesto e da una preoccupazione folle, che in lui prendeva la forma di una domanda grottesca, «e ora, cosa dirà Costanza?», come se la figlia smarrita appartenesse solo a lei, gliel'avesse prestata per un giorno e lui se la fosse persa. E questo lo faceva vergognare. Voglio morire, adesso. Se qualcuno l'ha portata via, voglio morire e basta. Si accorse solo in quel momento di quante fossero le persone poco raccomandabili in giro. O forse era gente normalissima, che all'improvviso appariva minacciosa. Fermò dei passanti sulla riva, a malapena riusciva a spiccicare qualche parola. Scrutò il mare che era immenso e deserto. Se anche si era fatta il bagno da sola, non poteva essere annegata, sapeva nuotare, l'aveva confermato anche lei – ma se si era sentita male, e aveva bevuto? In quel tratto di spiaggia non vi erano bagnini né barche di salvataggio. C'erano rappresentanti di quasi ogni aspetto della miseria umana, vale a dire, della normalità. No, era da escludere che fosse entrata in mare da sola, specie dopo che il padre era stato punto dalla tracina. Chiamò ancora il suo nome. Un paio di giovanotti bassi e muscolosi spuntati dal nulla, come se fossero emersi dalla sabbia, accorsero in suo aiuto, e percorsero un centinaio di metri insieme a lui, gridando anche loro «Caterina! Caterina!», con le mani intorno alla bocca. Ma ormai si era allontanato troppo da dove avevano lasciato la loro roba quindi decise di tornare sui suoi passi. «Per favore, per favore, continuate voi a cercare da questa parte, è una biondina, magra magra, ha sette anni» li pregò singhiozzando, e quelli obbedirono. Rifacendo il cammino sempre di corsa, col fiatone e gli occhi velati, notò che qualcuno laggiù stava abbandonando la spiaggia, gli parve con troppa fretta. Erano appena dei puntolini. Scattò verso il gruppo non meglio identificato, e si trovava a un centinaio di metri quando si rese conto che si trattava di una famiglia, probabilmente, e che la ragazzina che tenevano per mano era in realtà molto più grande di Caterina e aveva i capelli lunghi e scuri, forse un'adolescente addirittura.

Di nuovo il suo pensiero sconfortato andò a Costanza. Poi alla polizia che bisognava avvertire. Poi alle parole che avrebbe dovuto dire, le foto da mostrare, il racconto dei fatti, le spiegazioni, l'orrore della scomparsa, immagini accavallate – e tutto che si riduceva a un balbettio privo di senso. Non ha più senso niente. Non esiste più niente. Diventa realtà di colpo la cosa più temuta, ma anch'essa è irreale, oltre la comprensione. Nanni non capiva più nulla. Era peggio, molto peggio della pazzia. E della pena. Bagnato di sudore freddo, si ritrovò ciecamente all'altezza della tenda al cui riparo stavano le ragazze di prima, una però si era alzata e gli venne incontro, «Ti aiuto io a trovarla» disse, con una smorfia premurosa e gli occhi gonfi. Era la meno stonata delle due, «Andiamo, dai» disse, lui la ringraziò con un sorriso ebete e la seguì poiché era ormai incapace di prendere lui l'iniziativa, le forze lo stavano abbandonando, tale la sua disperazione. La ragazza era piccola e aveva addosso una tunichetta di maglia, camminava svelta, quasi saltellando, come se la sabbia scottasse, e a ogni salto le tintinnava una cavigliera. «Non sarà lontana, vedrai. Qui nessuno fa del male a nessuno» lo rassicurò, ma niente poteva sollevare Nanni dal peso della sua angoscia – ne era come schiacciato, anzi, spaccato a metà. Balbettava il nome di sua figlia, non riuscendo più a gridarlo. La spiaggia era diventata enorme, e popolata di figure equivoche, occupate in operazioni incomprensibili perché perfettamente estranee al dramma: si scolavano una borraccia, sbattevano in aria i teli per liberarli dalla sabbia, fumavano, leccavano il gelato, e ognuno di questi gesti rivelava un'intenzione maliziosa, quasi perversa. E soprattutto restavano indifferenti, il mare era indifferente, la duna era calma e indifferente. Non era cambiato nulla da quando Caterina era sparita, una giornata qualunque sul lido riarso della città, normale amministrazione, colpi di sole e croste di sabbia tra le dita dei piedi, al ritorno. «Chiediamo lì» disse la ragazza indicando il chiosco più vicino. Distava solo cento passi ma a Nanni il tempo per arrivarci sembrò infinito, e più avanzava più lo stabilimento si faceva piccolo, era poco più che una capanna di legno con qualche tavolino di plastica sotto una tettoia priva dell'incannucciata.

Dietro il bancone del bar non c'era nessuno. A uno dei tavoli sedevano brutti ceffi, o meglio, stavano allungati sulle sedie, in attesa: uno avrà avuto una sessantina d'anni, scuro come il cuoio di una sella, e in testa un compatto caschetto giallo che non tentava minimamente di nascondere la sua natura posticcia. Aveva le guance risucchiate verso l'interno per la mancanza degli ultimi molari, gli occhi verdi bistrati come quelli di certi cani di razza. Il suo compare in canottiera era corpulento e sfregiato, una bella faccia insolente e muscoli delle spalle e delle braccia che guizzavano al minimo movimento. Ogni tanto faceva scrocchiare il collo inclinando la testa, da una parte e dall'altra. Davanti a loro, una caraffa da un litro e sigarette nazionali, poggiate sul tavolino con simmetria.

Per niente intimidita, la ragazza si rivolse a quello con la parrucca.

«Sentite, è passata per qua una bambina, Caterina si chiama, ha sette anni?»

Il rugoso biondino parve ignorare la sua domanda. «Io te conosco, a te, t'ho già vista da qualche parte. Dimme che me sbajo.»

Nanni restava in disparte chiuso nel suo terrore come dentro una gabbia.

«Ti sbagli. A me la tua faccia non mi dice granché» replicò la ragazza altrettanto spudorata.

«Eppure so' sicuro. Dimmi un po', de dove sei, tu? de Tore Angela?»

«No.»

«Giuro che t'ho visto lì. Nun c'hai 'n vespino rosso?» e agitò le braccine mimando la guida di uno scooter.

«No. Non ero io. Insomma, questa bambina, l'avete vista sì o no?»

«A Giardinetti, allora?» insistette l'uomo con la parrucca bionda. Si vede che aveva voglia di giocare un po'. «Su, bella, lo vedi che so' vecchio, non pensare che me sia messo 'n testa quarcosa. È solo pe' curiosità.»

«Lascia stare» mormorò affranto Nanni alla ragazza, afferrandola per un braccio, «non lo vedi che questi qui...»

«Aò, ma chi sarebbero "questi qui"? Di chi stai a parla'?» s'indispettì Polentina. Ma anche questa battuta aggressiva l'aveva fatta per semplice routine, senza nessuna voglia effettiva di attaccare briga.

In Nanni invece montò una furia istantanea. Nel suo petto qualcosa si gonfiò e si indurì. La pena si tramutò in rabbia. Era sul punto di saltare addosso a Polentina, quando lo sfregiato, che non aveva aperto bocca sino ad allora, fece un pigro gesto col pollice, indicando il retro della baracca. «Provate a guardare là dietro» suggerì con una voce flebile male assortita con la corporatura massiccia. La ragazza afferrò Nanni per un braccio e lo tirò via, onde evitare altri guai. «Vieni» disse, e aggirarono insieme la baracca.

Il retro del chiosco proiettava qualche metro d'ombra, e seduta sulla sabbia, di spalle, c'era Caterina. Stava a testa china, scrutando qualcosa tra le gambe. Era uno scarabeo, e lei lasciava che gli camminasse sul palmo della mano e sulle dita, invitandolo a passare da una all'altra. «Fammi ancora il solletico» stava dicendo all'insetto, intendendo la carezza appena percettibile delle sue zampine. «È lei?» disse la ragazza che accompagnava Nanni, ma non si trattava di una domanda, era ovvio che fosse lei. Il rilievo della spina dorsale e le scapole sporgevano dalla sua schiena ossuta e pallida. Nanni si sentì persino peggio di prima, tutto quello che era successo nella mezz'ora precedente perdeva l'ultima briciola di senso. Il sollievo faticava ad aprirsi un varco nella spessa barriera dell'angoscia, premeva, premeva, ma era troppo grande e gonfio per passare attraverso una fenditura così stretta, e il dolore al petto e la vertigine in lui si fecero più intensi fino a divenire insopportabili. Si avvicinò alla piccola e la afferrò sotto le ascelle, sollevandola e rigirandola per abbracciarla.

La tenne così, in aria, finché lei iniziò a divincolarsi. Pesava parecchio per essere tanto magra. Nanni non la rimproverò, rinunciò a farle domande, non gli sarebbero uscite le parole, né quelle adatte né quelle eccessive. La rabbia durò pochi secondi e lui la inghiottì.

Appena recuperata un po' di calma le chiese solo: «Cosa ci fai qui?».

«Non ce la facevo più a stare al sole. Scottava. E volevo un gelato. Tu però dormivi...»

Era tranquilla.

Quando ripassarono davanti al bar, Nanni chiese se avevano un ghiacciolo. «Come lo vuoi, Cate?» Lei disse fragola. Dopo aver scavato e frugato tra i vari gusti, Scarface ne pescò uno dal frigo, poi, porgendolo alla bambina, non si trattenne dal commentare, con la sua vocetta stridula: «Non li fate però i figli, se non siete capaci a stargli dietro». La ragazza scoppiò a ridere all'idea di essere stata presa per la mamma. Intanto Polentina tornava a farsi sotto con lei.

«Su, bella, dimme almeno come te chiami. Ce l'avrai un nome, no?»

«Greta.»

«Evaristo. Piacere.»

Si strinsero la mano.

La spiaggia in quel momento era stupenda, raggiante, senza limiti, come se proseguisse all'infinito oltre l'orizzonte.

«Ciao Evaristo. Grazie.»

«E de che?»

7.

Ancora a quell'epoca si trovavano sul fondale granchietti, cannolicchi, e stelle marine da mettere in un secchiello e dopo far seccare al sole, perché smettessero di puzzare. Cate ne raccolse sulla riva una che doveva essere morta. La rovesciò e vide che non muoveva le zampine. Chiese a Nanni se poteva tenerla.

«Senti, Cate, meglio non raccontare a mamma che ti eri persa, va bene?»

«Ma io non mi ero persa.»

«Come che sia, non diciamole nulla.»

«D'accordo. Ti fa ancora male la puntura, papà?»

«Ma no, solo un pochino.»

Non era vero, il veleno ancora stava facendo effetto, non nella gamba, nella sua testa.

8.

Il giorno dopo, lo scampato pericolo gli fu da stimolo per comporre una specie di elegia, in prosa. Scrisse difilato per un paio d'ore, seduto a letto, la macchina da scrivere sulle ginocchia. Nessun accenno alla figlia smarrita, all'avventura reale vissuta insieme, che ancora lo riempiva di angoscia. Doveva liberarsene in qualche modo. Sulla scorta delle impressioni ricevute, immaginò una giornata di piena estate, innocua, il sole implacabile, il litorale affollato.

Intitolò il pezzo *Spiaggia libera.*

*Gli elementi di cui è composta una spiaggia libera del Tirreno sono pochi e monotoni. Dietro ci sono dune e cespugli, davanti il mare. Ogni due o trecento metri sorge un capannone di legno con una piattaforma e tavolini per mangiare. Lì affittano sdraio e vendono gelati, e c'è un giro più o meno fisso di gente annerita dal sole, tra cui non è semplice distinguere i clienti dai camerieri, gli scrocconi dai proprietari, chi lavora e chi no. Bandiere sfilacciate sventolano sopra le baracche, e poi c'è il vento: un vento stanco, circospetto, mitologico. Si tratta di uno dei più immobili paesaggi del mondo. La gente che cammina seminuda sul bagnasciuga sembra ferma. Scarseggiando una bellezza intrinseca, la mente se la deve inventare: le tocca arrendersi alla luce barbarica, abbassarsi di conseguenza fino a una mera pulsazione. Vista la miseria di questi dati di partenza, può avere splendore soltanto ciò che viene accettato come privo di qualità, accolto nella sua insignificanza, abbracciato solo perché è impossibile respingerlo. Le bandiere issate sopra i chioschi sventolano per celebrare la vittoria sulla realtà. I nomi sulle insegne non hanno alcuna corrispondenza fattuale: «Il Pescatore» in verità non ha mai pescato un pesce, «Johnny» era registrato all'anagrafe come Clelio, «Le Palme» diedero poche o nessuna noce. «The Shark» è un cefalo ingigantito dalla fantasia di pittori che l'anno prossimo imbiancheranno tutto dacca-*

*po. Basta una tanica di vernice da cinque litri se la diluisci parecchio. Persino le pendenze del tetto sono illusorie. Sulla spiaggia la monotonia si rivela l'arma vincente. Non potrebbe accadere nulla di diverso nemmeno a volerlo, e qui si dura da decenni, forse da secoli, orizzontali e ripetitivi, facendo le flessioni per irrobustire i pettorali, o dietro i veli e le tende e i turbanti improvvisati sulle teste ricce piene di desideri da realizzare dietro le dune. La spiaggia libera vive da mattina a sera, non vi si trova nulla di prezioso da infilare nella collana che non siano conchiglie col buco, telline mangiate a mucchi, cadaveri secchi di creature spugnose, venute dall'oceano dove comincia la vita sulla terra dove finisce. Partendo dalla città non si ha che una pallida nozione di quanto durerà un'ora sotto il sole, e il tempo effettivo dei bagni. È così torbido il mare che una metà del corpo deve cercare l'altra con le mani sott'acqua. Si potrebbe parlare di verde se il verde fosse un colore e non materia di infinite discussioni, si potrebbe parlare di giallo se l'ossario della sabbia avesse un po' meno di dieci milioni di anni, passati a rotolare, a sfregare, a seppellire tritando la paccottiglia di quarzo. Il luogo rimane deserto anche quando si riempie di gente scacciata dalle consuete iperboli sull'afa che regna in città. Sono subito calcinati, tramutati in sale. Nudo è il re, nuda la regina, si spoglia l'impiegato, inarca le reni la giocatrice di racchettoni, allungandosi per una volée, con la coda di cavallo e la sella lucida di sudore. Là dietro, in questo preciso momento, uomini fottono uomini. Le anime negligenti non hanno nessuna fretta. Quando gli viene fame dicono: ecco il pane, il vino, ecco il salame, questo il coltello. Tutto elementare sulla spiaggia tirrenica: sta in una borsa plasticata della Pan Am. Chilometri senza un'ombra di dubbio o una variazione di densità. Ci sono tratti dove le orme dei bagnanti e dei loro cani resistono per giorni. Dove la presenza quasi di beduini è avvertibile nell'aria. Qualcuno sopravvive a questa desolazione solo se la sua faccia sa assumere il ghigno da film degli anni Sessanta, da pirata della strada, da cinico trapezista. Le auto parcheggiate sui bordi della litoranea intanto si arroven-*

*tano, con due ruote nella sabbia e i giornali a coprire il volante. L'urto del caldo purifica. Già a inizio stagione un incendio sovraespone chilometri di pellicola, e la pista bianca sul bordo del mare sembra vista dal limpido silenzio di un aeroplano, il suo nastro sigilla la costa, terra di nessuno e di tutti quelli che hanno voglia di un paio d'ore di poesia, negligenza e abbandono, in bianco e nero, spogliando i sensi, cominciando a scopare già all'andata, sul sedile reclinabile, reggendosi con la sola forza delle braccia, il prologo dell'avventura. Ecco come si arriva a tanto poco: la linea omerica delle dune sbuca all'improvviso, poi la si fiancheggia con la macchina a un'andatura sonnambolica, cercando il punto esatto che non esiste dato che la costa si snoda piatta e uguale e un posto vale l'altro: nudismo e sabbia nei sandwich, stenografia emotiva. L'ingresso alla spiaggia libera è una riga sulla sabbia. Il tempo è sabbia. Dalla duna erosa sbucano radici che sopravvivono contro ogni logica. Sembrano i nidi mai abitati di grandi uccelli migratori, mentre la sabbia li svuota, li scuoia, rovescia all'infuori le loro viscere. Le ragazze normalmente si stanno riprendendo da un amore sbagliato e la ferita è fresca, non si sentono ancora pronte, i montarozzi delle isole all'orizzonte invogliano a raggiungerle. Rasoterra la prospettiva, resistere alle spinte, attrito sui gomiti durante la penetrazione da dietro. La luce acceca, ma si sapeva fin dall'inizio che tutto era bianco e sterile e bisognava stare zitti. È la condizione del purgatorio. Quando per il piacere o per il dolore l'anima è afferrata, il tempo passa senza coscienza, è inutile andare in acqua a lavarsi ma ci si va lo stesso, meccanicamente, la spiaggia è stata posseduta, la carne scrollata e separata dall'osso, di colpo la giornata diventa nera e le ragazze consapevoli. L'elemento brutale di una spiaggia libera del Tirreno dà lezioni che rendono muti, si sfilacciano i polsini delle camicie appese ad asciugare. Non è un luogo adatto per conoscersi. Le emozioni si riducono all'attimo di posare la fronte nell'incavo del braccio bagnato, tutto il resto è violenza arcaica, una cosa allucinante, sottilmente contemplativa. Secca la gola. Intorno alle baracche si sfidano pugili nudi con i genitali cion-*

*dolanti. Issate sui troni a mezza costa, avvinghiate ai braccioli come il papa in un ritratto di Tiziano, stanno di sentinella matrone avvolte in veli gialli e viola: sotto sono nude, i cordoli di ciccia in trasparenza. Collane e braccialetti dorati ovunque. Se cercassero di ammazzarle, il coltello non ce la farebbe a trapassare il lardo per giungere agli organi vitali. Cos'hanno da guardare? Chi aspettano? Le vene sporgono dai loro stinchi come fusti di edera su un muro. Cos'è questo bisbiglio, questo ulteriore rallentamento? Diminuiscono i battiti del cuore fino a una specie di letargo, il sacro torpore della vittima prima di essere immolata. Quelli che sono scesi fino alla riva sentono un ronzio e si siedono in attesa che passi. In effetti poca gente fa il bagno, pochissima accetta di scomparire in acqua. Si diluisce l'estrema unzione. Nelle onde è come nel fieno a maggio, uno sguardo che non riesce ad allargarsi. Alcuni ragazzi si affrettano a infilarsi sotto l'onda che incombe e lisciare indietro i capelli risbucando solo quando la minaccia è alle spalle. Perché questo mare non può essere e non sarà mai il loro elemento, semmai qualcosa che si attraversa con un brivido di diffidenza, tentando di mantenere il più possibile la posizione eretta. Verticali e umani. Il nomadismo si limita a spostamenti di qualche centinaio di metri, se arriva un cane sovreccitato, o c'è un avvistamento, la speranza di un rimorchio, l'attrezzatura è ridotta o manca, alcuni non hanno nemmeno l'asciugamano, scendono dalle dune a mani vuote, si spogliano, si sporcano le chiappe di sabbia, restano come fachiri tra jeans e mocassini e già se ne sono riandati, pulendosi le mani sulle cosce. Il malloppo dei vestiti l'avevano usato per poggiarci la testa. Il sole e il vento asciugano in un attimo la peluria di quelli che hanno fatto il bagno. I tuoi pensieri sono involontari e brevi come respiri. Non può accaderti nulla quando sei qui, al sicuro, protetto tra dune e onde, nella terra smilitarizzata. Se scoppiasse una guerra nessuno verrebbe a cercarti tra le dune per arruolarti, nessuno ti avvertirebbe che a oggi il mondo è sottosopra. Hai poche monete in tasca ma bastano per una gassosa. Dietro la cresta delle dune qualcuno scava buche dove seppellisce i propri escre-*

*menti e quelli dei figli. Delle ragazze con cappelli di paglia che stanno giocando a carte sull'asciugamano steso, si ammirano i seni flosci. È per via della postura ingobbita. Alcune portano solo un pezzo di costume, altre hanno arrotolato quello intero giù ai fianchi, non c'è una regola comune, o forse questo spogliarsi a pezzi è un modo per segnare il tempo, una rotazione meridiana, una questione di dettagli, persino una spallina può cambiare il senso complessivo, la schiena sbarrata dal cinturino elastico. L'incertezza della nudità sta tra dargli la massima o la minima importanza. Qualsiasi cosa si pensi dei genitali, là dove si trovano: in mezzo alle cosce fervono scuri, sbadatamente coperti di sabbia. Le ragazze ci sono sedute sopra, i ragazzi li sventolano correndo in acqua. E il linguaggio di conseguenza si adegua. In questo luogo di mistico squallore sono un vortice di forze, i genitali, ripetono la medesima forma pelosa all'infinito eppure sono tutti diversi, come il muso dei cani. Provocano un disturbo nella visione, una sfocatura bruna. L'occhio salta: è impossibile veramente osservarli. Sembrano fuori misura e i corpi nudi che li ospitano ci fanno la figura di barboni con addosso i vestiti della beneficenza, troppo abbondanti o stretti. Talvolta l'addome delle ragazze più minute, che potrebbe stare in un pugno, è marchiato da un triangolo enorme e nero, che si allarga, si espande sul ventre, sembra mangiarsi il resto della ragazza, ridotta a un mucchietto d'ossa, a un paio d'occhioni vispi. Sfilate le mutande, di lei è rimasto solo quel cespuglio. Il singolo elemento ha risucchiato l'intera persona. Dunque, non era meglio tenerlo al riparo di una spanna di cotone? Tutti i punti che non si dovrebbero vedere meritano di essere visti dal maggior numero di persone sensibili alle ferite della carne. Questa è l'autentica oscenità della spiaggia: l'eguaglianza. Essere come gli altri. Il resto sono accessori, particolari intercambiabili: cani dobermann, parei, racchette, bottiglie spogliate dall'etichetta, gusci di granchi, ossi di pesca, canottiere e slip, ciabatte semisepolte, spugne secche, stronzi turriti, stereo a palla. Il velo è tanto sottile che si trapassa dentro lo spettacolo quasi senza accorgersene. Ora tutto è calmo e inutile. La spiag-*

*gia è un mondo perfetto senza risorse. Si può provare piacere a star qui con un senso di transito. Non si produce nulla e ciò che viene distrutto era privo di importanza come pezzi di imballaggio, negativi di forme smarrite a cui un tempo aderivano alla perfezione, e che oggi possono dare un'idea della realtà come della cosa mancante, l'oggetto misterioso. Nel perimetro della spiaggia ci si comporta in modo sportivo anche se non cavalleresco. «Verrà anche la tua occasione» dicono, «è un gioco per tutti.» Resta in bocca il gusto scricchiolante della sabbia.*

Si fermò a prender fiato, già stanco. Aveva timore a rileggere, e magari scoprire che quel che aveva scritto fino ad allora non valeva nulla. O peggio, valeva poco, per cui si sarebbe inutilmente affannato a migliorarlo, riscrivendo qualche frase qua e là. Arrabattandosi con varianti. La verità è che non sono riuscito a spremere tutto, da quella situazione, pensò, forse dovrei cambiare registro, essere meno tortuoso e poetico: niente da fare, il poetico confina sempre col patetico. E constatato che nessuno in casa veniva a cercarlo, nessuno dei membri della sua famiglia lo chiamava o bussava o raspava alla porta, o direttamente irrompeva in camera sua, come erano soliti fare ogni dieci minuti per qualsiasi ragione ma il più delle volte senza alcuna ragione, stupito dalla pace e dal silenzio intorno a lui si rimise all'opera.

La spiaggia, la spiaggia libera, ininterrotta visione...

Scrisse per un altro paio d'ore.

9.

*Poco più in là, donne camminano con l'acqua alle natiche per tonificarle, camminano all'indietro per rassodare le cosce come le hanno viste disegnate nelle riviste femminili, con i suggerimenti su come riacquistare in poche settimane un'invidiabile forma fisica: marciando tengono le mani sui fianchi e guardano fisso davanti a sé in una posa che vorrebbe essere sciolta ma non lo è affatto, anzi tradisce una quasi disperata concentrazione sul movimento giusto da compiere, sicché la passeggiata acquatica di queste signore che fanno sacrifici pur di tornare in forma tradisce l'innaturalezza del loro sforzo. A ogni passo obbligate a calcolare i benefici, i centimetri smaltiti. Si vede infatti che spostando acqua con le gambe tremanti fanno fatica: le corde tese del collo, la grinta delle mani aggrappate ai fianchi, dove le unghie scavano fossette nello strato di grasso che l'esercizio dovrebbe rimuovere. Il sudore e la crema solare le fanno luccicare alla distanza. Per diventare più sode ai palpeggiamenti sempre più rari dei loro mariti, sfilano in un metro d'acqua. Fanno scoperte ma soprattutto paragoni. Paragoni con altre ragazze e donne per età, slancio, grado di abbronzatura, taglia delle tette, lucentezza dei capelli, tono muscolare, viso, piedi, mani, gioielli e costumi, smalto, sex-appeal, smagliature «nei punti critici». Dopo il bagno, i reggiseni bianchi mostrano in trasparenza il tondo scuro dei capezzoli. Scoperte di uomini: ragazzi con costumi alti sulle reni e lunghi sulle cosce, dai colori fiammanti; uomini che hanno messo su carne con l'età; giovani più languidi ed esili e pallidi con un libro in mano e il cappello e la stuoia di paglia, poggiate sulla sabbia borse esotiche stinte. Ma è una caratteristica della spiaggia accogliere tutte le smanie e i desideri e le frustrazioni. È la sua crudeltà, l'ennesima invenzione violenta del secolo ventesimo: l'obbligo a mostrarsi. Secoli di civiltà spesi a trovare il modo migliore per nascondere il proprio aspetto, rivelandone, semmai, solo i lati più favorevoli, vengono cancellati da un impietoso spogliarello: l'aspirazione a sentirsi naturali costringe a uno dei gesti meno spontanei che si possa immaginare, denudarsi. E così la spiaggia è percorsa da brividi. La maggioranza delle persone che la popolano è ossessionata da un interrogativo. Tutti vorrebbero essere negli occhi degli altri per leggere la risposta e guardare se stessi dal di fuori, controllare il proprio aspetto, e al tempo stesso scrutare quello altrui, possedere uno sguardo panoramico a cui niente può sottrarsi, neanche i dettagli più trascurabili e lontani, come l'ela-*

*stico di un costume di una ragazzina qualche ombrellone più in là, o il grosso neo sotto l'ascella di uno sconosciuto che alza le braccia prima di tuffarsi. I costumi sformati bagno dopo bagno, vacanza dopo vacanza. Le fibre cedono, perdono aderenza specie sul retro degli slip, dove pende una sacca tra le natiche. Da dietro gli occhiali neri di donne sdraiate a prendere il sole e di ragazzi che passeggiano sul bagnasciuga e di uomini apparenti lettori di giornali, partono sguardi acutissimi capaci di spiare i movimenti e le forme di tutti i bagnanti. La giornata è incendiata da questi sguardi, un tremolio di pensieri più o meno vergognosi si alza a onde dalla sabbia. Rendendosi conto che una certa persona non è attraente come pareva a prima vista, si tira un respiro di sollievo. Non c'è bisogno di tornarci sopra. Si può abbassare la guardia, risparmiare le forze, dare un turno di riposo alle sentinelle: mentre quando viene scoperto uno o più oggetti di desiderio, la vita di spiaggia diventa un calvario, un allarme ininterrotto, l'attenzione si sfianca per tenerli sotto controllo. Alcuni avevano scelto la spiaggia per operazioni di toilette ed esercizi ginnici: si strappavano i peli con le pinzette, agitavano a forbice le gambe tese per tonificare gli addominali, che nel frattempo tastavano per verificarne la contrazione. Altri, a coppie, si massaggiavano reciprocamente o procedevano, con un esame meticoloso, all'individuazione dei foruncoli sulla schiena. Come se la spiaggia fosse una specie di palestra o uno sterminato salone di bellezza all'aperto, dove svolgere in pubblico ciò che uno dovrebbe fare con la porta del bagno chiusa a chiave. Alcuni ragazzi lottavano, rotolandosi sulla sabbia. Sollevate e trascinate di peso in acqua, ragazze scalcianti. A fine giornata, nell'istante in cui si chinano a raccogliere la loro roba, si disegnano sotto le natiche due righe pallide, laddove il sole non era riuscito a penetrare.*

10.

Ecco. Basta così. Fine della *reprise*. Disarcionò dalle ginocchia la macchina da scrivere. Lesse il tutto e gli piacque. Cioè, gli piacque relativamente. Lo rilesse una seconda volta, e di nuovo gli parve niente male, forse con un difetto: il rischio che suonasse come pura scrittura. Scrittura, scrittura e basta, insomma. Può bastare quella? Forse no. O forse sì, alla resa dei conti. Non sono mica in tanti a saper scrivere. Io sono tra quelli? Ah sì? Io sono *davvero* uno scrittore? Quand'è che uno può dire di esserlo, senza vergogna o millanteria? A vent'anni, a trent'anni, mai? Quando ha pubblicato un libro, quando ne ha pubblicati dieci o venti, oppure cento, come Balzac? E nel frattempo? Resterò per sempre in un limbo, io, professore di liceo, poeta dilettante, aspirante filosofo esistenziale, letterato marcio, già disilluso eppure ancora illuso, quand'è che si chiarirà tutto questo? Posto che io abbia delle doti, come impiegarle? Temo il confronto, disprezzo le competizioni, non mi curo del giudizio altrui ma so che al tempo stesso, se fosse negativo, mi ferirebbe, quindi lo evito, e in questo mi dimostro arrogante. Del resto, inutile fingere umiltà. L'umiltà è uno schermo dietro cui nascondersi.

Rileggendolo per l'ennesima volta si stupì di quanto dall'esperienza realmente vissuta (la gita al mare con Cate, la sua scomparsa, la tracina, Greta, i due coatti), il prodotto letterario si fosse discostato fino ad avervi ben poco a che fare. Ah, la trasfigurazione.

Per concludere l'episodio e lasciarselo alle spalle, poggiata a terra la macchina da scrivere e chiusi gli occhi, si mise a ricapitolare le cose che, da quando aveva quattordici o quindici anni, gli piacevano nelle ragazze al mare: ciondoli di qualsiasi forma penzolanti in mezzo ai seni, i capelli bagnati tagliati pari all'altezza delle orecchie, cavigliere e collanine intorno ai fianchi, il colorito esangue il primissimo giorno al sole, i sorrisi fuggevoli che a metà agosto spiccano nell'abbronzatura. Qualunque cosa fosse poco duratura. In fondo si poteva ridurre tutta la spasmodica ricerca a questo, a un desiderio, una visione a occhi aperti. Si ricordò del preciso momento in cui, giocando a rubabandiera, da ragazzino, l'avversario più svelto strappava il fazzoletto dalle mani del giudice di gara e fuggiva come un razzo verso la propria squadra, tra le grida eccitate, l'inseguimento, i piedi che affondano scalciando nella sabbia, la gloria e l'amarezza.

Questi pensieri languidi e fatui servirono a staccare dalla scrittura, prolungandone per un poco il riverbero.

In quel momento Cate bussò alla porta, e ne aprì uno spiraglio per dire che era pronto a tavola.

# Capitolo XVII

## *Impressioni lacustri*

1.

Uscita dall'esclusivo collegio all'estero, si potrebbe dire sopravvissuta alla sadica e in buona misura sterile educazione che vi veniva impartita, Irene Quell aveva tentato di riavvicinarsi a suo fratello Nico, quando questi ancora lavorava alla Minaudo, che, come quasi tutte le più prestigiose case editrici aveva sede nella cosiddetta «capitale morale», il fulcro economico dello Stivale, la scintillante città del Nord. Irene, non ancora ventenne, era ospite di Igor e Vera Macchi, una coppia di brillanti architetti conosciuti negli ambienti mondani come «i Diabolici», non perché fossero responsabili di chissà quali crimini, ma per la complicità assoluta con cui condividevano ogni aspetto e occasione della loro vita: progettavano immobili, seducevano committenti pubblici e privati, davano clamorose feste nella loro bellissima casa, si spartivano avventure amorose occasionali. Non i migliori ospiti, si dirà, per una ragazza poco più che adolescente in una città a lei sconosciuta, che oltretutto suo fratello di lì a breve avrebbe abbandonato per partire militare. Ma Irene parve subito in grado di badare a se stessa. Si orientò rapidamente, muovendosi sempre a piedi e camminando diverse ore al giorno. Essendo la città non molto estesa, e subito confinante con una cintura industriale in fase di progressiva dismissione, i suoi vagabondaggi la conducevano verso luoghi semiabbandonati, capannoni chiusi, spiazzi brulli, terreni incolti sovrastati da cavalcavia, parcheggi di smistamento, cantieri i cui lavori erano stati, per qualche misteriosa ragione, sospesi, umidi parchi di periferia invasi da erbe infestanti e dalla nebbiolina che ne sfocava i confini. Lì, trovandovi sollievo, frettolosamente, si accoppiava con chiunque si fosse imbattuto in lei e avesse compreso al volo le sue intenzioni, espresse però con candore, il che le rendeva persino più morbose. Il più delle volte questo avveniva in piedi, magari appoggiati a un muretto o allo schienale di una panchina, non essendoci un luogo adatto per sdraiarsi e consumare.

Consumare, sì, consumare è un termine pertinente a quei rapporti fugaci, in vista dei quali Irene batteva in lungo e in largo la città del Nord. Perché? Cosa si aspettava? Da chi se lo aspettava? A quest'ultima domanda abbiamo già risposto: da chiunque. L'anonimato era la condizione essenziale, l'intercambiabilità pura e semplice. Scegliere, selezionare le sarebbe parso un inganno: dunque uomini di ogni età e condizione sociale, anche se perlopiù di estrazione popolare visti gli ambienti in cui avevano luogo quegli incontri che non duravano più di pochi minuti. Un paio di volte le era accaduto di incontrare donne disposte ad accettare le sue avance, esplicite e disarmanti. Con le donne appariva però meno chiaro cosa poter fare in quelle radure, tra le serrande abbassate delle officine, come svolgere e concludere sbrigativamente il rapporto, cosa invece che coi maschi era più che prevedibile – la penetrazione, di un tipo o di un altro. Era questa scontatezza a invogliare Irene, che per il resto non provava alcun piacere fisico, né era eccitata nel farlo provare ai suoi partner casuali, anzi, il loro godimento accompagnato sovente da rantoli o imprecazioni le pareva tutto sommato grottesco. Ed è forse questa la chiave per comprendere la sua inesauribile ricerca di tali situazioni: le servivano a confermare l'idea che si era fatta degli esseri umani durante i sette anni trascorsi in collegio, in particolare di quelli di genere maschile, cioè che fossero mossi da spinte elementari e meccaniche, da bisogni e desideri privi di qualsiasi dimensione spirituale – organismi, insomma, appena più complessi di quelli che si agitano frenetici nel vetrino di un microscopio. La facilità, anzi la docilità con cui parecchi si lasciavano convincere ad accoppiarsi con lei, l'annebbiarsi del loro sguardo quando si appuntava sulle sue prerogative fisiche (che in verità Irene aveva appena percepibili) pregustando il piacere che ne avrebbero tratto, e talvolta un accenno di vergogna, un'ombra vaga di rimorso, una volta riabbottonati i calzoni, come se si fossero di colpo resi conto della modestia di quello sfogo, che di vantaggioso presentava solo il fatto di essere gratuito, e di averlo ottenuto sul corpo di una ragazza gracile e svagata soltanto perché questa, evidentemente non padrona di se stessa, gliel'aveva proposto, confermava tutto ciò che di negativo e di risibile Irene pensava della società umana, degli uomini, dell'amore e del sesso, e la sua profonda convinzione che la vita fosse destituita di qualsiasi significato. Il che in un certo modo la rincuorava, o per meglio dire, la sollevava, la trasportava in alto verso un cielo dove l'aria è trasparente e lascia passare senza ostacolo i raggi della verità, che inceneriscono i mentitori e gli ipocriti, e infine la liberava dalla necessità di giustificarsi, cioè, di giustificare il proprio altrimenti inspiegabile transito su questa Terra.

E come ci riusciva, come ancora oggi ci riesce? Appunto, abbandonando questa Terra. Uscendo dal mondo. Sì, era ed è l'unica soluzione. Esserci ma al tempo stesso non esserci più. Dire addio senza nostalgia. Recedere. Congedarsi. Ogni volta che si ritrova appoggiata a un muro con un uomo brancolante tra le gambe che la strizza e la schiaccia, maneggiandola grossolanamente, Irene sale di un gradino sulla scala che la conduce in alto. Non può dire in verità che si tratti del cielo, come lo intende la religione, perché Irene a quel cielo non ci crede, non crede in nulla, meno che mai a se stessa, pensa che sia stato un equivoco per lei venire al mondo, da cui infatti non vede l'ora di andarsene. Per ora, si accontenta di smarrirsi giorno dopo giorno, un po' alla volta. Il basso e l'alto per lei coincidono. Più s'inabissa, più le probabilità di toccare il fondo aumentano. Dopodiché non ci sarebbe più niente da fare e niente da cercare o da spiegare. Ed è a quel niente che lei, con tutto il suo cuore, aspira.

2.

I coniugi Macchi l'hanno invitata a trascorrere insieme il fine settimana in una loro villa che guarda il lago. Ve ne sono in gran numero, di laghi, nei dintorni della città del Nord, lunghe valli incassate tra le montagne e ricolme d'acqua solitamente placida e scura. A seconda dell'ora, del tempo e della stagione, il loro aspetto varia tra il poetico e il lugubre, sono fonte di ispirazione, meraviglia, struggimento o estrema malinconia. Qualcuno li trova persino ridenti. In ogni caso sono mete turistiche ambite, sulle loro rive e sulle erte pendici dei monti si ergono edifici patrizi affogati nella vegetazione, la quale può essere molto curata da giardinieri che agiscono mentre i padroni di casa sono via in previsione delle loro rare visite, oppure abbandonata a se stessa e inselvatichita: alberi dalle chiome furoreggianti mai potate, roseti in rovina, e rampicanti, rampicanti ovunque, che hanno sopraffatto e in qualche caso sgretolato le mura e coperto le finestre.

Giusto una di queste proprietà in stato di totale incuria i Macchi hanno acquistato dalle eredi, tra di loro in conflitto, di un industriale svizzero, ed è nel corso di questa complicata trattativa che Vera e Igor hanno mostrato tutto il loro talento – estetico, psicologico, imprenditoriale. Con le sue arti di maga, Vera è riuscita nell'impresa di mettere d'accordo una vedova quasi del tutto rimbambita e tre sorelle piantagrane: quali mezzi abbia impiegato, lei solo lo sa, ma in capo a un mese, alzando il telefono (di cui si può ben dire lei sia una vera artista), be', le tre figlie dello svizzero si sono convinte a vendere all'unanimità la casa disabitata da anni, mentre prima di allora una era disposta anzi desiderosa di farlo, essendo al verde, mentre la seconda pensava di rimetterla a posto e affittarla a caro prezzo, e la terza insisteva per voler andarci ad abitare anche così com'era, con le perdite d'acqua e i cavi elettrici scoperti. Un diverbio perenne che aveva condotto allo stallo, mentre la villa, privata della necessaria manutenzione alle cui spese nessuna delle tre intendeva più partecipare, e che la vecchia da sola non poteva permettersi, iniziava ad andare in malora. A questo punto è intervenuto Igor e ha fatto il resto, cioè persuaderle che in ogni caso, sia per tenersela sia per venderla in modo conveniente, occorresse procedere alla messa in sicurezza dell'intera struttura, in particolare il tetto, e alla bonifica degli impianti oramai fuorilegge. In caso contrario questa non avrebbe avuto sul mercato altro valore che quello di un rudere. Allegato alle chiacchiere, il preventivo dei lavori indispensabili: uno sproposito. Spaventate dai costi dell'eventuale ammodernamento, e avendo fatto interdire la madre in modo che all'ultimo minuto non puntasse i piedi, le tre litigiose sorelle finirono per cedergliela appunto come se fosse sul serio fatiscente.

Una volta entrati in possesso dell'immobile, i due architetti procedettero a modifiche sostanziali, abbattendo pareti interne, spalancando prese di luce ovali (la villa era in effetti parecchio tenebrosa), collegando i piani con scale aeree che parevano reggersi senza sostegno, come disegni a matita, realizzando un giardino d'inverno più ancora vivibile che gli interni veri e propri. Dopodiché la villa, ora villa Macchi, era bellissima, e splendeva come uno smeraldo incastonato sul fianco bruno della montagna, a picco sul lago.

## 3.

Poche settimane dopo il suo arrivo in città, Irene Quell era rimasta di nuovo sola: Nico partiva per il servizio militare. Non aveva fatto in tempo a ritrovare il fratello che già l'aveva di nuovo perduto, chissà fino a quando. Perché non gliel'aveva detto? Perché non l'aveva avvertita, se non appena prima di sparire? Forse per non dispiacerla? Alla vigilia della partenza, lei gli aveva consegnato un biglietto con i versi di una canzone. Conteneva quattro domande.

*Would you love me for my money?*
*Would you love me for my head?*
*Would you love me through the winter?*
*Would you love me 'til I'm dead?*

La grafia di Irene era incerta, ma la sua richiesta al fratello esplicita: si trattava di una richiesta di amore. Nico si era messo in tasca il biglietto ridendo, e le aveva sussurrato: «Aspetta che muoia prima io».

4.

La mattina seguente al loro arrivo, il lago riposava liscio e cupo tra le montagne. Irene lo guardava dalla finestra e le sembrava inevitabile sospirare. Quando il sole finalmente sbucò sopra la dentellatura delle vette, la striscia d'acqua iniziò a scintillare come se fosse metallica. Quel panorama era suggestivo anzi senz'altro bellissimo, e lei se ne sentì prigioniera. Scese al piano di sotto per prepararsi la colazione. Nella sterminata cucina dove elettrodomestici all'avanguardia si alternavano a mobili antiquati, un enorme acquaio di pietra e canterani di legno dal profilo stondato, trovò la tavola già magnificamente apparecchiata: bricchi fumanti, burro giallo, marmellate, composte, il pane in caldo dentro una stoffa multicolore a forma di chioccia, ciambelle, e un paio di terrine con dentro degli intrugli dall'aria salutare. Seduto a tavola, che le dava le spalle, un uomo coi capelli scuri in disordine e una camicia bianca spiegazzata, che però non aveva ancora toccato nulla. Davanti a lui brillava la tazza vuota con le posate intorno, e le sue mani, lunghe, le dita magrissime e le unghie non tagliate da un pezzo.

«Buongiorno» disse piano Irene, che a piedi nudi non aveva fatto alcun rumore arrivando alle spalle dell'uomo. Costui si riscosse e si voltò, era giovane, forse venticinquenne, una faccia nervosa e allegra con grandi borse sotto gli occhi come se non dormisse da mesi. «Ah, ciao, Irene, è pronto, vedi, ti piace come ho apparecchiato? E dire che non avevo idea di dove fossero le tazze... i cucchiaini... la macchinetta del caffè... La cucina è piena di segreti, eh sì, la cucina è la stanza più misteriosa di una casa. Le ciambelle le ho portate io, era già aperto alle sei e mezzo il fornaio, alla gente di qui sembra che piaccia sgobbare, meno male, c'è ancora qualcuno che ha voglia di farlo!»

Si alzò, era alto, allampanato, anche lui a piedi nudi, i mocassini scalciati sotto il tavolo. Abbracciò di slancio Irene che si chiedeva dove mai l'avesse incontrato. Quindi si ritirò di un passo. «Non ti ricordi, eh? Ero convinto di aver fatto colpo su di te, sono un tipo che si stampa nella memoria...!» scherzò. Il suo modo di parlare era tutto una cantilena, un po' in falsetto. «Evio», e lo sconosciuto che un attimo prima l'aveva abbracciata così calorosamente scese un gradino nella scala della confidenza tendendole la mano aperta, che lei strinse appena. «Ci siamo conosciuti a una festa sempre dai Macchi, in città, in quella loro casa sontuosa. Superlativa, anzi. C'era anche tuo fratello, ricordi? che è un mio carissimo amico. Un amico di quelli storici, non sai quanto ci tengo a lui» rincarò Evio – esagerando, visto che conosceva Nico da sei mesi.

«Cosa gradisci, Irene, cosa posso servirti, tè, caffè... meee?» Era una battuta di spirito abusata, che Irene sulle prime non capì, anche se da quella freddura aveva riconosciuto Evio, ma sì, Evio, la sua faccia stralunata e l'aspetto di uno spirito bizzarro e scimunito, forse lui l'aveva pure un po' corteggiata a quella famosa festa ma così, tanto per passare il tempo, con un minimo di convinzione, quell'atteggiamento galante e malizioso a priori che in lei di solito non provocava altro che un'alzata di spalle, come se le frasi dense di sottintesi, le occhiate ammiccanti, le proposte doverose di bere un bicchierino da qualche parte o direttamente a casa, dove «se vuoi ti accompagno, ho la macchina» e così via, fossero una prova di pigra scempiaggine e non di interesse autentico. (Quell'atteggiamento che la generazione precedente, a cui appartengono ad esempio Tito Livio Minaudo, Giulia Mesones, Berio, Cesare Merse, Enobarbo, la stessa Vera Macchi, nati tra il '20 e il '30 del secolo scorso, avrebbe definito «fare il cascamorto». Forse solo l'ambasciatore Quell, il padre di Irene e Nico, dal linguaggio inappuntabile, disdegnerebbe l'impiego di quell'espressione colloquiale.) Il fatto è che Irene era disabituata a questo, era disabituata a ogni forma di rapporto umano salvo i legami contratti nell'istituto dove aveva trascorso gli ultimi sette anni: morbosa affezione nei confronti di alcune collegiali, timore e disprezzo per altre, slanci verso le insegnanti sempre frenati dalla disciplina, accensioni miste a freddezza, innamoramenti privi di fondamento e punizioni perlopiù meritate. Conosceva solo gli estremi, Irene – tutto il resto, la medietà della vita ordinaria, lo ignorava. «Sì, Evio, cer-to. Mi ri-cordo di quella sera. Come stai? Cosa ci fai... qui?»

«Sono arrivato all'alba. I padroni di casa nemmeno lo sanno. Chissà che sorpresa quando mi vedono...!»

«Ma dove hai dor-mi-to?»

Evio la guardò fingendosi scandalizzato dalla domanda, e nemmeno tanto sorpreso da quel modo curioso di parlare staccando ogni sillaba. Non poteva fare a meno di recitare, Evio.

«Dormire? Io? Che perdita di tempo! Sono venuto dritto da una festa. Piuttosto noiosa, peraltro, troppo lunga, non finiva mai, ahhh, e uno che deve fare a una festa, beve, beve, parla, parla, beve, fuma, balla, ride, senza che succeda niente di nuovo, e poi conoscevo già tutti, per cui verso le quattro mi sono messo in macchina. È stata la macchina a portarmi qui, te lo giuro. Non ho nemmeno provato ad alzare la cappotta, il pulsante è fuori uso, e infatti sono arrivato congelato. Non mi sentivo più la faccia. Quando si arriva sul lago, poi, è come entrare in una cella frigorifera.» E fece delle smorfie esagerate massaggiandosi gli zigomi, aprendo e chiudendo la bocca per scioglierla da un'ipotetica paralisi.

5.

Del periodo passato in collegio, Irene ricordava le nevicate, spesse, silenziose. Il sonno grave durante le lezioni. E a pezzi certe poesie imparate a memoria, *Il est midi... je vois l'église ouverte... il faut entrer*, col loro ritmo e i verbi rimati all'infinito che si ficcano nel cervello, come un chiodo battuto dal martello, *entrer-prier... demander-regarder...* E la sera, l'ordine secco «Éteindre la lumière!» che faceva piombare il buio in ogni stanza.

«Nient'altro, ti ricordi?»

Sì, le lezioni di violino. Uno strumento crudele. Non come il pianoforte, che pigi un tasto e viene fuori una nota. Quello che esce da un violino almeno per il primo anno è un raschio che ferisce le orecchie. Il suo Irene l'aveva buttato contro un muro e calpestato. L'insegnante l'aveva picchiata con l'archetto sul dorso delle mani, già lo faceva durante la lezione quando lei sbagliava, o non si applicava a sufficienza, ma quella volta forte fino a farle male.

«Hai pianto, Irene?»

Strano, ma lei non pianse. Del resto non piangeva mai, nemmeno quando distribuivano le lettere dei parenti, le buste della posta aerea, coi bordi rossi e blu e dentro fogli sottili di carta velina ripiegata, ma dai suoi ne arrivavano poche o nessuna, eppure non versava una lacrima. E poi ancora una cosa ricordava bene, la difficoltà ad addormentarsi, nel letto, la sera. O piuttosto, l'impossibilità. Nel sonno si aggiravano minacce assai peggiori che da sveglia, un pensiero, forse un mistero, che aveva paura di svelare. Nell'attesa che arrivasse il sonno, succhiava caramelle di rabarbaro che le si incollavano tra i denti e la gengiva, e il loro sapore persistente non si scioglieva per ore. Ecco perché da quel momento aveva odiato il rabarbaro, e per la stessa ragione lo amava.

«Portavate una divisa?»

Non proprio. La gonna a pieghe, e una camicetta coi bottoni troppo piccoli, difficile trovarli al buio con le dita. Sopra, d'inverno, un golfino celeste.

Ah quanto costa inventarsi una personalità definita, attraverso gesti e parole, costruirsi un carattere almeno un po' riconoscibile, controllando ogni minuto il proprio modo di parlare, di sorridere, di camminare in mezzo agli altri. Persino il battito del cuore andava sorvegliato.

## 6.

Non aspettandosi di trovarvi nessuno a quell'ora, piombò in cucina la padrona di casa. Scarmigliata, pallida, senza un filo di trucco, dimostrava i suoi anni (quanti, comunque, nemmeno suo marito lo sapeva) ma questo giudizio impietoso poteva semmai valere per il suo viso e per le sue mani percorse da vene in rilievo: poiché il resto di lei si sarebbe detto di un'atleta o di una ballerina tuttalpiù trentenne, complice una vestaglia impalpabile e attillata, che non abbandonava neanche di un millimetro le curve dei fianchi e del seno, fasciandola come una guaina. Unito al suo carattere imperioso e a un'intelligenza prensile e scaltra, che lavorava a tutto campo senza lasciarsi sfuggire nulla di cose viste o ascoltate, anche solo orecchiate, di persone e situazioni e avvenimenti di ogni peso, quel suo corpo mozzafiato contribuiva a fare della architetta una vera macchina da guerra – come infatti, giocando sul suo nome e cognome, e prendendo spunto dal titolo di un film horror appena uscito, sia i suoi ammiratori sia i suoi detrattori erano soliti chiamarla: Vera, la Macchina Infernale. «Escludo che vi sia al mondo una più precisa e spaventosa corrispondenza tra soma e psiche, come in Vera» era uscito detto a suo marito Igor, in una delle sue esternazioni oracolari.

«Oh, Evio... che ci fai qui?» chiese la Macchina Infernale.

«Passavo.»

«E quanto conti di rimanere? Un paio d'ore? In un posto come questo uno come te s'annoia.»

«Con te non mi annoio mai. C'è anche Igor? Con lui mi annoio ancora di meno.»

Vera non rispose e diede una stretta alla cinta della vestaglia che le segava la vita incredibilmente snella per una donna matura; nel far questo il suo petto già florido parve gonfiarsi.

«*Uncorseted, her friendly bust...*» sospirò Evio ammirato, «*... gives promise of pneumatic bliss...*»

A onta del suo notevole successo e della clientela internazionale, Vera non sapeva una parola d'inglese, non l'aveva mai voluto imparare, e si rifiutava di balbettarlo, cosa niente affatto rara nell'epoca in cui si svolge questa storia, per cui non comprese né ribatté nulla al commento di Evio. Irene invece l'inglese lo padroneggiava quasi meglio dell'italiano, che parlava sillabandolo come se temesse non tanto di non essere capita, quanto preoccupata di afferrare bene quanto lei stessa andava dicendo. La conoscenza di francese e tedesco, il primo parlato in modo sciolto, il secondo con qualche cautela, il primo per conversare, il secondo per ragionare, facevano di lei una colta ragazza europea anche se incredibilmente ignorante su una quantità di materie e argomenti, a cominciare da quelli riguardanti vivere, come vivere, a quale scopo vivere, di chi fidarsi e di chi no, tanto che nel dubbio si era risolta a non credere a nessuno, per principio. Per cui non poteva sospettare che l'ermetica frase (*uncorseted... friendly bust... pneumatic bliss...*) mormorata da Evio fosse una raffinata citazione. Eh sì, perché Evio, l'animale notturno, il festaiolo, non avendo nulla da fare tutto il giorno, a parte recuperare le forze dopo le nottate passate in bianco, contro ogni aspettativa era una persona piuttosto colta, anzi a suo modo coltissima, nutrita di caotiche letture: solo che le intere sue conoscenze di vorace autodidatta le spandeva e sprecava voluttuosamente, senza costrutto, per far colpo su qualche ragazza ancora sensibile alle formule ricavate dalla poesia, per adulare persone importanti, oppure per introdursi di soppiatto in una conversazione intellettuale, buttar lì un enunciato rubato dal libro di un pensatore o un aforista alla moda (ne aveva pile alte e sbilenche sul pavimento di camera sua), e poi svignarsela per non essere costretto ad approfondire. Si trattava di verità paradossali come «Ripensare al passato vuol dire saccheggiare se stessi», «La merce resta merce anche quand'è gratuita», «I desideri ci rendono solitari». Ma forse la sua preferita, e l'unica a cui aderiva con convinzione: «La verità è come la luce del giorno per i vampiri». Essendo Evio egli stesso un vampiro, c'era da fidarsi, e infatti lui la verità con cura la scansava.

## 7.

Con la barca erano giunti al centro del lago. Su entrambe le coste si ergevano a picco le montagne, mentre la foschia velava le estremità del bacino d'acqua, sopra le quali incombevano le cime appena distinguibili di altre montagne. Il senso di prigionia in Irene aumentò in proporzione alla meraviglia. Rallentando l'abbrivio, silenziosamente, la barca si fermò. Igor aveva spento il motore. Inutile gettare l'ancora, l'acqua era profondissima, la giornata senza vento. Vera si alzò in piedi e scrollando appena le spalle si liberò del copricostume, che cadde giù dalle bretelline, finendo sul fondo umido della lancia. In realtà non copriva costume alcuno. Senza avvisare che la barca si sarebbe sbilanciata montò sul bordo con un saltello e piegando appena le gambe si tuffò, inghiottita dall'acqua nera. La barca rollò. Igor Macchi di ottimo umore batté le mani, quindi si rivolse agli altri due passeggeri: «Be', che aspettate?». Poi si strappò di dosso goffamente la maglia a strisce orizzontali bianche e blu, calò alla svelta le braghette e rimase anche lui nudo, se si eccettuano i grossi occhiali a specchio che teneva in bilico sulla punta del naso. Tanto il corpo di Vera era statuario quanto quello del suo sposo striminzito, repulsivo: peloso anche sulla schiena, le spalle ricurve, l'addome rilassato e, sebbene non facesse così caldo, già luccicante di sudore. Che altro dire di lui? Le natiche strizzate all'indentro come per uno sforzo ma flosce, annerite di peli. Tuttavia non se ne vergognava neanche un poco, anzi lo esibiva, quel corpo, con una naturale fierezza che poteva persino risultare simpatica. «Se vi piace fare il bagno vestiti...» sogghignò, quindi svoltolò un materassino pieghevole e ci si distese a prendere il sole.

Irene rivolse a Evio uno sguardo di interrogazione sul da farsi. Per lei la nudità non voleva dire nulla, priva sia di attrattive sia di proibizioni. Lui mormorò: «Non se ne parla. Godiamoci lo spettacolo, piuttosto». Godiamocelo, allora, convenne mutamente Irene, alzando lo sguardo dal corpo ignudo dell'architetto verso la vetta delle montagne incombenti e di quelle lontane.

Qualche minuto più tardi, alle loro spalle, come emergendo dagli abissi, le mani cariche di anelli di Vera afferrarono il bordo della lancia e lei, che sdegnava di usare l'apposita scaletta, con uno scatto delle braccia si issò a bordo fino alla vita. Restò in bilico in questa posa, grondante, affinché i due ragazzi ammirassero le sue forme spettacolari, che Igor, ma non solo lui, conosceva a menadito. Evio non si trattenne dal commentarle, entusiasta: «Vera, sono sicuro che non ti dispiacerà se te lo dico... ma il tuo fisico... lascia a bocca aperta! Una dea, ecco, sì, una dea...».

Lei finse di non badarci, consapevole che il complimento era, in realtà, una semplice constatazione. Quindi si rovesciò dentro la barca a gambe unite, con un gesto simile al richiamo di un saltatore mentre scavalca l'asticella, e si sedette gocciolante di fronte a loro. «Fredda, ma bella» disse, e invece che coprirsi prese a strofinarsi la testa con l'asciugamano in modo energizzante. Aveva i piedi dalle unghie smaltate di cremisi ben piantati sul fondo della lancia e le cosce muscolose semiaperte. Era paradossale, ma fino a un certo punto, che a bordo vi fossero due ragazzi interamente vestiti e una coppia di persone mature completamente nude e in un atteggiamento che poteva dirsi spudorato – ma era appunto l'epoca, quell'epoca, a favorire il rovesciamento dei ruoli. Nulla era ovvio, e tutto mescolato. Dalla punta dei seni portentosi di Vera e dal cespuglietto alla confluenza delle sue gambe colava l'acqua del lago. Irene era incuriosita da quel comportamento, ma al tempo stesso disincantata. Come durante un interminabile inverno polare esposta ai rigori dei rapporti umani, le si era formata una crosta di ghiaccio intorno al cuore, sottile ma indistruttibile, che ne riduceva quasi a zero la sensibilità. Ritrovarsi nel bel mezzo di un lago cupo e profondissimo, su una barchetta dondolante, in compagnia di alieni, forse fatta oggetto di attenzioni da parte di una architetta cinquantenne col fisico di una spogliarellista e da un altro altrettanto stimato professionista del cui membro così esiguo da riuscire appena a spuntare da sotto la pancia le veniva offerta la vista come di un frutto esotico da gustare, avendo come unica ancora di scorta un ragazzo stonato e modaiolo che non chiudeva occhio da almeno tre giorni, be', questi fatti rappresentavano l'ennesima conferma. Conferma di cosa? Che tutto era assurdo, inspiegabile, superfluo, casuale, nella sua vita come probabilmente in quella degli altri. Ma era proprio l'assurdità a tranquillizzarla. Cosa potrà succedermi, in fondo? La barca rovesciarsi? Questi due trascinarmi in qualche loro giochetto? Evio rivelarsi un demone malvagio? Insomma, cosa cambierebbe se una di queste opzioni avesse luogo? Qual è il rischio, il vero pericolo, per una come me? Perdersi, perdersi per sempre? Oppure, peggio mi sento, ritrovarsi? La distesa scintillante del lago non è una minaccia sufficiente a spaventarmi, né gli eventuali dolori che potrei soffrire, o frustrazioni, umiliazioni, delusioni, io mi sento al sicuro, già salva, perduta e dunque salva, salva per sempre e da qualsiasi pericolo. Poiché nulla, nulla mi tocca veramente, nulla può toccarmi. Sono salva, sì. Anche se mi dovessi spezzare, sono oramai in salvo. Anche se dovessi morire, lo sarei, a maggior ragione lo sarei. E infine, questa è davvero una bellissima giornata.

## 8.

Alla fine anche Evio si era convinto, spogliato e tuffato, però tenendosi le mutande addosso, con un esito più sconveniente della nudità, specie al momento di risalire in barca, quando zuppe d'acqua gli erano scivolate giù dai fianchi sulle gambe magre e livide come quelle di Giovanni Battista in un dipinto devozionale. Vera si era tappata la bocca e pietosamente gli aveva allungato il telo di spugna che non le serviva più.

Irene si era sfilata solo la maglietta. Sotto portava un reggiseno che doveva essere stato viola. A prima vista non si poteva dire se fosse biancheria intima o il sopra di un costume da bagno. Aveva spalle da adolescente e il resto poco pronunciato, come qualcosa di provvisorio. Anche i suoi capelli le piovevano dritti sulle spalle per un effetto di gravità e non in seguito a un taglio particolare. Non doveva colpire nessuno. Fosse stato per lei, avrebbe di gran lungo preferito non averlo affatto, un corpo: quel corpo, anche se così esile, la appesantiva. Doveva tenere a freno la tentazione di disfarsene. Anche adesso, sulla barca dei Macchi, il medesimo desiderio vago e pungente: quello di completare la bellezza della giornata sparendo. Accanto a lei Igor sonnecchiava con un occhio chiuso e uno mezzo aperto. Ogni tanto sollevava una mano, con un movimento che pareva irriflesso, indipendente dalla sua volontà, e si allisciava i capelli all'indietro, inumidendoli col sudore della fronte. In verità costui non cessava mai di lavorare, e il suo lavoro era un costante rimuginio, una macchinazione, un continuo rimescolamento di carte, pianificare, architettare, progettare, non tanto edifici quanto relazioni umane, accordi, scambi, strategie, conquiste. E non una sola di queste cose ma come minimo tre o quattro a rotazione. Adesso, ad esempio, da sotto la palpebra calata a metà, sta perlustrando la schiena pallida della ragazzina che è sua ospite, e il suo sguardo riesce a essere al tempo stesso paterno e lascivo, senza contraddizione; intanto immagina di dare con sua moglie, la settimana entrante, una cena per alcuni facoltosi committenti ed enumera i vini costosi che servirà loro; e disegna con la mente una specie di colossale mausoleo, o un'ardita quanto superflua torre, che dovranno rivaleggiare con le ideazioni dei grandi architetti del passato; per poi di colpo tornare a contare i nei che punteggiano la schiena ossuta di Irene, quanti ve ne sono sotto e quanti sopra il cinturino del reggiseno, e alcuni puntolini rossi che potrebbero essere pizzichi di zanzare. Le si possono contare le costole, una a una, pensa, ma è graziosa, e dev'essere anche sveglia, intelligente, peccato che parli così poco, non si capisce mai cos'abbia in testa. Una figlia così, ecco, non mi dispiacerebbe averla, o meglio averla avuta un tempo, da dividere con Vera, da educare, da coccolare. Ma subito le coccole nella sua mente incapace di tenere distinte e separate le cose, diventavano qualcos'altro, qualcosa di ben diverso, e la figlia virtuale si ritrovava ignuda tra le grinfie dei due intriganti. Escogitare, complottare, tramare la rete di polemiche e provocazioni, questa l'autentica attitudine creativa di Igor e Vera, e la loro ossessione spinta oltre ogni limite.

Il limite, il grande nemico dei Macchi.

9.

Il lago là in fondo cambia colore almeno cinque o sei volte al giorno, e lo stesso accade alle pareti di roccia che lo racchiudono: nere, blu, ora grigie ora verdi, con riflessi rosati quando la luce si fa più tenue. Irene Quell l'aveva notato dalla finestra di camera sua, contro il cui vetro premeva la fronte per lunghissimi quarti d'ora, non pensando a niente. Davvero a niente, guardava il lago e basta, i suoi mutevoli colori. Poi piano piano cercava di capire quali fossero i suoi reali desideri, se ne aveva, e quali le sue paure. Restare lì, andar via? Dov'è il discrimine, in cosa consiste la vera differenza tra cosa sarebbe meglio e cosa peggio, col dubbio che il peggio non possa alla fin fine rivelarsi preferibile, e perciò ritrovarsi a essere esso stesso, il meglio. L'ennesimo rovesciamento. Lì, tra le grinfie amorevoli dei Macchi in fondo si trovava bene, anzi, si trovava male, e dunque bene. L'isolamento, bene. La buffa danza di corteggiamento del folletto Evio, perché no, bene anche quella. Il nudo meschino di Igor e quello esplosivo di Vera, benissimo tutt'e due, senza distinzioni. Le distinzioni sono sempre banali, i giudizi, le pretese, i rifiuti, le scelte, sono inganni, o soluzioni provvisorie, verità convenienti. Stare da una parte o dall'altra, sopra o sotto la realtà, cosa cambia? La felicità s'infila negli interstizi tra gli errori, non c'è bisogno di cattiveria per commetterli. Come per quei quadri nascosti nel fondo delle chiese, due volte invisibili, prima perché sepolti nell'oscurità, poi perché illuminati di colpo dagli spot a tempo accesi con un obolo dai turisti, che ne azzerano ogni sfumatura col loro raggio sparato, così per Irene luce e buio, bene e male si equivalevano. Morte e vita, altrettanto.

10.

«Se non ne puoi più, ti porto via io, da qui» le aveva sussurrato Evio risalendo dall'imbarcadero su verso la villa. Irene, come suo solito, era rimasta muta, il che poteva significare il suo assenso alla proposta come che l'avesse lasciata cadere nel vuoto. Vera emise un risolino sarcastico.

«Mmm, temo che mi abbia sentito...» disse Evio affettando preoccupazione, quindi per riparare esclamò, presentando Vera a un'immaginaria platea, «Ditemi se questa donna non è uno schianto. Abbiatene il coraggio! Ogni volta che ti incontro, Vera, mi manca il fiato. E scusami Igor se affermo che nessun cavaliere è alla sua altezza, nemmeno tu lo sei...»

Per nulla infastidito, ansimando già dopo una ventina di scalini, l'architetto annuì: «Caro mio, lo so, lo so benissimo, è appunto questa la principale ragione per me di stare con lei, anzi, la ragione generale di stare al mondo: non sentirmi mai all'altezza. E perciò essere obbligato a inventarmi qualcosa per colmare il dislivello».

Come succedeva di frequente, Vera completò il pensiero del marito. «Di conseguenza, dai propri difetti non bisognerebbe mai liberarsi. È nell'abisso dei difetti che si sviluppano le idee migliori. Solo lì trovano lo spazio per farlo. Le virtù uccidono le idee appena nate, le estirpano senza pietà. All'ombra delle virtù non cresce un filo d'erba. E i rapporti umani, occorre che tu lo sappia, Evio, non sono mai simmetrici, mai.»

«Ma certo» replicò prontamente lui, «e infatti, per dimostrarti il mio profondo rispetto per le gerarchie, mi dichiaro tuo vassallo. *No m'aus traire adenan*, signora Macchi...» Nell'annunciare la sua ennesima solenne buffonata, Evio aveva tentato di strapparle il borsone con dentro gli asciugamani e le bottiglie di vino che in tre si erano scolati in mezzo al lago (Irene: «No, grazie, non bevo»), per avvalorare il suo proclama di subordinazione cavalleresca, ma la Macchina

Infernale si era rinserrata la borsa in spalla e aveva preso a salire i gradini a due a due, superando e distaccando gli altri. Per nulla mortificato, al contrario, Evio ne aveva approfittato per elevare nuovamente il suo canto di lode. «Cosa vi dicevo? Vera non la batte nessuno. È questa, e non altra, la gioventù...!» e strizzò l'occhio alla più giovane del gruppo. La quale ovviamente non disse nulla. Be', però, questo ruolo di mutola le si addice, pensò il facondo adulatore arrivato sin lì in decappottabile. Le parole in fondo non sono affatto necessarie. E lo dico io, che ne abuso... ma non posso farci nulla, senza le parole io mi sentirei disarmato. Le parole sono trappole, me ne servo per acchiappare la prima persona che mi capita a tiro, poi ci finisco dentro anch'io. Irene per ora non ci casca, e i Macchi, figuriamoci, quelle due vecchie volpi, fiutano tutto al volo, sicché devo giocare d'anticipo. La sorella di Nico, ah, sì, la sorella del grande Quell! Ben più strana di lui. Unica direi. La posta in palio è alta, i Macchi hanno capito anche questo, i due intriganti, non si lasciano scappare nulla...

Igor Macchi era rimasto a torso nudo, solo un foulard rosso intorno al collo, e la pancia pelosa che vibrava a ogni gradino salito, con passo vieppiù pesante.

«O architetto! L'abbiamo disegnata bella ripida questa scala!» ironizzò Evio.

«Al culmine io verrò, per ottenere ciò che mi spetta di diritto, la gloria senza aggettivi, senza inutili orpelli» rispose Macchi ansimante, «pura, lucente, gratuita. Se non mi viene un colpo prima. E comunque, Evio, non l'ho progettata io questa scala, altrimenti l'avrei fatta più erta ancora, per selezionare chi la sale e chi la scende. Evviva le differenze, le disparità! Evviva la diseguaglianza! Pensa che strazio se fossimo tutti uguali, come soldatini in fila... pedoni obbedienti che attraversano sulle strisce... ta-ta-ta-ta!» Coi suoi occhi acquosi era di nuovo addosso alla schiena magra di Irene che lo precedeva di qualche scalino, ai suoi stretti fianchi, alle sue gambe leggermente a ics.

11.

Il camino la sera veniva acceso solo per il gusto di vedere le fiamme guizzare. Macchi veniva ispirato da quel modo di contorcersi, e dal consumo. Il consumo, sì, il consumo, *tout passe, tout casse, tout lasse*, e poi non resta nulla. «Del resto, cosa ci posso fare io se la passione dominante è il masochismo? Se la gente ama, lo ripeto, *ama* essere presa a schiaffi? Le cose che la colpiscono di più sono quelle che non capisce. E dovrei guarirli, io? Non sono un santone, tantomeno un orrido confessore. Dicono tutti di volere il progresso. Il *progresso*. E che bisogna per questo impegnarsi, impegnarsi, impegnarsi, battersi, esporsi, esprimersi. Ma esprimere *cosa*? Progresso di *cosa*? Non si sa, meglio non precisare, così uno è libero di continuare a far prediche. Il cane abbaia, il vento disperde. Però a me sta bene così. Solo restando inutili si riesce a essere almeno un po' utili, dovrebbe essere questa l'unica missione civile, o no? Chissà perché da noi si invoca sempre la società civile, quando, nel nostro Paese, la società è la cosa più incivile che esiste! Una banda di porcaccioni, peggio ancora dei politici, anzi, non peggio, esattamente come loro! Io sarei pure per lo spreco, per il lusso, ma intendiamoci, non per me, non fa per me, il lusso, non mi riguarda, il lusso, è una trovata per i committenti, e io sono solo un esecutore, un umile servo, anche se per niente sciocco, se li godano pure i giardini pensili... le terrazze, le altane... si accontentano di poco, quelli, basta che quel poco sia molto, anzi moltissimo, almeno di un centesimo o di un millimetro in più di quello che possiedono gli altri... io mi diverto anche se mi annoiano, che barba, i panorami esclusivi, l'arte da collezione, i pezzi unici... il relax! Disgraziati, i ricchi, che non sanno più dove piazzarla, la loro ricchezza! Pensate che alcuni addirittura se ne vergognano. Per cui si lanciano in opere di bene, con gli enti morali, le fondazioni, le donazioni! A me non interessa il potere, lo lascio volentieri a chi ha il tempo di stare ad ascoltare lodi sperticate e interessate. Io il potere lo ignoro e lui ignora me, siamo entrambi ignoranti, chi deve fare non ha il tempo di dettare le istruzioni su *cosa* fare e *come* fare. Mamma mia! Quando mi chiamano "maestro" mi offendo a morte. Maestro ci sarà lei! mi viene voglia di rispondere, se non fosse che sentirsi obbligati a replicare indebolisce qualsiasi posizione, quelle giuste più ancora di quelle sbagliate… essere chiamati a rispondere di quello che si è detto e fatto, e si dirà e si farà, spiegare le proprie ragioni… no, grazie, ne faccio volentieri a meno. Intestardirsi a convincere qualcuno vuol dire corromperlo, rifilandogli parole invece che mazzette di denaro, il principio è lo stesso. Un artista fa sognare il suo pubblico, poi quando quello si risveglierà è oramai troppo tardi. La consapevolezza non arriva mai in tempo utile. Prima è solo autolesionismo, l'ho già detto e lo ripeto, dare capocciate al muro pensando di essere dei martiri, di essere celebrati, o male che vada compatiti. La gente si appassiona a due momenti, la costruzione e la distruzione, quello che si trova in mezzo, cioè la realtà, non interessa a nessuno, preferiscono l'attesa, la speranza e il dramma, non gli piace essere sottomessi ai fatti, pretendono di essere liberi, tutti tranne me, che infatti non ho alcuna pretesa. Tutti, e anch'io in fondo, sogniamo di lottare contro la realtà e di sconfiggerla. La realtà, il nostro peggior nemico. L'architettura in questo è un'arma potente. C'è più irrealtà nell'architettura che in qualsiasi arte o disciplina, più delirio che nella musica dodecafonica o nei quadri informali. Solo che ci vogliono soldi, molti soldi, per progettare e costruire, mentre per una poesiola zeppa di uh! e di ah! basta una penna e un foglio di carta, e perciò noialtri siamo sempre in allarme, all'erta, aspettando che il telefono squilli, a buttare giù schizzi preparatori. Bruciamo un sacco di energie nell'attesa, sicché, quando finalmente arriva il momento buono, lavorare sarà un gioco, poco più di un passatempo. Se mi sforzassi troppo per conoscere in anticipo quello che devo fare, mi priverei di ogni gioia nel farlo. Al limite, potrei anche saperlo prima, ma non comprenderlo. Oppure comprenderlo, ma non ancora giudicarlo. L'ignoranza protegge e alimenta la creazione, è una specie di placenta che la avvolge. Ci siamo abituati ad attribuire le nostre magagne e i nostri fallimenti all'epoca in cui ci ritroviamo per puro caso a vivere: se siamo pigri, è perché il nostro tempo è pigro; se ci sentiamo sterili e spaventati, diciamo che è colpa della sterilità di un'epoca spaventosa. In questo modo la tendenza generale diventa un alibi inattaccabile. Ah, che strazio, si lamentano quelli, se solo fossi vissuto ai tempi di Le Corbusier, del Bauhaus... o in quello di Borromini! Si trova sempre un pretesto per comportarsi in modo mediocre, se lo spirito dei tempi lo richiede. Intendiamoci, anch'io ci sto dentro, ci sto immerso, in codesto spirito, come tutti del resto, immerso fino al collo nella merda, ma non intendo aggravare la situazione con un piagnisteo. Se lo facessi, sprofonderei ancora più in giù. Invece almeno la testa deve restare fuori. Per respirare!»

«Buonanotte» annunciò Vera, alzandosi dal divano, «io me ne vado a letto, vieni anche tu, Irene? A Igor basta lui solo» e indicò Evio «come pubblico non pagante.»

12.

Irene, Irene. L'unico suo desiderio a quel punto era che le cose accadute e quelle *non* accadute producessero le loro conseguenze, non importa quali. L'unico suo desiderio era di ritrovarsi in uno stato d'animo tale per cui le venisse facile dire sì a tutto, senza obiezioni. Poter godere con riconoscenza la dolce insignificante attività di vivere. Non essere più soggetta alla limitatezza fisica e morale della persona, rinchiusa nella sua identità come dentro un bozzolo, ingombrata dal carattere. Fine della separatezza. Non porre più domande. Né attendersi risposte. La sua risolutezza priva di un obiettivo specifico la spingeva comunque avanti, avanti, nell'attesa che quel traguardo strada facendo diventasse visibile. Per ora non lo era. Eppure c'era, doveva esserci, più in là, non lontano, come una radura che all'improvviso si apre in un bosco fitto, inondata di luce. Basta camminare per arrivarci, tenere duro un altro po'. La vita sino ad allora vissuta non la interessava, non l'aveva mai riguardata davvero mentre la viveva, una serie di tappe, di passaggi obbligati in una caccia al tesoro dove, per poter proseguire, bisognava trovare indizi, risolvere enigmi e rispondere a indovinelli che in sé significano ben poco, danno un po' di trepidazione sul momento ma la loro soluzione è ovvia, poiché non si possono mortificare i bambini che la stanno giocando con ostacoli insormontabili – e dunque avanti, si va avanti, dopo aver perso tempo, esitato, deviato, superando una prova dopo l'altra. Chissà la prossima come sarà. Potreste almeno dirmi chi sono i miei avversari? E quali invece i miei aiutanti – qualche uccellino fatato, un anello magico, una bevanda che mi rende invisibile o mi fa spuntare le ali... Cos'è questo venticello che mi soffia sul viso? Forse si tratta di Evio, che è giunto qui al mio soccorso. O anche lui è un inganno? Fino al momento in cui nella sua mano non spunta un coltello, è impossibile distinguere l'amico dal nemico. «So you think you can tell / Heaven from hell? / Blue skies from pain?» No, io non ne sono capace, non è per niente facile distinguere.

Avere una finalità precisa nella vita le sembrava enormemente meschino, la smania degli arrivisti, degli arrampicatori sociali. Battersi per uno scopo poteva essere squallido o nobile, più che per l'obiettivo in sé, per il tipo di energia impiegata al fine di raggiungerlo, che arricchiva o impoveriva durante lo sforzo; mentre l'idea di rimanere a metà, incompiuta, irrealizzata, insoddisfatta e in bilico, rappresentava per Irene non una frustrazione, bensì un privilegio. Un'occasione d'oro.

13.

«Fuggiamo di qui, prima che sia troppo tardi» le mormorò Evio in un orecchio col suo solito tono beffardo. A quale pericolo alludeva? O era la sua solita canzonatura?

«Dimmi che ci stai!» Erano nel cuore della notte. Silenzio e buio nella villa Macchi.

Irene annuì.

«La tua roba è pronta?»

«Non ho niente con me.»

«*Niente*?»

Stavolta Irene sorrise. Aveva denti piccoli ma perfetti, come le perle di cui parlano i poeti ammattiti per aver dato fondo alla scorta di immagini celebrative del loro amore.

«Oh! Lo sai che sei proprio bella quando sorridi?» esclamò Evio che aveva quel tipo di sensibilità un po' losca, di chi è solito lusingare. «Peccato che tu lo faccia così di rado.»

«Sorriderei più spesso se mi venissero date ragioni per farlo.»

«Te le darò io. Vieni» e la prese per mano, guidandola giù per la scala. «La cappotta dell'auto non si alza e mi costerebbe troppo ripararla. Avrai bisogno di qualcosa con cui coprirti.»

Al piano di sotto, impermeabili e giacconi erano appesi a un attaccapanni nell'ingresso ricavato da un lungo ramo di frassino. Evio staccò un pesante cappotto di foggia militare e lo appoggiò sulle spalle di Irene con fare da gentiluomo. Era incredibilmente morbido e Irene rabbrividì al contatto, simile a una carezza, del bavero che Evio le aveva risvoltato sul collo. «Grazie della tua premura» disse sottovoce. Evio la baciò su una guancia.

«Scommetto che Vera non lo usa mai. E che approverebbe questo furto.»

Il cappotto le arrivava quasi ai piedi e dalle maniche spuntavano appena le dita.

Scesero in punta di piedi i gradini di pietra, come ladri, e poi stettero bene attenti a non far scricchiolare la ghiaia del piazzale, che scintillava alla luce della luna sorta da poco.

La macchina di Evio era un vecchio modello sportivo, così basso che, volendo, ci si poteva saltare dentro, ma lui ci tenne ad aprire uno sportello dalla parte del passeggero, poi girò intorno alla decapottabile e con un balzo fu al volante. Se fino ad allora aveva agito in gran silenzio, ora, accendendo il motore con un rombo, si divertì a dare accelerate in folle per svegliare i padroni di casa e avvertirli che se ne stava andando. Soltanto la mattina dopo si sarebbero accorti, bussando invano alla sua porta, che si era portata via anche la loro giovane ospite.

Il cielo era gremito di stelle, e la guida sconsiderata di Evio rendeva la strada persino più tortuosa. Per la prima volta da quando suo fratello Nico era partito, Irene si sentì felice, o pressoché felice, in ogni caso insicura se quello che stava provando fosse felicità, dato lo scarso campionario di eventi da lei personalmente vissuti. Il vento bagnato che saliva dal lago e le gelava il viso, la morbidezza estenuata del cappotto di Vera, le lacrime che le colavano dagli occhi, le porzioni di strada balenanti alla luce dei fari – e poi, essere sballottata e premuta sul sedile dalla velocità: tutto questo faceva scaturire dal suo cuore quell'entusiasmo che deriva dal non sentirsi più padrona di sé. Pregò Evio che accelerasse, e non vi fu bisogno di insistere, scesi in pianura i lati della strada divennero le pareti di un corridoio punteggiato dalle apparizioni istantanee di alberi, pompe di benzina chiuse, cartelli pubblicitari illeggibili, che si inchinavano su di loro come fantasmi prima di essere strappati via dal lampo dei fari. Anche la possibilità concreta di morire in un incidente la riempiva di ebbro entusiasmo – schiacciati sotto un camion che andava lentissimo, all'improvviso incombente su di loro, una massa buia costellata di luci, troppo tardi per la frenata, oppure volando fuoristrada, ma sì, volando, al rallentatore, i famosi ultimi istanti, la ricapitolazione della vita prima dello schianto, si passano in rassegna i momenti cruciali, i fotogrammi che prendono fuoco – ma erano dettagli secondari, le facce congestionate degli uomini che si scopava o il panorama innevato dalla finestra del collegio, i filamenti della verdura bollita nell'aceto. Venire violentemente al mondo e andarsene violentemente. La prospettiva di un incidente d'auto la rendeva invulnerabile, come, in un sogno, mentre la nave sta affondando, uno scopre di essere capace di camminare sopra le acque.

«Gesù» disse piano Irene, ed Evio credette stesse pregando. In un certo senso era così. Ora faceva meno freddo, l'aria notturna era asciutta, non mancava molto alla città, Evio aveva messo su la musica e prendeva ritmicamente a pugni il volante. L'importante come sempre era scamparla, superare quella notte, e poi un giorno qualsiasi si sarebbe avviato, implacabile, fatto anch'esso di istanti, quindi la prossima notte, una cosa appresso all'altra. Però basta coi Macchi, occorreva trovare un nuovo alloggio, un altro letto dove star svegli al buio. La disposizione di Irene nei confronti della vita era quella di un mucchietto di cenere calda che il vento disperde a folate.

Infine, quando furono giunti in città, e albeggiava, davanti a un indirizzo a lei sconosciuto e indifferente, Irene non trovò affatto strano né sbagliato che Evio allungasse le mani per toccarla. Era l'ennesima cosa ovvia, e dunque né bella né brutta, né desiderabile né sgradevole, un fatto transitorio, del resto, privo di un significato speciale. Se lei perciò gli disse, cameratescamente, «Dai, Evio, lascia perdere» e se ne distaccò, mentre lui curvo tentava di baciarla, facendogli capire che era meglio non insistere, be', questo non era che uno dei quattro o cinque casi del possibile, forse il più scontato. Per cui nemmeno Evio se la prese più di tanto e desistette.

# Capitolo XVIII

## *Gelosia*

1.

Come si festeggia degnamente il compleanno di una bambina? Bastano le undici candeline sulla torta, e la famiglia intorno che prima canta in coro e poi applaude? E il tremolio delle fiammelle riflesso sulle guance mentre soffia? C'è sempre qualcuno che pretende di aiutarla a spegnerle, un adulto puntiglioso, una sorella più piccola che viene sollevata alla loro altezza, se ne è rimasta qualcuna accesa dopo il primo tentativo, a completare l'opera. Non ce ne fu bisogno, Maria ci riuscì al primo tentativo e subito una mano premurosa si affrettò a sfilare le candeline affinché la cera fusa non colasse sui frutti di bosco che decoravano la torta in graziosi cerchi concentrici.

Ma non era felice. Una certa felicità diede comunque a vederla per non scontentare i presenti, che commentavano eccitati e aspettavano il loro turno per baciarla. Una trentina di invitati tra grandi e piccini.

La festa era iniziata nel primo pomeriggio, gli ospiti arrivavano alla spicciolata. Qualche genitore lasciava i figlioli al cancello di casa, limitandosi ad affacciarsi per un breve saluto, e poi se la squagliava, ben contento di venire a riprenderseli, sudati ed esausti, alla fine della festa; qualcun altro invece più intimo di casa Mesones li accompagnava dentro, nel giardino, e si tratteneva con i padroni di casa. Per loro Costanza aveva predisposto bottiglie di vino, calici di vetro e una grossa ciotola ricolma di un aperitivo blandamente alcolico su un tavolinetto accanto a quello, assai più spazioso, con il rinfresco per i bambini: nei vassoi di cartone, i classici di ogni festicciola, pizzette rosse, paninetti al formaggio e tartine al tonno, le cupole ancora per poco intonse di panbrioche, bibite gassate e bicchieri di plastica su cui Nanni avrebbe scritto con un pennarello a punta larga il nome del proprietario affinché bevesse sempre in quello. Compito che ironicamente gli spettava «in quanto professore di Lettere».

Gli amici di Costanza e Nanni non avevano figli coetanei della festeggiata, che per questo era abituata a ritrovarsi sempre tra bambini più piccoli. Perciò aveva invitato i compagni di classe, preparando dei cartoncini e distribuendoli a tutti già da una settimana. Ma per una ragione o per l'altra, quando era già passata un'ora dall'arrivo dei primi ospiti, di compagni di scuola ne erano arrivati solo quattro o cinque, e tra di loro, l'unico di cui a Maria interessava la presenza, Guido Inghirami, non c'era.

2.

Lauretta Piferali sbucò dal cancello tenendo per mano e tirando i due gemelli che strascicavano le suole sull'asfalto, riluttanti, a testa bassa, come se li si stesse portando a un supplizio. «Perché siamo venuti?» protestava Pif. «E ora cosa facciamo qui?» si chiedeva lamentoso Pof. Inutile dire che erano vestiti uguali, con magliette a righe, pantaloncini blu e un cappellino bianco che, forse per distinguerli, uno portava dritto e l'altro con la visiera rivolta all'indietro.

«Vedrete, c'è da divertirsi. Ora non fate i noiosi, d'accordo?» replicò la madre.

Le figlie piccole di Costanza si dondolavano su un'altalena doppia costruita da Fernando Mauli, zio di Nanni, fratello di sua madre, un uomo di mezz'età che vivendo solo ed essendo in pensione anticipata, si prestava volentieri a fare lavoretti in casa Mesones, per Costanza e anche per sua madre Giulia. Fernando era uno di quegli omosessuali che non si sono mai rivelati e riconosciuti pienamente, in prima istanza a se stessi, col risultato di non accompagnarsi né a uomini né a donne più a lungo che per qualche fugace incontro, e dunque finendo presto per rimanere soli. Soli in pianta stabile, soli con se stessi. E questo malgrado fosse un uomo affettuoso e benvoluto, specie da Costanza, mentre Nanni dava talvolta l'aria di sopportarlo benignamente, quando, in cambio di un caffè e quattro chiacchiere, veniva a casa loro col pretesto di eseguire piccole riparazioni domestiche (in cui, in verità, non si dimostrava abile né risolutivo...) come sostituire le guarnizioni del frigo o sigillare i vetri col silicone o dipingere il telaio di una vecchia bici con la vernice antiruggine, e già che c'era, mettendo a posto il cambio che faceva saltare la catena. Per le quali operazioni si portava dietro una commovente valigetta di attrezzi antiquati comprendente chiavi inglesi di ogni formato, e un trapano. Erano quasi sempre, quelle da lui apprestate, soluzioni sbagliate o provvisorie: dopo il suo intervento, infatti, occorreva sovente chiamare un tecnico per risolvere il problema sul serio. Nella falegnameria minuta, però, si può dire che Ferdinando eccellesse, o quantomeno non combinasse grossi guai, e l'altalena era il suo capodopera, costruita con sottili tronchi di castagno che lo stesso Fernando aveva scortecciato e scartavetrato impiegando i materiali di cui aveva illimitata disponibilità: tempo e pazienza.

Ora era proprio lui, lo zio Fernando, vestito in modo inappuntabile e dunque un poco fuori luogo per una merenda di bambini in un giardino suburbano, con giacca e calzoni di flanella, e scarpe già un po' inzaccherate, come una volta nei paesi ci si vestiva la domenica per andare a messa, era lui a catapultare sempre più in alto Agnese e Caterina sull'altalena. «Più forte, zio!» implorava Caterina, «più forte!» Agnese invece stava zitta avvinghiata alle catene, e si godeva lo slancio.

Come per controllare lo svolgimento regolare dell'innocente passatempo, si avvicinò Giulia Mesones, silenziosa, alle spalle di Fernando. «Oh, ci sei anche tu, bravo!» gli disse. Raddrizzandosi di scatto e arrossendo per la sorpresa, Mauli smise all'istante di spingere i seggiolini per salutare come si deve la padrona di casa e semmai abbracciarla, ma lei si era già allontanata di un passo, a distanza di sicurezza, come fanno i cavalli quando scartano di lato. «Ci mancavi» aggiunse la Mesones, ed era forse sincera, anche se quella frase interpretata maliziosamente poteva suonare come un «ci mancavi anche tu!», alludendo alla confusa sarabanda che in quel momento aveva luogo nel giardino di casa sua. Ma Fernando era accostumato ai modi talora bruschi della Mesones, vi si sottometteva di buon grado, anzi, forse, in cuor suo ne godeva, a essere un poco maltrattato, a sentirsi dentro e fuori da quel nucleo familiare, che pure amava, come una specie di ospite più o meno gradito, da cui il suo desiderio di rendersi utile in qualche maniera. Quasi ogni famiglia contempla nel suo sistema un membro della categoria di Fernando: la cui orbita eccentrica ciclicamente si avvicina a quella dei pianeti interni scaldati dal sole, li incrocia, per poi allontanarsi di nuovo verso gli spazi siderali della solitudine. «Le mie nipotine ti adorano» continuò Giulia e di nuovo questa affermazione poteva suonare affettuosa se presa alla lettera, oppure sgradevole se sottintendeva che giusto a intrattenere le bambine Mauli potesse essere adatto: continua pure a spingere, Fernando, bravo, avanti così. E le nipotine sono appunto mie, mentre tu amico caro potresti dire altrettanto?

E dire che Fernando non era sempre stato così inoffensivo.

## 4.

Aveva alle spalle una carriera politica e sindacale di qualche rilievo. Da giovane aveva militato seriamente, e senza compromessi, in quanto a teoria e a pratica: credeva nella rivoluzione, era convinto che questa fosse imminente, e predicava una lotta senza quartiere ai padroni e agli sfruttatori. Organizzava scioperi e manifestazioni rischiose dove spesso si veniva alle mani. Ci voleva un certo coraggio a sopportare le rappresaglie della polizia, i licenziamenti e le botte. Poi, di colpo, verso i quarant'anni, questa passione si era affievolita. Gli stessi risultati positivi raggiunti come sindacalista avevano poco alla volta smussato la necessità e pertanto la sua personale aspettativa di un rivolgimento completo dell'assetto sociale. Era subentrata in lui una certa disillusione, e inoltre si era accorto che i suoi stessi compagni lo guardavano con sospetto se non in modo beffardo, per via delle sue inclinazioni, che peraltro non si erano affatto chiarite. Molto meglio se lo fossero state, poiché era in quel margine di incertezza che proliferavano i dubbi e le malignità su di lui, il puritanesimo tipico dei lavoratori, il disprezzo da parte dei compagni più ortodossi e le prese per il culo da parte di quelli più scanzonati.

Come qualcuno perde la fede religiosa, scoprendone l'illogicità, e cessa di credere in Dio, così Fernando smise di credere non solo alla rivoluzione, ma a qualsiasi passo verso la fine dell'oppressione dell'uomo sull'uomo: se questa nello Stivale era scemata, senza dubbio, in compenso andava aumentando nel resto del mondo, come se l'ingiustizia e lo sfruttamento, invece che scomparire, fossero stati semplicemente esportati, spostati fuori dalla visuale. La conseguenza di questa crisi fu che Fernando si ritrovò solo, ma veramente, radicalmente solo, avendo perduto anche la fraternità e quel po' di calore che scaturiva dalla pratica politica: non aveva più i compagni, e non aveva nemmeno un compagno. Restò sospeso nel vuoto che si stende tra il rapporto comunitario e quello individuale, avendo abbandonato il primo ed essendo incapace dell'ultimo. Del resto è impossibile sentirsi felici, o almeno tentare di esserlo, se non si scende a patti con se stessi, con quello che realmente si è; il riconoscimento da parte degli altri passa in secondo piano rispetto a quello che uno si attribuisce da solo, e Fernando si rifiutava di fare questo passo. Anche da quella crepa era nato il suo impegno politico: grazie al quale le questioni personali irrisolte venivano annullate, incenerite nello slancio comune, fondendosi nell'azione collettiva. Forse per questo si era accreditato di quel nuovo ruolo presso casa Mesones: lo zio un po' eccentrico, l'aggiustatore, il factotum. Morta ancora giovane sua sorella Lucia, la madre di Nanni, a Fernando non restavano altri legami che quelli della famiglia di suo nipote, con i membri acquisiti e le nuove generazioni, e a quest'ultime si era dedicato, come succede spesso a chi non ha figli suoi. Tempo libero non gliene mancava, le giornate erano sterminate, un'abbondante scorta di angoscia e la smania di sentirsi indispensabile almeno per qualcuno erano le molle che lo spingevano verso casa Mesones. Se no, uno che vive a fare?

Per riassumere in una parola dal significato ampio e ambiguo: il suo era semplicemente un bisogno d'amore. Di darlo ancora più che di riceverlo.

## 4.

In quella festa formicolante di bambini eccitati e qualche genitore in vena di chiacchiere, circolavano anche due corpi che parevano estranei. Il primo corpo apparteneva in realtà a una vecchia conoscenza, Giovanna Merse, figlia di Cesare Merse, il professor Merse, storico amico della famiglia Mesones, quel genere di amico così intimo che infatti i bambini si abituano a chiamarlo «zio» anche se non lo è. Eh, ne avevano fatte di vacanze insieme, un tempo, i Merse e i Mesones, affittando a prezzi abbordabili casette in luoghi di mare allora deserti dello Stivale, non ci andava nessuno, e ora purtroppo affollatissimi: le splendenti spiagge di sabbia quasi bianca e silenziosa adesso ricoperte da stabilimenti gremiti con la musica a palla. Anche se parecchio più giovane delle sorelle Mesones, era rimasta loro legata da non si sa bene cosa – forse la sensazione, viva soprattutto in Costanza, di doverla aiutare, di doverla in qualche modo salvare, dato che Giovanna era tossicodipendente, o magari perché la ragazza era coetanea dell'amato fratello piccolo di Costanza, Milo, morto giovane. Di estraneo Giovanna aveva solo il suo attuale aspetto: era sempre magra da far paura, il viso smunto, i capelli decolorati, la sovrabbondanza di orecchini e braccialetti, ma a questo aspetto di bellezza adolescenziale sciupata dalla droga si aggiungeva un nuovo elemento, una grossa pancia che il vestitino indiano non nascondeva nemmeno un po'. Accanto a lei una donna più grande, dallo sguardo severo. A momenti teneva Giovanna per la mano, come se dovesse confortarla o guidarla. Quando però avvistò la padrona di casa, che si teneva lontana dalla ressa nel grande giardino alberato, abbandonò la mano di Giovanna e si diresse decisa verso la signora Mesones.

5.

«Buonasera signora» e allungò una mano per afferrare quella, alquanto riluttante, di Giulia Mesones, quindi rinsaldò la stretta aggiungendovi anche l'altra.

«Mi riconosce?»

«Temo di no. Ci siamo già incontrati?»

«Non di persona. Però abbiamo qualcosa in comune, o meglio, l'avevamo.»

Giulia rimase interdetta. Scrutò il viso della giovane donna e venne percorsa da un brivido che cercò di non dare a vedere. Giulia era abituata a dominarsi, nelle faccende serie, mentre in quelle futili lasciava libero di sfogarsi il suo carattere bizzoso e dispotico. Pur non avendola mai vista prima, aveva intuito chi era la sconosciuta, e ritirò in fretta la mano cosparsa di precoci macchie di vecchiaia, che quella continuava a tenere tra le sue in un modo inopinatamente confidenziale e al tempo stesso aggressivo.

«Se ho afferrato quello che lei intende, e a chi lei sta facendo allusione, sappia che non ho la minima voglia di parlarne. La saluto.»

E si stava girando per rientrare in casa quando Alessandra Sebre la pregò di fermarsi e pazientare.

«Sono sicura che quello che ho da dire la interessa.» La sua voce era bassa e roca.

«Non vedo come. Perdipiù, in un'occasione come questa, il compleanno di mia nipote, non mi pare proprio il momento. A ogni modo, sentiamo, cosa ha da dirmi?»

«Una cosa sola, una cosa semplice: è ora che paghino per quello che hanno fatto. E la paghino cara.»

«Chi deve pagare? Stento a capire. A cosa si riferisce?»

«Ci tenevo a dirglielo perché sono sicura che lei prova i miei stessi sentimenti. Ovviamente di quello che faremo portiamo solo noi la responsabilità. Però il risultato lei potrà comunque farlo suo. Anzi, è già suo. Com'era suo Milo.»

Giulia fece una smorfia di ribrezzo, socchiudendo gli occhi.

«Come si permette di fare il nome di mio figlio? Perché lo tira in ballo? E di quali sentimenti parla? Lei non sa nulla dei miei sentimenti.»

«E invece li conosco. Uno è il dolore. E l'altro è l'odio.»

«La smetta o chiamo qualcuno. E se ne vada immediatamente da casa mia.»

Alessandra sorrise con un ghigno amaro. I modi imperiosi e nevrotici di quella che avrebbe potuto essere sua suocera le piacevano. I contrasti, i conflitti, ad Alessandra, non meno nevrotica e imperiosa della vecchia Giulia Mesones, piacevano. La facevano sentire viva, e combattiva.

«Sì, l'odio. È giusto l'odio. Ti dà uno scopo nella vita. E la forza di raggiungere gli obiettivi. Senza l'odio saremmo senza speranza. Lei, signora Mesones, non ha forse voglia di vendicarsi su chi le ha levato suo figlio?»

«Me l'avete levato voi, mio figlio. Non sono stati i poliziotti, quelli hanno solo portato a termine il vostro lavoro» esclamò Giulia che passato l'iniziale turbamento cominciava a riprendere il controllo della situazione. «Dunque, se proprio devo odiare qualcuno» aggiunse, «è voi che odio, con tutto il mio cuore. Credete di essere dei rivoluzionari, ma siete solo una banda di assassini. Ora ho la definitiva conferma di chi è lei. Le sue parole mi hanno levato ogni dubbio. Come ha osato venire qui?»

«Si calmi. Lei non corre alcun pericolo.»

«Guardi che non ho mica paura.»

Alessandra si guardò intorno.

«Però, ha una bella casa. Un bellissimo giardino. È un luogo adatto alla felicità. Ci si deve per forza voler bene, in un posto come questo.»

«Proprio così» affermò Giulia con stizza. «Qualcosa che evidentemente lei non conosce. Ma visto che è qui, veniamo alle cose concrete. Che cosa avete in mente di fare? E cosa c'entra mio figlio? Lui non c'è più, va lasciato in pace.»

«La pace non esiste. Esiste la giustizia.»

«E allora come pensate di fare giustizia? Sentiamo.»

«Punendo i responsabili della sua morte.»

«Punire i responsabili. La punizione, questo avete in testa, la punizione. E come avete fatto a individuarli, i responsabili? Nessuno sa come veramente sia morto Milo.»

«Di sicuro non possiamo colpirli tutti. È un intero sistema che lo ha condannato a morte. Il governo, con le leggi speciali, la polizia, la magistratura, il carcere. Troppi sono. Però potremo colpirne uno, ne basta uno, perché gli altri capiscano.»

«Nessuno vi capisce. Nessuno vuole più avere a che fare con voi. Siete dei disperati. Milo si è ucciso.»

«Questa è la versione ufficiale, davvero lei ci crede?»

«Oppure l'ha fatto fuori qualcuno dei vostri, lì in prigione. Un omicidio in più.»

«L'avremmo saputo. Non è così.»

«La conosco la vostra sete di giustizia.»

«Milo mi aveva parlato di te. Diceva che sei una donna di carattere. Sto constatando che aveva ragione.»

La Mesones non si lasciò impressionare da quel repentino passaggio al tu. La Sebre proseguì.

«Lui era ammirato, e anche un po' spaventato. Lo avevate sottomesso, tu e le tue figlie.»

«Ma sì, sì. Poi ti ci sei messa tu. Gli hai lavato il cervello. Hai usato l'amore per portarlo dalla tua parte. Milo detestava la violenza.»

## 6.

Doveva essere stata parecchio bella, ai tempi del liceo, Alessandra Sebre, rivestita di quella pellicola di ingenua freschezza e morbidezza che talvolta ammanta le figlie delle famiglie facoltose, e che quasi sempre perderanno all'ingresso della vita adulta: la pelle radiante, gli occhi vivaci che sprizzano curiosità e intelligenza, il candore, le innumerevoli virtù fisiche e mentali non ancora messe alla prova, prive di scopo. Da quando quello scopo l'aveva trovato, le vaghe promesse di bellezza si erano dileguate dal suo viso, lasciando spazio a una durezza secca, smorta, che insieme agli anni e ai dolori provati in prima persona e inflitti agli altri, lo avevano segnato, inasprito, e reso impegnativo da guardare, faticoso, proprio perché occupato da una volontà precisa, da un disegno che ne aveva irrigidito i tratti escludendo ogni alternativa. Non aveva più nulla di spontaneo, di gratuito e di incerto. Il fulgore dei capelli biondi si era spento.

Giulia comprese questo e in qualche misura vi si riconobbe; una parte di sé, misteriosa e rimasta fino allora inespressa, vi si rispecchiò. Il risvolto drammatico dell'incontro con la Sebre improvvisamente sollevava Giulia fuori dalla routine domestica e salutista in cui era immersa da troppo tempo, la distraeva con violenza, e, pungolandola, il dolore nel ricordare Milo in un certo senso la ringiovaniva. Quando Milo era nato, era stata lei a gioire di più, all'ingegner Mesones andavano benissimo le tre figlie e basta, non aveva affatto l'ansia del figlio maschio che gli somigliasse e seguisse le sue orme, anzi, quando Milo era cresciuto aveva fatto di tutto perché non lo imitasse, e c'era perfettamente riuscito.

Di fronte a quella giovane donna fanatica e senza futuro, divorata dalla smania di vendicarsi, la gelida signora Mesones venne sopraffatta da un'inattesa onda di romanticismo tardivo, il desiderio folle di mandare all'inferno ogni soluzione pacifica, ogni accomodamento fatto per conservare lo stato presente delle cose. Le tisane, le passeggiate per i campi, le letture. Non si vive per questo, questo non è vivere.

«Quanti anni hai» le chiese.

«Ventinove, perché?»

«Alla tua età avevo già avuto tre figlie. Milo non era ancora nato.»

«Io non avrò figli.»

«Meglio così.»

«Abbiamo altro da fare.»

Quindi Alessandra la abbracciò di slancio e la strinse forte. Giulia glielo permise.

«Sono venuta solo per vedere com'eri. E per dirti che la memoria di Milo è ancora viva, e non solo in me.»

«Basta così. È ora che ci separiamo. Non voglio vederti, mai più. E ti prego, lasciami all'oscuro di quello che farete.»

Sciogliendosi dall'abbraccio e tornando rigida nel portamento e nell'eloquio, la Sebre rispose in modo impersonale e si allontanò. La sua voce era improvvisamente sbrigativa e meccanica, come se avesse imparato da un copione la battuta con cui congedarsi.

«Sarebbe rischioso e inutile. Lo leggerai sul giornale.»

7.

Ed ecco Carla, sorella minore di Costanza: una bellezza con un tratto mascolino, che forse si doveva ai capelli cortissimi, ai fianchi stretti e a un certo suo modo di muoversi. Zoppicava leggermente, per una caduta dalla moto a diciott'anni, ma questo difetto le donava, conferendo una singolare attrattiva alla sua andatura, come la cicatrice di un duello sul volto di un cadetto tedesco – qualcosa, cioè, di doloroso e romantico.

Insomma, tutto l'opposto delle sue sorelle.

Quasi in contemporanea con lei, arriva Nico Quell, in divisa. Ci teneva a esserci, senza perder tempo a cambiarsi. Porta in una mano un mazzo di fiori per Costanza, nell'altra uno più piccolo per la festeggiata, e glieli consegna. Si capisce che è stanco dopo aver montato di guardia la notte prima. La vista di Carla lo rianima. La conosce poco o niente, ma a forza di sentirne parlare gli sembra di essersene quasi innamorato – diciamo, invaghito: le parole possono provocare questo effetto a distanza e fare crescere qualcosa dal nulla. Ma sì, lei era quella sempre via, sempre in viaggio, e immaginarla gliel'ha fatta conoscere in anticipo. Lo stesso peraltro è accaduto a lei: descrivendolo in modo favoloso, come una specie di ragazzo dorato, ricco di tutte le qualità possibili, Nanni e Costanza hanno contribuito a creare un alone intorno a Nico Quell. Quindi a incontrarsi non sono tanto due persone, quanto le aspettative che si sono generate nei loro confronti.

Sulle prime lei fu fredda, un poco atteggiata, forse per insicurezza, e lui un insolente per eccesso di sicurezza. Più che una conversazione sembrava un'intervista, dove entrambi, però, consideravano l'altro l'intervistatore e gli rispondevano distrattamente, preoccupati di manifestare in modo troppo esplicito l'interessamento che provavano l'uno verso l'altro. Sorseggiando birra già tiepida, si dissero cose esteriori, usarono l'ironia, esagerando sempre un po' (Carla i pericoli corsi durante i suoi viaggi, le malattie contratte, Nico gli aspetti tragicomici del servizio militare), risero, si autoaccusarono di qualsiasi cosa e quindi si autoassolsero. Enumerare i propri difetti è una forma elegante di immodestia. Nella mente di entrambi i pensieri erano ben diversi da ciò che andavano dicendo. Questo momento di studio ebbe fine quando, all'improvviso, Carla cambiò registro, e le sue lamentazioni rituali presero accenti via via più sinceri. Sentiva di potersi lasciar andare un po', con Nico, come non avrebbe fatto con sua sorella Costanza e meno che mai con sua madre Giulia.

Carla: Quando mi guardo allo specchio, certe volte faccio fatica a riconoscermi. Chi vedo? Una ragazza qualsiasi. Sono io quella? Tutto qui, Carla Mesones? Un musetto, come se ne vedono nelle pubblicità dei gelati o nelle riviste di maglia, graziosa ma insignificante, perché non distragga dal golfino giallo o rosa che indossa.

Nico: Io ti trovo bella, molto bella, e guarda che lo dico in modo spassionato. Se mi ci metto, Carla, riesco persino a essere oggettivo.

Carla: Ma io non sto parlando del mio aspetto fisico. Lo so che, quello, non è niente male, grazie. È la personalità che vedo in quella faccia, anzi, che *non* vedo, a scoraggiarmi.

Nico: Scusa, e i tuoi viaggi, le tue avventure?

Carla: Sono una fuga. Se rimango in movimento non rischio di ritrovarmi davanti al solito specchio. Basta spostarsi, prendere un aereo o una nave, e per un po' la resa dei conti è rinviata. Mi aspettano nuove cose da vedere e da fare. Si tratta di una distrazione, per funzionare dev'essere per forza favolosa.

Nico: Be', questo è vero anche per me, e forse lo è per tutti. Ma non la considero affatto una fuga dalla realtà. Per me è *questa* la realtà: cercare, sempre cercare, il che significa abbandonare quello che si è già fatto, quello che si è già saputo. Anche io, come te, mi considero per molti versi una persona comune. Non credo di possedere qualità straordinarie. Appunto per questo ho bisogno di arricchirmi grazie alle persone che incontro e ai luoghi che visito, ho bisogno di muovermi, di consumare. Sei stata da qualche parte, di recente?

Carla: In Islanda.

Nico: Davvero? E com'era? L'aurora boreale?

Carla: Non l'ho vista. Il cielo era sempre coperto. Nevicava e tirava vento. Ci sono andata da sola, e non è stata una buona idea. Piangevo tutto il tempo. A te la racconto così come è andata veramente. Alle mie sorelle ho detto che è stato bellissimo, i vulcani, le cascate, eccetera.

Nico: E perché?

Carla: Perché morissero d'invidia. Tu però non mi tradire.

Nico: Non ci credo che è per questo.

Carla: Allora per rettificare l'opinione che hanno di me. È una perditempo, Carla, ma fa una vita fantastica, beata lei. Forse non si chiama invidia, ma le somiglia.

Nico: Vi fate concorrenza, tra sorelle?

Carla: Forse perché siamo troppo vicine tra noi. Sembriamo diverse ma non lo siamo a sufficienza. A legarci c'è ancora nostra madre. Continuiamo a disputarci il suo amore come tre bambine che pretendono di avere la fetta più grande della torta. Questa rivalità avrà fine quando una buona volta ci renderemo conto che è inutile, mia madre non ama nessuno.

Nico: Proprio nessuno?

Carla: Nessuno tranne se stessa, dunque non c'è un tesoro nascosto da ricevere in eredità, forse ci sarà qualche soldo, sì, ma escludo che litigheremo per quello.

Nico: Se l'amore c'è, puoi dividerlo all'infinito e rimane sempre uguale.

Carla: Ma se non c'è non c'è. Puoi dividerlo o moltiplicarlo, il risultato sarà sempre zero.

Nico: Non saprei. Forse perché sono un orfano, non riesco a odiare, non mi riesce proprio, odiare significa respingere e io invece vorrei attrarre. Piuttosto che amare preferirei essere amato. Chi non vuole o non è in grado di amarmi, per me non esiste nemmeno. Gli altri sono sempre un'incognita per questo, per il dubbio che suscitano in me sulla loro disposizione ad amarmi, a desiderarmi, ad accogliermi. O quantomeno a sopportarmi. Ti sembra egoismo? Narcisismo? Sì, lo è. Non vedo un altro modo per sopravvivere. Sai perché non odio nessuno? Perché non odio la vita.

Carla: Bello! Mi piace. Mi piace quello che dici.

Nico: Un'infanzia infelice non pregiudica nulla, ma nemmeno ti garantisce nulla, meno che mai la comprensione altrui, dato che per una ragione o per l'altra un'infanzia felice non l'ha avuta praticamente nessuno. O è morto tuo padre, o è morta tua madre, o quei due si odiavano, o eravate poveri, oppure può darsi pure che andassero tutti d'amore e d'accordo, e regnasse in casa la serenità, ma tu eri comunque la pecora nera, l'anima in pena, il diverso, il principe scambiato nella culla. In realtà avrei una sorella anch'io. Irene. Ma non posso dire di conoscerla. Lei sì che è lontana anni luce, da me. E infatti tra noi non vi è alcun conflitto, bensì il desiderio di riavvicinarci, di riconoscerci. Ma non è facile.

Carla: Ti somiglia, Irene?

Nico: Secondo me, moltissimo.

Carla: Mio fratello Milo mi somigliava, più delle mie sorelle.

Nico: Non ho fatto in tempo a conoscerlo, Milo. Com'era?

Carla: Chiuso, timido. Parlava poco e sottovoce. Nessuno capiva cosa avesse in testa. Ha fatto una brutta fine.

Nico: Lo so. Mi dispiace.

Carla: Quando penso a lui divento triste, poi la tristezza mi passa e mi viene la rabbia. Però non so con chi prendermela, e non ho nessuno con cui sfogarla. Sai una cosa, Nico?

Nico: Dimmi.

Carla: Mi piace parlare con te. Mi sento a mio agio, cosa rara.

Nico: Anche a me piace, Carla. Da morire. Non mi succedeva da tempo.

Carla: Stai bene con i capelli così corti.

Nico: Anche tu stai bene con i capelli corti.

Carla: Se continuiamo così sembriamo due pappagalli. Basta!

Nico: Basta! Basta!

## 8.

È inutile, rifletteva Costanza, che mi faccia il sangue amaro per nulla – quando Nanni le aveva chiesto come mai sua sorella Fiore non fosse venuta. «Aveva da fare» gli rispose, «una visita *importante*, che non era *assolutamente* possibile rinviare» ma aveva sottolineato quelle due parole con una smorfia sarcastica. Eppure stavolta non si trattava di una scusa campata in aria. La figlia di Fiore, Lodovica (una vera piaga, antipatica, smorfiosa e superba), soffriva in effetti di una seccante allergia in pratica a tutto, piante, polvere, cane e gatto, che la rendeva ancora più lamentosa, per cui Fiore era ricorsa ad amici influenti per farla visitare in forma privata dal più noto specialista in città, ovvio, Fiore non può mica andare dal medico della mutua, per lei e per la bimba solo la crema dei professionisti, i primari, i luminari, gli irraggiungibili e miracolosi maghi del bisturi – non di rado uomini attraenti sulla cinquantina, voce bassa e suadente, sorriso complice. Al telefono, scusandosi in modo eccessivo, la sorella maggiore si era detta disperata di non poter partecipare alla festa di Maria, «Ma sai, la bimba...» (a Costanza faceva venire l'orticaria l'uso di quella parola, «bimba»), però la sua corretta educazione e la smania degli acquisti costosi l'aveva spinta a comprare un bel regalo per la festeggiata, «L'ha scelto Lodovica per la cuginetta» (di nuovo pelle d'oca sugli avambracci di Costanza), mentendo, naturalmente, perché a recarsi nel negozio di abbigliamento per bambini e bambine chic era stata la segretaria del marito, il quale la impiegava con disinvoltura per ogni genere di commissione, oltre al lavoro d'ufficio, e Costanza lo sapeva benissimo, o se non lo sapeva lo intuiva. Essere borghesi è un conto, avere una mentalità borghese è un altro, pensava Costanza. E quando il regalo venne consegnato a Maria (a recapitarlo fin lì, non serve dirlo, fu appunto la segretaria del fiscalista), Costanza ebbe la conferma che l'aveva scelto e acquistato lei, perché gli occhi della donna brillavano di ansia e soddisfazione quando Maria aprì la scatola deliziosamente impacchettata in carta velina e ne trasse fuori un vestitino lungo di seta blu molto elegante, troppo elegante, con un ampio colletto ricamato a tutto tondo, come se ne vedevano nelle fotografie di un secolo prima. Per portare degnamente quel vestito e completarlo sarebbe occorso un cappello, se possibile, piumato, e scarpette di vernice con la fibbia. Costanza non disse altro che «Ohhh», Maria ringraziò cortesemente la signora e la pregò di ringraziare anche la zia per il regalo e la «cuginetta» Lodovica, a cui in quello stesso istante il famoso allergologo stava pizzicando le braccia con una lancetta per verificare quanto le punture si sarebbero gonfiate, ma sia lei sia la madre furono certe che quell'abito costato un occhio della testa Maria non se lo sarebbe messo mai.

9.

«Ehi zio» esclamò Nanni, «ma che bello vederti, non me l'aspettavo!»

«Ho voluto farvi una sorpresa. Ma insomma» chiese Mauli, «dov'è, dov'è la festeggiata, che ho un regalo per lei...»

Maria da un po' risultava introvabile, come se si stesse nascondendo. La ritroviamo infatti in camera sua, seduta sul letto, con i pugni puntati sul mento, immersa in gravi pensieri.

10.

Non ti attireresti simpatia nemmeno su un cornicione al decimo piano; dai la colpa alla tua cattiva stella; sono passati tre mesi dall'ultima volta che lui ti ha rivolto la parola di sua spontanea volontà, o forse sono tre anni, tanto la faccenda ti sembra lontana e quasi quasi l'hai scordata; e tutte queste presenze, le file di case, le strade intorno a scuola senza sapere chi ci abita, chi ci dorme dentro, centinaia di persone sconosciute, senza nome, be', devi inghiottirle, devi sopportarle, è la vita, ti hanno detto, nient'altro che la vita. Comportati come si deve, e le cose andranno per il verso giusto, alla fine, ti hanno detto anche questo. E l'amore, che dovrebbe essere la soluzione, non arriva, ma quando arriva, non è la soluzione, anzi, è l'ennesimo problema. Senti nel cuore una valanga, vesciche sul palmo delle mani, un odore di concime che sale dai campi intorno casa, un dolore sopra lo stomaco, senti che potrebbe essere questa l'ultima volta che ci provi, che ci credi veramente, a questa storia dell'amore, ma non è vero che sei sommersa e trascinata via, ti arriva fino all'ombelico, fino al petto, ma non alla testa, l'onda che dovrebbe spazzarti via, è forte, ma niente affatto invincibile, poi si calma, piano piano si calma e tutto torna piatto e uguale a prima, il neon che ticchetta sul soffitto al cambio di lezione. Mi sa che rinascere vuol dire ricadere nel medesimo punto, una volta, due volte, tre volte, sempre. E per sempre. Ricadere nell'innocenza, cioè, nella stupidità e nell'ignoranza. Uno scherzo crudele. Chiedere aiuto a chi? Ai genitori che si sono stufati di correre in soccorso, anche di notte, ed era un falso allarme. L'ennesimo. Solo un'esigenza di amore e nient'altro. Stai meglio a luci spente, chissà perché, non odii affatto la luce, è lei che ti insegue, non ti molla un istante, è tutto chiaro intorno, troppo chiaro e accecante, la nuova età del ghiaccio, un ghiaccio che niente riesce a spezzare. E sta succedendo davvero, ora, qui, è tutto perfettamente chiaro, ma la chiarezza non è altro che infelicità, non può essere che infelice, la chiarezza. Maria, vorresti bruciare le lettere che lui ti ha scritto, se non che non te ne ha mai scritte, non te ne ha scritta neanche una, non ti ha mai telefonato, non ti ha mai nemmeno rivolto la parola, perché dovresti dunque attenderti da lui qualcosa di diverso? Forse una piccola bugia, una cosa così, una briciola, gentile, o anche falsa, meglio di niente, meglio qualche nota sparsa qua e là che il silenzio. Fare del tuo meglio non è mai abbastanza, non è mai abbastanza buono, anzi non è buono per nulla, è sbagliato, hai dato il peggio di te illusa che fosse il meglio, sei sprofondata nella palude credendo fosse un lago trasparente. Non vi disturbate per me, non mi serve niente, non ho bisogno di voi, vado benissimo avanti così, ce la faccio da sola.

Si mise a saltare la corda, dietro gli alberi, non veduta da nessuno. Il compleanno l'aveva costretta in un angolo, l'aveva obbligata a ragionare, ragionare, ragionare, confusamente eppure animata da una singolare lucidità, l'acutezza di una veggente, che vede senza capire, cioè senza bisogno di capire quel che vede. In silenzio proseguiva il soliloquio.

Non farti venire in mente cose strane, grandi cose, Maria, tanto non accadranno. Lui domani, a scuola, potrebbe prenderti per una mano e carezzarla, e magari anche baciarla, ma non lo farà, manco a morire, già lo sai, perché sei brava a indovinare, meno brava a capire quando sarebbe il caso di piantarla lì. Questo brutto periodo passerà, di sicuro, i brutti giorni finiscono comunque quando viene buio, speriamo di dormire, stanotte. Quante volte sei stata sveglia a pensarci? Ed è servito a qualcosa? Cosa è cambiato? La forza non sta nel pensare, il pensiero non sa difendersi, non può scegliere. Però ora basta parlare da soli. Con chi stavo parlando, con Maria? Già, Maria sono io. Sono io Maria, purtroppo. Non ho scampo, mi tocca essere me stessa. Quanto mi piacerebbe avere un altro nome, un altro corpo, essere un'altra, una che non guarda in faccia a nessuno, una che se ne frega. Non mi va di essere sua amica, voglio essere il suo amore. Eterno. Non so nemmeno come sia iniziata, e non mi importa come finirà. Allora mille volte meglio essere nemici. Giuro solennemente che da oggi, Guido Inghirami, giuro che sarò tua nemica, la tua peggiore nemica. Ma non star lì a preoccuparti, non ti farò mica niente, dormi pure tranquillo nel tuo lettuccio, non ti toccherò con un dito, non te lo meriti, sei buono, troppo buono per me, stai troppo in alto, lì la mia vendetta non ci arriva, proprio come non ci arriva il mio amore. Vorrei metterti in una tasca, così potrei carezzarti mentre cammino, e se mi fai venire i nervi, schiacciarti come una formica. Quando la festa sarà finita, aiuterò mamma a sparecchiare. Così almeno qualcosa avrò fatto. Aiuterò papà a buttare la spazzatura. E metterò via i regali. Alcuni non ho nemmeno fatto in tempo ad aprirli. Domani li scarterò e li chiuderò nell'armadio, aspettando il momento buono, il compleanno di qualcuno, per regalarli. Mamma la carta dei pacchetti più belli la conserva.

Questo tra sé rimuginava Maria Zingone, ora in camera sua, e tutti gli altri fuori, in giardino, rannuvolata ma consapevole, a mente fredda – e chi ritiene che una bambina di dieci anni (oggi undici) non possa avere questo genere di pensieri, be', non ha capito niente dei bambini né, pertanto, di nessuna cosa al mondo.

11.

Non è bello insistere. E poi non serve a niente. Si aumenta la confusione, insistendo, si alimentano false speranze, equivoci, invece di spegnerli, per cui l'eventuale delusione sarà più cocente. Insistere con gli altri per ottenere qualcosa o per sedurli a ogni costo è sempre brutale, è la voglia di sconfiggere, di sopraffare, solo se si arrendono l'avremo vinta noi, come abili commercianti che, alla fine, riescono a convincere un cliente, e lui compra.

«Oh, ti ho trovato, finalmente!» disse a Maria Fernando che, in realtà, era entrato in casa del nipote per trovare un bagno e servirsene. La bambina lo guardò con gli occhi lucidi. «Ma che hai, ti senti bene?» «Benissimo, zio» rispose lei sforzandosi di sorridere e alzandosi dal letto per abbracciarlo. Fernando la baciò in fronte, poi s'infilò una mano in tasca, e ce la tenne un po', per creare in Maria una certa aspettativa. «Indovina cosa ho qui, per te?»

12.

Costanza vide Nico e Carla parlare, appartati sotto l'ombra degli alberi, a bassa voce. Vi era confidenza tra loro e Costanza ne fu sgomenta, gelosa di quell'intesa che era in realtà innocua, occasionale. Si sarebbe probabilmente sciolta da lì a mezz'ora. Perché io non riesco ad essere spontanea come quei due? si chiede. Perché a me quelle quattro chiacchiere costerebbero sforzo e turbamento? La mia affinità con Nico è mille volte più forte di quella che può avere mia sorella. Cos'è allora che mi agita e mi inibisce, verso di lui? Il fatto che sia amico dell'uomo con cui vivo, il padre delle mie figlie? È forse questo l'ostacolo? Sarebbe ora di fornire qualche risposta, le domande avvolgono di fumo la realtà. Perché poi un ostacolo? Cosa blocca, cosa è impedito, tra me e lui? Non vi è nulla da impedire, nessun divieto. Eppure quanta emozione, qualcosa di dimenticato, di sepolto nel tempo. Devo essere già vecchia se mi appaiono così remote queste sensazioni, come se fossero passati mille anni da quando le ho provate l'ultima volta.

Era rimasta lì imbambolata quando la chiamarono a gran voce perché stavano per avere inizio i giochi di abilità, che lei stessa aveva preparato. Una mezza dozzina di bambini, allineata sotto il muro di cinta, teneva in mano un cucchiaio e un uovo sodo, pronta a partire per la gara, che consisteva nell'attraversare il giardino con il cucchiaio in bocca e l'uovo in bilico sul cucchiaio. Maria preferiva non partecipare, dalla bocca le penzolava il fischietto per dare il segnale di partenza.

Il gruppo di bambini veniva investito da onde febbrili di divertimento e di scoramento. Senza eccezioni al termine di una gara qualcuno piangeva.

## 13.

Lauretta aveva trovato Nanni, e i due, evidentemente lieti di incontrarsi, si erano seduti su una rudimentale panca a chiacchierare, riprendendo la conversazione sospesa mesi prima, in montagna, come se in realtà non fosse mai cessata.

Nanni: *Strane vicende dall'opaco bagliore stanno per trovare il loro posto…*

Lauretta: Cioè? Cosa vuoi dire?

Nanni: L'ho letto in un libro, non mi chiedere quale, e a casa si riferiva. Però mi è rimasto impresso.

Lauretta: Ah. Succede anche a me. Mi colpiscono le cose che non capisco fino in fondo. Hai notato che una parola all'interno di una frase, o un'intera scena in un romanzo, vogliono dire quel che vogliono dire proprio per la loro posizione, per il punto in cui si trovano, lo spazio che occupano, nel preciso momento in cui hanno luogo? Altrimenti avrebbero un altro significato. Ed è lo stesso nella vita.

Nanni: Già. Quante cose succedono troppo presto? O troppo tardi?

Lauretta: Io ho l'impressione che tutti noi entriamo in scena con eccessivo anticipo. Non siamo preparati. E non ci aspettavano.

Nanni: Parli del fatto di incontrarsi?

Lauretta: Ti dirò la verità, Nanni, la vita degli altri mi annoia, e la mia ancora di più. Forse però esiste un punto in cui, incrociandosi, si rianimano.

Nanni: Quando ci si innamora, ad esempio.

Lauretta: A innamorarsi di qualcuno non ci vuole molto; il duro lavoro semmai viene dopo, quando ci stai insieme, e la fantasia è diventata realtà.

Nanni: Ma perché, Lauretta, scusa, tu cosa ti aspettavi, cosa ti immaginavi, quando ti sei messa con Ruggero? Chi credevi che fosse, lui?

Lauretta: Non credevo nulla. Mi piaceva e basta. Non sapevo in effetti chi fosse ma alcune cose di lui mi attiravano. Prima di tutto fisicamente. Per venire a capo dell'insoddisfazione che provo per quello che mi manca, adesso, dovrei capire cos'è che mi manca. Capirlo bene. E ancora non ci sono arrivata. Per ora so solo quello che ho. Un marito che amo, ce l'ho. Dei figli che amo, pure. E un lavoro non bello, ma decente. Un po' di soldi, non molti in verità, pure quelli ce li ho. Cosa manca nella mia vita? Niente. Forse sono proprio io che manco. Manco a me stessa. È mai possibile?

Nanni: Ma tu per davvero ami ancora Ruggero? Ti prego di non fraintendere la mia domanda.

Lauretta: Ti sembra assurdo?

Nanni: Mi sembra raro. E per questo, bello, prezioso.

Lauretta: Padroni tutti di non crederci, ma io Ruggero lo amo ancora. Le difficoltà, il mio carattere e il suo carattere, e cento altri fattori negativi, non riescono comunque ad avere la meglio sul nostro legame. È come se entrambi cercassimo con tutte le forze di spezzarlo, ma non ci riusciamo. È più forte di noi. E tu, invece? Tu hai Costanza, no?

Nanni: Vedi, in Costanza è sempre viva la lotta contro il principio di realtà. Senza un momento di tregua o una concessione. Perché Costanza la odia, la realtà, non si arrenderà mai, le fa orrore, meschina com'è, la realtà, e nella migliore ipotesi è disposta fermamente ad ignorarla. Devo confessare che questo suo modo di intendere le cose l'ho sempre trovato nobile, molto nobile, anche se è esasperante, e ci fa litigare. Il litigio, è ovvio, non porta a nulla, dato che lei si dimostra impermeabile a qualsiasi evidenza. Voglio dire che i fatti non la riguardano più di tanto, non sono mai decisivi, per lei, i fatti, ci sono cose più profonde dei fatti. È una lotta impari, quella tra Costanza e la realtà, vince sempre Costanza.

Lauretta: E vince anche su di te...

Nanni: Chiaro.

Lauretta: Sarebbe questo il vostro segreto...

Nanni: Non è affatto un segreto, credo che lo vedano e lo capiscano tutti quelli che ci conoscono un po'. A prima vista può sembrare che abbia ragione io, ma non è così, in profondità ha ragione lei, e quando non ha affatto ragione, proprio per questo invece ce l'ha. La sua irragionevolezza trionfa su qualsiasi altro argomento.

Lauretta: Quindi comanda lei.

Nanni: Non ha bisogno di farlo. Qui nessuno comanda. Sono gli altri che le obbediscono, sono io che...

Lauretta: Le obbedisci?

Nanni: Diciamo pure che mi adeguo. E a me va benissimo così. Dimmi, vuoi bere qualcosa, Lauretta?

Lauretta: No, grazie. Io con Ruggero non litigo mai, lo sapevi?

Nanni: Ah no?

Lauretta: Mai.

14.

Nei discorsi di Lauretta Piferali, nel suo tono sempre appassionato e un po' dolente, pungente, recriminatorio, si avvertiva quanto fosse ampio il divario tra la vita concretamente vissuta – il lavoro in banca, il matrimonio, la famiglia, le vacanze, i limiti imposti e così via – e le vaghe quanto potenti aspirazioni sentimentali e intellettuali. Malgrado fossero in aperto contrasto, erano le seconde a permettere di sopportare la prima come a conti fatti si svolgeva, lasciando a Lauretta uno spazio libero per fantasticare e desiderare. E Nanni, anche se non l'avrebbe apertamente ammesso, condivideva il medesimo assetto contraddittorio: da un lato il suo modesto e probo lavoro di insegnante, dall'altro le smisurate ambizioni letterarie, ben nascoste dietro uno schermo di timore e orgoglio. In entrambi, la purezza dei sogni era sufficiente a giustificare l'impurità della veglia, il suo banale decorso. La stoltezza complessiva della vita, le incombenze, le incomprensioni, i litigi, se non con il coniuge con familiari dal comportamento inspiegabile, con i colleghi di lavoro, con la gente aggressiva per strada, e le preoccupazioni futili o serie, le angosce, i soldi, la salute: l'esistenza, insomma, questo basso continuo punteggiato, troppo di rado, da qualche sprazzo di allegria e di piacere.

«Però, dai, abbiamo i nostri bambini.»

«Già. Le tue adorate figlie. La bellezza di Cate, la grazia di Agnese, l'intelligenza di Maria.»

«E tu i gemelli, Pif e Pof.»

«No, ti prego, Nanni, non chiamarli con quell'orrido nomignolo.»

«Scusa, pensavo che...»

Nanni, interdetto, solo in quell'istante si rese conto che era sempre Battaglia a chiamarli così, e non sua moglie.

«Appunto, è a Ruggero che piace. Lo diverte. Si tratta di un gioco, e tu sai quanto a Ruggero piaccia giocare, scherzare. Del resto io non chiamo mai nessuno col suo nome. Nessuno che amo, intendo. E tantomeno con un soprannome.»

«E come li distingui, allora, i gemelli? E loro come capiscono a chi dei due ti stai rivolgendo?»

In quel momento vi furono scoppi di risate e urla di incitamento così forti che Lauretta non riuscì a rispondere. Forse non l'avrebbe comunque fatto. Nel prato si stava svolgendo una gara a cui partecipavano appunto i suoi figli, Ettore e Guglielmo, alias Pif e Pof, che alla fine ne risultarono vincitori. Le risa degli spettatori erano causate e rivolte agli altri partecipanti – cioè, gli sconfitti. Si trattava di percorrere, accoppiati, un tratto di giardino reggendo uno spaghetto crudo sospeso tra la bocca dell'uno e dell'altro. Facile a dirsi. Le coppie di bambini e bambine percorrevano al massimo un paio di metri con grande cautela, al rallentatore, ma poi lo spaghetto si spezzava, magari perché uno dei due concorrenti si era messo a ridere, come accadde a Caterina, facendo un po' arrabbiare la sua compagna, Beatrice Lunardon, Pif e Pof furono i soli a raggiungere il traguardo. Si erano mossi in perfetta sincronia, come due danzatori, speculari, guardandosi negli occhi.

«C'è un'altra cosa che ho letto, di recente, molto bella, vuoi sentirla, Nanni? L'ho praticamente imparata a memoria.»

«Certo, ti ascolto.»

«*C'è un solo caso in cui la natura umana sopporta che il desiderio dell'anima si rivolga non verso quel che potrebbe essere o che sarà, ma verso quel che effettivamente esiste. Questo caso è la bellezza.*»

«La bellezza...» mormorò Nanni. Non gli era facile comprendere sulle prime il significato di quella massima che si disponeva in modo circolare, come un anello, richiudendosi su stessa in modo sapiente e brusco. Pregò Lauretta di ripeterla, e lei la sillabò solennemente socchiudendo gli occhi, come se non vedere la aiutasse a ricordare con precisione.

Quindi tacque e li spalancò sprizzando una soddisfazione da scolara che si è ben preparata.

«Grazie Lauretta, finalmente ci sono arrivato, a capirla: ed è vera, è giusta. In questo mondo, la bellezza è la sola cosa desiderabile così com'è, mentre tutto il resto si vorrebbe che fosse diverso.»

«Tu pensi che io sia bella, Nanni?»

«Io… be' sì, ti trovo… bella, davvero bella» e colto dall'imbarazzo che gli fece distogliere lo sguardo, si affrettò ad aggiungere: «E certo non sono l'unico a pensarlo…» affinché il suo apparisse un giudizio oggettivo, il più possibile spassionato.

## 15.

Nanni si accorse con un certo dispiacere di non aver scambiato che pochissime parole col suo amico del cuore. Ebbe persino la sensazione che Nico lo evitasse, e preferisse la compagnia di qualcun altro per chiacchierare e ridere, bere e fumare. Peraltro sapeva benissimo che Nico era fatto così: a tu per tu era capace di discutere, accalorarsi, scendere nell'intimità di pensieri e desideri, scambiando i suoi con quelli dell'interlocutore; ma in mezzo alla gente doveva sfarfallare qua e là, non soffermandosi più di qualche minuto, andando da un capannello all'altro come se stesse sempre cercando qualcosa o qualcuno senza mai trovarlo, eccitato, annoiato, inquieto. E pure di questa distanza, che era più nella sua mente che nella realtà, Nanni un poco soffriva. Vedendo Nico chiacchierare con Costanza, sussurrare qualcosa all'orecchio di Carla, forse una malignità o un segreto o una battuta divertente visto che lei scoppiava a ridere e per gioco lo allontanava dandogli un leggero pugno su una spalla, intrattenersi pensoso con Giulia Mesones e annuire mentre lei parlava, e persino ascoltando con simulato interesse quelli che dovevano essere i balbettanti sproloqui di

Giovanna Merse, persino sollevando al cielo Agnese che strillava eccitata (solo femmine quelle con cui si intratteneva Nico, guarda un po'), Nanni provava un sentimento molto simile alla gelosia, la gelosia amicale, che può essere più acerba e pungente di quella amorosa. Si era persino baciato sulle guance con Flemish, che doveva aver visto un paio di volte prima di allora.

16.

Dal culmine del giardino, protetta da una bassa siepe di bosso, Giulia osservava i movimenti di Giovanna Merse, che continuava a mandar giù bicchieri di aranciata accanto al tavolo delle bibite per i bambini. Immaginava che facesse così per superare una crisi di astinenza, oppure perché aveva assunto qualche stupefacente prima di arrivare lì, e ora sentisse il bisogno di mettere in bocca cose dolci.

«Sono preoccupata per il bambino. Avrà smesso di drogarsi, almeno.»

«Certo che ha smesso. È stata sei mesi in clinica...»

«Ma quelle cose non passano nel sangue?»

«Mamma, oh, non dire fesserie. Giovanna è pulita.»

«Parli come i poliziotti nei film dopo che hanno perquisito qualcuno. E dai, Costanza, lo vedi anche tu, è troppo, troppo magra. Non si regge in piedi.»

«Si riprenderà.»

«Glielo auguro. Quando nasce un bambino, è una bella botta per la madre, bisogna essere nel pieno delle forze. Dovrebbero fargli un esame alle donne, prima che restino incinte, non è da tutte.»

«Anche ai futuri padri, allora, prima che lo diventino.»

«Giusto, anche a loro, specialmente a loro» ammise Giulia. Dovette ancora una volta riconoscere che Costanza era capace di ragionare, con lei valeva la pena di farlo, non era tempo perso come con le altre due figlie. E anche con Nanni si poteva. In fondo le persone dal carattere difficile sono le sole con cui vale la pena avviare una conversazione – se non ti chiudono subito la porta in faccia.

## 17.

Una piccola donna, graziosa, di età indefinibile, sostava accanto ai tavolini col rinfresco, incerta se servirsi dalla parte destinata ai bambini o da quella per gli adulti. Risultato: non prendeva nulla. Nanni poco amava il ruolo del padrone di casa (del resto, non lo era), ma immaginò che fosse opportuno avvicinare la signora esitante, per una questione di pura cortesia.

«Ciao, come va? Vuoi bere qualcosa?» si dovette forzare, non era solito dare del tu a qualcuno che non conosceva, ma trattandosi, con ogni probabilità, della mamma di un compagno di scuola di Maria, ritenne che il lei fosse fastidioso e formale. E indicò la selezione di blandi alcolici.

«Oh, sì, ma preferirei un bicchiere di aranciata.»

Nanni compostamente si indirizzò verso i bottiglioni di bevande gassate.

«Lei dev'essere il papà della festeggiata…»

«Eccomi qui. Nanni. Benvenuta!» e le tese la mano, poco dopo l'aranciata richiesta. «Vuoi una cannuccia?»

«No, grazie, molto gentile. Sono la mamma di Beatrice, che fa nuoto con Caterina. Caterina ha insistito a invitare mia figlia. Le dico la verità, io un po' ero indecisa, visto che la festeggiata, se ho capito bene, è la sorella maggiore…»

«Beatrice come?»

«Lunardon.»

«Ah!» fece Nanni ricordandosi quanto Caterina gli aveva raccontato andando al mare: il padre di Beatrice morto cascando da una scala.

«Abitiamo troppo lontano per lasciare Bea e poi venire a riprenderla, per questo ho pensato di fermarmi…»

«Ma certo, hai fatto benissimo.»

A questo punto Nanni si sentì obbligato a porgere, con un notevole imbarazzo, le sue condoglianze, e mentre lo faceva ragionò sul doppio disagio del farle e del riceverle in ritardo. Passato quanto tempo sarebbe meglio non parlarne più?

«Ho saputo da Caterina di tuo marito, e mi dispiace tantissimo.»

La donna chinò appena la testa in segno di riconoscenza.

«È stato un incidente di lavoro?»

«No, da noi, una cosa banalissima, stava cambiando un faretto in cucina, ma è caduto di spalle e ha battuto la testa.»

«Terribile. Caterina è rimasta molto colpita, posso immaginare Beatrice.»

La donna bevette un sorso dal bicchiere di plastica e si strinse nelle spalle.

«Non era mio marito. E nemmeno il padre di Beatrice. Quello non si fa vedere mai» e disse questo senza ombra di risentimento, come una pura informazione. Dopo qualche istante di silenzio proseguì, come rinfrancata. «La vita continua. Io ho la fede, che mi aiuta ad andare avanti. E ce l'ha anche Beatrice, per fortuna sua e mia.»

Nanni rifletté un istante sul significato di quest'ultima affermazione, in che modo fosse possibile per una bambina avere fede, credere in Dio. A sette anni. Cosa poteva voler dire, esattamente? Era la madre a credere che la figlia credeva? Ma se questa convinzione dava un po' di sollievo e di speranza a quelle due, perché no? Cosa c'era di sbagliato?

Eppure qualcosa di sbagliato c'era.

«Credo di sapere a cosa sta pensando» disse la donna e accennò un sorriso mansueto. Evidentemente si trovava più a suo agio dando a Nanni del lei. «Si sarà convinto che sono una fanatica e che ho indottrinato mia figlia. Ma mi creda, non è così.»

Nanni si schermì, non aveva affatto pensato a quello, le assicurò, in parte mentendo.

«Deve sapere che Bea voleva bene a Enrico, gli era affezionata anche se non era suo padre, ma viveva con noi oramai da tre anni. Del resto è quello un padre, no? Il vero padre, in un certo senso. Dopo che è morto, lei non ha avuto alcun dubbio: Enrico era ancora con noi, ci stava vicino, la sera si sedeva a tavola con noi per la cena e ci parlava. In un certo senso era vero, se non per gli occhi almeno per il cuore. Quello di Bea ma anche il mio. Me lo dica sinceramente, Nanni: secondo lei avrei dovuto smentire questa sensazione, avrei dovuto insistere a spiegarle che Enrico non c'era più? Che non sarebbe mai tornato?»

Nanni non rispose, non avendo alcuna certezza su cosa sarebbe stato giusto fare, al posto di lei. Mormorò solo «Eh sì, è difficile» il che includeva le difficoltà oggettive della donna ma anche le sue nel risponderle. In linea teorica sarebbe stato propenso a dire la verità nuda e cruda alla bambina, e disilluderla – ma poi, il coraggio di farlo? La sua effettiva utilità...? La donna riprese il discorso della fede e da quel momento in avanti Nanni si rese conto che nulla, né un incoraggiamento o un suggerimento, né una critica o un dubbio l'avrebbero comunque scossa dalle sue convinzioni, troppo duramente acquisite per poterle cambiare. Ore e ore a ragionare solo con se stessa l'avevano resa impermeabile alle parole altrui, e il suo non poteva che essere un monologo. Sulla fede, sulla vita e la morte. Malgrado fosse lì presente, alla festa di Maria, sorseggiando aranciata, la mamma di Beatrice Lunardon, o meglio, la sua anima, soggiornava non in questo mondo ma in un altro: in questo ci si trovava di passaggio, come quella di Enrico d'altronde e di chiunque altro – e questa, sì, questa, pensò Nanni, era la sua forza e il regalo di avere la fede. Trovarsi già altrove.

«Il Signore ha voluto così. Chi sono io per mettere in discussione quello che Lui ha deciso? Anche Bea la vede così: è chiaro che mia figlia ha capito, è piccola ma non è stupida, ha capito che Enrico se n'è andato eppure sente che lui c'è ancora, è ancora tra noi. Questo vuol dire credere, in fondo, solo questo: tenere insieme la vita e la morte, avere la certezza di qualcosa che non finisce, che non può finire. E che va oltre qualsiasi tragedia, e supera ogni dolore. Non vale nessun dogma particolare e non occorre essere fanatici per sentire questo, per sentirsi sicuri almeno di questo. È una verità più che sufficiente, non ve ne sono altre di così importanti, mi creda, Nanni. Ed è alla portata di chiunque. Anche se può farti sentire solo se ti trovi in mezzo a persone che non la condividono o che addirittura se ne fanno beffe.»

Nanni si affrettò a dichiarare tutto il suo rispetto verso la posizione della donna, e di colpo si sentì svuotato di ogni forza e di ogni interesse verso quella conversazione, messo alla prova dalla sua intensità e ancor di più dalla sua vanità.

Quando con un breve saluto di congedo si allontanò dalla donna, si rese conto che questa non gli aveva nemmeno detto il suo nome.

## 18.

Nico si sentiva indebolito da una presenza desiderabile a breve distanza. La sporgenza del seno di Carla Mesones dalla maglietta a righe bastava a privarlo di qualsiasi energia, mentale e fisica. Ma era questa stessa debolezza a spingerlo verso di lei, come una persona che sta perdendo i sensi viene irresistibilmente attratta dal pavimento. Carla era incuriosita dal fatto di non capire le intenzioni di Nico, chi fosse, cosa volesse: da lei, e non solo da lei. Le sarebbe piaciuto decifrarlo. Per sapere se era una persona seria o fatua, dato che il suo aspetto e le sue parole lasciavano pensare entrambe le cose. In ogni caso, averlo incontrato al compleanno di sua nipote dava senso, un nuovo senso, all'esserci venuta. In fondo, voleva bene a Costanza, le voleva sinceramente bene, dal fondo del cuore, e provava al tempo stesso simpatia e un poco di pena verso Maria, la primogenita, ma per il resto una festicciola di bambini non era affatto nelle sue corde, non le piacevano i bambini, anzi li detestava, e una delle poche cose di cui si sentiva certa è che non ne avrebbe avuti.

19.

Nanni chiamò a raccolta i piccoli invitati per giocare alla pentolaccia. Il gioco consisteva nel cercare di rompere a bastonate un sacco di carta pieno di caramelle che pendeva appeso a una corda dal ramo di un albero. A turno, i bambini venivano bendati con un fazzoletto, gli veniva consegnata la mazza con la raccomandazione di andarci piano, all'inizio, e quelli cominciavano a menare fendenti alla cieca, cercando di colpire il sacco che Nanni, con una spintarella, aveva fatto dondolare. Sia che la mazza fosse troppo pesante, sia l'oscillazione del sacco eccessiva, nessuno dei bambini che si cimentarono per primi riuscì nemmeno a sfiorare o a colpire di striscio il sacco penzolante. Avevano a disposizione un minuto a testa per il loro tentativo. Uno dopo l'altro, delusi, dovettero restituire il bastone a Nanni, lamentandosi perché volevano provarci ancora. Uno dei figli di Lauretta Piferali (difficile distinguere se fosse Pif o Pof), una volta sbendato riuscì a colpire la pentolaccia, che però, per fortuna, non si ruppe, al che vi fu un coro di proteste, «Così non vale!», poiché era stato scorretto, e dovette intervenire la madre a levargli a forza il bastone dalle mani. Anche se così piccola, fu Agnese ad andare più vicina alla vittoria, riuscì infatti a prendere in pieno il sacco con una mazzata anche abbastanza forte, ma la robusta carta da pacchi non cedette. Se al suo posto vi fosse stata davvero una pentola di coccio, come voleva il nome del gioco, sicuramente si sarebbe rotta, con conseguente pioggia di caramelle sui bambini.

«Oh, attenzione» mise in chiaro Nanni, «quando si romperà, le caramelle sono per *tutti*, ci siamo capiti?» Tra gli strilli il gioco proseguì, rivelandosi sempre più brutale. Occorse calmare un po' gli animi sovreccitati. Nanni gridava ai bambini di tenersi alla larga ma il loro cerchio magnetizzato dall'entusiasmo e dal rischio dopo ogni colpo di mazza si restringeva pericolosamente intorno al giocatore che continuava a menare fendenti a casaccio, e Flemish doveva ogni volta acchiapparne qualcuno per la collottola e tirarlo indietro. «Watch out!» strillava, invano.

A un certo punto toccò alla festeggiata farsi bendare col fazzolettone ricamato. Afferrò il bastone a due mani e assestò un paio di colpi che mancarono di poco il bersaglio. Proseguì con calma, con metodo, cercando di immaginare dove si trovasse la pentolaccia, prevedendone l'oscillazione. Stava ferma col bastone levato aspettando che il sacco di dolci ci sbattesse contro, per poi colpirlo. Finché, avendolo mancato di nuovo varie volte, fu invasa dalla rabbia e prese a picchiare in ogni direzione, imprecando. «Maledetta...! Maledetta...!» Quindi si mise a girare su se stessa roteando il bastone quasi addosso agli altri bambini, che stavolta indietreggiarono senza bisogno che qualcuno glielo ordinasse. «Maria! Vacci piano! Così ci si fa male» disse Nanni che non capiva il perché di quella furia. Ma la bambina ci stava mettendo la sua forza per intero, e la sua frustrazione, dunque non fu facile fermarla. Fin quando lei, delusa, strappandosi il fazzoletto dagli occhi, gettò il bastone a terra e disse aspramente: «Che idiozia!». «Ma è solo un gioco, dai!» la rimproverò Giulia Mesones, che era sopraggiunta attirata dal clamore, e che ovviamente non aveva capito nulla di quello che stava provando sua nipote.

## 20.

Nanni teneva molto al rapporto intellettuale con la figlia maggiore, così precoce. Poesie, musica, dipinti, architetture, storie di grandi scienziati e avventurieri, i miti antichi: era con lei che li condivideva (e di quando in quando con Flemish). Erano in un certo senso le sue allieve, dato che su quelle materie sapeva di non risvegliare poi tanto interesse nelle altre quattro donne che popolavano l'universo familiare. Caterina e Agnese erano troppo piccole. E le altre due? Intendiamoci, sia Costanza sia sua madre Giulia erano persone colte, diciamo, mediamente colte, ma con Costanza era inutile parlare poiché diffidava delle chiacchiere intellettuali, e per lei i libri, ad esempio, come anche i film, si dividevano in «belli» o «brutti» senza bisogno di ulteriori commenti o interpretazioni, come se approfondire le ragioni per cui una lettura le era piaciuta finisse per sciuparne il piacere. Allo stesso modo non andavano smussate dal ragionamento le impressioni negative, meglio che restassero nette, senza appello.

Giulia invece lo intimidiva con l'arroganza delle sue predilezioni e dei suoi giudizi categorici. Non si trattava nemmeno di arroganza, bensì di una totale sordità nei confronti di chi non avesse i suoi stessi gusti (impensabile!) e per questa ragione dovesse essere, in definitiva, compatito. Contrariamente a sua figlia, a Giulia Mesones avrebbe fatto piacere discutere dei libri e dei film nuovi che uscivano, anche perché andava spessissimo in libreria e al cinema e alle mostre, non avendo altri impegni, ed era di conseguenza aggiornata sull'attualità assai più di Costanza e Nanni, che infatti più di una volta aveva rimproverato per non esserlo altrettanto. Ma «discutere» nel codice di Giulia significava ascoltarla e poi darle ragione. Con lei Nanni avrebbe dovuto piegarsi, inchinarsi a questa evidenza solare. E a tutto era disponibile Nanni Zingone, fuorché a piegarsi.

Giulia Mesones apparteneva a quella fascia di età per cui di una donna si dice che è «*ancora* molto bella», facendo pesare quell'«ancora» come un macigno. Però lei della sua età se ne fregava, e i suoi segni, le macchie, le rughe, i capelli bianchi, si può dire che quasi li esibisse. L'unico vezzo che le era rimasto, le scarpe con molto tacco, pur essendo già bella alta per una donna della sua generazione.

21.

Quella familiare è una vita costruita su leggi che più le si disprezza o le si ridicolizza con alzate di spalle, più si rivelano vincolanti; se ci si affida all'illusione di averle abolite, da esplicite che erano s'inabissano e diventano segrete, sicché i rapporti finiscono per essere regolati da norme invisibili e automatiche, che nessuno conosce più; ma non conoscere non significa affatto non rispettare, anzi, è l'opposto: invece che consapevolmente, vi si obbedisce ciecamente.

Costanza iniziò a mettere a posto un bel po' prima che i giochi fossero terminati e gli ultimi ospiti andati via. Quanto era stata entusiasta nell'offrire loro occasioni di intrattenimento, sorprese e regali, tanto ora appariva stanca e nervosa.

A sera, dopo tante chiacchiere e strilli, nessuno aveva una gran voglia di parlare. E nemmeno fame. Costanza non si sedette a tavola, ci girò intorno limitandosi a piluccare qua e là, come se, invece di cenare, stesse ancora sparecchiando. Gli altri attaccarono le pizzette fredde e i tramezzini avanzati dai panbrioche rimasti a metà, simili alla torre di Babele di Bruegel. Dalle bottiglie di vino stappate per l'occasione era stato versato solo qualche bicchiere.

«Be', è stata una bella festa, no?» disse Nanni dopo un lungo silenzio. Le bambine annuirono con la bocca piena, «Bellissima!» precisò Cate, e anche Maria, che pure aveva il cuore gonfio, dentro di sé dovette ammettere che era stato un giorno davvero speciale.

# Capitolo XIX

## *Morte di una rivoluzionaria*

1.

Si premeva una mano sul fianco destro, nella posa che hanno i gentiluomini nei quadri del Rinascimento: un gesto aggraziato e un gesto dovuto alla sofferenza possono, per un istante, coincidere nel medesimo gesto. In modo aristocratico, pensò Alessandra Sebre, mi appresto a morire...

Poi rise della fatuità di quel pensiero solenne e sciocco. Quanto sono viziata, in fondo! Neanche questo dolore lancinante mi rende più profonda, più umana. Dopo l'ennesima fitta le sfuggì un lamento, ma stringendo i denti lo trasformò in un risolino, come avrebbe saputo fare qualche sua vecchia zia cattolica.

Fantastico, resto un'ipocrita persino mentre muoio.

Riuscì a trascinarsi fino all'appartamento. Era perfettamente consapevole che si trattava di un errore, un grave errore, aveva urgenza di essere curata, se ancora c'era un medico disponibile ad aiutare i compagni feriti. Ma l'impressione era che tutte le porte fossero di colpo sbarrate, i telefoni staccati, le luci spente per non farsi individuare. La città disabitata e silenziosa. Il cerchio dei simpatizzanti e dei fiancheggiatori le si chiudeva intorno, sempre più stretto, fino a strozzarla come un nodo scorsoio.

Non un'anima viva intorno a lei. Doveva nascondersi in casa e aspettare.

2.

Il piano era quello di portare a termine un lavoro rimasto a metà. La ragione (per quello che conta) lo sconsigliava. Non bisognerebbe mai tentare di rimediare ai fallimenti, e invece la Sebre era riuscita a convincere i suoi compagni riluttanti. Nemmeno si era curata di informare gli altri gruppi della decisione presa – tanto ormai tutti procedevano in ordine sparso, aspettando da un giorno all'altro di essere arrestati. Non esisteva più una linea politica né una catena di comando: qualcuno era riparato all'estero, qualcuno, uscendo dalla clandestinità come se non vi fosse mai entrato, aveva ripreso una vita più o meno normale, altri in carcere avevano dichiarato la loro dissociazione dalla lotta armata, altri contribuivano al suo smantellamento definitivo facendo i nomi dei compagni in cambio di uno sconto di pena. Non esisteva più una strategia condivisa, non esisteva più alcuna strategia, solo colpi isolati, clamorosi, privi di una finalità, se non quella dimostrativa. Siamo ancora vivi, siamo ancora qui, la lotta continua.

Per dimostrare appunto che non si sfugge alla giustizia rivoluzionaria, e prima o poi questa tornerà a colpire, Sebre e il suo gruppo avevano teso un secondo agguato all'ambasciatore Quell, il padre di Nico, già vittima due anni prima di un assalto che l'aveva azzoppato. Giravano voci di un imminente rimpasto nel governo per cui Quell era in predicato di occupare il dicastero degli Esteri. Il Ministro degli Interni, Bogo, sarebbe rimasto al suo posto, visti anche i brillanti risultati raggiunti nella caccia ai terroristi. Bogo rimaneva un obiettivo irraggiungibile, mentre Quell, non ancora insediato, non godeva di una protezione speciale: primo perché nessuno avrebbe mai immaginato che egli potesse essere di nuovo preso a bersaglio, secondo perché egli stesso aveva rifiutato una scorta. Scelta perfettamente in linea con il suo carattere, anzi, non con il suo carattere (Quell avrebbe trovato volgare averne uno, con i suoi disdicevoli risvolti psicologici e sentimentali, e lasciarsene perciò condizionare nei pensieri e nelle azioni), bensì con la sua rigida postura esistenziale: quella di un uomo in tutto e per tutto autosufficiente, alieno dalle paure e dalle concessioni e dalle limitazioni personali. Perché essere circondati dagli uomini di una scorta significa essere potenti ma al tempo stesso vulnerabili. «Le vrai gentilhomme ne se pique de rien» era la sua massima preferita, di un vecchio moralista francese, dove «se piquer» per lui significava non solo e non tanto pavoneggiarsi o risentirsi, quanto piuttosto essere turbati, lasciarsi coinvolgere, manifestare desideri e necessità. Di essere inscalfibile faceva un punto d'onore. «Non ho bisogno d'altro, grazie» avrebbe potuto essere scritto un giorno sulla sua tomba. Se non che l'ambasciatore a tutti gli effetti si pensava imperituro, nel senso che nemmeno la morte l'avrebbe spostato di un millimetro: dalle sue abitudini inflessibili sarebbe traslocato nel nulla, senza modifiche. Il suo corpo già mummificato come quello di un faraone.

Ma questo non doveva avvenire, non quel giorno. Poiché l'ambasciatore era solo di passaggio, sceso nella città meridionale appunto per i colloqui preliminari all'eventuale incarico di governo, non vi fu tempo di preparare l'azione in modo adeguato – il che di norma richiedeva sopralluoghi, settimane di appostamenti, pedinamenti, registrazione degli orari. Niente di tutto questo: Quell andava colto al volo come un uccello di passo. Con i rischi connessi. Fu dunque approssimazione, fretta, e anche una buona dose di sfortuna a decidere l'esito dell'agguato: perché nei pressi dell'albergo da cui sarebbe partito il taxi con a bordo l'ambasciatore, qualche istante prima si era fermata una volante, e ne era sceso un poliziotto per andare dal tabaccaio. Ora, le poche volte che Quell si ritrovava a passare per la capitale, una città che disprezzava, non malgrado le sue bellezze ma a causa di esse («La bellezza qui è la grande corruttrice» amava spesso ripetere), egli scendeva preferibilmente in due alberghi, entrambi di gran lusso ed entrambi situati a pochi passi da un obelisco egizio, dato che tra tutte quelle bellezze corruttrici l'obelisco era l'unico monumento che gli piacesse, l'unico a cui riservava ammirazione incondizionata – forse per via della sua spettacolare e purissima inutilità. O forse perché gli ricordava quello della Concorde. Se non trovava posto in uno andava nell'altro, in ogni caso ricevuto con grandi salamelecchi. A insospettire il poliziotto fumatore, appena prima che risalisse in macchina, era stato il fatto che sul marciapiedi opposto, a una ventina di metri dall'albergo sostassero due motociclette, con quattro persone in sella. Alcuni dettagli l'avevano colpito: che le moto non fossero parcheggiate col cavalletto, e dunque sembrassero pronte a ripartire, e in particolare che tutti e quattro i motociclisti indossassero un casco integrale (all'epoca non era nemmeno obbligatorio portarlo, il casco). Il poliziotto, con la sigaretta ancora non accesa in bocca, aveva richiuso lo sportello della volante e si era avviato verso di loro per un controllo. Lo faceva per puro scrupolo, non si sa mai. Ma in quel preciso momento quelli avevano messo in moto: l'ambasciatore stava uscendo dalla porta girevole dell'hotel.

Indossava un completo color ghiaccio, insolito per lui che d'abitudine vestiva di scuro, e in testa un panama finissimo, ma questa scelta relativamente informale corrispondeva in pieno al suo intento di non mostrare deferenza nei confronti di chi si apprestava a offrirgli l'incarico di Ministro né un eccessivo interesse verso di esso. Se non superiore ai politici con cui doveva incontrarsi (pure se era certo di esserlo per intelligenza, educazione, patrimonio e savoir-vivre), voleva quantomeno non dimostrarsi sottomesso a loro. Era insomma abbigliato come un elegantissimo turista straniero (sì, all'epoca ancora ne circolavano), e la sua asciuttezza fisica e il bastone a cui si appoggiava per compensare la zoppia ne accentuavano la signorilità.

In un lampo il poliziotto mise in collegamento l'uscita del gentiluomo dall'albergo, col portiere gallonato che si apprestava ad aprirgli la portiera del taxi in attesa, e l'accorrere delle due motociclette verso di lui. Pensò che volessero rapinarlo ed estrasse la pistola intimando loro di fermarsi. Già i passeggeri di dietro avevano l'arma in pugno e la puntavano verso l'ambasciatore, ma con difficoltà nell'individuare il bersaglio, perché davanti all'albergo in quel momento stava passando una fila di suore asiatiche. Partirono i primi spari. Il poliziotto cadde a terra, e uno degli occupanti delle moto fu sbalzato dalla sella. Intanto a gran velocità malgrado la zoppia, come in una vecchia comica, Quell riuscì a rientrare in albergo ficcandosi nella porta girevole e spingendola con tutta la forza che aveva. Le suore e gli altri passanti gridarono, l'attentatore ferito si rialzò e corse via confondendosi nella folla che si dirigeva verso l'obelisco per affacciarsi al panorama che si gode dalla terrazza a picco su una immortale scalinata. Molti di loro infatti non avevano capito cosa fossero quei colpi e pensarono che qualcuno stesse facendo festa, la solita allegra confusione. Intanto la prima moto fuggiva via sgommando, mentre la seconda con a bordo solo il guidatore si andava a schiantare contro la macchina della polizia. Dopo lo scontro, Lo Presto, in stato di incoscienza e però incolume, venne arrestato. Si fece quattordici anni di carcere quindi quattro di semilibertà e lavoro esterno. Non ebbe mai dubbi, non tradì i compagni. Il passeggero della seconda moto era Elio, anche lui già incontrato durante la rapina alla caserma. Elio riesce a fuggire in modo rocambolesco, si fa quasi dieci ore di macchina attraversando mezzo Stivale e va a rifugiarsi nella vecchia casa dei genitori, che si trova in fondo al tacco, di fronte all'Albania o forse è già la Grecia. Si nasconde lì per quasi un anno, coltivando la terra, dopodiché lo arrestano a seguito di una delazione. A sua volta, non fa molta galera perché si decide a collaborare con gli inquirenti. Una volta scarcerato, quando torna di nuovo dai vecchi genitori, non è più sicuro di una cosa: ma io, si chiede, so ancora nuotare? Così, da uomo libero, la mattina presto pedala sulla statale fino a un certo punto della costiera. Molla la bici e, attraverso una scala naturale ricavata dall'erosione nelle rocce, scende fino al livello del mare. C'è un po' di onda che si frange sugli scogli. Si spoglia e lentamente si cala in acqua col cuore in gola. L'acqua è gelata e le onde lo respingono verso gli scogli, ma lui scalcia, dà qualche bracciata sempre più convinta e si rende conto di esserne ancora capace. Sicché, a una trentina di metri dalla riva si distende a pancia in su per fare il morto a galla, e guarda il sole, che presto sarà a picco.

Dell'altro attentatore non si è saputo più niente tranne il suo strano nome: Carnemolla. Quel nome lo ha fatto Elio, tra i tanti, ma non è bastato a farlo prendere. È possibile che viva da qualche parte in Sudamerica con una nuova identità.

3.

Si chiuse alle spalle la porta dell'appartamentino dove aveva vissuto con Lo Presto per sei mesi. Ne lasciò sporca di sangue la maniglia e altre impronte si stamparono sullo schienale della sedia in cucina a cui si era appoggiata per non cadere. Aprì con delicatezza del tutto superflua la falda del trench, sapendo già cosa vi avrebbe trovato sotto. Il giubbotto antiproiettile si era sfrangiato nel punto in cui la sua protezione terminava, appena sotto le costole e sopra l'anca (un modello da uomo – ma Ale era alta un metro e settantotto), e perforandolo la pallottola aveva causato la fuoriuscita del materiale interno, alla maniera dell'imbottitura che spunta da un divano consunto. Se fosse stata colpita un paio di dita più in alto, il giubbotto corazzato l'avrebbe protetta, ma lì, sul bordo, si assottigliava, e serviva a nulla. «I soliti imbroglioni...» mormorò, ricordando come se li erano procurati quei giubbotti, disarmando un cellulare di poliziotti in assetto antisommossa – forse l'azione più spettacolare, sebbene incruenta, portata a termine dalla sua colonna. Roba scadente. Qualcuno aveva preso una mazzetta sulla fornitura, e adesso, per questo, lei moriva. Disgraziati, pensò, mandano i poliziotti a farsi sparare addosso da noi con questo equipaggiamento ridicolo. Cartone e ovatta. Senza sfilarsi il giubbotto, ne sollevò il bordo umido di sangue. Bisognava tamponare la ferita e Alessandra non trovò di meglio che usare uno strofinaccio appeso accanto al lavello. Lo appallottolò e se lo premette sul fianco. È andata storta. Doveva finire prima o poi. Un errore, ho commesso l'ennesimo errore. Non bisognerebbe mai tornare sui propri passi. Mai tornare su qualcosa per cambiarlo o perfezionarlo. Il passato non andrebbe mai toccato. Invece ho voluto concludere un lavoro lasciato a metà. Rievocare un amore. Quando l'amore era morto. Forse, se l'avessi amato di più, Milo non sarebbe morto. Mentre Quell sarebbe morto se la mia mano fosse stata più ferma. Stamattina tremava, non mi era mai successo. Perché? Perché tanta emozione? Volevo fare giustizia. Volevo vendicare Milo, vendicarsi è la cosa più giusta, ma solo se ci si riesce. Una vendetta non portata a segno è ridicola. La mia mano esitava – e quella sua faccia pallida e lunga, la sua smorfia quasi di disgusto, come se ci sdegnasse.

La morte. Dovevo dargliela e basta. Quell aveva paura ma la voleva. La aspettava e la desiderava. E invece l'ho mancato. Aveva l'occasione di diventare un martire, e anch'io. Un'eroina. Nessuno avrebbe saputo che ero un'eroina dell'amore. Invece così né io né lui saremo niente. Presto busseranno, butteranno giù la porta. E mi arresteranno. Tempo qualche minuto e saranno qui. Infileranno la canna della pistola nella ferita e ci frugheranno dentro per farmi urlare, non vedono l'ora di vendicarsi, come non vedevo l'ora io, ma dopo avermi torturato mi risparmieranno. Gli servo viva. Mi porteranno all'ospedale e lì per torturarmi ancora mi salveranno la vita. Sono nati per soffrire e far soffrire. Io no, io ero nata per amare e per divertirmi, chissà perché l'ho fatto così poco. Solo di Milo sono stata innamorata, ma non c'è stato il tempo.

4.

Con le mani incrociate sul tavolo, Alessandra Sebre vi poggiò la fronte, bagnandole di sudore gelido. Aveva sete ma non le forze necessarie ad alzarsi e prendere un bicchier d'acqua. Immaginò di attaccarsi con la bocca direttamente al rubinetto, come se questo fosse estensibile, il cannello si allungava fino alle sue labbra, e Ale ebbe la sensazione che un getto puro e freddo la dissetasse. Con Milo, quando stavano a letto insieme e lei diceva: «Ho sete», lui prendeva un sorso dalla bottiglia sul comodino, senza inghiottirlo, premeva le labbra su quelle di Ale e baciandola, le schiudeva appena, in modo che un rivolo scendesse nella bocca di lei. Alessandra beveva a piccoli sorsi, sopraffatta dal piacere, il fresco dell'acqua colata dalla bocca calda di Milo. «Chi ti ha insegnato a far questo? Dimmelo, sono gelosa, voglio saperlo, a chi lo hai fatto prima di me?», ma Milo sorrideva e le dava da bere ancora un filo d'acqua. Era un ragazzo schivo, silenzioso, non volle mai darmi segni del suo amore diversi dal trasporto fisico. Quello slancio era forte, anzi travolgente, lo sentivo, però era misterioso, e muto. Perciò quasi angoscioso. Perché non mi hai detto una sola volta «ti amo»? Sarebbe stato un così grande sacrificio? Cosa ti costava dirmelo? Avevi paura di usare quella parola, avevi paura che io non ci credessi, oppure che ci credessi... Ma tu, tu ci credevi, Milo?

Milo è venuto con noi solo perché mi amava, pensò Alessandra, non aveva altre ragioni, non era convinto che quello che facevamo fosse giusto. Io nemmeno, l'ho sempre e solo sperato, come quando si scommette su qualcosa non perché sia sicura, ma perché se accadrà, se la scommessa sarà vinta riceveremo un premio – e il premio supera ogni aspettativa. Bisogna avere dalla propria parte la fortuna piuttosto che la giustizia. La giustizia è irraggiungibile. Ci siamo ribellati contro l'ingiustizia senza avere nulla da contrapporle. Si finisce per essere addirittura più ingiusti degli ingiusti, ma che importa, bisogna sbrigarsi a distruggere, distruggere il nemico, prima che l'odio contro di lui si spenga e tutto torni a essere mediamente sopportabile. Prima di essere sommersi dall'onda untuosa della tolleranza e dell'indifferenza. Milo ci credeva ancora di meno, e ha fatto quel che ha fatto solo per dimostrazione. Per dimostrare cosa? Il suo amore per me? La spavalderia, che non aveva? O il semplice fatto di essere capace di agire, di essere forte e coraggioso abbastanza, di non essere bloccato dai dubbi e dalla paura? Non lo saprò mai. L'amore ricopre troppe cose diverse, le avvolge nel suo mantello, puoi chiamare amore la dipendenza, l'attrazione, il voler essere come non si è, il voler essere qualcos'altro, più forte e più bello: tutto questo si può dire amore e l'amore lo provoca... o ne è la conseguenza.

Alessandra Sebre stava perdendo la vista. Il tavolo su cui aveva poggiato la testa lo sentiva, duro, sotto la guancia. A sbalzi, come un rombo soffocato, i battiti sordi del suo cuore la scuotevano, sempre più deboli, irregolari, sparsi, come i rintocchi di una campana la cui corda non viene più tirata e oscilla e vibra, mandando ogni tanto un colpo isolato, ma di rado, e sempre più piano. Sto sparendo, si disse Ale, e non ho ancora finito. Arriveranno... arriveranno a cose fatte.

In isolamento parli da solo. Se sei forte la tua voce aiuta a capire e a sopportare, se sei debole è un bambino che parla con la tua voce. Ti commuovi ad ascoltare te stesso piagnucolare. Dopo aver fatto i nomi dei compagni, e anche il mio nome, davanti agli inquirenti, dicono che Milo si sia messo a chiamare il nome di sua madre. Piangeva e chiedeva della mamma. Dicono che siano state quelle le sue ultime parole, mamma! mamma! Giulia! Mamma vieni, ti prego! Lo dicono per renderlo ridicolo, alla fin fine sono dei piagnoni e dei vigliacchi, questi rivoluzionari, si sentono forti solo con la pistola in mano, poi qualche mese in isolamento, senza scambiare una parola con nessuno e senza chiudere occhio, tre metri quadri di cemento, la lampadina sempre accesa, non c'è bisogno nemmeno di menarli, e diventano agnellini, specialmente i figli di papà. Ma forse è vero, Milo piangeva e voleva avere sua mamma vicino, che c'è di strano? Era sensibile, Milo, il mio amore. Si è impiccato. Così dicono. Appeso alle sbarre della finestra. Milo era alto, doveva toccare coi piedi a terra, eppure ce l'ha fatta lo stesso. A meno che non lo abbiano strangolato. I compagni erano al corrente. Hanno avuto via libera nella sua cella, lo hanno stordito con un pugno. Gli hanno arrotolato il lenzuolo intorno al collo e poi alle sbarre, lo hanno tirato per le gambe, aggrappati con tutto il peso, senza guardarlo in faccia mentre moriva, fissando il pavimento. Finché ha smesso di respirare. Quanto era bello Milo! Il più bel ragazzo che abbia mai visto, così, fiero, pieno di vita, il solo, alla manifestazione, che fosse anche elegante, sì, era elegante, stretto nel cappotto, alto, magro, i capelli neri lunghi, e stava ancora al liceo! Ci siamo guardati, lui camminava reggendo uno striscione, poi sollevò la sciarpa e si coprì la bocca perché faceva freddo. In molti venivamo dal Nord pensando che facesse caldo, che errore! Lui passò la stanga dello striscione a un altro per mettersi le mani in tasca, al riparo, e di nuovo mi guardò. Qualcuno era già armato quel giorno. I compagni avevano le pistole, il mitra sotto l'impermeabile. Il resto lo prendemmo saccheggiando un'armeria. Una gioia mai provata prima. Mi sorrise in modo sfacciato. Si stava divertendo, come se fosse un gioco, un'avventura eccitante e basta. Era una persona mite. Lo hanno picchiato quando lo hanno preso, tre anni dopo, si sono sfogati. Lui era bello e delicato, possibile che uno così si metta in testa di fare il guerrigliero? Sapete, questo pezzo di merda ha sparato a un collega. E giù botte. Io li capisco i poliziotti quanto debbono essere incazzati, e un signorino come Milo doveva averli fatti incazzare ancora di più. Il mondo al contrario: poveri che in difesa dei ricchi si accaniscono su ricchi che combattono per i poveri. Un equivoco da entrambe le parti. La prima volta che siamo stati insieme ho dovuto far tutto io, si lasciava baciare, era passivo, e io l'ho baciato e toccato, lui era così emozionato che sembrava freddo. Non partecipava, mi guardava e basta. L'ho fatto sdraiare, mi sono spogliata, mi sono sdraiata sopra di lui e poi mi sono seduta sopra di lui, che non si muoveva e non mi toccava, mi guardava e basta. Ma è stato comunque facile. Milo è venuto quasi subito. Credo che abbia detto solamente «ecco», o «ecco fatto» dopo essere venuto. A me piaceva farlo ma non sono mai venuta. Non sono venuta una sola volta con lui. In due anni, mai una volta. Era bello anche così, senza godere, senza bisogno di godere, ero beata. Milo, il ragazzo meno sensuale che abbia mai conosciuto, ma quanto mi piaceva! Era come una donna, più bello di qualsiasi donna, ma debole in fondo, come se non fosse mai cresciuto. Troppo amato, da quella strega di sua madre, da me, da tutti. E perciò odiato.

# Capitolo XX

## *In famiglia (e a scuola)*

1.

Ai tempi delle medie, Nanni Zingone andava quasi ogni pomeriggio a giocare e a studiare da Giorgio Olivetti, un compagno di scuola benestante, anzi, si può dire, ricco. La famiglia Olivetti accoglieva volentieri in casa Nanni trattandolo però come un trovatello dickensiano, da sfamare e consolare di chissà quale disgrazia. Forse Nanni aveva contribuito alle loro supposizioni mostrando una particolare famelicità nel divorare le fantastiche merende servite dalla cameriera su un vassoio d'argento mentre scendeva la sera. E poi, quel viso sempre assorto e malinconico lasciava immaginare qualcosa di oscuro alle sue spalle, l'ombra di una famiglia dissestata – mentre si trattava solo di dignitosa povertà. Perciò, a ogni occasione, la bella madre di Giorgio incoraggiava il figlio a essere gentile e generoso col suo sfortunato compagno, e così dai romanzi di Dickens si passava a quelli di Edmondo De Amicis, al famoso libro *Cuore* che peraltro veniva ancora a quei tempi letto in classe come una specie di breviario su come ci si comporta col prossimo, e cosa sono il giusto e lo sbagliato, il gusto dell'eroismo e del sacrificio. Per questa ragione, anche se gli costava un certo sforzo, Giorgio aveva deciso di privarsi di una collezione piuttosto preziosa e regalarla al suo amico.

Si trattava di una serie di cartine formato 20x30, raffiguranti le regioni dello Stivale realizzate in tre dimensioni, con le catene montuose in rilievo, una cartina per ciascuna regione; non delle comuni mappe, dunque, piuttosto dei plastici, a colori vivaci, realizzati con precisione millimetrica, che sarebbero stati bene messi in cornice e appesi alle pareti come decorazioni. Il Nanni dodicenne non si stancava di guardarli, studiarli e toccarli, strofinare le dita sulle loro asperità, le gobbe e le punte delle montagne, infilarle nei solchi delle valli. Se prendeva ad esempio in mano la Sicilia, restava senza fiato nell'ammirare quanto fosse enorme e smisurato rispetto a tutto il resto il cono dell'Etna che sporgeva da quell'irreale triangolo verde e marrone circondato dall'azzurro; e dopo averlo tastato per bene, attraversava lo Stretto e il mar Tirreno col dito indice e il medio, a passetti, camminando sull'acqua per approdare ai vulcani più piccoli ma ancora più aguzzi delle Eolie. Provava un brivido toccando quelle isolette pronte a esplodere. Attraverso il tatto, ne aveva imparato i nomi, e così quelli delle montagne e dei fiumi di ogni regione poteva recitarli in ordine, dal nord al sud dello Stivale. Giorgio un po' a malincuore gli aveva regalato l'intera collezione, forse perché sicuro che i genitori gliel'avrebbe nel caso ricomprata, o perché sotto sotto non gli interessavano più, quelle cartine, oppure per autentica generosità. Voleva bene a Nanni, quel ragazzino volenteroso e ostinato, era suo amico, un vero amico, per quello che significa l'amicizia a dodici anni, cioè tutto, o forse niente. Ma un niente comunque violento e rapinoso, ancora meno spiegabile dell'amore, che di fatto prepara e anticipa, e di cui però può essere persino più intenso.

Nanni per esempio era geloso di Giorgio in modo spasmodico, non sopportava che lui potesse rivolgere la sua attenzione o addirittura concedere la sua amicizia a qualcun altro, specie se erano femmine, si rabbuiava subito e non pronunciava più una parola quando Giorgio osava rivolgerla a qualche compagna. Se poi insisteva a presentargliela col nome e cognome, Nanni arrossiva violentemente e volgeva altrove lo sguardo, mostrando un imbarazzo che poteva essere scambiato per maleducazione o superbia. Che antipatico! pensavano di lui, chi si crede di essere?, ma per Nanni era una tortura condividere Giorgio con altre persone, si sentiva subito ignorato, dimenticato, pensava all'improvviso di non contare nulla non solo per Giorgio, per nessuno.

Dunque il dono delle cartine tridimensionali da parte di Giorgio Olivetti non era stato da lui ricevuto come un gesto cameratesco, bensì come un privilegio assoluto, una scelta di campo fondamentale, che eleggendo lui come destinatario escludeva tutti gli altri, faceva il vuoto intorno alla coppia di amici, sigillandola contro le interferenze esterne. Le uniche che Nanni tollerava o piuttosto a cui sarebbe stato impossibile opporre resistenza erano quelle della madre di Giorgio, Elvira Olivetti, una signora capricciosa e raffinata, dai gesti imperiosi, il cui tipo umano Nanni avrebbe anni dopo incontrato di nuovo mettendo su famiglia con Costanza e diventando così il genero (si fa per dire) di Giulia Mesones. Le due donne, Elvira e Giulia, si somigliavano almeno in una cosa, nel potente slancio che avevano nel voler decidere il destino altrui, in modo il quanto più possibile arbitrario, e così potersi disinteressare del proprio. L'esercizio di quell'influenza irresistibile rendeva dipendenti gli altri e di conseguenza libere loro. Giorgio, di natura obbediente, l'aveva subita cedendo senza fiatare la sua collezione di cartine geografiche a Nanni, e Nanni accettandola: l'opera meritoria si era così compiuta secondo il disegno campato in aria di Elvira Olivetti, basato sulla convinzione che Nanni avesse uno speciale bisogno di essere aiutato, compreso, amato (il che era vero), ma non perché di affetto e considerazione non ne ricevesse abbastanza a casa sua, ma perché in realtà nessuno al mondo ne riceve mai abbastanza. Mossa dalle premesse sbagliate Elvira aveva ottenuto un risultato giusto: regalando a Nanni le cartine dello Stivale, Giorgio si era sentito infatti un ragazzino migliore, più gentile e altruista, capace di privarsi di un bene prezioso senza rimpiangerlo, e Nanni accettandolo si era impadronito non di un oggetto bensì di una parte del suo amico, forse del suo stesso cuore.

Per molti anni a venire attraversando vari cambi di residenza Nanni era riuscito miracolosamente a conservare quasi intatti i plastici con le regioni dello Stivale, ereditati da Giorgio Olivetti, che erano piuttosto fragili: a ogni trasloco se li portava dietro impacchettandoli con fogli di giornale tra l'uno e l'altro, o paglia, come si fa con le statuine del presepe. Erano l'unico cimelio della sua infanzia, non aveva conservato né foto o cartoline o quaderni, né quelle medagliette di stagno dorato che ti danno come premio nei tornei sportivi, quando li hai vinti o per consolazione, il che è uguale poiché non valgono nulla. La plastica di cui era fatto il sottilissimo stampo delle mappe si era irrigidita e in alcuni punti crepata, il colore sulle creste delle montagne grattato via, e una mezza dozzina di regioni si erano perdute chissà dove: per esempio la Sardegna, il Friuli-Venezia Giulia, le oblique Puglie.

Pur non sapendo mai dove riporle, le benedette cartine geografiche di suo marito, Costanza era stata paziente con questa piccola, in fondo soave mania di Nanni, che un po' la commuoveva un po' la irritava, e con la dichiarazione più volte reiterata che lui intendesse conservarle «per le sue figlie», a cui però nel frattempo si guardava bene di darle perché sicuramente, maneggiandole, le avrebbero rovinate. E poi, che gioco ci si poteva fare, di preciso, con quei plastici? Oppure servivano non per giocarci ma allo studio: però, in questo caso, non erano un po' antiquate? C'era davvero bisogno di imparare a memoria tutti i passi dell'Appennino tosco-emiliano o gli affluenti di destra e di sinistra del Po, come si faceva una volta? E quale età si poteva immaginare fosse quella giusta per consegnarle alle bambine? In attesa che fossero abbastanza grandi per, diciamo così, ammirarle senza distruggerle – un momento che però di fatto non sarebbe arrivato mai, dato che tra Maria e Agnese, la prima e l'ultima, passavano sei anni, e quando la più piccola sarebbe stata in grado di apprezzarne le attrattive alla maggiore non gliene sarebbe più fregato nulla di quei pezzi di plastica scoloriti – Costanza le aveva riposte nella cantina che a rigore non era sua ma apparteneva a sua madre (come del resto ogni spazio o mattone delle abitazioni confinanti dove risiedevano madre e figlia), in un angoletto che la padrona di casa aveva riservato alla famiglia Zingone-Mesones. Vi erano accatastati piuttosto in disordine i sottoprodotti della vita di una coppia che ha tre bambine: tra cui custodie varie, giocattoli impolverati, astucci, un vecchio impianto stereofonico, faldoni di documenti, un paio di piccole biciclette scassate da aggiustare o buttare, le doghe di un lettino smontato, valigie e valigette piene di non si sa cosa, probabilmente biancheria e abiti smessi, di incerta destinazione, guanti da moto con ciuffi di imbottitura che sbucavano sulla punta delle dita. Penzolante da un gancio sul soffitto c'era anche un pesante lampadario a gocce piovuto da chissà quale salotto di prozia defunta che Costanza si era rifiutata di appendere in casa sua, e Nanni di gettare. Raggiunto un certo limite di caos e accumulo, lei, insofferente, propendeva per il repulisti, ma lui sempre si era opposto, nel suo modo tortuoso, possibilista, avanzando dubbi presenti ed eventualità future, per posporre ogni decisione nel timore che fosse irreversibile. Eppure non era affatto legato agli oggetti del passato, solo se ne riproponeva il riutilizzo, «Potrebbe sempre servire a qualcuno» diceva, «chi lo sa?».

Per distinguerla dalle altre, sopra la scatola contenente le mappe in rilievo, Nanni aveva scritto col pennarello rosso STIVALE, a lettere cubitali, cioè il nomignolo che stiamo usando in questo libro, poiché è proprio da lui che l'abbiamo preso in prestito.

Tutta la sua compressa e ulcerata sensibilità (verso la bellezza e il suo essere costitutivamente fragile, le sue tre figlie e la moglie amate in modo nevrotico, la lirica, l'arte, la patria, la lingua in cui ci esprimiamo, il trascorrere del tempo, l'immaginazione fantastica, l'amore inespresso e quello manifesto) stava iscritta nelle sette lettere a stampatello di quel soprannome giocoso. Pur avendo l'incarico di professore di liceo, con la cattedra e tutto, Nanni continuava a essere l'eterno studente che sta imparando a memoria la sua lezione, se la ripete e la ripassa come una cantilena.

Dunque per lui fu un vero colpo, un colpo basso, quando un certo giorno, tornando a casa da scuola e passando davanti all'ingresso della cantina, che aveva la porta aperta, si accorse che qualcosa era cambiato. Accese le luci al neon, che tremolando rivelarono come l'angolo riservato alla sua famigliola fosse stato sgomberato. Le scaffalature che prima ospitavano gli scarti della vita quotidiana erano semivuote, rimanevano solo l'inutile stereo privo della rotella del volume e un telefono col disco per comporre i numeri, come se chi aveva svuotato la cantina annettesse una qualche importanza a quegli apparecchi tecnologici antiquati, contrariamente al resto che aveva considerato robaccia. Anche gli altri tre quarti di cantina occupati da Giulia Mesones perlopiù con mobili tarlati, appariva vuoto.

Non c'era nemmeno da chiedere spiegazioni, Nanni capì al volo che senza consultare nessuno (tipica manovra di sua suocera), lei aveva affidato a qualcuno il compito di buttar via l'ammasso disordinato che intasava la cantina. Lo aveva fatto da un giorno all'altro, in seguito a uno scatto di impazienza per aver notato il disordine che regnava in quel seminterrato, dove, peraltro, non metteva quasi mai piede; ma sì, forse essendo la domenica sera sola in casa ci era scesa per cercare una bottiglia di vino, di quelle di marca che però si adulterano se lasciate troppo a lungo a invecchiare. Ma Giulia Mesones non capiva nulla di vino e se lo beveva lo stesso inacidito.

Bene, amen, si disse Nanni, ma all'improvviso un sordo furore gli compresse il petto e gonfiò di pianto gli occhi. A scuoterlo così era un profondo senso di ingiustizia e di fatalità, come se la perdita di quelle cartine plasticate fosse il compimento di una storia, un taglio netto che attraversava la sua vita, e da quell'istante tutto ciò che era accaduto durante la sua infanzia divenisse sul serio irrecuperabile, e Giorgio Olivetti, che Nanni non rivedeva da almeno quindici anni e a cui non pensava praticamente mai, fosse morto quel giorno, com'era morta e sepolta la loro amicizia che pure era stata così viva e accesa, e in cui Nanni ragazzino aveva creduto assai più di quanto credesse in se stesso. Del resto, se quello era accaduto, voleva dire che era inevitabile che accadesse, no? La fatalità cancella l'ingiustizia o piuttosto la legittima. E quanto, in fin dei conti, potevano durare ancora le cartine superstiti, inutilizzate, prima di finire nel cassone dell'immondizia? Quanto può resistere un'amicizia nata alle scuole medie tra ragazzi di diversa estrazione sociale, e che presto prenderanno strade divergenti, anzi che non si sono accorti di essersi già incamminati per quelle strade e di allungare le braccia e tendersi disperatamente la mano per restare uniti un altro po' prima che la distanza aumenti ancora e li separi? Non è una legge questa, non esistono regole sociali che l'amicizia e l'amore non possano infrangere, certo, purché si sia pronti ad affrontarne e sopportarne le conseguenze: ma il più delle volte la sentenza viene eseguita gradualmente, e senza che nessuno la imponga e la faccia rispettare, il legame si sfibra da solo, si prosciuga, finché ne resta poco o nulla, una rete incenerita che dal suo labile disegno per terra lascia immaginare quanto dovesse essere robusta, prima che un soffio di vento la disperda.

Il groppo nella gola di Nanni cominciò a sciogliersi poco alla volta, con una piacevole progressiva diluizione della rabbia e del rimpianto, quando egli comprese che la definitiva sparizione dei suoi ricordi d'infanzia legati a Olivetti e alla vita che aveva condotto da ragazzino ora si sarebbe replicata, con un processo pressoché identico, nelle sue figlie, in particolare nella più grande Maria, poiché anche lei avrebbe amato e desiderato di essere amata, e sofferto e infine scordato le persone oggetto del suo esacerbato amore e del suo inesauribile desiderio. Legami simili a quello tra Olivetti e Zingone si sarebbero infinite volte allacciati e poi sfilacciati e dissolti senza un diretto responsabile, in modo spontaneo, alla maniera delle piante che spuntano e crescono e fioriscono, e quindi muoiono alla fine del loro ciclo. Giulia Mesones, brutalmente e saggiamente, facendo sgomberare la cantina dalle cianfrusaglie che la ingombravano non aveva fatto altro che rendere ufficiale un fatto oramai assodato – in altre parole, aveva permesso il ritorno alla realtà. Il passato era morto, e Giulia l'aveva seppellito: un atto civile e pietoso, dunque, non una crudeltà gratuita.

Ma la storia delle cartine purtroppo non termina qui: perché giusto un paio di mesi dopo la loro scomparsa in seguito allo sgombero della cantina, Nanni venne a sapere da conoscenti che Giorgio Olivetti, il suo compagno delle scuole medie, era morto, durante un'immersione con le bombole. Il suo corpo era rimasto incastrato tra le rocce a circa sei metri di profondità, la sagola gli si era attorcigliata intorno a un piede trattenendolo all'imboccatura di una grotta dove, presumibilmente, si stava infilando per inseguire un pesce con la fiocina. Lasciava due figli avuti in giovanissima età.

Nanni non volle sapere il giorno esatto della sua morte, temendo fosse lo stesso in cui il prezioso regalo che il defunto gli aveva fatto quasi vent'anni prima era finito nel cassone dell'immondizia: una coincidenza simile non l'avrebbe sopportata. Il suo turbamento fu profondo e durò una mezza giornata, o forse una giornata intera, dopodiché il ricordo di Giorgio ragazzino, la sensazione ancora viva di sfiorare le dorsali montuose e i piccoli crateri dei laghi vulcanici, passandoci sopra e ripassandoci la punta delle dita, le caritatevoli merende offerte dalla signora Olivetti, l'astio nei confronti di chiunque facesse amicizia con suo figlio insieme all'immagine della loro scialba classe dalle vetrate sporche di pioggia si dileguarono dalla sua mente, per non tornare mai più.

2.

Per amore di precisione, va detto che Nanni e Costanza non si sono mai sposati, né in chiesa né in municipio, perciò legalmente non potrebbero definirsi marito e moglie, e del resto nei primi anni della loro unione, anche quando gli erano già nate due figlie su tre, o forse tutt'e tre, evitavano di parlare l'uno dell'altro usando il fatidico «mia moglie» o il persino più stucchevole «mio marito»: antipatico suonava alle loro orecchie non tanto il sostantivo, quanto il possessivo che lo precedeva. Mio, mia, vocaboli odiosi. Col passare del tempo però divenne faticoso e un po' goffo adoperare i termini alternativi, succedanei della parola coniuge, per primo quel «compagno» o «compagna» dal suono cameratesco e inconfondibilmente politico (di compagni e compagne non ce n'era uno o una, ce n'erano a milioni, allora), o peggio qualche farraginosa circonlocuzione, specie quando bisognava andare per le spicce trattando con degli estranei, in brevi e neutre comunicazioni del tipo di: «Buongiorno, dovrei ritirare le medicine che stamattina ha ordinato per telefono mia… mia…», e qui seguiva la solita incertezza, oppure: «Vorrei sapere che documenti servono per rinnovare il passaporto mio e quello di… di…», e così via. Sembra che la nostra lingua non offra grandi soluzioni per le relazioni stabili ma non sancite dal matrimonio, o almeno andava così all'epoca in cui si svolge questa storia, ed era anche la prima ragione per cui un sacco di gente si sposava, diciamo così, «per far prima», scegliendo una specie di corsia preferenziale, di semplificazione pragmatica, il che è comune a molte delle usanze che si immaginano leggi inderogabili e invece sono solo consuetudini, a cui si aderisce per praticità più che per convinzione. Fieramente Costanza e Nanni vi si erano sottratti, ma ora altrettanto fieramente erano stufi di dover sempre spiegare, specificare, distinguersi, come se la loro fosse una specie di militanza contro l'istituto tradizionale della famiglia, e invece non lo era. In realtà, a entrambi, della famiglia in quanto elemento fondativo della società non importava un granché, e questo era abbastanza singolare in un Paese in cui, ancora oggi, la famiglia è tutto, è l'orizzonte di qualsiasi pensiero e discorso, persino quelli che detestano la famiglia tradizionale non vedono l'ora di formarne una non-tradizionale, e chiamarla comunque «famiglia», dove ogni posto di lavoro è «una grande famiglia», dove ai ristoranti si mangia bene «come in famiglia», dove i partiti politici, le alleanze industriali, le imprese economiche, i movimenti artistici, le squadre di calcio e basket, i gruppi religiosi e le organizzazioni criminali sono famiglie di vario ordine di grandezza, e se non legate dal sangue, prendono la famiglia come modello, replicandone ruoli e rapporti di parentela. Dato che, senza famiglia, senza appartenere a una famiglia di un tipo o di un altro, c'è poco da fare, nello Stivale non si sopravvive, si soccombe.

A muovere Costanza e Nanni nel formarne una erano state forze non controllabili da chi ne era agito: innanzitutto l'amore tra loro due, potente quanto privo di giustificazioni e di affinità, poi l'istinto sessuale indisciplinato, poi il puro caso, quindi un certo fatalismo che animava entrambi anche se in modo diverso: Costanza si disinteressava del futuro, Nanni del passato, dunque la prima non aveva progetti, il secondo non aveva modelli.

E così, ridendo e scherzando, si erano ritrovati in capo a qualche anno a fare una vita che combaciava perfettamente a uno schema tradizionale, anzi, tradizionalissimo: una casa con giardino, la mamma di lei che abitava lì accanto, un'automobile vecchiotta e però funzionante, lui che lavorava e lei no (se non si contano certe occupazioni saltuarie) per badare alle bambine, e una ragazza alla pari ad aiutarli. Il che era al tempo stesso abbastanza rivoluzionario visto che quasi nessun loro coetaneo faceva lo stesso, e si era inaugurata l'epoca dei figli unici e tardivi.

All'interno della loro coppia, che all'inizio si reggeva solo sull'attrazione, l'organismo chiamato famiglia aveva attecchito e si era sviluppato spontaneamente, pervicace, bello rigoglioso, come le erbe di campo, come tutte le cose che non hanno un perché.

3.

Che però qualcosa non andasse per il verso giusto non ci voleva uno psicologo per capirlo, e nemmeno uno di quegli amici occhiuti che scrutano nelle coppie i segnali di crisi, e ne fanno materia di dibattito a cena fuori. Troppe le ragioni avverse perché la forza indubitabile della mancanza di ragioni (cioè l'elemento cieco, viscerale, che spinge due persone una verso l'altra) continuasse a tenerli insieme, appaiati, per così dire, a occhi chiusi: quello che comunemente si definisce «andare avanti» – verso dove, poco importa. Dei due, era piuttosto Nanni a non porsi troppe domande in proposito: accettava lo stato delle cose che gli sembrava una benedizione, una moglie che tuttora amava, tre fantastiche bambine, rari i bisogni materiali che non riuscissero a soddisfare in modo perlomeno dignitoso. Malgrado i soldi fossero pochi, bastavano; Costanza aveva le spalle protette da una madre facoltosa anche se tirchia; la casa non dovevano pagarla; lui un lavoro ce l'aveva e incredibilmente gli piaceva; ogni tanto si ritrovavano persino a fare l'amore, non con lo stesso slancio dei primi tempi, è chiaro, ma con un discreto trasporto, più di lui che di lei – o meglio, quando cominciavano su iniziativa quasi esclusiva di Nanni, sembrava che in Costanza, sulle prime riluttante, se non addirittura stizzita, riaffiorasse di colpo l'ardore selvaggio della ragazza di un tempo, come se i baci e le effusioni e le spinte di Nanni che le era montato sopra riattivassero sulla superficie del suo corpo la memoria involontaria di com'era a ventitré o ventiquattro anni, e diventava focosa, gemeva forte, sussultava dal piacere, per tornare mezz'ora dopo, esausta e come pentita, alla consueta indifferenza.

A lei questo ménage non piaceva più, non bastava più.

Da quando se ne era resa conto, aveva cominciato a tenere un diario. Sperava le servisse a capire meglio cosa le stava succedendo. Non ne aveva mai avuto uno, nemmeno quando era una ragazzina, e fino a quel momento l'avrebbe giudicata uno sfizio intellettuale, o roba da donnette, una perdita di tempo (e il tempo era sempre così scarso), o in ogni caso un gesto un po' maniacale. Più o meno come parlare da soli. E io non sono sola, ragionava, anche se spesso ho la sensazione di esserlo. Cosa ci sarà mai da dire o da pensare che non si sia già detto o pensato durante la giornata? Oltretutto faticava a trovare nella sua vita quotidiana cose davvero meritevoli di essere raccontate, anche solo a se stessa. Avventure, fatti salienti, cambiamenti radicali, ce n'erano pochi, e il resto era la ripetizione di quanto già accaduto. Proprio per questo, quando diventò un'abitudine scrivere il diario, non rileggeva mai quanto aveva buttato giù il giorno prima, o la settimana o il mese prima: aveva paura di annoiarsi. Di trovare nelle pagine la medesima piattezza che aveva vissuto durante la giornata. Se qualcosa doveva scattare in lei, era soltanto durante la scrittura, nei pochi minuti in cui le era permesso di restare sola, rannicchiata sul letto, col diario sulle ginocchia raccolte fin quasi al mento, come se fosse affetta da una grave miopia, in realtà per poter chiudere e mettere via alla svelta il quaderno su cui aveva allineato dieci righe di scrittura tondeggiante se per caso qualcuno la chiamava fuori dalla porta («Mamma! Mammaaa! Dove sei?») o peggio ancora se la spalancava di colpo, come Caterina faceva con la sua solita irruenza. Chissà perché sentiva di doverlo nascondere, quel diario, persino alle bambine, come si nasconde una malefatta; in fondo solo Maria sarebbe stata in grado di leggerlo, ma mai e poi mai si sarebbe sognata di frugare tra le sue cose. E Nanni tantomeno: lui addirittura bussava prima di entrare in quella che a tutti gli effetti era anche camera sua, a piccoli colpetti di avviso, come fanno gli inservienti in albergo per assicurarsi di non disturbare. Paradossalmente, l'unica che Costanza avrebbe avuto quasi piacere che le carpisse di nascosto i suoi segreti, per quanto di scarso interesse, era Flemish, la ragazza alla pari; siccome non le riusciva di avere una sincera confidenza con lei (l'olandese, ventun anni, equidistante dagli adulti e dalle bambine di casa Zingone, era comunque troppo giovane per poterla trattare come una coetanea e troppo cresciuta per associarla alle figlie, che peraltro le venivano affidate), immaginava che sbirciando nel suo diario Flemish si avvicinasse a lei in quanto donna, le diventasse amica, e potesse comprendere meglio di chiunque altro le sue incertezze e inquietudini, che per certi versi corrispondevano a quelle della tarda adolescenza, quando ci si illude di avere alla propria portata le grandi scoperte della vita di cui tutto si ignora e tutto si immagina. Appunto per questo, quando in casa non c'erano altri che lei e la ragazza, Costanza aveva qualche volta lasciato il quaderno intimo aperto sul letto, e poi, frettolosamente, aveva chiesto a Flemish se per favore andava a spalancare le finestre e far prendere aria in camera sua, che lei doveva uscire di corsa per una commissione, affinché la ragazza rimasta sola in casa avesse modo di notare il diario e incuriosirsene, e il tempo materiale per sfogliarlo. Una strategia tortuosa, che dimostrava solo una volta di più come Costanza si sentisse isolata, isolata all'interno della sua stessa famiglia, isolata dalle altre Mesones, e dagli amici, e dal resto del mondo; e cercasse attraverso quel tortuoso sotterfugio di guadagnarsi la comprensione e la simpatia di una ragazza straniera che a stento parlava la nostra lingua.

Ma cosa c'era di compromettente in quel diario? Poco, o forse nulla, o forse moltissimo, a seconda di chi ne fosse il lettore. Forse l'elemento più imbarazzante era una certa puerilità.

Non resta che darne, di seguito, qualche estratto.

4.

*Qui tutto sta precipitando. Ma perché, cosa succede? Niente, non succede niente e appunto è questa la catastrofe. Ci siamo avvitati io e Nanni, e precipitiamo. Precipitiamo stando fermi. Solo le bambine si muovono perché intanto crescono, cambiano, ma questa è diventata una scusa per nascondere il resto. Occuparci di loro ci permette di tirare il fiato e di non guardarci in faccia, tanto, abbiamo ancora parecchi anni davanti a noi prima che siano grandi, e nel frattempo continueremo a badare a loro per non badare a noi stessi. L'impegno e la fatica ci proteggono dalle domande indiscrete su noi stessi. Sono così stanca la sera quando vado a letto da non prendere in considerazione altro che il programma del giorno dopo. In mezzo ci sarà la notte, cioè l'intervallo tra le cose fatte e le cose da fare, una notte, poi verrà un giorno e poi un'altra notte, ma appartiene alla routine anche la notte, con i risvegli, i pianti, io che vorrei solo dormire. Dormire e basta. Non vorrei nemmeno sognare, sarebbe faticoso. Una specie di lavoro anche quello. E infatti non sogno mai. Lo faccio di giorno, a occhi aperti. Oggi sono rimasta un quarto d'ora fuori dal cancello, seduta in macchina, senza decidermi ad aprire ed entrare. Avevo la radio accesa, c'era un quartetto d'archi, volevo sapere di chi fosse, aspettavo che lo dicessero alla fine. Pioveva forte. Non si vedeva niente fuori dal vetro. Pensavo a tante cose, a quanto la mia anima sia grande e la mia vita, in fondo, piccola, limitata. Ci sarebbe spazio nella mia anima per farci entrare molte più cose, e molte più persone, molto più amore di quello che ho dato e ricevuto, e anche avventura. Mentre guardavo la pioggia sul vetro e intanto ascoltavo la musica, ho immaginato di visitare luoghi dove non andrò mai, la Birmania, o la Nuova Zelanda, o il Perù o l'Islanda, e anche Paesi che non esistono. C'erano scogliere e mare in tempesta, templi con torrette appuntite e spianate di licheni in quelle mie fantasie, io ero sola, camminavo per i sentieri deserti da sola, oppure accompagnata da uomini diversi, attraenti ma volgari come quelli che si vedono nelle riviste dal parrucchiere, muscolosi, con ciuffi di capelli sulla fronte, inespressivi. Eppure fare l'amore con loro mi piaceva, non m'importava che fossero stupidi, anzi, aumentava il mio godimento nell'essere stretta tra le loro braccia scolpite in palestra, sdraiata nell'erba. Forse perché anch'io sono volgare, in fondo, voglio quello che vogliono tutti, essere desiderata.*

*La mia inquietudine non trova mai pace e certo Nanni non può darmi quella pace, anche perché non la vorrei, e non la vorrei da lui, da lui vorrei passione, invenzione, vorrei cose imprevedibili, vorrei che mi facesse ridere, e poter ridere insieme a lui e dimenticarmi di ogni cosa, e invece Nanni è serio, cupo, malinconico, e mi guarda sempre come se avesse un peso sul cuore, un bisogno romantico da esprimere. Quello che un tempo mi affascinava in lui, mi irrita. A dire il vero, non mi interessava sapere se quel quartetto fosse di Beethoven o di qualcun altro, lo trovavo così emozionante, così doloroso, e non riuscivo a staccarmene. Mi chiedo spesso se io sia capace di avere dei sentimenti veri, dei sentimenti intimi, che siano solo miei. Mi viene il dubbio che tutto quello che provo venga dall'esterno. Come frecce che mi trafiggono. Il dolore pungente che provavo ascoltando quel pezzo di musica alla radio non era mio. Lo prendevo in prestito per sentirmi viva. Forse un'anima io non la possiedo affatto, forse non ce l'ha nessuno, un'anima, io di sicuro no. Invece che dare un senso alla vita, io glielo levo in tutto quello che faccio. Le mie giornate sono catene di gesti che mi sono abituata a compiere per non dover pensare ad altro che a compierle. Sono cattiva con gli altri, gli lascio capire quanto mi sono estranei, che non ho bisogno di loro, e se ho dei rapporti è solo perché devo averli, ma potrei benissimo farne a meno. Sono stanca di cercare un senso in quello che faccio, non ce l'ha e basta, e continuo solamente perché non ho il coraggio di smettere, non sono abbastanza cattiva per abbandonare le mie bambine e Nanni, per non par-*

*lare di mia madre, anche se penso ogni mattina e ogni sera di farlo. Per andare dove?*

*Ovunque, purché fuori da questo mondo, fuori dalla mia vita attuale. Perché la mia cattiveria è un po' vigliacca, non sa decidersi, la mia ribellione si limita ai sogni a occhi aperti. Per troppo tempo mi sono occupata quasi esclusivamente delle bambine e ora fatico non poco a occuparmi di me stessa. Devo forzarmi come se mi sottoponessi a una cura prescritta da un dottore. Forse scrivo il diario per non lasciare nulla di intentato, come si fa con le malattie che non guariscono, dai, proviamo anche questo rimedio, non si sa mai, anche se scuotendomi e scrollandomi per liberarmi da una prigionia finisco per precipitare dritta in un'altra: e la prigione si fa più stretta se oltre ad abitarla mi tocca sorvegliarla. Dovrei provare a essere davvero sincera, mentre scrivo, ma cosa significa la sincerità, con me stessa o con gli altri? Con chi mi mette in relazione la sincerità? O è un dovere verso me stessa? Se si tratta solo di quest'ultima cosa, be', ci rinuncio in partenza, posso continuare a raccontare mezze bugie e a illudermi, senza che questo faccia del male a nessuno oltre che a me.*

*Ho ripensato alle fantasie in cui mi vedevo, come protagonista indiscussa, a far l'amore con uomini diversi in paesaggi esotici o lunari, e le ho trovate sciocche, al limite della banalità, però sincere, al punto che mi sono un po' commossa perché in quelle scene ero sul serio io, ero indifesa ma potente, e mi dava gioia pensare che mi bastava stare lì nuda perché quell'amore fosse possibile, ed era possibile solo perché io lo desideravo, pensare che quei corpi fossero alla mia portata e anche il mio lo fosse. Se allungavo le mani potevo toccarlo e sentirlo, il mio corpo, ed era bello occupare le sue forme, abbracciarmi, amarmi, come non sono quasi mai riuscita a fare nella realtà. Nemmeno quando ero incinta mi sono sentita padrona di me stessa, anzi, ospitare un altro corpo in formazione voleva dire essere sloggiata dal mio. Com'è possibile che siano vivi due corpi contemporaneamente in uno solo? Non lo so, e non pretendo di costruire teorie che sforzano la verità affinché ci rientri a tutti i costi. La-*

*scio volentieri a Nanni questa pratica. E credo che anche Maria ci si sia appassionata, dato che ha preso da suo padre, e infatti di questo soffre come ne soffre lui: dell'insoddisfazione di veder crollare ogni volta il castello di carte che aveva richiesto tanta pazienza per essere tirato su. Ma invece di smettere, ogni volta ricominciano daccapo, una carta sull'altra, con in testa qualche progetto ambizioso. Oggi la vedevo mentre studiava, Maria, china sul tavolo della cucina, ed era contenta di farlo, il che per un momento mi è sembrato mostruoso, quella serietà, quella applicazione, cioè, una cosa lodevole ma un po' repellente, innaturale. Sono una madre cattiva se penso questo di una figlia studiosa? Sono una pessima moglie se mi annoia avere un marito intelligente? Malgrado sapessi che poteva benissimo fare da sola, ho chiesto a Maria se le serviva un aiuto, lei ha alzato per un istante gli occhi dal quaderno dove stava ricopiando qualche tabella, e mi ha chiesto stupita: «A fare cosa?», come se l'idea di ricevere un mio aiuto nello svolgere quello che era semplicemente il suo dovere fosse impensabile, e io volessi rompere una tavola della legge, così, per un mio capriccio. Forse ha pensato che ero diventata matta, da come mi ha guardato, e io ho visto nel suo viso gli stessi occhi pietosi di Nanni quando mi osserva con gentile commiserazione verso la fine dei nostri diverbi, perché è inutile discutere con una come me, fiato sprecato.*

5.

*Oggi sento tornare un po' di forze e di curiosità. Forse riuscirò a scoprire qualcosa di nuovo che mi aspetta. Io sinceramente non aspetto niente e nessuno, mi riesce difficile immaginare dove potrei mai incontrarlo, questo imprevedibile signor nessuno. Al mercato mentre faccio la spesa? Alla solita serata con gli amici? Ora capisco perché tanti amori sbocciano sul posto di lavoro, e se non è amore, almeno sarà qualche scintilla di curiosità. Oltre che per lo stipendio, la gente lavora per incontrare qualcuno, in ufficio, a scuola, in ospedale, e così nascono i rapporti. Non basta il telefono a uscire dall'isolamento.*

*Certe volte, la mattina, quando le bambine non ci sono e anche Nanni è via, percorro la nostra casa avanti e indietro, stanza dopo stanza, e intanto penso se era questo che volevo, se era esattamente questo, una casa, un uomo, figli, la vita tra la città e la campagna. Forse sì, era questo, così la mia immaginazione può riposarsi e il disincanto fa meno soffrire. Ripeto il giro anche cinque e sei volte, e completo l'esplorazione uscendo in giardino. Tutto è abbastanza in ordine, sotto controllo. L'erba l'ho già tagliata. Passando in corridoio, guardo sugli scaffali in basso della libreria, i testi universitari dei pochi esami che ho dato: dalle pagine sbucano i foglietti con gli appunti, dovrei dargli una spolverata, lo dico sempre ma non lo faccio. Potrei provare a riaprirli, chissà. E poi una quantità di manuali di psicologia, strano, dato che non provo un particolare slancio ad affrontare i problemi personali né un autentico interesse verso chi ne è portatore. La mente umana mi appare come un labirinto in cui avrei paura a entrare, nella mia mente, voglio dire, prima che in quella degli altri. Mi vergogno un po' ad ammettere che preferisco di gran lunga l'ignoranza alla conoscenza, e alle sue rivelazioni dolorose, che qualcuno invece ritiene siano necessarie. Se guardo in me stessa vedo un abisso e io che sono sull'orlo di quell'abisso, sul punto di caderci dentro. Allora faccio un passo indietro e smetto di guardare. Così mi salvo. Eppure è questo il modo in cui mi sono allontanata sempre di più dalla vita e dal suo senso, a forza di semplificare, di semplificare, di annullare il mio cuore e la mia mente, come se volessi addormentarmi e scordarmi di tutto.*

*Forse è per questo che ho lasciato l'università: non perché ero incinta di Maria, e sembrava bastasse quello ad impegnarmi, ma perché lo studio mi costringeva a misurarmi con le mie effettive capacità, a capire quali fossero i miei veri interessi, insomma, a scegliere una strada. La bambina in arrivo mi ha sollevato da queste esigenze, riempiendomi di altre, che però, anche se pesanti, erano più facili da individuare e al limite anche da soddisfare. Quando hai un figlio piccolo sai cosa devi fare, e lo fai. Se si sporca, lo pulisci. Se ha fame, lo nutri. Solo adesso, passato del tempo, me ne rendo conto: dovendo pensare alle bambine mi sono liberata dall'incubo di pensare a me e di capire chi sono davvero, cosa volevo, dove stavo andando. Hanno occupato per parecchi anni quell'abisso in cui temevo di cadere. Badare a loro portava via quasi tutte le forze e a fine giornata non ne erano rimaste abbastanza per tormentarsi. Per immaginare alternative e angosciarsi se non si realizzano ci vuole energia e io non ce l'avevo, e dunque potrei persino dire di essere stata, per qualche anno, felice, o almeno placida, pacificata: come una pecora che bruca, un animale al pascolo che non ha in testa niente di diverso. Non avendo altri obiettivi non li ho nemmeno falliti.*

*Nanni è convinto che fosse esattamente questo che io desideravo: una casa, dei figli, visto che sono io ad averle volute queste cose, forse ad avergliele persino imposte, in un certo senso, ma non è affatto così, e lui in fondo lo sa, lo sa che io non sono per niente una persona costruttiva, una persona positiva, anzi, ho il cuore pieno di sogni che mi fanno tremare e quasi piangere dalla rabbia, sogni tremendi e bellissimi, dove va in pezzi tutto, va a fuoco la casa, crolla il matrimonio, le figlie scappano, io scappo da loro, e che la mia massima felicità consiste nel distruggere, perché sarebbe questa la mia natura, la mia vera indole, se solo trovassi la forza di assecondarla. Distruggere. Fuggire. Liberarmi da un peso. Dissipare in un momento quello che c'è voluto un sacco di tempo per mettere insieme. Come fa il fuoco. La colpa è mia, devo avergli dato motivo di credere che io fossi, come si diceva una volta, una «ragazza all'antica», che io fossi attaccata a quell'ideale da cui oggi scappano tutti a gambe levate: la famiglia. E infatti tra i nostri amici guarda un po' siamo i soli ad averne formata una. E a Nanni lo chiamano il «ragazzo-padre» per prenderlo un po' in giro ma anche con ammirazione, perché oggi, a mettere su una famiglia ci vuole un bel coraggio, oltre alla voglia, che loro ovviamente non hanno. Nanni, il ragazzo serio, bello e serio e pieno di tante altre qualità. Io invece non sono seria per niente. Ma per oggi basta scrivere scemenze.*

6.

*Sabato. Non ho scritto scemenze. Non sarò la persona più perspicace del mondo ma certe cose le capisco, le capisco perché le sento, come sento di notte un tarlo mentre rosicchia un mobile e perdo la speranza di riaddormentarmi. Ora cerco di pensare ad altro. Penso a chi non c'è più, come ad esempio mio padre, che è morto mentre stavo a scuola, e correvo in cortile a ricreazione. E poi penso a chi deve ancora entrare nella mia vita. Perché la mia vita non può essere finita qui. Il prossimo ottobre compirò trentaquattro anni. Tremo di paura e di curiosità. Voglio esplorare le parti di me che sono rimaste nascoste, se mai ce ne sono, voglio capire veramente di cosa sono capace, se sono veramente capace di qualcosa. In me tutto è rimasto allo stato di embrione, senza svilupparsi, mentre mi accontentavo di vaghe promesse senza lottare affinché venissero mantenute, anzi, gettandole via una dopo l'altra e sostituendole con altre persino più vaghe. Il mio disordine interiore è lo stesso di quando avevo quattordici anni, all'epoca in cui è morto mio padre. Ho gettato sopra quel disordine che non osavo toccare le basi di una vita familiare mia, ma è un azzardo costruire un castello così pesante senza fondamenta. Ed è un miracolo che stia ancora su: lo si deve a Nanni, non certo a me, è lui che sta facendo lo sforzo più grande per tenere avvinte al nucleo le particelle che altrimenti volerebbero via, è lui la forza di gravità, e sembra farlo senza recriminare, come un'autentica missione, come se non avesse altro a cui pensare che la nostra stabilità. Per difenderla credo rinuncerebbe a qualsiasi cosa, forse lo ha già fatto, ma come ho detto senza lamentarsene, mai. Per questo lo ammiro, e lo detesto. Gli sono grata che sopporti così bene le mie inquietudini ma al tempo stesso mi infastidisce quel suo far finta di niente. Passa sopra a ogni problema, è tollerante, imperturbabile. Finge? O forse nemmeno se ne accorge? È possibile vivere accanto a una persona tanto magnanima?*

*Per lui è tutto come il primo giorno. È sempre l'alba tra di noi. Il tempo è fermo, non è passato e non passa. Mi desidera ancora, Nanni. Invece io, quando lui si avvicina, mi tiro indietro. Non è colpa mia se non ne ho voglia. Se ancora un po' lo amo certo non è in quel modo. Avere le bambine ha trasformato il mio corpo ma non solo quello, anche il mio desiderio è cambiato. Prima era profondo, ora è risalito in superficie, prima aspirava all'intensità, ora alla leggerezza. Qualcosa di spensierato, l'esatto opposto del coinvolgimento e della responsabilità, e questo Nanni non è in grado di afferrarlo, perciò glielo tengo ben nascosto, il mio desiderio. Non arriverebbe mai a capirlo. Penserebbe che non lo amo più o che sono depressa e bisognosa di svago, tutte interpretazioni che non lo avvicinano di molto alla verità. La mia vita potrebbe fare a meno di lui? Forse sì. Ogni vita potrebbe essere diversa da come si è svolta o potrebbe cambiare da un momento all'altro. La mia sembra segnata ma forse non lo è. Devo pensare a come deviare il suo corso, ma lo farò domani, oggi non sono in grado di inventare una soluzione che non sia triste, mi vengono in mente solo cose drammatiche e penose, e non è certo a quelle che aspiro. Nessuna violenza, nessuna rottura, nessun dramma, solo un cambiamento di stato. Come un liquido che evapora vorrei che la mia vita attuale svanisse nell'aria.*

*E poi è assurdo che io parli tanto di lui!*

*Evidentemente non è così vero che potrei farne a meno.*

*Devo rendermi più autonoma, da lui, dai legami di sangue, dalle amicizie, anche dalle idee, che in questo periodo non so perché mi sembrano tutte un po' meschine, subdole, degli inganni, e io non accetto più di essere ingannata. Vorrei proteggermi da ogni falsità, a costo di diventare scettica e non fidarmi più di nessuno.*

*Mi chiedo se scrivere sia il modo giusto di esprimermi.*

*Adesso, per esempio, sono chiusa in camera mentre N. di là guarda la tv con Maria dopo aver messo a letto le altre due, che, strano ma vero, non hanno fatto storie per la disparità di trattamento con la sorella e si sono addormentate subito. Ora mi chiedo se abbia senso che io stia qui nascosta a riempire un quaderno. Non dovrei essere anch'io in salotto con loro a guardare un film, oppure, senza dir niente a nessuno, uscire di casa, e andare in un bar a ubriacarmi? Entrambe le alternative hanno un loro perché, mentre tenere questo quaderno sulle gambe e scribacchiarci sopra non ce l'ha, e io non sono in grado di darglielo visto che nemmeno rileggo quello che scrivo, me lo butto alle spalle, senza approfondire nulla. Mi serve solo per andare avanti. Un po' alla cieca. Tra poco chiuderò il quaderno, mi spoglierò, mi laverò la faccia e i denti e mi infilerò nel letto. Mi addormenterò senza più pensieri. Maria la porterà a letto N., ci penserà lui, e penserà anche alle altre fino a domattina, nel caso si sveglino. Ecco, se continuo a scrivere finisce che divento piagnucolosa, mi accorgo di aggiungere ancora una parola o una frase senza altra ragione che la paura di sembrare stupida perché non ho abbastanza cose da dire o non le so dire nel modo giusto. Eppure tutti insistono che io sono intelligente, me lo diceva anche mia mamma, di nascosto, quando ero bambina, «Tu sei quella intelligente tra le mie figlie, bella magari no, però intelligente», e così, invece che un complimento per me, era una malignità verso le mie sorelle. E lo era anche nei miei confronti. E poi c'è un rimprovero sottinteso, in questo riconoscimento, e cioè che finora non l'ho sul serio messa a frutto, la mia intelligenza: se ne sta lì, nuova di zecca, in attesa di essere finalmente impiegata, come un regalo lasciato nella sua scatola per non sciuparlo.*

*Se guardo la mia stanza vi ritrovo uno per uno gli anni che ci ho passato dentro, come i disegni sulle pareti delle caverne. Ma un bel giorno andrebbe ridipinta questa stanza, è ora di fare qualche cambiamento. Lo specchio dell'armadio, le foto appiccicate con la plastilina (una molto bella di N. senza barba e coi capelli lunghi) per coprire il punto in cui l'argento dello specchio si è scrostato, la sua piccola scrivania di quando era ragazzo, casta e disordinata, la stoffa a fiori di seta che serve da testiera al nostro letto, i cinque o sei libri impilati sul mio comodino, troppi perché io li legga davvero, sullo scaffale le conchiglie raccolte sulla spiaggia e un vaso di verbene e un modellino dell'Empire State Building che qualcuno non particolarmente in vena deve avermi regalato per i miei venticinque anni, le sedie dallo schienale di velluto sotto un mucchio di maglioni e pantaloni, le calze appallottolate, i sandali con la suola logora all'esterno, sul comodino di N. un libro di filosofia o di sociologia di cui lui leggerà mezza pagina per riaddormentarsi dopo che Agnese lo avrà svegliato per l'ennesima volta stanotte, urlando per un incubo pieno di mostri, e accanto al libro (Georg Simmel, "Filosofia del denaro", chissà per quale ragione sta leggendo quello invece di un altro... gli interessi di N. sono così misteriosi) la torcia che lui punterà sul libro poggiato in terra in modo da non svegliarmi, con la delicatezza che gli riconosco e che usa sempre nei miei confronti. Saluto uno per uno questi oggetti mentre li nomino. Gli sto dicendo addio. Marita pades kofinas, gli dico, marita pades kofinas de asua. E loro restano fermi, muti. Sono gli emblemi della mia vita, che però non è mia, ma appartiene da sempre a qualcun altro: a mia madre, a N., alle bambine, a mio fratello Milo e a qualche altra persona che non dico.*

*Invece che camminare verso una meta, ho girato in tondo, in questi anni. Forse sono stata ingenua o forse già disincantata. Ero inferiore e superiore a ogni cosa, e dunque spaventata e presuntuosa. Ma non è del tutto spento il mio entusiasmo, il sangue scorre nelle vene e il residuo della mia ingenuità può servirmi a raccogliermi, a prendere uno slancio, quello che mi serve per superare questo periodo. Superare la vita, scavalcarla, andare oltre la vita, ecco cosa vorrei.*

7.

(Come si può notare, si tratta di riflessioni, considerazioni estemporanee, di una specie di bilancio esistenziale, disilluso e al tempo stesso colmo di aspettative, voglia di cambiamento, fantasmi. Nel suo diario, Costanza non indugia quasi mai a fornire il resoconto di quello che le è accaduto nella giornata appena trascorsa, forse perché lo trova poco significativo e quindi inutile produrne una replica a parole, o forse perché, diversamente da chi ci si dedica con regolarità, quasi sempre la sera, come per chiudere i conti, lei scrive perlopiù la mattina, quando sono tutti via di casa, compresa Flemish che è uscita per i fatti suoi. E la mattina è il momento dei propositi, non delle realizzazioni. La mattina si cerca faticosamente di comprendere il senso dei sogni fatti nella notte appena trascorsa e se ne producono di nuovi a occhi aperti, persino più avventurosi e strampalati. La mattina, che tutte le culture celebrano come la fase del giorno in cui si può anzi si deve essere attivi, fattivi, pratici, al contrario, per le persone come Costanza, diviene un tempo di galleggiamento, l'area di incubazione dove si viene visitati da visioni sibilline che condurranno però, di lì a poco, alle decisioni più clamorose.)

8.

*Sì, vorrei essere sul serio coraggiosa, anzi, intrepida, audace. Vorrei riuscire ad amare per libera scelta, invece sono capace solo di un attaccamento morboso, come verso mia madre, che senza il nostro legame di sangue detesterei, dato che si tratta oggettivamente di una persona detestabile, e che invece controvoglia adoro, come un selvaggio adora il suo idolo. Vorrei stare su una terrazza alta sul mare, in una sera umida e ventosa, la burrasca sotto di me, le onde bianche che rom-*

*bano nell'oscurità, a bere in silenzio e lasciarmi schiaffeggiare dallo scirocco, con l'aria piena di sale che mi bagna la faccia e il profumo di gin e limone dal bicchiere, avere tutto, tutta la vita qui presente in un unico momento. Vorrei essere di nuovo giovane e libera e balorda, mentre oramai sono prigioniera e intelligente, chiusa nella mia magica indifferenza come dentro una pellicola che per proteggermi mi allontana dalle cose. Vorrei usare meno parole ma più forti e più lucide, saperle usare in modo definitivo, senza aloni intorno, solo il loro profilo netto e chiaro così che tutti riescano a capirmi, comprese mia madre, le mie sorelle e le mie figlie, e se non capiscono ne siano commosse o spaventate. Marita pades kofinas... de asua: cosa voglia dire non lo so ancora, ma lo ripeterò finché non l'avrò compreso e mi sarò fatta comprendere.*

*Tutto potrebbe cambiare da un momento all'altro, e io sono pronta a trasformarmi in una persona diversa, purché getti in mare senza rimpianti quello che sono stata finora. Se mi ci aggrappo, mi tira a fondo e annego. Il mio passato è pesante come una cassa piena d'oro, devo lasciarlo colare a picco.*

*Ho scritto che non leggerò mai tutti i libri che ho sul comodino, ma non è vero, sono sbadata ma se comincio sono capace di andare avanti e avanti fino a perdermi in quel mare di parole, ne chiudo uno prima di averlo finito e ne riapro un altro lasciato a metà, creando un vortice, non c'è più trama, non c'è più storia, nessuna direzione obbligata, vado avanti, avanti, e poi torno indietro, senza pretendere una soluzione, senza agguantare per forza un obiettivo, il ritmo lento e pigro si fa impetuoso, le onde di parole si accavallano l'una sull'altra. Diventa tutto presente. Accettare, accettare, accettare l'attimo, sarebbe questo il modo diverso di far funzionare la testa.*

*Qualche volta sento una voce strozzata e piena di paura chiamare aiuto, un'implorazione che nessuno ascolta, anzi, di cui nessuno sembra accorgersi: io sono la sola che con l'orecchio teso riesce ad afferrare il suo debole segnale. Dopo un po' mi rendo conto che la voce in lontananza appartiene a me, è la mia, e resto turbata. La cosa più strana è che mi verrebbe di lanciarmi al soccorso di questa povera anima nei guai. Ho interpretato la cosa nel modo seguente: chiunque può recarmi danno, ma solo io sono in grado di salvare me stessa. Non devo pretendere sostegno e protezione da nessuno. Credo che non sia un segno di sfiducia verso gli altri, ma un appello ad avere fiducia in me stessa, nelle mie forze: la mia generosità forse riesce a colmare il vuoto scavato dalla mia disperazione. Se mi dimostro generosa, metterò in salvo me stessa.*

*Me lo diceva mia madre, che fin da piccola io avevo un modo di pensare tutto mio, che ero chiusa, impenetrabile, che le mie sorelle erano chiare e io invece scura, misteriosa, anche N. lo pensa, e sostiene di essersi innamorato di me perché ero «un enigma», deve avermi scritto questo in una lettera, quando ancora ce ne scrivevamo. «Fasciata da un enigma», o qualcosa del genere. Era tanto tempo fa. E lui si era intestardito a scioglierlo, e la sua testardaggine era il suo amore, la sua passione per me, come quella di un bambino che sogna di fare lo scienziato da quando gli hanno regalato un microscopio, e ci tiene un occhio incollato sopra, non lo stacca mai, aspettandosi di fare chissà quale scoperta. Non saprei dire se ce l'abbia ancora, quella smania: a un certo punto uno rinuncia alla pretesa di capire gli altri, visto che non è riuscito nemmeno a capire se stesso. Ma se lui ha smesso di considerarmi un interessante oggetto di indagine, se non ha più tanta voglia di calarsi nel pozzo dove sono caduta, per venire a salvarmi, vuol dire allora che non mi ama più? Ho perso il mio fascino ai suoi occhi? Il fascino del segreto? Non credo.*

*Sono arrivata alla conclusione (penosa o un po' fatalista) che i legami si basino prima di tutto su un'incomprensione, su ciò che ignoriamo dell'altra persona o piuttosto abbiamo frainteso. Il fraintendimento non è per forza negativo: lascia un margine di libertà e di sogno. Ci si innamora di una persona che non è affatto la persona di cui ci si innamora, ma una sua immagine. Io ho sperato che questo equivoco con N. durasse il più a lungo possibile, ho temuto il momento in cui avremmo aperto gli occhi e ci saremmo scoperti per quello che effettivamente siamo. Ecco, quel momento per lui non è mai arrivato, è ancora convinto di avermi capita, di avermi posseduta con la sua intelligenza, ma si sbaglia, ed è questo errore a tenerlo ancora avvinto a me. N. non sa affatto chi sono, ama un'altra donna al posto mio, credendo sia io, come in quelle vecchie commedie di scambi di persona. Se mi conoscesse veramente non mi amerebbe. Io invece lo conosco, Nanni, l'ho capito, ci ho messo parecchio ma sono finalmente arrivata a capirlo, e purtroppo in quell'istante preciso ho smesso di amarlo, ecco, sì, ho cominciato a volergli bene, questo sì, ma l'amore era finito. L'amore è un'altra cosa, non ha nulla a che fare con la verità e la realtà. L'amore libera dalla croce a cui ti inchioda la verità.*

9.

*Il bello dell'amore è che non ha senso. La vita con N. e le bambine invece ce l'ha, ne ha persino troppo: è sovraccarica di senso, schiacciata dal suo peso. È una vita buona, questa, intendiamoci, buona per me e buona anche con me. Ma oggi non mi va più di adeguarmi. Chiederò a Flemish di pensare lei a tutto. Non voglio più pensare, non voglio cambiare vita e forse non voglio nemmeno vivere, ma immaginare di vivere, so che mi basterebbe: proiettare ombre su uno schermo che facciano le cose al posto mio, lottare, litigare, abbracciarsi, scappare, scopare, ribellarsi. Vivere solo di queste invenzioni. N. è convinto che io sia una persona matura e invece io mi nutro di queste favole. L'unica persona davanti a cui mi sento nuda, passata ai raggi x, a cui non potrei nascondere nulla, veramente, è mia madre. E per questo ancora adesso, a quasi trentaquattro anni, dipendo da lei e dal suo giudizio. Ogni suo sguardo mi fiuta, mi trapassa. Quando mi vede insieme a N. o alle bambine, e mi osserva, so che lei sa perfettamente quello che sto pensando e provando, glielo leggo in quella smorfia ironica, strizza leggermente gli occhi, accenna un sorriso d'intesa o di disapprovazione, l'uno o l'altro hanno lo stesso identico effetto su di me, quello di farmi abbassare gli occhi, soffocata dalla sensazione di non poterle sfuggire in alcun modo. Non si scappa, a Giulia Mesones, non si scappa alla sua cattiveria, che poi non è nemmeno cattiveria ma puro e semplice egoismo, e una creatura che pensa solo a se stessa non è detto che sia malvagia, anzi può anche lasciarti vivere se questo non intralcia il suo cammino, se non la distrae, se non comporta la diminuzione delle energie vitali da impiegare nell'autoconservazione. Anche quando all'improvviso si mostra allegra e generosa, per esempio, facendo regali inaspettati alle mie figlie, o concedendosi di giocare con loro, mai però più di un quarto d'ora, o interrogandomi su come mi sento, come va, se ho per caso bisogno di aiuto, be', è come se stesse facendo ginnastica per tenersi in forma, affinché l'esercizio le serva a incrementare di una piccola tacca il suo benessere e la stima che ha di sé, e gli altri hanno di lei, in quanto persona sotto sotto affettuosa e disponibile a dispetto del carattere burbero. Ed è la rarità di quei momenti a renderli più preziosi, e noi consapevoli e grate che lei ce li stia dispensando. Poi fa rientrare il periscopio, torna distratta e brutalmente avida e semplice nei suoi autentici interessi, cioè, l'ascolto dei notiziari alla radio, la collezione di ritagli di giornale, la passeggiata di salute calcolata in passi e tradotta in chilometri, le relazioni sociali, i soldi da amministrare, la posta, la rapace difesa degli alimenti che compongono la sua dieta (un certo yogurt, le bacche ricche di proprietà salutari), o di quelli di cui è ghiotta e avida come una bambina (le piccole pere ben mature), forse anche qualche suo pensiero romantico o nostalgico che però non verrà trasmesso a nessuno... ed ecco che noi scompariamo dal suo orizzonte.*

10.

*Forse la realtà è che dovrei scopare con qualcun altro e basta. Mi basterebbe quello, o magari no, non mi basterebbe affatto, ma come saperlo in anticipo? Ogni tanto mi passa per la testa l'idea di ripescare qualcuno dal passato. Qualcuno che mi piaceva almeno un po'. Chissà, Gerolamo, ma sarà in giro per lo Stivale a dirigere concerti. Be', potrei raggiungerlo io, allora, in qualche teatro famoso, in una bella città. Presentarmi a sorpresa alla fine del concerto. Vedere la faccia che fa, e se gli piaccio ancora. Un tempo mi stava dietro, ci sono andata insieme, ma poi l'ho respinto. Ho fatto tutto il possibile affinché si allontanasse, dopo aver fatto di tutto per avvicinarlo. Avevo paura di essermene innamorata. Forse ero solo affascinata dal fatto che è un musicista, mi sono infatuata del suo successo, e poi Gerolamo è bello, decisamente. Anche Nanni lo è, certo, ma pare quasi se ne vergogni, Gerolamo invece è sicuro del suo fascino, gli piace avere le luci puntate su di sé. Chissà perché i direttori hanno tutti quei capelli. Sembra che scuoterli mentre dirigono faccia parte del loro mestiere. Però, quanti pensieri stupidi mi attraversano la testa anche mentre sto cercando di affrontare argomenti seri. Scopare con qualcuno che non sia Nanni è un argomento serio, o no? All'inizio non credevo ma potrebbe diventarlo. E se vengo scoperta, non la trovo una cosa così importante: il guaio sarebbe se io mi innamoro sul serio. Con G. stava succedendo, avevo un po' perso la testa. Domani cercherò di capire dove si trova, e gli telefonerò. Gli lascerò un messaggio in albergo. "Al maestro Gerolamo Majno." Mi divertirò a scegliere le parole giuste affinché lui si chieda «Ma questa, adesso, che vuole? Perché si è rifatta viva?». Mi è sempre piaciuto suscitare dei perché negli altri, e lasciarli senza risposta. Non ce l'avrei comunque, una risposta da dare. Il fatto è che mi sembra di non esistere durevolmente, in modo continuativo, ma solo a sprazzi, a momenti. Come i lampi. Sento di essere una figlia dell'istante. Un battito di ciglia e potrei non esserci più. Avere le bambine non mi ha radicato per niente nella vita, anzi, se la sono presa loro la mia vita, e sono mille volte più reali di me, più concrete, ci si accorge subito che ci sono. Mentre io?*

*PS E un pensierino su Nico? Lo dovrei fare?*

11.

È così raro che il padre possa dedicarsi a una sola delle figlie, che di solito vengono prese e considerate come un insieme, «le bambine», appunto. Ed essendo Caterina quella di mezzo, a seconda delle occasioni finisce associata alla più grande, Maria, o alla più piccola, Agnese, come se non possedesse una sua identità anagrafica e fosse solo un'approssimazione, una fase intermedia, di passaggio: indossa le maglie che a Maria stanno strette e a volte si trastulla con i cerchi e i triangoli colorati di giallo, blu e rosso che Agnese ha da tempo imparato a impilare nell'ordine giusto, e dunque accantonato, seppellendoli in fondo a un cesto. Ah, i giochi educativi, a cosa educano? si domanda Nanni osservandola, attratto anche lui dallo spoglio minimalismo scandinavo di quelle costruzioni: legno, colori puri, forme geometriche, un mondo logico e asciutto che non corrisponde a nessuna realtà, come forse dovrebbe ogni pensiero, finalmente depurato, reso aereo, svincolato dall'obbligo di aderire a qualcosa che esiste sulla Terra. In una medesima semplicità irreale vorrebbe tanto soggiornare e vivere Nanni, ma non può, non ci riesce. Non ci riesce nessuno.

Ah Nanni, quanto sei complicato, mentre aspiri all'esatto contrario!

Ma oggi va così. Ora egli non propone né a Costanza né a Flemish di accompagnarli al mare, freme all'idea di essere loro due soli, Nanni e Cate, padre e figlia, a tu per tu, l'uno per l'altra. In via di principio l'esclusività è bandita dalla loro vita familiare, niente favoritismi o corsie preferenziali, almeno sulla carta, dovrebbe vigere l'equità assoluta, la parità di trattamento amoroso, e infatti la sola preoccupazione di Nanni è che Maria, stasera, ascoltando il pasticciato resoconto della gita al mare fatto dalla sorella (che è sempre affannata, si mangia le parole, le sparpaglia come gettandole a terra), eh be', Maria morirà di gelosia, c'è da giurarlo, o meglio, non si tratterà di un sentimento misero e opaco qual è la gelosia ma di qualcosa di più profondo e squassante, un dolore sordo, perché Maria è terribilmente attaccata al padre e a ferirla sarà l'immagine della felicità assoluta che avrebbe provato nell'essere lei al posto di Caterina, quel giorno, al mare insieme. Perciò occorrerà escogitare una qualche forma di compensazione: ma cosa può esistere di comparabile ai piedi nudi che affondano nella sabbia e alla mano chiusa in quella del padre mentre si azzardano rabbrividendo i primi passi in acqua? Il valore emotivo di quelle sensazioni non ha un contrappeso. Costanza, ad esempio, non ricorda di aver vissuto niente di simile con suo padre, l'austero ingegner Aldo Mesones, e lo stesso vale per Nanni, che sarà stato abbracciato e baciato da Paolo Zingone sì e no un paio di volte in tutta la sua vita, e forse nemmeno quelle, perché fino alla sua generazione i padri, ammoniva un proverbio, «baciano i figli solo la notte», le effusioni maschili erano malviste in quanto segni di mollezza, di sconveniente languore – e comunque è improbabile che questo accadesse dato che Paolo non c'era mai, aveva il turno di notte, appunto, e rincasava quando il figlio era già uscito per andare a scuola. Molti più abbracci e carezze Nanni li aveva ricevuti dallo zio Fernando, il fratello di sua madre, quell'uomo sensibile e affettuoso. L'unico superstite della sua famiglia, e a cui quasi ogni settimana Nanni si riprometteva di telefonare per invitarlo a pranzo o a cena, e farlo giocare un po' con le bambine, ma non lo chiamava mai. Zio Fernando era la sola traccia del passato che Nanni non avesse cancellato, se non si era già cancellata da sola, com'era accaduto con i suoi genitori, entrambi morti giovani.

## 12.

Ma la figlia più grande, Maria, ha ben altro per la testa che essere gelosa di sua sorella e della sua scappata al mare col babbo. Esiste un punto mobile della vita in cui si smette di fare riferimento ai genitori, quando il chiuso cerchio dell'orizzonte domestico si frantuma per lasciar entrare sulla scena figure nuove che oscurano o addirittura cancellano quelle familiari: le amicizie, gli amori. E al babbo e alla mamma non si pensa più anche se loro continuano a credersi i protagonisti assoluti dei sogni, dei desideri, delle paure e del risentimento dei loro figli. Da verticali, inclinandosi di novanta gradi, i rapporti decisivi si fanno orizzontali, con i propri coetanei, il cui giudizio e il cui amore e la cui dedizione iniziano a contare più di ogni cosa. Ecco, Maria quel punto di non ritorno l'aveva raggiunto e superato innamorandosi del suo compagno di scuola Guido Inghirami, e da quel giorno non pensava ad altri che a lui, anzi, essendo una bambina fin troppo sveglia e dunque non più una bambina, aveva afferrato subito che l'amore consisteva precisamente in quel pensiero ossessivo e ininterrotto rivolto a un'unica persona, solo a lei, giorno e notte a lei. Non c'è diagnosi più semplice ed esaustiva di quel fenomeno altrimenti ineffabile: era amore, doveva essere amore, o se no era pazzia.

E di Maria tutto si poteva dire tranne che fosse pazza, essendo la bambina (non più oramai bambina, anche se non ancora qualcos'altro) più assennata e ragionevole del mondo. Il giorno in cui suo padre e Caterina erano andati al mare, l'aveva trascorso così: in classe, seduta in seconda fila, con le braccia parallele stese sul banco e la mano sinistra che scriveva sul quaderno in modo ordinatissimo gli appunti della lezione di storia sul Medioevo, e poi su un altro quaderno le frazioni matematiche; e infine su un foglio da disegno con i pastelli a olio aveva colorato in modo vivace e pulito, senza sbaffi, una giungla piena di animali stilizzati alla maniera del doganiere Rousseau, che suo padre le aveva fatto conoscere insieme ad altri noti pittori sfogliando insieme un'enciclopedia dell'arte comprata a fascicoli, ed era riuscita a mantenere una specie di doppio sguardo, o strabismo intenzionale, un po' come sono capaci di fare i camaleonti, un occhio che seguiva attentamente quello che veniva spiegato alla lavagna e l'altro che, adorante, sorvegliava il suo amato, Guido Inghirami, il quale non faceva che rosicchiare una matita e ogni tanto ravviarsi i capelli sulla fronte. Maria non poteva e assolutamente non voleva rinunciare a nessuno dei due impegni, studio e amore: alla maniera del suo sguardo periferico, anche la sua mente e il suo cuore erano capaci di spaziare, di accogliere in sé oggetti posti agli antipodi. Entrambe le cose in egual modo la facevano gioire e soffrire, penare ed esultare: la fatica e la frustrazione in lei producevano una specie di imbambolamento estatico, per cui sentiva di uscire dai confini del suo piccolo corpo, e della sua piccola vita, per accedere a un livello superiore, che però era anche un ulteriore gradino nella scala del dolore, come se il suo cervello e il suo cuore non si sentissero all'altezza di una nuova prova, sempre più difficile, di cui erano al tempo stesso orgogliosi e spaventati. «Ce la farò, sì, ce la farò a essere amata da Guido!» mormorava tra sé intanto che disperava di riuscirci.

E mentre i suoi compagni si smarrivano nel labirinto del feudalesimo coi suoi complicati rapporti di vassallaggio, in cui tutti quanti comandavano e obbedivano al tempo stesso, intrappolati in quel reticolo, lei già aveva afferrato il quadro ed era balzata oltre, molto più in là, già era con la mente nel Rinascimento: tremendamente consapevole di non sapere abbastanza, di non sapere in fondo nulla, perché quel poco o tanto che riusciva a imparare era nulla rispetto all'oceano della storia umana che le restava ignoto. In lei, amore e ragione non erano affatto in conflitto tra loro, anzi, si assomigliavano, si rispecchiavano l'uno nell'altra perché mossi entrambi da una sete disperata di conoscenza e di completezza, da quell'ardore che provoca in chi lo vive il medesimo entusiasmo e la medesima, profondissima, inestinguibile angoscia. Non era affatto vero che l'una cosa distraesse dall'altra, che l'una cosa fosse il contrario dell'altra, anzi: a Maria il cuore batteva forte con le stesse identiche pulsazioni della mente, con quel medesimo ritmo tambureggiante che le levava il fiato.

Non rinunciare a nulla, a nulla, a costo di soffrire le pene dell'inferno.

Ciò che non avevano ancora afferrato i brancolanti personaggi adulti di questa vicenda, lacerati dalla presunta contesa tra le esigenze della ragione e del sentimento, era arrivata a capirlo una precoce bambina di undici anni: e cioè che la mente delira quanto il cuore, e che l'energia bruciata nei tentativi di raggiungere qualsiasi scopo, qualsiasi oggetto del desiderio, fantastico o reale, sia esso un bacio o un teorema matematico, è la medesima. E non è inesauribile, purtroppo.

13.

Così come si sposta una lampada o un altro oggetto caro da un mobile sopra un altro, perché si pensa che lì stia meglio, quasi subito scordandosi della precedente sistemazione e convincendosi che si sia da sempre trovato in quel posto, Maria aveva da un giorno all'altro deviato il corso della sua affezione morbosa verso il padre investendola sull'inconsapevole Guido Inghirami.

14.

Quindi lei si decise a scrivergli. Avrebbe voluto condensare tutto quanto aveva da dirgli in un bigliettino da passare di nascosto, in classe, tra i banchi, fino a lui. E invece le venne fuori una vera lettera.

*Eccomi, Guido, sono io, Maria. Sono qui a pochi metri da te. Ti scrivo. Non oso dirti a voce quel che provo, non trovo le parole, ma con un briciolo di coraggio faccio un tentativo. Cosa ho di importante da dirti? Niente. Che ti amo, solo questo.*

*Mentre ogni mattina odiavo alzarmi dal letto, vestirmi e uscire, ora muoio dalla voglia di venire a scuola solo per una ragione, per incontrarti, per vederti. Entrare in classe significa cercarti subito con gli occhi, se ci sei, e dove sei seduto, e preoccuparmi se per caso sei rimasto a casa con la febbre. Mi basta la tua presenza per darmi un po' di forza e di speranza: e una volta uscita da scuola, tutto il giorno attendere e poi la notte ancora attendere di potervi fare ritorno all'indomani, e rivederti. Odio la domenica, quando non c'è scuola. Quante volte ti ho sognato nelle ultime notti, e sono stata sveglia a pensarti! Nel buio avevo l'impressione di sentire la tua voce, che mi raccontava cosa avevi fatto durante il giorno, mi diceva cose gentili, o anche un semplice ciao.*

*Talvolta mi domando per quale destino tu sia finito nella stessa scuola, nella stessa classe con me. Se questo non fosse accaduto, adesso non vivrei un simile tormento, questa inspiegabile agitazione, che però mi fa sentire viva, molto più viva di prima, e quindi devo ringraziare per aver avuto l'occasione di provarla. Come sarebbe la mia vita senza questo? Non riesco nemmeno a immaginarlo.*

*Ora sto qui, e aspetto. Aspetto che tu mi dica se mi sono sbagliata. Anzi, non c'è bisogno di usare le parole, mi basterà un tuo sguardo o un cenno per capire, e avvicinarmi a te oppure sparire sotto terra. Io sono sempre sola e nessuno mi ascolta, nessuno può capirmi, tranne te. Almeno, questo spero. Risolvi questo mio dubbio, te ne prego. Perché mi è impossibile pensare che ci possa essere un altro, al posto tuo, adesso, e nemmeno tra un anno o tra dieci anni o tra mille: a nessun altro affiderei il mio cuore che a te. Ma solo se lo vuoi.*

*Ho paura a rileggere quello che ho scritto, ho paura che tu riderai di me: ma la vergogna è poca cosa rispetto all'amore che sento.*

Era arrivata a scrivere fin qui e avrebbe voluto ancora scavare in fondo a se stessa, per trovarvi nuove cose da dire, quando la professoressa di Storia e Geografia, che l'aveva vista distratta e china su un foglio di sicuro estraneo alla lezione, le porse una domanda a bruciapelo, con un po' di malizia, da insegnante navigata qual era. A malapena Maria comprese di essere stata interpellata e riemerse stordita dal tiepido bagno nelle frasi romantiche buttate giù quasi in trance, sempre le stesse frasi, le solite frasi che si scrivono sotto la dettatura dell'innamoramento. Balbettò qualcosa che fece ridacchiare i compagni, i quali anche loro avevano notato quanto fosse infervorata nella stesura della missiva, ma non l'insegnante. «Mi stupisce da parte tua, Zingone, tu che sei sempre attenta. Se fossi una recidiva, ti avrei già messo una nota sul registro» disse quella, che, come del resto i suoi colleghi e le sue colleghe della scuola media di allora, era molto all'antica, stretta nei voti e severa nel sanzionare le inadempienze degli alunni. «Ma io... professoressa...» farfugliò di nuovo Maria alzatasi in piedi, e le venne istintivo di girarsi verso Guido. Lui la stava guardando senza ridere, al contrario degli altri, come se la vedesse per la prima volta, ed era in effetti la prima volta che a Maria venivano strappati via i consueti panni della secchiona, della bambina studiosa che i compagni un poco ammirano un poco temono, poiché la sua bravura sta lì a sottolineare la pochezza degli altri. Guido la fissava imbambolato, come se lei in effetti fosse nuda, anche perché, diciamolo senza offesa, era un ragazzino bello e cordiale ma non proprio un fulmine, una cima di intelligenza, ed era quello il suo sguardo più tipico, di chi all'inizio non capisce cosa stia accadendo intorno a lui, e resta per un po' a bocca aperta prima di decidere cosa deve pensarne; ma Maria volle interpretare il fatto che non stesse ridendo alle sue spalle come una prova di comprensione, di affetto. Lui la capiva, la compativa, e forse, dunque, le voleva bene. Per quanto voler bene e amare siano due cose assai diverse tra loro e in alcuni casi addirittura opposte, l'una il contrario dell'altra, Maria non era ancora in grado di distinguerle. Quindi, più per la commozione nel credersi compresa e spalleggiata dal suo amore, che per la vergogna di essere stata colta in fallo dall'insegnante (cosa che normalmente per lei avrebbe costituito una grave colpa), scoppiò in lacrime, e si coprì la faccia con le mani. «Be', adesso non facciamone un dramma, Zingone, su!» disse l'insegnante sorpresa e un poco pentita di aver fatto ricorso al vecchio espediente professionale della domandina a tradimento.

15.

Il vero problema fu però che il piccolo Inghirami non capì assolutamente nulla della lettera ricevuta. Soprattutto, non capiva cosa volesse in concreto Maria da lui. In effetti la dichiarazione che la bambina gli aveva fatto non conteneva una richiesta precisa. Appunto per questo, in perfetta buona fede e cioè per chiedere lumi su come comportarsi, pensò di farla leggere ad altri nella classe, ed essendo stata scritta da una femmina, pensò bene di scegliere delle femmine come consulenti immaginando, a torto, che avessero una sensibilità simile a quella dell'autrice. Maria attese invano per giorni una risposta, senza immaginare quello che stava montando intorno a lei. Certo, aveva notato qualche risolino, degli occhietti che la spiavano tra i banchi ma pensò che si riferissero alla scena pietosa di quando si era messa a piangere, e che ancora le compagne la canzonassero per quello. Non sapeva che la sua lettera era stata letta a voce alta, analizzata, commentata, parafrasata, come negli esercizi che la professoressa di Italiano dava da fare sulle poesie famose, e che alcune delle frasi erano state mandate a memoria per poterle recitare, con una vocetta impostata simile al miagolio di una gatta, in mezzo a un gruppetto formato da quattro o cinque compagne di classe, le più maligne.

«Mi è impossibile pensare che ci possa essere un altro, al posto tuo... miaoooo!» «Cosa ho di importante da dirti? Niente. Che ti amo... miaaaooo» e giù risate. Ma il passo che le eccitava di più era: «Quanto a lungo sono stata sveglia a pensarti!», che veniva replicato a turno sbarrando gli occhi e mettendosi il palmo contro la fronte con aria svenevole, come attrici del cinema muto, anche dieci volte di seguito, «Ohhh, quanto a luuuungo... sono stata svegliaaa...» con variazioni e ricami sul tema, «Dio mio... ho perso il sonno... per teee...» e così via.

Per farla breve, in seguito alla sua lettera d'amore, Maria diventa lo zimbello della classe, e verso di lei, strano a dirsi, le più crudeli e insistenti saranno certe compagne che uno potrebbe immaginarsi stiano dalla sua parte: macché, la poetessa (sì, d'ora in avanti la chiameranno «la poetessa» o peggio ancora, «la poetessa innamorata») viene condannata al dileggio perpetuo. Ogni qual volta nelle chiacchiere viene fatto il più vago accenno a questioni sentimentali, o viene toccato un tasto dolente di vita privata, correranno da lei con strilletti dicendo: «Sentiamo cosa ne pensa la poetessa!», il che oltre all'intento derisorio contiene l'implicito riconoscimento di uno status.

Peraltro è destino, quello di chi cade innamorato, di diventare il facile bersaglio di ironie e sarcasmi: secoli anzi millenni di letteratura lo hanno raccontato per filo e per segno, inutile spiegare come questo accada. Non deve quindi stupire che lo stesso possa accadere a una bambina di undici anni, in purezza, quando l'amore non è ancora contaminato dalle scorie degli altri desideri – di potere, soldi, maternità, rivincita, possesso.

E Guido?

Guido reagì con la cautela che hanno le persone buone e sprovvedute: per quanto lo intimorisse l'aggressività ridanciana delle compagne di classe, tale da indurlo a credere che l'intera faccenda (cioè, l'amore) dovesse essere considerata degradante, rinunciò a rispondere per iscritto a Maria, non ritenendosene capace, ma andò a parlarle; o meglio, durante la ricreazione, vedendola appoggiata a un muretto con aria assorta, lontana dagli altri, le si avvicinò e senza dire nulla le prese una mano e gliela accarezzò, quindi gliela restituì come si restituisce un prestito, con delicatezza ma anche con un certo sollievo, quello che si prova avendo assolto a un compito. Quindi si guardò intorno per verificare se qualcuno avesse notato il suo gesto. Onestamente, più di questo non gli si poteva chiedere.

Provata ma al tempo stesso ammaestrata dallo scherno delle sue compagne, Maria stavolta fu più saggia e non interpretò quel singolo gesto gentile come la prova di chissaché, tranne che il suo coetaneo Inghirami era ancora a tutti gli effetti un bambino e invece lei non lo era più, una bambina, per cui doveva a sue spese imparare a soffrire in silenzio, a non confidarsi e non lamentarsi, evitare di scrivere lettere patetiche, non prestare ascolto alle maldicenze, ingoiare l'amore, farlo sparire dentro di sé.

## 16.

Era nell'aria, il cambiamento. Sarebbe bastata una piccola spinta, un evento minimo, per avviarlo, come quando una pietra in cui si inciampa dà il via a una frana rovinosa: non è stato il piede che l'ha smossa, erano tonnellate di roccia che stavano insieme per miracolo. Nel caso di Costanza e Nanni non vi fu nemmeno bisogno di un incidente: solitamente un litigio furioso, durante il quale si liberano sentimenti profondi di ripulsa, di odio e desiderio di vendetta fino ad allora nascosti. Dalle bocche spalancate si rovesciano fuori gli insulti più sanguinosi, riappaiono come spettri vecchi episodi, bugie, malefatte, meschinità, offese non digerite, aneddoti squallidi, un disgusto reciproco che non si spiega come non abbia impedito a quei due di stare insieme non per un anno o dieci o venti, ma per un solo minuto. Dalle descrizioni dell'altro che si fanno durante quei litigi emergono personaggi meschini, bugiardi, avidi, vigliacchi, di una grettezza repellente, mezzi uomini e donnucole, puttane e puttanieri. Il fango smosso dal fondo intorbida il passato e cancella il futuro.

Tra Costanza e Nanni non accadde nulla del genere, e fu anche peggio. Le soluzioni silenziose, l'implicitezza, lasciano margini ampi di interpretazione, dove il dolore, la rabbia e il rovello si aggirano impazziti. Fu quello che accadde a Nanni quando, finita scuola, verso ora di pranzo, tornò a casa e non trovò nessuno. Poteva essere un fatto normale, anzi *era* normale, se non per la presenza di un foglio di bloc-notes in mezzo al letto matrimoniale ancora sfatto, lo stesso bloc-notes usato per segnarci la lista della spesa. A Nanni era sempre piaciuto che quella lista venisse compilata da mani diverse in calligrafie anche diverse, la sua, quelle di Costanza e Flemish, con qualche aggiunta di pugno delle bambine, Maria e Caterina, l'ultima in uno stampatello esitante, con il promemoria per l'acquisto sempre del medesimo articolo, BISCOTTI. Chi passava per la cucina e constatava la penuria o l'esaurimento di un certo cibo, o detersivo, prendeva il pennarello e scriveva, finché la paginetta del bloc-notes era piena e veniva strappata, qualcuno a quel punto sarebbe andato a fare compere, di solito era Nanni, a cui questa incombenza non dispiaceva affatto, anzi, provava una strana soddisfazione nello spingere il carrello colmo di roba per sei persone – gli dava un senso, appunto, di pienezza, un brivido rassicurante.

Il messaggio sul letto lo turbò. Diceva: «Vai a prendere tu le bambine a scuola? Per un po' dovrai pensarci tu, da solo».

Da solo? si domandò Nanni, cosa vuol dire? E che vuol dire per un po'? È inutile stilare qui l'elenco delle ipotesi, logiche o strampalate, delle supposizioni fantasiose che si avvicendarono nella sua mente, poiché lo hanno già fatto in poesia e in prosa dei grandi conoscitori dell'animo umano, celebrando la illimitata capacità di autoinganno che mostrano gli individui quando vogliono scansare l'evidenza che pure si trova sotto il loro naso. Diciamo solo che per una buona mezz'ora Nanni si trastullò con la convinzione che Costanza, senza avvisarlo prima, con la consueta furia ed estemporaneità, avesse colto al volo qualche occasione lavorativa, di quel genere saltuario che aveva contraddistinto gli ultimi anni della sua vita. Pur di non starsene con le mani in mano e limitarsi all'accudimento delle bambine, una faccenda in fondo noiosissima, e assai ridotta da quando quelle andavano a scuola, Costanza aveva infatti lavorato part-time o per brevi periodi come contabile in ciò che rimaneva dell'impresa di costruzioni fondata e diretta da suo padre, l'ingegner Mesones, dopo i successivi ridimensionamenti dovuti alla crisi, dando lezioni di pianoforte per principianti, come assistente cuoca in un minuscolo ristorante vegetariano (forse il primo ad aprire in città, consistente in un'unica stanzetta al primo piano illuminata da candele e fioche lampadine colorate), e poi correttrice di bozze, compilatrice di voci per un'enciclopedia a fascicoli, e persino commessa in un negozio dove si vendevano ferri da calza e gomitoli di lana – cosa che sua madre Giulia non le aveva mai perdonato, «Per me, puoi anche battere il marciapiedi, ma commessa no!», arrivando a proporle i soldi equivalenti al suo compenso purché smettesse.

E anche stavolta, pensava Nanni, deve aver accettato qualche lavoretto dell'ultimo secondo, magari per aiutare un'amica. Del resto Costanza era brava a fare tutto anche se niente in particolare, era versata in ogni aspetto pratico e non pratico della vita, sapeva cucinare, battere a macchina con le dieci dita, imbiancare i muri, cucire, oltre al piano e alla chitarra sapeva suonare il flauto, avrebbe potuto guadagnarsi da vivere con le carte da gioco o con gli scacchi grazie alla sua mentalità matematica e statistica, e la memoria di ferro che le permetteva di tenere a mente le mani giocate, le mosse effettuate, e pronosticare quelle a venire. Conosceva le piante, gli animali, le stoffe, le vernici, le colle, gli attrezzi ordinari e quelli speciali, gli strumenti musicali, aveva praticato il nuoto, la corsa, il salto in alto, l'equitazione, la vela. Disegnava molto bene. Il fatto di non aver proseguito gli studi dopo la scuola l'aveva lasciata libera di seguire queste inclinazioni e sviluppare abilità che però, se non si trasformano in una professione, a torto vengono considerate minori, e che in buona parte formavano il corredo di una donna ottocentesca bene educata, oggi considerato mortificante; e la sua stessa versatilità le aveva impedito di imboccare una e una sola strada lavorativa. E poi erano arrivate le bambine, a ritardare, a posporre, a intervallare e fare a brandelli il tempo e le energie; Costanza si era ritrovata a trenta e passa anni sapendo fare tutto e non essendo buona a nulla.

«Dovrai pensarci tu, da solo.» Da *solo*. Solo. Essere solo, restare solo, Nanni non riusciva nemmeno a comprendere il significato, ad afferrare il concetto di solitudine, tanto si era abituato a pensare se stesso come parte di un insieme, integrato in una compagnia, una coppia, una famiglia, un tetto, un corpo unico formato da pezzi interdipendenti, come lo sono gli organi di un corpo umano.

Solo? Io solo? Io da solo non esisto. Senza Costanza scompaio, pensò, avvicinandosi gradualmente al significato di quel messaggio, e cioè che Costanza se n'era andata. Lo aveva lasciato. Ancora indugiava, per così dire, sul bordo di quella verità, non osando tuffarcisi dentro e annegare nei perché.

A metà pomeriggio l'evidenza si era fatta solare. Nanni aveva recuperato le bambine a scuola, per fortuna nessuna di loro aveva attività extra come piscina o lezione di musica, non restava che arrivare incolumi fino all'orario di cena attraverso i consueti rituali del bagno, del gioco, dei pigiami, del pianoforte, selezione ed estrazione dei cibi dal frigo, sbucciare, affettare, bollire, lo sciroppo per la tosse, qualche piccolo litigio, niente televisione. Era l'apparenza di normalità a scuotere Nanni come qualcosa di irreale e catastrofico. Tutto si svolgeva come sempre era stato, da chissà quanti anni.

*Same as it ever was…*
*Same as it ever was…*

Fu solamente dopo cena, mentre le bambine guardavano quella mezz'ora di tv che era loro concessa prima di andare a nanna, che un elemento disturbante fece capolino nella routine domestica, quando Caterina domandò: «Ma mamma, dov'è? Quando torna?». Era successo altre volte (anche se relativamente rare) che Costanza non fosse con loro a cena e dopo: usciva e andava al cinema scegliendo un film che Nanni non aveva intenzione di vedere; o una serata con vecchi compagni di scuola (Costanza aveva utilizzato questa ottima scusa per incontrarsi con Gerolamo Majno, il direttore d'orchestra, quando aveva avuto una breve storia con lui, la sola volta che aveva tradito Nanni, sapendo che per nessuna ragione al mondo lui si sarebbe offerto di accompagnarla a una di quelle riunioni nostalgiche) oppure in maniera saltuaria frequentava un corso serale di yoga e altre pratiche orientali, tra cui il Qi Gong (durante le quali arrivava a visualizzare palle immaginarie, e a sentirne l'effettivo peso e il calore in una mano, che era vuota), ma in ogni caso la piccola palestra nello scantinato chiudeva alle nove, per cui entro le dieci sarebbe stata di ritorno. Potevano essere molte le risposte evasive o interlocutorie da dare alla bambina, ma Nanni non fu capace di reprimere quella che gli venne spontanea. «Non lo so» disse.

17.

Come certi insetti, che quando subiscono un attacco si paralizzano, fingendosi morti, e in un certo senso lo sono, almeno temporaneamente, le funzioni vitali ridotte al minimo, chiusi nel loro guscio o corazza, così la prese Nanni quando Costanza se ne andò. Il dolore venne represso, soppresso, lo stupore ingoiato, la rabbia invece che sfogarsi prese la forma di un luttuoso fatalismo, di tipo infantile, simile a quello di un bambino punito ingiustamente e che però sente, sotto sotto, di meritarselo, come quel famoso pulcino della pubblicità che non era nero ma solo sporco. L'unico soprassalto emotivo incontrollabile lo aveva andando a letto e scoprendo, ogni sera daccapo, con raccapriccio, come se non fosse oramai assodato, che avrebbe dormito solo. Solo. L'altra metà del letto, intatta, il freddo lenzuolo ben risvoltato sulla coperta, gli sembrava un oceano, di cui non riusciva a intravedere la sponda opposta. Gli si stringeva un nodo in gola e non gli era più possibile evitare di chiedersi tormentosamente perché.

## 18.

Attonito, smarrito, incapace di un autentico dolore perché a sommergerlo è piuttosto la sorpresa, che cancella ogni possibile pensiero o sentimento, non sapendo dove sbattere la testa Nanni decide di andare a confidarsi con la vicina di casa, sua suocera (chiamiamola così per semplificare) Giulia Mesones.

Perché lo fa? Perché mai cercare il consiglio, e addirittura il soccorso, di quella donna che gli è sempre stata lievemente o talvolta apertamente ostile, riservandogli nelle poche occasioni di confronto a tu per tu un apposito tono conciliante ma in realtà beffardo, per cui la sua voce si alza di un'ottava e diventa quasi un falsetto, un canterellare ironico?

Non ha amici, Nanni, di cui si fida? Gli manca, all'improvviso, una madre, o una figura equivalente, che lo capisca, o che lo consoli? Non se la sente di abbandonare il presidio familiare da cui Costanza si è involata, come se dovesse difenderne i confini violati dall'interno? Oppure si illude che la madre possa e voglia in qualche modo agire sul comportamento della figlia manovrando le sue leve – la riprovazione, il ricatto emotivo, fino alla rottura dei rapporti. E dovrebbe farlo in suo favore? Solo quest'ultima ipotesi è da escludere a priori perché, anche se prevaricatrice di carattere, a Giulia non interessa cambiare di una virgola il destino di chicchessia a meno che questo non la tocchi. Auguri, una pacca sulla spalla e ognuno per la sua strada. Giulia tiranneggia le figlie ma non si sogna di ficcare il naso nei loro guai.

E comunque, quando lo riceve, lasciandosi rapidamente baciare sulle guance, Giulia è nervosa, va un po' di fretta, sta per partire per la sua casa di vacanze. Traffica con i bagagli.

«Aiutami a portare questa, Nanni, te ne prego» e gli porge una valigetta di tela scozzese, pesantissima malgrado le ridotte dimensioni. «Certo, Giulia, dai pure a me» e tutto ingobbito su un lato va a depositarla fuori dal cancello dove è previsto arrivi un'auto privata che, in poco più di un'ora, porterà Giulia a imbarcarsi sull'aliscafo. Tre quarti d'ora di navigazione, se il mare è tranquillo, e comincerà a diventare visibile il profilo dell'isola di destinazione, dando l'impressione di sorgere dall'orizzonte e allungarvisi sopra come una bagnante stesa a prendere il sole. Un altro quarto d'ora e l'aliscafo rallenterà, riaffondando la prua come un'imbarcazione qualsiasi, per entrare nel porto dell'isola circondato di rocce rosse bucherellate e allisciate dal vento. Nanni conosce la ragione per cui la valigetta pesa: è piena zeppa di libri. Giulia è infatti una lettrice avida, instancabile, riesce a far fuori un romanzo al giorno, o al massimo in un paio di giorni, anche se ne trattiene ben poco a parte il giudizio, se le è piaciuto o no, che però, direbbe lei, è il succo di una lettura: levato quello potresti aver capito e ricordare ogni pagina, ma a quale scopo? Poi il libro potrà anche essere regalato o buttato, non serve più, e Giulia volentieri si è disfatta di quelli appena letti, senza il minimo riguardo, persino i capolavori, i classici, i soliti romanzi russi o francesi che tutti conservano allineati nei loro scaffali – figurarsi come può trattare quelli contemporanei. Anche sotto questo aspetto Giulia è una donna brutale, colta e brutale, intelligente e brutale, anzi, sembra che le sue doti intellettuali ne accrescano la brutalità invece che temperarla, fornendole strumenti acuminati per esercitarla. Sta tutto lì il suo carattere impetuoso e sprezzante, in quella miscela di noncuranza e perspicacia che la fanno temere e al tempo stesso ammirare da uno come Nanni. Ora per trattenersi nemmeno dieci giorni sull'isola, da sola, si sarà portata l'intero *Quartetto di Alessandria*, o *La montagna incantata* che ha già letto da ragazza ma di cui non ricorda come va a finire, più una mezza dozzina di gialli, genere che adora, e un paio di romanzi recenti di successo planetario come quello sul monaco medievale che investiga su misteriosi delitti e *Hotel New Hampshire*. Riuscirà a leggere tutte quelle pagine?

19.

La villa razionalista disegnata e costruita sull'isola da Aldo Mesones all'inizio degli anni Sessanta era suggestiva ma con qualche imbarazzante errore di progettazione, specie negli interni, che la rendeva un poco scomoda. A prima vista quelle escogitate dall'ingegnere sembravano soluzioni geniali ma poco dopo l'inaugurazione della casa si erano rivelate trappole pericolose, come, ad esempio, una ripida scala di metallo grezzo addossata a un muro e priva di corrimano sul lato aperto per renderla più aerea, la quale aveva più volte messo a repentaglio l'incolumità delle figlie piccole (presentando, come se non bastasse, bordi taglienti) ma anche di adulti dal passo incerto; oppure una ripartizione dell'ampio soggiorno su tre livelli sfalsati, collegati tra loro da gradini piastrellati di maioliche e dunque un poco scivolosi, una tipica soluzione da architetto piuttosto che da ingegnere; la quale, sulla carta, avrebbe dovuto creare un'elegante movimentazione visiva ma in pratica aveva finito per spezzettare lo spazio in tre inabitabili tinelli, dove riusciva difficile piazzare poco più che una poltrona. Uno di essi era ulteriormente ingombrato da un camino più che altro decorativo, visto che aveva una bocca troppo larga e la canna troppo corta per tirare bene, e che sull'isola faceva freddo sul serio sì e no venti giorni l'anno, quando i Mesones non la abitavano. A parte questi difetti ineliminabili, dovuti alla bizzarra quanto comprensibile smania di Mesones di mostrarsi inventivo, creativo, e non solamente occupato da aridi calcoli di statica, la casa era davvero bella e godeva di una vista mozzafiato sopra una spiaggia a forma di mezzaluna, sovrastata da imponenti falesie verticali, che nel corso della giornata trascoloravano dal grigio al rosa a un bianco abbacinante, per poi stingere verso il giallo e un azzurrino tenue, soffuso, appena prima e subito dopo il tramonto, e che l'avevano però resa in parte impraticabile da quando qualche frammento di roccia si era staccato dalle pareti erose dal vento precipitando in testa ai bagnanti. Una turista straniera era morta così, uccisa dal friabile tufo, e la seconda metà di quella spiaggia favolosa era stata transennata. Ciononostante Giulia appena dopo il tramonto era solita infrangere il divieto, ignorava con deliberato piacere gli avvisi, si infilava tra le barriere di ferro e i nastri rossi bucherellati per andare apposta a nuotare nella parte proibita della spiaggia, quella più lontana, quando avrebbe potuto benissimo farlo, con eguale tranquillità e silenzio, nella metà ancora praticabile, visto che se ne erano andati via tutti. Nuotava perlopiù sul dorso, senza pensare a nulla, nell'acqua molto salata e oramai quasi buia che la reggeva a galla come se non avesse peso, e la scarsa zavorra di carne e di pensieri in poche bracciate era svanita. Ah, rovesciatasi sul dorso, come amava dimenticarsi di se stessa e di tutto il resto fissando il cielo che all'inizio della nuotata era ancora blu e in pochi minuti diventava nero e punteggiato di stelle! Le sembrava di liberare il respiro che per il resto del tempo soffiava nel suo petto a strappi, alimentato dal perenne nervosismo, come se l'aria andasse ingoiata e poi ricacciata fuori a forza.

Nel tempo scandito dalle bracciate si scioglie la tensione, scompare ogni affanno.

Più tardi, piacevolmente esausta, con il solo ausilio di una torcia tascabile, dopo essersi strofinata addosso un telo sbiadito che usava poi come copricostume, risaliva con passo lento ma regolare i centoventi gradini scavati nel costone di roccia per tornare a casa, ansimando appena. Era ancora una bella donna, Giulia Mesones, lo abbiamo detto, con un fisico nervoso, cosce e braccia asciutte, e il viso segnato ma espressivo, dal naso adunco, gli occhi chiarissimi; anzi era più bella ora di quanto fosse da ragazza.

20.

Fuori dal cancello in attesa della macchina, Nanni ruba alla Mesones una contratta, ansiosa conversazione. È giunta l'ora di giocare a carte scoperte con lei, fuori dalle solite cautele parentali.

«Pensi che tornerà a casa?»

«Dipende da lei. E anche un po' da te, Nanni.»

«Perché, cosa dovrei fare?»

«Piuttosto che fare qualcosa, dovresti smettere di fare.»

«Che cosa? Non capisco.»

«Ecco, appunto: devi smettere proprio questo, devi smettere di non voler capire. Non viviamo nel mondo dei sogni. Smettere quest'aria da puro spirito. Te lo dico spassionatamente, poi fa' come vuoi.»

«Insomma, Giulia, io con tua figlia sto bene. Ci sto bene, bene così, così come viviamo. Non desidero altro. Devo vergognarmi di questo?»

«Non è vero che stai bene. Nessuno sta bene come sta, escluso. E poi, sinceramente, se non hai altri desideri che questo... be', mi spiace dirtelo, sei una persona limitata. Sarai pure intelligente, non lo nego, e sei piuttosto un bel ragazzo, ma a una donna non basta, e nemmeno a un uomo basta, se si tratta della persona insieme a cui ti tocca vivere. Vedi, Nanni, si ha bisogno di aria, aria, di un po' di immaginazione. Altrimenti meglio star da soli, come sto io.»

«Forse ti capisco, ma non ne sono tanto sicuro.»

«Ecco, appunto, Nanni, cerca di essere un po' più sicuro di te stesso, e un po' meno sicuro del rapporto che hai con mia figlia.»

«Pensavo che a lei questa vita piacesse. L'ha voluta lei, questa vita: avere le bambine, venire a vivere qui, accanto a te.»

«Quindi ti sei sacrificato.»

«No, non mi sono sacrificato, mi sono solo adeguato.»

«Forse hai fatto male.»

«Non c'è nulla di male nell'adeguarsi al desiderio di una persona amata. Sai, Giulia, non ci crederai, ma io Costanza la amo davvero, la amo dal primo giorno, e la amo ancora come il primo giorno. Se te lo dico non è perché conto che tu lo capisca, ma perché tu lo sappia, tu ne sia informata. Per capirlo bisogna essere innamorati, e tu non lo sei, e magari non lo sei mai stata, io invece sì. Io l'ho seguita, tua figlia, dove ho creduto che lei volesse andare, ho fatto le cose che credevo lei volesse fare. Dunque non è da me che sta andando via ma da se stessa. E questo mi preoccupa ancora di più. Sai, la mia vita personale mi interessa fino a un certo punto. È un sacco vuoto, sta lì per essere riempito. Di quello che capita. Mi interessa molto di più la sua, o quella delle bambine. Al limite persino la tua, Giulia. Questo e solo questo significa adeguarsi: fare propria la vita degli altri, assecondarla, non perché sia in assoluto più importante, ma perché ti permette di non pensare troppo alla tua.»

«Che bello, Nanni, come sei altruista! Peccato che nemmeno Costanza sappia esattamente cosa vuole, cosa desidera. Hai sbagliato a volerla accontentare sempre e comunque. Dovevi importi, dovevi dirle, ad esempio, se non avevi voglia di venire ad abitare qui, "Io a vivere accanto a tua madre non ci vado nemmeno morto". E le facevi cambiare idea.»

«Io non ho niente da imporre, niente a nessuno. Figurati un po', nemmeno ai miei studenti impongo qualcosa. Tantomeno alle mie figlie. Non ne sono capace e comunque non mi va. E poi pensavo che anche tu saresti stata contenta se venivamo ad abitarti vicino...»

«Ma insomma, che ti importa della mia felicità o della mia soddisfazione? Che ti importa di me? Al limite, che ti importa persino di quella sciagurata di mia figlia? Fattelo dire, Nanni, sei una persona debole. Troppo nobile, troppo disinteressata per stare in mezzo a noialtri.»

«Voialtri chi?»

«Quelli che pensano a se stessi, prima di tutto. Guarda che non si tratta affatto di un principio sbagliato. La prima persona da salvaguardare sei tu, poi vengono gli altri. Se non metti in sicurezza te stesso, come potrai soccorrere gli altri? Ora, cerca di sapere dov'è finita Costanza. Se la trovi, parlale, ma non di persona, senza incontrarla, meglio per telefono, se riesci ad avere un numero. E stai calmo, non pressarla, non chiederle nulla, non dirle "Dai, su, torna", trattandola come una ragazzina scappata di casa. Se fai così la allontani ancora di più. E per favore non accennare alle bambine, guardati bene dall'utilizzare il ricatto dei sentimenti materni.»

«Non lo farei mai.»

«Ah! Allora non hai capito davvero niente, Nanni. Tu devi essere pronto a fare *qualsiasi cosa*, indipendentemente se sia buona o cattiva, l'importante è che funzioni! E questa delle bambine, lo so in anticipo, non funzionerebbe, almeno non in questo momento, con Costanza, la indispettirebbe e basta, la farebbe infuriare contro di te, dunque è sbagliata, dunque è cattiva: perché non ottiene il suo scopo, non perché in sé sia immorale o ingiusta. È chiaro, questo? Uffa, mi sembra di parlare con un'educanda...»

«E a me di leggere Machiavelli.»

«Non c'è bisogno di Machiavelli. A queste conclusioni ci si arriva anche da soli, basta aprire gli occhi.»

«Mi sembra di averli aperti, anzi, spalancati. Ma evidentemente non basta. Devo aprirli ancora di più.»

«Bravo.»

«Ecco la tua macchina, sta arrivando.»

«Alla buon'ora! Poi si giustificano dicendo di aver girato a vuoto prima di trovare la casa.»

«Fai buon viaggio, Giulia. Grazie.»

«Grazie a te per l'aiuto con le valigie. E buona fortuna. Lo dico senza ironia.»

21.

Viste le difficoltà che stanno passando nell'abitazione accanto alla sua, con l'abbandono da parte di sua figlia, come si dice nel linguaggio giuridico, «del tetto coniugale» (stravagante sineddoche: ma nello Stivale nemmeno il legislatore se la sente di rinunciare al lustro delle figure retoriche), be', forse sarebbe il caso che Giulia rimandasse la sua partenza. E però non esiste nulla di così grave che possa costringere la signora Mesones a rinunciare a un suo progetto, a una decisione presa, e poi lei è sinceramente convinta che Nanni con l'aiuto di Flemish, la ragazza alla pari, andiamo, su, se la caverà benissimo. Con un po' di forza di volontà, e senza fare storie, tutti a questo mondo secondo la signora Giulia riuscirebbero a cavarsela, è questa la sua filosofia di base, essendo perdipiù convinta di averla messa in pratica tutta la vita e dunque di poter fungere da esempio. E se uno non ci riesce e se la passa male lo stesso, è fondamentalmente colpa sua, in fondo se lo merita. Il resto sono chiacchiere e inutili lamentele. Mi è morto un marito ancora giovane, mi si è ucciso un figlio, e io che ho fatto? Sono andata avanti. Con le mie esclusive forze. Questo Giulia Mesones non lo dice ma in fondo lo pensa, o nemmeno ha bisogno di pensarlo perché è un dato di fatto. Nella casa accanto, dopo che Costanza se n'è andata (e avrà pure avuto qualche motivo per farlo), le cose andranno avanti in un modo o nell'altro, non c'è alcun bisogno della presenza della nonna, e, in fin dei conti, cosa ci può fare una nonna se lì quello che manca è una mamma e al limite una moglie? In conclusione, sono affari loro, che se li sbrighino, è Costanza a essersi cacciata in questo guaio e sarà lei a tirarsene fuori, semmai.

# Capitolo XXI

## *Ada e Bruno*

1.

Ma dov'è finita Costanza? Si è rifugiata presso una cugina, Ada, che in una specie di piccolo convento abbandonato una ventina di chilometri fuori città insieme al suo compagno Bruno, eterno studente di agronomia, conduce una vita che è poco dire frugale: elettricità da un generatore a gasolio, acqua attinta da un pozzo con una pompa a mano, qualche frutto sparuto dell'orto. E niente telefono. Ada e Bruno qualcuno potrebbe ricordarsi di averli incontrati che, assai speranzosi, trafficavano con un progetto per diffondere un favoloso detersivo universale, in grado di lavare e pulire praticamente tutto con sostanze naturali, poco costose e non inquinanti. Ogni nuovo iscritto avrebbe dovuto procurarne almeno altri due o se possibile di più, e così moltiplicare via via il numero degli aderenti. Purtroppo, il proselitismo che Ada e Bruno erano certi di creare attraverso parenti e amici è fallito miseramente; o meglio, il progetto planetario (Better Life, si chiama) forse sta funzionando in qualche parte del mondo, o magari si è rivelato una di quelle truffe colossali basate sul meccanismo a ramificazione progressiva che ancora ai tempi veniva chiamato «Catena di Sant'Antonio»; come che sia, Ada e Bruno non hanno convinto quasi nessuno ad acquistare e diffondere il miracoloso prodotto e l'attrezzatura necessaria per propagandarlo. Come si mantengono allora? In una orgogliosa, selvatica povertà, che pian piano erode e presto esaurirà il residuo dei pochi quattrini familiari.

Costanza ha pensato di rifugiarsi lì perché è davvero fuori dal mondo, non la troverà nessuno. Vuol far perdere le sue tracce, almeno per un po'.

Ma quando, inattesa, si è presentata alla porta di Ada, e sua cugina l'ha accolta col suo mansueto sorriso da erbivoro, pulendosi le mani nella gonna prima di abbracciarla, si è accorta che c'era qualcosa di diverso, di cambiato in lei, un'accentuata atonia, come se il sorriso e l'abbraccio fossero gesti automatici e la mente di Ada, già di per sé non brillante, si fosse ulteriormente svuotata. A confermarlo vennero sospiri lunghi e profondi, mentre Costanza raccontava le ragioni per cui veniva a chiederle ospitalità.

Malgrado l'amore e l'ammirazione che prova per la cugina, si capisce che Ada disapprova la scelta compiuta da Costanza, anche perché somiglia un po' troppo a quella di Bruno (che verrà narrata più avanti), sia nei modi sia nei tempi. Ma non osa dirglielo apertamente, intimorita dalla superiorità fisica e intellettuale della cugina, che adora proprio perché è tanto, tanto meglio di lei.

Fin da quando erano piccole, e crescendo con maggiore intensità, da ragazza e quindi da donna, Ada ha sempre sognato di essere come Costanza, anzi, di *essere* Costanza, ma senza provare invidia verso di lei, piuttosto, devozione. Il tributo che le persone stupide e buone rendono a quelle intelligenti può essere altissimo, l'ingenuità glielo fa versare in perfetta contentezza, e qualsiasi obiezione o osservazione negativa che potrebbe timidamente farsi spazio nella loro mente viene sommersa da una calda onda di gratitudine verso chi è non più meritevole in assoluto, ma solo privilegiato dalle doti che si ritrova per caso a possedere. Ecco perché la fortuna, quel tesoro distribuito tra gli individui in modo tanto diseguale, invece che ragione di risentimento e malanimo da parte di chi non ne ha può diventarla di considerazione e lode verso chi ne ha, e forse è normale che sia così: perché mai non si dovrebbero ammirare la bellezza, la ricchezza, il talento altrui, perché non dovremmo trattenerci in estatica adorazione di chi ci sovrasta? In definitiva, non si basa su questo anche la religione?

E questo è il punto: Ada custodiva in sé e aveva sempre praticato una vera e propria religione di sua cugina Costanza. La trovava ricolma di qualità superiori, fisicamente attraente, disinvolta, generosa, capace di pensieri profondi, sincera, persino elegante, comparata alla sua inguaribile sciatteria. E dotata di una bellissima voce, cosa che per altro tutti, anche i meno benevoli verso la Mesones, confermavano. Ad Ada piaceva da pazzi la voce roca, bassa e suadente con cui Costanza parlava, le piacevano le sue tre bambine, le piaceva neanche tanto segretamente Nanni, le piaceva la casa dove abitavano e il modo in cui vivevano. In reazione a qualsiasi cosa Costanza dicesse, anche la meno originale, sgranava gli occhi per la meraviglia e talvolta scoppiava in una risata entusiasta battendo le mani. Pur non essendo affatto pettegolo, Nanni aveva definito Ada e Bruno la coppia con il più basso quoziente d'intelligenza che avesse mai conosciuto: non era una malignità, bensì una mera constatazione. Forse, più che scemi, quei due erano ingenui, due sempliciotti insomma, creduloni fondamentalmente inoffensivi, e sempre festosi e ben disposti all'accoglienza di amici, parenti, sconosciuti e varia umanità, anche perché essere ospitali serviva ad alleviarne la solitudine che lì, al conventino, isolato in mezzo a una campagna brulla che prima o poi sarebbe stata raggiunta e inglobata dalla periferia urbana, altrimenti si faceva sentire.

Le precoci macchie sulla fronte e sulle guance di Ada, dovute al sole e alla carnagione biondastra, dalla pelle leggermente grinzosa, e qualche capello già bianco la facevano sembrare più vecchia di quello che era, dunque, in un certo senso, anche se nata quattro anni dopo, una sorella più grande di Costanza, e forse per questo l'aveva accolta a braccia aperte. Ma la ragione era anche un'altra, che aveva rivelato alla cugina solo dopo il suo arrivo al conventino. Ada infatti era sola: Bruno se n'era andato.

«Ma come? Bruno? Quando? Perché non me l'hai detto? Non sarei venuta a disturbarti se è un momento difficile...»

«Dieci giorni fa, anzi, per l'esattezza, undici» rispose sospirando Ada mentre saliva una stretta scala fuligginosa col bagaglio che aveva letteralmente strappato dalle mani di Costanza. «E guarda, invece, sono felicissima che tu sia venuta, così parleremo, se ti va. Altrimenti mi sa che impazzisco.» Si sentiva nella sua voce un dolore già spento, piatto, morto, privo dello scatto salutare della rabbia, che è tossica ma segnala ancora la capacità di reagire all'accaduto. Fece strada a Costanza introducendola in una stanzetta dalle pareti spoglie, tranne che per una stoffa indiana che faceva da testiera a un letto appena più largo di un singolo, ma che forse aveva la pretesa di essere a una piazza e mezzo, coperto da un telo con su file di elefanti il cui colore aveva stinto trasformando gli animali stilizzati in vaporose macchie blu: evidentemente, la camera degli ospiti. In un angolo una sedia di paglia con sopra un gatto che sbadigliava, in quello opposto un secchio. Veneziane a mezz'asta alla finestra, che dava sul cortile interno, ingombro di cespugli spinosi. Costanza vi si affacciò per un istante, come per godere di un panorama: era tutto secco, screpolato. Le piante spoglie sembravano uscite a fatica dalla terra. «Sì, mi racconterai, certo...» disse, e intanto immaginava con una certa preoccupazione gli scambi che avrebbe avuto su temi coniugali con la cugina. Chi dovrebbe consolare chi? Cosa ci sarebbe da spiegare? E io, dovrò giustificarmi? Forse venir lì era stata una scelta sbagliata (l'ennesima?), ma ora non avrebbe avuto le forze di spostarsi altrove, e piantare in asso la cugina bisognosa di confidenze non era nemmeno pensabile. «Le lenzuola, non sembra, ma sono pulite» mormorò Ada e se non fosse stato per il tono disanimato, si sarebbe detto che provava vergogna per quella necessaria precisazione. «Così, se arriva qualcuno, è tutto pronto.» Di nuovo un sospiro così lungo da lasciarla senza fiato.

«Certo, certo, ma non ti preoccupare» la rassicurò Costanza, «mi arrangio» e intanto andava riconsiderando la lunghezza del suo soggiorno lì. Giusto il tempo per riflettere un po', immaginare una sistemazione migliore, e poi riconsiderare l'esatto motivo per cui se ne era andata di casa, cosa di cui dopo lo slancio iniziale dalla fuga cominciava a dubitare.

«È solo per qualche giorno.»

«Puoi rimanere quanto vuoi.»

Ma si capiva che Ada non stava seguendo il discorso della cugina, rispondendole con frasi rituali, bensì rimuginava tra sé ben altro.

«Pensa: si è invaghito di una studentessa.»

«Una studentessa?»

«Di agronomia. Al primo anno.»

Davvero strano, pensò Costanza: Bruno all'università non metteva mai piede, e dava un esame (così si usa dire nella città che assiste al loro raro avvicendamento) «ogni morte di papa». Come aveva fatto a conoscere e a innamorarsi di una matricola?

2.

L'addio tra Ada e Bruno era stata una scena demenziale. I due non si erano mai presi di petto in vita loro, nulla, in quattordici anni, nemmeno il più banale litigio, e la disabitudine allo scontro li aveva resi doppiamente goffi nel farlo. Malgrado dovesse in teoria trovarsi parecchio a disagio abbandonando il ruolo classico che aveva impersonato tutta la vita, dell'uomo arrendevole e pacioccone, Bruno era stato davvero brutale nell'annunciare la sua decisione, e nel dichiararla irrevocabile. Temeva che i forse, i non saprei, le mezze misure, le mezze parole e le mezze ammissioni lo avrebbero sprofondato in una palude da cui non sarebbe mai stato capace di tirarsi fuori, e avrebbero reso impossibile scollarsi da quella che fino a un istante prima della sua dichiarazione era senza alcun dubbio «la donna della sua vita»: in certi casi le sfumature e le delicatezze diventano sabbie mobili. Oppure quel tipo di esistenza fuori dal mondo, al conventino, ne aveva impoverito il linguaggio a un livello di trasandatezza simile a quello dell'abbigliamento: chi vive isolato e ha pochi scambi col prossimo non si rende conto di quanto i suoi modi si inselvatichiscano. Oppure ad agire in lui era l'esasperazione di chi ha sempre creduto in qualcosa e scopre che non soltanto non era vera, e si trattava di un inganno, di una trappola, ma che quella trappola se l'era costruita con le sue mani per andare a ficcarcisi dentro.

Oppure, diciamolo, era la violenza della passione a farlo parlare così.

Ada raccontò a Costanza com'erano andate le cose con Bruno in modo talmente smozzicato e confuso, che sarà forse sufficiente trascrivere un frammento del loro scambio convulso, e quindi raccontare per sommi capi quel che ne era seguito.

«Vuoi sapere la verità? Che non sopporto te e non sopporto questa vita, non vi sopporto più. E poi devo dirtelo, Ada, quella storia dei detersivi ecologici, a me è sempre sembrata una grandissima stronzata.»

«Ma come? Anche tu ne eri convinto! Anzi sei stato proprio tu a farmi prendere tutta quella roba, i flaconi, i depliant, le bandierine...! Ci credevi sul serio!»

«E ora non ci credo più.»

«E noi due?»

«Noi due cosa?»

«Tu e io, Bruno. Non hai niente da dire?»

«No, niente.»

«Non è possibile! Stiamo insieme dal liceo! Non ho mai avuto un altro uomo oltre te! Bruno, sei forse impazzito? Cosa hai?»

«Non ho niente. Non ti voglio più, e basta. Non voglio più te, voglio un'altra.»

«Ah! Sei tremendo. Sei ingiusto.»

«Non mi interessa affatto essere giusto. Non sono un santo, Ada, e nemmeno un martire. A te invece piace, vero? A te piace razzolare nel fango, ti piace grattare le croste, non è così? Basta vedere come viviamo, in questo posto.»

«Ma se lo amavi tanto! Dicevi che non eri mai stato così bene in vita tua, che adoravi questa pace, starcene per conto nostro, la natura...»

«La natura, ah! Mi fa schifo, la natura. E facciamo schifo noi che diciamo di vivere in accordo con la natura solo perché qui è tutto zozzo e squallido, ci sono erbacce e cacate di gallina. E una buona volta, guardati anche tu, Ada, guardati a uno specchio, come sei conciata, c'hai le unghie sporche, quelle orrende ciabatte, quant'è che non ti lavi la testa?»

«Bruno, lo sai benissimo che la pompa è rotta! E avevi promesso che l'avresti aggiustata tu.»

«Non ne sono capace. Non sono un idraulico, non sono niente e non so fare niente, lo hai capito, Ada? Lo vuoi capire una volta per tutte? Ci ho provato a ripararla, quella cazzo di pompa, ci ho provato in dieci modi diversi, ma non ci riesco, e non mi va di chiamare qualcuno che non ho i soldi per pagare. La odio, quella pompa, è sempre rotta. Sempre! Ma anche se funzionasse, sono stufo di pompare, sono stufo di andare avanti e indietro coi secchi d'acqua. Chiaro? Vatti a comprare uno specchio, e guardati. Guardati allo specchio!»

«Bruno! Sei cattivo! Non ti riconosco.»

«Non mi hai mai conosciuto. Tu non sai come sono. Tu non sai chi sono. Cosa voglio. Cosa mi piace.»

«Le stesse cose che piacciono a me.»

«No! Noooo! Mi fanno schifo! Schifoooo! Mi fa tutto schifoooo! Comprati uno specchio e guardati. Guardati!»

«Ma cosa ho che non va? Cos'è adesso questa ossessione dello specchio?»

«Uno specchio! Dovevo comprartelo io, un maledetto specchio. Ti ci vuole uno specchio. E se non vuoi guardarti allo specchio, allora guardati intorno. Guarda, guarda!»

«Ma cosa vedi di tanto terribile, Bruno? Viviamo qui da

quattro anni e non ti eri mai lamentato... mai una sola volta...!»

«Perché ero cieco. Ma ora ho aperto gli occhi.»

«E chi te li ha aperti, gli occhi, lei?»

«Lasciala stare. Non parlare di lei.»

«Com'è, bella? Cosa ha di speciale, cos'ha meglio di me?»

«Oddio che domande! Non ha niente di speciale. Ma io la amo.»

«E non ami più me...»

«No. Da un bel pezzo, se è per questo.»

«Ah sì? E allora cosa hai fatto in tutto questo tempo, mentre stavi con me? Facevi finta?»

«Sì, ho fatto finta. Ho sopportato. Ho aspettato. Ma ora non voglio più aspettare. Ciao Ada, ti saluto.»

«Fermo, dove vai? Dove vai, Bruno? Dove credi di andare? Pensi di cavartela in questo modo? Non hai nessun rispetto per me? Non hai nessun rispetto per noi due?»

«Ma quale rispetto?! Non voglio più vederti. Non voglio più avere davanti la tua faccia. Non voglio più trovare i tuoi capelli sul cuscino. Non voglio più uscire la notte a prendere l'acqua. Non voglio più mangiare la zuppa di cavolo. Voglio vivere in città, come tutti i cristiani, e non in questo porcile.»

«Sei impazzito, Bruno, è l'unica spiegazione che riesco a darmi. Io non c'entro niente. L'amore non c'entra niente. È una scusa.»

«Ma quale scusa? Come devo dirtelo? Devo gridarlo, devo mettertelo per iscritto? Non ti amo più, punto.»

«Non mi hai mai amato, allora.»

«È possibile.»

«No, non è possibile.»

«E invece è possibile. Ho sbagliato tutto, fin dall'inizio. E ora sto rimediando all'errore.»

«Ma io ti amo ancora, Bruno. Resta qui, te ne prego. Resta con me. Riproviamoci. Ricominciamo daccapo. Io ti prometto...»

«Non ricomincerei neanche se mi pagassero oro.»

«Ma io ti prometto...»

«Niente promesse. Non c'è storia. Finiamola qui. Ti saluto.»

A questo punto, non trovando più le parole, che oramai affluivano a fatica alle sue labbra formando sempre le stesse formule e frasi fatte, mentre la testa si stava svuotando del sangue come per una emorragia, sentendosi prossima a un mancamento Ada non riuscì a fare altro che precipitarsi barcollando verso il portone del convento e sbarrarlo, sfilando la grossa chiave dalla toppa, e poi pararcisi davanti coprendolo col suo corpo ingombrante perché Bruno non riuscisse a passare.

«Levati!» urlò lui, «levati subito o io...» e la afferrò per le spalle senza però riuscire a spostarla. Ada si era ulteriormente inquartata negli ultimi mesi e ormai pesava quasi quanto Bruno che pure era grande e grosso. «Levati o spacco tutto!» la minacciò lui stavolta prendendola per la vita e tirandola via, di lato, ma il risultato fu solo che la sua stinta vesticciola a fiori si strappò dov'era più lisa, tra una ascella e il fianco, e Ada mugolò di dolore come se fosse stata la sua pelle a lacerarsi.

«Lo vedi? Vuoi che ti faccia male? È questo che vuoi?» e di nuovo Bruno tentò di levare Ada di mezzo, che a gambe larghe era piantata davanti al portoncino e ne nascondeva dietro la schiena la chiave serrata nel pugno da lottatore. Come in certe leggende in cui i carnefici non riescono a smuovere il martire divenuto per miracolo pesante come pietra, il corpo di Ada aveva assunto la stessa fermezza della sua anima, l'aveva trasformata in materia. Mai avrebbe permesso a Bruno di squagliarsela in quel modo. A tutte le umiliazioni subite nel corso della sua vita, di cui peraltro non era mai stata pienamente consapevole, il che le aveva permesso di soffrirne di meno e di trasformarle, come si usa dire autoingannandosi, in «occasioni di crescita», non poteva aggiungersi anche questa. Questa no, questa no.

«Non te ne andrai così... non così» sussurrò col filo di voce che le era rimasto. «Non te andrai da me. Mai! Te lo giuro.»

Incredulo e reso paonazzo dallo sforzo, non tanto fisico quanto morale, Bruno fu sul punto di uscire di sé per davvero. Aveva gli occhi sbarrati, un filo di bava secca intorno alla bocca e ora, disperatamente, per non metterle le mani addosso, stava tentando di spingere via Ada pressandola con la grossa pancia sporgente dalla salopette di jeans che era stata modificata apposta con grosse pinces di tela per farle spazio. «Levati, levati, per dio e per la madonna! O sennò sarò costretto a...» le urlò in faccia, senza sapere come completare la frase. Picchiarti? Non l'aveva mai fatto. Né l'avrebbe mai fatto. E allora la insultò, e fu persino peggio, poiché anche questo accadeva per la prima volta in quattordici anni durante i quali erano sempre vissuti, almeno in apparenza, d'amore e d'accordo con un tale affiatamento da rendere inutili le parole, positive o negative. Tra le cose brutte che le disse, la meno grave ma più disgustosa fu «cagna».

Ma Ada non si spostò di un millimetro, e con un rapidissimo gesto che Bruno non fece in tempo a intercettare, lanciò la chiave del portone dietro una fila di polverose damigiane vuote che stavano addossate a una parete da quando, anni addietro, erano andati ad abitare lì, e che si erano ripromessi mille volte di sgombrare. Era una delle tante cose da fare che non avevano mai fatto. Ma del resto che fastidio davano? Anzi, avevano rappresentato in un certo senso la spontaneità un po' selvaggia di vivere lì, isolati, in campagna, finendo per diventare dei simboli.

A quel gesto dispettoso, e scarsamente efficace, stavolta Bruno reagì in modo manesco. Continuando a insultarla con epiteti sempre più pesanti, afferrò Ada per i capelli. Ma essendo questi grossi e intricati, e Bruno assai maldestro nei panni dell'uomo violento, quando provò a tirare, il mignolo della sua mano sinistra che era rimasto intrappolato in uno di quei nodi stopposi si girò al contrario.

Bruno urlò in modo disumano e un istante più tardi i suoi occhi rotondi e celesti, così simili a quelli di Ada da aver fatto credere a molti che loro due fossero in realtà fratello e sorella, e che fosse questa la vera ragione per cui vivevano insieme, si riempirono di lacrime. Fatto un passo indietro, tirò via la mano e guardò con stupore il povero mignolo che penzolava nel verso opposto rispetto alle altre dita, come se non avesse mai fatto parte della sua mano ma vi fosse stato aggiunto con un trapianto malriuscito.

«Oh! Che ti sei fatto Bruno?» esclamò Ada e cercò di afferrare la grassa mano infortunata, «cosa ti sei fatto, poverino?», poiché le veniva spontaneo l'istinto di soccorrere, o di soffrire al posto degli altri. Sembrava quasi che fosse stata lei a farsi male. E difatti scoppiò a piangere, intanto che accennava una carezza tremante verso il dito pendulo del suo aggressore. «Fammi vedere, tesoro... ci penso io» e giù lacrime sincere.

Visto che lei si era finalmente scostata, Bruno approfittò del momento: con la mano sana tirò il catenaccio e il portone cigolando si aprì, poiché Ada non aveva fatto in tempo a chiuderlo con la chiave e il gesto di lanciarla per aria era stato solo teatrale, dimostrativo. Giusto il tempo che lei, sconcertata, gli chiedesse «Ma Bruno... Bruno... cosa stai facendo?» che lui era già fuori. Era fuggito senza voltarsi, a grandi falcate per la strada di polvere, reggendosi una mano con l'altra e mugolando per il dolore e la felicità. E chissenefrega se non era riuscito a portare nulla con sé: sarebbe tornato in un'altra occasione a prendere la sua poca roba, e quattro libri di agronomia.

3.

Una coda a questa storia che Ada ovviamente non poteva né avrebbe mai voluto conoscere è quella dell'amore di Bruno. Chissà se vale la pena raccontarla qui, la sua infatuazione, tenera e violenta quanto poco fondata. La studentessa per cui aveva perso la testa, Valentina Cervetto, ventenne, lui si era convinto in modo unilaterale che lo ricambiasse. Ne era certo: lei lo amava con tutta se stessa. Questo solo perché era stata gentile mentre si trovavano a fare insieme una di quelle file caratteristiche degli studi negli atenei dello Stivale: file, sempre file, ore di file, per iscriversi, per presentare il piano di studi, per dare un esame, per ritirare il diploma. Bruno era stato attratto dalla snellezza della ragazza e dai suoi capelli lunghi fino a metà schiena, che aveva potuto osservare e ammirare a suo piacimento stando in coda dietro di lei. Erano neri, lisci e lucenti, quindi l'esatto opposto di quelli di Ada. Valentina era rimasta colpita da quest'uomo barbuto e corpulento, dai capelli già radi, che aveva poco a che spartire col resto della popolazione studentesca; per quanto impacciata, una figura rassicurante, quasi paterna, esperta di vita universitaria e prodiga di consigli su come affrontarla positivamente, il che era un bel paradosso visto che quella di Bruno era stata sin lì fallimentare: non a caso si trovava in coda allo sportello per iscriversi all'ennesimo anno fuori corso. Ma si può diventare buoni conoscitori di qualcosa anche ponendosi in contrasto con essa, o infrangendone le regole, o venendone estromessi, come dimostrano, ad esempio, certi detenuti capaci di maneggiare il codice penale, di cui hanno violato gli articoli, con maggior disinvoltura dei loro avvocati; e dai propri insuccessi Bruno aveva tratto delle massime generalmente valide, ricavabili grazie a una semplice deduzione: per ottenere buoni risultati bastava fare l'esatto opposto di quel che aveva fatto lui.

Siccome la sede dell'università si trovava in una turrita cittadina medievale e per raggiungerla ci voleva un'ora e mezzo di treno, piuttosto che prendere una stanza in qualche appartamento condiviso e abitare lì in modo stanziale, per molti studenti era più conveniente fare i pendolari dalla capitale, e Bruno sarebbe stato con loro, uno di loro, assai di rado però visto che seguiva poco o nulla le lezioni e a dare esami praticamente aveva rinunciato, utilizzando una per una tutte le scuse possibili. Ma da quando aveva conosciuto Valentina gli era ripresa la voglia, la voglia cioè di prendere il treno se non quella di studiare e preparare gli esami, poiché contava di incontrarla su qualche vagone e di nuovo parlarci. Questo era in effetti avvenuto, un paio di volte. Il caso va provocato, sollecitato, e a furia di fare su e giù col treno delle sette meno un quarto, il più frequentato dagli studenti (a quell'epoca i vagoni avevano un corridoio laterale spesso ingombro di gente in piedi o seduta su strapuntini a molla estratti dalla parete, per cui si veniva costretti a una gimkana strusciando gambe e valigie), lui l'aveva avvistata attraverso la porta scorrevole dello scompartimento, con la testa china su un manuale e la penna a sfera penzolante dalla bocca nei rari momenti in cui cessava di sottolineare i paragrafi da mandare a memoria, e pur non potendo sederlesi accanto perché non c'era posto, era riuscito a gesti ad attirarla nel corridoio per far due chiacchiere.

«Ehi, ciao Valentina, ti ricordi, vero? Lì, all'università... la fila allo sportello...»

«Certo che sì, Bruno! Non sei uno di cui ci si scordi tanto facilmente...»

Questa frase poteva essere interpretata in vari modi ma il cuore in sommossa di Bruno scelse quello più lusinghiero. Credette perciò di essersi già ricavato uno spazio nei pensieri della ragazza: si trattava, quel posto oramai suo, di renderlo abitabile e ampliarlo, installandovisi in modo stabile. Ma come fare?

«... be', anche per come sei vestito!» aggiunse ridendo Valentina e nemmeno questa osservazione che poteva al limite essere maliziosa lo turbò o preoccupò, anzi, Bruno infilò i pollici nelle bretelle della salopette slavata di jeans e le tirò in avanti, come se fossero elastiche, fingendo di farle schioccare alla maniera di Oliver Hardy, a cui peraltro un poco somigliava, gongolando, perché si era sempre sentito a suo agio in quella divisa campagnola che non cambiava quasi mai e che di conseguenza era piuttosto lurida. Ancora ai tempi in cui si svolge questa storia la rotondità era sinonimo di buonumore, di un carattere gioviale; e per un certo periodo la salopette, pratico indumento da benzinaio, venne indossato in modo impropriamente casual, o pauperistico, o addirittura, da ragazze spigliate, in chiave sexy, senza niente sotto.

«Tu piuttosto, Valentina… che lezioni hai oggi? A che ora?»

«Zootecnica. O zootecnia. Ancora non ho capito la differenza» e rise. «Per fortuna alle dieci…»

Bruno non nascose la soddisfazione che raggiava intorno a lui come l'aureola dei santi. «Ah bene, bene… perfetto… devo andarci anch'io… e così abbiamo tempo prima per prenderci un caffè o un cappuccino in piazza, ti va?»

Lì per lì, Valentina fu piuttosto sorpresa che uno come Bruno ancora seguisse i corsi delle materie che di norma si affrontano al primo anno, anche perché lui subito iniziò a parlare da vero esperto delle razze bovine più o meno diffuse negli allevamenti sparsi per lo Stivale, e soprattutto di una che sembrava essergli assai cara: la podolica. Ah, la podolica, la podolica, dal manto marezzato di tutte le possibili e delicate sfumature di grigio: Bruno ne parlava con tenerezza, quasi con commozione, la quale si trasmise facilmente alla ragazza, colpita dal trasporto poetico del nostro eterno, ormai vecchio studente.

«E le sue corna, poi, sono bellissime… con quel modo nobile e pacato di muoverle in aria, quando scuote la testa…»

«Confesso che non l'avevo mai sentita nominare» ammise senza difficoltà Valentina Cervetto, che proveniva da un liceo classico del centro, e vacche e buoi li aveva perlopiù conosciuti sulla carta, nelle poesie dei latini e dei loro imitatori moderni, dove ci si diceva incantati dai loro «pazienti occhi», dalla loro «austera dolcezza» e così via; ma questa stessa meraviglia ora Bruno la rinnovava con autentico fervore, le sue parole suonavano spontanee, il che sinceramente la toccava, toccava in lei corde profonde e mai fatte vibrare prima. Quest'uomo, pensò, lui sì che vive in prima persona la natura, la campagna e i suoi lavori, gli animali, e un giorno vorrò farlo anch'io. Non è un'utopia. Anch'io desidero andar via di casa, appartenere a un mondo diverso, vivere accanto alle bestie e alle piante. Voglio fare a meno del superfluo, e aiutare le asine a partorire. È giunta l'ora di fare ritorno alla terra.

(Non poteva immaginare che, come lei, pure Bruno una vacca o una capra non le vedeva nemmeno col cannocchiale, e che la sua infatuazione per la vita ruspante si era un giorno dopo l'altro assottigliata abitando al conventino, senza animali fuorché un paio di galline, e, a parte un orticello, senza un metro di terra coltivata, rivelando la sua natura di sciocco sogno, uno di quelli da cui ci si risveglia con un sapore amaro in bocca non tanto perché il sogno sia finito, ma perché non conduceva da nessuna parte. Il desiderio che all'inizio lo animava si era rivelato una falsa pista. A Bruno oramai di tutta quella faccenda, terra, asini e muli, ciclo stagionale, radicamento, campi e orti senza pesticidi per cui un tempo si era, seppure in modo vago e superficiale, entusiasmato, non fregava più nulla, come già sappiamo; però l'attrazione verso Valentina era così forte da far rivivere quella passione spenta.)

Infatti l'ora trascorsa al caffè prima di recarsi insieme a Valentina Cervetto alla lezione di zootecnia, o zootecnica, di cui non sarebbe stato in grado di ricordare una sola parola tanto era turbato (verteva tutta sulla spiegazione e l'esemplificazione di cosa sia un «fenotipo»), be', era stata una delle più intense mai passate da Bruno in vita sua e di sicuro la più felice degli ultimi, vogliamo dire, dieci anni? Nemmeno un adolescente alle prime esperienze sente crescere dentro di sé in un tempo così limitato un sentimento tanto violento e gioioso. Una specie di benedizione, di elevazione, di trionfo, qualcosa di mai provato prima, che invece di ammutolirlo come vuole la tradizione della poesia amorosa, l'aveva reso loquace, spigliato, simpaticissimo, perfettamente a suo agio con quella ragazza che sembrava corrispondere punto per punto a ciò di cui egli da sempre sentiva bisogno. Un vero bisogno, forse l'unico reale bisogno, il bisogno che tutti hanno e di rado soddisfano. Era graziosa, era viva, era giovane, era intelligente, era curiosa, era gentile, era nuova, lo ascoltava, gli rispondeva, rideva delle sue battute e ne inventava di sue, aveva begli occhi, aveva speranze e progetti, aveva idee in cui, per quanto in modo vago, credeva con tutto il suo cuore, ed erano le stesse che aveva avuto un tempo Bruno, e che ora rivivevano in lui e lo facevano rivivere. Finalmente!

La piazza intorno sembrava una scenografia apparecchiata apposta per loro, per accoglierli e proteggerli ed esaltarli, tanto combaciava in ogni dettaglio all'ideale bellezza che le città dello Stivale offrono a chi le abita o le visita. Quante ce ne saranno di così intime e splendide e struggenti sparse da Nord a Sud? Cinquanta? Cento? O ancora di più? E chi potrà dire di averle conosciute tutte?

Un segmentato ovale di case patrizie, punteggiate di finestre una diversa dall'altra, una torre che invece ne era priva, una chiesetta romanica nella cui facciata di peperino rientravano nicchie con leoni, aquile e altri animali araldici resi irriconoscibili da secoli di pioggia, e, giusto al centro della piazza pavimentata con grossi basalti neri, che parevano bagnati per quanto erano lustri, una rutilante fontana seicentesca che zampillava in modo irregolare, ora piano ora forte, ora per niente, sicché si aveva l'impressione che i delfini di pietra stessero sul serio succhiando acqua dalla vasca e risputandola in aria per gioco.

Anche Valentina stava al gioco, allo stesso gioco, ma con un sentimento assai differente da quello di Bruno, che invece lo credeva simmetrico al suo. Si stava incuriosendo, divertendo, appassionando persino, ma non alla persona che aveva davanti, piuttosto, al suo bizzarro personaggio. I pochi anni d'età, e qualche gradino sociale di differenza, bastavano a scavare tra loro un vero abisso che per la ragazza, in fondo, era rassicurante: una specie di cuscinetto, di fascia smilitarizzata. Per lei Bruno avrebbe potuto essere, per così dire, un lontano cugino piombato da qualche paese arroccato nell'entroterra, con il suo carico di bizzarra diversità: tanto distante che ci poteva avere a che fare senza il rischio, o piuttosto senza la minima ipotesi di un coinvolgimento personale, come invece sarebbe stato con un qualsiasi ragazzo suo coetaneo, uno di quelli che normalmente frequentava. Ascoltava i racconti di Bruno come Desdemona quelli di Otello, e quasi come lei ne era affascinata e al tempo stesso impietosita. Le facevano l'effetto straniante ed eccitante di una favola. Senza giungere a paragonare anche loro (dopo Sheila e il Coboldo) alla Bella e la Bestia, i due in effetti non appartenevano alla stessa specie, non provenivano dal medesimo pianeta, malgrado quella mattina Bruno si fosse convinto di aver ritrovato la sua metà perduta, scordando in un batter d'occhio i quattordici anni in cui aveva creduto che quella con cui combaciare, magari sformandone i margini, fosse Ada. In altre parole, se mai Valentina avesse seguito, al termine dei suoi studi teorici, il progetto di andare sul serio «a ripopolare la campagna», a «recuperare il rapporto con la terra», a «vivere in simbiosi con la natura», fuggendo «il caos e l'inquinamento», come si usava dire allora, si sarebbe scelto come compagno di avventure uno simile a lei, non certo Bruno.

La più poetica e suggestiva ma probabilmente falsa affermazione mai messa su carta è "amor ch'a nullo amato amar perdona". Non è purtroppo vero che la persona amata debba per forza ricambiare chi la ama: eh no, non stanno così le cose. Prova ne è che Bruno si era infiammato d'amore per Valentina, e Valentina non per Bruno: non era accaduto quel giorno e in quell'ora passata insieme, che pure a lui erano parsi miracolosi, benedetti, baciati dall'amore, né sarebbe accaduto in seguito.

Il risultato fu che Bruno diede per acquisito un rapporto

che non esisteva se non nella sua mente. Intendiamoci, anche le cose della mente esistono, a loro modo, il problema è quando la mente che le ospita è una sola, mentre tutte le altre non vedono né sentono nulla di ciò che quella mente isolata vede e sente: è ciò che con un termine immeritatamente caduto in disuso veniva chiamato follia. Ma sì, follia: una grossolana semplificazione, certo, che però illustra bene quel che accadde a Bruno e Valentina nei giorni che seguirono il loro incontro nella cittadina universitaria. E cioè l'esplosione di un autentico delirio, o in termini più ristretti, una mania. Non osando chiedere il numero di telefono alla ragazza poiché si vergognava di non poter ricambiare dando il suo (al conventino come abbiamo detto il telefono non c'era), con l'assurda speranza di imbattersi in lei tra uno scompartimento e l'altro, Bruno cominciò a prendere ogni mattina lo stesso treno dove si erano incontrati quella volta, il che voleva dire per lui svegliarsi molto prima dell'alba, dato che alla stazione doveva arrivarci con la corriera delle sei meno dieci, la cui fermata si trovava sulla statale a due chilometri dal conventino, da percorrere a piedi nel buio pesto cercando di non inciampare sullo sterrato.

Ma l'impulso era troppo forte e ingovernabile per non accettare di buon grado, anzi con entusiasmo, quel sacrificio dal risultato assai aleatorio; che non era per lui più un sacrificio bensì un puro e positivo atto d'amore, e dunque lo esaltava invece che mortificarlo.

Ada per parte sua era felice che Bruno, anche se tardivamente, avesse deciso di riprendere gli studi interrotti: l'unica preoccupazione essendo gli arretrati da pagare per gli anni fuori corso. «Intanto ricomincio a frequentare, poi penserò a come regolare la mia iscrizione» le aveva detto lui, «forse posso rateizzarla, vediamo.» E intanto stava pensando al giorno dopo, e al giorno dopo ancora, o se fosse andata male alla settimana seguente, Valentina sarebbe ricapitata per forza sulla sua strada, era solo questione di perseveranza e di un briciolo di fortuna.

E infatti fu così, i due si rividero, e se Bruno non fosse stato accecato si sarebbe accorto che qualcosa era cambiato nell'atteggiamento della Cervetto verso di lui. Gli sorrideva, lo ascoltava, ma sembrava impaziente e un po' distratta. Rifiutò l'invito al caffè dell'altra volta.

«Devo parlare con un professore che ha ricevimento. Proprio non ce la faccio.»

«Se vuoi allora quando hai finito con le lezioni. Io sono libero» aveva subito rilanciato Bruno. Quindi aveva aggiunto: «Libero come un uccellino!», mimando con le braccia un battito d'ali.

Quella battuta e quel gesto, che la settimana prima avrebbero messo di buonumore la ragazza, adesso le parvero troppo, davvero troppo infantili, una spiritosaggine, e la lasciarono perplessa. Nella sua mente si formò per un automatismo che un poco le dispiacque, la domanda retorica: «Ma è un po' rincoglionito, questo?». Tanto buono e caro, si disse, però...

«No, è un problema, perché ho soltanto un'ora di buco tra una lezione e l'altra, e ho promesso a una mia amica che sarei andata a trovarla, abita a dieci minuti dalla facoltà.» Il che era la pura verità.

«Allora prendiamo insieme il treno di ritorno, oggi pomeriggio, stasera...» insistette Bruno senza scoraggiarsi. Per lui sarebbe stato un piacere forse anche maggiore sedersi accanto a lei, magari sugli strapuntini in corridoio, che sono scomodi ma hanno qualcosa di intimo, di avventuroso. E poi a quel treno spesso strapieno accadeva di accumulare ritardo lungo il tragitto, per cui sarebbero rimasti insieme un po' più a lungo: dieci, quindici, venti minuti, e Bruno se lo sarebbe goduto, avrebbe benedetto ogni minuto in più di quel ritardo, che spazientisce i pendolari.

«Eh no, dormo dalla mia amica» mentì Valentina, e malgrado la fretta con cui aveva messo in piedi la bugia, Bruno non fu in grado di interpretare il suo tono un po' brusco, difensivo, e restò soltanto deluso per l'occasione mancata.

«E domani, allora?» chiese facendo una smorfia da cane

bastonato che pretendeva di essere scherzosa, ma non lo era fino in fondo.

Esistono due scuole di pensiero sull'insistenza nelle faccende di cuore: che essa sia controproducente perché finisce per irritare sempre di più chi ne è l'oggetto, dunque sia meglio evitarla, oppure che occorra comunque buttarsi, tentare, perseverare, rinnovare gli inviti, bussare e bussare e bussare ancora, e alla fine, se non altro per sfinitezza, la porta verrà aperta. Bruno aveva abbracciato questa seconda, non perché fosse un seccatore di natura, anzi, era piuttosto discreto, ma perché non si era minimamente reso conto della resistenza di Valentina, l'avrebbe considerata inammissibile, visto che lei di sicuro lo amava anche se non ne era ancora consapevole. Presto o tardi gli avrebbe detto sì, si trattava solo di superare qualche ostacolo pratico, e lui era dispostissimo ad andarci piano. Mentre si faceva sempre più sordo e cieco di fronte all'evidenza che la ragazza non aveva questa gran voglia di frequentarlo, era perciò convinto di agire con tatto, rendendosi disponibile a qualsiasi soluzione pur di rivederla. «Sennò facciamo dopodomani, o il giorno che vuoi tu.»

«Va bene, vediamo» disse lei, e si preparò a scendere anche se all'arrivo mancavano almeno cinque minuti, «ti faccio sapere, d'accordo? mi faccio viva io» e a Bruno bastò questa promessa, niente affatto impegnativa, anzi, dilatoria, per ritrovare il sorriso. «Bene, che bello» mormorò, «senti, vuoi che ti aiuti?» disse indicando il piccolo zaino che senza alcuna difficoltà Valentina si stava mettendo in spalla. Fu questa inutile premura da innamorato, che la disgustò tanto era ridicola, a segnare la definitiva rottura del possibile idillio, ma lo sbuffo di impazienza che uscì dalla bocca della ragazza, Bruno lo trovò dolcissimo, poetico, un poco mascolino e dunque estremamente attraente, come quello che un'attrice con un baschetto in testa e una blusa a strisce orizzontali avrebbe potuto emettere in un film della nouvelle vague. Ecco, sì, pensò, Valentina sarebbe perfetta in uno di quei ruoli di ragazza imprevedibile e lunare. Proprio per questo la amo, lei va presa così, è il suo modo capriccioso di dimostrarmi quanto ci tiene a me.

4.

Ma come avrebbe potuto farsi viva lei se Bruno nemmeno aveva un telefono? Questo essenziale dettaglio gli attraversò il cervello solo mentre rimestava nella scodella, a cena, seduto davanti a Ada, i resti della minestra. Muto, lo sguardo in basso, concentrato. Ada era abituata a quei silenzi serali, che costituivano la normalità. Un tempo erano serviti a porsi in ascolto dei delicati rumori notturni come il frinire dei grilli o il lontano richiamo di un assiolo, o il frusciare della brezza nella chioma degli alberi da frutto, che non avevano mai dato una pesca perché erano stati sbagliati gli innesti. Allora però quel piacevole mormorio riusciva a compensare, da solo, la frustrazione di aver visto gli alberi puntualmente ricoprirsi di fruttini verdi a primavera che però col passare delle settimane restavano piccoli e duri, senza diventare mai commestibili, per poi annerirsi, cadere a terra e marcire. «Eh, ci sono annate così» si erano consolati, «bisogna avere pazienza.» Forse gli alberi erano ancora troppo giovani. Forse le incisioni non erano state fatte a regola d'arte. Ma il silenzio e l'ascolto erano stati tra Ada e Bruno una delle poche conferme che valeva la pena di vivere lì, di vivere così, e di farlo insieme: il migliore collante tra loro era quel nulla, intimo, poetico. Che poco alla volta si era trasformato in un rassicurante non aver più nulla da dirsi, nulla da raccontare o di cui discutere.

Fu quella sera che Bruno prese la decisione di andarsene. Per una induzione tutta da dimostrare, nella sua mente andarsene da Ada voleva dire automaticamente ritrovare Valentina e volare tra le sue braccia.

Per rivedere la ragazza scelse una tattica ingenua ma che che restava l'unica possibile.

Cosa faceva? Non sapendo quale treno avrebbe preso lei, si appostava alla stazione già la mattina. Per fortuna i binari da cui partivano i treni per la piccola città universitaria erano due, accoppiati, quindi era possibile sorvegliarli da un unico punto di osservazione, cioè il cestino della carta straccia su cui Bruno finiva per appoggiare il suo grosso corpo già in affanno. La mano col dito steccato ricominciava a dolergli. Ma questa assidua vigilanza non portò alcun risultato. Provò allora a fare lo stesso nella stazione di arrivo, che era dieci volte più piccola, eppure il flusso di persone che ne usciva in seguito all'arrivo dei treni principali era comunque ingente, quaranta o cinquanta che sciamavano a passo svelto fuori dai tre ingressi e anche da un'uscita a lato della stazione che conduceva al parcheggio, e che occorreva sorvegliare attentamente perché i passeggeri vi facevano capolino solo per pochi secondi prima di salire sugli autobus. E lo stesso, al contrario, avveniva per i treni in partenza.

C'era un bar davanti a quella stazione, e seduto a un tavolino fuori, anche quando cominciava a far freddo, Bruno vi bevette un gran numero di cappuccini, in attesa, per un mese o due, prima di desistere e rinunciare al suo sogno.

# Capitolo XXII

## *L'infame Mascheroni*

1.

C'è un certo giorno in cui la cassaforte della Minaudo si riempie: sono contanti destinati alle gratifiche per i dipendenti. Quei soldi vi transiteranno per pochissimo tempo, prima di essere distribuiti. Non si trattava però della cassaforte grande, con dentro i documenti ufficiali, i registri e così via, bensì di una più piccola, nascosta nello studio dell'editore dietro un quadretto, raffigurante un bambino vestito alla maniera del Settecento che sta eseguendo un brano su una piccola tastiera, forse una spinetta, sorvegliato da un adulto imparruccato che nasconde le mani dietro la schiena con un'aria severa ma soddisfatta. A quel tempo certi clienti ancora pagavano regolarmente in carta moneta, che veniva incassata come oggi nemmeno i benzinai, e alla Minaudo quasi subito spesa per gli affari correnti – ed era l'affidabilissimo (sebbene detto comunemente «l'Infame») Gene Mascheroni a occuparsene. Dietro quella scenetta musicale che forse pretendeva di ricostruire una giornata del bambino prodigio W. A. Mozart, incassata nella parete stava dunque una cassaforte alta una spanna e larga forse due, ma abbastanza profonda (come quelle dei caveau delle banche) da contenere, a mazzette legate ciascuna da tre elastici di colori diversi, fino a una sessantina di milioni delle vecchie, care lire, in tagli da cinquanta e centomila: banconote un poco fluorescenti, che solo dopo essere state scambiate da più mani e stropicciate ben bene smettevano di sembrare false. Alla maniera di quel famoso personaggio dickensiano, che tirava fuori i suoi ori da un nascondiglio nel pavimento per rimirarli (ma forse ci stiamo confondendo con uno dei numerosi adattamenti cinematografici...), a Minaudo piaceva ogni tanto, chiusa a chiave la porta del suo ufficio, tirar fuori quelle mazzette e accatastarle sulla scrivania, costruirci dei castelli come si fa con le carte da gioco per poi farli crollare con una manata. La lunga chiave a doppia mappa della cassaforte la custodiva in un recesso ancora più segreto ricavato da una scanalatura aperta nel ripiano più basso della scrivania e chiusa da un tassello scorrevole. L'unica gradita compagnia durante questo spensierato e innocuo passatempo era naturalmente la Marta, che vi assisteva però in piedi, a braccia conserte, un po' scettica e al tempo stesso divertita: entrambi sapevano che a breve quei soldi non sarebbero più appartenuti alla Minaudo, tanto valeva quindi giocarci un po', prima di spargerli a pioggia sui dipendenti (anche quello un gioco, dopotutto...). Le festività natalizie ne sarebbero state allietate, quelle dei beneficati come quella del benefattore. È curioso come nel gran lavoratore che era senza dubbio Tito Livio Minaudo, avesse tanto spazio uno spirito fanciullesco, il desiderio di baloccarsi un po', ma forse non è affatto strano che agli imprenditori in generale, ai cavalieri d'industria questo piaccia – il trastullo, la sfida gratuita, il colpo azzardato, la fantasticheria puerile, lo splendore di qualcosa che si è sudato le sette camicie per guadagnare sapendo che un rovescio può portarlo via da un momento all'altro, appunto come il castello che crolla per aver voluto aggiungervi un'ultima carta, l'ultima e poi basta, incapaci di accontentarsi di quanto si era già ottenuto.

Lo stesso discorso più o meno vale per il piacere di fare le gratifiche in contanti. Un regalo, in fin dei conti, non è solo un numero, un'entità astratta, non si può fare sotto forma di assegno, o di accredito bancario – un premio deve avere consistenza fisica, come una volta ne avevano i gettoni d'oro distribuiti ai vincitori dei quiz televisivi. A parte la Marta, solo l'Infame era al corrente di questa debolezza dell'editore. L'aveva infatti spiato mentre si baloccava. A Mascheroni veniva istintivo spiare, la più arcaica fonte di conoscenza.

Fu perciò sotto Natale che il figlio dell'editore, Leopoldo Minaudo, chiamato da tutti Quadratino per l'insolita geometria della sua faccia, simile a quella di una vecchia striscia a fumetti che tutti leggevano quando il Quadratino in carne e ossa era ben lontano dall'essere concepito e suo nonno, Oreste Minaudo, aveva appena deciso di espandere l'attività familiare trasformandola dalla tipografia che era stata per un paio di generazioni in una autentica (e in un breve torno di anni prestigiosa) casa editrice, che il suo successore Tito Livio si sarebbe ostinato a chiamare «la fabbrica» forse in omaggio alle macchine per la stampa del vecchio stabilimento – bene, fu nell'avvicinarsi delle festività natalizie che Quadratino si decise ad agire. Il suo affrancamento dal padre che lo teneva in scarsa o nulla considerazione aveva bisogno di essere finanziato: e da chi se non dalla stessa persona alla cui potestà Quadratino intendeva sottrarsi? Siccome questo non sarebbe mai avvenuto spontaneamente, occorreva muoversi in modo clandestino: quel che conta è il risultato, giusto? anche se lo si raggiunge attraverso scorciatoie. Sua complice era una ragazzina esile e sveglia, così simile a lui da meritarsi qui l'equivalente soprannome di Quadratina. Come altre coppie in questa storia, quei due avrebbero potuto dirsi fratello e sorella, forse perché stando molto insieme le persone finiscono per somigliarsi, e tra i due Quadratini vi era più che affinità, o amicizia o amore, sentimenti comunque parziali, bensì un vero rispecchiamento. Anche Quadratina come Leopoldo era orfana di madre, anche lei amava la manualità e la tecnica piuttosto che le idee e i discorsi, anche lei voleva che la sua vita cambiasse bruscamente direzione e per propria iniziativa – quando invece avrebbe potuto tranquillamente vivere all'ombra di un padre facoltoso, lavorare per lui o, volendo, non lavorare affatto.

Avendo spento le luci nello studio-officina in cui lavorava Leopoldo, in modo che da fuori, attraverso il vetro zigrinato della porta il custode credesse che lì dentro non c'era nessuno prima di sbarrare il portoncino della Minaudo e uscire per ultimo, i due si trattennero ben oltre l'orario di chiusura, in silenzio, senza muovere un dito. Quando doveva essere all'incirca la mezzanotte, erano sgattaiolati in corridoio diretti verso l'ufficio di Minaudo, ne avevano facilmente forzato la porta d'ingresso, avevano staccato il quadro col bambino prodigio e, aperta la cassaforte, l'avevano svuotata del suo contenuto, che in quel momento ammontava a ventiquattro milioni, lira più lira meno. Di lì a pochi giorni o forse l'indomani stesso Minaudo in persona li avrebbe suddivisi e infilati in buste che, oltre al denaro, dovevano contenere un cartoncino recante la firma dell'editore accanto a una frase convenzionale di auguri e a un'immaginetta realizzata di suo pugno (era infatti un discreto illustratore e amava esprimersi con caricature e vignette, come peraltro molti uomini notevoli della sua generazione, in particolare scrittori e registi di cinema), raffigurante un animale immerso nella lettura di un libro – ogni anno, a Natale, un animale diverso, un tricheco, una marmotta, una mantide religiosa, un pipistrello o un polpo, e così via. Appollaiati o seduti, questi curiosi lettori reggevano tra le zampe, o le ali, o i tentacoli un libro in cui erano assorti, trattandosi evidentemente di un buon libro, come lo erano quelli pubblicati dalla Minaudo (non proprio tutti, diciamoci la verità) visto che appassionava persino gli animali. Dai beneficati, normalmente la confezione (una canonica busta commerciale gialla, a Minaudo piaceva andare per le spicce) veniva strappata e buttata nel secchio, i contanti intascati volentieri, mentre il grazioso biglietto natalizio con l'animale-lettore in parecchi lo conservavano per ricordo, e c'era infatti qualche dipendente che ne possedeva l'intera collezione. Nell'anno in cui avvenne il clamoroso furto ammontava a ventisei cartoncini di auguri. Va detto che insieme alle mazzette da centomila,

Quadratino aveva portato via anche una busta che sembrava non contenere denaro. Per simulare un furto commesso da un ladro che andava di fretta, per il timore di essere scoperto, il figlio dell'editore aveva lasciato lo sportello della cassaforte aperto e il quadretto per terra. Così ritrovò la scena Marta Sesamo la mattina dopo, girando a vuoto la chiave nella serratura dell'ufficio di Minaudo, di cui lei era l'unica a possedere una copia. Non disse nulla a nessuno e attese l'arrivo dell'editore.

2.

Fino a un certo momento, le azioni di Nico in casa editrice, nonostante la sua assenza (o può darsi, grazie a essa) erano cresciute. Di uno sveglio e disinvolto come Quell un po' si avvertiva la mancanza. La sua principale sostenitrice presso l'editore era Marta Sesamo. Usando rare e pesate parole, aveva fatto notare a Minaudo le défaillance sempre più numerose del Coboldo, che da quando era preso dall'amore perdeva colpi: trascurava certi libri considerati di punta, si scordava di aver assunto impegni inderogabili, si spazientiva al minimo contrattempo o senza alcun motivo col risultato di spazientire gli altri collaboratori, che malgrado il timore reverenziale nei confronti di quel sapiente avevano preso a lamentarsene a viso aperto, cosa mai accaduta in precedenza. L'amore cieco gioca questi brutti scherzi ma con il Coboldo, vergine in tutti sensi della parola, aveva avuto gioco ancora più facile, facendolo letteralmente uscire di senno. Minaudo di conseguenza aveva immaginato che fosse non troppo lontano il momento di farlo fuori, anche perché, diciamo pure, lo stesso Minaudo, pur essendo debitore al Coboldo di una discreta parte del prestigio culturale cresciuto in un ventennio di collaborazione, cominciava a essere un filo stufo, se non addirittura geloso, del ruolo svolto da quell'eminenza grigia all'interno della «fabbrica» – che almeno per il momento rimaneva la «sua» fabbrica, la Minaudo editrice. Insomma, ragionava, non è mica inamovibile, giusto? Qui sono tutti utili, ma nessuno indispensabile. Ecco dunque in due parole il suo piano: al ritorno dal servizio militare, Nico potrà prendere il posto storicamente occupato dal Coboldo, al quale verrà offerto un contratto di consulenza esterna vantaggioso, che non potrà rifiutare: o quello o niente. Così avrà più tempo e agio per dedicarsi alle sue ricerche da topo di biblioteca (che a dire il vero il Coboldo aveva sempre svolto in funzione della casa editrice e certo non per un'erudizione fine a se stessa). Sì, va bene, si tratta di un azzardo, perché il ragazzo è ancora da formare, ma potrebbe essere un colpo vincente. A caldeggiare questa eventualità è, come si è detto, la Marta, e per farlo la donna sceglie i momenti di intimità con Minaudo, mentre stanno scopando – o piuttosto, prima di scopare, come se promuovere il giovane Quell sia una condizione preliminare a concedersi: altrimenti l'invocazione di rito, «Apriti, Sesamo!», sussurrata dall'editore accalorato, rischia di non produrre effetti. Perché fa questo, la Marta? Già, perché? Un po' sorpreso, Minaudo comincia a farsi qualche domanda, ma è un tarlo che non riesce a penetrare nel legno stagionato del rapporto quasi di simbiosi, di telepatia tra l'editore e la sua storica segretaria.

Se il furto delle gratifiche aveva già dato un colpo a qualsiasi certezza (introducendone una nuova e parecchio disturbante, e cioè che a commetterlo o a facilitare chi l'aveva commesso fosse un interno della Minaudo – *inside job*, si dice in gergo), qualche mese dopo un evento tragico spezza per sempre l'unità interna e getta nello sconforto tutto o quasi il personale. Persino l'imperturbabile, sarcastico Enobarbo fu visto piangere senza ritegno alla notizia. Non si è molto parlato di lui sinora, ma un personaggio fondamentale alla Minaudo era Alejandro Menas, il direttore commerciale, che a quarantasei anni ancora sembrava un giovanotto, aveva in testa i suoi capelli, era virile, attivo, instancabile e ben voluto. Il suo corpo venne ritrovato alle prime ore del giorno da uno che si allenava in un parco di periferia: aveva la faccia sfigurata.

L'episodio in sé era incommentabile, e l'unica a osare farlo fu Amelia Gheno, con la sua ben nota franchezza. «Doveva finire così» disse, dando a intendere che conosceva le abitudini di Menas, uomo peraltro riservatissimo, e di come queste lo portassero a mescolarsi con ambienti pericolosi. L'insinuazione rovesciò quello che si era sempre pensato tra i colleghi di lavoro, e cioè che fosse piuttosto Enobarbo a frequentare i luoghi della prostituzione maschile, ed eventualmente a correrne i rischi relativi. E invece, pensa un po', Alejandro, il baldo Alejandro... proprio lui. Questo per dire di quanto ci si sbagli – sempre, sempre, sempre. Peraltro le indagini di polizia non arrivarono ad alcuna conclusione certa sulle cause dell'omicidio e su chi l'avesse commesso, e se all'interno della Minaudo continuò a propagarsi a lungo, seminando dubbi, paure, uno scoramento che smuoveva ciascuno nel profondo, l'eco del caso nell'opinione pubblica si spense presto, rubricato tra le disavventure di «quel mondo». Dove a chi tocca tocca.

Una conseguenza incalcolabile ebbe sulla casa editrice nel suo complesso. Anche se non vi aveva nulla a che fare in modo diretto, sommata al furto dei contanti, la morte di Menas accelerò i propositi che Minaudo covava da qualche tempo. Prima erano vaghi, lui li mise a fuoco.

## 3.

Forse è il destino delle iniziative imprenditoriali medio-piccole, che si dice costituiscano l'ossatura e l'orgoglio dell'industria nello Stivale, di venire prima o poi inglobate da aziende più grandi, altrimenti non reggerebbero le sfide del mercato: questo si sente ripetere da ogni parte. E se è vero, nell'editoria è ancora più vero. Le grandi case acquisiscono i marchi prestigiosi delle piccole, specie di quelle che fino a un certo momento della loro storia avevano avuto una proprietà e una direzione familiare, tramandata da due, tre, o persino quattro generazioni. Ora Minaudo non avrebbe mai voluto essere definito tale, un piccolo editore, però per volume complessivo di affari lo era, o meglio, era un grande editore piccolo. Ma a parte le dimensioni, e la logica commerciale, e le pressioni esterne (da almeno un paio di anni alle fiere librarie riceveva richieste di abboccamenti, o esplicite proposte di acquisto, magari espresse in forma di battuta ironica, tra gente che si conosceva benissimo, il quale è però un modo canonico di condurre gli affari: si comincia per scherzo, «Quand'è che ci farai felici?», «Non sarebbe ora che ti godessi un po' la vita, vecchia spugna?» – e dopo qualche tempo ci si ritrova seduti davanti al notaio), era la sensazione che un ciclo fosse terminato, il dolore sincero per la perdita di Menas lo aveva sfibrato, e pensare che dopo di lui veniva quello sciagurato di Leopoldo, il quale peraltro aveva smesso persino di mettere piede in casa editrice, se non per portar via la ferraglia che aveva accumulato nel suo laboratorio, be', questi fattori messi insieme gli fecero venir voglia di studiare sul serio una strategia di uscita; e vagliare le possibilità effettive di passare la mano a qualcuno che mantenesse il più possibile integro il profilo della Minaudo, ma all'interno e sotto lo scudo di un grande gruppo; e che l'operazione fosse personalmente remunerativa – in altre parole, non una svendita. Basta con le battutine e i pourparler. E al diavolo il passato, le annose tradizioni. Non volendo minimamente influenzare gli umori del personale, già abbastanza provato, condusse trattative personalissime e segrete, senza coinvolgere nessuno, nemmeno tra i dirigenti: la sola persona con cui si confidò era come sempre la Marta, la quale però non aveva alcun bisogno di essere informata perché già aveva letto nella mente i piani di Minaudo. Semmai l'unica cosa di cui lei volle assicurarsi era che quello del suo amato non fosse un colpo di testa, dovuto alle circostanze, ma presto capì che non lo era affatto: anche nello smobilitare, Minaudo, il vecchio volpone, manteneva sangue freddo. Bando ai sentimentalismi. La casa editrice era un bel bocconcino, e lui ne era consapevole – i bilanci in pareggio, le spese contenute, il catalogo nutrito, qualche longseller che ancora vendeva quelle quattro o cinquemila copie l'anno, autori rinomati a livello internazionale come Kazama Yukio più volte candidato al Nobel (l'avrebbe vinto una dozzina di anni dopo), insomma, la Minaudo era appetibile, e se lui la vendeva non è perché fosse alla canna del gas. Nel giro di un mese da quando aveva cominciato a pensarci seriamente, l'accordo in linea di massima era fatto.

4.

Ma prima che tutto ciò accadesse, prese alcune decisioni d'imperio. Era l'ultima occasione di esercitare questa prerogativa: spesso fanno così gli uomini di potere alla vigilia del giorno in cui passeranno la mano, come per lasciare la loro impronta. L'iniziativa doveva presentarsi come una ristrutturazione interna, una prima forma di snellimento a cui con ogni probabilità ne sarebbe seguita una ben più radicale da parte della nuova proprietà, a opera di un amministratore delegato famoso per la sua spregiudicatezza. Una sola cosa rimase immutata: Minaudo decise che il Coboldo restava là dov'era. Nel diadema della casa editrice era la pietra più grossa e difficile da staccare. A rimuovere il Coboldo, ragionò Minaudo, semmai ci penseranno i tagliatori di teste che verranno, non io, non ora.

Il caso di Enobarbo era delicato ma anche più semplice, perché Minaudo con quel raffinato psicologo poteva permettersi una certa brutalità che l'altro avrebbe capito e recepito mentre la subiva: è il destino di chi conosce a fondo l'animo umano e dunque non può scandalizzarsi o dirsi sorpreso di qualsiasi voltafaccia. La breve conversazione (se così si può definire un ultimatum) con cui Enobarbo venne fatto fuori verrà riportata in esteso più avanti. Gene Mascheroni prese sia pure temporaneamente il posto del povero Menas: gli spettava per ruolo, per competenze acquisite e anche per una ragione che doveva restare un segreto tra l'Infame e Minaudo, anche se ora, in seguito al furto, anche Quadratino ne era venuto senza volere al corrente.

Una mossa che stupì Marta Sesamo, ma fino a un certo punto, dimostrandole che il suo interessamento per Nico aveva sortito l'effetto opposto a quello desiderato, fu la decisione di non rinnovare il contratto annuale di collaborazione col giovane Quell, cosa che Amelia Gheno gli aveva pronosticato ancor prima che il ragazzo partisse militare, come abbiamo raccontato (accidenti!) cinquecento pagine fa. Eh sì, Amelia aveva la vista lunga e le sue forze erano intatte, il momento giusto arrivato, Minaudo fermamente intenzionato a premiarne l'intraprendenza – del resto, il ruolo di capo ufficio stampa le stava oramai stretto, e, a conti fatti, la sua formazione culturale era ampia e solida e seria assai più di quella di Enobarbo, il grande improvvisatore, il giocoliere dagli abiti ben tagliati, il quale si era costruito una fama di intenditore a colpi di battute taglienti e sottigliezze, per quanto fosse oramai noto a tutti che non apriva un libro da anni. Dunque fu lei a prenderne il posto nella direzione editoriale, sia pure con l'aggiunta di una singolare qualifica, quella di direttore editoriale junior – sì, junior, il che suonava abbastanza assurdo dato che, dopo la defenestrazione di Enobarbo, non vi era più nessuno nel ruolo di eventuale senior. Svecchiare, svecchiare, lo slogan con cui Minaudo si muoveva sulla scacchiera sacrificandone e scambiandone i pezzi con mosse spregiudicate.

Ma per tornare a Quell, cosa aveva spinto l'editore a lasciar scadere il suo contratto? Erano state proprio le pressioni di Marta a sortire un effetto indesiderato? Si era cioè fatto prendere dalla gelosia, il vecchio ma a suo modo ingenuo Tito Livio? Oppure il debito con l'ambasciatore Quell lo considerava oramai saldato? Le qualità di cavallo di razza di Nico a lungo andare lo avevano infastidito? O era stata la partenza per il servizio di leva a creare un buco che andava a ogni costo tamponato, senza attendere il suo ritorno?

Siccome in ogni campo di forze il vuoto esiste solo per essere colmato, e si lasciano libere caselle per permettere un nuovo incastro, ebbene, il posto lasciato vacante da Quell come attor giovane nella compagnia, Minaudo lo assegnò a un ragazzo altrettanto ambizioso, se non di più, raccomandato caldamente dal professor Cesare Merse, di cui era il miglior allievo. Si trattava di Mario Fumo, filologo di formazione, che dopo i brillanti e sudatissimi studi universitari si era distinto solo per alcuni saggi e articoli su riviste specializzate. Non il profilo più adatto, si dirà, ma la tortuosa insistenza di Merse aveva certamente avuto il suo peso, e nelle restanti settimane della sua reggenza, prima di cedere il comando e ritirarsi, Minaudo voleva provare per l'ultima volta il perverso piacere pedagogico di mettere alla prova un novellino. Quell non gli aveva dato soddisfazione a sufficienza, si era acclimatato fin troppo bene in casa editrice, aggirando gli ostacoli piuttosto che saltarli; Fumo avrebbe sicuramente incontrato maggiori difficoltà di ambientamento, avendo però dalla sua un carattere fiero, ostinato, una volontà di ferro, e un'aspirazione smisurata. Erano, quei due, perfetti esempi di giovani di belle speranze, partiti da punti opposti della scala sociale. Nell'istante in cui Minaudo decise di scaricare uno e imbarcare l'altro, in quel punto preciso le loro traiettorie s'incrociavano.

5.

Per vie traverse, Enobarbo era venuto a sapere dell'imminente cessione. L'aveva fiutata, come faceva coi libri. E ne era inorridito. Al tempo stesso arrivava a comprenderne benissimo le ragioni, la convenienza, l'inevitabilità. Quando Minaudo mise piede nel suo ufficio, non poteva certo dirsi impreparato ad affrontare il discorso. Ma per quanto quei due si conoscessero bene, come un vecchio guanto conosce la vecchia mano e vi si adatta, non immaginava che l'editore l'avrebbe messa così. Cioè sull'anagrafe.

«Hai da fare?» chiese Minaudo ben sapendo che Enobarbo era per buona parte del suo tempo inoperoso. Il caso voleva che però, in quel preciso momento, egli stesse provvedendo a un'operazione delicata: era occupato a ritagliare con un paio di grosse forbici le silhouette di alcune famose attrici da un rotocalco. Nel farlo, frugava un angolo della bocca, parzialmente coperto dai baffi grigi, con la punta della lingua, in segno di grande concentrazione. Smise quest'attività e rivolse all'editore un largo e calmo sorriso.

«Niente che non possa rinviare.»

«Bene.»

«Accomodati pure...» disse Enobarbo indicando una delle due severe poltroncine dalle zampe di metallo sull'altro lato della scrivania.

«No, ho mal di schiena, preferisco stare in piedi, e del resto mi fermo da te solo un istante» disse Minaudo e accennò alle mille incombenze della giornata che lo avrebbero portato a fare irruzione in altri uffici, senza preavviso.

«Gianni, ho pensato che sarebbe meglio per te e per la casa editrice che tu facessi un passo indietro.»

«Cioè?»

«Che tu dessi le dimissioni e non debba essere io a licenziarti.»

Malgrado già sapesse e temesse proprio questo, Enobarbo sbiancò. Si era immaginato che un tale frangente sarebbe arrivato un po' più avanti, forse tra mesi o un anno o magari due, conoscendo la fama dell'amministratore delegato che avrebbe preso in mano le redini della Minaudo dopo la cessione: un manager gelido che si era fatto le ossa nelle nascenti tv private e che, dopo un breve transito nel settore del tessile all'inizio del suo irresistibile declino, era approdato nell'editoria per ristrutturarla con gli stessi strumenti gestionali usati in precedenza, e in particolare uno: no, non le forbici che usava Enobarbo per i suoi collage, bensì l'ascia.

«Perché mi dici questo? Qual è la ragione, Tito? Ho il diritto di saperla, quella vera però» chiese Eno facendo in modo che non gli tremasse la voce.

«Svecchiamento.»

«Ma insomma, io non sono vecchio, Minaudo.»

«Lo sei. Lo siamo tutti. Siamo diventati vecchi da un giorno all'altro. Sarò io il primo a farmi da parte. Tu sei vecchio, Enobarbo, il tuo stile è vecchio, la tua conversazione colta non c'è più nessuno con cui valga la pena di farla, e che abbia voglia di starla a sentire, l'età dell'oro è finita, e sarò io a risparmiarti la vera umiliazione che ti verrebbe inflitta dalla nuova proprietà. Non un'umiliazione, una coltellata. Perché tu lo sai, vero? che sto per vendere, sono sicuro che una volpe come te aveva fiutato l'aria da un pezzo. Ma sul mercato troverai ancora qualche chance, che ne so, una consulenza esterna, la direzione di qualche enciclopedia a fascicoli, vanno ancora molto, lo sai, no? Chiamiamolo se vuoi un pensionamento anticipato.»

Alla parola «pensione», Enobarbo stava per essere sopraffatto da un senso di vanità, proprio lui, il grande esperto di vanità...

«Darò incarico all'Infame di calcolarti una congrua buonuscita. Anzi, più che congrua, generosa.»

Enobarbo ebbe un sussulto.

«Ah, la conosciamo bene la tua generosità. E visto che è forse l'ultima volta che posso farlo, voglio raccontarti un episodio di cui tu sicuramente non avrai memoria. Risale a quando mi avevi appena assunto. Al termine della prima riunione redazionale, mi invitasti a pranzo a casa tua. Lo dicesti a me, però a voce alta, in modo che gli altri sentissero. Era ovviamente un privilegio, per un nuovo arrivato, ricevere un invito personale, perdipiù in casa, ma io ero giovane e inesperto, e non afferrai che tu me lo avevi rivolto per suscitare gelosia nei presenti. E poi è ovvio per mettermi alla prova.»

«Non ricordo nulla del genere. Eno, ci stai ricamando sopra una delle tue parabole.»

«Te lo garantisco, andò esattamente così. Mi invitasti a pranzo, io ero teso, emozionato. Ricordo come fosse oggi la tua casa, che mi parve sfarzosa, anche se probabilmente non lo è, le pareti ricoperte di rovere, i quadri illuminati, i lampadari. Forse non sono cose di valore assoluto però a me allora fecero grande impressione. In sala da pranzo una strana sorpresa, la tavola era apparecchiata per una sola persona. Io non sapevo cosa fare, dove mettermi. Visto che esitavo, "Si sieda pure lì, Enobarbo" mi hai detto indicando il piatto e le posate. "E lei?" chiesi ingenuamente. "Non si preoccupi per me, faccia come le dico." Suonasti il campanello. Venne una vecchia cameriera, col grembiule e una crestina in testa. Reggeva un vassoio con sopra una zuppiera. Ne sollevò il coperchio e con un mestolo cominciò a versarmi la zuppa nel piatto, aspettando da te un segnale per fermarsi. Tutto questo avveniva in un silenzio di tomba, e tu restavi in piedi, dall'altra parte del lungo tavolo.»

«Casa mia non è affatto come la descrivi. E non mi risulta che tu ci abbia mai messo piede.»

«Non dicevi una parola. Io pensavo che mi avessi invitato per discutere di lavoro, per spiegarmi come funzionava la Minaudo, quali sarebbero stati i miei compiti come redattore, e invece ancora niente. La cameriera era sparita dopo aver aggiunto alla mia zuppa un filo d'olio e una grattata di parmigiano, che non avevo chiesto. Dall'odore doveva essere di piselli.»

«Vieni al sodo, Enobarbo, ho un sacco di cose da fare. Proust lo lascerei perdere per il momento.»

«Io ti guardai. Come la cameriera aspettavo da te un segnale. "Non mangia? Non mi dica che non le piace..." Avevi un tono sbrigativo e un po' irridente, io mi cacciai in bocca il cucchiaio pieno di zuppa. Scottava. Avrei dovuto risputarla nel piatto ma mi affrettai a mandarla giù. Tu te ne sei accorto, visto che mi stavi osservando, anzi, studiando, non ti eri nemmeno seduto a tavola, ma rimanevi in piedi a braccia conserte. Io col cucchiaio per aria e la lingua che bruciava. E a quel punto sai cosa mi hai detto, Minaudo? Te lo ricordi?»

«No, non me lo ricordo. Non è possibile ricordare una cosa che non è mai successa.»

«Mi hai detto le seguenti parole. Mi sono rimaste impresse a lettere di fuoco in tutti questi anni che abbiamo passato insieme. Ne abbiamo fatte di cose insieme, vero, Minaudo? in venticinque anni. Anche belle cose. Siccome non mi affrettavo a mandar giù la minestra, mi hai detto: "Su, mangi, Enobarbo, mangi pure. *È tutto pagato*".»

«Non ci credo.»

«Mi hai detto queste precise parole: è tutto pagato.»

« Be', era vero oppure no? Ti ho chiesto il conto, alla fine?»

«Me lo stai chiedendo adesso, venticinque anni dopo.»

Ma ci voleva altro per impressionare Minaudo, quando aveva preso le sue decisioni. A dire il vero, nel fondo del suo cuore, avvertiva una particolare agitazione; forse, anche lui, rivivendo il quarto di secolo trascorso in compagnia di Enobarbo, lavorando con lui, qualche volta anche ridendo e scherzando con lui, provava un pochino di commozione, e persino di rimpianto. Ma nulla faceva più orrore a Tito Livio Minaudo del sentimentalismo.

«Come ti dicevo ora ho da fare. Molte le faccende ancora da sistemare, e occorre che lasci le cose in ordine. Andiamo, Gianni, sono più che sicuro che in fondo mi capisci, e questo mi rasserena. E dovrebbe rasserenare anche te. Dunque, ci risentiamo per i dettagli economici con l'Inf... voglio dire, con Mascheroni. E buon lavoro con quelle foto» e accennò ai ritagli sparpagliati sulla scrivania.

Tra le attrici di cui Enobarbo aveva seguito con le forbici le sinuose sagome, allora splendide, una sarebbe morta in povertà assoluta, pregando la Madonna tutto il giorno; di un'altra non esiste una sola foto che la ritragga negli ultimi vent'anni di vita, trascorsi in preda alla demenza; un'altra è attualmente in terapia per un tumore al pancreas; alla preferita di Enobarbo, una ragazza alta e biondissima, sarebbe morto poco tempo dopo in un incidente stradale il figlio avuto quando lei era ancora adolescente. Ma sparse sulla scrivania di Enobarbo in quell'anno di grazia formavano una magnifica costellazione.

6.

Non lo si è voluto specificare, per un pudore alquanto ingiustificato in un libro, ma il parco di periferia dove hanno ucciso Menas a colpi di bastone era uno di quelli dove abbiamo visto Irene Quell concedersi a chiunque. Siccome Alejandro aveva addosso calzoncini e maglietta, e ai piedi scarpe da ginnastica (il tutto imbrattato di sangue), può anche darsi che egli vi si fosse recato solo a correre. Ma in questo caso non si comprende il movente dell'aggressione, dato che non portava mai con sé soldi e nemmeno l'orologio, e le sue chiavi di casa furono ritrovate in una tasca interna dei pantaloncini. Per questo l'ipotesi di una rapina venne scartata. Doveva essere rimasto vivo per un certo lasso di tempo dopo il pestaggio, privo di sensi: se fosse stato soccorso, immediatamente, forse sarebbe sopravvissuto, sebbene con gravi lesioni cerebrali.

7.

Minaudo comunque non mentiva dicendo di avere un monte di cose a cui pensare, e altre a cui aveva già pensato abbastanza arrivando a conclusioni certe.

Una era l'identità dell'autore del furto in casa editrice. Non aveva dubbi che fosse stato suo figlio, Leopoldo Minaudo, detto Quadratino. E malgrado tutto, al padre andava bene così. Non lo avrebbe mai perdonato ma in questo modo chiudeva i conti con lui. Siccome quello sciagurato non avrebbe mai ricevuto in eredità la casa editrice, non era poi così fuori luogo che ne rubasse, per così dire, un pezzetto. A Minaudo faceva piacere che suo figlio finalmente si emancipasse, per quanto in modo illegittimo. Invece di un regalo o di una donazione da parte del padre – la refurtiva. In fondo che differenza c'è? Quadratino con quei soldi si sarebbe messo in proprio. Evviva.

L'altra certezza riguardava Mascheroni. Anche in questo caso a Minaudo erano bastati alcuni collegamenti logici. Doveva essere stato l'Infame a sobillare Leopoldo, sempre lui a dargli istruzioni su come aprire la cassaforte dell'ufficio, e soprattutto quando farlo, la notte prima della distribuzione delle gratifiche. Solo lui poteva aver scoperto il nascondiglio delle chiavi, solo lui era pratico della cassaforte, solo lui, oltre all'editore, sapeva quando sarebbe stata piena di soldi. Ma se Minaudo era tanto sicuro, allora perché non denunciava il suo dipendente infedele? E lo licenziava in tronco? Possibile che anche all'Infame la facesse passare liscia, senza muovere un dito?

C'era una ragione pratica che suggeriva a Minaudo di lasciar perdere, e cioè che l'Infame, morto Menas, era rimasto il depositario dei segreti relativi ai bilanci della casa editrice. E delle sue magagne, che non erano poche. Per far quadrare i conti, Mascheroni aveva fatto ricorso a trucchi contabili che sarebbe riduttivo definire spregiudicati, e di questo Minaudo era ben consapevole. Se fino ad allora si era mantenuto l'equilibrio tra il dare e l'avere, tra il sapere e il tacere, tra l'editore e il ragioniere, ciò si doveva a un ulteriore motivo, che verrà spiegato un poco più avanti.

Perché occorre adesso menzionare il pensiero che stava in cima a quelli di Minaudo, precedendo persino quello della imminente vendita della casa editrice.

L'idea che l'aveva conquistato era quella di sposare Marta Sesamo, la sua segretaria, il legame con la quale durava stabile e silenzioso da diciotto anni, rafforzandosi strada facendo. Rimasto presto vedovo, Minaudo non aveva avuto le forze di imbarcarsi una seconda volta in un rapporto amoroso dallo scontato esito coniugale (o forse non ne sarebbe mai stato capace), ma quello con Marta era diventato giorno dopo giorno e anno dopo anno assai più solido e completo e lungimirante di un qualsiasi matrimonio officiato coi chierichetti in chiesa o davanti al sindaco. Il punto su cui due persone convergono e decidono di condividere l'esistenza era stato raggiunto, ampiamente superato, quindi gettato alle spalle. Lavorare fianco a fianco e conservare intatto il desiderio reciproco (scopavano quasi sempre in piedi, in ufficio, da anni) aveva reso superflue, persino leziose le usanze coniugali come i regali, le vacanze, il parentado, la noia. E questo perché la subordinazione di Marta (dopotutto, la segretaria del capo, quel classico ruolo oggi sulla via del tramonto) era puramente formale: non vi era stato un solo istante in cui la loro intesa non fosse in perfetta parità. Erano entrambi capaci di anticipare l'uno i pensieri e i desideri dell'altro, senza che ve ne fosse esplicita richiesta, e adeguarvisi evitando ogni discussione. All'interno di alcune coppie si ama questionare, considerandolo un segno di vitalità: loro lo trovavano sterile. Abbandonare la città del Nord e, con parte del ricavato della vendita al grande gruppo editoriale, ristrutturare un suggestivo rudere tra gli ulivi incastonato in un dirupo da cui si vede il mare, là in fondo, il paese più vicino a cinque chilometri di curve e controcurve, e andarci a vivere con la Marta dopo essersela sposata: era questo più o meno il piano di Minaudo. Mollare tutto, in altre parole. Ma qui per la prima volta le loro volontà si divideranno, in maniera drammatica. Mentre progetta la vita nuova, e la considera ideale, per sé e per Marta, Minaudo non può lontanamente immaginare che di lì a poco la donna amata, quando lui avanzerà la sua proposta, in apparenza magnifica, gli dirà di no. Non vuole sposarsi, la Marta. Né andare a vivere insieme, men che mai nel buen retiro a strapiombo sul mare. «Non hai capito, Livio, per me sposarti sarebbe una diminuzione di quello che c'è stato tra noi. E lasciato il lavoro, il lavoro fatto insieme per tanti anni, cessa anche il nostro affiatamento. Ho aspettato questo momento per dirtelo in modo da non ostacolare i tuoi piani. Erano giusti, sensati, tranne che per questo aspetto. Sposandoci ora diventeremmo come tutti gli altri, e io non lo desidero. Sono sicura che la fai in piena buona fede, ma la tua proposta spegne ogni mio ardore, ogni desiderio. Mi deprime l'idea di diventare dopo tutti questi anni tua moglie, tu forse la consideri una conquista, per me sarebbe un passo indietro. Non credo di averti mai, in alcun modo, fatto pensare di desiderarlo, di considerarlo il coronamento della nostra storia. Al contrario, segnerebbe la sua fine e forse l'ha già segnata con la tua proposta. Lascio volentieri a un altro tipo di donna questa ambizione.»

Minaudo rimase senza parole. Letteralmente, ammutolito. Non poteva ammettere con se stesso di aver fatto un passo falso. Quindi ne fece un altro: decise di attendere qualche tempo e poi rinnovare la sua proposta.

## 8.

Leopoldo Minaudo utilizzò il maltolto per impiantare, in meno di sei mesi dal furto, una piccola fabbrica artigianale di biciclette, anzi, di un unico raffinato e al tempo stesso spartano modello di bicicletta, che nella città del Nord andò subito a ruba, come tutte le cose costose e di limitata reperibilità. Lo stabilimento si trovava in aperta campagna, in un casale semidiroccato, e vi lavoravano, insieme a lui e a Quadratina, dei tipi bizzarri ma sul serio abili con le mani e con gli attrezzi, abituati a stare a torso nudo persino d'inverno, con le bretelle della salopette tirate giù sui fianchi, e a indossare occhiali da saldatore anche quando non usavano la fiamma ossidrica. Capelli e barbe delle fogge e dei colori più strani. Il successo strepitoso di quell'unico modello innovativo, chiamato Arkadia, dimostrò che Quadratino non era affatto un disadattato – o piuttosto, che lo era, su questo non c'è dubbio, però di quel genere che una certa formidabile invenzione, scaturita quasi sempre dall'isolamento maniacale e ossessivo, gli basta per affrancarsi ed essere considerati di colpo dei geni invece che dei poveri imbecilli. Mentre l'astro di suo padre si accingeva a tramontare, quello di Leopoldo sorgeva sopra l'orizzonte sempre più luminoso. Il suo aspetto stravagante di fumetto da collezione, che fino ad allora lo aveva ostacolato ed esposto al dileggio, divenne di colpo popolare, una risorsa in più, oggetto di curiosità morbosa da parte della stampa – apparvero sue foto su riviste, mentre sollevava Arkadia con un dito o, di profilo, si strofinava il naso con Quadratina, e si moltiplicarono le interviste a quel singolare fenomeno.

Le illazioni di Minaudo a proposito del furto in casa editrice erano pienamente azzeccate. Gene Mascheroni vi aveva avuto un ruolo decisivo. Quadratino conservava ancora con sé la busta, trovata accanto al denaro, che il ragioniere gli aveva chiesto di consegnargli in cambio delle informazioni necessarie ad aprire la cassaforte. È strano che, in fondo, sapendo come fare, il Mascheroni non avesse provveduto lui direttamente a impadronirsi della busta; forse gli mancava il coraggio necessario a sottrarre le chiavi; o forse (e qui a maggior ragione si giustificherebbe il suo turpe soprannome) aveva delegato Quadratino a farlo perché inebriato all'idea che a derubare l'editore fosse il suo stesso figlio. In questo modo prendeva due Minaudo con un colpo solo, trasformandoli in vittima e colpevole. Una versione definitiva dei fatti non verrà mai fornita. Avendo compreso di quanto prezioso dovesse essere il contenuto di quella busta, visto che Mascheroni la preferiva ai soldi, qualche tempo dopo Quadratino si decise ad aprirla. E capì molte cose, decidendo all'istante di rompere il patto con l'Infame e di tenersela lui, perché un giorno, chissà, gli sarebbe potuta tornare utile.

La busta conteneva un certo numero di bigliettini ricavati da un bloc-notes a quadretti, scritti a mano. In tutto circa una quarantina. Il testo era più o meno sempre lo stesso, cambiavano la data e la cifra riportata su ciascuno. La formula ripetuta con piccole variazioni quaranta e più volte era la seguente: «Dichiaro di aver ricevuto in prestito da Tito Livio Minaudo la somma di...» (e qui una cifra che poteva essere: centomila, trecentomila, cinquecentomila, fino a un milione di lire) «e di impegnarmi a restituirla appena mi sarà possibile». Firmato: Eugenio Mascheroni.

Lì per lì Quadratino non capì la ragione di questi prestiti e specialmente la loro frequenza, poi, siccome non era affatto scemo, ci arrivò.

Non si trattava affatto di prestiti. Erano ammanchi.

Perché, questa è la verità, in casa editrice i conti non li sapevano fare solo il povero Menas e l'Infame, ma anche Tito Livio Minaudo. La sua fortuna quell'uomo scrupolosissimo l'aveva fondata sul centesimo, controllando tutto, verificando sempre tutto, come ogni buon imprenditore fa o dovrebbe fare. Sì, perché, va bene i titoli, il catalogo, i riconoscimenti, il prestigio, la cultura: ma per prima cosa venivano i conti. In ordine. E difatti l'editore spulciava da cima a fondo i bilanci redatti dall'Infame e, spesso, troppo spesso, aveva trovato qualche incongruenza o buco: mai grande, intendiamoci, nell'ordine appunto delle centinaia di migliaia di lire (la cifra massima oggi corrisponderebbe a cinquecento euro, più o meno), che come un topo Mascheroni aveva rosicchiato scavando dentro i volumi complessivi degli affari, e si era intascato, illudendosi che non se ne sarebbe accorto nessuno. Quando Minaudo lo prendeva in castagna, pur sapendo benissimo che l'Infame non sarebbe stato in grado di restituire quel che aveva sgraffignato, lo obbligava a redigere e firmare quei bigliettini a futura memoria, come fossero cambiali. Le ruberie assumevano l'aspetto eufemistico del prestito. In questo modo il ragioniere veniva vincolato a tacere sugli altri impicci che aveva combinato per far quadrare i conti della casa editrice. Padrone e dipendente erano, al dunque, come quei duellanti che si puntano addosso le pistole ma si guardano bene dal far fuoco, perché se sparassero morirebbero entrambi.

9.

Sì, Mascheroni tratteneva piccole somme per sé, ma lo faceva tanto spesso che quei reati minori messi insieme ne avrebbero fatto uno grande come una rapina a mano armata. Se questa distrazione di fondi si chiama, giustamente, rubare, perché Gene rubava? Cosa doveva farci con quei soldi? Li spendeva?

No, li metteva da parte preparandosi a impiegarli tutti insieme – e quando, dopo la morte di Menas, lo sostituì pro tempore come direttore commerciale, con un conseguente adeguamento dello stipendio, la somma accantonata raggiunse la quota che si era prefisso per il suo scopo. Quello di raddrizzare i piedi storti di sua madre grazie a una costosa e anche rischiosa operazione. L'unico posto al mondo dove la praticavano era una clinica specializzata in Unione Sovietica, famosa perché, fra l'altro, con una pratica che aveva molti punti in comune con la tortura, vi si allungavano le gambe ai nani, fratturandogli tibia e femore, e allontanandone un millimetro alla volta le estremità affinché nel mezzo si formasse un callo osseo. L'operazione che doveva affrontare la mamma dell'Infame per raddrizzare i piedi valghi era meno impegnativa e non particolarmente costosa, però richiedeva almeno sei mesi di degenza della paziente, per riabilitare nervi, muscoli e tendini adattandoli alla nuova postura, e la conseguente necessità di un accompagnatore a cui pagare viaggio, vitto e alloggio, per sei mesi, lì in Siberia. Mascheroni non avrebbe potuto permettersi un congedo così prolungato dal lavoro, e perciò vi avrebbe spedito il fratello minore, con le precauzioni del caso e le inevitabili preoccupazioni, dato il ritardo mentale di cui soffriva il ragazzo. L'Infame li avrebbe comunque accompagnati e sarebbe andato a trovarli almeno un paio di volte durante la degenza. Inutile dire che avrebbe pagato tutto lui. Bisognava essere pazienti e avere una grande forza di volontà per superare le prove dolorose della convalescenza – non tutti ci riescono e non sempre l'operazione ha buon esito. Qualche lettore potrà sentirsi sollevato nel sapere che, un anno dopo, la signora Mascheroni, ancora giovane a conti fatti, e con qualche aspettativa di buona vita davanti a sé, camminava sulle sue gambe, speditamente, poggiando il piede in maniera un po' goffa ma accettabile.

# Capitolo XXIII

## *Il ritorno*

1.

Prima di prendere servizio alla Minaudo, Mario Fumo scese a trovare i suoi anziani genitori. Voleva dar loro di persona la bella notizia dell'assunzione e non per telefono. Comprò una cuccetta nel treno notturno e gli ci vollero tredici ore per attraversare da cima a fondo lo Stivale, senza contare l'ultimo pezzo che toccava farsi in corriera pregando iddio di non perdere per qualche ritardo l'unica coincidenza. Quella notte non chiuse occhio se non per brevi momenti, spasmodici quanto la veglia: un po' a causa dell'eccitazione, un po' per lo sballottamento, da un lato contro la parete della cuccetta e dall'altro contro le cinghie che reggevano la branda. Ogni volta che il treno rallentava e frenava entrando in una nuova stazione (le fermate gli parvero innumerevoli), e quando poi ripartiva a strappi, come se non gli riuscisse di prendere velocità gradualmente, i suoi acerbi sonnellini venivano interrotti e Mario doveva ricominciare daccapo il laborioso tentativo di distendere i nervi eccitati e i muscoli contratti, quelli delle spalle, del collo e della mascella, che non riusciva quasi a disserrare. Insieme a lui nella cuccetta si trovavano altri cinque passeggeri, quattro dei quali erano piombati nel sonno poco dopo la partenza e sembravano pronti a russare fino all'alba. L'unico sveglio come Fumo occupava anche lui la cuccetta di mezzo: Mario poteva vederne luccicare il bianco degli occhi nel buio, e quando dalla tapparella filtrava la luce dei lampioni, durante le lunghissime fermate nelle stazioni intermedie, anche il resto del volto, scuro come il cuoio. Aveva una barba di qualche giorno, fitta e nerissima, che gli arrivava fin sugli zigomi, e una massa di capelli corvini a coprirgli la fronte; quindi un naso dalle enormi narici e poi, appunto, quegli occhioni luccicanti. Sarebbe stato perfetto, pensò Fumo dopo aver nuovamente sbirciato verso di lui, nel ruolo di Mangiafuoco, il burattinaio di Pinocchio, o in quello di un brigante ottocentesco con lo schioppo a tracolla.

A un certo punto del viaggio l'altro insonne si levò reggendosi sui gomiti finché la branda soprastante glielo permetteva, e accortosi che anche Mario Fumo vegliava gli sussurrò:

«Sapete dove siamo?».

«No. Non ne ho la più pallida idea» sibilò Fumo.

«State anche voi scendendo giù?»

L'uso bonario del «su» e del «giù» in effetti calza a pennello con l'immagine dello Stivale, come un qualcosa che se ne sta in verticale, ritto, per così dire, su un pavimento.

«Giù, giù, anch'io.»

«Eh! Ogni volta è più lungo.»

«Il viaggio, dice?» chiese Fumo.

«No, il Paese. Sembra che l'abbiano stirato, per farlo diventare sempre più lungo.»

Fumo accennò una risatina, di convenienza. A quel suono soffocato l'altro passeggero reagì in maniera imprevedibile.

«Non ridete di quel che ho detto. C'è ben poco da ridere. Sto parlando sul serio.»

Fumo si mise sulla difensiva e tacque. Diede inizio alle manovre per girarsi su un fianco e rivolgersi verso la parete della cuccetta.

«Be', cos'è, vi siete offeso?» chiese lo sconosciuto di cui nuovamente si intravedeva solo il bianco luccicante degli occhi. «Non mi dite che vi sentite offeso.»

«Macché offeso» ribadì Fumo, «vorrei solo provare a dormire.» E stava completando la giravolta verso la parete quando l'altro passeggero allungò una mano e lo afferrò per la spalla con una presa alquanto rude.

«Ma insomma, cosa...?» mormorò Mario, che era gracile e minuto, e dunque consapevole che sarebbe stato vano tentare di liberarsi dalla stretta.

«Non vi lascerò andare fino a quando non mi avrete rivelato il vero motivo per cui state andando giù.»

«Non vedo in qual modo questo dovrebbe riguardarla...» Malgrado le maniere brusche dello sconosciuto, a Fumo quella richiesta assurda pareva in qualche misura legittima: come se lo costringesse a una rivelazione, cioè, a confessare a se stesso qualcosa che altrimenti non avrebbe avuto il coraggio di chiarire da solo.

Già, da dove veniva l'improvviso desiderio di riferire ai suoi genitori di essere stato assunto alla Minaudo? Era un desiderio o piuttosto un obbligo da ottemperare? E vi era del compiacimento o un qualche significato polemico di rivalsa in quell'annuncio? Ma prima di tutto, e soprattutto, voleva davvero bene a sua madre e suo padre? Sì? E se era così, perché allora non gli telefonava o scriveva quasi mai, e scendeva a visitarli di rado? E quando si trovava con loro dava subito segni di insofferenza, trattandoli in modo sgarbato qualsiasi cosa dicessero o facessero?

Sì, perché i genitori di Fumo lo avevano messo al mondo tardi, quel loro figlio unico, in contrasto con le usanze del luogo che volevano matrimoni precoci e famiglie numerose.

Vorrei essere figlio di nessuno, pensava talvolta Fumo, essermi creato da solo, modellando da me il fango, ma al tempo stesso vorrei essere perdutamente amato, protetto, consolato...

Ah, da parte sua, quale grande equivoco che questo umanissimo bisogno pretenda di trovare la sua soddisfazione nell'ambiguo mondo dei libri e della cultura! Povero Fumo e poveri tutti coloro che continuano a cercarla attraverso questa che ci si può illudere sia una scorciatoia, e invece è un percorso ingannevole, pieno di svolte labirintiche e passi falsi. Eppure Mario Fumo era pronto a farsi novecento chilometri in treno solo per annunciare ai suoi (di cui segretamente si vergognava, e che non si sarebbe mai sognato di presentare a nessuno del mondo da lui ora frequentato) che aveva finalmente trovato un lavoro... sì, un vero lavoro! In una casa editrice!

«Vado dai miei» cedette Fumo pur di esser lasciato in pace, «contento?»

Ma lo disse con una voce troppo alta e stridula per cui dalla cuccetta in alto si sporse un passeggero insonnolito. Alla debole luce di cortesia si videro i suoi capelli rossi, o forse era solo un effetto della luce, spiovere così lunghi che arrivarono a sfiorare il braccio teso di Mangiafuoco, il quale ancora non si decideva a mollare la presa. A essersi destata per il battibecco era una ragazza parecchio giovane che in apparenza aveva indosso solo una canottiera e dei calzoncini. «Potrei sapere perché mi avete svegliato? Non vi vergognate di comportarvi così? Il viaggio è già faticoso e la notte troppo lunga perché la si debba trascorrere a tacitare dei passeggeri maleducati.»

«Mi dispiace davvero, signorina, ha ragione, non era affatto mia intenzione disturbarla» sussurrò Fumo che era subito tornato a parlare sottovoce. «È solo che questo signore, che io posso giurarle di non aver mai visto prima d'ora, insiste nel pormi domande personali, ed evidentemente non è soddisfatto delle mie risposte, visto che continua ad afferrarmi e scuotermi fin quasi a farmi male. Vuole per favore pregarlo lei di smettere, in modo che possiamo rimetterci a dormire?»

«Inutile che la preghiate, anche lei di sicuro vuole saperne di più» ribatté l'uomo, «molto di più di quanto con la vostra formula vaga vi siete illuso di spiegare. "Vado dai miei...", "vado dai miei", non vuol dire un tubo. Nemmeno a scuola si tiravano fuori scuse tanto banali. Volete che vi dica come la penso? Sarebbe ora che in questo Paese la si smettesse una buona volta di tirare in ballo "i miei" a ogni occasione. L'abbiamo sentita troppe volte questa musica. La famiglia, la famiglia, ci ritroviamo ancora a questo punto...»

«Cosa c'è di banale, scusi, in quel che le ho detto? Si tratta della pura verità!»

«E a chi interessa la sua verità? Di sicuro non a me. Due più due fa quattro, grazie tante, e allora? Quale sarebbe la scoperta? A chi interessano le cose innegabili? Che cambiamento producono? Ve lo dico io: nessuno. La verità! Credevate di cavarvela con così poco?»

Fumo era esterrefatto ma faceva fatica a contrastare la logica del suo interlocutore, anzi, in un altro momento e in una diversa situazione sarebbe stato tentato di dargli ragione, cosa che però ora non poteva assolutamente permettersi di fare. È vero, pensò, «vado dai miei» non spiega nulla, anzi provoca automaticamente un'ulteriore domanda: «Sì, ma perché ci vai? A fare cosa?».

Decise però di tener duro. «Ma lei insiste, allora, insiste...» replicò. «Abbia almeno un po' di riguardo per gli altri: la signorina qui ha chiesto di non essere più disturbata e invece lei insiste. E le ingiungo di togliermi subito le mani di dosso, altrimenti...»

«La signorina, voi dite? Figuratevi un po', si tratta di mia figlia. Viaggiamo insieme. E non ce la sentiamo mica di viaggiare fianco a fianco con persone che ci nascondono qualcosa.»

«Io? Io non nascondo proprio nulla!»

«Sì, invece. Stia a sentire, dia retta a mio padre, che è in fondo un uomo buono e le garantisco che non agisce mai per interesse o tornaconto personale» intervenne la ragazza, il cui viso restava mezzo nascosto non tanto dal buio quanto dalla cascata di capelli. «Prima ci dice quel che ha da dirci, e prima potremo rimetterci a dormire. Non vorrà che passiamo il resto della notte a discutere. E poi, mi scusi, lei cosa ci ha da perdere? Perché la preoccupa tanto far sapere dove sta andando di preciso? Intendo dire, non l'indirizzo di casa dei suoi, ma cosa pensa di trovarci a casa dei suoi. Che cosa va cercando, insomma.»

Sentendo parlare la ragazza, che usava un tono più dolce e suadente di quello di suo padre ma argomenti altrettanto ultimativi, Fumo temette che anche gli altri tre passeggeri nella cuccetta fossero membri della stessa famiglia, e uno dopo l'altro si svegliassero per chiedergli conto del suo viaggio. Avrebbe avuto voglia di rispondere che, comunque la si voglia mettere, uno potrebbe viaggiare anche solo per il puro piacere di farlo, senza ragioni profonde o scopi particolari e senza avere in mente un piano preciso: ma anche quella risposta, se ne rendeva conto, sarebbe suonata evasiva, un modo di prendere tempo e intanto affannarsi a escogitare qualcosa di più convincente. Del resto, qualora le si applicasse la medesima severa regola, di qualsiasi azione sarebbe difficile trovare un movente e un fine precisi, quelle fornite diventano spiegazioni superficiali, o di comodo, che si adoperano per tamponare una inquietante mancanza di senso ultimo mettendo in piedi iniziative e soluzioni provvisorie: studiare, lavorare, sposarsi, riprodursi, fare sport, fare la guerra, fare l'amore, fare soldi, è tutto un fare che si fa nella speranza di scoprirne, solo una volta fatto, il significato.

## 2.

«Dalla sua esitazione, sembra di capire che lei davvero non sappia dove sta andando» sussurrò la ragazza. In quel momento il treno decelerò e quindi si arrestò. La carrozza vibrò e stridette anche una volta ferma. Ma non si trovava in una stazione, bensì in aperta campagna o forse in qualche tunnel dato che dagli spiragli intorno alla tendina non filtrava alcuna luce. Fumo provò un forte imbarazzo perché, come si è detto, l'esame a cui veniva sottoposto a lui per primo pareva avere una sua logica, che dunque non sarebbe stato giusto ostacolare. Anzi, quel modo di essere incalzato gli stava offrendo l'occasione di mostrare l'onestà delle sue intenzioni. Eccomi, ci sto, sembrava voler dire a quei ficcanaso, continuate pure a interrogarmi e vedrete che ne uscirò pulito, non ho nulla di cui vergognarmi, sono al di sopra dei vostri sospetti e delle vostre insinuazioni, e forse alla fine dovrete chiedermi scusa per avere dubitato di me. Fino a prova contraria, non rubo il posto a nessuno, alla Minaudo sto entrando per i miei esclusivi meriti. Anzi, potrei dire con un po' di orgoglio che rappresento un buon acquisto per la casa editrice. Sono certo di superare brillantemente il periodo di prova, e perché non dovrebbe essere così? Saprò adattarmi, senza però piegarmi. Ho studiato e sgobbato, mi reputo preparato per quel lavoro, mentre non tutti potrebbero dire lo stesso. Se è vero che debbo a una buona parola del professor Merse questa opportunità, non mi sento affatto, e in realtà non sono, un raccomandato.

«Sto giusto tornando a casa, ve l'ho detto, dai miei, non c'è altro da spiegare.»

«Un momento, un momento. È qui che non ci capiamo. Noi stiamo tornando, lei invece va. E c'è una bella differenza tra le due cose» precisò la ragazza.

«Ma di quale differenza parla? Nel posto dove sono diretto adesso, io ci sono nato! E ci ho vissuto fino a diciott'anni!»

«Sì, ma non ti piace. Te ne vergogni. Lo abbiamo capito» disse l'uomo.

«Vergognarmi di cosa?!»

«Di essere un provinciale.»

«Di essere nato giù dalle nostre parti.»

«Di non riuscire a cancellare il tuo accento.»

«Di tornare a casa solo per scappartene via il più velocemente possibile.»

«Di avere genitori che non capiscono esattamente che lavoro fai, dopo che gliel'hai spiegato.»

«Che ogni sera a tavola discutono se sia o non sia arrivato il momento di levare la tua roba dalla stanza dove dormivi da ragazzo, per poterla affittare. E la roba metterla in cantina.»

«Che ti vogliono bene ma tu del loro affetto non sai che fartene, anzi, ammettilo, è un peso per te, ti fa sentire in colpa.»

«Abbiamo ragione o ci stiamo sbagliando? Diccelo tu. Però con un briciolo di sincerità.»

«C'è da scommettere che sei in ansia per il tuo bagaglio, o per il tuo portafoglio. Hai paura che ti derubiamo, noialtri.»

«Sei pieno di pregiudizi, perché sei stato tu stesso vittima dei pregiudizi.»

«Insomma ti vergogni di essere quello che sei.»

«E appunto per questo hai deciso di andarne orgoglioso.»

«Sei cocciuto, fiero, permaloso, suscettibile, testardo. Come noi.»

«Ma soffri come un cane di esserlo.»

«E stai sempre sulla difensiva.»

«Sempre.»

«Non ti lasci andare.»

«Mai.»

«Altrimenti crolleresti.»

All'inizio sembravano domande, quindi insinuazioni, infine affermazioni. Mario Fumo ne venne inchiodato perché tutte, almeno per un poco, corrispondevano alla verità. Il treno si rimise in movimento con un improvviso sobbalzo. Fumo ne approfittò per liberarsi dalla stretta dell'uomo e si girò svelto verso la parete, premendosi il sottile cuscino contro le orecchie per non sentire più i suoi molesti compagni di viaggio. Che in ogni caso da quel momento in poi tacquero. Stranamente, sebbene quei discorsi l'avessero turbato, e come se intendesse sottrarsene con l'incoscienza, Fumo cadde quasi subito addormentato e dormì un sonno scuro e profondo fino a quando sentì il controllore bussare alla porta dello scompartimento. Lo aveva pregato lui di farlo la sera prima, preoccupato di saltare la stazione giusta.

Aperti gli occhi si accorse che gli altri erano scesi prima

di lui. Lo scompartimento era vuoto, e la sua piccola valigia era ancora lassù, intatta sulla reticella.

3.

Anche Costanza fece ritorno a casa. Doveva prendere un po' di cose, approfittando che non ci fosse nessuno. Purtroppo, mentre andava via, in giardino incrociò sua madre, con un cappello di paglia e il giornale sottobraccio, che le rivolse uno sguardo perplesso. Costanza ebbe la sensazione di stare rubando, come se nella borsa avesse refurtiva invece che i suoi effetti personali. Giulia si lasciò baciare rapidamente sulle guance asciutte e lentigginose, e poi le indicò una panchina all'ombra, senza aprire bocca: si trattava come sempre di un ordine perentorio piuttosto che di un invito, e il fatto che fosse silenzioso escludeva a priori la possibilità di disobbedirlo. Andarono quindi a sedersi là, sotto un albero, ma prima, come se fosse una cosa di vitale importanza, che andava fatta subito, Giulia Mesones si chinò a strappare delle erbacce in un orticello dove erano stati piantati dei lamponi, di cui andava ghiotta, sicché Costanza dovette attendere qualche minuto sua madre nei pressi della panchina prima di mettersi seduta. Il tempo perso così la signora Mesones lo recuperò subito entrando senza inutili preamboli nel tema di attualità.

«Sai cosa penso? Che hai fatto comunque male a lasciarlo.»

«Ah sì? E perché? Nanni non ti è mai piaciuto.»

«A me no ma a te sì. Non me lo sono mica sposato io.»

«Noi non siamo sposati, mamma.»

«È lo stesso. Anzi, in un certo senso, tu e Nanni siete più che sposati. Più legati ancora. Se non c'è un vincolo di matrimonio, quel vincolo non può nemmeno essere rotto. Non esiste divorzio in casi come il vostro.»

«Parli tu che...»

«Sì, parlo io, parlo io. Vostro padre io non l'ho mai lasciato. E non credere che non abbia pensato cento volte di farlo.»

«Forse sarebbe stato meglio.»

«Per chi? Per lui? Per me? Per voi figlie? Per Milo?»

«Milo lasciamolo stare. Pensi che lui non soffrisse sapendo che non vi amavate, tu e papà? O forse papà ti amava, anzi, sicuramente ti ha amato, mentre tu…»

«Io volevo bene a vostro padre, e a dimostrarlo dovrebbe bastare il fatto che sono rimasta con lui.»

«Invece di…?»

«Invece di mollarlo come vorresti fare tu con Nanni.»

«L'ho già fatto.»

«Ma ci ripenserai.»

«Non credo proprio.»

«E quale sarebbe la tua vita alternativa? La tua vita da donna libera? Sentiamo. Sono molto curiosa.»

«Non lo so ancora.»

«Hai un altro.»

«No.»

«No?»

«No.»

«Non ci credo.»

«Se c'è o non c'è cambia poco. È il rapporto con Nanni che non va. Non funziona. Non ha mai funzionato.»

«E allora perché tutto questo tempo insieme? Perché farci tre bambine se non funzionava?»

«Le bambine sono venute così. È successo. Lo sai, no, come si fanno i bambini?»

«Che spiritosa. Rispondimi, piuttosto. Sii seria.»

«Il mio problema è che sono seria. E anche Nanni lo è. Forse le figlie sono venute per questo. Non è che potevamo andare per le lunghe a fare i fidanzati, i viaggi in Grecia col passaggio ponte, le birre con gli amici… queste cose stancano, e così siamo finiti con le pappe e le notti in bianco. Per sentirci diversi dagli altri, più avanti degli altri, suppongo.»

«Forse invece volevi dimostrarmi qualcosa, che anche tu eri capace di mettere su una famiglia.»

«Non ci vuole molto, se hai un po' di soldi. Come li hai tu. Purtroppo in questo sei inimitabile.»

«Forse sposarsi con un professore di liceo senza una lira per poi mettersi a sfornare bambini non è la strada migliore per arricchirsi.»

«Tu non sei diventata ricca, lo eri già.»

«E invece tu sei povera... la piccola fiammiferaia...»

«No, povera no.»

«Ecco. Diciamolo. Non hai mai pensato, Costanza, che avresti dovuto lavorare anche tu, invece di fare la madre di famiglia? Cosa per la quale, a conti fatti, non mi sembri particolarmente tagliata.»

«Io ho lavorato, mamma.»

«Si chiamano lavoretti, quelli, non lavorare.»

«Di nuovo mi verrebbe da dire: senti chi parla. Tu non ti sei alzata un giorno solo della tua vita per andare in ufficio, o da qualche altra parte, sbaglio?»

«Io mi alzo alle sei della mattina.»

«Per annaffiare in giardino e potare le rose. Anzi, no, a quello ci penserà il giardiniere. Cos'è che fai di bello alle sei della mattina? Leggi, mediti, passeggi?»

«Costanza, te lo ripeto, qui il problema sei tu, non sono io. Io la mia vita l'ho fatta e la faccio come pare a me. Ce l'ho una vita, io, bella o brutta che sia, e non distruggo quella degli altri. Non si capisce invece quale vorresti fare tu. La vita che hai fatto finora non ti piace più, e lo capisco pure, per cui molli tuo marito e le tue figlie, e qui ti capisco già un po' meno, per andare a vivere da quella scimunita di tua cugina, l'ho saputo, sai? immagino dormendo su qualche materassino, e qui non ti capisco più per niente. Se dietro tutto questo ci fosse una ragione sentimentale, intendiamoci, non ti perdonerei affatto, ma almeno riuscirei a capire. Se ti fossi innamorata di qualcuno, innamorata follemente, facendo un certo sforzo potrei comprendere, anche se mai giustificare, quello che stai vivendo, e invece mi dici che non c'è nessuno all'orizzonte. E allora? Che senso hanno queste lacrime e questa rabbia? Lo sai che dalle mie finestre le sento piangere, le tue bambine, la sera? E sai qual è quella che piange più forte? Maria. Perché lei è l'unica che ha capito.»

«Non dirmi questo, non lo sopporto.»

«Però devono sopportarlo loro. Come stanno le cose non ti interessa? Non vuoi saperlo? Ma che ti passa per la testa, Costanza, vuoi dirmelo? Forse potrei aiutarti.»

«Non credo che ci sia qualcuno in grado di aiutarmi sul serio. Non mi serve aiuto, devo sbrigarmela per conto mio, altrimenti è inutile. E comunque, mamma, saresti l'ultima persona al mondo a potermi aiutare. Tu sei la causa dei miei problemi, non la soluzione.»

«Ah d'accordo. Sono io la causa. Chi te l'ha detto, qualche amica tua, una sensitiva? O uno psicanalista? Guarda un po', è sempre colpa della mamma.»

«No, ci sono arrivata da sola. Non era così difficile. Ma non vorrei accrescere ulteriormente la considerazione che hai di te stessa, esagerando l'influenza che hai su di me. Diciamo che sei una delle remote cause dei miei guai. Poi ci ho pensato io ad aggravarli. Lo stesso credo hanno fatto le mie sorelle, e Milo.»

«Parla delle tue sorelle ma lascia stare Milo, ti dispiace?»

«Sì, un po' mi dispiace. Dovremo pur parlare di lui una buona volta.»

«Per dire cosa? Non ci sono molte cose da dire tranne che non c'è più. Il resto sono ricordi, e io mi tengo stretta i miei.»

«E io i miei, allora.»

«Essere madre è una cosa, essere sorella un'altra.»

4.

«Perché si è ucciso?»

«Per stanchezza, credo. Ma forse l'hanno costretto. L'hanno messo in un angolo, e lui...»

«In galera girava voce che avesse parlato.»

«Può anche darsi. L'avranno messo alle strette, l'avranno pestato, e io capisco che uno alla fine non ne possa più e faccia dei nomi.»

«E dunque l'hanno ucciso i suoi stessi compagni. Lo hanno eliminato per vendetta.»

«È possibile. O forse ci ha pensato da solo perché non ne poteva più. Tanto non lo sapremo mai. E a me non interessa più saperlo. Troppo tardi.»

«Troppo tardi? Sono passati nemmeno tre anni.»

«Due anni e sette mesi.»

«Si è impiccato alle sbarre. Ma toccava coi piedi per terra. C'è qualcosa che non quadra nella ricostruzione.»

«Lascia perdere.»

«Cioè?»

«Non pensarci più.»

«Perché, scusa, tu non ci pensi?»

«Io? A Milo? Ogni minuto. Cammino per strada e ci penso. Mi preparo una tazza di tè e ci penso. Ma da tempo ho smesso di chiedermi i come e i perché. Chiedere perché è da bambini petulanti, e io sono vecchia.»

«Tu non sei vecchia. Non hai nemmeno sessant'anni.»

«Ma quando ne avevo trenta e ti mettevo in punizione mi chiamavi brutta vecchia...»

«Ero una bambina, cazzo!»

«Le parolacce non sono solo fastidiose, Costanza, sono inutili, il che è anche peggio.»

«Cazzo, cazzo, cazzo.»

«Ecco appunto: fai di tutto per darmi ragione.»

«Cazzooo!»

«Lo sai, Costanza? Non riesci a innervosirmi.»

«Sei patetica, mamma. Sei convinta di diventare ammirevole mostrando la tua pazienza, ma in realtà, non ti costa nessuno sforzo mostrarti impassibile. Ti ci vuole poco, dato che non ti importa di nulla. Tranne che di te stessa.»

«Io penso a me stessa molto meno di quanto immagini.»

«Allora vuol dire che non pensi affatto! Non ti sta a cuore niente e nessuno.»

«No. Nessuno. Nemmeno le mie figlie, nemmeno le mie nipoti, se proprio ci tieni a saperlo. Mi dispiace ma è così. Per non parlare poi degli uomini: zero. Il nulla assoluto. Non ce n'è uno che mi significhi qualcosa. Ce ne sono di particolarmente sciocchi e insistenti che ancora stanno dietro a una come me, immaginandosi chissà cosa: che abbia bisogno di intrattenimento, che mi senta sola, mentre sono loro che hanno un disperato bisogno di compagnia ma una più giovane di me non la trovano. Poveri vecchi rimbecilliti, che si credono però pieni di fascino, solo perché hanno la chioma brizzolata o hanno viaggiato e conoscono tanti posti e ne parlano di continuo…»

«Forse è perché sei ancora bella.»

«Le mie sono macerie della bellezza.»

«A me sembri sempre uguale. È una delle tante cose che ti rendono detestabile. Uguale, sempre uguale. Il tempo per te non passa.»

«Dici? Sarà perché non provo assolutamente nulla. La carne si conserva meglio al freddo. Il mio cuore batte così lento che gli ci vorrà un secolo per smettere. E sai da quanto tempo è così? Due anni e sette mesi. Da quel giorno ho deciso di non essere più ferita da nulla. Ho giurato che non avrei più sofferto per niente e per nessuno.»

«E però così non puoi provare nemmeno gioia.»

«Ovvio.»

«Ma allora che vivi a fare?»

«Vivo perché malgrado tutto il mio cuore batte, e il sangue circola. Non sono io a volerlo. Va oltre le mie convinzioni e i miei desideri. E poi non si vive affatto male così. Te lo assicuro. I rapporti sono più limpidi, si capiscono meglio le situazioni, non ci si inganna con false aspettative.»

«Si chiama cinismo.»

«Si chiama guardare la realtà. Io sono più forte di te solo perché sono capace di guardare in faccia la realtà, di accettare la realtà, così com'è. Tu invece vuoi scavare, vuoi andare a fondo, pretendi di capire anche quando non c'è niente da capire, e questo perché hai la presunzione di giudicare; questo è bene e questo è male, mamma è cattiva e io sono buona e infatti mi costringo a sopportarla. Santa Costanza, e sante anche le altre mie due figlie, povera Carla, povera Fiore, che hanno una madre anaffettiva e hanno tanto patito la mancanza di amore da parte di quella tiranna...»

«Io il tuo amore l'ho avuto.»

«Ah. Bene. Questa tua ammissione potrebbe tornarmi utile, la prossima volta che litighiamo.»

«Ricordo una volta che sei andata a chiedere per me un po' di latte appena munto. Eravamo in montagna, tutto il giorno a camminare... ero stanca e avevo sete... e a un certo punto c'era una baita e una stalla con delle mucche. Una contadina le stava mungendo, aveva il secchio quasi pieno. Mi hai chiesto se mi andava di berne un po', quindi sei andata dalla contadina, lei ha immerso un boccale nel secchio e tu sei tornata a portarmelo pieno di latte...»

«Latte? Sicura?»

«Ci hai soffiato sopra prima di darmelo. Era tiepido. Aveva un profumo di erba. E dopo con due dita mi hai asciugato uno sbaffo che mi era rimasto sopra il labbro. Forse erano con noi anche papà, Carla e Fiore, Milo non so se era ancora nato, o se era stato lasciato alla tata, e forse qualcun altro, i Merse... ai Merse piaceva la montagna e noi ci aggregavamo a loro, giusto? Però nel mio ricordo ci siamo solo tu ed io. È una delle poche memorie che ho dell'infanzia. E tu eri molto affettuosa. Ancora mi sembra di sentirlo il sapore di quel latte.»

«Non è possibile.»

«Cosa non è possibile?»

«Quello che hai raccontato. Non è possibile che ti abbia dato da bere del latte senza farlo bollire prima.»

«Ma stavamo facendo una gita! Come si poteva bollirlo?»

«Appunto, è impossibile. E io questa contadina non me la ricordo per niente. Le mucche, poi...»

«Le mucche...?»

«Sono ricordi da bambina. Ti confondi con qualche pubblicità della tv.»

«Basta, mamma, basta, sono stanca. Non vorrei mai essermi svegliata stamattina.»

«Nemmeno io, Costanza. Poi ho aperto gli occhi e ho capito di esserci ancora. E ho affrontato la giornata.»

5.

Dopo il loro fugace e per certi versi fallimentare incontro a casa sua, Rita Valtorta non smise di pensare a Nanni Zingone. Lo faceva in modo innocente e puro, il che vuol dire sensuale: si cullava nel suo desiderio ingenuo, immaginava di stringerlo a sé, di baciarlo, di accarezzarlo sulla schiena nuda e lasciarsi accarezzare da lui dopo aver scopato, quando non c'è molto da fare e da dirsi, si attende solo il momento di ricominciare, o prendere sonno abbracciati. La sua fantasia non si spingeva più in là. Non le interessava altro, non pretendeva di essere amata da lui né peraltro si sentiva innamorata di lui: lo desiderava e basta. Ne era attratta, almeno quanto Nanni era attratto da lei.

Perciò a scuola si limitava a sorridergli discretamente quando lo incrociava nei corridoi, e lo seguiva con lo sguardo mentre si allontanava. Nanni ne era sorpreso e felice, e ricambiava il saluto. Talvolta anche lui aveva indugiato a guardarla di sottecchi finché girava l'angolo o scompariva imboccando una scala a saltelli, due gradini alla volta, come si conviene a un'insegnante di ginnastica: in tuta blu scuro, capelli sciolti sulle spalle e scarpette dalla suola logora. Con la sua semplice presenza, col suo aggirarsi baldanzoso e al tempo stesso riservato, Rita lo metteva di buonumore. O meglio, lo ammansiva. Ne scioglieva le pretese e le ansietà. I passaggi di corsa della supplente rischiaravano per qualche istante l'ambiente un po' sordido e un po' burocratico del vecchio liceo: stanzoni, neon lampeggianti sul soffitto, teche zeppe di reperti polverosi che pesavano sulla graniglia degli sterminati corridoi. Ah, sarebbe bello, pensava Nanni, che i rapporti umani fossero sempre così diretti, privi di sottintesi e complicazioni! Il che, per uno contorto e ombroso come lui, aveva luogo assai raramente. Con Rita avrebbe avuto voglia di scherzare e ridere abbandonando la sua consueta cupezza, che era però uno dei motivi del fascino che esercitava su di lei e non solo su di lei. Nessun altro collega femmina o maschio aveva risvegliato in quel modo l'interesse del giovane professore di Lettere, normalmente così distaccato.

Dunque fra quei due continuava a fluire, palpabile, si direbbe quasi visibile a occhio nudo, una corrente. Una corrente di cosa? Di energia vitale, di giovinezza, e nient'altro. Nanni la sua l'aveva accantonata troppo presto mettendo su famiglia, impiantando un progetto impegnativo, Costanza, le bambine, l'insegnamento, la vita intensa e dimessa che si era scelto o da cui era stato scelto – la quale, del resto, aveva fino ad allora rappresentato una soluzione alla sua perenne inquietezza e ai suoi tormenti interiori. Così facendo, Nanni aveva respinto ai margini ogni tentazione ma anche la spensieratezza e la frivolezza che di quando in quando alleggeriscono il peso dell'esistenza, quella polverina magica che sfarfalla per un tempo imprecisato intorno agli incontri, alle occasioni, alle casualità, alle azioni futili che non pretendono di avere importanza e possono essere accantonate in fretta, sia quando sono proficue sia quando si rivelano degli stupidi errori. Al contrario, i passi che aveva compiuto Nanni lo avevano radicato a fondo, molto a fondo, nella realtà, e ora egli si curvava sotto il fardello della dedizione. Era obbligato a far fruttare quei sacrifici, altrimenti, perché averli fatti? Un uomo giusto, può darsi, ma schiacciato dagli stessi valori che professava.

Rita invece godeva appieno della sua età e del suo corpo, voleva vivere e basta, andava incontro alle cose e alle persone con una fiducia ingiustificata ma appunto per questo irresistibile. La sofferenza, se possibile, evitata; il piacere sempre bene accolto; la gioia non cercata spasmodicamente, ma mai e poi mai rifiutata quando per caso si affacciava. Aperta alla gioia, ecco come si sentiva la Valtorta, come si è aperti ai doni e alla fortuna. E infatti si sentiva fortunata a essersi imbattuta in uno come Nanni, bello, affascinante, pur con le sue asperità. Benedetta dal caso che li aveva fatti incontrare sul posto di lavoro, loro due, sì, proprio loro due in mezzo a cento insegnanti non memorabili, una coppia scritta in cielo prima ancora di formarsi. Rita aveva saputo di sua moglie e della sua famiglia, ma non provava nessun gusto malizioso e tantomeno il desiderio di mettere a soqquadro l'idillio domestico di Nanni (che già era sottosopra...), anzi, l'opposto, per parte sua avrebbe voluto che questo si mantenesse integro il più a lungo possibile, poiché arricchiva il suo protagonista con un supplemento di bontà e serietà, e il saperlo impegnato con tanto ardore nella sua impresa familiare contribuiva non poco al suo fascino, ne illuminava il viso delicato e austero circondandolo con una specie di aureola, degna di ammirazione ma anche molto, molto seducente, come possono essere i ritratti di Gesù o dei santi in certe icone: oggetti di devozione almeno quanto di febbrile infatuazione. Gli occhi vivi e malinconici, sempre un poco lucidi, le labbra rosse che non sparivano sotto il disegno della barba... le orecchie perfette così rare in un uomo... e l'altrettanto raro sorriso che a momenti pareva aprire uno spiraglio nella corazza del riserbo... tutte queste cose a Rita piacevano, sì, le piacevano oltre ogni cosa, oltre qualunque piano o disegno o possibile idea di conquista di quell'uomo. Rita lo voleva fortemente, ma non voleva toglierlo a nessuno.

Passò qualche mese così, in attesa. Finché una rinnovata occasione d'incontro si presentò durante la nota e noiosa cerimonia che si replica cinque o sei volte nel corso dell'anno scolastico: il Collegio dei docenti, nelle comunicazioni burocratiche abbreviato in Cdd, o CdD se si vuole sottolineare il rango degli insegnanti con l'uso della maiuscola. Nella palestra del liceo (l'aula magna essendo da tempo inagibile per il distacco di larghi pezzi di intonaco dal soffitto, planati a pochi metri di distanza da un bidello che piuttosto inusualmente stava passando lo strofinaccio sul pavimento) si riunì un centinaio di insegnanti, qualcuno battagliero, e perciò ansioso di vedere condivise le sue rivendicazioni e accettate le sue proposte, gli altri svogliati. Nanni si sedette nella sesta o settima fila di sedie pieghevoli. Aveva con sé un libro per ogni evenienza, una specie di antidoto o salvagente per i momenti più soporiferi: le poesie di Dylan Thomas. Quando era studente ne andava pazzo, e non le aveva mai rilette. C'era un posto vuoto alla sua sinistra mentre alla sua destra sedeva una matrona, Maria Silva Servello, nota a tutta la scuola per effettuare le interrogazioni degli studenti in latino. Si era talmente abituata che talvolta si rivolgeva in latino ai suoi interlocutori anche al di fuori delle lezioni, e infatti aveva accolto Zingone con un «Salve pulcher vir» che era al tempo stesso ironico e compiaciuto di essere vista accanto all'insegnante più bramato della scuola. Zingone le aveva indirizzato un sorriso di sbarramento, quel tipo di saluto cortese che invece di inaugurare la possibilità di un dialogo la chiude in via preventiva. Nanni poteva dirsi uno specialista di questi approcci impeccabili ma distanzianti, ragione per cui non erano in pochi a scuola e altrove a considerarlo un tantino spocchioso proprio per i suoi modi garbati. Ma non si trattava di supponenza o di boria da parte sua. L'educazione ricevuta dai suoi genitori risaliva a un'epoca, oramai tramontata, quando i poveri erano normalmente dignitosi, e sobri, e in più Nanni ci aveva messo parecchio del suo, tirandosi fuori dal pantano della volgarità e della sciatteria con il famoso gesto del barone di Münchhausen, cioè tirandosi da sé per i capelli, con uno sforzo che era riuscito grazie ai libri, allo studio, alla dedizione, al desiderio fortissimo di elevarsi a un livello superiore, cioè, il tentativo di essere almeno un poco migliori di come in effetti si è: pensare meglio, parlare meglio, scrivere meglio, dire dei no alle porcherie, provare a distinguere il bello dal brutto e il giusto dallo sbagliato, il che non è per nulla facile ma secondo Nanni non giustificava il fatto di non provarci nemmeno. E però come si è detto questo sforzo su di sé veniva scambiato per arroganza o superbia, talvolta intimidiva il prossimo, talvolta lo affascinava – e questo era appunto il caso della Valtorta. La quale infatti corse un po' trafelata, perché il collegio stava giusto avendo inizio con la consueta prolusione del preside, a occupare la sedia vacante vicino a lui.

Il cuore di Nanni ebbe un tuffo di gioia, gioia allo stato puro.

7.

Per inciso: Costanza non era tornata e non sembrava intenzionata a farlo. Si era limitata ad andare una sola volta fuori dalla scuola delle due bambine più piccole, e le aveva salutate frettolosamente. Maria non la vedeva e non ci parlava da quando aveva lasciato casa. Possibile che questo non le pesi? si chiedeva Nanni, che non la faccia soffrire almeno un poco, o non la metta in ansia? Posso capire che ne abbia abbastanza di me, ma loro? Mi riesce difficile immaginare che questa situazione diventi la nostra normalità. È anche da loro che vuole separarsi.

Ma se è così, allora vuol dire che la nostra unione davvero è stata un fallimento, anzi, una disgrazia. Abbiamo sbagliato tutto. *Io* ho sbagliato tutto. Nanni non riusciva infatti a pensare che di quello che era successo fosse in alcuna maniera responsabile Costanza, per una singolare inversione di fattori preferiva prendersi lui la colpa intera, il non aver capito nulla, l'essere stato pesante, prevedibile, poco generoso – gli riusciva più facile invece che accusare lei, come di solito in una coppia fa la persona che è stata abbandonata, perché in questo modo poteva crogiolarsi nella sua impotenza, battendosi il petto. E pur sentendosi un tapino e quasi un imbecille, il fatto di continuare ad amare e adorare Costanza come se nulla fosse, e di ritenerla comunque la persona migliore al mondo, la più nobile e la più cara, insomma di non provare risentimento nei suoi confronti, tutto ciò faceva sì che egli si sentisse a sua volta nobile e magnanimo, lo circondava con un'aureola di bontà, quasi di santità, come uno di quei martiri che non imprecano contro i loro persecutori mentre vengono frustati, bruciati e fatti a pezzi, la loro umiltà alimentata da un orgoglio luciferino nel baciare la mano che li percuote. Ritenersi dalla parte del torto lo faceva passare dalla parte del giusto. Eppure, Nanni non ci aveva capito nulla nemmeno stavolta: la mano che lo stava percuotendo non era di Costanza, era la sua, Costanza non desiderava affatto punirlo, anzi, del loro ménage era il legame con Nanni che in fondo sentiva di rimpiangere. Tutto il resto non lo sopportava più.

## 8.

Forse è superfluo riferire lo svolgimento caotico, e al tempo stesso lento come una carovana nel deserto, del Collegio dei docenti, se non dicendo che Rita e Nanni approfittarono dei suoi innumerevoli tempi morti per parlottare e guardarsi da vicino, talvolta con i nasi che si sfioravano, e le teste che si toccavano, come non era successo dal giorno in cui si erano fugacemente abbracciati nel salottino di casa Valtorta. A Nanni quel contatto dava brividi deliziosi perché non implicava nulla, non rappresentava i preliminari di nulla: nella sua mente l'ipotesi di avere una storia con la Valtorta era tramontata, se vogliamo chiamare col termine generico di «storia» quello che all'epoca ancora qualcuno definiva «avventura» (ma questo non l'abbiamo già detto?) persino quando aveva ben poco di avventuroso e si riduceva a un rapporto extraconiugale di breve durata, una «scappatella», un «tuffo dove l'acqua è più blu / niente di più», «un gioco e non un fuoco», tanto per citare la Bibbia popolare di quando Nanni era stato ragazzo. Il mezzo sorriso con cui Rita sottovoce gli domandava chi fosse la pettoruta collega dai polsi carichi di bracciali d'osso seduta sull'altro lato, cioè la professoressa Servello, e perché mormorasse tra i denti parole come «nefas» o «pax» quando prendevano la parola, ben decisi a non mollare il microfono, gli insegnanti famosi per la loro parlantina, addolciva Nanni con un piacevole languore, e lo incoraggiava a lasciarsi un po' andare dal suo ritegno. Accanto a Rita gli venivano in mente cose buffe e allusive sui presenti, il che era piuttosto alieno al suo spirito, e lui per primo se ne stupiva: osservazioni pungenti sui modelli di scarpe e sulle acconciature, sui riporti di capelli a coprire le calvizie, le giacche spigate, le voci stridule o baritonali di chi interveniva in modo concitato nel dibattito che precedeva le votazioni – e si era messo d'accordo con la supplente di educazione fisica per votare sempre allo stesso modo, tutt'e due favorevoli o tutt'e due contrari alla proposta di turno, bastava un cenno d'intesa e poi alzare il braccio. Era sempre Rita a decidere e lui a uniformarsi. Il gioco dei bisbigli aveva finito per infastidire un poco Maria Silva Servello che alla fine si era rivolta verso Rita per zittirla con l'indice sulle labbra, come se fosse lei, inevitabilmente, a distrarre Nanni. Rita fece un gesto per scusarsi, ma prima di tacere disse nell'orecchio del vicino, sfiorando la sua folta barba, che le parve morbida come il pelo di un gattino, un'ultima cosa che le premeva fin da quando si era seduta lì. Le premeva in senso fisico, nella mente, nel petto, nella bocca e contro le labbra, aspettando il momento in cui sarebbe rotolata fuori.

«Perché non ci rivediamo, Nanni?»

E fu così che dieci giorni dopo si ritrovarono insieme a percorrere la lunga e diritta via alberata che dalla città conduce al mare. Un mare che può sembrare squallido oppure bellissimo a seconda delle giornate, dell'ora, dell'umore di chi ci va. E se è domenica – oppure lunedì. Il giorno della settimana conta parecchio nel rendere entusiasti o schifati i gitanti. Quel mare può essere sporchissimo o cristallino come quello di un'isola, e se non è limpido può almeno sembrarlo, per qualche ora, dato che si tratta di un mare immaginario, pura proiezione del desiderio di quella città che non ci si affaccia ma crede di averlo comunque alla sua portata: e che saranno mai venti chilometri? La possibilità batte sempre la realtà perché di essa se ne frega. Non c'è nemmeno bisogno di realizzarla, è sufficiente che danzi, che aleggi intorno. Mentre le altre città dello Stivale o sono marinare, con bei porti e spiagge, oppure sono situate nell'entroterra, ben lontane dalla costa, la città dove allora abitavano molti dei personaggi di questa vicenda non si sa in quale categoria piazzarla. Sarà forse per questo che è la capitale? Un caso unico? Il suo cielo è riempito dalla voce straziante dei gabbiani, il famoso venticello che vi soffia, quando soffia, ha un sentore umido, salato, il «freschetto fino fino delle onde». Sì, ma il mare dov'è? «Non è distante» rispondono. «Non è distante» è la medesima risposta approssimativa che viene data a pellegrini e turisti quando chiedono di una certa chiesa o di un monumento, sia che si trovi a cento passi sia che per arrivarci ci voglia un'ora e mezzo di cammino o di mezzi pubblici. Gli abitanti di questa città non concepiscono la distanza in modo geometrico, bensì umorale, per cui essa non si misura nello spazio, ma appunto, nella possibilità. A volerci sul serio andare, nulla sarebbe davvero distante. Altrimenti è più che sufficiente immaginarselo.

E infatti, questo mare potenziale dov'è che lo si è visto, assai più che con i propri occhi? Al cinema. Nel regno della proiezione, dell'immaginazione, con quegli uomini scamiciati e quelle donne col foulard annodato sotto il mento e gli occhiali da sole che sfrecciando attraverso la pineta si precipitano verso il lido – «tutti al mare» come dice in modo sboccato una vecchia canzone, «a mostra' le chiappe chiare».

Ed è esattamente quello che stanno facendo Nanni e Rita a bordo dello scooter di lei, attraverso la pineta, alle sette di sera. Arriveranno che il sole sta tramontando, lo guarderanno affondare sotto il filo dell'orizzonte, ceneranno in un baracchino sulla spiaggia che non ha la pretesa di essere un vero ristorante, illuminato da cordoni di lampadine penzolanti dalle travi.

Sono euforici, Nanni un poco spaventato dal peso della felicità che pulsa nel suo petto, e dalla preoccupazione che si tratti di una mossa sbagliata, tuttora oppresso dalla fuga di Costanza, Rita che sullo scooter si è divertita a schiaffeggiare con la punta dei capelli il giovane uomo abbarbicato dietro di lei, e ora sta godendo ogni singolo istante, ogni immagine di quella sera. A riprova di quanto si diceva prima, il mare piatto che si ritrova davanti di colpo lei lo trova bellissimo, un mare liscio, blu, trascolorante tra almeno quattro diverse gradazioni, e poi la sabbia dorata, la luce al tramonto radente e calda, il ristorante che sembra di lusso, perché è un lusso trovarsi lì, insieme, in una sera di estate tardiva.

Nessuno dei due in seguito ricorderà cosa è stato ordinato e mangiato per cena, tranne il vino, pessimo, eppure lo bevono e ne chiedono ancora, mentre si raccontano aspirazioni, predilezioni ma soprattutto delusioni piccole e grandi. Le delusioni possono essere divertenti, e accomunano chi le racconta e chi le ascolta: esigono simpatia, la creano. Nanni si stupisce di quanto riesca a essere sincero con lei, e di come questa improvvisa schiettezza lo sbarazzi da molte congetture contorte. I suoi non sono più ragionamenti o giudizi, bensì resoconti, oneste diagnosi della propria vita, che la fanno ridere, ridere e pensare, la commuovono. Forse è anche il fatto di trovarsi accanto una donna più giovane di lui, una ragazza e non una donna, Rita Valtorta. Stare insieme a Costanza, che è più grande, e così a lungo, ha spento buona parte della curiosità, lei sa già tutto, ha ascoltato e ha capito tutto, ritiene di conoscere Nanni da cima a fondo (com'è cosa vuole da dove viene e dove andrà), e forse questo sarà pure vero: ma allora, come si può continuare a stare insieme quando non c'è più nulla da scoprire? Invece per Rita ogni cosa è nuova, mai sentita prima, e Rita stessa è nuova per Nanni, intatta, sconosciuta. E però alla ragazza sembrerà di conoscerlo già, quell'uomo interessante e complicato, di averlo incontrato in qualche sogno in cui le diceva le stesse cose che va dicendo stasera: che non si sente capito da nessuno, nemmeno dalle persone che gli sono più vicine, e che bellezza e verità sono le uniche cose a contare per lui, proprio perché sono rare, e quando per caso le si trova non bisogna lasciarsele sfuggire, costi quel che costi.

Ma era ovvio che la cena non li interessasse più di tanto. Si alzarono presto da tavola con la stessa fame di quando ci si erano seduti, cioè nessuna, e un po' brilli cominciarono a passeggiare lungo il bagnasciuga. C'era ancora una striscia di luce sopra l'orizzonte e il mare calmo, immobile. Le piccole timide onde sulla riva non arrivavano a bagnare i loro piedi e subito sparivano nella sabbia. D'ora in avanti staranno zitti come se avessero troppo da dirsi, quasi trattenendo il respiro, soffocati da una sensazione di fatalità che aveva qualcosa di piacevole. Dalla spiaggia sono andati via tutti e lontano si vedono le luci di baracchini simili a quello dove hanno cenato, se così si può dire di quella specie di languido digiuno. Finché si farà buio e la superficie dell'acqua scintillerà per il riflesso sfrangiato di una pallida luna giunta a metà del suo ciclo.

«Vieni» dice a un certo punto Rita, «facciamo il bagno» e svelta si libera degli indumenti gettandoli sulla sabbia, in un mucchietto, entra in acqua a passi decisi. «Sentirai freddo» dice girandosi verso Nanni che è ancora tutto vestito sulla riva, preso da dubbi. Quindi scompare sott'acqua. Nanni esiterà ancora qualche istante, poi non riuscendo più a distinguere nell'oscurità dove fosse finita la ragazza, si spoglia ed entra anche lui in mare, rabbrividendo, con le braccia incrociate sul petto, e subito dopo si tuffa come se si dovesse precipitare al suo soccorso.

«Sei qui?» la chiama, «Rita?», quando ha oramai l'acqua all'altezza delle spalle e gli pare di aver visto poco più avanti la fosforescenza di schiuma in superficie. «Eccomi» risponde lei ancora invisibile. Dev'essersi tuffata e aver nuotato in apnea, perché all'improvviso riemerge accanto a lui. Nanni ne è sorpreso e sollevato. Sono vicinissimi. Non osano toccarsi. Se non altro per vincere il freddo, sarebbe a questo punto naturale che si abbracciassero. È come se avessero paura l'uno dell'altro ma più ancora paura di trovarsi e pensarsi insieme, insieme, uniti. Nanni si lascia andare e cala lentamente con la testa sott'acqua. Lo spicchio di luna è sufficiente perché intraveda il bagliore del corpo di Rita, il contorno dei suoi fianchi e del seno voluminoso, e vorrebbe poter restare sotto il più a lungo possibile ad ammirare quella specie di fantasma che danza sul posto, a lenti saltelli…

Ed è finalmente arrivato il momento di abbracciarsi, con slancio, ansimando.

«Non è bello, questo?» gli sussurra lei in un orecchio, le labbra gocciolanti, dopo aver poggiato il mento nell'incavo della sua spalla ed essere rimasta così, abbandonandosi, come se avesse bisogno di riposare dopo una lunga fatica. E in effetti è stato faticoso per lei arrivare lì, a quel punto preciso, dopo il primo tentativo incompiuto: perché i rapporti funzionano così, spesso il primo contatto è fallimentare o deludente o comunque diverso da come ce lo si era immaginato, e allora occorre una buona dose di coraggio e una discreta testardaggine per osare e ritentare, per insistere, di nuovo, di nuovo, non si sa mai. Fortuna vuole che Rita sia entrambe le cose, coraggiosa e testarda, e solo grazie a questo si ritroverà ancora tra le lunghe braccia di Nanni, e lui ignudo tra le forti braccia di lei, premuto contro il suo seno prepotente, con la bella testa della ragazza abbandonata dolcemente su una spalla, e il suo lieve ansimare. Intorno a loro solo il buio, l'appena percettibile mormorio dell'acqua, qualche luce sparsa e lontana sulla spiaggia. Non sentiranno il freddo.

O forse sì, lo sentono, il freddo, ma è come se si fosse mutato in calore, che circola tra i loro corpi, Rita lo sente fluire fin nella punta delle dita affondate nella schiena di Nanni, mentre Nanni avverte il tepore della pancia di lei incollata addosso, e il vigore delle gambe con cui si è avvinghiata intorno ai suoi fianchi. In quella posizione non può fare a meno di reggerla per le natiche ed è impressionato per quanto sono muscolose. Sono più di dieci anni che non tocca una donna in quel modo, che non sia Costanza, e da anni nemmeno Costanza. Non nuda, non in mezzo al mare, non con il medesimo trasporto.

L'inatteso gli va dritto al cuore.

È strano: forse sarà per il freddo, forse per l'ansia non del tutto scomparsa, forse perché a questi due sembra di aver oramai raggiunto la compiutezza e non poter elevarsi più in alto di quel momento, temendo di sciuparlo con ulteriori iniziative, ma Nanni e Rita non fanno la cosa più ovvia al quel punto, così ovvia che è già stata superata nelle cose, non sentono bisogno di farla, lo slancio con cui si sono uniti li ha spinti oltre. Non potrebbe esservi accordo più perfetto di questo. Restano così, allacciati, solo le teste fuori dall'acqua, in certi momenti solo gli occhi, luccicanti, che iniziano a bruciare per il sale. Dondoleranno nell'acqua torbida del litorale, ogni tanto sollevando lo sguardo al cielo dove sono comparse le prime stelle e altre ignote se ne stanno aggiungendo.

*Do not go gentle into that good night…*

9.

Costanza sta aspettando fuori dalla caserma. Ha fatto chiamare Nico dalle guardie dell'ingresso con la scusa di una urgente comunicazione familiare: il che in un certo senso corrisponde a verità. Si era presentata come sua cognata. Nico e Nanni dunque fratelli? A loro modo, sì. Lui è sorpreso, lievemente imbarazzato, più che altro per il luogo dell'incontro, quel marciapiedi davanti al grande portone sorvegliato: però immaginava già da un pezzo che Costanza volesse parlargli, visto che Nanni non lo aveva fatto. Era da Carla Mesones che Nico aveva saputo del loro allontanamento: e prima o poi uno dei coniugi doveva farsi vivo. Solo che il tempo era ristretto, per dirsi cose importanti. Può darsi invece che fosse l'ideale. «Non ho che un quarto d'ora, poi debbo rientrare» l'aveva avvertita Nico dopo essersi abbracciati.

«Però, che emozione essere stretta da un uomo in divisa. Ma dimmi, Nico, non vi siete parlati con Nanni?»

«No. È un po' che non mi dà notizie.»

«Nemmeno tu lo fai con lui.»

«È un momento complicato. Ci sono periodi così. E il militare non aiuta.»

«Eppure voi due siete sul serio amici. Anzi pensavo che fossi tu il suo unico, vero, grande amico. Quello che una volta si chiamava l'amico del cuore.»

«Sì che lo sono. E Nanni è forse l'unica persona che io consideri sul serio vicina a me. Vicina anche quando è lontana. Eppure...»

«Eppure cosa?»

«Non ci sentiamo, non ci vediamo. Succede. Tra di noi è sceso un velo di pudore, quasi di imbarazzo, forse tutt'e due abbiamo paura di giudicare l'altro e trovare troppe cose che ci infastidiscono. Nanni ad esempio non ha mai voluto farmi leggere quello che scrive. Nemmeno una riga. Entrambi preoccupati anzi terrorizzati all'idea che le sue poesie non mi piacciano, sarebbe un colpo per lui quanto per me, lui risentito, io imbarazzato, e segnerebbe la fine della sincerità tra di noi. Ma non credere, Costanza, che la nostra amicizia sia finita. Non lo è affatto. Io la considero forte come prima, anzi, persino più forte, se è capace di resistere a questo silenzio. Come se non avesse bisogno di incontri e di parole. Vive lo stesso.»

«Vorrei poterlo dire io. Invece mi sembra tutto morto e sepolto.»

«Tra di voi?»

«Tra di noi. In mezzo a noi. Una terra diventata sterile a furia di rivoltarla.»

«Ma scusa, Costanza, dimmi la verità, hai qualcun altro?»

«Oh, ma che strazio, chiedete tutti la stessa cosa... come se non fosse possibile, come se non fosse nemmeno pensabile star sola, senza che qualcuno si precipiti a occupare il posto lasciato libero: perché, è naturale, io, senza una persona accanto, sono niente, sono uno zero, appunto, un vuoto da riempire...»

«Non intendevo affatto questo. Chiedevo soltanto. Per capire meglio.»

«Secondo me, Nico, tu capisci benissimo. Ci conosci. E conosci bene Nanni com'è fatto. Sono venuta da te per questo. Speravo che vi foste parlati.»

«Te l'ho detto, la nostra non è esattamente un'amicizia, ma una specie di tacita alleanza. Non ricordo più quando l'abbiamo stretta tra noi. Siamo troppo diversi. Era un patto immaginario, forse per questo non possiamo romperlo. Se ci pensi, Costanza, non è tanto diverso dal vostro legame. Un qualcosa che non trova una giustificazione nemmeno a cercarla, e che forse in origine è sbagliato, vi tiene insieme: voi con l'amore, noi con l'amicizia. Persino adesso che te ne sei andata di casa, di fatto state insieme.»

«Ancora insieme. Sempre insieme. È una condanna allora, non posso sfuggirla.»

«Non è una condanna, è un destino.»

«Il mio destino non è scritto da nessuna parte. Posso cambiarlo in qualsiasi momento.»

«Bene, allora, cambialo di nuovo, e torna con Nanni. Oggi stesso.»

«Sembra che tu ci tenga più di lui. Perché? A te che differenza fa?»

«Fa una gran differenza. Sono sicuro che, sennò, vi perderò entrambi.»

«Evidentemente mi consideri un'appendice del tuo amico.»

«Ma quale appendice, Costanza! Tu non sai quanto io sono legato a te… quanto ti ammiro.»

«Mi ammiri? Ma che diavolo significa? Cos'è che vuoi dire, Nico, che non dici?»

«Niente, hai ragione, non vuol dir niente. Scusami.»

«Dimmelo chiaro e tondo, mi vuoi bene?»

«Sì, certo.»

«E allora perché dovresti perdermi? Mica vado a vivere dall'altra parte del mondo. Eccomi, infatti, sono qui con te. Anche se ho fatto male a venire. Non so proprio come mi sia saltato in mente.»

«Invece hai fatto benissimo.»

«Dovevo essere molto confusa se mi aspettavo da te qualcosa di diverso.»

«Che cosa… che cosa ti aspettavi?»

«Un po' di comprensione. E anche qualcos'altro.»

«Ma insomma, Costanza!»

## 10.

A questo punto di slancio Nico la prese tra le braccia e la strinse forte, la donna del suo migliore amico, e in lei di colpo sembrò sciogliersi la tensione che le aveva fatto sbarrare gli occhi e stringere i pugni durante il loro scambio. Scoppiò a piangere, cosa in lei più unica che rara, per cui avrebbe desiderato poggiare la testa sulla spalla di Nico e abbandonarvisi del tutto, ma siccome lui era più basso, il movimento pure spontaneo ebbe qualcosa di goffo, e inoltre Nico era preoccupato di cosa avrebbero pensato gli avieri di guardia all'ingresso e gli altri militari che intanto entravano e uscivano dalla caserma. Due cognati non fanno così. Sorreggendola e intanto camminando all'indietro sul marciapiedi Nico riuscì almeno in parte a sottrarsi ai loro sguardi curiosi o perplessi. Uno dei quali apparteneva al tenente Proietto, che stava rientrando in caserma da una qualche missione: ma inaspettatamente l'ufficiale, vedendolo lì fuori abbracciato a quella donna alta, prosperosa e sconfortata, gli rivolse una strizzata d'occhio e passò oltre.

Una volta esaurite le lacrime, Costanza alzò fieramente la testa e fissò Nico con uno sguardo indecifrabile. Ci si sarebbero potuti leggere sentimenti vari, rimpianto, dispetto, amore, esausta ironia, speranza.

«Visto che tu non lo ricordi» disse dopo un lungo sospiro che aveva qualcosa di materno, di una madre che ha compreso come sia inutile continuare a rimproverare il proprio figlio, visto che comunque questo non capirà, «be', posso raccontartelo io il vostro primo incontro. Vi siete conosciuti in un museo, davanti a un quadro. Nanni me ne ha parlato tante di quelle volte fino a farmi dimenticare di quale quadro si trattava. Lui invece ricorda tutto di te, ogni minimo particolare, persino come eri vestito, una maglietta da tennis e pantaloni chiari. Nemmeno di quando ci siamo conosciuti lui e io si ricorda così bene i dettagli.»

Quindi il suo volto riprese l'intensa durezza che aveva prima.

«Devo rientrare» si affrettò a dire Nico, sulle spine, «riprenderemo questi discorsi. Per parte mia proverò a parlare con Nanni, anche se non ho idea di cosa io debba dirgli. Consigli non ne ho. E quelli che do a te non hai voglia di starli a sentire.»

«Separarsi è una brutta commedia» mormorò Costanza, guardando altrove come chi parla da solo. «Brutta e scontata. Vista da fuori fa scuotere la testa, tanto è ridicola. Ci manca solo di tirarsi i piatti in testa, o litigare per chi ha diritto a tenerseli. Ma questo Nanni non lo farà mai. No, non farà nemmeno questo. A proposito, da chi hai saputo che me ne ero andata? Chi te ne ha parlato?»

«Tua sorella Carla.»

«Ah! Carla. Allora con lei ti senti.»

«Ma no, un paio di volte.»

«Bene. Cos'è, vi siete fidanzati? Be', sareste una coppia interessante.»

«Basta, Costanza, basta.»

«Perché? Ti ci vedo con lei. Avete parecchio in comune.»

«Può anche darsi. Ora però devo rientrare. Promettimi una cosa.»

«Che cosa?»

«Che tornerai da Nanni. Dalle tue figlie. Almeno provaci, un giorno, o una settimana, e poi vedi come va.»

«Non posso prometterti niente del genere. Non sono in grado di tornare in quella casa.»

«Torna e poi decidete il da farsi. Tu deciderai.»

«No, non ci torno. Mi dispiace. Anche se mi odieranno.»

«Ma non ti odiano, ti amano! Ragiona, Costanza, ti prego, ragiona. Ti amano. Nanni ti ama, le bambine pure.»

«Mi amano! Che cosa meravigliosa, vero? L'amore. Ah, l'amore. No, non torno. Non torno. Poi magari un giorno, io… io tornerò. Forse.»

A questo punto afferrandolo forte lei lo baciò, a lungo, in modo profondo e leggermente disperato, perché finale. Appassionato senza una ragione. Quindi se ne andò lungo il viale senza voltarsi mentre Nico la chiamava.

## 11.

Anche tra persone molto intime a un certo punto, senza una ragione evidente, può subentrare una certa estraneità, una specie di sospetto, magari quello di essersi fino a quel momento sbagliati o illusi sulla persona con cui ci si confidava. Perlopiù si tratta di un fenomeno passeggero: dopo essersi concessi, ritrarsi, per poi tornare a concedersi. Del resto, anche il cuore si apre e si chiude, si apre e si chiude, la vita dipende dalle sue valvole, se fosse sempre spalancato si ingorgherebbe. Ora però il cuore di Nico è sigillato, pensò Costanza. E quello di Nanni, lo è? E il mio?

12.

Il ricordo di tutto era sbiadito, tranne l'immagine nera del vulcano che sbucava dall'acqua anch'essa nera: un cono pauroso, incombente. Sulla punta un pennacchio di fumo, certi giorni bianco altri grigio. Irene ricordava poco o niente di quell'ultima, o forse unica vacanza passata con sua madre e Nico sull'isola brulla, e non era un ricordo piacevole. Myriam Quell era ancora incredibilmente giovane e bellissima, ma già con la testa non ci stava più; non come quando, a vent'anni, aveva abbandonato i figli per seguire in giro per il mondo un amante non meno attempato di suo marito (si trattava allora di spirito ribelle, nient'altro), per non tornare più indietro; diversamente, all'epoca di quell'ultima vacanza pseudofamiliare sotto il vulcano, i suoi erano vuoti mentali, momenti di abulia e di assenza, le stesse domande ripetute molte volte – cioè i primi indizi del tumore al cervello che le sarebbe stato diagnosticato in autunno, con una prognosi di poche settimane di vita. Nico era nervoso, presentiva le avvisaglie della malattia di Myriam, insieme alla quale era appena tornato a vivere: che strana cosa venire adottati dalla propria madre, oramai quasi cancellata dalla memoria, un adolescente e una splendida donna poco più che trentenne, ancora una ragazza insomma, più prossima per età al figlio che all'ex-marito, il sussiegoso ambasciatore Quell. Diciamolo, perché prima o poi va detto: Nico aveva corso il serio rischio di innamorarsi di sua madre, e l'aveva schivato di un pelo. Irene intanto veniva lasciata in collegio.

Durante quella vacanza uscivano tutti e tre in barca col marinaio, tornato sull'isola dopo quarant'anni in America, e che per questo parlava una lingua scura e incomprensibile. Già venti braccia fuori dal porticciolo l'acqua era profonda, le pareti del vulcano s'inabissavano a picco esattamente come puntavano il cielo nella parte emersa, e a Irene non veniva nessuna voglia di tuffarsi, malgrado le esortazioni prima isteriche e poi blande, via via sempre più distaccate, rivoltele da sua madre. Incurante di ogni cosa, e soprattutto dei suoi figli, che cessavano di riguardarla, come del resto era stato per tanti anni, Myriam si distendeva sul ponte del gozzo, si copriva la faccia con un telo per non vedere niente e nessuno e, più che addormentarsi sotto il sole cocente, perdeva i sensi. Intanto, non potendo dar fondo all'ancora, la barca girava attorno al vulcano.

Oltre alla noia e all'imbarazzo, un'altra cosa Irene ricordava distintamente di quella settimana infelice: il gusto salatissimo dei capperi.

E poi doveva esserci un'altra cosa ancora, un'immagine, forse, che però all'epoca doveva averle messo paura e quindi faticava ad aprirsi un varco nella sua memoria: la quale più che un serbatoio è un'alta barriera.

Nonostante il riaffiorare sporadico di queste sensazioni amare, Irene aveva proposto a Nico di tornare insieme, loro due soli, sotto il vulcano. «Prenditi una licen-za» gli aveva detto, «e ci incontria-mo alla nave. Sarà bello come partire su un transatlantico.» «Ma io non faccio quasi in tempo a toccare l'isola che già dovrò tornare indietro! Non mi daranno più di quarantotto ore» aveva obiettato lui. «Sono tante, Nico, tan-tissime! In quarantotto ore su-ccedo-no tante di quelle cose... E quel che conta è che le passeremo insie-me.» Aveva ragione Irene, bastano anche dieci minuti per cambiare la vita intera. In un modo o nell'altro era riuscita a convincerlo. Si erano dati appuntamento al porto di una città chiassosa e gremita di gente, anche quella alle pendici di un gigantesco vulcano, che da migliaia di anni la minaccia; a prendere lì l'aliscafo sarebbero arrivati da due città diverse e lontane (non solo le città, tutto è diverso nello Stivale, tutto è lontano dalla medietà, dalla monotonia, dalla somiglianza – laghi immensi o minuscoli, montagne di forme assurde, colline boscose o di creta o di sassi, orridi, scogliere, paludi, marane, arcipelaghi, altopiani, eruzioni, terremoti, metri di neve come in Norvegia, la siccità che crepa la terra come nel Sahel...); da Nord Irene avrebbe viaggiato la notte precedente, in cuccetta, Nico sarebbe partito dalla capitale prima dell'alba.

Se non che, a licenza già pronta e solo da firmare (la firma avrebbe potuto anche mettersela da solo, in calce al bollo stampigliato con le sue mani, le falsificazioni in caserma erano all'ordine del giorno, non tanto per favorire illeciti quanto per sveltire procedure altrimenti farraginose), Nico scopre di essere stato messo di guardia proprio nel bel mezzo di quelle quarantotto ore di libertà. Bisognava subito porre rimedio, e Nico ci prova in tutti modi a scansare, anticipare o posporre il turno toccato a lui. Con la sua anzianità di servizio pensava di contare qualcosina, oramai, in caserma, e invece scopre di non contare nulla. Meno di zero. Gira tra gli uffici, invano. Chiede, anzi implora, l'intervento del tenente Proietto, ma da quell'orecchio il suo diretto superiore non ci sente. «Il turno delle guardie non dipende da me» risponde l'ufficiale distogliendo lo sguardo verso le scartoffie sulla sua scrivania, mentre Nico sa benissimo che basterebbe un colpo di telefono del tenente per farlo spostare di un paio di giorni. Forse costui è venuto a sapere qualcosa delle denunce finite nel cestino, o forse, semplicemente, si limita agli affari suoi, magari è geloso del fatto che vada come vada tra un paio di mesi Nico sarà fuori da quello schifo e lui invece no, se l'è scelto lui, quello schifo, fino all'età della pensione, quindi il ragazzo potrà pure aspettare un po' per tornare a fare il suo comodo, e vedere sua sorella quando gli pare (sua sorella, poi…), dato che Nico ha avuto la pessima idea di spiegargli il perché della sua improvvisa richiesta di licenza, credendo di impietosirlo, e invece Proietto si è irrigidito. Forse invidioso, chi lo sa. Nico ci ha riflettuto sopra quand'era oramai troppo tardi: tua sorella un cazzo! avrà pensato il tenente, chi vuoi fare fesso, è con la tua ragazza che vuoi passare due giorni a scopare… E questa sua supposizione di una supposizione, più che irritare Nico o farlo rammaricare per l'ingenuità di esser stato sincero col suo capo (mai, mai essere sinceri in un mondo come quello, mai esserlo in generale!), lo ha turbato, come se sotto l'espressione volgare, dentro l'involucro del pensiero malizioso attribuito all'ufficiale, si celasse una qualche verità. Quale verità? si chiede allora Nico, ma non osa approfondire. Però le domande continuano a fioccare. Si sono mai visti fratello e sorella passare un weekend insieme, su un'isola, come due innamorati? E allora? Non c'è nulla di strano e nulla di male, risponde in Nico una vocina giudiziosa ma poco convincente, come spesso la coscienza è. Mi è già accaduto lo stesso con mia madre, e ora, devo passarci una seconda volta? È possibile incontrare una donna praticamente sconosciuta e quindi amarla – anche se ha il tuo stesso sangue? Di quale amore si tratta? Myriam, Irene – ma che cos'è, un esame, una prova da superare, quella a cui vengo sottoposto? Sviare da questi pensieri gli fu reso possibile da quell'inconveniente, il turno di guardia caduto nella stessa data del viaggio. Per cui alla fine Nico Quell non si può dire che fosse rassegnato, ma che addirittura tirasse un sospiro di sollievo.

Irene parte lo stesso. Ha inghiottito la delusione senza morderla e assaggiarla, come si fa con un cibo disgustoso, un uovo bevuto dal guscio, una lumaca. Stropiccia nella borsa i biglietti del treno e della nave, i suoi talismani, che non hanno avuto effetto. Il rapporto con Nico resta una promessa, un effetto a distanza, lei lo avverte ancora più forte in sua assenza. Ha conosciuto fin da bambina questa mutilazione, al dolore per niente e per nessuno ha fatto l'abitudine, arto fantasma che duole anche se non c'è, non c'è mai stato. Per tutto il viaggio sbircerà al suo fianco il posto vuoto, quindi il letto vuoto accanto al suo nella pensione sotto il vulcano. Mentre appoggiata alla battagliola dell'aliscafo guardava allontanarsi e sparire nella foschia la grande città sdraiata all'ombra dell'altro vulcano, tanto più massiccio, due ragazzi le hanno rivolto la parola – è normale, è così che si fa, ci si inventa un'amicizia istantanea recandosi in un posto di vacanza, sarebbe tutta qui l'avventura, che però, ripetendosi sempre identica, cessa di essere avventurosa. Solo per questo ha declinato i loro inviti a stare insieme, a fare il bagno insieme, a condividere la loro tenda, in breve a fare l'amore con loro, era questo il sottinteso, e chissà se e dove riusciranno a piantarla, la loro tenda. Tutto troppo scontato, forse con Nico accanto sarebbe potuta deragliare, la solita storia, la vera novità sarebbe stata quella, l'amore diverso, lo strano sentire, il riconoscersi, finalmente. Un vero dono e non soltanto uno scambio.

Ma una volta sbarcata sull'isola l'umore malinconico svanisce: è troppo violento e irragionevole quel paesaggio per permettere di coltivare sentimenti tiepidi. Sarà la suggestione, ma a Irene sembra di avvertire un rombo sottoterra, e se alza gli occhi verso la vetta del vulcano avverte un sibilo, le gira subito la testa, l'aria è rarefatta, il cielo scolorisce. Si arrampica verso la casa dove ha preso una stanza, appartiene al pescatore che anni prima li aveva portati in giro in barca. Ora va a pesca raramente, si limita a qualche uscita coi turisti, inscatola i capperi, distilla poche bottiglie di malvasia che offre agli ospiti in bicchierini di vetro tutti storti. Queste informazioni insicure le fornisce a Irene nel suo dialetto impenetrabile. La stanza con i due piccoli letti dove lui la conduce è stretta, imbiancata a calce, una finestrella che dà sul mare, un'immagine della Madonna appesa tra i due letti, il tavolino con sotto un secchio di ferro e sopra una statuetta bianca e azzurra della Madonna, di cui il vecchio secondo ogni evidenza è cultore. Il bagno si trova all'esterno. «Avete solo questa con voi?» mugugna il vecchio poggiando sul tavolino la borsa sportiva che ha voluto, cavallerescamente, sfilare dal braccio di Irene. Dentro ci sono due costumi da bagno, un telo, il necessario per lavarsi, un libro. Appena il vecchio se ne va, con in mano i soldi dell'affitto, Irene si spoglia buttando il vestito su un letto e si sdraia sull'altro, le gambe unite e le braccia lungo il corpo. Fissa il soffitto. Il rombo sordo fa vibrare il terreno sotto il pavimento, lei lo sente a ondate. Le suggestioni sono una realtà tangibile. Se non vissuto, tutto può essere immaginato, e dunque sofferto e goduto. Anche l'incontro con suo fratello. Irene passerà questi due giorni in uno stato di esaltazione, il tempo è compresso, l'aria vibrante, il vulcano sul punto di esplodere, come ogni giorno del resto, e anche il suo corpo è così. Irene sa di non riuscire a guidarlo, a dominarlo, talvolta ha la sensazione di viverci dentro, prigioniera, come un viaggiatore spaziale in un'astronave alla deriva. I mondi straordinari che vede dall'oblò le sono sconosciuti, mancano di parole adatte i sentimenti che prova, persino mentre soffre di solitudine viene tentata di definire felicità quella sensazione. Forse è solo euforia. Stando nuda e sola sul paglericcio duro immagina che accanto a lei vi sia Nico, seduto in fondo al letto, che la guarda, la ammira, le parla, le accarezza i piedi, e tira la punta delle dita come fanno i massaggiatori quando stanno per concludere. Con voce distesa, ogni tanto arrestandosi per ridere sommessamente, lui le racconta storie di quando erano bambini, che, com'è ovvio, non sono mai accadute. Nico le inventa, lei inventa Nico. «Perché non sei venuto?» gli chiede anche se conosce già quale risposta giungerà automatica. «No, non ci credo. Era solo una scusa la tua» ma lui rimane zitto, e il suo mutismo imbarazzato le dà ragione. «Non ti rispecchierai in nessun altro se eviti di farlo con me, abbiamo lo stesso destino, io sento quello che senti tu, eccetto la paura, tu sei esitante, Nico, cauto, timoroso, io invece no, questa è la sola differenza, io non conosco la paura, né il dolore, perciò mi ferisco senza accorgermene, mi faccio male e penso che sia bene. Ma sì, per me *tutto* è bene. Tutto quello che mi succede lo trasformo in bene.»

Più tardi scese alla spiaggia per fare un bagno. Era di sabbia grossa e nera mista a sassi. C'era pochissima gente, perlopiù, le sembrò di capire, tedeschi, seminudi e ciondolanti, di quel genere a cui le cose più sono zozze e selvagge e più gli piacciono. Entrò in acqua con le ciabatte di plastica per non farsi male sui sassi appuntiti, ma quasi subito le ciabatte le si sfilarono e presero a galleggiare intorno a lei come per sfotterla. L'acqua era limpida e ghiacciata. Mise la testa sotto. Di colpo si sentì perfettamente lucida cioè in grado di penetrare quell'attimo senza respiro come facente parte del suo destino, una ripetizione di eventi già accaduti e che ancora dovranno accadere e accadere di nuovo, per l'eternità, e non solo a lei, la sensazione già vissuta di fluttuare in un'acqua fredda e nera, la consistenza esile ma solida del proprio corpo, gli occhi che subito bruciano, e rivolgendosi indietro, verso la riva, il colosso svettante del vulcano che ingombrava il cielo. Lui, l'avversario. Lo stiamo importunando, pensò, non dovremmo essere qui, è innaturale, una provocazione e basta, per questo i tedeschi sono venuti, credono di amare la natura ma non sanno che la natura li odia. E li punirà. Anzi lo ha già fatto. Scalciò per tenersi a galla e agitò le braccia come se volesse abbracciare qualcuno, ma ogni volta le braccia tornavano vuote al petto, finché quel movimento divenne una specie di ginnastica. Sono felice, gridò dentro se stessa, felice, che tu sia benedetto, Nico, per avere una sorella come me, sono io la tua benedizione. Esiste da qualche parte nel mondo una persona più fortunata, in questo preciso momento? Una persona come me che ha già guadagnato la salvezza. Ti insegnerò io, Nico, dove si trova. Smetti di cercarla dentro di te, non serve. Cercala piuttosto dentro di me.

Devo bere qualcosa, e mangiare.

Si era ricordata infatti che non metteva in bocca niente da ventiquattr'ore. Lo stimolo della fame le era d'altronde sconosciuto. Quindi risalendo verso il paese si fermò a un bar. Seduti a un tavolino c'erano i due ragazzi incontrati sull'aliscafo, che le proposero di fermarsi. Lei accettò, e uno dei due entrò a prenderle una bibita. Da mangiare non c'era nulla. Bevettero insieme delle birre gelate. Erano simpatici quei due. Avevano ciondoli e braccialetti, agitavano le mani parlando. Non si sa di cosa si parlarono, forse di niente. Quello più alto portava la barba e aveva gli occhi chiari. Quello più piccolo era di carnagione olivastra, con molti capelli. Curiosamente anche Irene fu simpatica con loro, invece che scontrosa come sulla nave. Non rideva così da un sacco di tempo. In fondo, anche senza Nico, l'isola era interessante, tanto valeva approfittarne. Via, via da certe aspettative, la notte passata in bianco a rotolare nella cuccetta, anche se assurda la vita continuava, e io continuerò, si disse Irene, la mia ricerca. I due amici le chiesero di seguirla alla loro tenda, volevano mostrargliela. «Ma è vietato, dove siete riusciti a piantarla?» Loro risero e dissero che avevano trovato un posto riparato, almeno fino all'indomani, poi forse li avrebbero cacciati di lì, vediamo, e indicarono un certo punto sul fianco del vulcano.

«Vuoi venire, Irene? Abbiamo qualche scatoletta, pane, e un paio di lattine di birra» disse quello piccolo e scuro. «Calda» precisò l'altro, il barbuto. «Una cena da veri signori!» «Vi ringrazio, sarebbe bello, ma credo che il mio pa-dro-ne di casa abbia pre-parato lui qualcosa, non vorrei si offen-desse» mentì lei. «Magari ci si in-contra doma-ni.» «Potremmo prendere una barca e fare un giro dell'isola, che ne dici?» A Irene tornarono in mente le scene con Myriam e Nico sul gozzo del vecchio: Nico che evitava il più possibile di guardare sua madre in costume da bagno, l'isolano al timone che fumava un pezzetto di sigaro e imprecava in un gergo imparato sotto l'ombra perenne dei grattacieli, mentre il diesel faceva le bizze.

Il vecchio aveva davvero preparato qualcosa per cena, e invitò Irene, come si diceva un tempo, «a favorire». Non essendoci altri in casa, certo non poteva mangiarsi da solo il tonno pescato fortunosamente il giorno prima: ne aveva tagliato alcuni tranci e il resto messo nel congelatore. Tutto questo Irene l'aveva capito più a gesti che grazie alle parole. Si sedettero sotto una pergola illuminata da una treccia di lampadine, e il vecchio le mise davanti un bicchiere di vino torbido e una scodella già riempita, col trancio di pesce che affiorava da una salsa di pomodoro e capperi. Irene si accorse di avere fame come non le accadeva da anni. Il sapore pungente dei capperi stavolta non la stomacò, anzi le piacque. Pure il vecchio era affamato e dunque fu risolto il problema di doversi parlare. Quando in fondo ai piatti non rimase altro che la salsa, l'ospite si alzò, rientrò in casa, e fece ritorno con dei pezzi di pane che avevano l'aria di essere stati strappati con le mani.

Finalmente, mentre prosciugavano il sugo punteggiato di capperi, il vecchio prese a parlare, senza curarsi se Irene lo capiva. Ci teneva a raccontare come aveva pescato quel tonno. Alcuni dettagli erano indecifrabili, ma i gesti eloquenti: una cattura faticosa, issarlo in barca con la lenza. Mostrò le mani deformate dall'artrosi, callose e rosse. Pesava una ventina di chili, quindi un pesce ancora giovane, questo Irene era riuscita ad afferrarlo.

Poi il vecchio raccontò come l'aveva ucciso, per evitare che si dibattesse sul fondo del gozzo e magari riuscisse a saltare fuoribordo, cosa che talvolta accade, tanta è la voglia del pesce di tornare in acqua: a spingerlo a compiere quei balzi è l'istinto più violento, la sensazione di morire. Per evitarlo, e finire il tonno in un istante, il vecchio emigrato aveva fatto ricorso a un sistema infallibile. Irene era stordita, dal vino, dal cibo, dalla mancanza di sonno, dal bagno in mare, dalle birre bevute con i ragazzi, dalla lingua arruffata del suo anfitrione. Non capiva. Allora il vecchio fece un gesto privo di senso: con la testa arrovesciata, aprì e chiuse la bocca varie volte, come appunto fa un pesce, e ci versò dentro un bicchiere di vino. Ancora Irene non ci arrivava: il pesce beve vino?

Il vecchio si spazientì.

«That's the way I killed the fish.»

Stavolta era stato chiaro.

«How that?»

«With a shot of booze.»

Irene si alzò da tavola frastornata e sazia.

13.

Era già notte da un po' e lei per quanto stanca non riusciva a prendere sonno. Nella sua mente, l'immagine del pesce accoppato con la grappa che boccheggiava per l'ultima volta. Il pennacchio di fumo in cima alla montagna. Nico abbracciato a sua madre Myriam.

Uscì nell'aria densa, cremosa. Stirò le braccia al cielo. Dal retro della casa s'inerpicava un viottolo che riluceva biancastro sul fianco scuro del vulcano. Lei ci si incamminò senza sapere dove conducesse. La luce della luna era sufficiente a vedere dove mettere i piedi, e a non cadere di sotto. Salì sensibilmente di quota. Intorno non c'era anima viva e si sentiva solo l'abbaiare lontano dei cani, e, se si arrestava un momento ponendosi in ascolto, cessato lo scalpiccio dei sandali, quella specie di rombo, attutito, appena percettibile, che onestamente Irene non sapeva se fosse reale o una sua invenzione. Le poche luci del paese erano oramai sparite alle sue spalle, dietro la costa del vulcano, quando ne intravide un'altra, fioca, rossiccia, all'interno di una macchia più o meno triangolare. Era la tenda dei due ragazzi incontrati prima, con dentro una lampada che ne illuminava le silhouette come in un gioco di ombre cinesi. Irene li sentiva parlottare e ridere. Si avvicinò alla tenda senza avvertirli, senza chiamarli visto che nemmeno ne sapeva i nomi, e siccome la zip era aperta per prendere aria, vi entrò.

Vi trascorse due ore circa. I ragazzi ebbero quello che oramai non si aspettavano più, almeno per quel giorno, a turno e tutti insieme. Alla fine si addormentarono esausti. Irene strisciò fuori con i vestiti in mano, e si drizzò contro il cielo nero che nel frattempo si era riempito di stelle tremolanti. C'era abbastanza luna per proseguire. Mentre camminava le tornò in mente l'ultimo dettaglio della vacanza di sette anni prima, con sua madre e Nico, quello che fino ad allora non le era riuscito di ricordare. Strano, perché si trattava di uno spettacolo impressionante: rosso, liquido, potente, pauroso e insieme gioioso come solo il fuoco è. Si scoperse capace di arrivarci da sola anche se le guide lo sconsigliano e le leggi lo vietano. Sull'isola le leggi sono carta straccia, si disse, mentre saliva più in alto, in certe brusche svolte dovendo aggrapparsi con le mani agli spunzoni di roccia. E la carta brucia in pochi istanti. Guidata dai raggi della luna e da quel rombo che aveva creduto di sentire tutto il giorno, raggiunse il culmine del vulcano e si sedette su un cumulo di polvere. Una cinquantina di metri sotto di lei, da due o tre punti dell'anfiteatro di rocce, zampillavano con regolarità fiotti di lava incandescente. Lo spruzzo di fuoco si levava alto e poi ricadeva mollemente tutt'intorno, dove poco alla volta il suo rosso si smorzava. Qualche minuto di pausa e ne partivano altri, sempre più alti, robusti, con un sibilo, restavano sospesi in aria per un istante, si torcevano su se stessi e si spegnevano.

## 14.

Non sono mai stato in quella città costruita sull'acqua, dentro l'acqua. Odio i turisti e le cartoline, detesto il romanticismo e le gondole, le serenate non fanno per me. Però c'è sempre una prima volta, anche se tardi – anzi, più tardi è, meglio sarà. Basta che non commetta errori. Eh, no! Devo portarla in un albergo, indimenticabile. Com'è che si chiama quello più famoso? Non mi viene il nome. Devo cercare sull'elenco telefonico. O comperarmi una guida. Dio mio, com'è possibile che io sia così sciocco, così inetto? Non sono stato da nessuna parte, non ho viaggiato, al ristorante avrò mangiato dieci volte in vita mia e sempre per quella scocciatura dei pranzi di lavoro. Non sapevo cosa ordinare, me la cavavo con pollo e patate. Mai assaggiato il vino. La verità è che ho vissuto per modo di dire, e non so niente del mondo. Credo di saper qualcosa dei libri, e quel che so l'ho imparato dai libri, ma non è la stessa cosa. Ciò che mi sta succedendo ora, in verità l'avevo già letto cento volte, ma poi, quando succede, sei comunque impreparato. I libri semmai servono a capire meglio, dopo, quel che hai vissuto: ma se non hai vissuto? Solo con Sheila certe cose le farei, farei solo quel che a lei piace. Dunque lo troverò, quell'albergo, e una stanza con una finestra grande, anzi due, da cui si vede tutto, le onde, i fuochi d'artificio, le barche che passano, la gente che cammina sui ponti.

Questo pensava il Coboldo: nella sua purezza di cuore, conservata fino ai quarantacinque anni di età, immaginava che un viaggetto romantico non potesse avere altra destinazione che la città fantasmagorica costruita sull'acqua, dove non era mai stato. È singolare per uno nato nello Stivale (nel suo caso, va detto, tra i monti che lo tagliano in diagonale) non aver mai visitato la fatata laguna dove convergono visitatori da ogni parte del mondo. Forse era proprio questo ad averlo fino ad allora tenuto alla larga, e occorre considerare che il Coboldo non si muoveva praticamente mai dalla proba e operosa città del Nord, cui lo teneva avvinto, con l'ostinazione delle radici di un'erba infestante, l'unico vero interesse che fino ad allora aveva coltivato: il lavoro. Lavorare e lavorare, e basta. Da vent'anni, macinare libri per la Minaudo era stata per lui la sola ragione di stare al mondo; e se non si era tagliato la gola, questo si doveva a tre ragioni: le coste dei volumi di una stessa collana editoriale sistemata in bell'ordine su uno scaffale, in modo da leggerne agevolmente i titoli; l'odore d'inchiostro che si sprigiona da un libro appena stampato, quando lo apri e ficchi il naso tra le pagine; la ripugnanza verso la lama del rasoio, per cui si radeva in fretta e male, spesso presentandosi in casa editrice con ciuffetti di peli sparsi sulla gola, sotto le narici e le labbra e gli zigomi – ma che importa, lì in ufficio, non avrebbe avuto troppi scambi e incontri, a quello ci pensavano piuttosto Amelia Gheno e, se era di umore conviviale, Gianni Enobarbo: lei col suo dirompente entusiasmo, lui col suo charme.

Ma ora aveva altro per la testa. E questo altro era Sheila B.

Lei nel frattempo stava pensando seriamente di far ritorno in America. La vita di ciascuno è divisa in cicli, in periodi, e quello di Sheila B. in Europa lei sentiva si stava esaurendo, e così anche il suo impegno di modella. In quel mestiere, a ventotto anni una ha il diritto di sentirsi vecchia – certo molte proseguono, anzi, diventano sempre più belle ed esperte, aggiungendo fulgore e mollezza alla perfezione del loro corpo e del loro viso, ma non era questa l'intenzione di Sheila. Più che desiderio di far altro, aveva voglia di smettere quello: set fotografici, sfilate, spogliarsi e rivestirsi in fretta, il trucco, primavera-estate, autunno-inverno. Sentir dire che le tue gambe sono «chilometriche», che la falcata in passerella «ricorda quella di una pantera». E i reiterati annunci dell'avvento di «una donna nuova, diversa, consapevole» e che pertanto indossa capi succinti o castigati. Ma consapevole di che? Indossare un vestitino di rete lungo fino ai piedi, con sotto un perizoma o niente, l'avevano resa più consapevole? E gli orecchini fatti di pesanti piastre di metallo, lunghi fino a sfiorarle le spalle? Favolosi, se non che stiravano i lobi. Aveva sentito definire uno stilista «architetto di sogni». Di un altro, «che aveva ricreato la donna», e l'aveva fatta «femminile e rigorosa». Cioè?

«Accattivante interpretazione del militare in chiave lussuosa e chic» era stato il commento a una sfilata che sfiorava il porno nazista, con citazioni e allusioni evidenti a film scabrosi, e a cui la stampa aveva riconosciuto la mirabolante capacità di «riavvolgere il nastro del tempo».

E poi gli abusi, di ogni tipo.

(Quelli subiti a opera del sedicente Hugo Ball erano stati solo più espliciti.)

Ma soprattutto era lo Stivale a starle stretto, alla lettera; la sua forma striminzita e lunga, la quantità chiassosa di abitanti, simpatici, senza dubbio, ma troppo prossimi, incollati tra di loro, appiccicati a lei, naturalmente i maschi, ma non solo, dato che la sua fredda bellezza lunare era ammirata da ogni angolatura, senza riguardo al sesso, lasciava a bocca aperta chiunque, era seducente ma al limite persino respingente. Le ragioni stesse per cui tutti lo amano, questo benedetto Stivale, e ne sono attratti, le cittadine grondanti arte e orgoglio, i paesini suggestivi, il cibo, la musica, il sole (che però nella città del Nord si vedeva solo a tratti), la rinomata cordialità, ora come ora la allontanavano, di queste virtù non sapeva che farsi, erano troppe, era tutto troppo, troppo, aveva bisogno di spazio, aveva bisogno di nulla, di assenza, di spianate brulle e insignificanti a perdita d'occhio, persino di cose brutte.

A una cosa brutta si era infatti affezionata: il Coboldo. Affezionata, non innamorata, però, di quel nano. Forse divertita dal contrasto, a cominciare dall'altezza (era una spanna e mezzo più basso di lei), sicuramente incantata dalla sua ingenuità mista a sapienza. E poi pensare che lui alla sua età non aveva mai conosciuto una donna la faceva sentire come una campionessa olimpica che sta battendo un record, l'atleta che salta più in lungo (sarebbe stata questa forse la sua strada, con quelle sue gambe «chilometriche», se le fosse capitato di avere un carattere diverso, se fosse stata un po' meno pigra e più maniacale, e avesse deciso di coltivare sul serio il suo corpo, di sforzarlo e lanciarlo oltre i suoi limiti, invece che sfruttarlo per pochi istanti, quelli dei flash: lasciandoselo fotografare, portando a spasso vestiti, avanti e indietro per trenta metri. Avrebbe voluto essere qualcuno anche nel tempo restante. Sì, ma cosa, chi? Qual è il posto dove potrò essere vista per quello che sono? E amata per quello che sono?

In verità il Coboldo la amava già, con tutto se stesso. Ma questo era in fondo preoccupante: che un asociale intelligentissimo di mezz'età e, malgrado gli anni, così inesperto potesse perdere la testa per lei, se all'inizio l'aveva lusingata e divertita ora iníziava a parerle un gioco pericoloso e in fondo cinico, come raggirare un bambino o un vecchio, quasi un atto di teppismo illuderlo. Non poteva immaginare Sheila che per quanta delusione da quell'ometto sapiente potesse sprigionarsi, quando sarebbe venuto il momento della verità, per quanto immensa fosse la quantità di dolore che gli avrebbe inflitto abbandonandolo, era sempre cento volte più forte l'esaltazione, la gioia sconfinata che gli aveva fatto provare accettandolo, accogliendolo presso di sé, stringendolo tra le sue braccia, facendolo sentire finalmente un uomo in carne e ossa e non soltanto l'automa capace di emettere sentenze di cui parlano i filosofi, la macchina pensante, quel che era stato fino ad allora, Monsieur Teste, l'Enciclopedia vivente, l'oracolo disumano e incorporeo della Minaudo.

Sheila aveva infatti deciso che dalla città sprofondante nella laguna per il peso sulle palafitte delle sue immani chiese e dei palazzi fastosi, cioè del suo passato di gloria, avrebbe preso direttamente un volo per l'America, con un biglietto di sola andata. Si anticipa al lettore questa sorpresa, risparmiandogli inutile pathos, ma non al Coboldo, in modo che egli possa vivere ignaro e fiducioso quei tre giorni di sogno. Dunque Sheila non lo avvertì.

L'esperienza dice che mettere in guardia qualcuno serve a poco, se la sua fede è superiore a qualsiasi prova o argomento contrario. Altrimenti non sarebbe una fede. E il Coboldo esattamente questo nutriva per Sheila, un'adorazione esaltata e inscalfibile. Era il suo idolo, anche perché aveva la figura di un idolo, il profilo di un idolo, di quelli intagliati in un legno oleoso e profumato. Se bisognava per forza innamorarsi, senz'altro Sheila era il più meritevole oggetto d'amore, il sogno assoluto: sarebbe stato forse più logico che a un certo punto della vita lui si trovasse una Cobolda, è ovvio, ma che tristezza questa logica... l'ideale insulso dell'anima gemella... Invece il suo amore aveva puntato in alto, più in alto, senza vie di mezzo, sarebbe stato assurdo indirizzare quell'incredibile slancio dell'anima verso un obiettivo appena meno nobile. Occorreva una regina perché il cavaliere offrisse la sua spada e il suo cuore, e il Coboldo si sentiva compreso in quell'investitura, deliziosamente asservito, pronto a tutto. Era disposto a spendere uno o più stipendi in quella breve avventura, e per questo si era segnato su un foglietto l'elenco dei luoghi per dormire, bere e mangiare più raffinati e costosi della città, aveva prenotato un motoscafo che li venisse a prendere in stazione e li portasse in giro a loro piacimento per le isolette della laguna. Essendo astemio, non aveva mai assaggiato uno di quei cocktail cari ai grandi scrittori alcolizzati, ma si era appuntato l'indirizzo del mitico bar dove li servivano. L'ultimo giorno in ufficio non aveva fatto altro che telefonare a destra e a manca, parlando sottovoce nella cornetta per non svelare i suoi piani, nel caso Minaudo fosse entrato nella sua stanza all'improvviso, poi era andato in banca a ritirare una quantità spropositata di contante, che gli aveva gonfiato le tasche posteriori dei calzoni, ma voleva essere sicuro di poter coprire qualsiasi spesa, anche imprevista, lui che in un mese guadagnava meno di Sheila per una sfilata. Sì perché gli stipendi in casa editrice erano piuttosto bassi rispetto alla media del mercato, e alle accuse di tirchieria (era Enobarbo a rivolgergliele, ma in modo che suonassero scherzose) Minaudo replicava che lavorare da lui era una questione non di soldi, ma di prestigio. Al diavolo i soldi! aveva esclamato dentro di sé il Coboldo, e quindi gli era venuta alla mente un'espressione spontanea, che se ci si fosse mai imbattuto in uno dei dattiloscritti in lettura per la pubblicazione alla Minaudo, l'avrebbe cassata con vigorosi tratti di pennarello oppure segnalata a margine con punti interrogativi ed esclamativi alternati, scribacchiando «Questa poi no!».

La frase fatale era: «Si vive solo una volta».

Quando si incontrarono in stazione, e lui la scorse perché staccava di una testa sugli altri passeggeri, rimase sorpreso di quanto il bagaglio di Sheila fosse ridotto: una sacca e una borsetta. Lui invece si trascinava dietro una valigia di cuoio dove aveva ficcato praticamente l'intero guardaroba. Non poteva certo immaginare che era tutto quanto Sheila aveva deciso di portarsi dietro, non per un fine settimana, bensì in America – il resto lo aveva lasciato ad amiche e al padrone di casa, abiti e gonne e scarpe, cappotti favolosi, libri d'arte, book di foto, monili, mobilio, regali vari, si era disfatta di tutto, con sollievo, e nella sacca, oltre al passaporto, aveva solo un abito di ricambio, pochi grammi di biancheria, scarpe da ginnastica e un astuccio con dentro i gioielli più preziosi o che le ricordavano qualcosa, la macchina fotografica, gli obiettivi, e basta. Sheila era tranquilla, quasi distratta. Chinandosi baciò sulle guance il suo compagno di viaggio e lo aiutò a far salire sul vagone l'ingombrante valigia. Non le era facile trovare la parola giusta, in inglese o in italiano, per definire il Coboldo nel rapporto che avevano, e quella generica e meno impegnativa, «amico», era davvero fuori luogo. Per capire come stavano effettivamente le cose tra loro aveva bisogno di dargli un nome (lo si è chiamato finora Coboldo solo per via del suo aspetto di gnomo) e soprattutto un'apposizione chiara, definitiva, un titolo, insomma – poiché amante, lover, fiancé, companion, partner, moroso, suonavano fuorvianti o ridicoli. Quando si sedettero nello scompartimento sotto il finestrino, uno di fronte all'altro, da come agitava le gambe, che a malapena toccavano terra, Sheila capì che il Coboldo si stava tormentando per l'eccessiva distanza tra di loro, avrebbe voluto starle accanto, ma il posto era già occupato, e il viaggio a quei tempi era piuttosto lungo. In verità, il Coboldo avrebbe desiderato che fosse ancora più lungo, che durasse una notte intera, in vagone letto, rapito dall'idea di spogliarsi e dormire insieme, e poi svegliarsi il giorno dopo, ancora insieme... ma già dalla prossima volta sarà così, quando andremo a Parigi o a Vienna. Poiché già pregustava i viaggi a venire. Solo tre giorni dopo Sheila sarebbe volata in America, per non tornare più, e intanto il povero Coboldo pianificava un futuro insieme.

Al poveruomo salì il cuore in gola e si annebbiò la vista nel percorrere il grande canale. Le diecimila immagini che aveva (come tutti del resto) visto e stravisto di quella città non ne rendevano nemmeno lontanamente l'idea. Erano belle e basta, come le tante illustrazioni dei tesori dello Stivale – ma essere lì, attraversarle, vederle sfilare ininterrotte a destra e sinistra levava il fiato. In più c'era il vento in faccia, i rumori liquidi contro la chiglia, il brontolio calmo del diesel, un gigantesco sole velato che spandeva una luce umida e tremante sui palazzi e sull'acqua. Il Coboldo era paralizzato, come un paziente intubato sul tavolo operatorio, e persino Sheila che c'era stata varie volte, sorrideva stupefatta. A ogni arrivo la sorpresa si ripete eppure è sempre nuova. Stavano in piedi, reggendosi al tettuccio del motoscafo, il Coboldo ci arrivava appena, col mento appoggiato sul bordo di legno, e boccheggiava, mentre i radi riccioli sulla sommità del suo capoccione venivano spettinati dalla velocità.

In albergo i fattorini e il portiere si rivolsero subito a lei, in inglese, mentre il Coboldo opponeva resistenza al ragazzo in livrea che voleva prendere in consegna la sua valigia. La loro stanza era magnifica, inondata di luce, alle finestre si scorgevano le linee sovrapposte di tetti, cupole, campanili, strisce d'acqua, facciate scolorite di palazzi sormontati da obelischi, terrazzini fasciati di tendaggi, chiese di un bianco abbacinante, costruite con proporzioni auree. L'immagine di Sheila di spalle, affacciata a una di quelle finestre, il suo profilo scuro contro il chiarore lattiginoso che emanava dall'esterno, rimarrà per sempre negli occhi del Coboldo come la più bella della sua vita. No, non è vero, non si tratta della più bella in assoluto, tra qualche ora verrà superata dalla sua versione notturna: sempre Sheila nell'identica posizione di spalle, coi gomiti puntati sul davanzale della finestra, dunque leggermente chinata in avanti, senza vestiti addosso, una pura e perfetta sagoma nera, e intorno a lei l'aureola intermittente delle luci riflesse sull'acqua.

Tra le mille attrazioni artistiche della città, Sheila ne aveva in mente solo una, che non aveva mai visto, e chiese al Coboldo di andarci, non appena si furono sistemati in albergo. Potevano arrivarci a piedi, in pochi minuti, stando attenti a non perdersi nei vicoli e a non sbagliare i ponti. Il Coboldo avrebbe voluto trattenersi e indugiare un po' nella loro bellissima stanza, sdraiarsi accanto a lei nel letto più largo e comodo di quanto avesse mai immaginato, baciarla se non sulla bocca, almeno sulle guance e sul collo, sotto le orecchie, ma obbedì al desiderio di Sheila e, meno di un quarto d'ora dopo essere arrivati, i due uscirono.

Costeggiano la riva come a Sheila ha raccomandato di fare uno dei cerimoniosi portieri dell'albergo, fornendole istruzioni minuziose, scavalcano un lungo ponte, prendono un rio laterale, dove di colpo la folla di turisti si fa più rada, e così avanti, ascoltando l'eco dei propri passi nel silenzio crescente. Sheila lo ha preso per la mano e nel camminare ogni tanto gliela stringe, provocando un sussulto amoroso nell'uomo, come se lei avesse premuto un pulsante che dà la scossa. Bene, se questo gli dà gioia e piacere, lo farò ogni volta che posso, si ripropone lei, e si accorge di stare pensando al Coboldo come a un morente a cui si danno i conforti estremi, e gli si fa fumare il suo sigaro preferito o bere una coppa di champagne, di gran marca, tanto è l'ultima volta che lo fa, dev'essere il migliore. La mano del Coboldo è umida di emozione, e ricambia la stretta in modo ferreo. L'uomo infatti possiede una forza poderosa, solo che quasi mai ha avuto occasione di applicarla, poteva rovesciare tavoli in un saloon, lanciare massi contro i turchi assedianti, abbattere colonne, acchiappare furfanti e ammanettarli – e invece per tutta la vita è stato seduto a un tavolino a scartabellare, appallottolare fogli, soppesare volumi, come fossero i pesi di un ginnasta.

L'obiettivo del loro zigzagare è un palazzetto abbastanza anonimo se comparato alla magnificenza di tanti altri. Ma all'interno si spalancano meraviglie. Anche stavolta, le illustrazioni sfogliate non rendevano nemmeno un decimo di quello che si vede coi propri occhi. Sheila giunge le mani per la sorpresa, mentre il Coboldo si ammutolisce, perché lui quella roba la conosce, la conosce bene, l'ha studiata, sa tutto quel che c'è da sapere sul pittore che ha dipinto le grandi tele sulle pareti un po' buie del modesto palazzo in cui si trovano, si orienta facilmente nei suoi temi, nei soggetti, ricorda fin nei minimi dettagli le storie dei miracoli operati dai santuomini che vede ritratti – un bambino alle prese con un piccolo drago, un cavaliere che uccide un altro drago assai più grande e pauroso, circondato da teschi e scheletri e gambe mozze degli uomini che ha spolpato, un frate che entra nel suo monastero accompagnato da un leone, seminando il panico – eppure, non si era mai sognato di venire a vedere quei capolavori di persona. Di persona, con la sua persona fisica cioè, può dire di aver fatto ben poco in vita sua: sempre tutto filtrato, mediato dai libri, dalle parole, dalle immagini – niente corpi, niente olio, niente sangue o pelle, scarsa materia preziosa o vile, né odori né sapori – piuttosto una pura grammatica proiettata sullo schermo della mente, minuscoli segni che sfarfallano come una pioggia di cenere per poi depositarsi su un foglio. E ora, uomo di mezz'età, a cui non manca molto per chiudere bottega, si ritrova per la prima volta a sbattere il muso contro le cose, dense, raggianti, palpabili, contro Sheila, contro il suo corpo, contro i monumenti che si rizzano sull'acqua e i teleri splendenti nel buio, ed è tutto incredibilmente più acceso, e violento al punto di far male. Come lame taglienti, le esperienze.

«Tu sai chi sono quelli?» gli domanda Sheila indicando certe figure. Forse vuol metterlo alla prova, forse anche lei conosce le risposte, oppure confida che l'uomo sapiente gliele dia. All'inizio il Coboldo balbetta un po' per l'emozione soverchiante, poi la sua spiegazione comincia a farsi chiara, esatta. È il suo momento, ora può dare il meglio di sé. «Quello è sant'Agostino, quello col saio san Girolamo, insieme al leone a cui ha levato una spina dalla zampa. Là c'è la scena in cui il santo è morto, e i suoi discepoli lo piangono. Il ragazzino che prega è san Trifone...»

«Davanti al drago.»

«Sembra un drago, ma è un basilisco. Uccide con lo sguardo. Guardalo: ha il muso di un asino che raglia, e la coda di serpente. In realtà si tratta di un demonio che si è impossessato della figlia dell'imperatore. E il bambino la esorcizza. Per liberarla parla a lungo col demonio. È il santo patrono dei Dalmati.»

«E cosa disse al demonio, per convincerlo ad abbandonare la ragazza?»

Il Coboldo abbassò gli occhi, confuso. A questo non sapeva rispondere. Pensò di inventare lì per lì un dialogo, ne sarebbe stato capace, ma non lo era di mentire a Sheila, che pure gli avrebbe sicuramente creduto.

«Non lo so» ammise.

«Never mind. Fuck the devil. E quel cavaliere è san Giorgio...»

Subito lui si rianimò. «Sì, è san Giorgio. Ha appena trafitto il terribile drago che minacciava la figlia del re della Libia, la vedi? lì sulla destra, che sta pregando spaventata. In quell'altra scena, ha trascinato il drago in città, al guinzaglio. Oramai è inoffensivo, e il santo cavaliere sta per tagliargli la testa. Il drago è un simbolo del male.»

Pensando al drago che stava per morire, Sheila si commosse, le spuntarono le lacrime.

«Mi fa quasi pena, Corrado.»

Corrado? Era così raro che il Coboldo si sentisse chiamare col proprio vero nome, che era Corrado, sì, Corrado Guerzoni all'anagrafe, e anche noi lo facciamo qui per la prima volta in questa storia – la prima e l'ultima.

Commosso non meno di quanto lo fosse Sheila, dovette girarsi dall'altra parte e asciugarsi gli occhi.

15.

Il nome Flemish non è un nome, bensì un aggettivo, vuol dire fiammingo, in inglese. E allora perché la ragazza alla pari che lavora a casa di Nanni e Costanza si fa chiamare da tutti così? Presentandosi in quel modo cosa intendeva nascondere, o da cosa proteggersi? Dal suo passato? Il suo vero nome è Henriette Heda, HH. Ma tanto vale continuare a chiamarla Flemish rispettando la sua scelta, del resto Henriette non la conosce nessuno, almeno qui nello Stivale, dove lei vive da due anni, prima facendo la cameriera in un locale poi la ragazza alla pari a casa Zingone (anche in questo caso, un dubbio sul nome da dare a quella casa e alla famiglia che ci abita: la proprietà è della madre di Costanza, Giulia Mesones, dunque dovrebbe chiamarsi casa Mesones, o villa Mesones, dato che la signora abita nell'edificio più grande mentre Costanza assieme al marito e le tre figlie vive in un annesso che un tempo dovette essere la casa del custode. Ma ora che Costanza se ne è andata?). Flemish, ovvero, Henriette Heda, ha parecchio sofferto quando la madre delle bambine di cui si occupa ha fatto le valigie. Questa fuga dal domicilio coniugale dovrebbe permettere a Costanza una «pausa di riflessione», eufemismo tuttora molto in voga per giustificare le repentine decisioni di qualcuno che, semplicemente, non ne può più: non ne può più al lavoro, o a casa, o in famiglia, non ne può più della routine quotidiana, ma nella maggior parte dei casi non ne può più del suo partner e del rapporto di coppia – matrimonio, relazione, convivenza, fidanzamento – che sembra non avere sbocchi, e necessitare appunto di una «pausa di riflessione»: detto in parole più dure, di lasciarsi. Per un po', forse per sempre. Poche persone infatti tornano a com'erano e dov'erano prima della «pausa», la quale si allunga, si allunga al punto da far diventare definitiva una decisione che forse era presa sin dall'inizio, sebbene si mascherasse dietro l'esigenza di approfondimenti ben ponderati.

Accadrà lo stesso anche a Costanza?

Quando lei da un giorno all'altro se ne era andata, Nanni era rimasto sbalordito, senza fiato, senza forze, le bambine non capirono cosa stava succedendo, tranne la più grande, Maria, la quale provò una specie di ribrezzo misto a desolazione e pietà, e s'illudeva di consolare il padre ammutolito cercando la sua mano e tenendogliela mentre guardavano in tv i programmi del dopocena. Ma l'effetto su Henriette Heda, alias Flemish, fu per certi versi ancora più forte, e inaspettato: nel suo cuore montò un odio furioso, e ogni giorno che passava diventava più forte, più violento. Verso Costanza che se ne era andata senza fornire spiegazioni, verso Nanni che impotente l'aveva lasciata partire senza muovere un dito? O verso se stessa che, pur vivendo insieme a loro, non aveva saputo cogliere i segnali di quella crisi, non si era accorta di nulla?

No, il bersaglio del suo odio era mille volte più ampio e indiscriminato: a partire da quelli che legavano lei, Flemish si rese conto di detestare profondamente i rapporti umani, tutti, ma sì, tutti, nessuno escluso – di sangue, di lavoro, d'amore, di idee, di parentela, i rapporti casuali e quelli duraturi, i primi perché futili i secondi perché simili a schiavitù. Le facevano ribrezzo l'ipocrisia e l'impostura di ogni relazione, intima o convenzionale, di cui non salvava niente.

Ora tale consapevolezza era arrivata e la colmava di chiarezza e disgusto. L'unica cosa che non capiva era perché questo le accadesse proprio ora. In fondo quella tra i suoi datori di lavoro poteva essere soltanto una comunissima crisi coniugale, che si sarebbe risolta, in un modo o nell'altro, e che non avrebbe dovuto riguardarla più di tanto. Ma senza Costanza quella casa si era come svuotata, vale a dire, svuotata di senso. In verità, Flemish con lei non aveva mai stabilito una vera confidenza: si trovava più a suo agio con Nanni, che era di poche parole ma amabile, premuroso, quasi che avesse trovato in lei la sorella minore che non aveva, e con le bambine, a cui era sinceramente, violentemente affezionata. Una diversa dall'altra, le ispiravano sentimenti diversi e forti: con Maria aveva l'impressione di leggersi l'un l'altra nel pensiero, che diventava limpido, trasparente, e talvolta le faceva sorridere, quasi imbarazzate nel rivelare i propri segreti e scoprire quelli dell'altra; tra lei e Caterina circolavano energia e allegria destinate a consumarsi in una sfilza di scherzi e giochi sconclusionati; di Agnese la attraeva lo sguardo profondo come un pozzo e il tremolio scuro in fondo a esso, impressionante in una bambina di soli quattro anni. In lei Flemish aveva ritrovato qualcosa della propria infanzia.

Senza Costanza, però, questi elementi i cui profili frastagliati combaciavano formando un insieme, almeno fino ad allora, si erano scollati e allontanati l'uno dall'altro, come se fosse venuta meno la forza magnetica che li attraeva. Si erano sparpagliati in disordine, giocattoli abbandonati sul pavimento. Posandovi lo sguardo, adesso, non erano altro che individui, singole irriducibili identità che avevano poco a che fare l'una con l'altra, a parte qualche vaga somiglianza fisica. E anche Flemish si era sentita proiettata fuori, altrove, espulsa in un mondo estraneo e in prospettiva ostile. Possibile che lei sentisse quella casa e quella famiglia come un rifugio? Cosa c'era là fuori che la nauseava, o la minacciava?

O forse era Costanza e solo Costanza a mancarle; e questa mancanza la faceva soffrire come soffre qualcuno che perde una madre, o una sorella; o piuttosto verrebbe da dire la propria sposa. Che se ne fosse andata senza dirle una parola le parve intollerabile. Idealmente mettendosi al posto di Nanni, era Flemish che si sentiva in quel frangente abbandonata, che si sentiva delusa, ingannata, messa da parte.

16.

L'affezione che una ragazza può provare verso una donna dieci anni più grande di lei è qualcosa di unico. Non esiste un sentimento equivalente: in quanto a intensità è paragonabile solo all'amore passionale, una miscela potente e ardente di ammirazione, affinità, riconoscenza, tenerezza, languore, smania di identificazione, come forse la potrebbe provare un discepolo verso il maestro, però priva di qualsiasi carattere gerarchico: sentendosi già alla pari, insomma, uguali, con quei pochi anni di differenza che permettono alla più giovane di proiettarsi in avanti nella figura della più anziana. Di trasfigurarsi in lei. Tra i venti e i trent'anni si compie una parabola, il riassunto di una vita intera. Flemish quel sentimento l'aveva coltivato senza rendersene conto, tenendolo segreto, agli altri e anche a se stessa. Per questo non aveva osato accostarsi più di tanto alla padrona di casa che giorno dopo giorno era diventata anche la padrona del suo cuore. La bellezza già un po' sfiorita di Costanza Mesones aveva aggiunto un dettaglio struggente a quella relazione. La ragazza olandese era infatti sana, robusta, rosea e prosperosa, ma non bella, e questo la faceva commuovere alla vista di una donna che invece la sua singolare bellezza la stava perdendo giorno dopo giorno, restando attraente non tanto per quello che era, ma per quello che ci si poteva ricordare o immaginare essere stata, all'età appunto di Flemish, prima di avere figli. E però era esattamente la sua maternità a esercitare il fascino più forte sulla ragazza, a risvegliare in lei quella ammirazione, a provocare quella specie di incantesimo: a momenti, Costanza le appariva come una opulenta dea della fertilità, nel suo maturo e corrotto splendore, e al tempo stesso la vittima sacrificale immolata sull'altare dell'aver figli, il che era bastato a Flemish per convincersi che mai e poi mai ne avrebbe avuti. Provava un'istintiva repulsione all'idea di generare, e prima ancora a quella di accoppiarsi, ma al tempo stesso adorava in Costanza l'esserne stata capace, l'avervi dedicato i suoi giorni migliori, e la inteneriva fino alle lacrime la spossatezza con cui, certe sere, la donna si rivolgeva alle sue tre bambine, chiedendo loro di lasciarla qualche minuto in pace, dieci minuti soli, d'accordo? Quella soave, straziata, materna stanchezza, Flemish aveva potuto viverla per interposta persona, ammirarla sul momento e dunque, per il futuro, risparmiarsela. Con il tramite di Costanza, grazie alla sua figura esemplare, Flemish aveva attraversato in anticipo alcuni stadi della vita e capito un certo numero di cose che andavano fatte, e altre che non facevano per lei.

L'amore, ad esempio.

17.

In apparenza, alla piattezza del paesaggio nei Paesi Bassi corrispondeva la monotonia del carattere placido di Henriette, un lago appena increspato da qualche momentaneo turbamento. Le sensazioni vi soffiavano sopra senza sommuoverlo. Ma come il lago si scuote e ribolle quando scende a valle la tramontana, diventando all'improvviso nero e in superficie bianco per le onde, che si scatenano contro sponde disabituate ai frangenti, se per caso alla ragazza olandese accadeva di smarrire la sua attonita serenità, allora tutto in lei diventava tempesta. La sua sensibilità era lenta ad accendersi, come canapa inumidita, ma poi bruciava al contatto con fenomeni che avrebbero lasciato indifferente una persona appena più navigata, e che la coglievano indifesa. La diga eretta con pazienza veniva scavalcata dai marosi.

Così lei esattamente si sentì dopo che Costanza era partita: come una terra conquistata palmo a palmo bonificandola dall'irrequietezza, che nel giro di una notte viene allagata e torna a essere una palude.

Per questo aveva lasciato Leida, in Olanda, per gettarsi alle spalle ogni residuo motivo di affanno, per cancellare le tracce che la legavano al passato, a partire dal proprio nome, che aveva appunto scambiato con l'anodino Flemish: una specie di schermo protettivo, il nome. Solo che nello Stivale si era trovata ancora più esposta a ciò da cui stava fuggendo: la sensualità, la contaminazione che macchia ogni parola o gesto o idea, restituendoli alla nuda, ossessiva materialità del corpo. Quello di Henriette, lo abbiamo detto, era grande, formoso, esuberante, e lei non poteva che portarselo dietro nelle sue peregrinazioni. Dunque ciò da cui stava scappando era ancora lì, con lei, era lei, ovunque ella andasse. Allo stesso modo un eremita che volesse rifuggire il mondo recandosi nel luogo più deserto e disabitato, non sarebbe comunque solo, poiché, immancabilmente, avrebbe portato con sé una compagnia ingombrante: il corpo.

Flemish avrebbe volentieri fatto a meno del suo, ma l'unico modo sarebbe stato levandosi la vita, e lei questo non lo voleva né l'avrebbe fatto mai: desiderava esistere ma senza quell'impaccio fisico che attirava sguardi e commenti, e che la morale dell'epoca esigeva lei consegnasse a qualcuno, o a molti, per ricavarne piacere. Quest'immagine non la eccitava affatto, anzi, ai suoi occhi appariva, se non repulsiva, innaturale; mentre gli altri sembravano metterla in cima ai loro pensieri, lei la schivava. La situazione a casa di Nanni e Costanza aveva rappresentato l'ideale per lei: lì, lo sbocco familiare della tensione erotica l'aveva resa meno minacciosa. A questo dovrebbe servire il matrimonio, almeno in teoria: a incanalare le pulsioni affinché facciano un po' meno male, o addirittura si plachino, permettendo di dedicarsi ai tanti affari importanti della vita, che non siano le solite faccende di cuore o di sesso. Appunto quegli aspetti che a Flemish interessava coltivare, l'arte, la musica, le diverse culture, i libri: ma anche lì si ritrovava mille volte ad aver a che fare con la sensualità, spesso esibita o addirittura sfrenata, esaltata. Nei musei della città meridionale non aveva visto che parate di corpi, corpi nudi, vigorosi o languidi, così provocanti che facevano venire voglia di accarezzare le loro forme; le canzoni popolari non parlavano d'altro che d'amore, in modo martellante, e la musica colta non era da meno, evocando passioni funeste, fremiti inestinguibili, in arie e romanze e madrigali («io tacerò ma nel silenzio mio / le lacrime e i sospiri / diranno i miei martìri»... «Non mi dir, bell'idol mio, / che son io crudel con te»... «Amorosi miei giorni / chi vi potrà mai più scordar?»... «amami, Alfredo, quant'io t'amo!»); e persino Nanni, che le aveva dato da leggere romanzi per migliorare il suo italiano e conoscere i nostri più validi scrittori, quali le aveva prestato? Storie di amore e di lascivia, di gelosia folle e gesti disperati o degradanti: un partigiano gira per le colline ammattito dal sospetto che l'amata lo tradisca, un ragazzino al mare spia sua madre in intimità con l'amante; marito e moglie si augurano che il bambino di cui lei è incinta muoia prima di venire al mondo; un commerciante ci prova con tre sorelle una dopo l'altra, e finisce per sposare la più brutta, che poi tradirà.

## 18.

Da un giorno all'altro Flemish decise di tornare Henriette Heda e rimpatriare. Non diede alcun preavviso: le sarebbe stato impossibile spiegarsi con Nanni e soprattutto separarsi dalle bambine, meglio farlo di nascosto e brutalmente. Il viaggio era lungo con parecchie fermate intermedie. L'ultima tappa nei confini dello Stivale fu la città del Nord, la cosidetta capitale morale del Paese, in cui lei non era mai stata. Il treno vi sostava un quarto d'ora. Giusto un minuto prima che ripartisse, Flemish venne colta da un dubbio che non aveva una formulazione precisa: staccò la fronte pensosa dal vetro, si alzò di scatto e scese. Forse per lei vi era ancora qualcosa da fare, da vedere.

Il cielo era bianco quando uscì dalla stazione, e bianchi, benché offuscati dallo smog, le parvero anche gli edifici che fiancheggiavano lo stradone diritto davanti a sé. Intuendo senza chiedere a nessuno dove fosse il centro della città, si incamminò. Oltre a un fiume di automobili, passavano mezzi pubblici sferragliando in quella direzione ma lei preferì continuare a piedi, presa, come già le era accaduto in precedenza, da una specie di incanto, che la rapiva fuori di sé.

Quasi senza accorgersene si ritrovò sotto gli archi di una porta urbana, sormontata da strisce di marmo bicolore, oltre la quale la strada si restringeva e si faceva più affollata.

Se avesse conosciuto la leggenda che circolava su quel luogo avrebbe provato una stretta al cuore. Da quelle parti dicono si aggirasse, lamentandosi e invocando il nome dell'amante perduto, l'anima di un'adultera fatta morire di stenti in una cella dove suo padre, dopo averla forzata a sposarsi a soli quattordici anni, l'aveva fatta murare viva una volta scoperta la tresca con un giovanotto: lui era stato impiccato, lei, prima di rinchiuderla, l'avevano spogliata e inondata di acqua gelida, in pieno inverno, «per calmare i suoi bollenti spiriti». Operazione ripetuta varie volte durante i dieci mesi di prigionia, fino alla sua morte per consunzione.

Ma per fortuna Flemish non avverte la presenza del fantasma, distratta dalle vetrine che si affacciano sulle lunghe e strette vie laterali. Sono perlopiù boutique di moda, signorili e costose. Nella città del Nord si dice infatti che in quelle strade si può star sicuri che, qualunque cosa sia in vendita, lì costerà di più, parecchio di più, altrimenti sarebbe inutile andarci se costasse uguale. Le vetrine dei salumai sono popolate di astici e aragoste, i pasticcini esposti in modo geometrico hanno forme e colori da galleria d'arte, nella sua categoria merceologica ogni negozio è l'equivalente di una gioielleria.

Flemish è attratta e al tempo stesso allontanata, quasi scacciata da quel lusso. Lo scintillante schermo dell'opulenza la intimorisce: forse vorrebbe entrare in quelle boutique, che appaiono stranamente spopolate, nessun cliente o commesso in vista, per ammirare i modelli da vicino, ma si accontenta di sbirciarli attraverso i riflessi delle vetrine. Non si sognerebbe mai di indossare uno di quegli abiti addosso ai manichini, che hanno le labbra sporte e un po' imbronciate, i seni dritti, il mento sfrontatamente sollevato.

Ora Flemish era ben lontana dall'immaginare quanto quei luoghi nel giro di pochi anni si sarebbero trasformati. Quanto l'artigianale raffinatezza delle boutique si sarebbe eclissata lasciando posto alla glaciale potenza dei marchi internazionali, e quanto quel lusso ancora discreto, privato, individuale, sarebbe impallidito a confronto dell'impersonale sfarzo dei brand di abiti, accessori, orologi, gioielli, profumi, arredamento – tutto. Nell'epoca in cui si svolge questa storia eravamo solo all'inizio, il fenomeno si stava avviando, ma già la città fremeva in attesa del cambiamento, si torceva, per scrollarsi di dosso la patina fuligginosa del mito del lavoro e dell'officina, e del pendolare col cappotto e il cappello di feltro marrone, il giornale spiegazzato sottobraccio, per tramutarsi in una fabbrica di allucinazioni, come se i sogni e il delirio fossero in fondo più autentici e reali e radicati, e in fin dei conti persino più onesti. Al posto del sacrificio e del risparmio, lo spreco; al posto della fermezza e dello sdegno, la volubilità; al posto della monocromia il caleidoscopio; al posto della laboriosità la sfrenatezza (ma fino a un certo punto, intendiamoci, le vecchie regole ancora restavano vigenti: e dunque per spremere quel po' di sventatezza e sperpero e bellezza gratuita bisognava prima aver sgobbato parecchio... lavorare, lavorare, lavorare come matti tutto il giorno... alla creazione di sogni e miraggi).

Un contrasto violento animava quelle strade e le rendeva, a loro modo, struggenti, inimitabili: monotone file di edifici grigi rigurgitanti di cose belle e stravaganti; funzionari anonimi mescolati a strepitose ragazze; una diffusa tristezza pronta però allo scatto verso la baldoria. Il severo bianco e nero da un momento all'altro virava in colori accesi che staccavano in modo violento contro lo sfondo monocromatico. Questa doppiezza corrispondeva pienamente all'attività per cui la gran parte di quei negozi erano aperti: la moda. Che non è un'arte ma nemmeno un commercio, e la cui essenza consiste nel passare, continuamente passare, nel sorgere e tramontare, rinnovarsi e perire nell'arco di una stagione. Gli abiti lampeggianti nelle vetrine annunciavano un tempo ancora a venire e già sembravano sul punto di essere accantonati, dimenticati in qualche armadio non appena il corto oppure il lungo, l'ampio o l'attillato, il geometrico o l'informale, il minimale o il barocco avrebbero avuto la meglio l'uno sull'altro, avvicendandosi come tiranni di regni provvisori; a dettar legge, per qualche tempo, per poi venire detronizzati.

Quei capi, qualcuno li avrebbe acquistati e indossati per rivelare chi era, qualcun altro invece per camuffarsi: servivano a distinguersi quanto a uniformarsi, il che è il principio stesso su cui si basa la moda. Se fosse un caso isolato, se non la seguisse nessuno, non sarebbe moda, non appena la seguono in tanti cessa di diffondersi, cambia pelle, non è più quella di prima, che appare di colpo strampalata e insopportabile, ridicola. Come diavolo si faceva, ci si domanda solo qualche anno dopo, a portare quelle spalline incredibilmente ampie e appuntite, come quelle dei giocatori di football americano, e poi quei revers assurdi, e le cravatte larghe mezzo palmo, e quel beige mortificante o la tinta verde marcio (già il nome di questo colore dovrebbe bastare a guardarsene) capace di rendere spettrale anche il volto più in salute?

Flemish era alta come una delle modelle che sfrecciavano per quelle strade, anche se non aveva la loro leggerezza di passo, l'ampia falcata oscillante, anzi era piuttosto goffa, il che però le donava una certa grazia impacciata, simile a quella di un cucciolo di grossa taglia, che sbanda o gira su se stesso prima di sostenersi sulle zampe. Vista da lontano era comunque bellissima, o quantomeno appariscente, forse per la sua definitiva biondezza che abbacinava, le gambe lunghe leggermente a x, il seno florido, tutti elementi estremi che in lei sembravano assemblati apposta per impressionare i passanti, e che infatti le avevano reso la vita difficile quando lavorava come barista nella città meridionale e veniva senza sosta bersagliata da commenti estatici e proposte oscene. Sembrerà forse strano soffermarsi sulle caratteristiche fisiche di un personaggio a poche righe dalla sua, forse definitiva, uscita di scena da questa storia: ma la descrizione di Flemish come di una fiorente ragazzona nordica è davvero troppo generica e stereotipata, mentre meriterebbe maggiore delicatezza nei dettagli; e inoltre, forse in nessun altro come in lei, si trovava confermata quella legge fisiognomica la quale vuole che l'anima di una persona trovi una fedele rappresentazione nei tratti del suo viso e nelle proporzioni del suo corpo; che sia l'aspetto esteriore a condizionare il carattere di un individuo, o piuttosto a custodire, iscritta nei lineamenti come un codice che nessuno è in grado di contraffare, la cifra della personalità prima ancora che questa si definisca e manifesti attraverso parole e azioni. Insomma, il corpo, il corpo prima di qualsiasi altra evidenza, il corpo assegnatoci come una specie di destino, e di specchio dello spirito. E dunque avvicinandosi a Flemish, che da lontano pareva una dea delle antiche saghe scandinave, o meglio alla sua versione resa popolare con tratti stilizzati dai fumettisti, ci si accorgeva di come la sua imponenza fosse un effetto prospettico, e alcuni suoi lineamenti, invece che vigore, suggerissero fragilità e pudore, e, come dire, fossero ancora vaghi, irrisolti, il che è normale prima della pubertà quando aleggia nel viso l'esitazione ad abbandonare per sempre le espressioni dell'infanzia.

Aveva gli occhi piccoli, di un celeste pallido come quello dei ghiaccioli che pendono dalle grondaie, e un delicato gonfiore a riempire lo spazio tra le palpebre e il sopracciglio; il naso era minuto e all'insù, ma dalla punta tonda, gli zigomi larghi e alti, asiatici, le orecchie minuscole e graziosamente a sventola. Nel viso triangolare, l'elemento di spicco era una bocca carnosa, dalle labbra tanto pallide da parere azzurrine, quasi sempre corrucciata in una smorfia di timore o timidezza, ma pronta a spalancarsi e sorridere in modo puerile alla minima occasione di divertimento o di stupore, rivelando quanto gli incisivi superiori fossero distanziati da una deliziosa fessura, come ne hanno i denti da latte dei bambini. Anche il resto del suo corpo era segnato da questa specie di imprecisione, poiché aveva le spalle dritte ma un po' strette, il seno troppo prosperoso per quel tipo di complessione e che tendeva perciò a divaricarsi sporgendo dal profilo del busto, minuto come quello di una tredicenne, la vita altrettanto esile a contrasto con i fianchi abbondanti, che ondeggiavano in modo vistoso non perché lei volesse accentuare il ritmo della camminata, come fanno le professioniste durante le sfilate, ma per una qualche carenza di controllo muscolare o, può darsi, di consapevolezza del proprio corpo: il che però conferiva, come si è detto, una certa aggraziata goffaggine al suo modo di muoversi.

Soffermarsi sulla figura di Henriette Heda, alias Flemish, mentre cammina per le strade commerciali della città del Nord potrebbe non essere superfluo se solo ci si immagina che quelle medesime strade erano solcate (e lo saranno sempre più spesso negli anni a venire) da un andirivieni di bellissime e giovanissime ragazze di ogni nazionalità, con una spiccata prevalenza del tipo nordico, vale a dire alte, magre e bionde, a cui di lì a qualche tempo si sarebbero aggiunte quelle provenienti dall'Europa orientale, se possibile ancora più snelle e più bionde; e Flemish a uno sguardo distratto potrebbe essere scambiata per una di loro.

Ma ci sono alcune cose che decisamente non quadrano: è vestita in modo dimesso, anzi piuttosto male; e spettinata, o meglio, scarmigliata, con i capelli non lavati che le cadono sul viso, sulle spalle e sul seno senza alcun criterio, come se non fossero stati tagliati da chissà quanto; le sue forme eccedono di un paio di misure le taglie che normalmente si indossano per i set fotografici e le sfilate; ma soprattutto le manca la speditezza urbana che rende quelle modelle, anche se magari alle prime armi, e anche loro timide e ritrose quanto lei, le vere protagoniste di quel luogo e di quell'epoca, anzi, di più: i simboli stessi della città, la sua veste nuova e scintillante.

*Talvolta queste ragazze*
*non emettono radiazioni*
*bensì le assorbono, come buchi neri*
*in cui lo sguardo finisce prigioniero.*

Lei questa qualità (che da lì in avanti sarà indicata col termine di «glamour», perché in italiano non è che mancasse la parola, mancava proprio il concetto), c'è poco da fare, non la possiede. È insomma Flemish una creatura terrestre e non spaziale («spaziale» per altro era a quei tempi un aggettivo che spuntava spesso nelle conversazioni tra maschi, a ruota del sostantivo più usato per definire, con una sineddoche volgare, una ragazza attraente), ma questo suo manifesto appartenere al nostro mondo, al mondo ordinario, la circonfonde di luce naturale e fa splendere persino i suoi difetti. Tra la gente comune e per la gente comune resta comunque una fata, un angelo, una visione balenante capace di illuminare l'intera giornata di chi si sta recando in ufficio o a fare compere o ad accompagnare un bambino dal dottore.

19.

Ciò che è straordinario serve ad apprezzare la quotidianità, invece che a svilirla. Il fascino bizzarro che si sprigiona dall'irregolarità delle fattezze di Flemish è la prova che il mondo si completa e si anima grazie alle imperfezioni, per difetto o per eccesso: nell'aspetto fisico più ancora che nelle idee o nelle azioni, le quali, per quanto chi le concepisce e le compie possa ritenerle originali, finiranno per ripetersi all'interno di una gamma relativamente ristretta, mentre le varianti delle sembianze umane sono illimitate, davvero, illimitate. E poi, la perfezione si spinge sempre a sfiorare la soglia dell'ovvietà e dunque della noia. Dopo un po', non ci si fa più caso, alla perfezione, le si passa accanto indifferenti. Questo stava accadendo nelle strade della città del Nord: vi era oramai così frequente imbattersi in tali longilinee bellezze che quasi più nessuno le notava.

C'è una famosissima immagine, così perfetta che alcuni dicono essere un falso, cioè una foto posata mentre vorrebbe dare l'impressione di essere un'istantanea, uno scatto di vita vissuta, dove un'elegante e imbarazzata donna straniera passa su un marciapiedi in mezzo a un gruppo di sfaccendati che tutti quanti la guardano, commentano, le rivolgono apprezzamenti: uno con le mani in tasca sembra le voglia strappare la promessa di un bacio, mimandolo con una smorfia a labbra tese, un altro fa il buffone quasi sul punto di cascare da una Lambretta, o far finta di cascare, perché ha dovuto frenare di colpo rapito da tanta avvenenza. Spontanea o costruita che sia, è una foto segnaletica dello Stivale all'inizio degli anni Cinquanta. Ma giusto trent'anni dopo, nella evoluta città del Nord, oramai popolata dalle modelle nelle sue vie centrali, nessuno bada più alle loro apparizioni, ci si è assuefatti, è diventata routine anche quella, come lo sono gli impiegati la mattina presto appesi alle maniglie della metro, e se qualcuno si gira a guardarle dopo che sono passate vuol dire che viene da fuori, e se è destinato a restare (quasi tutti qui vengono da fuori, a lavorare) prima o poi si abituerà.

Flemish ebbe l'impressione che quella città fosse un'immensa scuola dove ogni cosa – le vetrine lustre, i tram fragorosi appesi ai cavi, i vigili urbani severi ma umani, le lastre grigie e rosa di granito, le insegne stilizzate dei bar, gli edifici erti e affumicati, gli spuntini veloci, le strade piene di gente indaffarata, i lembi delle sciarpe giudiziosamente accavallati nello scollo del soprabito – ogni cosa impartiva lezioni su come andrebbe condotta una vita degna, adeguata, laboriosa, intensa, su come ci si veste quando fa freddo o meno freddo, come ci si impegna in un'attività di studio o lavoro, persino su come ci si debba divertire il più pazzamente possibile una volta messo da parte tutto ciò, sul far della sera, quando si stacca. Perché la voglia di vivere è voglia di capire. Imparare, imparare – ma sì, bisognava studiare e imparare. Una città pedagogica, in buona sostanza, giusta alla sua maniera, piena di senso e sensatezza e persino sensibilità, almeno tanto quanto la città meridionale in cui aveva abitato ne era priva: dove non si insegna e non si impara niente.

20.

Finalmente sbucò nella grande piazza affollata che sulla sinistra ospita un monumento spettacolare, di dimensioni abnormi, un gigantesco blocco bianco da cima a fondo traforato, bucherellato, pullulante di figure, irto di punte e di frecce come un istrice. Era di pietra, le guglie agganciate al cielo, ma a Flemish parve che si chinasse su di lei, che si sporgesse in avanti, mano mano che vi si avvicinava traversando la piazza popolata da capannelli di ragazzi con le mani ficcate nelle tasche del giubbotto, che si dondolavano da un piede all'altro, gridandosi battute. Non osò entrare nella grande chiesa, temendo senza ragione di rimanere delusa dall'interno, ma le venne voglia di salirci sopra. Occorreva mettersi in fila dietro gli altri visitatori e portare pazienza, per poi affrontare un'infinità di scalini che salivano zigzagando all'interno delle pareti. Ogni tot scalini si apriva un affaccio mozzafiato verso l'esterno che lasciava capire a che altezza fosse arrivata, su, sempre più su, ma non era facile quantificarla – cinquanta metri, ottanta, cento?

Una volta in cima fu sorpresa che un edificio così imponente avesse un tetto simile a quello delle casette dei disegni infantili. Ai lati di quella specie di capanna, come rampe di lancio missilistiche puntate verso il cielo, si innalzava una selva di sottilissimi pinnacoli, sormontati da statue.

Percorrendo i pinnacoli con lo sguardo obbligato a salire, salire, per raggiungere il culmine dove si trovavano le statue, fu colta da un capogiro. Sentì in bocca un gusto acidulo.

Stagliate contro il cielo curvo e smaltato di azzurro, quelle figure solitarie stavano sospese in cima alle guglie filiformi, altissime, inverosimili, e rivolgevano lo sguardo verso il basso come tuffatori che stiano considerando l'ipotesi di buttarsi, o aspiranti suicidi; non importa che fossero di pietra e non persone in carne e ossa, il brivido che suscitavano era lo stesso – l'attesa del momento fatale. Ce n'erano a decine ordinate e distanziate in file, o forse centinaia, stavano lì in equilibrio aspettando da secoli che il pinnacolo su cui erano issate si spezzasse come un grissino; strano come questo non fosse già avvenuto, e qualche statua volata giù nella piazza sottostante.

Mentre le guardava e quasi non riusciva a respirare, se non inghiottendo a sorsate l'aria che si era improvvisamente rarefatta, e bruciava come in alta montagna, Henriette cominciò a sentire una vibrazione sgradevole, una specie di formicolio che le saliva dai piedi su per le gambe e che presto arrivò all'inguine, afferrandolo in una morsa. La buona parte di quei pinnacoli era già in ombra ma in cima a essi le statue brillavano di una luce bianca simile a un'incandescenza, che sembrava preludere a un'esplosione.

Tutto quel vuoto. Lo spazio che si dilatava all'infinito. La mente spogliata di ogni prerogativa. Una sensazione al tempo stesso paurosa e piacevole. La medesima cosa che le ripugnava la attraeva, la paura aveva qualcosa di irresistibile, dolcissimo, era una spinta alle spalle – e l'orrore del vuoto, un incoraggiamento, un richiamo. Le transenne che sbarravano l'accesso alle zone di pericolo potevano facilmente essere scavalcate e poi, quattro o cinque passi di rincorsa, lasciarsi cadere. Precipitare. Giù. Quanto potrà durare, cinque secondi? Non di più. A testa sotto. Non avrei tempo di pensare a nulla, né di provare paura, basta quella che ho adesso.

(Morire alla sua età, ventitré anni tra poco, è un modo per semplificare, semplificare la faccenda della vita, e grazie a Dio riuscire a spiegarla. Una interruzione brusca favorirà l'emersione del senso, se un istante prima di morire se ne trova uno; e se poi si dovesse scoprire che non ve n'è alcuno, allora era comunque il caso di farla finita, giusto?)

Come mai questi pensieri proprio lì? Un istinto che Henriette non aveva mai provato in vita sua. Forse si trattava della facilità del gesto, era la vicinanza della fine ad attirarla. Una linea sottile da attraversare. Una pura tentazione.

Guardò di nuovo sulla verticale uno di quei santi di pietra, che pregava a mani giunte in cima a un pinnacolo, coi piedi incollati sullo stretto piedistallo. Teneva gli occhi chiusi e le mani incrociate sul petto come se fosse già morto, ancora prima di cadere, morto da sempre, fosse già una leggenda degna di stare alta sulla città, bene in vista, un ammonimento, un segnale forte per chi avesse perduto la fede e non l'avesse ancora ritrovata: che la morte ti renderà immortale, dato che non morirai più, potrai solo risorgere, un giorno. Era tutto nitido. Visibile, indiscutibile, un taglio netto, un semplice gesto. Una forma di integrità. Flemish si resse alla balaustra, già sulle scale si era sentita cadere, ma se anche fosse caduta da lì non si sarebbe fatta male, di sotto stava un terrazzamento e non il vuoto, il vero strapiombo era distante una dozzina di metri, protetto da ringhiere e divieti, anche se lei aveva l'impressione di esservi sull'orlo, e senza parapetto, con la punta dei piedi già sporta nel nulla, e la gente che formicolava laggiù, in attesa, le lastre di pavimentazione dove si sarebbe arrestata la sua caduta.

Si toccò la testa, le tempie, come per verificare di essere ancora intera. I puntini giù in piazza si diradavano e addensavano formando sciami e macchie, e lei aveva la curiosa impressione che stessero tutti rivolgendo lo sguardo verso l'alto, verso di lei, aspettandosi qualcosa, forse la stavano chiamando, sì, la stavano incoraggiando a raggiungerli, vieni, dai, scendi da lì, la stavano invitando a unirsi a loro giù nella piazza. Per la via più breve, l'aria. Cosa ci fai lì da sola? Che aspetti, Henriette? No, non lo fare. Oh no, non farlo! Ma sì, fallo.

L'aria quel giorno era frizzante, limpida, la pioggia della notte e il vento della mattina avevano spazzato e levigato la città dalla pianura fino alle montagne, neanche una velatura di foschia, e persino le ciminiere delle fabbriche che incoronavano la città, costituendone l'orgoglio, avevano deciso di tacere, niente fumo, le macchine ferme, le fornaci spente – come sarebbero state definitivamente da lì a pochi anni. Era il giorno perfetto, splendente, il culmine del tempo, e Flemish si trovava sul punto più alto – forse la mia vita l'ha raggiunto, pensò, magari l'ha raggiunto troppo presto, è vero, ma onestamente non credo che io potrò mai essere libera come mi sento ora, qui. Mai più. Perché stare in cima al duomo la riempiva di una gioia senza freni né residui, pura, e se mai si fosse buttata di sotto sarebbe stato per quello e non per disperazione. A causa di un eccesso e non di una mancanza. Lasciare il Paese dove fioriscono i limoni voleva dire lasciare questo mondo, per ritornare a casa: ma era quella piazza laggiù in fondo la casa che la aspettava, non l'Olanda. Che meraviglia lasciarsi la vita alle spalle! Assaggiarla le era bastato per comprendere che non faceva per lei, e lei a sua volta non era adatta alla vita, cioè al lavoro, all'amore, alla famiglia, all'amicizia, al denaro – cose per cui non si sentiva tagliata. Le lascio agli altri, addio. Non mi costa nulla, e in più è facile, questa scorciatoia, è a pochi passi, nessuno potrebbe fermarmi.

Era tempo di decidersi: bisognava scendere da lì, o saltando nel vuoto, oppure prendendo le stesse scale usate per salire. Flemish fece un ultimo lungo respiro, devo resistere, devo cambiare, sono già cambiata, pensò, senza farmi eccessive illusioni, con coraggio, e imboccò le scale.

## 21.

Un'ora dopo era di nuovo in stazione. Il primo treno utile per l'Olanda partiva quella sera, ma Henriette non lo prese. Ce n'era uno, lentissimo, che tornava indietro, da dove era partita. Salì su quello senza pensarci troppo. Quando la mattina dopo arrivò dalle bambine, le lacrime sulle loro guance, causate dalla sua partenza, non si erano ancora asciugate.

## Capitolo XXIV

### *Le ceneri*

1.

Sebbene il suo viso fosse una maschera che non manifestava alcun sentimento né alcuna sofferenza, dagli angoli esterni degli occhi colavano ogni tanto rivoli di lacrime. Al riparo di quel bastione di incoscienza o indifferenza, in realtà, stavano saettando pensieri e immagini, si svolgeva una lotta, l'immensa tristezza di lasciare questo mondo per un altro che non esiste assalivano Berio e lo facevano piangere di paura.

Anche un tremito delle labbra, appena percettibile.

Nico avvicinò il viso a quello del professore che forse voleva dirgli qualcosa, accostò l'orecchio a quelle labbra sottili e livide che per un istante erano state animate da un fremito. Ma Berio non disse nulla e la sua bocca restò arcuata in una smorfia scontenta, quasi di disprezzo. O di pena, ma non verso di sé, verso tutto ciò che lo circondava. Nico pensò alle infermiere che, nelle settimane precedenti, rimproveravano il paziente in tono scherzoso ma nemmeno tanto, quasi lo sgridavano perché era malato e perché stava morendo, e lasciava che questo accadesse senza muovere un dito – insomma, non è così che si fa, professore! Sgridandolo come un adolescente viziato che non vuole alzarsi dal letto, e poi pretende che glielo rifaccia qualcun altro. Quel modo bonario e sbrigativo di trattare i moribondi di solito incontrava l'approvazione dello stesso malato, d'accordo anche lui nel non dare troppo peso a un evento in fondo di relativa importanza come la propria morte, la scomparsa di un singolo individuo tra miliardi di altri destinati alla medesima fine.

Nico avrebbe voluto che quelle labbra si aprissero per assegnargli un compito da svolgere, un incarico che lo tenesse occupato in quel momento doloroso, e per gli anni a venire. Forse potrebbe dirmi lo scopo per cui è vissuto e per cui viviamo, vivo anch'io, pensava, e dunque provare a vivere senza più affannarmi a cercarlo, uno scopo autentico e valido e non una scusa o un falso ideale o una spiegazione o un'aspirazione, no, un vero scopo per cui vivere e morire, esisterà pure, lo vedrà pure, o lo intravedrà, un uomo intelligente che da un momento all'altro sta per cessare di esistere, almeno lui dovrebbe averne diritto, averne il giusto titolo; ma invece di parole sagge Nico riceveva da Berio solo quelle lacrime, spremute dagli occhi nello sforzo che il suo organismo stava compiendo per restare unito ancora un po', prima della disgregazione. Il pianto sgorga per la fatica, più che per il dolore o la tristezza. Anche la gioia affatica, anche la speranza e il successo, anche l'amore o il sollievo stesso dalla fatica, affaticano. Berio non era solo moribondo, era stanco. Stanco di vivere, di vivere in quelle condizioni, o in qualsiasi altra condizione, di aver vissuto bene quando stava bene, stanco di essere venuto al mondo quanto di doverlo lasciare: operazioni vane e inutilmente contorte, come se i loro tempi e modi fossero dettati da una burocrazia compiaciuta nel rendere irto di difficoltà un percorso altrimenti lineare, in ogni suo singolo momento o iniziativa, nascere, crescere, amarsi, lavorare, ammalarsi, generare figli, realizzare alcune cose e fallirne altre, morire, tutte cose che potrebbero essere semplici ma che costano un'immensa fatica, la costano in verità a chiunque ma a Berio che era scettico e pigro, di più, ancora di più. Le lacrime involontarie di un uomo esausto o di una donna esausta dicono tutto quel che c'è bisogno di dire, era qui il messaggio silenzioso che Berio stava consegnando a Nico, le lacrime che presto si sarebbero asciugate sulle guance scarne di colui che era stato un uomo bello e pieno di fascino, lasciando solchi secchi sulla barba ostinatamente rispuntata dopo l'ultima rasatura cui Nico aveva provveduto non molte ore prima, amorevolmente, passando e ripassando il rasoio elettrico sui saliscendi, scavati dalla malattia, del viso insensibile, infastidito e al tempo stesso grato del professore, quelle lacrime stavano dicendo a Quell che Berio gli voleva bene, gliene voleva tanto, in quantità inversamente proporzionale al modo in cui glielo manifestava, e che si era rispecchiato in lui, lo aveva riconosciuto, lo aveva adottato, aveva rivisto in lui il ragazzo brillante e audace che era stato Berio da giovane, e non gli lasciava nulla in eredità proprio perché Nico era già ricco di tutte le qualità e le conoscenze e le energie di cui un uomo dev'essere dotato per resistere all'urto della malvagità, della stupidità e della sfortuna, che prima o poi lo assaliranno per ridurlo in pezzi. Non ho un figlio mio, dicevano quelle mute lacrime, non l'ho voluto e in un certo senso lui non ha voluto me, ma se mai, mi sarebbe piaciuto che fosse come te. Anzi, che fossi proprio tu...

Ma Nico questo messaggio non era in grado di decifrarlo, e la sua delusione fu cocente.

La sua amarezza, inconsolabile.

Seduto accanto alla salma di Berio si sente irrimediabilmente solo, e a sua volta inizia a piangere, in silenzio.

*Fear no more the heat o'the sun*
*Not the furious winter's rage...*

Gli aveva sempre cocciutamente dato del lei. Ma pensando a Berio dopo che era morto, Nico non poteva rivolgersi a lui se non come a un ragazzo, a un suo coetaneo. Non avrai più niente da temere dagli altri e prima di tutto da te stesso, né la tua intelligenza potrà far danni con la sua sterile sovrabbondanza. Ti saranno risparmiati rimpianti, giustificazioni e consolazioni, cioè le cose che ti infastidivano di più. Niente più incantesimi e fantasmi, l'arroganza, la supponenza, le minacce e le illusioni, le preoccupazioni di cosa e dove mangiare e con chi, di vestirsi, e guadagnare e spendere e riposarsi, dato che per te anche il riposo era un impegno, una fatica il non far nulla. Ti accanivi a trasformare ogni parola e ogni pensiero in altre parole e pensieri, appena diversi, appena un poco più acuminati e precisi, ma ora questo sforzo ti verrà risparmiato, questa fatica ti sarà alleviata, tutto nel mondo potrà rimanere esattamente com'è, sciatto e caotico e casuale, e splendido, senza dover passare attraverso l'alambicco sottile della tua mente. Non avrai più paura della sterilità, non ti dorrai per non aver saputo conservare intatta la tua famiglia, il rapporto con tua moglie e quello con tua figlia, per non aver scritto libri importanti o mediocri, di cui nessuno mai conoscerà il valore effettivo e non quello preventivabile, né di aver cambiato alcunché sulla faccia della Terra durante il tuo soggiorno su di essa. La Terra e gli uomini che la abitano non è facile cambiarli, alquanto improbabile in meglio, e del resto non era certamente questa la tua aspirazione. Non ti sei illuso in proposito quindi non potrai nemmeno disperartene. Solo il dolore, solo la malattia riescono a cavar fuori qualcosa di nuovo o che forse era già lì ma non si vedeva. Ti eri avvolto, ti eri nascosto dentro il mantello della malattia, che teneva al riparo e proteggeva da tutto, ma quando questo è stato sollevato non c'era più nessuno sotto, inutile cercare la persona che vi si era rifugiata, se n'era andata per sempre, e poco dopo anche il mantello era scomparso.

Lasciatemi in pace, era stata la sua ultima muta implorazione. La malattia sopravvive per qualche tempo al malato, incombe nella stanza dov'è morto, alla maniera di un odore stagnante, nei segni inequivocabili del suo decorso, spesso fastidiosamente abbondanti, come se si fosse ipotizzato, per esorcizzarla, che potesse durare chissà quanto a lungo, accumulando (che ingenuità!) medicine che resteranno inutilizzate, piramidi di confezioni intatte, i flaconi di fisiologica, le ricette, infusori e medicazioni, i faldoni degli esami, finché qualcuno di buon senso, sfinito dal dolore al punto di tornare attivo, si decide a rassettare quella stanza, a infilare in un grosso sacco per la spazzatura le medicine e il resto, e la malattia si dilegua dalla finestra aperta.

2.

Ah, l'ambasciatore Quell. Mio padre. Sopravvissuto a due attentati come una salamandra nel fuoco. Ma mio padre non può essere mio padre, è fuori discussione. Forse non lo è nemmeno biologicamente. E padre tantomeno possono essermi Minaudo, Enobarbo, o un tipo, mettiamo, come Cesare Merse. Avrebbe potuto esserlo Berio? No. Troppo sterile. Lui come eventuale padre io altrettanto come suo figlio. Da qualche parte devo aver letto che la paternità va in entrambe le direzioni, e anche un figlio può esercitarla nei confronti del suo genitore, anzi, *deve* farlo. Se questo è vero, allora esistono figli sterili, che non riescono a generare il loro padre, e io sono uno di loro, evidentemente. Mi sembra di ricordarlo dal liceo: forse era in greco antico che la stessa parola significava «padre» e «figlio»? Non ne sono sicuro, l'ho dimenticato, ma ci sarebbe una logica se fosse così. Una lingua parsimoniosa e saggia, il greco classico. Io sono dunque un figlio sterile, incapace di dare vita a un padre.

3.

Lenia negli ultimi giorni aveva voluto vederlo il meno possibile. La malattia aveva spinto suo padre giù, giù, fino al livello più infimo della sua considerazione. Non poteva tollerare che suo padre perdesse forza e decoro. Invece che a soccorrerlo, provava l'istinto di infierire su di lui. «È più forte di me» aveva confessato un giorno a Nico, «mi fa pena» poi volle subito precisare, «anzi, non pena, ribrezzo.» Le ore passate accanto al letto di Berio si ingigantivano, diventavano grosse e pesanti – come trascinare palle di cannone incatenate. Talvolta Lenia aveva avuto la sensazione che il corpo malato di suo padre crescesse fino a occupare l'intera stanza, levandole l'aria. Non sopportava che, ammalandosi, fosse diventato così debole e inerme. Si era potuta permettere di detestare quel padre freddo e arrogante quando lui era nel pieno delle forze, ma una volta svuotato, indifeso, sarebbe stata costretta ad amarlo e a commiserarlo, e questo compito la disgustava. La pietà obbligatoria le levava ogni margine di iniziativa. Se prima era felice di essere figlia di un individualista feroce e di giocare con lui alla pari, egoismo contro egoismo, adesso vederlo ridotto a una larva umana le aveva sottratto il piacere della sfida, cancellando la morbosa ammirazione che Lenia nutriva, malgrado tutto, per chi le aveva rovinato la vita, sostituita dalla repulsione. Alleggerito di parecchi chili e di quasi tutti i capelli, esangue, fragile come un uccellino, lo sguardo infossato, quest'uomo bisognoso di quell'aiuto che lui personalmente non si era mai degnato di prestare a nessuno, a Lenia faceva orrore. Il risentimento accumulato negli anni in lei trovò il varco per sfogarsi verso quell'essere fiaccato, così come accade in natura quando un vecchio esemplare passa dalla posizione dominante a quella di invalido su cui non ci si può che accanire.

«Ti fa male vederlo così?»

«Sì. Ma non come pensi tu. È il fatto di vederlo così inoffensivo a irritarmi.»

«È un uomo che ha grande difficoltà a dimostrare l'amore che prova e ora gli riesce altrettanto difficile far vedere che soffre.»

«Mio padre è più arido del Sahara. Non credo abbia mai amato nessuno. Sì, forse si è incapricciato per qualche donna che gli opponeva un minimo di resistenza, come mia madre, oppure per gente come te, che ha incrociato la sua traiettoria solitaria sottraendolo per qualche tempo alla noia cui sono destinate le persone egoiste.»

«Ha vissuto al riparo di un'armatura scintillante. Per questo malgrado tutto ti piaceva. Come un cavaliere...»

«Sì, ma senza mai combattere sul serio. Senza draghi. Non ha mai salvato nessuno.»

«Va bene, ma adesso? Parliamo di adesso.»

«La sua armatura è andata in pezzi» disse Lenia storcendo la bocca.

«Almeno potrai vedere com'è fatto veramente.»

«Santo dio, no. Vorrebbe dire che è come lo vedo ora, un uomo bisognoso. Preferivo il cavaliere arrogante.»

«La sua mente è ancora integra. Tuo padre è lucido. Ha ancora delle cose da dire, le più importanti le deve dire a te. Non c'è rimasto molto tempo.»

«Il tempo ci sarebbe. Non c'è la voglia, né da parte sua né da parte mia, te lo assicuro. E se anche ci fosse, cosa dovrebbe dirmi, mio padre? Spiegarmi quello che già so? Creare un mistero per poi rivelarmelo? È stato tutto chiaro fin dall'inizio. Le parole sono ferite che sanguinano. E io non voglio sanguinare più. È arrivato il suo turno di farlo. Il mio sangue voglio buttarlo per altre ragioni e per altre persone. È prezioso non meno del suo. E del tuo, Nico.»

«Sai qual è il mio vero problema, Lenia? Che io capisco. Capisco tutto. Da ogni lato. Capisco te ma capisco anche lui.»

«Tu stai sempre alla finestra, vero, Nico? Osservi, registri, non prendi posizione. Non stai dalla mia parte né dalla sua, ma per te stai. Tra le tue qualità, la sola che eserciti davvero è l'equilibrio, che serve a lasciare intatte le altre. Solo gli sciocchi scelgono una posizione e così facendo rinunciano a godersi tutte le altre possibilità. Ma tu ovviamente non vuoi rinunciare a nulla.»

«A cosa ti riferisci, Lenia. Perché se questo è l'inizio...»

Lenia lo guardò e scoppiò a ridere. Nico gli faceva tenerezza e rabbia. Rise come una demente che vuole nascondere la sua follia: quel ragazzo comunque andassero le cose la eccitava e la deludeva. Tanto sembrava brillante, tanto erano prevedibili i suoi atteggiamenti, e ora ecco che aveva assunto la sua consueta postura di prudenza. Eh sì, devi aver sofferto anche tu parecchio, in passato, pensò Lenia, se ti metti così d'istinto sulla difensiva. Non era Nico che capiva tutto alla svelta, era Lenia: eppure gli chiese, quasi per cortesia, di completare la sua frase.

«L'inizio di cosa, Nico...»

«Di una scenata di gelosia.»

«Non la sopporteresti, eh?»

«No, infatti. Non la sopporterei. Adesso no.»

«Mi credi più stupida di quello che sono.»

«Non sei affatto stupida. Sei innamorata.»

«Di te?»

«Sì, lo sei. Me lo hai dimostrato. Me lo hai anche detto.»

«Non te l'ho mai detto. Mai. Te lo sei sognato. Forse hai desiderato che te lo dicessi. Sei un idiota presuntuoso.»

«Perché dici che non sono capace di rinunciare a nulla? A cosa ti riferivi? A chi ti riferivi?»

«Lo sai benissimo.»

«E questa non sarebbe gelosia?»

«E questa che ti faccio sarebbe una scenata? Ti odio, Nico. Ti disprezzo. Sei una persona cattiva. Ci sputo sopra alle tue conquiste femminili. Puoi scoparti chi vuoi, cosa mi cambia? E secondo me nemmeno ne sei capace. Vorresti ma non ci riesci.»

«Ehi, un momento, Lenia...»

«Lasciami in pace. Esci dalla mia vita.»

«Ma che ti ha preso? Cosa stai dicendo?»

«Ringrazia il cielo che ti ho permesso di scopare con me. Dovresti baciare dove cammino. Maledetto il giorno che ho incontrato questo bamboccio viziato. Non ci stavo con la testa. Perché me lo sono accaparrato? Che mi credevo? E ti ho pure accompagnato in quel posto di merda, ti ci ho portato con la moto, pensa che cretina, a stare a sentire le tue cazzate sulla ragazza che affogava...!»

«Ma di cosa parli? Non mi ricordo, quale ragazza?»

«Non te lo ricordi perché te la sarai inventata. La madre del tuo amico. Lì, al fiume. Era un posto schifoso, ma tu eri tutto languido, tanto poetico, la solitudine, il silenzio, i fiumi che si sposavano tra loro, bella favola, solo perché pensavi che dopo avermi ammorbidito con le chiacchiere avresti scopato, tutto convinto di saperci fare, mentre, secondo me, sei completamente incapace con le donne, sei negato, e solo con delle cretine o delle poverette riesci ad andare.»

«Allora anche tu sei una di quelle.»

«No, non lo sono, anzi sì, lo sono, sei tu che mi hai ingannato, mi avete ingannato in due, tu e quel farabutto di mio padre, col vostro teatrino delle ombre.»

«Oh, povera Lenia, povera vittima di due uomini tanto cattivi. Mi succede di rado, ma sento che sto per arrabbiarmi, per arrabbiarmi sul serio.»

«Ma va, non sei capace nemmeno di quello, macché rabbia, quale rabbia, sei troppo moscio e troppo vanesio, troppo arrogante e schifiltoso, e lo sai perché sei così? Perché sei frocio. Sì, sei frocio, Nico, il solito frocio. L'ennesimo che mi capita. Uguale a mio padre. Un gran frocio, con tutte le ragazze che hai avuto, frocio perso. E infatti avete formato subito una bella coppia, la coppietta ideale, il frocio navigato e quello giovane, uniti dalla loro fasulla passione per le donne, che in realtà è solo disprezzo, le donne e la letteratura, ah, la cosa più banale, mano nella mano, a scambiarvi opinioni intellettuali, ma che bellezza! D'amore e d'accordo, voi due, fin dal primo sguardo! Un vero colpo di fulmine.»

«Non voglio più discutere con te. Stop. Chiudiamo qui.»

«Non hai niente da chiudere. Per poter chiudere qualcosa bisogna prima averla aperta, e tu con me non hai mai aperto, non hai mai cominciato niente, sei rimasto fuori. Non dai niente, e hai paura di prendere qualcosa, casomai ti toccasse restituirlo. Sei avaro e vigliacco, con le donne, mentre con gli uomini righi dritto.»

«Ma tu che ne sai di cosa faccio con gli uomini e con le donne? Che ne sai?»

«Te lo sogni la notte di stare con una come me.»

«Non me lo sogno affatto. Tu ed io non stiamo insieme.»

«Tu ed io? Tu ed io? Come sei bene educato a nominarmi per prima...! Ma solo con le parole. Parole, parole, tu non passi mai all'atto. Sei sempre in bilico, circospetto, come fossi capitato lì per caso, come se non c'entrassi nulla, vero? L'ho capito da come ti comportavi con mio padre, che eri un tipo infido, lasciavi parlare solo lui, lo facevi sentire importante, gli davi l'impressione che i suoi vaneggiamenti, i suoi soliloqui gonfi di livore fossero oro colato, e intanto ti approfittavi di lui. Lo sfruttavi per tirarci fuori un libro che alla fine sarebbe stato il *tuo* libro. Credi che non me ne sia accorta, quando ci siamo visti la prima volta a casa sua? Vi conosco bene, a voialtri.»

«Chi *voi*? Chi sono questi voi? Non ti seguo più, Lenia, non stai parlando con me. Ci sono io qui, non una categoria di persone. E allora? Stai parlando con me? O con i tuoi nemici?»

«Sì, sto parlando con loro. Tu sei uno di loro. Sei un uomo, anche se non ti meriti questo titolo. Oh, sì, sei di bell'aspetto, sei sveglio, e allora? Ti accontenti di questo e gli altri pure, è una specie di patto, così alla fine siete tutti contenti. Ma io no.»

«Invece, cosa vorresti da me, Lenia?»

«Ma non capisci, Nico, non capisci proprio niente? Cosa ci fai con la tua famosa intelligenza? Sei come mio padre, tutto il tempo a guardarsi allo specchio e a ripetersi che era troppo intelligente e per questo gli altri lo boicottavano. A te invece ti fanno i complimenti, il ragazzo prodigio dell'editoria, a ventisei anni già lì, in alto, che scegli i libri di successo e inauguri le nuove collane, però non sei capace di entrare in contatto con un altro essere umano, non ti interessa veramente, lo so che fai così, appena le cose si alzano un po' di livello o iniziano ad approfondirsi, tu ti scansi, ti sposti di lato, per far passare il treno, e poi ti trovi una donna, e poi un'altra, e ricominci da capo, butti là qualche frase per scaldare l'atmosfera e poi le metti le mani addosso, ma gentilmente, soavemente, come hai fatto con me, quindi ti sposti di nuovo verso un'altra, te la scopi una volta o anche cinque o sei volte, oppure vai a ripescarne una con cui avevi saltato qualche turno e lei se è cretina, e di sicuro lo è se è stata a letto con te, si sentirà gratificata che ti rifai vivo dopo un po', è un privilegio quella tua telefonata un po' casuale, un po' distratta e tuttavia galante, in cui risbuchi dal nulla per proporre un incontro, e così potresti andare avanti all'infinito. In questo modo credi di conoscere le donne, cosa vuole o non vuole una donna. Cosa voglio io. Invece non ne hai la più pallida idea. Sei completamente fuori da un rapporto, sei chiuso. Usi il sesso per bucare la barriera ma sei ben contento che la barriera ci sia, e il buco si richiuda subito, così te ne puoi rimanere al sicuro non appena ti sei rinfilato il cazzo nei pantaloni, anche quello ben protetto, al calduccio, dopo aver dato prova di sé, e averti tranquillizzato levandoti il dubbio che hai da sempre, di essere frocio. Queste sono le tue avventure, Nico, niente di più. E io sarei una di quelle… una delle fortunate. Ma sono sicura che con gli uomini fai lo stesso. Solo che a loro non li spogli. Non ne hai il coraggio. Tutta qui la differenza.»

«Mi hanno licenziato, Lenia. Non lavoro più alla Minaudo.»

«Non stare in pensiero. Troverai subito un altro posto. Figurati, uno come te!»

## 4.

Di nuovo in motocicletta dietro Lenia. Erano passati secoli dalla prima volta, ma la sensazione provata da Nico fu la stessa. Un brivido di gioia purissima. Tra lui e la ragazza il cilindro metallico con le ceneri del padre di lei non era un ingombro, anzi, stringersi contro Lenia ne rendeva più sicuro il trasporto. Fu contento che a lei fossero stati risparmiati alcuni segreti di quella vita che ora era ridotta a polvere. Intorno, la città buia con chiazze di luce gialla e pochissima gente in giro, che dava l'impressione di non sapere come passare la notte. L'indecisione, l'indecisione era la sigla, era la regola non scritta di quella città così bella e vana, lussuosa, decorativa, la sospensione del giudizio fino a quando non si fosse precipitati al punto più basso, dove il ragionamento si prosciuga, viene tirato in secco, e diventa superfluo qualsiasi giudizio. Nico sentiva questo e lo approvava. Anche perché così avrebbe potuto considerarsi al sicuro, come tutti, assolto, come tutti. No, non l'indecisione, bensì l'assoluzione era la formula segreta della città meridionale. Rimettere i peccati senza perdonarli, semplicemente restituirli al caos da cui erano scaturiti.

Lenia correva forte, smaniosa. Alle sue spalle, un giovane che lei aveva amato stringeva tra le cosce il residuo incenerito di un uomo da cui avrebbe voluto ricevere molto più amore. Sarebbe stato suo diritto ricevere, ricevere, ricevere doni, parole, affetto, denaro, sostegno, ma ora le sue aspettative stavano per essere soffiate via da un alito di vento, erano impalpabili i resti della vita di suo padre, altrettanto il rapporto con Nico, e ogni altro legame lei avesse tentato di allacciare. Questa leggerezza le faceva girare la testa ed era tentata di accelerare ancora di più e vedere come sarebbe andata, tanto per far succedere qualcosa. Tra lei e Nico la tregua sarebbe durata finché le ceneri di Berio erano strette in mezzo a loro sul sellino. Soltanto tu potevi aiutarmi a farlo, pensò, e fu immediatamente colma di dolcezza e rimpianto. Possibile che la vita sia così fragile? La mia vita? Possibile che io dipenda da questi umori che vanno e vengono, da questa paura, dalla mia diffidenza verso le stesse persone da cui mi aspettavo che fossero importanti? Diffidenza o dipendenza? Io non conto niente per nessuno, e non ho nessuno su cui contare, ora Nico è con me, ma poi sparirà. Mia madre vive la sua vita, è forte, è ottimista, non ha rimpianti, per lei la gioia è gioia e la bellezza è bellezza, il suo lavoro le ha dato un posto nel mondo. Lei un posto nel mondo ce l'ha, io no. Non ancora.

Le luci giallastre del centro storico rendevano sdruccioloso il selciato, scivolavano in mezzo ai colonnati e sulle facciate degli imponenti palazzi patrizi, che incombevano a ogni angolo di strada, rendendoli spettrali. Per quanto splendidi, Lenia ne aveva orrore, le sembravano grandi menzogne, il ricatto di un passato illustre che ci impedisce di vivere. Malgrado l'aria fresca che le spazzàva il viso, si sentiva soffocare, per cui accelerò ancora, piombando sul lungofiume a una velocità pazzesca, che faceva colare lacrime agli angoli degli occhi. Questo benedetto fiume tocca attraversarlo e riattraversarlo, nella ridda dei ponti gettati a caso da una sponda all'altra. Nico rabbrividì di piacere. Desiderò con tutto se stesso che la moto andasse a schiantarsi da qualche parte, era la notte ideale perché accadesse, misteriosa la loro missione, e il cielo vuoto e nero, la città intorno sciolta e deforme, stringersi a una ragazza disperata, covare tra le cosce e la sua schiena le ceneri mute di suo padre che forse era stato un grand'uomo, una bella testa, o più probabilmente una nullità che dieci anni dopo la morte si fatica a rammentare, «Ehm, sì, Berio, era un giornalista, no? Un... un intellettuale, sì, ma che programma tv era quello suo? Com'è che si chiamava? *Controcampo*? *Controcanto*?».

5.

Tra qualche settimana il servizio militare terminerà, dai, Nico, non manca molto, i tuoi capelli ricresceranno, la vita di nuovo scintillerà per uno come te, baciato dalla fortuna, anche se hai perso un lavoro che ti piaceva e per cui eri tagliato, e la più bella, Sheila B., se n'è andata, e Lenia si è stancata di aspettarti, forse non ti ama più, certo non farà più l'amore con te, mai più, questo è sicuro. Ma hai ancora una sorella da riconquistare, è forse lei la donna giusta, la donna della tua vita,

Irene. Lei sì che è in pericolo. Prendi questa come una missione e assolvila. Del resto, non è escluso che sia lei, alla fine, a mettere in salvo te. E ti rimane un amico, almeno un amico, un vero amico, Nanni Zingone, ma devi riconquistare pure lui, poiché non è vero che l'amicizia resiste a lungo se non viene alimentata, dai fatti, e dalle parole, e dagli incontri, quindi torna da lui, parlaci, ascoltalo, consigliati con lui. Ci voleva un dio a ricordare agli umani che «si riempe di ortiche il sentiero che non viene percorso», diventa presto impraticabile la strada che porta alla casa di un amico. Tito Livio Minaudo, Marta Sesamo, la Gheno, Enobarbo, Mascheroni l'Infame, il povero Menas (pace all'anima sua), che era così gagliardo e attivo, in pochi anni saranno un ricordo vivido nei dettagli ma sbiadito nell'insieme, forse soltanto il Coboldo e Quadratino ti resteranno impressi a fondo nella memoria, magari per via del loro aspetto buffo, di quei testoni abnormi, dentro cui lampeggiavano idee balzane come scintille che sprizzano da una bobina elettrica. Berio è morto, tuo padre è vivo, la letteratura è morta, gli scrittori sono vivi, Nanni scriverà poesie sempre più consapevoli mentre le sue figlie crescono a vista d'occhio e Costanza conoscerà e accetterà i propri limiti ma soprattutto quelli dell'uomo accanto a cui forse sarà tornata a vivere, bene o male, felice o infelice, non importa poi tanto. Dai, l'anno di leva in un modo o nell'altro l'hai trascorso. È un lavoro faticoso questa vita, rendila leggera, tu che puoi.

## 6.

Le ceneri, trecento grammi circa di essere umano. Il piano era di disperderle in un luogo simbolico, ideale, certo, ma quale sul serio corrispondeva all'uomo che era stato Berio, dato che nessuno era capace di dire esattamente che uomo fosse il «professor Berio»? Alcuni hanno caro un certo tratto di mare, altri un fiume sulle cui rive sono cresciuti, o le montagne dove si inerpicavano d'inverno e d'estate...

ma Berio? Che non si era mai voluto radicare, a cui faceva senso l'idea di essere inchiodato a una qualsiasi appartenenza. Sarebbe stato contento o no che amassi sua figlia, che l'amassi sul serio, che stessi con lei seriamente come lui non era stato capace o non aveva voluto fare con nessuna donna in vita sua? Nico si strinse a Lenia e le diede un bacio tra il collo e la guancia gelata. Lei fremette e scosse la testa come se quel contatto le avesse dato fastidio, oppure la turbava, per il timore di riaccendere una passione spenta, o forse quella passione non si era mai spenta e il bacio l'aveva fatta, semplicemente, soffrire una volta di più. Era un'aggiunta inutile e pericolosa, il solito gioco crudele che Nico giocava fingendo di non saperne le regole, di non conoscere quale fosse la posta in palio. Per risolvere il dubbio con l'angolo della bocca soffiò «Non farmi il solletico, cretino» ma può darsi che anche quella fosse una mossa dello stesso gioco.

«Sei sempre della stessa idea?» le chiese Nico.

«Sì, è una bella idea. Forse sbagliata, ma bella.»

Nico batté un colpetto sul cilindro metallico dell'urna. «Del resto lui non può opporsi. Non saprà mai quello che gli abbiamo fatto. Ma se per caso lo sapesse, non dovrebbe dispiacergli, il posto.»

Per niente, pensò, e anche se per carattere alieno alle iperboli, disse: «Be', è il posto più bello del mondo, no? Il più bello e il più assurdo. Vorrei finirci anch'io quando morirò. Mi prometti che ci spargerai anche le mie, di ceneri, Lenia?».

Lei, paziente, annuì. Nico era così prevedibile, così superficiale, talvolta. Procedeva sempre e soltanto seguendo la logica lo voglio-non lo voglio, interessante-noioso, come quando giocava con la sua fidanzata Sheila B. prendendo di mira ogni ragazza che incontravano camminando per strada: ci scoperei-non ci scoperei, una logica binaria, che Lenia non poteva condividere. Lenia era il pensiero, la profondità, le viscere, il calore del fuoco nascosto sottoterra; Nico era aria, uno spirito leggero. Dal fuoco scaturiscono i pensieri e le passioni, nell'aria sottile si disperdono.

Sarà degno il luogo dove troveranno riposo le ceneri di mio padre? Sì, senz'altro il più degno, poiché è il luogo dello sperpero, del lusso bizzarro privo di scopo o funzione, proprio come ambiva a essere mio padre: un uomo inutile ma con un suo specifico splendore. Come dondola un'altalena finché si ferma da sola, o un'onda cancella il nome scritto con un bastoncino sulla sabbia, a settembre inoltrato, apposta per scomparire.

Lasciarono la moto all'imbocco di una delle strette strade che immettevano nella piazza, sul lato che dà verso il fiume. A nemmeno cento metri di distanza stava, addormentato, uno dei grandi palazzi del potere, dove siedono gli anziani che, saltuariamente, decidono quali leggi dare al popolo e quali disfare, eppure non c'era nessuno a proteggerlo, niente poliziotti o soldati o guardie impennacchiate.

«Via libera» mormorò Lenia e Nico la seguì con in braccio l'urna. Poggiavano i piedi con delicatezza sul selciato come bambini che per non svegliare i genitori scivolano silenziosi nel corridoio e vanno a combinare qualche guaio. E finalmente eccoli sbucare nella grande piazza oblunga come una pista di atletica, e costellata di statue e fontane. Era deserta e irreale, il chiarore delle divinità di marmo macchiava il buio e il gorgoglio dell'acqua ingigantito dallo spazio vuoto che si apriva verso il cielo. Furono emozionati come attori dilettanti che entrano in scena per la prima volta e gli si apre davanti un panorama sterminato. Non una sola luce alle finestre dei palazzi affacciati sulla piazza, il profilo aguzzo di una chiesa su cui erano appostate altre statue e, giusto a metà, la punta irreale di un obelisco ritto fino al cielo, come un'indicazione, o un'inutile protesta. Nico mise una mano sulla spalla della ragazza. «Sei sempre sicura?» «No, non lo sono per niente, ma oramai siamo qui, facciamolo.» Nico annuì, era un ragionamento giusto, dopotutto: siamo qui, e a questo punto non farlo sarebbe una bestemmia. In certe situazioni, i dubbi *sono* bestemmie. «Ma stiamo attenti che non ci veda nessuno...» sussurrò Nico. Solo la paura di essere scoperto lo frenava. Una paura infantile, paragonabile a quella di essere acciuffati alle spalle, d'improvviso, giocando a guardie e ladri. «Dai a me, tu resti qui e ci penso io» sibilò Lenia impaziente, e fece per portar via l'urna dalle mani di Nico, che la strinse a sé più forte, e disse: «Andiamo».

Giunsero sul bordo della vasca più vicina, senza spingersi sino all'immensa fontana centrale formicolante di statue – non c'era bisogno di tutto quel delirio, di quella bellezza insostenibile. Sopra di loro si ergeva un solitario essere emerso dalle acque, immobile contro il cielo, un corpo bellissimo, contorto, come se l'avesse colpito una scarica elettrica tra le onde. Il potente dolore lo attraversava e lo torceva fino a renderlo simile agli uomini che non sanno il perché di tanta sofferenza. Se fosse pura e ininterrotta, acquisterebbe forse un significato, ma così, mescolata alla bellezza e alla gioia, un'indicibile pena macchiata da sprazzi di piacere, non ha davvero senso, e la divinità che li guardava dall'alto sovrastando la fontana sembrava approvare l'intera cerimonia nel suo modo sovrano: restandovi indifferente. Nico rabbrividì ancora una volta a contatto con l'essenza di quella città, il marmo invece della carne, la fatalità al posto dell'impresa, il mezzo sorriso invece della risata piena o del furore: l'indifferenza. Berio era stato figlio di quella beata sovrumana indifferenza e doveva essere restituito alla madre. Si sfilarono calze e scarpe e, arrotolati i pantaloni, scavalcarono il bordo della vasca che circondava la fontana. Lì l'acqua era profonda poco più di una spanna. Era come il bagno di notte su una spiaggia, d'estate, inoltrarsi a piccoli passi nell'oscurità: per quanto concentrati sul rito che andavano a compiere, sia Lenia sia Nico immaginarono di trovarsi insieme ed essere nudi e poggiare i piedi sulla sabbia ed essere euforici e amarsi in quel modo che solo è possibile durante un bagno notturno, d'estate, nell'acqua tiepida e buia. Fu questo l'unico pensiero che ebbero nello stesso istante, lo stesso identico pensiero, la sera che dispersero le ceneri di Berio. E poi, l'idea, gonfia di timore e di speranza: lo faremo mai, il bagno di notte, noi due? Saremo mai felici insieme in quel modo inimitabile? La più alta felicità che si possa raggiungere nella breve vita? Nico pensò di sì, sperò di sì, Lenia pensò di no, ma egualmente sperò di sì. Il contatto insolito, in città, con l'acqua notturna le aveva mozzato il fiato come un evento soprannaturale. Respirava a fatica. Vedendola esitare, «Ti amo» disse Nico sapendo di sbagliare il momento della dichiarazione, e senza essere sicuro che corrispondesse a verità. Ma andava comunque detta. Serviva a prendere coraggio. Lenia aveva tagliato con le pinze il filo di piombo che sigillava l'urna e ne stava svitando il coperchio. Una volta svitato lo porse a Nico e appoggiò l'urna sul bordo della fontana cominciando a versarne il contenuto in acqua, a piccole scosse. Per un istante, le tornò in mente quello che, mesi prima, in ospedale, le aveva raccontato padre Ulrich sul nulla che ci aspetta dopo la morte, e subito scosse la testa allontanando da sé quel pensiero alla stregua di una semplice bugia. Malgrado il buio, e il tenue riflesso dell'acqua increspata, si vide che la cenere affondava e si mescolava e si disperdeva nella fontana senza intorbidirla. Spariva, confondendosi all'acqua, come se non fosse mai esistita quella cenere, né la persona di cui era il residuo. Lenia ora teneva inclinata l'urna in verticale, e l'aveva svuotata del suo contenuto.

«Forse, Lenia, dovremmo dire qualcosa» suggerì Nico.

«No, non serve dirlo. Pensiamolo.»

*I figli dell'istante*

RITA VALTORTA
IVANA MATTETTI
CECI
GIORGIO OLIVETTI
ARNALDO COIRO
NANNI ZINGONE
MARIA SILVA SERVELLO
FIORE
COSTANZA MESONES
NICO QUELL
BERIO
GIULIA MESONES
CARLA
LENIA
LISETTA
GEROLAMO MAJNO
COSTANZA
EMILIO BARBUJANI
AGOSTINO PIETRA
MARIA
AGNESE
CATERINA
SEVERA
ARTURO
DORINA
ORION
GRETA
GUIDO INGHIRAMI
POLENTINA
NANNI
RUGGERO BATTAGLIA
BEATRICE LUNARDON
LAURETTA BIFERALI
PIF e POF
FLÆMISH
ADA E BRUNO
COSTANZA
NICO
GIOVANNA MERSE
MILO
ALESSANDRA SEBRE
VALENTINA
GIULIA MESONES
CESARE MERSE
ELIO
LO PRESTO
GIULIA MESONES
ALICE GELMINI
NANNI ZINGONE
CARNEMOLLA
GUIDO CETRANGOLO
LODOVICO RAGGHIANTI
FAB
SOSSIO CANNISTRÀ

MANCANO ALL'APPELLO: GUENZA, COZZOLINO, LA RAGAZZA DEL BAGNO NOTTURNO, SCARFACE, IL CAPOPOSTO, SEVERINO, E CHISSÀ QUANTI ALTRI...

# Sommario

Finito di stampare nel mese di febbraio 2025
su carta holmen
con fibra vergine proveniente da foreste sostenibili holmen.com/paper
presso Elcograf S.p.A. – Stabilimento di Cles (TN)
Printed in Italy